王向远
文学史书系

Literary History Book Series by
Wang Xiangyuan

中国题材日本文学史

王向远———

著

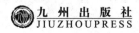

九州出版社
JIUZHOUPRESS

图书在版编目（CIP）数据

中国题材日本文学史／王向远著 . -- 北京：九州
出版社，2021.7

ISBN 978 - 7 - 5225 - 0156 - 7

Ⅰ. ①中… Ⅱ. ①王… Ⅲ. ①日本文学—文学史
Ⅳ. ①I313.09

中国版本图书馆 CIP 数据核字（2021）第 113725 号

中国题材日本文学史

作　　者	王向远　著	
责任编辑	周弘博	
出版发行	九州出版社	
地　　址	北京市西城区阜外大街甲 35 号（100037）	
发行电话	（010）68992190/3/5/6	
网　　址	www.jiuzhoupress.com	
印　　刷	三河市华东印刷有限公司	
开　　本	710 毫米×1000 毫米　16 开	
印　　张	30	
字　　数	415 千字	
版　　次	2021 年 9 月第 1 版	
印　　次	2021 年 9 月第 1 次印刷	
书　　号	ISBN 978 - 7 - 5225 - 0156 - 7	
定　　价	99.00 元	

本书内容简介

　　本书是国内外第一部中国题材日本文学史著作，对一千多年来以中国为舞台背景，或以中国人为主人公的日本文学，做了较为系统全面的评述研究，将纵向的历史演进与横向的作家作品论结合起来，呈现出不同历史时期日本文学中的中国及中国人形象，反映了历代日本人中国观的演化与变迁，分析了中国题材在日本文学中的地位作用与功能，指出了中国题材在日本文学创作中繁盛不衰的原因，揭示了中国文化对日本文学巨大的、持续不断的影响，并从中日文学的深层关联中确证东亚文化共同体、审美文化共同体的存在。

　　本书由上海古籍出版社2007年收于《中日文化研究文库》初版（精装），同年宁夏人民出版社再版（精装、平装）。现根据初版本加以精校，对有关章节略作改动，并增写了第一章的第二节，在第十二章第二节中也有增补，现作为增订版，收于《王向远文学史书系》。

目　录
CONTENTS

前　言

　　我国的文学史研究，包括中国文学史与外国文学史研究，经过 20 世纪近百年的积累，已经有了相当扎实的基础，取得了不少成果，各种中国文学史，以及由中国人撰写的各种综合性的外国文学史、世界文学史及国别文学史著作与教材，已达上百种。但是毋庸讳言，除了少量成果外，角度较为单一，作家作品的传记式研究、教科书式的陈陈相因的文学史，占了大多数。同样地，日本的日本文学史研究也存在类似的问题，日本已出版各种各样的《日本文学史》类的著作数以千计，比中国出版的中国文学史研究著作还要多。但是除了少量著作外，在层面角度、结构体系、观点资料上多是大同小异，带有明显的滞定性与模式化的特征。

　　文学史研究要进一步推进与深化，就必须从通史、断代史、作家评传等单一化、模式化的研究中寻求突破，尝试从不同的角度、不同的层面，发掘和呈现文学史上被忽略、被遮蔽的某些侧面，以各种专题文学史的形式，呈现文学史原有的生动性与复杂性。要做到这一点，就有必要引入和运用比较文学的观念和方法。对此，笔者在《比较文学学科新论》一书及有关文章中，曾提出"涉外文学"的概念，将各国文学中涉及"外国"的作品，包括以外国为舞台背景，以外国人为描写对象，或以外国问题为主题或题材的作品，归为"涉外文学"的范畴，并认为"外国题材中国文学史"的研究、"中国题材外国文学史"的研究，是比较文学的"涉外文学"研究的两个重要领域，主张从比较文学的"涉外文学"的角度，从域外题材切入，更新文学史研究的视角。①就中国学者来说，要在外国文学史、世界文学史研究上有进一步的深化和发展，必须强化中国人独特的学术个性，必须发挥中国学者独特的优势，利用我们得天独厚的、外国人不可取代的条件进行富有独创性的研究。其中，研究涉及中国的外国文学，即研究中国题材的外国文学，就是一个很好的突破口。

本书所研究的"中国题材日本文学史"，就是上述理论主张的一个具体实践。

在这里，"题材"这一概念不同于比较文学法国学派所提出的"形象学"中的所谓"形象"；所谓"日本文学的中国题材"，也不同于"日本文学史上的中国形象"。"题材"当然可以涵盖"形象学"的研究对象——异国形象及异国想象，但同时它又不局限于异国形象及异国想象。它包括了异国人物形象，也包括了异国背景、异国舞台、异国主题等；它包括了"想象"性的虚构文学、纯文学，也包括了有文学价值的非纯文学——写实性、纪实性的游记、报道、评论杂文等等。另一方面，文学的题材史的研究既是文学研究的一种途径与方法，又不是一种纯文学的研究。因为题材不是纯形式问题，它承载着丰富的社会文化内容，对题材的研究本质上是一种文化研究，特别是文学社会学的研究。而对中国题材外国文学史的研究，实际上是中日双边文化交流关系史的研究，是中国文化在日本的传播与接受的研究，是比较文学与比较文化的研究。

所谓"中国题材"，从日本文学史角度看，就是一种"外国题材"。采用异国、异族的题材进行创作，这在世界古今文学史上是常见的现象。例如在欧洲文学中，古罗马作家从古希腊取材，近代英国莎士比亚的戏剧从丹麦取材，现代美国作家海明威从西班牙取材，现代英国作家吉卜林从

---

① 参见王向远著《比较文学学科新论》，第三章第五节"涉外文学研究"，江西教育出版社，2002年版；或《论涉外文学和涉外文学研究》，《社会科学评论》，2004年第1期。

印度取材，当代英国作家格雷厄姆·格林从亚洲、非洲和拉丁美洲各国取材；在东方文学中，阿拉伯的《一千零一夜》从印度、波斯取材，朝鲜、越南等国的文学从中国大量取材……，这些都构成了世界文学发展史上的一种值得研究的现象。然而，和世界各国文学史上的"外国题材"比较而言，日本文学史上的"中国题材"，却具有许多特殊性和复杂性。

日本文学对中国题材的大量撷取、借用和吸收，根据其需要，其途径、方式与处理方法也有所不同。总体来看，日本人是在两个层面上摄取和运用中国题材的。第一个层面，就是中国题材的直接、较为完整的运用。在这个层面上，作品的舞台背景、人物形象、故事情节等，都明确表明为中国。这类作品主要存在于明治维新后直至今日的日本文学创作中，在日本古代汉诗、谣曲、故事文学中也有少量相关作品。

第二个层面，就是对中国题材加以改造，将中国题材的某些诗歌意象、情节要素、故事原型、人物类型糅入日本文学当中，也就是日本人所谓的"翻案"（亦即翻改）。"翻案"后的中国题材，不再有"中国"的外在标记，须经后世的研究者加以考证与研究之后，才能搞清它们与中国题材的渊源关系。日本古代文学中的中国题材大多表现为这种形态。如公元 8 世纪成书的第一部和歌总集《万叶集》、第一部物语《竹取物语》、物语文学的代表作《源氏物语》等，都有利用中国题材的蛛丝马迹。日本江户时代的"读本小说"，大量翻改《水浒传》、《剪灯新话》、"三言两拍"、《聊斋志异》等中国明清小说，如此等等。中国题材在这些日本作品中已经不具备原有的完整形态，而是被吸收到日本题材之中了。如果说第一个层面的作品对中国题材的处理方式是"易地移植"，那么第二个层面的作品则是把中国的枝条嫁接到日本树木上的"移花接木"。"移花接木"是日本文学对中国文学及中国题材深度消化的结果，已经不再属于严格意义上的"中国题材"。因而，本书所谓的"中国题材日本文学"，指的就是第一个层面上的作品，即相对完整的中国题材在日本的"易地移植"的历史过程及种种情形。

　　中国题材在日本"易地移植"的历史，是与整个日本文学的发展历史相伴随的。中国题材的日本文学已经有了长达一千多年的历史传统，在不同的历史时期都没有中断，至今仍繁盛不衰。可以说，在世界文学史上，没有任何一个具有独自历史传统的文化和文学大国，像日本一样在如此长的历史时期内，持续不断地从一个特定国家（中国）撷取题材。从世界文学史上看，从异国异域撷取题材，往往是为了猎取外国风情，满足作家及读者的"异国想象"。就中国题材而言，近代欧洲各国（例如法国、德国、英国）的有关作家也曾经从中国古典中取材，也描写过现实的中国，但基本上不出猎奇和想象的范畴。与之相比，日本文学从中国取材，远远不只是为了满足异国猎奇与异域想象，而是出于更深刻的动机与内在需要。在古代，由于日本文化与中国文化在发展程度上存在较大的落差，日本文人作家对中国文化怀有景仰之情，中国题材既是日本文学不可或缺的营养与资源，也是汲取中国文化的重要途径和环节。在奈良时代和平安时代，日本文人要引进中国文化，就要学习汉语，要学习汉语，就要学会写作汉诗汉文，而要摹仿和写作汉诗汉文，就要熟悉汉诗汉文中的中国历史文化典故和人文地理，而一旦对中国历史文化典故与人文地理有所熟悉，就会在汉诗汉文的创作中使用中国题材。反过来说，不使用中国题材，日本人就学不来本色地道的中国文学；而学不来本色地道的中国文学，襁褓中的日本文学乃至日本文化就缺乏足够的营养来源。中国题材对于日本汉诗汉文这样的"外来"文体是重要的，对于"说话""物语"这样的日本文体也同样重要。在 12 世纪短篇故事总集《今昔物语集》的天竺（印度）、震旦（中国）、本朝（日本）三部分中，不仅"震旦"部分十卷共 180 多个故事全部取材于中国，就是"天竺"部分的五卷也并非直接从印度取材，而是间接从中国汉译佛经、中国佛教类书中取材。其余日本部分的许多佛教故事有许多也受到中国的影响。不久之后，则出现了《唐物语》那样专门的中国题材的短篇物语集。14 世纪成熟的日本古典戏曲"能乐"所流传下来的现存 240 种能乐剧本（谣曲），从中国取材的就有二十几个，占总数的十分之一。尽管只有十分之一，但从题材来源上看，除了十分之九的日本题材，就是十分之一的中国题材。换言之，谣曲中所有的外来题材都是中国的。

经过上千年的吸收消化与改造，中国题材在日本古代文学中大多被"移花接木"、纳入日本文学肌体中了，因而，严格意义上的"易地移植"的中国题材的作品，在数量上是很有限的。进入近代之后，中国题材日本文学获得了长足的发展。和传统文学不同，日本近代文学不再以中国为师，而是追慕和学习西方文学。照理说在这种大语境下中国题材应该从日本文学中淡出，但事实恰恰相反，近现代日本文学对中国题材的摄取，比传统文学更广泛、更全面，从事中国题材创作的作家更多，中国题材的作品更丰富多彩。中国题材日本近现代文学的最突出的特点，就是打破了古代文学缺乏中国现实题材的局面，中国现实题材开始大规模进入日本作家的视野，现实题材与历史题材的齐头并进、双管齐下，中国题材的创作在日本文学的总体格局中更为引人注目。

先说中国历史题材。

明治维新后，日本社会进入了以学习和摄取西方文化为主潮的时代，但江户时代随着儒学的正统化而繁荣起来的汉学传统，维新后仍在延续，作家们除了创作汉诗汉文外，还利用自己的中国古典文学及古代历史文化的修养，创作中国历史题材的文学作品。由于社会生活的变迁、中日关系的变化、西洋式新文体的普及，古典文学中对中国题材"移花接木"的方式基本不存在了，但对中国历史题材的"易地移植"更为普遍。近代日本作家的中国题材创作不仅将古代日本文学的中国题材在近代文学中承续下来，而且尝试着将中国古代历史题材移植于、运用于近代新的文体样式中，森鸥外、幸田露伴、中岛敦的小说、土井晚翠的新诗、长与善郎、菊池宽、武者小路实笃的新剧（话剧），都使古老的中国历史题材在近代新文学中焕发了新的生命。即使在日本的侵华战争时期，在侵华文学、对华殖民文学独霸文坛的同时，也有中岛敦、吉川英治、武田泰淳等

5

写了一些与侵华战争相对疏离的中国题材历史小说。战后初期，武田泰淳、井上靖的历史小说承前启后，开启了中国题材历史小说的新时代。此后的海音寺潮五郎、司马辽太郎、陈舜臣等作家创作的中国历史小说，融入了当代日本文学的主流。1980—1990年代，不仅陈舜臣等老一辈作家势头不减，更有伴野朗、宫城谷昌光、塚本青史、田中芳树等新一代作家的陆续登场，将中国历史题材小说在文坛和读者中的影响进一步扩大。

　　日本作家的中国题材历史小说创作，体现出了某些基本一致的倾向，那就是褒扬中国历史文化。对中国历史文化感兴趣并喜欢从事中国题材历史小说创作的人，基本上都是主张中日友好的人士，至少是重视中日关系的人士。他们在作品中普遍表现出对中国历史文化的景仰之情，对中国社会和中国人民抱有善意的理解和尊重。弘扬中国文化，将中国历史人物英雄化，成为中国题材历史小说的普遍的价值取向。即使是写中国历史上一些有负面评价的、有争议的人物，他们也从弘扬中国历史文化的角度出发，不对历史人物做过多的道德评价，甚至站在肯定的角度上作出相反的评价。例如，在宫城谷昌光的笔下，淫荡的夏姬是一个值得同情的善良的女人，原百代的《武则天》则站在现代女性主义的立场上，努力描写出作为一个明君圣主、一个伟大女性的武则天的形象，扭转了长期以来站在男权主义角度对武则天的荒淫残忍的定性。再如，从《汉书》开始，史家们均站在维护王朝正统性的立场上，视王莽为谋反者和篡逆者，而给予否定的评价。塚本青史在以王莽为题材的长篇小说《王莽》中，却从另外一个视角来看王莽。在他笔下，王莽是一个少有大志、刻苦读书、笃信孔孟学说、富有责任感、勇于改革的政治家，其改朝换代也受到了民众的热烈支持。而浅田次郎在《苍穹之昴》中，甚至对晚清的慈禧太后、李鸿章，都从另外的视角予以正面的描写和评价。

　　近代以降，在中国历史题材繁荣的同时，日本文学中的中国现实题材也获得了前所未有的发展。从题材类别上看，可以把中国现实题材的日本文学分为纪行文学、战争文学、通俗文学三大类。

　　纪行文学是近现代中国题材日本文学的重要组成部分，进入近代之后这类作品的迅猛增加，与日本人大量踏入中国密切相关。在古代，由于交通不便等原因，来华日本人的数量很有限，属于中国现实题材的只有一部分中国纪游诗与交往唱和的诗篇，而到了明治维新前夕，德川幕府拒绝与外国来往的锁国政策有所松动，当时的中国与西方列强的交涉早于日本，因此日本人要了解中国，并要通过中国了解西方，来中国旅行观察最为便捷。明治时代最早进入中国并对近代中国情况加以报道、对中国人有所描写的，除了途经上海、香港到欧洲的留洋学生、政界与商界人士外，主要是当时的一批甲午战争、日俄战争中的随军记者，然后就是一批作家。粗略统计起来，从明治维新后到1937年日本发动大规模侵华战争前的近70年间，来华旅行过的著名文学家就有五十多人。他们来中国旅行后，大都有纪行性的作品发表或刊行。此外，还有一些汉学家及中国问题研究家的中国见闻录或中国纪行类的作品也有文学价值。这些人的纪行文学、中国见闻录、中国考察记等名目的作品，数量庞大，近年来日本有学者对这些作品加以整理筛选，以丛书的形式予以出版，但所选作品仍是冰山一角。这些人来中国的动机与目的各不相同，有的身负使命来中国工作或考察，有的是来中国寻求创作的题材与灵感，有的是来中国游山玩水、吃喝玩乐。不同的作家对中国的观察与评论的角度有所不同，都以自己的目之所及、足之所至，一定程度地记录了当时中国的状况，表现出鲜明的时代特征和个人色彩，具有重要的文献价值和一定的文学性。总的来看，他们都对中国的历史文化表示了浓厚兴趣和很高评价，却对现实的中国社会感到失望，对现实的中国人表示不屑乃至蔑视。到了侵华战争期间，中国纪行的写作主体主要是从军记者和作家，本质上属于"从军记"，是战时中国纪行文学的畸形状态，又可以归为侵华文学或战争文学。战后，从1957年开始，陆续有日本作家代表团应中国方面的邀请来华访问旅行，到1960年代中期的政治运动爆发之前，曾有五个日本作家代表团陆续应邀来华。1980—1990年代，来中国旅行的作家更多。在这些中国纪行文学中，有的多角度地描写了战后中国社会的变化，反映了日本作家中国观的变迁，有的回顾战争中在中国的见闻经历，对侵华战争做了一定程度的反省。例如"战后派"作家堀田善卫的中篇小说《时间》是日本战后文学中最早反映南京大屠杀的作品，他的散文集《在上海》，回忆并描写了战时他在上海一年零九个月的体验，也描写了战后访问新中国的所见所闻。在1960年代中国的那场政治运动爆发前，曾先后三次参与日本作家代表团访华的龟井胜一郎，抱着虚心与忏悔的心情写下了长篇纪行文学《中国之旅》，较为客观地反映了新中国成立初期社会的安定和奋进局面，也如实地表达了对当时的一些事物（如"人民公社"）不能理解、不可思议的心情。政治运动时期，武田泰淳、加藤周一、池田大作、曾野绫子、司马辽太郎等陆续应邀访华，他们的中国纪行记述了对政治运动时期的中国社会的种种观感，表达了赞叹、好奇、困惑、不解、冷漠等种种不同的感情。历时十年的政治运动结束后的1970年代末，小说家城山三郎和有吉佐和子率先来中国，目睹并记录了转型时期中国社会的变化。1980年代，中日两国的关系迎来了历史上的最佳状态，在胡耀邦和中曾根康弘主政的时代，在双方政府的安排下，甚至出现了一次就有三千名日本青年一同访华的壮举。日本作家在这个时候访问中国变得更容易，来往也更多了，中国纪行文学也更为普泛化。其中，陈舜臣、水上勉、东山魁夷等老一辈作家艺术家游览中国的名山大川和名胜古迹后写下优美的中国纪行，具有相当高的文学价值。

近现代中日关系的第一关键词是侵华战争。与侵华战争相关的"战争文学"也成为中国题材日本文学的一种重要形态。日本政府与军方历来重视战争宣传，早在甲午战争时期，就有日本作家从军，到中国前线采访报道。因此日本近代的所谓"战争文学"一开始就与侵华战争联系在了一起。随后的庚子事变、日俄战争，都有大批从军记者和作家来华。随着日本对华侵略的全面实施，绝大多数日本文学家和绝大多数日本国民一样，积极"协力"战争。他们中，有些人作为"从军作家"开往中国前线，为侵华战争摇旗呐喊；有些人应征入伍，成为侵华军队的一员；更多的人加入了各种各样的军国主义文化和文学组织，以笔为枪，炮制所谓"战争文学"，为侵华战争推波助澜。其中有石川达三、火野苇平、上田广等作家，以中国前线或沦陷区为背景，从不同角度描写了侵华日军和抗日或附日的中国人形象，还有一些作家，如佐藤春夫、多田裕计、太宰治等人，以中国为舞台，以中国人为主人公，写下了宣传与图解"大东亚主义""大东亚共荣圈"的作品，构成了战争时期中国题材日本文学中军国政府御用文学的特殊一页。战后，一些战时居住在中国的日本人，开始写作以战时中国为背景的带有回顾与反省色彩的作品。这些作品或追忆战时的中国体验，或揭露、反省日军在中国的暴行，或描写战争、日中关系对个人及家庭命运的翻弄。其中重要的有作家鹿地亘的长篇报告文学《在中国的十年》，描写了日本侵华时期他秘密来华帮助中国人民抗战的十年经历，生动地回忆了他所接触的许多中国政界与文化界的人士，从一个独特的侧面描写了抗战时期的中国及中国人。战时居住上海的女作家林京子陆续发表的以上海体验为题材的小说，站在日常生活的角度，以一个少女的视角，反映了1932年上海事变，特别是1937年日本发动全面侵华战争后上海租界的社会生活场景，描写了当时居住上海的日本人与周围中国人之间如何相处和交往，在上海的各色日本人的行为活动、日本军队在全面占领上海后的所作所为及中国人秘密的抗日斗争，等等。而另一位作家中园英助则将战时体验的舞台置于北京，怀着留恋的心情写下了《"何日君再来"物语》《在北京饭店旧楼》《我的北京留恋记》《北京的贝壳》等几部作品，描述了他在日本占领下的北京与中国文化艺术界人士的交往。还有一些并没有战时中国生活体验的作家所创作的小说，如南里征典的《未完的对局》和山崎丰子的《大地之子》等，均以日本侵华战争为背景，以中日交流、中日关系为题材，不仅描写战争给中日两国带来的苦难、战时中日两国普通国民的爱与恨的复杂纠葛，也表现战后两国人民为走出梦魇而做出的艰苦努力。同时，还有的作家依靠在中日两国的客观的调查采访，以报告文学的形式揭露日军侵华罪行，其中尤以本多胜一揭露南京大屠杀、森村诚一揭露"七三一"细菌部队骇人内幕的报告文学最有影响。这些作品怀着忏悔和同情描写了受害受难的中国人，代表了日本作家的良知，表明了深刻反省军国主义侵略历史、不让侵略战争重演的善良愿望，在日本右翼势力日益猖獗的今天，显得弥足珍贵，在中国题材的日本文学史上，也是难得的篇章。

进入20世纪后期，日本的中国题材的文学创作也出现在大众通俗文学领域。包括推理小说、战争打斗小说、犯罪小说、冒险小说等。这些通俗作家大都喜欢将作品的舞台背景置于香港或上海。他们一般对中国并不很熟悉，之所以将中国的香港和上海为背景，或许主要是为了强化异域色彩和国际感觉。有些作品以中国的著名人物和著名事件为背景，驰骋想象，具有猎奇意味。有的作品其舞台背景不在中国而在日本，描写的则是华人华侨。其中的典型作品是作家驰星周的长篇犯罪小说《不夜城》，该小说描写了中国人黑社会在日本东京的红灯区歌舞伎町横行霸道、杀人越货，无恶不作的行径。在他笔下，日本新宿的歌舞伎简直已不是日本领土，而成了中国人犯罪者的乐园，极大地败坏了在日华人的形象，也使日本许多人加深了对来日华人的偏见与歧视。在通俗的战争小说、未来小说中，有以过去的日本侵华战争为背景的，更有以设想中的未来中日战争为题材的。例如森咏大石英司等人的小说。这些战争小说大都以中国为实敌或假想敌，露骨地表现了对中国的厌恶和敌意，也重塑了人们所熟悉的好战的日本形象。将日本写成进步、正义的代表，又十分阴暗地将中国视为僵化、危险、霸道的共产主义极权国家。那种不加掩饰的自由民主的"大日本"的自豪感，与不加掩饰的对中国的歧视、蔑视，折射出当代右翼势力的仇华反华心理。

综观世界文学史，在漫长的文学史发展演变过程中，一千多年间持续不断地从一个特定的外国——中国——撷取题材，并写出了丰富的作品，形成了独特的文学传统的国家，惟有日本而已。就中国题材的重要性而言，朝鲜传统文学几可与日本文学相若，但由于种种原因，进入近代之后朝鲜文学的中国题材已经萎缩，不成规模，而日本文学的中国题材在近代以后数量更多，20世纪后期以来更取得了空前的繁荣，这是绝无仅有的。

鉴于中国题材在日本文学发展史上的地位和重要性，有必要为中国题材的日本文学史写出一部独立的、有一定规模的专门著作。这是一件拓荒性的工作。在日本，笔者没有发现这样的专门著作，在中国更是空白。而研究这个问题，具有重要的文化的、学术的价值与意义。它将有助于读者进一步了解日本文学与中国的关系，有助于从一个独到的侧面深化中日文化交流史的研究，有助于进一步揭示中国文学、中国文化对日本文学的巨大的、持续不断的影响，有助于中国读者了解日本人如何塑造、如何描述他们眼中的"中国形象"，并看出不同时代日本作家的不断变化的"中国观"，并由此获得应有的启发。

第一章　古代民间故事传说与
物语文学的中国题材

本章所谓的"古代"，指的是明治维新之前有文献记载的约一千年间的历史时期。

中国题材的日本古代文学，首先分布在民间故事传说和散文叙事文体"物语"文学中。在徐福传说中，徐福实际上是日本文化的始祖神；杨贵妃的传说则突出了中国唐文化与日本的深刻联系。12世纪的《今昔物语集》是日本文学对中国题材广泛撷取与运用的产物，而随后的《唐物语》则是中国题材日本化、"物语化"的结晶。14世纪《太平记》将中国题材用作插话，表明中国题材已被进一步消化吸收到日本本土文学当中。

一、关于徐福与杨贵妃的传说

日本的中国题材的文学史，宜先从中国题材的民间故事传说谈起；而谈中国题材的故事传说，则要从最早与日本发生关系的中国人——徐福——谈起。

关于徐福其人的历史记载，最早可见于汉代司马迁的《史记》。《史记·秦始皇本纪》载："齐人徐市等上书，言海中有三神山，名曰蓬莱、方丈、瀛洲，仙人居之。请得斋戒，与童男女求之。于是遣徐市发童男女数千人，入海求仙人。""方士徐市等入海求神药，数岁不得，费多，恐遣，乃诈曰：'蓬莱药可得，然常为大鲛鱼所苦，故不得至。愿请善射与俱，见则以连弩射之。'"《史记·淮南王列传》又载："又使徐福入海求神异物，还为伪辞曰：'臣见海中大神，言曰汝西皇之使邪？臣答曰：然。汝何求？曰：愿请延年益寿药。神曰：汝秦王之礼薄，得观而不得取，即从臣东南至蓬莱山，见芝成宫阙，有使者铜色而龙形，光上照天。于是臣再拜，问曰：宜何资以献？海神曰：以令名男子若振女与百工之事，即得之矣。'秦始皇大说，遣振男女三千人，资之五谷种种百工而行。徐福得平原广泽，止王不来。"《史记》之后，《三国志·吴志·孙权传》《后汉书·东夷列传》等史书中都提及徐福东渡之事，后代诗人也多有吟咏徐福者，如唐代诗人李白的《古风》中有"徐市载秦女，楼船几时回"的咏叹，白居易《海漫漫·戒求仙也》一诗，有"徐福文成多诳诞"句，认为徐福只不过是个江湖骗子而已，找不到什么神山仙药，"不见蓬莱不敢归"，结果只能是"童男丱女舟中老"了。李商隐的《海上》诗云："石桥东望海连天，徐福空来不得仙。只遣麻姑与搔背，可能留命待桑田。"也对徐福求仙加以嘲讽。宋代欧阳修的《日本刀歌》有"其先徐福诈秦民，采药淹留丱童老。百工五种与之居，至今器玩皆精巧"的诗句，肯定了徐福对日本社会文明的进步发展所起的作用。元明清各代，以徐福东渡日本为题材的诗作也有很多。

日本的有关徐福故事传说，受到了上述中国史书、诗篇有关徐福的记载与描写的影响。五代后周的和尚义楚所著《释氏六帖》（一名《义楚六帖》）根据来华日本僧人弘顺的叙述讲述了徐福如何东渡日本的故事。其中云："日本国，亦名倭国，东海中。秦时，徐福将五百童男，五百童女，止此国也。今人物一如长安。……徐福止此谓蓬莱，至今子孙皆曰秦氏。……"可见至少在中国的五代时期，有关徐福的故事在日本已经相当流行，并已反馈到中国。

日本关于徐福的传说，在日本各地流传较广，并有相关的许多遗迹，而每一个遗迹的背后都有一段美丽的传说。据日本学者壹岐一郎先生的研究，迄今已知的徐福传说地分布在五个地区，其中包括：一、九州岛西岸的佐贺县佐贺市的金立、诸富町、武雄市、山内町，福冈县的八女市山内、筑紫野市天山，鹿儿岛县的串木野市坊之津町；二、九州岛北岸（日本海岸）的京都府伊根町；三、太平洋岸的宫崎县延冈市和宫崎市、高知县的佐川町，和歌山县新宫市，三重县的熊野市，爱知县的名古屋市热田区小坂井町，静冈县的清水市三保，山梨县的富士吉田町、河口湖町，东京都八丈岛、青岛；四、濑户内海的山口县祝岛，广岛县宫岛町严岛；五、日本海岸北部的秋田县男鹿市、青森县小泊村。① 台湾的当代学者彭双松先生曾到日本各地进行了步行考察，对徐福的传说做了详细的调查统计，他认为日本的徐福传说地有 32 个，传说有 56 个，而这些传说地的传说大部分都与文献的记载相吻合。②

例如在纪州地区（今和歌山县），传说徐福一行在纪州熊野上陆，未能找到不死之药，便在熊野住了下来。他们向当地日本人传授耕作方法、造纸法以及捕鲸术，其中在那智胜浦的天满一带出产的纸张被称作"徐福纸"。和歌山县还有一座山被称为"蓬莱山"，被指定为与徐福有关的遗迹。在现在的新宫火车站附近有一座墓塔，上面刻着"秦徐福之墓"。

在今静冈县的富士山麓，也有一座徐福墓，传说徐福当年要寻找的蓬莱山，就是日本的富士山，有关传说记录于富士山麓的宫下家所藏《宫下文书》（又称《富士文书》或《徐福文书》）中。此外那里还流传着一个动人的故事：徐福访求长生不老之药，东来日本，虽找到灵山富士，但并未得到仙药，虽然很失望，但富士一带的美景，当地日本人的淳朴忠厚，使徐福对那块土地产生了深厚感情，并祈愿死后化做灵鹤，为乡民谋福。他死后果然化做千年灵鹤，常飞翔于在吉田、明见、忍草的湖水边。至日本元禄十一年三月（公元 1698 年）此鹤忽然死于福源寺境内（位于

① ［日］壹岐一郎：《徐福集团渡来と古代日本》，东京：三一书房，1996 年版。中文译本由天津人民出版社 1996 年出版。
② 彭双松：《徐福研究》，台湾：富蕙图书出版公司，1984 年。

山梨县富士吉田市下吉田），当地人将该灵鹤藏于福源寺，并建碑慰徐福之灵。

在福冈的八女市一带，流传着童男山的故事，说徐福在临终时，感激当地人的厚爱，对他们说："山内地方的乡亲出海如有遇难，我定会相助。"从此，山内地方乡民出海时，一定在身边携带童男山徐福古坟之石棺碎片，以保平安。他们相信，只要带有石棺碎片，徐福之灵魂一定能辨别他们是山内乡民而救助他们。

在佐贺，也有关于徐福的传说。传说中的徐福是秦始皇的第三个儿子，落拓不羁，向往东海上那樱花盛开的蓬莱国，便带着五百年轻男女，扬帆出海，到达九州的橘湾，并在日本游山玩水，途经各地山水，终于到达灵峰金立山，并在那里的一位老翁手中，学会了熬制不老不死的仙药。但找到药的徐福并没有回国，而是在当地住了下来。后来被当地人作为"蓬莱国镇护金立神"，祀于山上。这就是如今佐贺市的金立山上的金立神社的由来。而神社中祭祀的神，就是徐福。金立神社至今还举行"徐福祭"等仪式，以纪念徐福。

佐贺市西原还有一个叫八百平的地方，传说徐福来到此地，寻找登金立山的路径，偶遇农夫八百平，请他带路。八百平欣然答应，并以草镰伐草砍树，替徐福开路。顺利登上金立山的徐福，感念其功，日后赏其水田"二反馀"（即七八百坪）。还有一则传说，讲到玄藏迎接徐福到其家，请出其掌上明珠阿辰陪席劝酒。乡中第一美女阿辰遂与徐福产生情愫，两人常去金立山附近一石上幽会。但由于种种原因，二人未能结合，最后阿辰死去。乡人为阿辰的痴情和他们纯洁的爱情故事所感动，遂将阿辰刻成了观音像奉祀。他们昔日幽会的石头也被称为"夫妇石"，如今仍有很多热恋中的男女到"夫妇石"前占卜他们的未来。据说如能将树枝勾挂于此石之垂直面，则此对男女定能结下良缘。

又一版本的徐福传说是在丹后（今京都府北部），传说徐福当年是在丹后的新井崎登陆的，他在那里采集草药，曾回国一次，后来又返回日本的新井崎，并把徐福在那里采集的一种草约称为"唐艾"。新井崎大明神社又被称作"童男童女宫"，都与徐福传说有关。

此外，在川木野冠木（鹿儿岛县）、坊津的坊泊、延冈的蓬莱山（宫崎县）、热田的蓬莱山（热田神宫）、八丈岛（京都）、津轻的权现崎（尾崎神社）、男鹿的赤神神社（秋田县）等，都有独自的徐福传说及相关遗迹。

这些关于徐福的民间传说，充满了浓郁的人情味。在众多的日本民间传说中，徐福既是一个情深义重、有血有肉的人，又是一个护佑乡民、泽被后世的神。徐福教日本人养蚕、纺织、耕作、造船、捕鲸等传说，表明在日本民间百姓的眼里，徐福实际是一位日本文化的始祖神。

除徐福外，传说最多的中国历史人物是杨贵妃。

自从杨贵妃在安史之乱中被缢身死后，当时与中国唐朝交往密切的日本不可能不受到震动，而此后白居易的《长恨歌》和陈鸿的《长恨歌传》对李隆基与杨贵妃的爱情悲剧加以文学化，随着《白氏文集》及《长恨歌》东传并风行日本，日本的杨贵妃传说逐渐生成并流传开来，基于这些传说的日本各地的有关遗迹也保留至今。

在热田神宫（今名古屋市热田区）下属的内天神社所祭祀的神就是杨贵妃。该神社中藏有的名为《仙云拾遗》《晓风书》等典籍记载了有关的历史传说，及当时唐朝与日本的关系。据传说，高宗时代（相当于日本的天智王朝时期），唐朝和新罗联合，灭了百济。而指望日本援救的百济，也因日本水军在白江村一役中被唐朝击败而落空。唐朝和新罗下一步就有可能侵入日本。唐玄宗继位后，为了实现高宗的意愿，扩大唐朝版图，便计划侵略日本。面对这样的局势，天智天皇设下计策，以避免唐朝对日本进攻。于是热田神宫便决定派一个神，化身为绝世美人，让她进入唐玄宗的后宫，以其色相蛊惑玄宗，使他沉溺女色而不思朝政，这个化身的女人就是杨贵妃。此计果然奏效，唐玄宗从此爱上了杨贵妃，不仅荒废朝政，进攻日本的计划也抛诸脑后。当杨贵妃被缢身死后，灵魂返回东海蓬莱山（日本热田），被祭祀在热田的内天神社。唐玄宗思念杨贵妃，派方士杨通幽寻访贵妃魂灵，于是杨通幽来到日本热田，与杨贵妃魂灵相见，然后回国通报玄宗，玄宗听罢，因过度惊诧而猝死。

关于杨贵妃的这个传说故事把当时唐朝跟日本两国的关系紧密联系起来，说唐朝计划侵略日本，将杨贵妃说成是日本的神，而杨贵妃与唐玄宗的结合，均出于日本人事先策划，这些都没有史料的依据。作为民间传说，其形成与白居易的《长恨歌》恐怕也有密切关系。《长恨歌》中"忽闻海上有仙山，山在虚无缥缈间"，"昭阳宫里恩爱绝，蓬莱宫中日月长"的诗句，为类似的传说预留了想象的空间。祭祀杨贵妃的热田神宫，从前也被称作"蓬莱宫"，而其西侧一带，称为"蓬左"，位于那一带的名古屋城的别称是"蓬左城"。这些显然都与杨贵妃的传说有关。

在日本的油谷湾一带，流传着另一版本的杨贵妃传说。话说千年前，唐玄宗将弟弟寿王二妃子据为己有，改名杨贵妃，备加宠爱。玄宗将政权交给杨贵妃之兄杨国忠，政局逐渐混乱。武将安禄山造反，攻下长安，玄宗携杨贵妃等逃往蜀地，途中护卫的将士们要求杀死杨贵妃。玄宗无奈只得下令杀人。但被杀死的实际上不是杨贵妃，杨贵妃在一个名叫陈玄礼的方士的安排下，逃到东南沿海，然后乘船漂往日本，最终在日本的油谷湾的久津登陆。后来，唐玄宗思念杨贵妃，派方士送给贵妃两尊佛像，贵妃则以簪回赠。玄宗不胜悲叹，不久驾崩……

这个传说的特点是说杨贵妃没有被杀死，而是逃到了日本。直到如今，在面对油谷湾的久津的二尊院墓地里，还保留有一处花岗岩的碑塔，传说是杨贵妃之墓。

除了上述两个有代表性的杨贵妃传说版本之外，日本各地还有若干杨贵妃的古迹，如在奈良的涌泉寺，就祭祀着一尊观音，头上有豪华的妃冠，一只手拿着白花，造型优美端庄，这就是"杨贵妃观音"。在这些遗迹背后，都有关于杨贵妃的故事传说。日本民间的这些杨贵妃传说，为此后的文人墨客创作以杨贵妃为主人公、以杨贵妃故事为题材的各种体裁的作品，提供了广阔的想象空间，预备了广大的受众。在 12 世纪上半期成书的"说话"（故事）集《今昔物语集·卷第十》中，就有一篇故事题为《唐玄宗之后杨贵妃因皇帝宠爱而遭杀身之祸的故事》，是较早形诸文字的杨贵妃的故事；13 世纪成书的一部专门收录中国故事的《唐物语》，也有一个《唐玄宗与杨贵妃的故事》。

综上所述，在日本民间的徐福传说中，徐福实际上是日本文化的始祖神；日本杨贵妃的传说则突出了中国唐文化与日本文化的深刻的连带关系。这样的传说主题，在中国题材文学史上不乏象征意义。

二、"渡唐物语"的中国想象

奈良朝时代（公元 710—784 年）与平安朝时代（公元 794—1192 年），是日本人全面学习、吸收和消化中国文化的时期，从公元 630 年至 894 年，日本共派出了十六批遣唐使，前来呈递国书、奉献物品，留学见习等，其律令制度、语言文字、佛教儒学、都城建造等各方面都学习中国唐朝。这一点也自然反映在文学创作上，不仅汉诗与汉文成为当时贵族上层社会的通用书面语言，日文创作（包括和歌、日记散文文学、物语）也多受中国文学与文化的影响。其中，日本民族诗歌样式"和歌"及《万叶集》《古今和歌集》等和歌集都有大量中国文化的因子，日本独特的叙事文学样式"物语"中，则出现了以中国唐朝为舞台背景、以日本遣唐使或来华者为主人公的作品，学者们称之为"渡唐物语"。"渡唐物语"有两部重要作品——《浜松中纳言物语》与《松浦宫物语》。

《浜松中纳言物语》是一部长篇物语，用古日语写成，译成中文约合十万字以上，成书于平安王朝时代的后冷泉天皇时期（公元 1045—1068 年），一般认为作者是《更级日记》的作者、著名歌人菅原孝标之女（生于 1008 年）。全书的主要内容是男主人公源中纳言（"中纳言"是朝廷官职名称）与左大将之女大君、与远在中国的唐朝皇后（唐后）的恋爱，以及源中纳言西渡入唐（渡唐）的故事，全书共分五卷，其中第一、第二卷内容散佚不全，但全书的情节结构可大体分明。

男主人公是式部卿（官称）之子，才貌双全，成人后被赐姓"源"。不久父亲去世，他欲出家遁世为亡父祈求冥福，但想到要照顾母亲而作罢。在这期间，左大将与他母亲来往甚密，他恨母亲，开始疏远左大将。但同时对左大将家美貌女儿大君心有所动。不久，他升任中纳言（称源中纳言）后，听说亡父转生为唐朝第三皇子，而且此事他自己也有所梦，所以下决心西渡大唐，一看究竟。就在这期间，大君与皇子式部卿缔结婚约，他得知后内心大乱。在与大君有了一夜之欢后，慌忙离开日本，远赴大唐。大君伤心落泪与中纳言告别，吟咏了一首和歌："日本海滨松，依依今夜情，恍惚如梦中。"（"滨松"又写作"浜松"，即海边的松树，有迎送客人之形，在此暗喻大君，"浜松中纳言"的这一书名也由此而来。）后来家人知道大君怀上了源中纳言的孩子，于是其父左大将便让大君的妹妹中君与式部卿缔结了婚约。寄居在源中纳言母亲家里的大君也削发为尼，不久生出一子。

源中纳言平安到达唐朝后，受到热烈欢迎。唐朝的高官大臣们对源中纳言的堂堂容貌和诗乐才情无不称赞。源中纳言在河阳县的离宫与第三皇子见面，皇子此时只有七八岁，因有与父亲的前世之缘，所以一见如故。与皇子第二次见面的源中纳言，被其母后的绝世美貌所吸引。殊不知这个唐朝的皇后，是她当大臣的父亲在日本时，与已故上野宫的姬君所生，实际上与源中纳言是同父异母的兄妹。此后，源中纳言对唐后的爱恋难耐，按梦中所示，上山参拜佛寺，与正在山阴斋戒避邪的皇后发生了一夜之情。但是当时源中纳言并不知道对方是皇后，此后也没有机会再见。怀孕的唐后于父亲所在的蜀山生下一个男孩儿。源中纳言一直苦苦寻找在山中一夜邂逅的那位女子，不觉过了三年，杳无音信，归国的时间也要到了。此时皇后做了一个梦，按照梦中神灵的指点，她把一切都告知了源中纳言，告诉他这男孩儿是日本人的后嗣，并把男孩儿交给了他，让他领回日本。同时，也托梦给了远在日本的生母。

　　源中纳言也在思虑不舍中回到日本筑紫，他将乳母从京城叫来，并把从中国带来的儿子交给她照料。此时，他才得知大君削发为尼后，为他生下了一子，这情形与他在中国做的梦完全一致。源中纳言进京，见到了母亲，以及他与大君生下的女儿。源中纳言誓言今后为了入佛门的大君，将清心寡欲，并打算为她建造一处佛堂。

　　随着身边诸事安顿停当，源中纳言对远在中国的唐后更加思念，于是打开唐后交给他带来的那个信匣，内有一封信，写着她对别后生母的思念，告诉源中纳言与第三皇子之间的因缘。源中纳言还从信中得知，唐后还有一位异父同母的妹妹，把这个消息告知唐后的是一位渡唐僧，现在正隐居吉野。源中纳言得知此事，并将这些事情告诉了大君，自己则去吉野拜见那位渡唐僧。唐后的母亲已经出家为尼，就住在吉野的一位圣僧附近。源中纳言把那个信匣交给圣僧代转。听圣僧说，母亲与帅宫所生的姬君也已经成人，并在一起生活，源中纳言说今后定会帮助她们的生活，然后返回京城。

　　中纳言在梦中多次梦见大君，于是急赴吉野，大君病入膏肓，往生归西。生前把女儿姬君托付给源中纳言，源中纳言在姬君身上看到了唐后的面影，深感宿缘。圣僧告诫源中纳言：此姬君若在二十岁之前与人有染，会遭遇不幸。源中纳言严守这个告诫。

　　源中纳言对唐后更为思念，他回到大君旧宅居住，却每夜梦见唐后卧病不起，三月十六日，只听天空传来一个声音，告知唐后已经往生西归，源中纳言为她祈福。但就在这时，姬君因患病去清水寺参拜居住，却被好色的式部卿盯上。源中纳言得知从清水寺传来的姬君失踪的消息，万分着急。而此时死去的唐后现身他的梦中，说自己已经转生为姬君的女儿。

　　且说式部卿把姬君藏到梅壶，因她身体过于衰弱，只好把她交给源中纳言，但此后仍与她频繁来往。不久姬君有了怀孕的迹象，源中纳言想起了梦中唐后的话，深觉可怕。到了第二年，从中国传来音信，说唐后于去年三月十六日驾崩，第三皇子被立为太子，源中纳言得此消息，泪流纵横，感慨万千……

以上就是《浜松中纳言物语》的情节梗概。其中男主人公源中纳言与唐后的不伦之恋，是以《源氏物语》为代表的平安王朝物语文学的共同主题，表现是王朝文学的超道德、纯人情的不伦的男女关系，从而表现"物哀"的审美观，在这一点上，《浜松中纳言》显然学习模仿了《源氏物语》。但是，站在中国题材日本文学史的角度看，《浜松中纳言》的独特性在于，它有相当一部分内容是主人公源中纳言渡唐、在中国生活的场景，因此我们也可以把这部作品归为中国题材的日本物语文学的范畴。

《浜松中纳言》的背景是平安王朝时代中日两国之间的频繁交流。主人公源中纳言到中国来，并不是作为遣唐使，倒更像是一场寻亲旅游。他在梦中得知自己的亡父将会托生为唐朝的第三王子，于是决定来中国。而且来华后，果真验证了梦境的真实性。相信梦的灵验，这在中外古代文学作品中十分常见，在此前的《源氏物语》等日本王朝物语中也多有描写。《浜松中纳言物语》中梦的超现实的灵验，与佛教的轮回转生的信仰密切相关，两者的结合，构成了整部作品情节构思的基础和依据。书中人物的行为与结局，实际上都是按照这种宿命的预定而进行的，缺乏写实精神，少有真实可信性，具有极强的玄幻浪漫色彩。但恰恰是因为这一点，作品才得以打破时空界限，才能让书中的人物在中日两国之间、在过去与现在之间穿行。而且，从这一点上看，那时中日两国不仅在频繁往来中有了文化认同，从中国传入的佛教已经成为一架精神桥梁，使中日两国乃至东亚、亚洲形成了一个共同的精神空间、共同的文学舞台，也为作品的艺术想象提供了无限的可能。

对于王朝物语文学而言，中国题材并不等于中国写实或中国纪实，更多的是中国想象。这种想象既有对中国及中国文化的好奇心和美好憧憬，也有日本人的独特立场与本位意识，作者把一个中国唐朝的皇子，写成是日本人的转生，又写唐朝皇后为日本人生子，极富想象力，而且足够大胆。在细节描写上，因作者没有来过中国，对中国的山川地理、风俗习惯的认识也相当有限，只能凭片段的听闻与知识储备，展开想象和虚构。例如，在写到源中纳言登陆中国后，以长安为目的地一路所经地方，如杭州、历阳、华山、函谷关等，这并不合地理交通的常识；再如写唐后所居住的"河阳"的离宫，看上去应该是都城长安的近郊，因为源中纳言来去较为简单方便，但"河阳"应在河南（今河南孟县），与洛阳较近，作者显然是把"长安"与"洛阳"弄混了；又写到源中纳言随皇帝行幸"洞庭"，说"洞庭湖"就在长安皇宫西侧，把遥远的长江流域的洞庭湖写进了长安，这都表明作者完全没有中国的地理常识。而且，由于站在日本人角度写中国，有时候难免把中国人也写成了日本人的样子，如第一卷写中纳言去河阳初次拜见唐后，在欢迎仪式上与中国的那些年轻宫女相互诗歌唱和，源中纳言吟咏了一首和歌："鲜花映夕阳，恋心如花放，暂忘大和是故乡。"而中国的宫女们竟也以和歌相唱和："鲜花何芳芬，慰藉大人思乡心，愿君勿烦闷。"①那时候学习汉学的日本人固然可以吟咏汉诗，但中国人绝不可能吟咏和歌，作者在这里把日本宫廷游宴的场景搬到了中国。

继《浜松中纳言物语》之后，物语文学中还有一部中国题材的作品，那就是《松浦宫物语》。

《松浦宫物语》共分三卷，用古日语写成，译成中文约有四五万字，一般认为写于平安时代末期，作者不详。镰仓时代初期成书的以品评各色物语作品为主要内容的《无名草子》一书，称《松浦宫物语》为著名歌人藤原定家（1162—1241）所作，后来也有不少学人确信是藤原定家的作品，但证据尚显不足。题名"松浦宫物语"来源于主人公的母亲对儿子吟咏的一首和歌——"我儿今渡唐，松浦宫上望月亮，盼子回家乡"。②在日本遣唐使时代，日本人写和歌赠别远赴中国的亲人，表达依依不舍与思念之情，或者客居中国的遣唐使吟咏和歌寄托思乡之情者，或者回国后

---

① 《浜松中納言物語》，《新編日本古典文学全集 27》，东京：小学馆，第 41-42 页。

② 《松浦宫物語　無名草子》，《新編日本古典文学全集 40》，东京：小学馆，第 26 页。

写中国风物表达对在华时的怀念，多见于《万叶集》《和汉朗咏集》等和歌集。

《松浦宫物语》写的是平安时代中期藤原氏主持朝政的时代，正三位大纳言橘冬明和皇女明日香所生儿子橘氏忠，才貌双全，十六岁时任中卫少将，官至从五位上。这位氏忠少将勤奋好学，而且风流好色。他心中暗暗爱慕一位神无备皇女。有一年菊宴之夜，氏忠少将终于如愿以偿，与皇女有一夜之欢。但不久皇女正式出嫁入宫，少将也作为遣唐副使前往大唐（渡唐），临行前皇女赠送一首惜别的和歌，母君在松浦山造了一处别墅，等待儿子回国。平安渡唐的氏忠少将，在唐国虽然一切顺遂，颇得唐朝皇帝的信任，但仍然思念故国家乡。一个月明之夜，氏忠少将听得一高楼上传来一阵美妙的琴声，循声而去，见到了一位老者。于是此后少将师从这位老人学琴，遵老人之意，远赴商山，从皇帝的妹妹华阳公主那里得到了一首秘不传人的琴曲；美貌的公主令氏忠少将意迷心乱，分别前约定日后在皇宫相见。那时皇帝龙体欠安，招来氏忠进宫，嘱托他辅佐太子。进宫那天，氏忠在五凤楼下与那位美丽而又神秘的公主结缘。华阳公主交给氏忠一块水晶玉，预言以后将在日本的初濑再会，此后不久夭亡。皇帝也驾崩，国家一时混乱，皇帝之弟燕王叛乱，氏忠少将遵守与皇帝的约定，与新帝及其母后（邓皇后）一同退居蜀山，对此叛方因迫不及待反而陷于窘境。于是氏忠决定以仅有的少量兵力发动逆袭，在神佛的加护之下，终于杀死敌将宇文会，攻破燕军。天下恢复太平了，可氏忠少将思乡之情日甚。

一天夜里，氏忠在与邓皇后见面时，感到自己被其妖艳之美所吸引。次日黄昏，在一处飘满梅香的山里，氏忠与一位吹箫的妖艳女子相会并结男女之缘，觉得这位女子身上的香味竟与邓皇后相同。邓皇后告诉他：那位梅花山间的女子实际上是自己的化身，自己是兜率天，氏忠是天童，那个宇文会则是阿修罗，她与氏忠二人是奉天命，为了惩罚阿修罗而降生到此国，说罢邓皇后交给他一面镜子作为留念。不久氏忠回到日本，并升任中将，他赶忙去参诣奈良初濑，正如以前所约定的那样，他听到了美妙的琴声，终于与公主再会。氏忠又打开唐朝邓皇后赠送的那面镜子，镜子中出现了妖艳的面影，还有诱人的香气……。氏忠看着眼前重逢的日本公主，感叹自己奇妙的相遇与命运，不禁心乱如麻……

　　以上就是《松浦宫物语》的故事梗概的条理化梳理，实际上整个作品的情节结构并不紧密，物语三卷之间也缺乏起承转合的紧密性。第一卷写氏忠少将离别母亲，母亲相约日后在松浦宫等他归来，直到物语最后，这一情节都没有再续，遂使"松浦宫物语"这一题名变得虚浮无据。当然，不重情节结构只重"物哀"情趣，不是讲故事而是制造情调氛围，这也是日本平安王朝物语的一个普遍特征。在日本物语文学中，《松浦宫物语》的最大特点是主题的国际性，以出使中国唐朝即"渡唐"为题材，舞台背景横跨中日两国，因而我们也可以把它视为中国题材的作品。其次是历史题材与现实场景的交融。物语中的遣唐使渡唐、渡唐的日本人长期居住长安，并与中国人密切接触交往，以及唐末的社会动荡、宫廷斗争等，都是有一定的历史根据的，物语中也有强烈的佛教思想与佛教因素，特别是轮回转世（中国的华阳公主与日本公主之间）成为故事情节的重要节点，表明了当时汉传佛教对日本文化及日本文学的深刻影响。整个题材构思是奈良朝、平安朝的遣唐使时代、遣唐使文化的直接产物。但是另一方面，《松浦宫物语》又是纯粹虚构的作品，主要情节与人物都是虚构，在虚构中却显示了当时日本人的特有的心态与想象。他们一方面追慕唐朝文化，来向中国学习，一方面又有很强的日本的自尊，处处表明日本人的能耐与优秀，物语中写到氏忠少将在长安不仅深得唐朝皇帝的信任、重用与托付，而且更得到公主与母后的爱慕，并且在中国竟能领兵打仗、平定叛乱。这一情节与江户时代剧作家近松门左卫门《国姓爷合战》中的主人公和藤内在中国领兵平乱极为相似，两者远隔七百年竟可遥相呼应，可见这是日本人根深蒂固的一种情意结。

　　《松浦宫物语》作为平安王朝物语，与其他物语的一个相同之处就是写男女的恋爱，而且是超道德的纯爱，其中写到了氏忠与唐朝公主、皇后的近于乱伦的关系，这样的情节与描写在《源氏物语》《浜松中纳言物语》等物语作品中最为常见，反映的是日本人的审美趣味，体现的是日本平安王朝贵族的"物哀""知物哀"的美学。而跨国的恋爱、异国之恋与不伦之恋的结合，使《松浦宫物语》更具一种唯美情调、浪漫色彩、妖艳余味和宿命的神奇，再加上中国大唐的异国情调的渲染，例如优美的古琴古箫、各色牡丹花，还有对长安都城的仙境般的想象描写，使得中华文化与日本文化融为一炉，"唐风"与"国风"相交汇，显示了中国题材的日本物语的独特的想象力与艺术魅力。

三、《今昔物语集》的中国题材

与上述的《松浦宫物语》差不多同时出现的《今昔物语集》，在日本文学史上被称为"说话"或"说话文学"，《今昔物语集》中的"物语"不同于上述的王朝物语，宜理解"故事"之意，是民间或文献中的传说故事的编纂，《今昔物语集》是公认的说话文学的集大成。有相当一部分的内容属于中国题材。

《今昔物语集》约形成于12世纪上半期，时值平安王朝时代①后期。因每个故事的开头二字均是"今昔"（"距今很久以前"之意），故名为"今昔物语集"。编者、编辑过程及编辑目的均不详，但全书具有浓厚的佛教色彩，大部分故事属于佛教故事，据此推断编撰者为佛教僧侣的可能性很大，是一部以佛教说教为主旨、以文学娱乐为辅助的佛教文学集。《今昔物语集》全书卷帙浩繁，收短篇故事一千多个，若译成中文约一百万字。内容也非常丰富，除佛教的说教故事外，也广泛地反映了古代日本

---

① 平安王朝时代，简称平安时代，奈良时代后以平安京（今京都）为都城的历史时代，始于公元794年，终于1185年镰仓幕府成立，历经400年，是以皇室政权为中心的时代。文学上也以宫廷贵族文学为主流，文学史家称为"平安贵族文学"。

的社会生活，描写了从皇族贵人、僧尼、学者、武士、农民、商人直到盗贼乞丐等各色人物，还有各种动物、植物、神灵妖怪的形象。从世界文学史、东方文学史上看，《今昔物语集》大概可以称得上是流传至今的收录故事数量最多、内容最丰富的跨国界的大型故事集之一，它引进、翻译改编了许多中国和印度的故事，是日本与中国、印度进行文化、文学交流，吸取和借鉴外来文化的结晶和见证。

《今昔物语集》分三十一卷（其中第八卷、十八卷、二十一卷残缺），这三十一卷又分为天竺（印度）、震旦（中国）、本朝（日本）三部分。其中，天竺部分为一至五卷，共 187 个故事；震旦部分为六至十卷，共 180 个故事；本朝部分为十一至三十一卷，在故事数量和篇幅上占了约三分之二的比例。像这样按照"天竺—震旦—本朝"先后顺序来编排，从一个角度反映了以佛教内容为主的故事由西向东的传播与接受过程，即从印度经由中国，再传播到日本。

然而，《今昔物语集》中的"天竺"部分的五卷内容，并非直接从印度取材，而是间接取材于从中国。因为当时的日本没有人像中国僧侣那样去印度取经，也没有人通晓梵语等印度及西域语言，因而日本的佛教完全是由中国传入的。《今昔物语集》中的佛教故事，也主要是根据汉译佛经翻译改编的。虽然有研究者证明，《今昔物语集》的天竺部分也参考了日本已有的佛教故事集《日本灵异记》《三宝绘词》《法华验记》等，但日本的这些佛教故事集的编写本身就受到了汉译佛经的很大影响，其故事的主要源泉仍是汉译佛经。因此，天竺部分一至五卷的 180 多个故事冠名为"天竺"，只是表明故事的舞台背景和人物大都是天竺和天竺人，而实际上这些故事大都取材于汉文文献，主要是汉译佛经，如《生经》《六度集经》《贤愚经》《阿含经》《杂宝藏经》《过去现在因果经》《杂譬喻经》等。其中，释迦牟尼的生平、传教、涅槃与成佛的故事，佛教在释迦牟尼之后逐渐发展壮大的故事，佛教灵验的故事，是天竺部分的中心内容。《今昔物语集》天竺部分的这些故事大多是对汉译佛经故事的编译。和印度佛经故事比较而言，这些故事的最大特点是简约。印度佛经故事乃至所有的印度故事都具有铺张、繁琐、冗长的特点，汉译佛经根据中国人崇尚微言大义的习惯，对故事下了一些删繁就简的工夫，但从尊重佛典的角度，汉译佛经的删繁就简仍然是有限的。而《今昔物语集》在汉译佛经的基础上，又将故事进一步简化，每个故事大都在几百字至一千字左右，像第二十八《流离王杀戮释迦族的故事》那样的长达三四千字的长故事并不多，体现了日本古典文学叙事单纯、追求平淡趣味的特色。

《今昔物语集》一至五卷的天竺部分的另一个题材来源是中国僧侣编撰的佛教类书，如《法苑珠林》《经律异相》《冥报记》等，玄奘的《大唐西域记》也是天竺部分重要的取材对象。据王晓平教授的研究，天竺部分至少有二十篇是从《大唐西域记》中取材的。其中，第三卷有三篇，包括第三卷的第七、第八、第十一篇；第四卷的第四、第五、第十一、第十二、第十六、第十七、第二十六、第二十七、第二十九篇；第五卷的第一、第二、第五、第六、第十三、第十七、第二十六、第二十七、第二十八篇，"天竺"卷总共从《大唐西域记》中取材率占10.7%。①这些都进一步表明，《今昔物语集》中的天竺故事是直接取材于中国的间接的"天竺"故事。

《今昔物语集》的"震旦"（中国）部分是第六、七、九、十卷（第八卷原缺）。各卷在编辑时，显然既考虑了故事的数量与篇幅的均衡，也考虑到了内容的分类。其中，第六、七两卷的标题是《震旦 附佛法》，主要是与佛教相关的内容；第九卷标题是《震旦 附孝养》，主要是中国的孝敬父母老人的儒教道德故事；第十卷标题是《震旦 附国史》，主要是中国的历史人物故事。

第六卷与佛教相关的故事，主要内容是讲述佛教在中国传播的历史。例如开篇第一个故事是《秦始皇时期天竺僧人进入震旦的故事》，第二个

① 王晓平：《佛典·志怪·物语》，南昌：江西人民出版社，1990年，第223-226页。

故事是《汉明帝时期佛法传来的故事》，第三个故事是《梁武帝时期达摩来华的故事》，第六个故事是《玄奘三藏去天竺取经归来的故事》……。编者大体上依据历史时代的演进顺序，以通俗的小故事，讲述了佛教从印度传入中国及中国僧人弘扬佛法的历史。例如，第一个故事《秦始皇时期天竺僧人进入震旦的故事》，兹翻译如下：

　　距今很久以前，震旦的秦始皇时代，有僧人从天竺来，名叫释利房，带着十八位贤人，还有各种佛教典籍。

　　国王对他们发问道："汝等从何处来？样子长得好生奇怪，秃脑袋，而且奇装异服。"利房回答："西国有一大王，名曰净饭王，他有一位太子，名叫悉达太子，太子厌世出家，修了六年苦行，最终觉悟，人称释迦牟尼佛。四十余年间，为一切众生说种种佛法，众生蒙其教化，八十岁时涅槃，其后三个弟子……①为一也。我为弘扬佛法，来此地也。"国王说："汝等虽自称佛的弟子，但朕不知佛为何物，也不知比丘为何物。看见汝等模样，我极厌烦，应予驱逐，为儆效尤，将汝等关押，此后不准再谈佛事。"遂下令狱吏投于狱中。狱吏遵令按重罪者监禁，严加看守。

　　那时利房悲叹曰："我等为传佛法不远万里来此，不料遇上不解佛法的恶王，身陷囹圄。我释迦牟尼如来虽涅槃已久，但以其神通之力，定能看到我等厄运，愿助我脱离苦境。"如此祈祷入睡。入夜，释迦如来现出一丈六尺身姿，放出紫金之光，从虚空飞来，劈开牢门，将利房救出，十八贤人也一同出逃。同时，监狱中被关押的许多罪人，也都四散而去。

　　那时，狱吏听得天空震动，惊讶出视，只见一丈六尺神人放出金光从空中飞来，冲开牢门……②大惊失色。

---

①　省略号处为原文残缺。
②　省略号处为原文残缺。

以此之故，由天竺东渡而来佛法受阻，直至汉明帝时期始来传。更久之前的周代佛法亦曾传来，此土亦有阿育王所造之塔，秦始皇焚书坑儒，佛教在所不免。传说如是。

这个故事解释了为什么在秦始皇时期佛教没有传来，是有中国历史及佛教史上的依据的，但故事中的天竺僧人"利房"，却像个日本人的名字。可见这个故事是作者依据中国历史及佛教史敷衍出来的，具体的出典难以判断。第六卷中的其他故事，大都具有这样的特点。这也说明许多故事并不是根据某一特定的汉文原典，而是在综合参考多种汉文原典的基础上的再创作。

第七卷依然是佛法故事，但佛教史的色彩明显减弱，而主要是关于佛教的各种各样的灵验奇谈。例如，第三个故事《震旦予州的神婆，闻般若而升天的故事》，故事译文如下：

距今很久以前，震旦的予州有一老妪，从年青时就迷信邪魔外道，不信佛法三宝（三宝即佛教的佛、法、僧——引者注），人称她为"神婆"。因她厌恶三宝，绝对不近寺塔，走路时若遇上僧人，必双目紧闭。

有一次，一头黄牛站在神婆家门口。过了三天，不见牛的主人。神婆心想："此牛或是神的恩赐"，便想把牛牵回家去。但那牛力气大，神婆牵不动，便解下自己的腰带，刚拴在牛鼻子上，牛撒腿便跑，神婆紧追其后，牛跑入佛寺，神婆可惜自己的腰带和牛，便塞住耳朵，面背着佛，进入佛寺。这时，寺院僧侣被惊动出视，看见不信佛法的神婆来了，便念起了"南无大般若波罗密多经"。神婆闻之，弃牛仓惶出逃。一边在河边洗耳朵，一边生气地说："我今天听了不祥之事，什么乱七八糟'南无大般若波罗密多经'！"骂了三遍，回了家，牛也看不见了。

其后，神婆患病而死。她的女儿怀念她，她托梦给女儿说："我死后来到了阎魔王面前，我一生多有恶业，而无多少善根，阎王翻阅我的生前的账本，笑着对我说：'你生前曾有幸聆听过般若，现在把你送回人间，让你受持般若！'但我在人间的因缘已尽，只可重生于忉利天（佛教的欲界六天之一——译者注），你不必悲叹。"女儿梦醒之后，发心为母亲而抄写般若，共抄出三百余卷。

可见，即使厌恶聆听到般若也有功德，更何况发心抄写、受持般若，真功德无量也。

这个故事取材于《三宝感应要略录》中卷第四十八，在第七卷的故事中具有代表性。第七卷的四十个故事，大都像这样取材于中国的各种汉译佛经和中国人编撰的佛教类书、故事集等，其中以取材于《冥报记》者为多，大都以中国人为主人公，以中国为背景，讲述不信佛的坏处及信佛的好处，劝人皈依佛法。

第九卷的标题是《震旦·附孝养》，共46个故事，主要以孝道为中心，讲述孝子的故事、不孝遭报应的故事等。具有儒佛合一的色彩。如第一个故事《震旦的郭巨孝敬老母而得到一罐黄金的故事》，第二个故事是《震旦的孟宗孝敬老母而得笋的故事》，第三个故事《震旦的丁兰，雕刻母亲的木像供养的故事》，都来自中国原典《孝子传》。此外也有一部分是与孝道无甚关联的关于佛教的因果报应之类的轶闻趣事，如第三十四《震旦的刑部侍郎宗行质，前往冥途的故事》，第四十二《河南人妇让婆婆喝蚯蚓汤，得报应的故事》，出自《冥报记》和《法苑珠林》等。

第十卷《震旦 附国史》，在《今昔物语集》的"震旦"部分中最富于文学价值。该卷有四十个故事，可以说是中国历史故事、人物传说的集锦。这些故事大都是根据中国的历史、哲学、文学等方面的材料翻译改编。根据故事的素材来源，可以分为三大类：

第一类，取材于中国历史著作《左传》《史记》《汉书》《后汉书》

等故事，共有十四篇，如第一个故事《秦始皇在咸阳宫执政的故事》，主要依据《史记·始皇本纪》；第三个故事《高祖伐项羽成为汉代帝王的故事》，主要依据《史记·项羽本纪》；第四个故事《汉武帝派张骞观看天河水的故事》，主要采自《史记·大宛列传》《博物志》《荆楚岁时记》等；第五个故事《汉前（元）帝家王昭君嫁于胡国的故事》，主要依据是《汉书》《后汉书》《西京杂记》；第二十三个故事《病化作人形，医生听其言而治疗的故事》主要依据是《春秋左氏传·成公十年》；第三十《汉武帝派苏武去胡地的故事》主要依据是《汉书·苏武传》，等等。

第二类，取材于《庄子》《韩非子》等诸子散文的故事。其中，《庄子》中的寓言故事以其想象奇诡、蕴含丰富、短小精悍，特别是在思想内容上与佛教较为接近，尤其受到《今昔物语集》编撰者的青睐。第十卷中取材于《庄子》的就有五篇，包括第十个故事《孔子周游，遇荣启期的故事》，主要依据是《庄子·杂篇·渔夫》；第十一个故事《庄子□①乞食的故事》，主要依据是《庄子·杂篇·外物》；第十三个故事《庄子见兽行而逃走的故事》，主要依据是《庄子·外篇》的《山木》和《秋水》；第十五个故事《孔子为教训盗跖而到其家，恐怖而返的故事》，主要依据是《庄子·杂篇·盗跖》。这些取材于《庄子》的故事，有的基本上是对《庄子》原文的编译，如《庄子□乞食的故事》，有的则做了较大的改造，如《孔子周游，遇荣启期的故事》《庄子见兽行而逃走的故事》等。现以《庄子见兽行而逃走的故事》为例略加分析。译文如下：

> 距今很久以前，震旦有一个名叫庄子的人，聪明颖悟。他在走路时，看见水洼中有一只白鹭，站在那里不动，庄子见状，就欲悄悄上前打白鹭，于是拿着手杖靠近，白鹭却不逃走。庄子感到奇怪，靠近一看，原来白鹭在那里盯住一只虾，所以不注意有人要打它。再看看

---

① "□"为原文缺字，下同。

那只就要被白鹭吃掉的虾，也不逃跑，原来虾正在盯着一只小虫，也不知白鹭正在瞄准自己。

这时庄子弃杖而逃。心想："白鹭与虾，皆不知自己就要被害，只想着谋害他物。我欲打白鹭，只想到了利己，却未想到别人也会害我。还是赶快逃走为好。"于是逃之夭夭。此贤明之举也。

又，庄子与妻子一起玩水，见水中有一条大鱼。妻子说："这条鱼一定很快乐，看它游得多欢呢！"庄子听罢，说道："你如何知道鱼的心思？"妻子答曰："你如何知道我不知道鱼的心思？"庄子说："非鱼，而不知鱼之心；非我，而不知我之心。"诚如是也。即使是亲近之人，也不会真了解对方的心。但庄子是深知妻子的聪明颖悟的。

这个故事的前半部分，来源于《庄子·外篇·山木》，但与《庄子》原典有很大不同。《庄子》中的鸟是一只硕大的"异鹊"，庄子欲拿弹弓打它。此时看见一只蝉"得美荫而忘其身，螳螂执翳而搏之"，于是庄周怵然曰："噫！物固相累，二类相召也"，于是"捐弹而反走"。在这里，鹊与蝉、螳螂三者并没有构成"螳螂捕蝉，黄雀在后"式的连环相害的关系，相比之下，《今昔物语集》中的这个故事，将形象置换为白鹭、虾和小虫，都是日本人熟悉的动物，情节上也显得更为紧凑，而庄子欲逃走时的一段心里话，对主题的揭示也更为明确。故事的后半部分所依据的是《庄子·外篇·秋水》的有关庄周与惠子（梁惠王的宰相）对话的段落，但《今昔物语集》却把惠子置换为庄周的妻子，将《庄子》中的抽象的逻辑学问题，改造为"知人心"的日常人际关系问题。这个故事虽然是将《庄子》的两个独立的寓言故事编在一个故事中，但主题仍是一致的，那就是知人心之难。

第三类，取材于汉魏六朝志怪、唐传奇、《白氏文集》等纯文学作品的故事。如第六篇《唐玄宗的妃子上阳人空老于宫中的故事》，取材于

《白氏文集·上阳人》；第七个故事《唐玄宗的王后杨贵妃因受宠爱而杀的故事》，取材于《白氏文集·长恨歌》及陈鸿的《长恨歌传》等。其中，取材于白居易诗歌的故事较多。白居易是平安王朝时期在日本影响最大的文学家，他的吟咏红颜薄命、爱情悲剧的诗歌，尤为日本人所喜爱。《今昔物语集》开了从白居易诗中撷取故事题材的先例，对此后的中国题材的短篇物语集《唐物语》（详后）的取材和编撰也产生了明显的影响。

此外，还有几个故事取材于汉译佛经故事，如第三十五个故事《国王建造百丈石塔，然后杀死工匠的故事》，主要依据是《大庄严论经·十五》。还有的故事没有明确的出典，可以看作编纂者在综合有关传说基础上的创作，如第三十七《老妪在长安城向众人施粥的故事》。

《今昔物语集》是平安王朝时期大规模接受汉文化影响的产物，是中国文学东传日本，并被日本文学消化吸收的见证。作为从中国取材最多的故事（说话）集，在中国题材日本文学史上具有开创性，具有无可替代的地位与价值。

四、中国题材故事集《唐物语》

《今昔物语集》成书几十年之后，日本文学史上出现了一部纯粹中国题材的故事集《唐物语》。

《唐物语》中的"唐"，不只是指称唐朝，而是泛指中国。这是日本文学史上第一部完全以中国为题材的短篇物语集。此前的《今昔物语集》与现在的《唐物语》虽然都名为"物语"，但在文体上却有显著区分。严格意义上的"物语"是平安王朝贵族文学时代生成的一种夹杂和歌的、富于抒情性的叙事文体，散文与韵文（和歌①）相间，是其基本的文体特征。《今昔物语集》属于"说话"（故事），而《唐物语》则属于"物语"，而且是以和歌来画龙点睛的"歌物语"。从语体上看，《今昔物语

---

① 　和歌：日本古典诗歌的基本样式，形式格律上采用"五七调"，共"五七五七七"五段三十一个音节。

集》使用的是"和汉混合体"的语言，汉字和汉字词语很多，而《唐物语》和《源氏物语》《伊势物语》等平安朝物语文学一样是典雅的日语文语（文言文），使用日语固有词汇，而极少使用汉字汉词。

《唐物语》有多种不同的传本，各传本文字上也稍有不同。现存最早的写本是镰仓时代末期的"尊经阁文库"藏本。《唐物语》成书何时，日本学术界看法不一，有人认为是日本平安时代的作品，有人认为是此后的镰仓时代①的作品。一般的意见认为它成书于公元 12 世纪末到 13 世纪初。关于作者，日本学术界的看法也不一致，有人认为作者无法确定或作者不详，在主张成书于镰仓时代的学者中，不少人认为作者是镰仓时代的贵族歌人藤原成范（1187 年卒）。将藤原成范看成是《唐物语》作者的依据是，在《桑华书志》所载《古籍歌书目录》一书中的"杂一六"中，有"汉物语，一帖，成范"的记载。藤原成范是著名歌人，在敕撰和歌集中曾收录了他的 13 首和歌，同时他对中国文化也较为熟知，《唐物语》中既有中国历史故事及历史人物的演述，也有大量和歌，因此藤原成范具备了编写《唐物语》的种种条件。

《唐物语》共有 27 篇物语，篇幅长短不一，大部分篇目千字左右，只有第十八篇《玄宗皇帝与杨贵妃的故事》有数千字。内容上都是带有悲剧色彩的男女恋情故事，保持着平安王朝贵族文学唯美、唯情的基本格调，可以说是平安朝贵族文学的一种余绪。风雅、情趣、悲哀、阴柔，是其主要的风格特征。《唐物语》从中国典籍中的取材依据和标准，也主要在此。

《唐物语》是日本古代仅有的一种全部以中国为题材的短篇物语集，在中国题材日本古代文学史上具有独一无二的重要地位，而我国迄今并无中文译本，宜逐篇加以评介。

---

① 镰仓时代：公元 1185 年武士大将军在镰仓设立幕府、架空天皇并执掌政权，到 1333 年镰仓幕府灭亡，共 149 年，这是以武士政治、文化及武家文学为中心的时代。

《唐物语》的第一篇题为《王子猷拜访戴安陶的故事》。全文如下：

从前，王子猷住在山阴那个地方。日子过得有滋有味。倾心春花秋月、欣赏四时景物，不觉过了许多岁月。因为他是一个敏感多情之人，在一个满天大雪、月明风清之夜，不能入睡，独自一人与明月对座，慕月之心不能抑制，遂登上小船，率心由性向戴安陶家中划去。因路途遥远，到达时天已明亮，月已西斜。他觉得这次造访已失去了意义，于是连一个招呼也不打，就从戴安陶家门口原地返回。有人觉得不可思议，问："这是为什么？"王子猷说：

急找戴安陶，

只为一同赏明月。

月亮已落下，

只好原地返回家，

何必一定要见他？①

说罢扭头便走。其风雅之心如何，由此事便知。戴安陶住在剡县，与子猷是多年的朋友，据说两人的风雅之心，不遑相让。

该物语取材于《世说新语·任诞第二三》和《晋书》卷八十《王徽之传》。其中《世说新语》原文曰："王子猷居山阴，夜大雪。眠觉，开室，命酌酒，四望皎然，因起彷徨，咏左思招隐诗，忽忆戴安道。时戴在剡。即便夜乘小舟就之，经宿方至，造门不前而返，人问其故，王曰：吾本乘兴而行，兴尽而返，何必见戴。"《晋书》卷八十《王徽之传》与《世说新语》的文字基本相同。《唐物语》的情节与人物大体尊重《世说新语》及《晋书·王徽之传》，但省略了喝酒吟诗的情节，而将人物的雅兴集中于赏雪。日本古代贵族的所谓"风雅"与中国相比，偏重平淡，

---

① 笔者在翻译《唐物语》和歌时，一律采用"和歌"的"五七五七七"格律，以尊重和保留原和歌的形式与神韵。

而较少表现饮酒作乐等强刺激表现。《唐物语》的这个省略，是日本文学趣味的自然流露。此外，《唐物语》结尾将《世说新语》等中国文献中的王子猷的话改写成和歌，这是《唐物语》所有篇目的通例。

《唐物语》的第二个故事是《白乐天聆听商人妻弹琵琶的故事》，取自白居易的《琵琶引》及序。白居易在《琵琶引·序》中开篇云："元和十年，予左迁九江郡司马。明年秋，送客湓浦口。闻舟中夜谈琵琶者。听其音，铮铮然有京都声。问其人，本长安倡女。尝学琵琶于穆曹二善才。年长色衰，委身为贾人妇。遂命酒，使快弹数曲。曲罢悯然，自叙少小欢乐事，今漂沦憔悴，转徙于江湖间。予出官二年，恬然自安，感斯人言，是夕始觉有迁谪意。因为长句，歌以赠之。凡六百一十六言，命曰琵琶引。"白居易用第一人称记述所见所闻，《唐物语》则将《琵琶行》及序的第一人称，改为第三人称；换言之，将白居易作为故事中的主人公，写白居易如何邂逅商人妇，如何倾听她诉说不幸身世、聆听琵琶，并引起情感上的共鸣。和《琵琶行》比较而言，《唐物语》中的这个故事淡化了诗中对琵琶女高超的演奏技巧的形容与描写，更强调白居易与琵琶女的共同的"孤寂"与"哀愁"。

《唐物语》的第三个故事《贾氏妻见丈夫展弓箭技艺而破颜一笑的故事》，全文译文如下：

从前，有一位贾姓男子，据说长得非常英俊，无与伦比，也娶了美貌的妻子。成婚前妻子并不知道贾氏实际上很丑，所以非常后悔，就想改嫁。但改嫁很难，她只有沉默，无论好事坏事，绝对不说不笑，脸上总是布满阴云。贾氏很苦闷，想方设法让她说笑，但都不奏效，就这样过去了三年。那年春天，他们在野外一起散步，此时有一只雉鸟在水边跳动。原来那贾氏是有名的弓箭手，于是拉弓射中雉鸟。妻子见状，顿时忘掉了长年的憎恨，微笑着夸奖了他，丈夫也高兴得不得了——

三年不言语，

忽听得金口玉言。

水边鸟儿啊，

要不是射中了你，

不知沉默到何年。

听到这个故事，痛感人一定要有一技之长。

这个故事《春秋左氏传·昭公二八年》，原文曰："……昔，贾大夫恶，娶妻而美，三年不言不笑。御以如皋，射雉获之。其妻始笑而言。贾大夫曰：才之不可以已。我不能射，女遂不言不笑。今子少不飏。子若无言，吾几失子矣。言之不可以已也如是……"《蒙求》也有《贾氏如皋》的故事，与《左传》文字基本相同，又见于《雕玉集》卷一四。《唐物语》的细节上更接近《雕玉集》。这个故事属于民间故事中"郎才女貌"的主题，说的是男人即使很丑，只要有一技之长，就能获得女子的爱情。在日本文学中，成书于13世纪中叶的日本古代"说话集"《古今著闻记》，编纂原则虽声称不从中国取材，但卷八的《好色第十一》中的写妻子听了丈夫的诗歌"朗咏"而生爱意的故事，可以说是《唐物语》贾氏妻故事的翻版。

《唐物语》中的第四个故事是《孟光尽心伺候丈夫的故事》，全文译文如下：

从前，有个叫梁鸿的人，娶孟光为妻，长年厮守。但孟光是世间少见的丑女人，看见她的人无不吃惊，忍不住对外人讲述。但孟光却非常珍视她的丈夫，伺候得周到细致令人无法想象。早晚就餐时，用勺子盛上饭后，然后举至齐眉处恭恭敬敬地献上。这种做法被称为"齐眉之礼"，一直传到今天。真是——

徒有美貌者，

什么用处也没有。

长得不漂亮，

却与我同心同德，

惟你能伺候好我。

只要情意笃厚，即便长得不漂亮，也无大碍；然而，将丑的看作美的，却极其困难。

据中国史料记载，梁鸿是后汉人，子伯鸾，《后汉书》卷二八《逸民列传》有其小传。《唐物语》中的这个故事就是中国人非常熟悉的"举案齐眉"的故事。这个故事《后汉书》有简单记述，后来《蒙求》之二三〇有《孟光荆钗》，情节较《后汉书》稍详细，《唐物语》中的这个故事取材于《后汉书》和《蒙求》。它与上述第三个故事《贾氏妻见丈夫展弓箭技艺而破颜一笑的故事》，都属于"丑夫丑妻"的故事，前后照应，强调美貌并不是最重要的。

《唐物语》中的第五个故事是《卓文君嫁与司马相如，相如出世的故事》，译文如下：

从前，有一个名叫相如的人，过着极端贫穷的生活，却多才多艺，其才能与学问无人能比，而且古琴弹得很好。他到卓王孙家里去的时候，在月明风清之夜彻夜弹琴。这家主人的女儿卓文君，听得如醉如痴。从此总是沉浸在相如的琴声中不能自拔。文君的父母对女儿接近相如不太高兴，但文君终于为相如的琴声所吸引，与他结为夫妻。父亲家有万贯，然而女儿却嫁给了一个穷人，总觉得不称心，所以对女儿是不管不问，就这样过了许多年月。

那时司马相如在去往蜀国的途中，在过这座桥的时候，在桥柱上写下了一句话，发誓曰："下次若不是乘坐大车肥马，我决不从这座桥上走过。"到了蜀国后，如愿以偿地有了出息，于是又过了那座

桥。妻子也没有白白与他度过那些艰苦的岁月，从此无论亲疏，世间
人等都对他们艳羡不已。

怀才不遇时，

信誓旦旦过此桥。

出人头地了，

衣锦还乡报父老，

此桥名曰升迁桥。

善于忍耐，自强不息，无论古今，都是正确的处世态度。

这个故事取材于唐代经史启蒙书《蒙求》中的《文君当垆》及《相
如题柱》两篇。《文君当垆》中写道："……司马相如至其家，以琴心挑
之，文君夜奔。相如与驰归成都，家徒四壁。文君不乐，乃归临邛，尽卖
车马，置酒舍，令文君当垆，相如着犊鼻裈，与保佣杂作，涤器与市中，
王孙耻之……。"相如与文君的这段开酒馆、洗盘子的故事，《唐物语》
予以省略，这既体现《唐物语》作者的贵族趣味，也表现了不重繁琐叙
事，而追求冲淡趣味的物语文学的审美特征。

《唐物语》的第六个故事是《石季伦的宠妾绿珠从高楼跳下的故事》。
译文如下：

从前，有个人叫石季伦，家财万贯，不知贫穷为何物。在金谷园
召集五百名舞女，不分昼夜，狂欢不止。其中有个舞女名叫绿珠，在
众多女子中出类拔萃，石季伦深爱之，恨不得与她成为一人。就这样
过了一些年月。当时有个名叫孙秀的达官，听到绿珠的艳容美貌，就
想不经别人引荐，自己亲自前去表露心迹，以致思念难耐，迫不及
待。而石季伦即使自己去死，也决不把自己的宠姬让给他人。那个孙
秀一气之下，纠集士兵，手持武器，来讨伐石季伦。那时绿珠正站在
高楼上，看到石季伦被孙秀绑架而去，说道："他是为了我才这样的

呀!"不禁悲从中来,纵身跳楼身亡。当时有人劝她:"还有比命更
宝贵的吗?"但她终于不听——

　　留下我一人,

　　孑然一身何等苦!

　　生死两难间,

　　不如跳下黄泉路,

　　今生来世两不负。

　　这个故事最早见于《晋书》卷三三《石崇传》。石崇,即故事中的石
季伦,晋代的南皮(河北省)人,石苞的次子,以奢侈而知名,官至荆
州刺史,后为赵王伦杀害。后来《蒙求》第二七九《绿珠坠楼》记述较
详,云:"石崇字季伦,浡海南皮人,拜卫尉,有妓曰绿珠,美而艳,善
吹笛。中书令孙秀使人求之。崇时在金谷别馆,方登凉台临清流,妇人侍
侧。使者以告,崇尽出其婢妾数十人以示之,皆蕴兰麝被罗谷。曰:有所
择。使者曰:受命指索绿珠,不识孰是。崇勃然曰:绿珠吾所爱,不可得
也。秀怒。乃劝赵王伦诛崇。遂矫诏收之。崇正宴楼上,介士到门。崇谓
绿珠曰:我今为尔得罪。绿珠泣曰:当效死于君前。因自投楼下而死。崇
诣东市叹曰:奴辈利吾家财。收者曰:知财致害,何不早散之?崇不能
答。"可见《唐物语》中对中国原故事有所增益修改,物语中绿珠主动跳
楼自杀,并非因为石崇对她说"我今为尔得罪",而出于绿珠对石崇的忠
贞不二的爱。日本文学中这种女子主动殉情的故事甚多,而日本式殉情并
非出于中国式的纲常道德,而是出于痴情之爱。这篇《石季伦的宠妾绿
珠从高楼跳下的故事》与中国原作的不同,主要表现于此。

　　《唐物语》的第七篇是《恋慕宋玉的东邻女单相思痛苦而泣的故事》,
兹将全文翻译如下:

　　从前,有一个叫宋玉的男子,容貌之美罕有其匹,学问才能无与

伦比。他家的东邻，住着一位稀世美人，那女子想向他示爱，心痒难忍，一天到晚站在东墙下，窥视宋玉。而那宋玉三年间却连看也不看她一眼。女子很痛苦，终日以泪洗面——

> 陷入单相思，
>
> 苦恼不堪已三年。
>
> 本欲寻短见，
>
> 只恋宋玉好儿男，
>
> 如此美男实罕见。

宋玉大概也不是完全不为心动吧，因为他为人优雅，举止谨慎，是否故意想让那女子陷于单相思，其真意难以揣度。

此篇取材于《登徒子好色赋一首并序》。序文原文为："大夫登徒子，侍于楚王，短宋玉曰：玉为人，体貌闲丽，口多微词，又性好色。愿王毋与出入后宫。王以登徒子之言问宋玉。玉曰：体貌闲丽，所授于天也。口多微词，所学于师也。至于好色，臣无有也。王曰：子不好色，亦有说乎。有说则止，无说则退。玉曰：天下之佳人，莫若楚国，楚国之丽者，莫若臣里。臣里之美者，莫若臣东家之子。东家之子，增之一分则太长，减之一分则太短。着粉则太白，施朱则太赤。眉如翠羽，肌如白雪，腰如束素，齿如含贝。嫣然一笑，惑阳城迷下蔡。然此女登墙窥臣三年，至今未许也。登徒子则不然。其妻蓬头挛耳，龉唇厉齿，旁行踽偻，又疥且痔。登徒子悦之，使有五子。王孰察之，谁为好色者矣。"讲的是楚王的大夫登徒子向楚王进谗言，诬陷宋玉，楚王质问宋玉，而宋玉辩解，并对登徒子反戈一击的故事。而《唐物语》中的这个故事，则省略了宋玉与登徒子、与楚王的三人的关系，而只取宋玉自白的一部分内容，将主人公简化为宋玉与东邻女，故事主题将宫廷争斗转换为男女爱情，使其成为具有浓厚日本平安王朝贵族趣味的平淡而又有味的恋爱故事。与这个故事相似的情节早在平安王朝后期的短篇集《浜松中纳言物语》卷三中就出现过，但主人公是中国古代另一个美男子"潘岳"（潘岳的故事见《唐物语》第二十六，详后）。

《唐物语》的第八篇是《盼盼怀恋死去的丈夫张尚书的故事》，译文如下：

> 从前，有一个名叫盼盼的女子，嫁给张尚书，一起生活多年，对丈夫忠贞不二，无论是春晓还是秋夜，都陪伴丈夫一起听歌赏舞，亲密无间。
>
> 可是人不分老幼，各有寿限，盼盼的丈夫死了。盼盼为此十分悲哀，终日以泪洗面，世人都知道这女子的无与伦比的美丽与高贵，以皇族男子为主，好色的男子纷纷求爱，但盼盼只觉得苦恼。她看着皎洁的秋月，想起和丈夫共同度过的良宵——
>
> > 一起赏月时，
> > 月光是分外明亮。
> > 今孑然一身，
> > 月亮还是那月亮，
> > 却显得黯淡无光。
>
> 盼盼想："虽说人的生命有限，但像我这样形只影单，也太孤寂了。"在一人独处的时候，燕子楼上生杂草，家中零乱不堪，盼盼将自己亲手给丈夫缝制的唐装穿在自己身上，也闻不到丈夫身上的香气了，她越来越伤心——
>
> > 每当看唐装，
> > 倍感寂寞与惆怅。
> > 当初缝衣裳，
> > 仿佛近在咫尺前，
> > 又仿佛远隔阴阳。
>
> 就这样又过了十二年，盼盼终于辞世而去。

该故事取材于《白氏文集》卷十五《燕子楼三首并序》。白居易记述"徐州故张尚书有爱妓，曰盼盼，善歌舞，雅多风态……尚书既殁……盼盼念旧爱而不嫁，居是楼十余年。幽独块然，于今尚在"。《唐物语》对白居易的记事有所改造，那就是不提盼盼是张尚书的"爱妓"这一身份，而把他们写成一般的夫妻关系，同时在结尾处写盼盼之死。这个故事重在渲染女主人公丧夫之后的思念与孤寂，表现女子的多情而专一。《源氏物语》等平安贵族文学中写了各种各样的女子，像盼盼这样的多情而专一的女子，最可体现女子风雅与哀愁的审美情趣。

《唐物语》中的第九个故事是《张文成恋慕则天武后》，写的是"游仙窟"的故事，全文翻译如下：

从前有个名叫张文成的人，相貌堂堂，风度翩翩，喜好女色，是一个情种。世间的女子都希望被他这样的男人所爱。

那时候，有一位集皇帝宠爱于一身、过着豪华生活的王后，在许多的后宫佳丽中出类拔萃。所以张文成恋慕皇后之心难以抑制，但觉没有希望，甚至想一死了之。

就这样，在寝食难安中打发着时光。不过，数年之后，张文成终于有机会实现他的愿望，那皇后似乎也知道张文成对她的一往情深并深受感动，只因皇后的身份不能率性而行，对张文成无以施爱，空度岁月，连做梦都想寻找时机。王后终于与文成结下了秦晋之好。

此后，文成由于思恋过度，身心憔悴。按中国的习惯，与皇后的事一旦被世人所知，即使是身份极高的大臣躬亲，也该当死罪。所以文成和王后未能再次相逢。王后深深地思念文成，但两人连通信都不可能，张文成在七夕节羡慕牛郎织女一年一度的相会，不觉潸然泪下。

自己的苦恼不能形于色，也没有人知道他为何苦恼，于是，他就开始写作以恋情为主题的物语，送给皇后。那时张文成写了一首歌表达他的心情：

> 吾身本卑微，
>
> 身如草芥恋如水。
>
> 情迷梦幻里，
>
> 梦里相会多少回，
>
> 神形憔悴终不悔。

文成所写的物语叫作"游仙窟"，后来也传到我国。据说皇后每当读此物语就心迷意乱。这位皇后就是唐高宗的王后，即则天武后。

故事中的主人公张文成，名张鷟，自号深休子，深州陆泽（今河北深县）人，初唐时期的诗人和作家。《新唐书》卷一六一《张荐传》称："鷟属文下笔辄成，浮艳少理致，其论著率诋诮芜猥，然大行一时，晚进莫不传记。"《旧唐书》卷一百四十九云："天后朝，中使马仙童陷默啜，默啜谓仙童曰：'张文成在否？'曰：'近自御史贬官。'默啜曰：'国有此人而不用，汉无能为也。'新罗、日本、东夷诸蕃无重其文，每遣使八朝，必重出金贝以购其文。"其中《游仙窟》早在张文成在世时，就传到日本，颇为日本人所看重，对日本文学产生了深远影响。关于张文成与武则天的风流韵事，《唐物语》稍后，日本文学中的另一部物语集、公元12世纪后期成书的《宝物集》中也有记述，但却不见于任何确凿的历史记载。本篇故事传说的虚构，虽然有些"乱点鸳鸯谱"的味道，但恐怕也与武则天与张文成同属一个时代、都很风流，且在日本都大名鼎鼎等因素有关。

《唐物语》的第十个故事是《德言与妻子陈氏破镜重圆的故事》，译文如下：

从前有个叫德言的人和一位陈氏女子成婚。陈氏颇有姿色，两人性情相投，情深意笃，相依相伴。不料正逢乱世，人不分高贵卑贱，都逃往山林中避难，兄弟离散，各奔东西，难舍难分，何况这夫妻两人，惜别之心更甚他人。分别前，他们悄悄约定："我们无论各自到了何处，落下脚后，都要设法相见，到那时我们怎样才能知道对方的情形呢？"德言就把陈氏常年使用的镜子从中间摔断，然后双方各持一半，说："每月十五日，我们拿着半片镜子到市场上去，可能会重逢并得知对方的情形吧。"说着两人挥泪相别，此后德言无时无刻不在思念妻子，一人空度岁月。"到底她是否已移情别恋，忘记了和我的约定呢？"思之痛苦不堪——

　　　　镜子割两半，

　　　　棒打鸳鸯别离难。

　　　　对镜思佳人，

　　　　佳人面影何处见？

　　　　镜中空空只枉然。

　　如此思念不已。而此时的陈氏，容貌依然艳丽，当时有一位亲王爱慕她，对她多有眷顾，陈氏的生活比从前更为幸福。但从前的约定她一直没有忘记，平常总是暗暗地思念德言，并把那半片镜子拿到市场，终于找到了持有另一半镜子的人，并互相了解了各自的境况。陈氏见到了德言，苦恼与思念日甚一日，亲王见她反常，便追根问底，陈氏只好如实相告。亲王听罢流下眼泪，感到很可怜，便把陈氏打扮得漂漂亮亮，送到了德言身边。德言无上欣喜。泪流满面——

　　　　男女有约定，

　　　　各奔东西心不离。

　　　　川流归大海，

　　　　破镜重圆必有期，

　　　　夫妻双双永不弃。

　　陈氏舍弃豪华生活，不忘旧情，诚然可嘉可贵，然亲王的有情有义，又在陈氏之上。

上述故事依据的是我国的"破镜重圆"的故事。主人公德言，即徐德言，周代陈国（今河南省）的太子的舍人。唐代孟棨编撰《本事诗》在《情感第一》中记曰："陈太子舍人徐德言之妻，后主叔宝之妹。封乐昌公主，才色冠绝。时陈政方乱，德言知不相保，谓其妻曰：'以君之才容，国亡必入权豪之家，斯永绝矣。倘情缘未断，犹冀相见，宜有以信之。'乃破一照，人执其半，约曰：'他日必以正月望日，卖于都市。我当在，即以是日访之。'及陈亡，其妻果入越公杨素之家，宠嬖殊厚。德言流离辛苦，仅能至京，遂以正月望日，访于都市。有苍头卖半照者，大高其价，人皆笑之。德言直引至其居，设食具言其故，出半照以合之，仍题诗曰：照与人俱去，照归人不归。无复嫦娥影，空留明月辉。陈氏得诗，涕泣不食。素知之怆然改容，即召德言，还其妻，仍厚遗之。闻者无不感叹。仍与德言陈氏偕饮，令陈氏为诗曰：今日何迁次，新官对旧官。笑啼俱不敢，方念作人难。遂与德言归江南，竟以终老。"《唐物语》的这个故事与《本事诗》基本相同，古今日语中都有"破镜"一词，指代夫妻分离。早在公元8世纪初成书的日本古典《肥前风土记》中，就有镜子传到日本的记载；"破镜重圆"的故事则在日本古典《神异经》中有所记载。《唐物语》之前的短篇物语集《今昔物语集》卷十第十九个故事，也有"不信苏规，破镜与妻远行语"的文字。《唐物语》中的这个故事与中国的《本事诗》中的故事情节虽大体相同，但关于"情"（なさけ）的主题，在最后的点题之句中却得到了突显。

《唐物语》的第十一个故事是《箫史、弄玉、凤凰一同飞去的故事》，译文如下：

　　从前，秦穆公有一个女儿名叫弄玉，她是一个心如明镜，心地单纯的人。有一个名叫箫史的乐工，他演奏笙箫的声音，宛如秋天的月亮倾泻，清澄明澈，令人心生感动。弄玉被音乐所吸引，希望与萧史结白首之盟。但人们对此多有毁谤，弄玉却不以为意，两人常一起登楼台吹箫赏月，除此之外，心无旁骛。有一只凤凰飞来，倾听二人的箫声，当月亮西斜，渐次落山的时候，两人觉得胸怀清澄，身轻如燕，于是这只凤凰就将萧史弄玉两人带上向高空飞去——

> 明月千古有，
>
> 此宵月亮最诱人。
>
> 月儿肺腑沁，
>
> 凤凰飞来邀情人，
>
> 一同奋飞高入云。

登天入云，弥足珍贵，而被箫声感动，不顾世人诽谤，其风雅之心，亦令人羡慕。

本篇故事取材于中国的《列仙传·萧史》，其中云："萧史者，秦穆公时人也。善吹箫，能致孔雀白鹤于庭。穆公有女，字弄玉，好之。公遂以女妻焉。日教弄玉作凤鸣。居数年，吹似凤声。凤凰来止其屋。公为作凤台。夫妇止其上，不下数年。一旦，皆随凤凰飞去。故秦人为作凤女祠于雍宫中，时有箫声而已。"后来的《蒙求》一书也有采录。《列仙传》是以宣扬成仙为主题的道教书。中国的道教对日本神道教虽然有所影响，但中国道教的成仙之类的观念，却没有被日本人所接受。日本的神道教的中心是对死人、对死亡的关切，与中国道教的长生不老的成仙截然不同。因而在《唐物语》的这个故事中，中心主题已由成仙而被置换为"风雅"，再次体现了日本贵族阶级"风雅"的趣味。

《唐物语》的第十二个故事是《恋慕丈夫的女人死后化为石头的故事》，译文如下：

从前有一对男女，结婚成家，他们相约今后无论何事都不离不弃，白头偕老。后来丈夫意外离世，女人终日与泪水相伴，对人生不再留恋。有不少男人向她示好，她始终不为心动。每当听到他人的求爱，就更加想念死去的丈夫，最后悲极气绝。不久，她的尸首也化作一块石头——

> 夫妻情义坚，
>
> 情深意笃如石磬。
>
> 灵魂纵离去，
>
> 身体如石不腐烂，
>
> 立等郎君万万年。

那块石头被当地人称作"望夫石"，那女人的一往情深世间真是无有其类。

本篇取材于中国典籍《幽明录》，原文云："武昌北山上有望夫石，状若人立，古传云，昔有贞妇，其夫从役，远赴国难，携弱子饯送此山，立望夫而化为立石，因以为名焉。"望夫石的传说在中国广为流传，文人墨客多以此传说为题材吟诗作赋，如白居易的胞弟白行简有《望夫化为石赋》。望夫石的传说对日本文学也有较大影响。例如平安时代的和歌与汉诗的结集《和汉朗咏集》（公元 11 世纪初成书）第七一九有"秋水未鸣游女佩，寒云空满望夫山"的句子。此后望夫石的传说逐渐日本化，例如在《十训抄》（13 世纪中期的故事集）、《古今著闻集》（亦为 13 世纪中期的故事集）等作品中有关故事中，人物与地点就被置换为日本的了。《唐物语》则成为日本式望夫石故事的源头。

《唐物语》的第十三个故事是《追慕尧的后妃娥皇、女英红泪染红吴竹的故事》，译文如下：

从前，有一个名叫尧的帝王，他治世有方，世人对其事迹交口称赞，尧帝有娥皇女英两位后妃，尧帝对她们同样宠爱有加，难分伯仲，正如红色和紫色难分优劣一样。就这样岁月推移，太平之世常有，人生寿命有限，尧帝终于在湘浦那个地方驾崩了。两位后妃对尧帝追思不已，遂流出血泪，红色的血泪染红了吴竹——

> 尧帝情义深，
> 万千宠爱在两人。
> 夫君驾崩后，
> 两妃悲泣泪涔涔，
> 染红吴竹留血痕。

原来，从前男女的情爱就是这般深厚。

在《唐物语》的不同传本中，男主人公有时为"尧"，有时为"舜"，大概是因为在中国古代尧舜并称而影响到日本的缘故。中国典籍《古烈女传》卷一，其中有云："有虞二妃者。帝尧之二女也。长娥皇，次女英，（中略）舜既即位，升为天子，娥皇为后，女英为妃。（中略）天下称二妃聪明贞仁，舜陟方，死于苍梧，号曰重华。二妃死于江湘之间。俗之谓湘君。（后略）"《博物志》又载："洞庭之山，帝之二女，尧之二妃也，曰湘夫人。舜崩，二妃啼，以涕挥竹，竹尽斑。今下隽有斑皮竹。"《唐物语》的这个故事和上述关于望夫石的故事一样，属于风物传说，即以人物故事解释自然风物。日本山林中竹子茂盛，也有斑竹这一品种，中国的这个故事作为对斑竹形成的解释，日本人极易接受和共鸣。主人公又是帝王与妃子的爱情，与《唐物语》整体的浓厚的贵族趣味十分投合。

《唐物语》的第十四个故事是《后宫美女幽闭陵园，终生不得皇帝宠幸的故事》，译文如下：

从前，有人幽闭在名为陵园的宫殿中，冰清玉洁，花容月貌，世所罕见。有位从小就作为宫女精心培养起来的女子，来到宫中之后，无论亲疏，都以为她可以得到杨贵妃、李夫人那样的宠幸。后宫的许多女子也都嫉妒她。或许是因为遭到后宫女子嫉妒的缘故，她遭受种种恶语中伤，被幽闭于名为陵园的深山中，终日忧愁而身心憔悴，容貌也变得大不如从前。她的父母也不能与她相见，悲叹她虽生犹死。

平常，每当她在深宫中聆听风声与虫鸣，就觉得万念俱灰。如此日复一日，渐渐春天到来时，看见四周山间云蒸霞蔚，田野中早蕨在春雨滋润下破土而出，于是心动不已。又闻到花香弥漫，便在床上辗转反侧。朦胧月光照射进来，月光悄无声息，有问而无答。如此春去秋来。

看见盛开的白菊被夜露打湿，就想起以前重阳节宴席上的旧事，不觉泪流满面——

　　　　白菊覆露水，

　　　　目睹此景必流泪。

　　　　露水如泪珠，

　　　　我身仿佛一白菊，

　　　　重阳盛宴永不复。

此人被幽居在宫殿至今，如今已换了三个朝代。

此篇取材于白居易的诗《陵园妾，恋幽闭也》。白居易的原诗虽为叙事诗，但叙事简略，《唐物语》故事大多尚简而抒情，因此两者转换较为容易。但《唐物语》将白居易的这首诗改写成物语体裁时，也对白居易的原诗所述故事做了改造。例如将诗中中国风格的风物置换为日本式的。重要的是，白居易诗歌有"三千人，我尔君恩何厚薄"带有明显讽喻、批判性的色彩，而在《唐物语》中，则完全被舍弃了，日本文学的基本特点是从根本上不问政治，由此可见一斑。

《唐物语》的第十五个故事是《汉武帝追思李夫人，焚返魂香的故事》。译文如下：

从前，汉武帝在李夫人丧后悲叹不已，历久不止。当初李夫人患病的时候，武帝想去看望她，但夫人无论如何也不见，武帝觉得不可思议，便问个中缘由。李夫人说："我伺候在你的身边，从来没有不愉快之时，又受到您的真心宠爱，因而没有一点遗憾。但是我已病入膏肓，容颜衰老，我知道不听从您的圣言或许是个罪过，因此也并非不担心。我全家受您恩惠，承蒙圣情，只是因为我受您宠爱的缘故。如今让您看到我病衰的容颜后，假如您不能像以前一样再宠爱我了，那我死后将是永难消除的遗憾，这样想来，我还是不见您为好。"

武帝听了这番话，更加悲伤，说："你即使离开人世，我岂能对你一家不管不问呢？只是今生今世，希望至少再见你一面。"但李夫人终于未与武帝见面，便阖然长逝。武帝深感遗憾，便在甘泉殿当中，照李夫人以前的样子给她画了一张像，以便朝夕端详。这张画像不言不笑，睹之更令人不胜思念——

　　李夫人画像，

　　只不过一张面影。

　　任如何对视，

　　夫人亦不言不听，

　　何以慰思念之情。

武帝为招死者之魂，便彻夜烧香，帷帐内香气缭绕，灯火闪烁。及至天明，屋外刮起狂风，帐内香火方才熄灭。武帝担心返魂香是否灵验，但觉得李夫人的身影在若隐若现，如梦幻一般，瞬间消失。武帝等待的时间很长，夫人的闪现却是一瞬之间，也来不及秉烛隔帐交谈，这反倒使武帝更加心烦意乱。

汉文典籍中关于李夫人的记载较多，有《史记》、《汉书》、东方朔的《海内十洲记》、张华的《博物志》，还有《搜神记》、《艺文类聚》、《太平广记》等。但从《唐物语》故事的构成来看，除了开头的李夫人不见汉武帝的情节见于《汉书》外，其余的情节要素都在白居易的一首诗中，该诗见《白氏文集》卷四《李夫人，鉴嬖惑也》，白诗吟叹了汉武帝初丧李夫人，为了慰藉思念之情而请人画李夫人的像、烧返魂香的故事，但其主题似乎主要在"伤心不独汉武帝，自古及今皆若斯"；"生亦惑死亦惑，尤物惑人忘不得"，所以该诗的副题为"鉴嬖惑也"，亦具有讽喻的意味。《唐物语》的这个故事则完全剔除白诗的讽喻色彩，而集中表现男女生死相恋的主题。这与上述第十四个故事对白诗的改造如出一辙。

《唐物语》的第十六个故事是《西王母向汉武帝献蟠桃的故事》，译文如下：

从前，汉武帝贪恋尘世，虽说"死"人人不可免，但武帝希望自己长生不老，便派名叫"幻"的仙人去蓬莱山采集不死之药。大概人所勉力为之之事，都不至无果而终，那时有一个名叫东方朔的人，因犯下罪过被从仙界贬到人间，武帝将他招到宫中，以便随时垂问。

那时，宫中飞来一只黄色的麻雀，和普通的毛色不同，样子有点奇怪。武帝问："我没见过此等鸟，这是怎么回事？"东方朔说："因皇上喜爱长生不死之道，有一个叫西王母的仙女特派此鸟前来沟通。"武帝听罢大喜，说："那我应该做哪些准备来等待西王母呢？"东方朔告诉他："宜在宫殿静候，打扫庭院、烧香，准备好各式各样的床。"

就这样，等候西王母的到来。武帝去除杂念，让东方朔藏在床下，内心却急不可耐。那时正是八月中秋，皓月当空，薰风掠过万里长空，空中一朵紫云徐徐飘来，其中有一人与武帝对面，并与武帝交谈。片刻之后，此人拿出七个蟠桃，将其中三个献给武帝，武帝一口咬下，顿觉身体轻盈，神清气爽，不觉飞上天空，超越了生死两界。

武帝说："我想把这桃移种在我的庭院里。"西王母微笑着回答："天上圣果怎能移植在人世间呢？"武帝又问："有不死之药这种东西吗？"答曰："生老病死是人间定数，怎能求助不死之药呢？"此话不只是西王母觉得奇怪，就连凡夫俗子也难想象昔日的圣明皇帝竟能说出此等话来。

这样过了许久，西王母让上元夫人演奏云环之色，让名叫举妃琼的仙人跳舞，头上玉簪叮叮作响，长袖翻舞，宛如风卷白雪。武帝看罢不觉泪沾衣衫，深感尘世的乐音无法与之比拟。从此，武帝便陷入了痴迷的状态。天亮后，西王母说："您床底下藏的那个东方朔本是仙宫之人，他偷吃了三千年才结一次果的仙桃，带罪被贬到人间。如今他的罪已经抵偿，可以回到天上了。"于是东方朔与西王母一起乘紫云飞上天去——

　　紫云天上来，

　　西王母驾临楼台。

　　亦复升天去，

　　武帝仙心随之来，

　　人间如何比天界。

自从有了这等事以后，汉武帝越来越心骛八极，成仙之念日甚一日。按照唐土的风习信仰，仙人等都要伺候贤帝，帝王死后，其亡灵也要升天，并不留在人世间。

这个故事取材于汉文《博物志》卷八，其中云："汉武帝好仙道，祭祀名山大泽以求神仙之道。时西王母遣使乘白鹿告帝当来。乃供帐九华殿以待之。七月七日夜漏七刻，王母乘紫云车而至于殿西。南面东向，头上戴七种，青气郁郁如云。有三青鸟，如乌大。使侍母旁。时设九微灯。帝东面西向，王母索七桃，大如弹丸。以五枚与帝，母食二枚。帝食桃辄以核着膝前，母曰：取此核将何为？帝曰：此桃甘美，欲种之。母笑曰：此桃三千年一生实。唯帝与母对坐，其从者皆不得进。时东方朔窃从殿南厢朱鸟牖中窥母，母顾之谓帝曰：此窥牖小儿，尝三来盗吾此桃。帝乃大怪之。由此世人谓东方朔神仙也。"

《唐物语》取材，一般对中国原典删繁就简，而这个故事稍有例外，就是比原典的细节更为丰富，第一段讲汉武帝派人去蓬莱山采集长生不老之药，为《博物志》所无，似乎是对秦始皇、徐福故事的一种移植。历代日本人对中国道教成仙迷信并不共鸣，但因徐福是因去东海为秦始皇采集不死之药而漂流到日本的，由于徐福故事的家喻户晓，道教及其成仙不死的故事便引起了日本人的好奇心，《唐物语》的这个故事选的是中国道教成仙题材，明显具有对道教及成仙的猎奇意味。文末的"按照唐土的习惯，仙人等都要伺候贤帝，帝王死后，其亡灵也要升天，并不留在人世间"一句，更表明该故事是要介绍"唐土的风习信仰"。由此故事也可以看出中国的道教及道教文学影响日本文学之一斑。

《唐物语》的第十七个故事是《商山四皓拥立吕后之子为东宫的故事》，原文较长，译成汉语需数千字，故译文从略。这个故事依据《史记》和《汉书》的有关记载，讲的是汉高祖欲将自己与戚夫人所生儿子赵隐王作为将来皇位继承者，而最受高祖宠幸的吕后则欲立自己的儿子东宫惠太子，在大臣陈平、张良的计议下，决定上山招请四位著名的隐士，即商山四皓出山，来辅佐惠太子。高祖见之，十分惊讶，认为自己曾招请过商山四皓，而他们坚辞不就，现在倒要出来辅佐惠太子，由此感觉惠太子或许比自己贤明，并最终将惠太子作为皇位继承人。高祖驾崩、惠太子继位后，吕后残酷迫害戚夫人，将其手足切掉，身上涂漆，抛于阴沟中，并设计将隐王毒死。《商山四皓拥立吕后之子为东宫的故事》到此为止的情节与《史记》《汉书》基本相同。而故事的后一部分则赞美商山四皓，并将商山四皓与历代贤相吕尚太公望、许由、巢父等相提并论。本来，商山四皓在故事的前半部分是宫廷阴谋的重要参与者，角色并不光彩，客观上导致了吕后专权、大发淫威，《唐物语》却对商山四皓加以赞赏，这就与吕后成为太后之后对戚夫人及隐王的残虐迫害的描写，甚不协调。此篇是《唐物语》中仅有一篇以中国政治为主题的历史故事，却出现了这种前后矛盾的情况，表明《唐物语》的编写者善于写男女之情，对政治题材的把握则较为吃力。

《唐物语》的第十八个故事是《唐玄宗和杨贵妃的故事》，也是《唐物语》中篇幅最长的故事，若译成汉文将有数千字，故译文从略。这个故事取材于陈鸿的《长恨歌传》、白居易的《长恨歌》及《旧唐书》《新唐书》中有关唐玄宗、安禄山、杨贵妃的记载。主要情节写唐明皇与杨贵妃的恩爱，也写唐玄宗耽于与杨贵妃的享乐而荒废朝政、招致安禄山反叛，并最终促使杨贵妃被缢身死的悲剧故事。随着白居易及其《长恨歌》在日本的广泛传播，杨贵妃的悲剧故事为日本文人所熟知，《唐物语》中的这个故事在日本的以杨贵妃为题材的创作史上具有承前启后的意义。

《唐物语》的第十九个故事是《妻子抛弃朱买臣后悔而死的故事》，译文如下：

　　从前，朱买臣住在会稽郡，一贫如洗，辛苦度日，但读书不懈，有志于学，读书之余靠砍柴为生。似这样经年累月，妻子不能忍受贫穷生活，对买臣不断唠叨说："我想和你分开，另谋生路。"买臣说："我绝不会永远如此，请你一定再忍受一年。"好劝歹劝，妻子就是不听。那年，不到年底，便离买臣而去。

　　买臣舍不得她走，十分悲伤但又无可奈何。到了第二年，皇帝得知此人的学问非同寻常，就封他为当地太守，买臣上任时，举行了隆重的仪式，场面之盛大不可言喻。但买臣依然牵挂离去的妻子，四处寻找，却不见踪影。就这样过了许多日月，买臣去野外狩猎时，看到一个女人，气质非同寻常，但蓬头垢面，挎着一个篮子在摘野菜。买臣心想，这女人多奇怪啊。细看之下觉得就是自己从前的妻子。开始时，他恐怕看错，于是目不转睛，端详许久，确认她确是自己的发妻，不觉内心绞痛。在日落后，上前招呼，那女人心想，自己虽然觉得没有罪过，但或许该遭他的惩罚。于是非常惊恐。买臣对她谈起一同生活的种种往事，那女人看了买臣一眼，觉得后悔万分，遂在黎明前一命呜呼——

　　　　女子为人妻，

　　　　应与夫君命相依。

　　　　难耐清苦日，

　　　　强与丈夫生别离，

　　　　夫贵妻荣无有期。

　　目光短浅的人，做事总留遗恨。所谓"衣锦还乡"，讲的就是这位朱买臣的故事。

　　这个故事最早见于《汉书》卷六四，唐代《蒙求》第二二七《买妻耻樵》，大意是："汉书朱买臣，字翁子，会稽人，家贫耽学，不事产业，其妻求去。买臣谓妻曰：予年四十当贵，今三十九矣，妻不听遂去。明年长安上书，武帝拜为侍中。上谓买臣曰：富贵不归故乡，如衣绣而夜行。今子何如。后迁会稽守。妻与后夫闻太守至，治道。臣识之，命车载归给衣食，妻耻愧而死。"这个故事属于中国常见的贫夫贱妻时来运转的故事，但《唐物语》的侧重点不像中国原典那样强调男主人公的发愤出世，讥讽女主人公的目光短浅，而是将这个故事作为一个悲剧来描写。为了这样的需要，《唐物语》的作者增加了原典没有的细节，即买臣妻贫困潦倒挖野菜吃，买臣上前打招呼而导致女人羞愧而死的情节，这比原典写朱买臣成为太守后在路旁发现妻子更富有悲剧性。另外，《蒙求》原典的标题是《买妻耻樵》，"樵"为改嫁之意，而《唐物语》中的这个故事却没有明确写道女人再嫁，而只强调她的"羞耻"，这就使得故事带上了显著的"耻"的日本文化的色彩。

　　《唐物语》的第二十个故事是《程婴和杵臼蒙蔽敌人、将主君遗儿抚养成人的故事》，取材自《史记·赵世家》，写的是春秋战国时期的晋国的大夫屠岸贾残酷杀害赵朔一族，程婴和杵臼两位家臣为将来能够复仇，历尽千难万险，做出自我牺牲，秘密地将赵的遗腹子赵武抚养成人。这就是在中国历史和中国文学中都很有名，并远播到欧洲文学中的赵氏孤儿的故事。《史记·赵世家》用了近千字叙述这个故事，情节生动曲折。《唐物语》中的这个故事约合中文两千来字（因篇幅过长，此处不译）。它承袭了《史记》的故事，并在细节上有所丰富。《唐物语》也是日本文学中第一次将这个题材加以文学化的作品。该故事对忠义、复仇、自我牺牲的褒扬，十分切合日本武士阶级的伦理道德，因此随后出现的以武士集团之间的战争为题材的历史演义"军记物语"《太平记》《曾我物语》等作品，都屡屡对这个故事加以引用。

《唐物语》的第二十一个故事是《平原君的宠妃嘲笑跛足者被赐死的故事》。译文如下：

> 从前，有一个叫平原君的国君，召集了三千名食客，对他们予以厚待。平原君的一位宠妃站在楼上眺望四方来客时，看见一个跛足者，一瘸一拐，如同爬行，去井边汲水，头几乎夹在了两膝之间，相貌丑怪，看上去几无人形。那宠妃忍不住哈哈大笑。跛足者听了笑声，对平原君哭诉说："本人患此病已有多年，从来没有遭人这等嗤笑，发生此等事情，岂不说明殿下重色不重客吗？倘若您不抛弃我，就请您把那嘲笑我的女人杀掉吧。"平原君说道："让我给你解除心头之愤吧！"但说归说，却迟迟未见动手，就这样过了一段时日，三千食客的人数渐渐减少。平原君说道："我对你们没什么过错，你们却心怀不满离开了我，个中缘由我真弄不明白。"食客当中的一个消息灵通者对平原君说："殿下欺骗了那位跛足者，或许明天就会欺骗到我们。倘若这么做，靠什么让食客舍生忘死、真心诚意侍奉殿下呢？"平原君听罢，还是决定将那位多年亲密无间的宠妃杀掉了。跛

足者见此情景，不再生平原君的气，其他出走的食客也陆续归来——

  无意间一笑，

  却招来杀身之祸。

  人生似树叶，

  料不到何处飘落，

  生死何能自定夺。

  为了一个跛足的食客，牺牲了那样一个美貌的女子，难道不是岂有此理吗？但这样的事例不止一个，按中国的习惯，即使是卑贱之人，皇帝也不能辱夺其志。

  以上故事在《史记》卷十六《平原君虞卿列传》；后来《蒙求》第三七五《赵胜谢躄》也有记载，云："史记。平原君赵胜有楼临民家。有躄者，蹒跚行汲水。美人居楼上，见而大笑。躄者造门，请所笑者头。胜笑应曰：诺。终不杀。宾客因此稍稍引去。胜怪之。客曰：以君不杀笑躄者，以为爱色贱士，故去耳。胜乃斩笑者头，自造躄足者门谢焉。客乃复至。"《唐物语》的这个故事与《史记》《蒙求》的故事情节基本相同，在日本文化传统中，为美人而杀朋友或英雄者，有之；但为朋友而杀美人者实属罕见。所以《唐物语》在最后发议论道："为了一个跛足的食客，牺牲了那样一个美貌的女子，难道不是岂有此理吗？"而据《史记》记载，春秋战国时代，地方诸侯为了争雄自重，"方争下士，招致宾客，以相倾夺，辅国持权"，因此就当时的诸侯而言，"士"比美人更重要。平原君此举的现实意图，《唐物语》的作者未必理解，但却从"即使是卑贱之人，皇帝也不能辱夺其志"（即孔子所谓"匹夫不能夺其志"）这样的理解出发，改编这个故事，既有猎奇的意味，也有通过该故事了解中国人文化心理这样一层意思。

  《唐物语》第二十二个故事是《楚庄王对非礼王后的家臣不予追究的故事》，译文如下：

从前，楚庄王常常召集群臣彻夜宴游。有一位家臣对楚庄王宠爱的皇后十分恋慕，暗自想方设法亲近皇后。有一天晚上，风将灯火吹灭，他拽住了皇后衣袖。皇后觉得此人可厌，便伸手拔掉了那家臣的冠缨，然后叫道："这里出事了！快点上灯，瞧瞧没了冠缨的犯人是谁！"楚庄王平常就待人宽厚，有情有义，此时便下令道："请各位在未点灯前，都把自己的冠缨拿掉，然后方可点灯。"因为大家都没了冠缨，那个犯事的家臣也就未能暴露。而后来这个家臣心里暗想，我必须设法报答主君的恩情。那时楚庄王被敌国围攻，曾一度形势危急，那家臣一人舍生忘死、英勇奋战，替主君取胜。楚庄王对他的行为难以理解，便询问其中缘由。那家臣流着泪对楚庄王说道："那次我被王后拔掉了冠缨，正在走投无路之时，您下令众人拔冠，我才得以蒙混过关，此恩我终生难忘——

那一天晚上，

我一时心乱意恍，

犯下了大错。

若非您下令拔冠，

我岂能活到今天。

楚庄王听罢，心想：做人，还是情义最为要紧啊！

这个故事见于《说苑》，后来《蒙求》又有记述，《蒙求》第三七六《楚庄绝缨》云："说苑。楚庄王赐群臣酒。日暮酒酣，灯烛灭。有引美人衣者。美人援绝其冠缨，告王，趣火视之。王曰：赐人酒，使醉失礼。奈何欲显妇人之节，而辱士乎。乃令群臣皆绝去缨而上灯，尽欢而罢。后晋与楚战。有一臣，常在前，却敌。卒胜之。王怪问，乃夜绝缨者也"。

这个故事与上述第二十二个故事《楚庄王对非礼王后的家臣不予追究的故事》含义有些近似，即把家臣、士置于头等位置。但该故事的主题突出一个"情"字，故事结尾处的那一句话——"楚庄王听罢，心想：做人，还是情义最为要紧啊！"为汉文原典所无，可谓点题之语。在日本传统文化特别是贵族文化中，"情"居于核心位置，因此《楚庄绝缨》的故事也见于日本古代故事（说话）集《十训抄》和《古今著闻集》中，《十训抄》卷十有云："楚国国王下令众臣拔下冠缨，化解了臣下的困境，其情义为世人称道"；《古今著闻集》卷八有"从前有一个楚庄王，原谅了拉扯爱妃衣角的家臣"的记载。江户时代的戏剧家近松门左卫门在文乐剧本《关八州系马》中则改变和化用了这个故事。

《唐物语》的第二十三个故事是《隐瑜之妻不堪侍奉二夫上吊而死的故事》，译文如下：

从前，在后汉时代有一个人叫荀爽，他有一个聪明而漂亮的女儿，这姑娘姿色美丽气质绝佳，琴棋书画无所不能。父母视为掌上明珠，精心培养。许多男子不分身份贵贱都热心向这姑娘求爱。其中有一个叫隐瑜的人，姑娘的父母对隐瑜较为中意，就让他们结了婚。丈夫非常疼爱妻子，就这样过了三年时光，夫妻情爱日笃。

可是，不料丈夫患病，不久便弃世而去。妻子悲痛欲绝，旁人见之，无不悲叹。许久之后，依然思念丈夫，泪水不干。姑娘的父母心想，要想办法让她忘掉悲伤，但终究一筹莫展。那时，当地有一个人叫郭奕，身份地位不低，他也刚刚丧失长年相伴的妻子，心情稍稍平静下来的时候，就想娶这个女子为妻。姑娘的父母接受了他的求婚，很快让他们成婚。可是这女子追念丈夫，不想再婚。但她也知道，违背父母心愿是不孝之罪，纵使自己不愿意，也不能忤逆父母。比起追思死去的丈夫，还是服从父母之言更重要，就这样勉强出嫁了。在出嫁的途中，一路流泪不止。

但到了男人家后，她还是装作高高兴兴的样子，一下车就平静大方地步入家中。男人就着帷帐前的灯光，看到端坐的新妻的模样，无限欣喜。但男人还是感到，这女子一言一行十分羞涩拘谨，使得他不敢立刻趋前亲近。过了一会，拂晓的钟声响起，鸟儿也鸣啭起来，这女子装作若无其事的样子，叫来一女佣人相伴，从旁门走出，并哭着对女佣说："想想我和从前丈夫的山盟海誓，觉得不堪其悲，我是害怕忤逆父母才无可奈何顺从了父母之命，一生与两个男人结婚，实在岂有此理，这简直等于要我的命。"——

父命不可违，

无可奈何再成婚。

生死相契者，

惟有亡夫一个人，

新婚岂能忘故君。

她说："我活着的时候与丈夫同床共枕，死了后也要同穴埋葬，这誓言我永远不能违背。"说着泪如雨下，那红泪中带有一股香气，就像红色的梅花被春雨打湿一样，可怜又可爱。她决定立刻结束自己的生命，就咬破手指，在旁门的门板上写道："我要和隐瑜合葬于一墓。"又觉得这样写太过显露，最后两三个字终于省略未写，然后解下自己的衣带，自缢身死——

血书言未尽，

鲜血红泪两相映。

无限情与义，

生死相随见忠心，

今生来世为一人。

女佣抱着她的身体放声大哭，但已无回天之力。天亮时男人过来看到这情景，一时悲惊交加，昏倒于地——

伊人弃世去，

我欲随君赴阴间。

与君长相伴，

海誓山盟岂能改，

两情久长万万年。

　　据说当时许多人都为之动容，这个女人，就是南阳的隐瑜，后来她再嫁的丈夫，是东宫之师郭奕。

　　这个故事取材于《后汉书·烈女传》第七四，原文云："南洋阴瑜妻者，颍川荀爽之女也。名采，字女荀，聪敏有才艺。年十七适阴氏，十九产一女，而瑜卒。采时尚丰少。常虑为家所逼，自防御甚固。后同郡郭奕丧妻。爽以采许之。（魏书，奕字伯益，寿之子也。为太子文学，早卒。）因诈称病笃，召采。既不得已而归，怀刃自誓。爽令傅婢执夺其刃，扶抱载之。犹忧致愤激，敕卫甚严。女既到郭氏。乃伪为欢悦之色，谓左右曰：我本立志，与阴氏同穴。而不免逼迫，遂至于此。素情不遂，奈何。乃命使建四灯，盛装饰，请奕入相见，共谈，言辞不辍。奕敬惮之，遂不敢逼，至曙而出。采因敕令左右办浴，既入室而掩户，权令侍人避之，以粉书扉上曰：尸还阴。阴字未及成，惧有来者，遂以衣带自缢。左右玩之不为意。比视已绝。时人伤焉。"

　　对照《后汉书》的记载与《唐物语》，两者有所差异。《后汉书》主要表现中国传统中"一女不事二夫"的观念，荀爽逼女再婚，女儿以自杀相抗。这样的"一女不事二夫"的贞操观念，在日本传统文化中较为淡薄。《唐物语》在改写这个故事的时候，剔除了违抗父命并以自杀相反抗的情节，女主人公已不是中国式的烈女，而是日本式的柔弱多情悲哀的女子，她念及亲子之爱，表面同意再嫁，在亲子之情与男女之爱不能两全的情况下，选择了自杀，这是日本人比较共鸣的解决矛盾的方法，也凸现了"情"的主题。另外，将原典的"粉书"，改为"血书"，更强化了故事的悲剧色彩。至于女主人公的后夫郭奕在她自杀后有何反应，《后汉书》没有提到，而《唐物语》则写郭奕"悲惊交加，昏倒于地"，并以和歌的形式，抒写他对女主人公的挽叹与赞美。这样的情节是中国人所难以理解的，但在日本文学中却是顺理成章的事。

《唐物语》的第二十四个故事是《一宫女被杨贵妃所嫉妒终生幽闭上阳宫的故事》，译文如下：

> 从前，上阳人被幽闭于上阳宫，空度了多年岁月，无论秋夜春晓，不分白天黑夜，除了虫声唧唧之外，并无他人访问此宫。每当看到风卷红叶，听到四方鸟鸣，就觉得自己形只影单，委实可怜。夜雨打窗的声音，更使她惆怅难耐——
>
> 萧萧秋夜长，
>
> 形只影单独彷徨。
>
> 秋雨打纸窗，
>
> 听之不禁泪沾裳，
>
> 凭窗独坐倍凄凉。
>
> 这位上阳人以前是玄宗皇上的后宫，因相貌出类拔萃，杨贵妃生怕与其争宠，终于将她打入上阳宫，就这样独守空房，花容月貌逐渐失色，满头黑发以至苍苍。

这个故事取材于白居易的乐府诗《上阳白发人》，白居易这首诗和白居易的其他抒写美人薄命的诗一样，在日本十分有名，在《和汉朗咏集》等日本古代汉诗中，有许多诗句都化用了这首诗，一些歌人也以这首诗的某些句子，如"一生遂向空房宿"，"秋夜长，夜长无寐天不明"，"耿耿残灯背壁影"，"惟向深宫望明月"等为素材，写成和歌。从诗中明显可以看出，白居易的《上阳白发人》不仅哀叹了作为宫女的上阳人的终生都未能得到皇帝的宠幸，一辈子幽闭在宫内郁郁寡欢、以泪洗面的不幸故事，而且借此故事讽喻了广纳天下美女、扼杀女性自由的宫廷制度。但《唐物语》的这个故事对白居易的讽喻之意却予以忽略，而主题集中于对上阳人红颜薄命的哀叹上，从而再次表现了"情"与"哀"的主题。

《唐物语》的第二十五个故事是《王昭君被丑化嫁于胡王的故事》，译文如下：

　　从前，有一个皇帝汉元帝。在他的三千后宫中，只有王昭君美艳超群，无人匹敌，使很多宫女萌发妒意，她们心想，这女人若和皇帝亲近，我等肯定不是对手。那时，胡王来朝，请求道："请在三千宫女中，选出一人相送，无论选谁均可。"元帝觉得亲自在众多后妃中挑选颇为麻烦，就让画家将后宫的女性描画下来拿给他看。不知谁怂恿画家将王昭君的容颜丑化，于是王昭君便被赐给了胡王。胡王满心欢喜，将昭君带回自国。然而王昭君思恋故土，一路上泪水涟涟，泪珠撒落路旁，如同草上的露珠一般。一路上和故乡亲友一一道别，翻山越岭，直至异乡。既已如此，徒然洒泪又有何益——

　　　　人生一世间，

　　　　生存度日多艰难。

　　　　对镜自端详，

　　　　依然是美貌如前，

　　　　却是个薄命红颜。

　　那胡王本来是一个不解情趣的野蛮之人，迷恋于王昭君可爱的容貌，已远远超出那个国度的风俗习惯。尽管如此，王昭君离开家乡后却一直愁眉不展、以泪洗面。她在镜子里看到自己美丽如故，却不懂人心叵测。

《唐物语》的这个故事仍属于"美人薄幸"的主题。

王昭君的纪事最早见于《汉书》卷九《元帝纪》，写汉元帝将后宫的王嫱嫁与匈奴，纪事很简略。《汉书》卷九十四《匈奴传》（下），对王昭君在匈奴的生活记述较详。在《后汉书》卷一百十九《南匈奴传第七十九》也有记载。到了魏晋时期，王昭君及其经历被文人加以文学化，

《西京杂记》中有《画工曲笔》，明确将王昭君远嫁匈奴与画家丑化联系起来，并广泛流传。唐代还出现了《王昭君变文》，此后这些故事影响到日本，王昭君在日本遂成为与杨贵妃几乎齐名的中国古代美人之一，成为许多和歌、汉诗吟咏的对象。直到当代，还有作家写作以王昭君为主人公的长篇小说（详后）。

《唐物语》的第二十六个故事是《路旁众女子朝潘安仁车上投掷橘枝的故事》，译文如下：

> 从前，有一个人名叫潘安仁，相貌堂堂，风度翩翩，宛如玉石，光鲜诱人，吟诗作赋，风情无限。世间女子皆慕其大名，许多人急不可耐，欲一睹芳姿。有一次，潘安仁乘车行路，路旁女子为表达恋慕，纷纷折取橘树枝投掷车中，于是便装满了一大车橘子——
>
> > 有幸相邂逅，
> > 为表恋心以橘投。
> > 桔枝带橘果，
> > 一齐扔在车上头，
> > 满载而归始罢休。

这个故事在《唐物语》中，属于为数很少的带有俏皮味的"轻喜剧"类型。主人公潘安仁，名潘岳（247年—?），是中国古代有名的风流美男子，《文选》中收有潘岳的《秋兴赋》等作品。《晋书》列传第二五有《潘岳传》，云："岳美姿仪，辞藻绝丽，尤善为哀诔之文。少时常挟弹出洛阳道，妇人遇之者，皆连手萦绕，投之以果，遂满车而归。"《唐物语》的这个故事与《晋书》中的这段插话基本相同，只在细节上稍有参差。如，晋书中"投之以果"，"果"为何"果"并未明言，《唐物语》则具体为"橘子"，是意象更为鲜明。

《唐物语》的第二十七个故事是《隐遁深山的城市姑娘与狗结婚的故

事》。这个故事类型在《唐物语》中较为特殊，具体出自中国何种典籍，也不清楚；而且故事背景是否是中国，也暧昧不明。女子与狗结婚，在中国及世界各国早期民间故事不乏其例，日本文学中更常见，著名的有龙泽马琴的长篇小说《八犬传》的情节就建立在女子与犬结婚生子的故事基础上。由于上述情况，此处略而不译。

综观《唐物语》中的二十七个故事，除了个别故事外，各故事的出典，经日本学者们的多年的研究，均已明了。我们可以从《唐物语》中看出选材出典上的一些值得注意的现象。首先，出典最多的是《蒙求》，第一、三、四、五、六、十一、十七、十九、二十一、二十二、二十六等总共十一个故事都取材于《蒙求》。《蒙求》全二卷，唐代李翰编撰，是传授经史百家知识的启蒙书，唐代时就传入日本。至公元 12 世纪《唐物语》从《蒙求》的大量取材，是该书在日本传播与影响的最有力的见证。其次，就是取材于《白氏文集》中白居易诗歌的最多，计有六篇，包括《白乐天聆听商人妻弹琵琶的故事》《昤昤怀恋死去的丈夫长尚书的故事》《后宫美女幽闭陵园，终生不得皇帝宠幸的故事》《汉武帝追悼李夫人焚返魂香的故事》《唐玄宗与杨贵妃的故事》《一宫女被杨贵妃所嫉妒终生幽闭上阳宫的故事》等。在中国古代诗人中，白居易及其《白氏文集》在日本的影响首屈一指，从《唐物语》的取材上可见一斑。另一方面，由于《唐物语》的取材，又进一步扩大了白居易叙事诗等中国故事在日本的影响。后来，一些日本的汉诗诗人和古典戏曲作家又从《唐物语》中撷取中国题材，也就是从日本作品里间接地撷取中国题材，更强化了中国题材在日本文学创作中的作用与价值。

在《唐物语》中，这些中国故事都被日本化、"物语"化了。物语化的最大表现，是故事本身已由原典故事的以叙事为中心，演变为以抒情为中心。为了强化抒情性，《唐物语》对中国原典故事的叙事加以简洁化，将复杂的人物、繁复的情节加以删减，既保留原典故事的新奇性，又要与物语的平淡与简单的审美趣味相符合，在平淡与简单中见出淡雅与情趣之美。最后所有故事都归结为和歌。换言之，故事叙事以导出和歌为指归。因此可以说，地道的中国题材、十足的日本风格，是《唐物语》的根本的艺术特征。

五、《太平记》等战记物语中作为插话的中国历史故事

在日本古代的散文叙事文学中，有关中国的题材除了上述的《今昔物语集》那样的"半独立"的存在形式、《唐物语》那样的"完全独立"的存在形式之外，还有第三种存在形式，那就是"插话"。所谓"插话"，就是在非中国题材的作品中，为了某种需要而插入中国的故事传说、历史典故等。这些插话在日本中世纪的"战记物语"（又称"军记物语"）及以战争为题材的历史演义性质的作品中，或多或少地、较为普遍地存在着。

在初期的战记物语《将门记》中，对中国故事的引用采取了夹注的方式，这是中国故事进入战记物语的最初形式。后来有关作品对中国故事的引用数量逐渐增多，篇幅逐渐增加，中国故事遂从夹注中独立出来，被有机地糅入叙事与议论中。例如，13世纪成书的日本战记文学的代表作《平家物语》，在十三卷、约合中文四十万字的篇幅中，有若干关于中国历史人物、历史故事典故的插话。第一卷开篇伊始，就有这样一段文字："远察异国史实，秦之赵高、汉之王莽、梁之朱异、唐之安禄山，都因不守先王法度，穷奢极欲，不听劝谏，不悟天下将乱，不恤民间疾苦，因而很快覆灭。"表明作者是自觉地以中国历史人物、历史事件作为描写日本历史、历史事件的参照。而且，在《平家物语》中，有的中国故事在形式上也独立出来了。第五卷第六节的标题就是"咸阳宫"，作者用了约两千字的篇幅，讲述了秦始皇如何囚禁燕国太子丹，太子设法回国后如何计划刺杀秦王，荆柯刺秦王如何失败的故事。在与《平家物语》内容上相近的另一部战记物语《源平盛衰记》中，有关中国历史故事进一步增多，在全书四十八卷中，大部分卷中都穿插着中国历史故事，篇幅从三五句到

数百字不等。15 世纪成书的以武士复仇为主题的《曾我物语》，也不厌其烦地引用了大量的中国故事。

在战记物语中，中国历史故事插入最多、形态上也相对独立的，是成书于 14 世纪下半期的《太平记》（全四十卷）。

对于《太平记》所引用、所插入的中国故事，据日本学者所做的整理和统计，共有六十四个。这六十四个故事的标题及出处如下：

（1）韩昌黎左迁潮州（卷一《昌黎文集谈议事》）

（2）纪信代高祖佯降楚（卷二《尹大纳言师贤卿替主上山门登山事付坂本合战事》）

（3）弘演破腹隐懿公肝（卷四《和田备后三郎落事》）

（4）吴越合战（卷四《吴越合战》）

（5）四面楚歌（卷九《五月七日合战事同六波罗落事》）

（6）秦王子婴降汉（卷九《番马自害事》）

（7）楚将军武信君骄兵败（卷十《大田和属源氏事》）

（8）田光自害（卷十《镰仓中合战事同相模入道自害事》）

（9）二将军以太刀刺岩石得水（同上）

（10）王陵母自害（同上）

（11）鲍叔牙拥立齐桓公（同上）

（12）羿射九日（卷十二《广有射怪鸟事》）

（13）骊姬谗言害申生（卷十二《骊姬事》）

（14）周穆王八匹马（卷十三《天马事》）

（15）慈童饮菊水长生不老（同上）

（16）汉文帝千里马（卷十三《藤房卿遁世事》）

（17）光武帝千里马（同上）

（18）周穆王千里马（同上）

（19）玉树亡国曲（卷十三《北山殿御隐谋事》）

（20）眉间尺谭（卷十三《干将莫邪事》）

（21）荆轲刺秦始皇（同上）

（22）二剑变龙沉水（同上）

（23）唐玄宗得天助（卷十五《高骏河守引例事》）

（24）白鱼入周武王之舟（卷十七《白鱼入船事》）

（25）程婴杵臼救旧主之孤（卷十八《程婴杵臼事》）

（26）汉武帝李夫人（卷十八《一息御息所事》）

（27）唐太宗止招郑仁基女（同上）

（28）韩信背水之战（卷十九《囊沙背水阵事》）

（29）孔明逝去（卷二十《斋藤七郎入道道猷占义贞梦事付孔明仲达事》）

（30）犬戎国（卷二十三《田六郎左卫门时能事付戎王事并鹰巢城合战事》）

（31）孙武演兵法（卷二十三《孙武事》）

（32）太公望说兵法（卷二十三《立将兵法事》）

（33）秦穆公宥败将（同上）

（34）摩腾法师胜道士（卷二十五《天龙寺事》）

（35）达摩法师梁武帝（卷二十五《大佛供养事》）

（36）黄粱一梦（卷二十六《黄粱梦事》）

（37）秦穆公宥杀马兵士（卷二十六《秦穆公付和田楠打死之事》）

（38）和氏玉（卷二十七《廉颇蔺相如事》）

（39）蔺相如廉颇（同上）

（40）秦始皇暴政（卷二十七《始皇求蓬莱事付秦赵高事》）

（41）赵高专横（同上）

（42）刘邦项羽争天下（卷二十八《汉楚战之事付吉野殿被成纶旨事》）

（43）不空三藏令金鼠灭乱军（卷二十九《井原石龛事并金鼠事》）

（44）殷武乙恶行无道（卷三十《殷纣王事并太公望事》）

（45）殷纣王妲己暴虐（同上）

（46）文王武王太公望灭殷（同上）

（47）殷帝太戊观凶兆修帝德（卷三十《住吉松折事并和田楠京都军事同细川赞岐守讨死事》）

（48）周公吐哺（卷三十二《山名右卫门佐为故事》）

（49）许由巢父（卷三十二《许由巢父事同虞舜孝行事》）

（50）虞舜孝行继帝位（同上）

（51）唐太宗恤兵士（卷三十二《神南合战事》）

（52）周勃樊哙除吕后（卷三十四《岛山道誓禅门上洛事》）

（53）光武帝观凶兆施德政（卷三十四《住吉楠折事》）

（54）曹娥寻父骸（卷三十四《曹娥事》）

（55）精卫填海（卷三十四《精卫事》）

（56）周文王仁政感化人民（卷三十五《山名作州发向事并北野参诣人政道杂谈事》）

（57）周大王离豳（同上）

（58）唐太史官舍命记帝过（同上）

（59）项羽高祖拥立楚怀王（卷三十七《汉楚立义帝事》）

（60）唐玄宗杨贵妃（卷三十七《杨贵妃事》）

（61）李广除阵中之女（卷三十八《汉李将军截女事》）

（62）宋元合战（卷三十八《太元军事》）

（63）万将军吕洞宾（卷三十九《自太元攻日本事同神军事》）

（64）屈原投身汨罗江（卷三十九《诸大名谗道朝事付道誉大原

野花会事并道朝没落事》)①

　　由上所示《太平记》所引用的中国故事，大都有相当的篇幅，有的故事占全卷字数的一大半，洋洋数千言（如卷四的《吴越合战》）。这些故事大多来源于《史记》，其次为《汉书》、《后汉书》、《三国志》、新旧《唐书》等。在64个故事中，有25个故事是从叙事者的角度讲述的，有39个故事则是通过作品人物之口讲述的。在后一种讲述方式中，作品中的人物既是故事的主人公，又是另一个故事的讲述者。如此，一个个的中国故事就被"套"在各卷的大故事中。这种"大故事套小故事"的方法，也是以印度故事、阿拉伯故事为代表的世界各国民间故事的主要编纂方法，《太平记》对中国故事的引用或套用，也大体属于这种形式。

　　例如，卷十三《天马事》一节，讲述的是盐冶判官高贞向天皇献上一匹"龙马"。围绕着这匹龙马，洞院宫贤就引用了周穆王的八匹天马的故事，说龙马的出现象征着"佛法王法之繁昌、宝祚长久之奇瑞"；与此相反，万里小路藤房则认为当年汉文帝就曾返还千里马，后汉光武帝也不把千里马看成是什么宝贝，而周穆王却因溺爱八匹马导致王业衰落，因此他认为献上龙马是凶多吉少。卷二十的《斋藤七郎入道道猷占义贞梦事付孔明仲达事》中，义贞做了一个梦，梦见自己一下子变成了长达三十余丈的大蛇，趴在地上。家臣们把这个梦解释为龙是乘风雨动天地之物，敌人听见雷声便会心惊肉跳而失去叶公之心，于是把这个梦解为吉梦；而斋藤七郎入道道猷却以诸葛孔明病死在五丈原，天下人将诸葛孔明称为卧龙为例，把这个梦解释为凶梦。在卷二十六《从伊势国进宝剑事》中，圆成法师在伊势海捡到了与安德天皇一同沉没的宝剑，欲献上朝廷。因那时镰仓左兵卫督直义也梦见了一把宝剑，朝廷就断定这是一把真正的宝剑，并以周代曾挖出宝鼎并由此得到了夏代的一幅河图相比拟，相信这是

---

①　原文标题为汉文，此处照录。详见［日］增田欣：《〈太平记〉の比较文学的研究》第一章第一节《〈太平记〉における中国说话の概观》，角川书店，1976年版。

60

吉兆；与此相反，坊城大纳言经显却引用《枕中记》的黄粱梦的故事，认为在这样的乱世不会出现什么宝剑，关于宝剑的梦也是荒诞不稽的，并奏请天皇将剑返还。在卷二十八《汉楚战之事付吉野殿被成纶旨事》等故事中，陷入穷途末路的兵卫入道惠源提出向南朝投降，南朝方面的动院左大将实世认为这不过是他利用天皇的权威的利己勾当而已，便奏请天皇"将其首级悬于禁门之前"；与实世的意见相反，北畠新房却引用中国的楚汉故事，认为应该接受直义的投降要求。由以上几个例子可以看出，中国故事大多在针锋相对的两种意见的交锋中，被作为例证使用，它们都被有机地编织在整体的故事架构中。

《太平记》的作者对中国历史文化相当熟悉，并自觉地将中国历史人物、历史事件作为当时日本的一面借镜，引用起来自然而然、得心应手。《太平记》的中国题材的历史故事的引用情况表明，中国的历史典故及传说故事，在经历了《今昔物语集》的编译阶段、《唐物语》的物语化、和歌化（亦即日本化）阶段后，到了以《太平记》为代表的"战记物语"中，则被天衣无缝地糅入日本题材的作品中，成为日本本土叙事中的一个插话、一个有机组成部分。这从一个侧面体现了日本文学对中国文学的引进、改造、消化吸收的必然过程。

第二章　古典戏曲与汉诗的中国题材

在古代日本文学中，中国题材不仅广泛出现于传说故事、说话、物语等散文领域，在戏曲与诗歌中也被广泛运用。其中，在古典戏曲中运用中国题材最多的，是抒情性歌舞剧"能乐"；在韵文文学中，日本人创作的汉诗则大量使用中国典故，吟咏中国人物，抒写中国山川自然，或与中国友人互相唱和。

一、中国题材的谣曲

日本的古典戏曲，有能乐、狂言、文乐（人形净琉璃）、歌舞伎几种重要样式。在这几种戏剧样式中，从中国取材最多的，是最古老的剧种能乐。其次文乐也有中国题材，如剧作家近松门左卫门（1653—1724 年）的以郑成功为主人公的《国姓爷合战》①，但是为数极少。至于狂言和歌舞伎，因从日本的现实生活中取材，中国题材更为罕见。因此以下只谈能乐的中国题材。

"能乐"是日本古典戏曲的代表性剧种，是所谓"艺能"——戏剧、音乐、舞蹈、歌谣、说唱等艺术形式——之一种，也简称"能"。它诞生于 14 世纪后期，到 15 世纪末臻于成熟，作为古典剧种一直保存至今。

---

① 关于该剧内容的分析评论，详见王向远著《日本对中国的文化侵略——学者文化人的侵华战争》，北京：昆仑出版社，2005 年，第 21-25 页。

"能"和"艺能"的名称本身与中国文化有着深刻联系。早在司马迁的《史记·龟策传》中，就有"至今上即位，博开艺能之路，悉演百端之学"的记载，使用了"艺能"一词。在《后汉书·方术传》中，也有"其徒亦有博雅伟德，未必体极艺能"的说法。唐代韩愈在《答窦秀才书》中云："愈少懦怯，于他艺能，自度无可为力。"这些文献中的"艺能"，都有技能、艺术、从艺之能力的含义。大约在平安朝时期，"艺能"一词输入日本，并被逐渐用于指称表演艺术，日本古典能乐大师世阿弥在《风姿花传》等戏剧理论著作中，使用了"艺能"一词并将"猿乐之能"（到明治时代改称"能乐"）作为"艺能"之一种。

能乐作为一种歌舞剧，是以歌舞为主的具有浓厚贵族情调的舞台艺术，剧情很简单，歌舞占去了演出的大部分时间，每出戏通常分一至两场，演出时间一般需要四五十分钟至两小时左右。能乐的传统的演出方式是在一天中连续演出几个不同曲目，一般是连续演出五出（有时为了调节舞台气氛，中间还加演讽刺性的科白短剧"狂言"）。能乐不同曲目的演出顺序又与曲目的内容相关。因此，能乐研究者按照演出顺序与剧情内容，将现存能乐的近二百四十种曲目加以分类。大体分为以下五类：

第一出上演的叫做"初番目物"，意即第一号戏，又叫"胁能物"。内容主要是具有吉祥祝贺色彩的祭神戏。

第二出上演的戏叫做"二番目物"，意即第二号戏，又叫"修罗物"，主要是表现过去阵亡而堕入修罗道的人，经过僧侣的超度而复活于舞台，讲述自己当年的激战及战死的情形。

第三出上演的戏叫做"三番目物"，意即第三号戏，又叫"鬘物"，即假发戏，主人公都是王朝时代的女性，以人物的歌舞与造型的优美为特色。

第四出上演的戏叫做"四番目物"，意即第四号戏，是一种杂类，曲目内容丰富多彩，文学色彩最浓。

第五出，即最后上演的叫做"切能"（"切"是切断、结束的意思），也叫"五番目物",多以鬼怪、动物为主角,结尾往往非常热闹。

能乐的文学剧本,叫做"谣曲",由专门的剧作家执笔写作。但现存相当一部分作品作者不详。最重要的谣曲作家有观阿弥(清次,1333—1384年),观阿弥的儿子世阿弥(1363—1443年)、世阿弥的嫡子观世十郎元雅(1432年卒)、世阿弥的女婿金春禅竹(1405—1470年)、金春禅竹的孙子金春禅凤(1454—1530年),还有观世小次郎信光(1435—1516年)及其长子观世弥次郎长俊(1488—1541年)等。从14世纪到16世纪,能乐基本是世家传承。其中世阿弥是能乐的泰斗,他既是演员,也是导演、编剧,还是能乐理论家,现存剧目的三分之一出自世阿弥之手。而写作中国题材最多的,则是金春禅竹。

从文学角度看,谣曲的剧情虽然简单,却也有着一定的情节结构与美学范式。剧中人物一般是有一个主角(日语作"シテ",汉字写作"仕手"。有两场戏的情况下,分"前主角"和"后主角"),一个副角(日语作"ワキ",汉字写作"胁"),若干配角(日语作"ワキッレ",汉字写作"胁连"),在舞台上载歌载舞的演员们叫做"子方"。有时还有一个串联剧情的解说人(日语作"アイ",汉字写作"间")。剧情均为单线推进,分"序"(开台)、"破"(进展与高潮)、"急"(煞尾)三个阶段。大部分科白和唱词使用和歌的"五七调",在美学风格上追求"幽玄"、典雅、哀怨的贵族趣味,可以说是一种抒情诗剧,具有一定的文学价值。

从题材角度看,"谣曲"和世界其他民族的古典戏曲一样,大都从已有的文学作品中取材。按题材的来源划分,可以分为两大类,一类取材于日本固有的文学作品,如《源氏物语》《平家物语》《太平记》等,这类日本题材占了绝大部分;另外的一小部分则属于中国题材,或取自中国古典作品,或以中国人为主人公,或以中国为背景。在保存至今并不断上演的著名曲目中,中国题材大约有二十余种,约占现存能乐谣曲总数的十分之一。其中有《邯郸》《咸阳宫》《皇帝》《项羽》《三笑》《石桥》《钟馗》《昭君》《鹤龟》《猩猩》《大瓶猩猩》《西王母》《张良》《天鼓》《唐船》《东方朔》《白乐天》《芭蕉》《彭祖》《枕慈童》《杨贵妃》《龙虎》等。

在上述二十多出中国题材的谣曲中，属于"初番目物"即"胁能物"的，有《西王母》《龟鹤》《东方朔》《白乐天》四种。

《西王母》（作者不详）舞台背景是中国的穆王宫殿。共两场。一女子（前主角）向帝王禀报：三千年开花结果一次的桃树，如今桃子熟了，这都多亏了帝王的威德。帝王听说这是天上的西王母桃园的桃子，非常高兴。说在这里看到天上仙女真是不可思议。女子禀报说：我正是西王母的化身，现在上天取桃。然后悄然隐退。第二场，帝王下令奏起管弦，等候天女降临。不久西王母（后主角）在伺女的簇拥下显出身姿，并向帝王献桃，然后翩翩起舞……

《东方朔》（作者金春禅凤）的舞台背景在中国汉朝皇宫，共两场。汉武帝的一伺臣（解说人）交待：马上要在承华殿举行七夕节会。接着，汉武帝（副角）在众大臣的簇拥下登场。这时一老翁（前主角）和一位年轻男子出现，说：一青鸟在宫殿上空飞旋，这是西王母到来的信号，应汉武帝要求，老翁讲述了西王母及长寿桃的故事，并说自己名叫东方朔，然后悄然隐去。第二场，东方朔（后主角）和西王母（后配角）登场，向武帝献上蟠桃，翩翩起舞后回归天界……

这两出戏题材很接近，似乎都从《唐物语》的第十六个故事《西王母向汉武帝献蟠桃的故事》取材，西王母仙桃的故事，具有浓厚的中国道教文化的吉祥意味及宫廷文化的浪漫色彩。将舞台背景设置为汉朝皇宫，绚丽豪华，作为首场演出的"初番目物"，洋溢着吉祥与祝贺之意。

《鹤龟》（一场，作者不详），则将舞台背景设置于中国唐朝的唐玄宗的皇宫。玄宗皇帝的一个臣下（解说人）上场，说：皇帝要行幸月宫殿。于是庄严的音乐奏起，皇帝（主角）及众大臣（配角、副角）上场，然后，一年一度的节会开始，拜天地日月，臣下一同向皇帝叩拜。接着，鹤与龟翩翩起舞，祝皇帝万寿无疆。皇帝大喜，亦加入舞蹈行列……。这出戏没有上述的《西王母》《东方朔》那样的道教文化的神奇色彩，但却让象征着健康长寿的龟鹤跳起了龟鹤舞，亦同样具有浓郁的浪漫气息，在中国题材中体现出了日本民族文化独特的韵味。

出自能乐大师世阿弥之手的《白乐天》（二场），其舞台背景在日本，但主人公之一却是中国唐朝诗人白居易。白乐天（副角）为了考验日本人的智慧，来到日本的松浦泻，遇上了一位渔翁（前主角）和渔夫。渔翁听到白乐天的大名大吃一惊。白乐天一做诗，渔翁很快就吟咏出和歌，并骄傲地说：在日本不光是人，凡有生命的东西都会做歌。渔翁还说：让你见识一下日本的乐舞。第二场，筑吉明神（后主角）上场，跳起"海青乐（真序舞）"显示神力，并说要把乐天送回国，接着伊势、石清水等诸神都出现了，在海上空中翩翩起舞，并刮起神风，将白乐天送回中国……从内容上看，《白乐天》这出戏是日中文化交流的题材，作者世阿弥非常具有想象力，让日本人尊崇的大诗人白乐天来到日本考验日本人的智慧，结果大开眼界，亲眼看到日本人歌舞的非凡、神力的非凡，表现了中世纪日本人在充分接纳吸收中国文化之后，对自身民族文化的骄傲与自豪感。这出戏作为"初番目物"的吉祥喜庆含义，主要就在于此。

"初番目物"演完后，接着是二号戏即所谓"二番目物"。但在现存中国题材的谣曲中，属于"二番目物"的剧目一个也没有。"二番目物"是"修罗戏"，主角几乎全部是日本历史上战败、阵亡的武士，格调由"初番目物"的华美绚丽的宫殿，而转入阴森森的修罗界，具有浓厚的"幽玄"感与悲剧性。此类戏原本具有追念、超度战死的日本武士的意味，谣曲不从中国取材，原因主要在此。但中国题材的《项羽》（二场，作者不详）虽被归为"切能物"，但从内容上看，更加接近"二番目物"或修罗戏。《项羽》的舞台背景中国乌江畔。一个割草的男子（副角）和他的同伴（配角）傍晚后准备回家，在河边等船。这时一位老翁（前主角）划着船靠过来，副角请求上船，不久划到对岸，划船老翁提出以乘船人肩扛的虞美人草作为船费，乘船人问其中缘由，划船老翁便讲起埋葬项羽的妃子虞氏的坟墓上生长的虞美人草的由来，接着又讲述项羽和刘邦的激战场面，讲项羽如何败于刘邦，自刎身死。最后划船老人称自己就是项羽的显灵，然后悄然隐去。第二场，割草男子凭吊遗迹，于是虞氏之灵与项羽之灵（后主角）出现于舞台，边歌舞边追忆往日的华丽岁月，诉说堕入修罗道后的苦难……。该剧从第一场项羽托身老人，到第二场项羽与虞姬出场再现当年岁月，实是一种倒叙结构，这在谣曲特别是"二番目"的修罗戏中，是常见的套路。

中国题材的"三番目物"有两种，即《杨贵妃》和《芭蕉》。

《杨贵妃》（一场，作者金春禅竹）。侍奉唐玄宗的一个方士（副角），奉皇帝之命，为寻访曾在马嵬被杀身死的杨贵妃的亡灵而赴蓬莱宫，方士从当地人那里探得贵妃的居所，来到贵妃所在的太真殿，说自己是皇帝的敕使。贵妃从九华帐后走出，接见敕使，她得知玄宗思念悲切之情，非常感动，并表达了自己对玄宗的想念。应方士的请求，贵妃带给玄宗一支头钗作为纪念，还回忆起在郦山宫与玄宗一起跳霓裳羽曲的情景，但往昔不再，贵妃感叹人世无常，并目送敕使出殿……。"三番目物"作为以长发的美丽女子为主人公的"假发戏"，大都取材于平安王朝物语《源氏物语》《伊势物语》中的贵族女性，让她们显灵一边舞蹈，一边追忆往昔。《杨贵妃》是日本人最熟悉的中国古代女性，以她为"假发戏"的主角，并以此表现典雅悲切的"物哀"情调，十分自然。

另一出"三番目戏"《芭蕉》（二场）的作者是金春禅竹。舞台背景在中国楚国的湘水畔。一个风吹芭蕉叶的清冷的秋夜，一女子（前主角）上场，在僧人允许下进入草庵内，聆听法华经，并询问草木可以成佛的缘由，暗示自己不是人类，随后悄然隐退。一个楚国人（解说人）来听念经，讲述了雪中芭蕉的故事，解释了芭蕉又名"奏者草"的缘由，并要僧人继续读经。第二场，僧人继续读经时，芭蕉精（后主角）再次以女人的身姿出现，讲述诸法实像之理，慨叹世事无常，然后翩翩起舞，最后一阵风吹来，花草和女人都消失得无踪无影了……。将美丽的花草植物托身于美女加以表现，是能乐中常见的手法。芭蕉作为一种美丽植物在中国和日本都被赋予了强烈的文学意味。该剧将女主角设定为芭蕉精灵，使戏剧形象显得特别清新美丽，既演绎了有关芭蕉的美丽传说，又宣扬了佛教信仰。

"四番目物"内容较为丰富，既有历史人物的题材，也有现实生活题材，实际上是一种杂类。无论是历史题材还是现实题材，"四番目物"与其他类型相比，其最大特点是写实性较强，传奇性较弱，在中国题材的谣曲中所占比重较大。《邯郸》《咸阳宫》《张良》《三笑》《唐船》《彭祖》《枕慈童》六出戏都属此类。

《邯郸》（一场，作者不详）的舞台背景是中国的邯郸。剧情开始时，邯郸一家旅店的女主人（解说人）拿着一个枕头上场，说从前一个会仙术的人，送给本店一只枕头充当宿费，谁枕着它睡觉都会有好梦。接着主角卢生登场，说自己从蜀国而来，要到楚国的羊飞山，向住在那里的一个圣僧请教。现在顺便在邯郸住一宿，女主人对卢生说：枕着这个神奇的枕头睡一觉如何，您睡觉我给您做粟米饭。卢生应诺，躺卧下来。接着舞台切换场景，表演卢生的梦中场景。这时敕使抬着轿子登场，将卢生唤起，说有事禀报，楚国国王决定将王位让给卢生，并将卢生带到王宫。以下舞台上呈现华丽场面，王宫内载歌载舞，庆祝卢生在位五十年大典，伺臣献上了长生不老之药，舞童向卢生敬酒，跳起了"梦之舞"，尔后卢生起舞，成为舞台歌舞的中心，场面极尽豪华壮丽。最后，舞童和伺臣退场，主角卢生以开场时的姿势躺卧。女主人告诉他：小米饭做好了……。《邯郸》一剧的原典是唐传奇小说《枕中记》，日本军记物语《太平记》卷二十五中也插入了这个故事。这出戏与《枕中记》原典故事的不同，重心不在于讲述黄粱美梦的故事，而是用歌舞表现卢生梦中作国王及王宫庆典的豪华场面，所以虽然剧情简单，但该剧演出时间，也需要一小时二十五分钟。

《咸阳宫》（一场，作者不详）的原典是《史记·刺客列传》中荆柯刺秦王的记载，《平家物语》卷五有《咸阳宫的故事》一章，能乐《咸阳宫》很可能直接取材于此。此剧的舞台背景是中国秦始皇的咸阳宫。秦始皇的伺臣（解说人）宣旨：要对前来奉献燕国地图和叛将樊於期首级的人行赏。接着，主角秦始皇，以及配角华阳夫人、宫女、伺臣们登场，副角荆柯、配角秦武阳也登场，并进入宫殿。秦舞阳、荆柯分别声称要献上首级和地图。在荆柯献图时，秦始皇察觉了图箱中的匕首的寒光，便欲躲避。荆柯欲追去。这时秦始皇提出要听一下华阳夫人弹琴。荆柯允许后，夫人及宫女弹琴起舞。荆柯被琴声所迷，竟一时小睡，秦始皇脱身后隐身于柱后，拔剑将荆柯和秦舞阳刺死……。《咸阳宫》一剧的"破"段（推进与高潮）部分，是在生死关头咸阳宫中的动人的琴声与舞蹈。为了表现音乐舞蹈的魅力，剧中不惜将有关的关键细节做了改动。在《史记》中，完全没有弹琴的情节，到了《平家物语》中，则写秦始皇在眼看就要被杀之前，请求荆柯允许他再听听爱妃的弹奏，而荆柯自己也"侧耳细听，报仇的意志有所松懈"。到了能乐《咸阳宫》中，则进一步表现荆柯听了音乐竟进入小睡状态。这在逻辑与情理上显然非常牵强，但对于以歌舞为中心的能乐来说，这却是至关重要的。在表现宫廷豪华乐舞场面方面，《咸阳宫》与上述的《邯郸》有异曲同工之妙。

《张良》（二场，作者小次郎信光）在日本一般被归为"切能物"，但从内容上看，实际上它更符合"四番目物"的特点。《张良》的舞台背景是中国的下邳。汉高祖的臣下张良（配角）做了一个梦，梦见在下邳这个地方，有一个骑马老人掉了一只鞋，拿起一看，里面写着欲向他传授兵法的内容。张良来到下邳，找到老人（前主角），老人嫌他来迟，发怒引退而去。张良只好返回。第二场，张良的侍从（解说员）登场，说明那个老人原来是黄石公。数日后，张良再来下邳，黄石公也骑马前来，把鞋抛入水中。张良困惑不解时，一条大蛇出现，欲扑向张良，张良拔剑，大蛇入水衔出黄石公的鞋子。张良替黄石公穿上鞋子，黄石公遂向张良传授兵法奥义……。关于张良学兵法的事迹，《史记》等有关典籍中有所记载，《张良》的取材有一定的史料依据，作者虽做了戏剧夸张，但仍属于中国历史题材剧。

《三笑》（一场，作者不详）的舞台背景在中国庐山东林寺。东林寺门前，解说人上场讲述白莲社的故事，说陶渊明、陆修静今日就要来到慧远禅师门下。接着慧远禅师（主角）登场，以唱词诉说自己的情怀。此时，陶渊明、陆修静一边欣赏着风景一边走上台来，三人围坐在一起遥望瀑布、吟诗作赋、交杯换盏，一边倾听陶渊明和陆修静讲自己的经历。谈得高兴时，陶渊明、陆修静跳起舞来。慧远禅师也随之起舞，后来则是他一人独舞。最后，渊明和修静扶着脚步踉跄的禅师走过小桥，三人一起放声大笑而终……在这出戏中，将中国的隐居诗人与禅师三个人聚于禅门，让他们一起饮酒谈笑赋诗歌舞，具有浓郁的超凡脱俗的禅趣，并表现了"风雅"的主题。

《彭祖》（二场，作者不详）的舞台背景是中国的郦县山。一大臣（副角）为帝王寻找仙药而来到郦县山，仙人（前主角）上场，并与大臣问答。仙人说自己是从前侍奉周穆王的慈童，被穆王流放到山中，今年已七百岁，现在名唤彭祖，还讲述了能延年益寿的菊水的由来。然后乘白云飘然离去。第二场，彭祖（后主角）再次现身，捧着菊水翩翩起舞，最后回到仙宅……。与《彭祖》属于同一题材的还有一出《枕慈童》（一场，作者不详）。汉武帝的一名臣下（副角）奉旨到南洋的郦县山查看山中流出的药水的源头。进山后，溯溪流而上，在一草庵中发现了一美丽的童子（主角），问其身世，答曰名唤慈童，因往日不慎跨越过皇帝的枕头，获罪而被流放在此。童子说：将那时皇帝所赐枕头上书写的妙文抄于菊花叶上，浮于水面，水即可变成延年益寿的药水。接着童子出示了这宝贵的枕头，又演奏舞乐慰劳敕使。最后向敕使献上药水……。这两个同一题材的谣曲，都取材于《太平记》卷十三《慈童八百余岁犹有少年貌，更无衰老之相》的插话。这两个剧本可以表明中国的道教成仙的传说及观念对日本的影响。

在"四番目物"中，《唐船》（一场，作者不详）稍有特殊。舞台背景是在日本筑前的箱崎。故事梗概为：筑前的某人（副角）在海上与中国渔船相争时，把一位叫做祖庆官人的老人（主角）抓来，十三年后，祖庆的两个孩子东渡日本寻找父亲，而祖庆也在日本结婚并生下了两个孩子。在地里干活的祖庆和两个日本孩子回到家里，和中国孩子见面。箱崎人允许祖庆回国，但不允许将日本孩子带走，悲痛的祖庆欲投海自杀。见此情景，箱崎人遂允许祖庆与四个孩子一同回到中国，祖庆高兴之余，在船上跳起乐舞，并向中国驶去……。从题材上看，这出戏是中日两国人物同场，所以既可以把它看作日本题材，也可以看作中国题材，同时在中国题材中也属于罕见的现实生活题材（原文作"世话物"）。箱崎人为祖庆的回国决心所打动，最终允许祖庆父子回国，表现了亲情、同情与怜悯的主题，与日本题材的《熊野》中平清盛最终允许女主角熊野回家看望病重的母亲，在情节主题上较为相似。

中国题材的最后一类谣曲，是最后上演的"切能物"，以非人间的鬼畜妖怪或动物为角色，作为最后一场戏，情节较为离奇，情调较为诙谐，与首场演出的"初番目物"相呼应，以给观众留下轻松感觉。"切能物"中的中国题材数量最多，共有七八出。

《钟馗》（二场，作者金春禅竹），舞台背景是中国的终南山附近。中国的终南山麓有一个人（副角）为上奏天子而去都城，途中与钟馗的亡灵（前主角）相会。钟馗因科举考试落第，在御殿的台阶上打破脑袋自杀，死后被赐予绿袍，并给予及第待遇。钟馗亡灵说今后要改掉执着之心，专事行善，消灭恶鬼，守护国土，并希望副角将自己的心情禀奏皇上，然后悄然隐去。第二场，副角请求山下的人讲钟馗的故事，在朗诵《法华经》之后，钟馗（后主角）现出了真身，叙说自己如何斩妖除魔……。与《钟馗》题词相似的还有《皇帝》（二场，作者不详）。《皇帝》的舞台背景在中国唐朝长安皇宫内。解说人登场交待：杨贵妃卧病在床，皇帝（副角）要来看望。接着，唐玄宗在伺臣陪同下来看望杨贵妃。这时一老翁（前主角，实为钟馗）出现，说因蒙受皇帝御恩，一定要治好杨贵妃的病。第二场，玄宗命伺臣将明王镜放在贵妃的枕畔。病魔（后主角）现形，接着钟馗闪亮登场，与病魔搏斗，并将病魔赶走……。这两出谣曲均以中国的"八仙"之一的钟馗为主角，以报皇恩、祛病除魔为主题。

《王昭君》（二场，作者金春权守）的舞台背景是中国的公浦里。汉元帝为与匈奴和亲，将宫女他嫁于匈奴王单于。昭君的父亲白桃（前主角）和母亲王母（配角）终日长叹。一近邻（副角）来看望他们，问为什么将柳树下打扫得那么干净，白桃说："这棵柳树为昭君所栽，她说过：如果自己死于胡地，此柳必枯。而现在已有一个柳枝枯死。"白桃还诉说：当时要从三千宫女中选择貌丑的送给匈奴王，宫女们都贿赂画师，请画师把自己画得更漂亮，昭君虽然是少见的美人，却因没有贿赂画师而被丑化。白桃从映照在镜子中的柳树中仿佛看到了昭君的面容，不由哭倒。第二场，昭君的亡灵（后配角）出现于镜子中，单于的亡灵（后主角）也随之出现，但单于看见映在镜子中的自己形同鬼神，便羞愧地隐去，最后剩下的只有美丽的昭君的身姿在翩翩起舞……。王昭君的故事在日本流传甚广，该剧主要取材于《唐物语》的第二十五个故事《王昭君被丑化并嫁于胡王的故事》。但该剧的主角不是昭君，而是胡王单于。与美丽的昭君相比，单于形同鬼畜妖魔，所以被归为以鬼畜为主角的"切能物"中。

其他的中国题材"切能物"都以动物或想象中的动物为主角，例如《石桥》（二场，作者不详）的舞台背景在中国的清凉山。大江定基（法号寂照，副角）去唐朝和天竺游览各地佛寺和圣地，最后来到中国山西省清凉山，要渡过有名的石桥。这时一童子（前主角）出现，告诉定基：这个石桥的对过就是文殊菩萨居住的净土。这座桥是山石本身自然延伸于对岸，宽不足一尺，长满滑滑青苔，长度三丈有余，桥下深谷深达千丈，渡桥者俯瞰深谷常常腿脚发软、胆战心惊，并说不久菩萨就会现身，然后悄然隐去。第二场，狮子（后主角）在牡丹花丛中一边戏花一边起舞，祝愿"御代千秋万岁"……。该剧主角是狮子，重心在狮子舞。作者将《十训抄》中所载寂照法师去中国留学的故事与日本的狮子舞杂糅起来创作而成。另外，《猩猩》（一场，作者不详）和根据《猩猩》改编《大瓶猩猩》素材相同，舞台背景都是中国的浔阳江畔。剧作的看点主要是猩猩（一种嗜酒的想象中的动物）的舞蹈。而《龙虎》（二场，作者观世小次朗信光）的剧情则更简单，取材于中国的龙虎斗的故事，背景在中国的山中。龙在云中，虎在山头，风雨大作中跳起龙虎相斗舞。由演员在舞台上表演动物（虎）与想象中的动物（猩猩、龙）的舞蹈，难度很大。能乐，特别是最后上演的"切能物"，主要魅力就在于此。

通过以上评介可以看出，古典能乐中的中国题材，绝大部分都取自唐代及唐代之前的中国历史人物及历史事件。这些人物和事件大多在此前的日本文学作品中有所表现，因而对当时有一定文化修养的日本人来说并不陌生。另一方面，能乐对中国题材的选取，最主要的是要看它是否适合能乐的舞台表现。换言之，能乐所选取的，都是有利于形诸歌舞的中国题材。中国题材由此前的纯文学作品进入能乐艺术，使中国古老的历史人物复活于日本舞台，进一步提升了其审美价值；而对中国题材的运用，也使能乐突破了岛国的有限视野，拓展了文化空间，增添了中国文化情调，使能乐艺术更加醇厚、丰腴、隽永。能乐是一直保留至今的古典剧种，但在明治维新以降创作的新剧目中，中国题材极为罕见。唯其如此，古典能乐中的中国题材，就显得更为珍贵了。

二、中国题材的汉诗

日本汉诗是指日本人使用汉语，并依照中国古典诗律写作的诗歌作品，是日本人引进、吸收并消化中国语言文学的产物，作为日本传统文学的重要组成部分，在日本文学史特别是中国题材日本文学史上也占有一定位置。

奈良时代（710—784年）日本数次派出遣唐使学习中国文化，汉文汉诗传入日本，宫廷贵族文人以写汉文汉诗为能事。汉诗和汉文一样，是当时日本的上层社会正统的、主流的文学样式，成为王公贵胄、文人雅士抒情言志、交流唱和的主要方式之一，汉诗汉文的水平高低还影响官位的晋升。奈良时代的孝廉天皇在位时的公元751年，日本第一部汉诗集《怀风藻》编成，收录汉诗117首，到了平安王朝时代，特别是9世纪以后，汉诗汉文进入兴盛状态，960年，学者大江维时编纂了唐诗选集《千载佳句》，收录了白居易、元稹等149人的1083首七言诗中的佳句。平安时代后期，藤原公任又编纂了一部将中国汉诗名句、日本汉诗与和歌佳句加以荟萃的《和汉朗咏集》。这些中国汉诗集的编纂与问世，为日本人学习、模仿和借鉴唐诗提供了方便，成为中国题材、中国意象和中国典故进入日本汉诗的主要津梁，并促进了日本汉诗写作的繁荣。天皇敕撰的汉诗集《凌云集》《文华秀丽集》《经国集》等陆续问世，能写汉诗一时成为贵族文人最得意最自豪的技艺与修养。到了13世纪至16世纪的镰仓时代、室町时代的武家政治时期，以京都、镰仓的佛教山林寺院及僧侣为中心的"五山文学"兴起，汉诗进一步发展。17世纪开始的江户时代（1603—1867年）及明治时代中期，汉诗创作的主体由王朝贵族文人、佛教僧侣扩大为普通的知识阶层，写作汉诗汉文成为一般文人的必备的修养，汉诗的创作与欣赏的基盘空前扩大，流传下来的诗篇最多。直到1894年中日鸦片战争之后汉诗创作式微。作为日本文学之一体，先后存续了一千三百年之久。

除了抒情言志、吟咏日本风物与日本人物之外，日本汉诗还大量使用中国典故，也有不少作品从中国撷取题材。①其中从中国取材较多的汉诗人，有日本第五十二世天皇、奈良时代著名书法家、诗人嵯峨天皇，平安

---

① 这方面的汉诗选集，可参见王福祥编著《日本汉诗与中国历史人物典故》，北京：外语教学与研究出版社，1997年版。

时代著名汉学家、诗人菅原道真，江户时代著名儒学家林罗山（林忠），
林罗山的学生人见壹（俗姓小野，字道生），江户时代著名诗僧释大潮
（俗姓浦乡，名元皓），江户时代著名诗人祇园南海、赖山阳、斋藤拙堂
等。有关中国题材的汉诗，以吟咏中国历史人物的居多，从汉诗所吟咏的
人物类型来看，可以分为如下几类：

第一类是吟咏中国上古时期的历史传说人物，如羲和、伏羲、炎黄、
尧舜、大禹、许由、徐福、西王母、后弈与嫦娥、牛郎与织女、湘妃等。
其中，与徐福传说在日本的盛行相适应，吟咏徐福的诗篇最多。如：江户
时代著名诗人祇园南海（1677—1751 年）的《咏徐福》：

绿树三山外，古坟带落晖。

万里西秦路，客魂遂不归。

江户时代的人见壹（1599—1670 年）的七绝《击壤老》所吟咏的是
"上古"即尧时代的太平盛世老百姓平和幸福的劳动生活——

上古淳风政不苛，老人击壤乐如何。

遥知尧日无私照，唱叹犹传作息歌。

松永尺五（1592—1657 年）的《赋上苑红牡丹》以中国神话传说为
素材：

风尘樱谢惜春残，多少余情属牡丹。

湘浦灵妃翻绛袂，蓬山仙侣峙琼冠。

雨收阶砌云霞起，日永园边冰雪寒，

红白魏姚看不厌，瑶池宴罢倚栏杆。

这里既写到了"湘浦灵妃"即湘水女神湘灵，又写到了中国传说中的仙山"蓬山"即蓬莱山，还写到了古代传说中的西王母所居住的地方"瑶池"，是一首典型的以中国神话传说为意象的诗篇。

第二类，是写中国历代帝王将相的诗篇，以《史记》《汉书》《后汉书》《三国志》中记载的先秦两汉魏晋、唐宋时代的帝王将相为主，涉及历史上的各个朝代。写得较多的有伊尹、姜太公、管仲、孙武、吴王夫差、晏子、苏秦、乐毅、田横、孟尝君、秦始皇、荆轲、商鞅、项羽、刘邦、韩信、张良、贾谊、李广、张骞、苏武、曹操、刘备、诸葛亮、关羽、隋炀帝、唐玄宗、王安石、岳飞、文天祥等。如江户时代伊藤长胤（1670—1736 年）的《题太公望钓渭图》：

> 一片苔矶绿水滨，长竿手熟五溪春。
> 谁知异日鹰扬者，即是当年鹤发人。

咏叹的是太公望吕尚从当年的"长竿手熟"的垂钓者到"鹰扬者"的飞跃。

再如江户时代的木下顺庵（1621—1698 年）的《孙武》：

> 破楚危齐事可知，初间已觉用心奇。
> 古来尤物倾人国，先为吴王斩宠姬。

诗中所谓"古来尤物倾人国，先为吴王斩宠姬"两句，所依据的是《史记·孙子吴起列传》中关于孙武的一段轶闻：孙武为向吴王展示练兵带兵的场面时，经吴王同意将宫女作示范表演，为严肃军纪而当着吴王的面杀死了将练兵当儿戏的一名妃子。诗人感叹后来"破楚危齐"的孙武，当初已经显示出"用心之奇"来。

《三国志》中的英雄人物，备受日本人喜爱，其中写诸葛亮和关云长的诗篇较多，如柴野栗山（1736—1807 年）的《关云长赞》：

> 威灵赫赫照千春，义勇谁知譬绝伦。
> 傥使吴儿知顺逆，许都蹴作马蹄尘。

斋藤拙堂（1797—1865 年）的《读诸葛武侯传》写诸葛亮：

> 两篇文字压西京，百代长悬日月明。
> 莫谓书生暗时务，当时诸葛亦书生。

第三类，是吟咏中国古代思想家的诗篇。其中写得较多的哲学家思想家集中于先秦诸子——孔子、孟子、老子、庄子。写老子的如江户时代诗僧释大潮（1676—1768 年）的《老子》：

> 紫云吹断出函关，何物青牛背上还。
> 为是五千言不尽，至今斯道落人间。

写孔子的如江户时代著名儒学家林罗山（1583—1657 年）的《圣像》：

> 道兼天地通，大圣德无穷。
> 祖述宪章际，存神过化中。
> 一言成世教，六艺起皇风。
> 时有逝川感，余流渐海东。

第四类，是写中国历代文学家、史学家、书画艺术家的诗篇。在先秦时代的诗人中，日本诗人最喜欢吟咏的诗人是屈原、宋玉。如林罗山的

《屈原》：

> 千年吊屈原，忧国抱忠贞。
> 扫枳颂嘉橘，漱芳饗落英。
> 湘累非有罪，楚粽岂无情。
> 世俗不流污，终身唯独清。

在汉代文学家史学家中，日本诗人喜欢写的是司马迁、司马相如、扬雄、张衡、蔡邕等。如奈良时代曾作为遣唐使来过中国，并受到唐德宗接见的菅原清公（770—842 年）的《赋得司马迁》：

> 汉史唯司马，高才为代生。
> 龙门初降化，禹穴渐研精。
> 续孔春秋发，基轩得失明。
> 三千犹在眼，五百但嫌情。
> 实录传无堕，洪漪逝不停。
> 终令万祀下，长作百王桢。

魏晋时代，被吟咏最多的是陶渊明，然后是王粲、"竹林七贤"，书法家王羲之、王徽之、王献之父子等。如人见壹的写陶渊明的《读归去来辞》：

> 两晋文章少，只存归去来。
> 海鸥闲泛处，野鸭远飞开。
> 解印谢彭令，挥毫近楚辞。
> 欲知元亮意，天命在无遗。

　　唐代诗人中，被写得最多的是白居易、李白和杜甫，其次是孟浩然、王维等。宋代诗人中吟咏最多的是苏轼和陆游。如尾藤二洲（1745—1813年）的《读白氏长庆集》，描写了对白居易的诗集"日日不释手，朗诵无已时"的喜爱之情。

　　第五类，是对中国历代美人，特别是红颜薄命的美人的咏叹。写得最多的首推王昭君，从奈良时代的嵯峨天皇的《王昭君》，到 19 世纪初菅茶山的《王昭君图》，王昭君被日本诗人反复咏叹了一千多年。以奈良时代的王昭君题材为例，较早的菅原清公（770—842 年）的《奉和王昭君》：

> 御狄宁无计，微躯镇一方。
>
> 泣随重塞尽，愁向远天长。
>
> 陇月分行镜，胡冰冻旅装。
>
> 谁堪毡帐所，永代绮罗房！

再有嵯峨天皇（786—842 年）的《王昭君》：

> 弱岁辞汉阙，含愁入胡关。
>
> 天涯千万里，一去更无还。
>
> 沙漠坏蝉鬓，风霜残玉颜。
>
> 唯余长安月，照送几重山。

嵯峨天皇及皇子的侍讲朝野鹿取（774—843 年）也写过一首《奉和王昭君》：

> 远嫁匈奴域，罗衣泪不干。
>
> 画眉逢雪坏，裁鬓为风残。
>
> 塞树春无叶，胡云秋早寒。

阙氏非所愿，异类讵能安。

还有桓武天皇的皇子良岑安世（卒于 830 年）也有一首《奉和王昭君》：

虏地何辽远，关山不忍行。
魂情还汉阙，形影向胡场。
怨逐边风起，愁因塞路长。
愿为孤飞雁，岁岁一南翔。

除王昭君外，被日本诗人咏叹较多的还有西汉的班婕妤、赵飞燕、蔡文姬、李夫人，南北朝时代的花木兰、莫愁、苏小小等。

第六类，是吟咏中国地理风物的诗篇。从遣唐使开始，日本历代诗人有不少来中国留学、游览，留下了大量吟咏中国山川自然、人文风光的诗篇。中国当代学者孙东临曾从这个角度编辑过一本日本汉诗选集，题为《日人禹域旅游诗注》，可以集中体现中国风物题材的日本汉诗的面貌。这本专题汉诗选集按历代日本人所游历的地域，分为九篇，即京师篇、塞北篇、中原篇、关西篇、巴蜀篇、荆楚篇、吴越篇、滇南篇、港台篇。①可以看出古代诗人由于来华人数有限、交通不便等原因，描写中国风物的作品并不多，而且此类诗篇多产生于明治维新之后，这与日本人在近代之后大量进入中国密切相关。但古代也有若干作品传世，如唐代来中国留学的高僧空海（弘法大师，774—835 年）的描写镇江金山寺的《过金山寺》：

古貌满堂尘暗色，新花落地鸟繁声。

---

①　孙东临编著：《日人禹域旅游诗注》，武汉大学出版社，1996 年版。

经行观礼自心感，一两僧人不审名。

日本镰仓时代诗人义堂周信（1325—1388 年）的《题西湖小草堂图》：

十里西湖一草堂，断桥柳色晚凄凉。
何当借得扁舟去，分取梅花月半床？

室町时代的诗僧九渊龙睬（卒于 1474 年）的《题苏州枫桥寒山寺》：

闻昔江枫荫绿波，桥边秋色入诗多。
愁眠无客似张继，半夜钟声近奈何！

都是描写中国风物的优秀作品。此外，日本汉诗人中，写中国风物题材较多的有雪村友梅（1290—1346 年）、竹添光鸿（1841—1917 年）、股野琢（1839—1921 年）、久保天随（1875—1934 年）、内藤虎次郎（虎丸，1878—1962 年）、铃木虎雄（1878—1962 年）等。

第七类，是中日两国诗人的交往唱和的诗篇。中国的文人雅士的社交习惯是，在迎来送往的交际活动中，常常采用诗词唱和的方式，从唐代开始，历代中国诗人为迎送来华日本人所写的诗篇、日本诗人应答的诗篇不在少数。当代中国学者对这些诗篇也做了分类整理，出版了若干选集。① 其中日本人所写的与中国人唱和的汉诗亦可归入"中国题材"中。如义堂周信的《寄送楼敬仙南归》是写给明代东渡日本的苏州人楼敬仙的。

---

① 如张步云编著的《唐代中日往来事辑注》（西安：陕西人民出版社，1984）、杨知秋编著的《历代中日友谊诗选》（北京：书目文献出版社，1986）、孙东临、李中华编著的《中日交往汉诗选注》（沈阳：春风文艺出版社，1988）、《中日诗谊》（西安：陕西人民出版社，1995）等。

　　人说苏州楼敬仙，东游兴尽问归船。

　　且看采药徐生辈，朝遍蓬莱几洞天。

　　总体上看，中国题材的日本汉诗取材广泛，显示了日本诗人对中国古典文化的熟知与热爱。日本诗人们对所吟咏的中国题材、中国人物、中国风物，在文化上几乎没有隔膜感，显示了他们对汉学的高度亲和、高度修养。假如用严格的中国古典诗歌标准来衡量，一些日本汉诗在遣词造句、音韵格律方面，还有一些不尽圆熟的痕迹，但大部分诗人在不会说汉语的情况下，依靠所谓"训读法"掌握了汉语文言与日语在意义、音韵上的对应规律，由此写出的汉诗基本上和辙押韵，这是非常难能可贵的。另一方面，日本汉诗与中国诗人的诗篇比较起来，在题材上有着明显的选择性。"诗言志"是中国诗歌的传统追求，所谓"志"，多表现忧国忧民忧天下的政治情怀，但日本汉诗却大为不同，讽喻时政、抒写个人豪情壮志与政治抱负的诗篇十分罕见。日本人对中国诗歌的此类题材也不感兴趣。上述的《千载佳句》《和汉朗咏集》所选收的中国诗歌佳句，均为风花雪月、鸟木虫鱼，男女恋情、亲子之爱、悲欢离合等。白居易最受日本诗人崇拜，他的诗篇佳句在《千载佳句》《和汉朗咏集》两个集子中收录最多，但白居易自己最看重的"为君、为臣、为民、为事而作，不为文而作"的新乐府之类的社会时事讽喻题材，日本人却不看重。他们看重的，却是白居易自己不那么重视的杂律诗《长恨歌》《琵琶行》之属，是红颜、闺怨、思妇、弃妇之类的题材。这种题材选择上的倾向性，与日本文学传统总体上疏离时代与政治、追求唯美的价值取向是相一致的。

第三章　近代作家的中国纪行

本章所谓的"近代文学"，大体指的是 1868 年明治维新到 1937 年日本全面侵略中国之前的近七十年间的日本文学，跨越日本的明治时代（1868—1911 年）、大正时代（1912—1925 年）和昭和时代（1925—1989年）初期。从中国题材日本文学史的角度看，近代文学中的中国题材，上承古代文学，下接现当代文学，是一个承前启后的历史时期。

一、中国旅行热与中国纪行的兴盛

所谓"支那纪行"或"支那见闻"①，在近代日本的中国题材的作品中数量较多，这是有一定的历史背景的。幕末以降，日本流行着一股持续不退的"中国旅行热"，这股旅行热由多种因素促成。随着美国的"黑船"压境，德川幕府拒绝与外国来往的锁国政策有所松动。1862 年，幕府政权解除了日本国民不能出国的禁令，并派遣"千岁丸"轮船赴上海考察，开启了日本人赴中国旅行的新时代。而在当时中国与西方列强的交涉早于日本，因此日本人要了解中国，并要通过中国了解西方，来中国旅

---

① 明治维新前后，日本人多将中国称为"清国"，辛亥革命推翻清王朝以后，日本人普遍将中国称为"支那"，因而所谓"中国纪行"，在近代日本文学中较早写作"清国纪行"，后来写作"支那纪行"或"支那见闻"。直到侵华战争失败后，日本才肯遵循"名从主人"的原则，使用"中国"的称呼。

行观察最为便捷。明治时代最早进入中国，并对近代中国情况加以报道、对中国人有所描写的，除了途经上海和香港去欧洲的留洋学生、一些政界、商界人士外，主要是当时的一批随军记者。

在中日甲午战争（日本称作"日清战争"）和日俄战争中，日本各报社媒体都派遣不少记者、作家赴中国前线采访，这些人写的"从军记"之类的文字中，或多或少地描写到中国与中国人，因此含有"中国见闻"的成分。例如，近代日本短篇小说家国木田独步（1871—1908），在未成名前曾作为甲午战争的从军记者踏入中国，并以那次从军见闻为题材，写了书信体作品《爱弟通信》，并因此成为名人。《爱弟通信》写到了战死的中国士兵。在《爱弟通信》之二《旅顺陷落之后的我国舰队（其二）》中，他写到了一个倒在荒野中的"清兵"的样子，写那个中国士兵身材高大，浓眉高鼻，仰面朝天而死，看上去是一个"伟丈夫"，并说由于看到了这个死去的清兵，他一下子懂得了"战"这个汉字的意义。

另一位作家田冈岭云（1870—1912 年）1899 年曾来上海，在日语学校教中国人学习日语，翌年因病返回日本。1900 年庚子事变（日本称"北清事变"）时，田冈岭云作为从军记者来到中国，并写了从军记《战袍余尘》（1900 年），其中记载了当时在八国联军的铁蹄蹂躏下华北地区的惨状：

> 我从塘沽上火车，沿途看到民房被放火烧毁，无辜百姓被射杀，含恨倒毙于路旁，实在惨不忍睹。为了铁道运行安全，使匪贼无处藏身，烧毁民房虽属迫不得已，但却使无告的良民财产化为乌有，生命毙于刀下，妻离子散，田地荒芜，思之不禁为之抚然。何况不少杀戮并非出于军事防御，而是为了满足嗜血之欲、虎狼之心哉！以我军军纪严明，在二十七八年①的时候，尚有强奸掠夺之事到处发生，何况

---

① 指明治二十七至二十八年，即 1894—1895 年甲午中日战争时期。

是军纪涣散的其他国家的士兵呢!①

田冈岭云如实记述侵略者在中国的暴行,并对受难的中国百姓寄予同情,在当时是难能可贵的。

樱井忠温(1879—1965年)的《旅顺实战记》(1906年,后改题《肉弹》)是日俄战争的战记,据说在出版后数年中重印一千多次,被认为是明治时代"战记文学"的代表作品。作者是日俄战争中的日本步兵中尉,全书主要记述日俄战争,宣扬日本军队及官兵的团结、勇敢、军纪严明,对中国及中国人涉及很少,但从中可以明显看出对中国人的蔑视。如登陆后看到几百个"土民"(当地中国人),"分不清他们是人是兽,面目可憎";谈到有中国人为了金钱而给俄军当间谍发情报时,樱井忠温大骂:"他们是老废国的愚民,贪得无厌,只知道金钱的重要,却不懂得根本的利害得失。日俄交战使他们的田园荒废,这究竟是为什么,这种事他们根本不加考虑。"

除了从军记者和作家"从军记"中的片断的中国见闻之外,日俄战争结束之后,更多是真正意义上的中国见闻记和中国纪行。随着日俄战争的胜利及日本国力的增强,日本海外旅游业开始兴盛,中国成为日本主要的旅游对象国。那时,日本开通了到达上海、天津等中国大城市的几条航线,中国境内的几条铁路干线也建成,使得日本人不必像此前那样一定要经由朝鲜半岛进入中国,到中国旅行变得较为方便起来。那时进入中国的日本人,有记者、学者、教师(教习)、学生、作家、画家、政客、实业家、无业流民等,都有着不同的心理动机和现实需要。有的人敬仰和憧憬中国历史文化,为的是来中国参观名胜古迹;有的是到中国寻求异域情调和创作灵感的画家、作家;有的人对中国风光美人感兴趣,为的是来中国游山玩水、吃喝玩乐、寻花问柳;有的人是受政府或民间机构的派遣,到

---

① [日]田冈岭云:《戰袍餘塵·兵燹中的天津》。

中国履行公务的政治家、外交官、实业家和新闻记者；有的人受中国方面延请，来中国担任教习、教师、顾问等职；有的是到中国传教的佛教或基督教徒；有的是在学校的组织下到中国"修学旅行"的学生；有的人是"浪人"或流浪汉，来中国游荡和冒险；有的人在吉田松阴、福泽谕吉等右翼思想家的影响下，怀着觊觎中国之心，来探听虚实、收集情报等等，不一而足。他们中有不少人将在中国的见闻经历写成了文章或书籍，其内容涉及中国的自然风景、政治经济、社会文化、风俗民情等方方面面，使得中国旅行记大量刊行。若从文学角度看，大部分文字缺乏文学水准和文学价值，记流水账式的平铺直叙居多，行文枯涩单调，缺乏文采，但不少作品具有史料价值，对于研究中日交往史，特别是研究近代日本人的中国观，都有重要的参考价值。这些中国纪行的文章与书籍数量庞杂，仅单行本就有数百种。由于出版较早，除了一些著名作家的作品后来再版过之外，大多数作品今人查找困难。鉴于此，近年来有日本学者对这些材料进行了收集、整理和筛选，并将其中较有价值者加以再版。从 1997 年开始，日本的ゆまに书房，分两期陆续出版了东京大学名誉教授小岛晋治监修的

《幕末明治中国见闻录集成》①和《大正中国见闻录集成》②各 20 卷，将幕
府末期至大正年代的日本出版的中国"见闻录"、旅行记的单行本，择有

① 《幕末明治中国見聞錄集成》的构成如下：第一卷：［日］纳富介次郎《上海雜
記》，［日］日比野辉宽《贅疣录》、《没鼻筆語》；［日］曽根俊虎《清国漫游
志》；第二卷：［日］曽根俊虎《北支那紀行》；第三卷：［日］尾崎行雄《游
清記》，［日］高桥谦《支那时事》，［日］中村作次郎《支那漫游記》；第四
卷：［日］内藤虎次郎《支那漫游·燕山楚水》；第五卷：［日］村木正憲《清
韩紀行》；第六卷：［日］木村久米市的《北清見聞錄》，［日］小林爱雄《支
那印象記》；第七卷：［日］山川早水《巴蜀》；第八卷：［日］宇野哲人《支
那文明記》；第九卷：［日］廣島高等師範学校《満韓修学旅行記念録》；第十
卷：［日］米内山庸夫《云南四川踏查記》；第十一卷：［日］松田屋伴吉《唐
国渡海日記》，［日］名倉予何人《海外日录》、《支那見聞錄》，［日］峰洁
《航海日録》、《清国上海見聞錄》，［日］后藤昌盛《在清国見聞随記》，［日］
安东不二雄《支那漫游實記》，［日］高内猪三郎《清国事情探檢録》；第十二
卷：［日］原田藤一郎《亞細亞大陸旅行日誌並清韓露三国評論》；第十三卷：
［日］大鸟圭介《长城游記》，［日］阿川太郎《支那实见录》，［日］长谷川镜
次《台湾视察报告书》，［日］西鸟良尔《實曆清国一斑》，［日］中桥德五郎
《台湾视察談》；第十四卷：［日］户水宽人《東亞旅行談》；第十五卷：［日］
高瀬敏德《北清見聞錄》，［日］植村雄太郎《满洲旅行日記》，［日］德富猪
一郎《七十八日遊記》；第十六卷：［日］安井目太郎《湖南》；第十七卷：
［日］中野孤山《支那大陆横断遊蜀杂俎》，［日］前田利定《支那遊記》；第
十八卷：［日］佐藤善治郎《南清紀行》，［日］川田铁弥《支那風韻記》；第
十九卷：［日］竹添金一郎《棧雲霞雨日記》，［日］永井久一郎《觀光私記》；
第二十卷：［日］冈千仞《觀光記遊》，股野琢《葦航遊記》。
② 《大正中国見聞錄集成》的构成如下：第一卷：［日］中野正剛《わが觀たる満
鮮》；第二卷：［日］廣島高等師範学校《大陸修學旅行》；第三卷：［日］遅塚
丽水《山東遍路》；第四卷：［日］释宗演《燕雲楚水：愣伽道人手記》；第五
卷：［日］關和知《西鄉遊記》；第六卷：德富蘇峰《支那漫遊記》；第七卷：
［日］河東碧梧桐《支那にあそびて》；第八卷：［日］大町桂月《满鲜游記》；
第九卷：［日］諸橋轍次《游支隨筆》；第十卷：［日］東京高等商業學校東亞
俱樂部《中華三千里》；第十一卷：［日］上塚司《揚子江を中心として》
（上）；第十二卷《揚子江を中心として》（下）；第十三卷：［日］石井柏亭
《繪の卷——朝鮮支那の卷》；第十四卷：［日］渡邊巳之次郎《老大国の山
河》；第十五卷：［日］竹内逸《支那印象記》；第十六卷：［日］鶴见祐辅
《偶像破坏期の支那》；第十七卷：［日］德田球一：《わが思い出》（第一部）；
第十八卷：［日］田川大吉郎《台湾訪問の記》；第十九卷：［日］片山潜《支
那旅行雜感》，［日］赤塚丽水《新入蜀記》；第二十卷：［日］服部源次郎
《一商人の支那の旅》。

代表性者而又不易查找者，共计五十多种，予以影印出版，为当代研究者提供了许多难以入手的珍贵资料，并可以集中反映近代日本人中国旅行的盛况。不过，该书的编纂并不着眼于文学，战后很少再版、难以查找的一些重要的文学家的中国纪行和中国见闻也没有收录，这是令人稍感遗憾的。

在形形色色的游客中，文学家占相当的比例。明治维新后到1937年日本发动大规模侵华战争前的近七十年间，来华旅行过的文学家主要有：森鸥外、二叶亭四迷、内田鲁庵、正冈子规、夏目漱石、冈仓天心、尾崎行雄、德富苏峰、迟塚丽水、与谢野晶子、永井荷风、正宗白鸟、井上红梅、志贺直哉、斋藤茂吉、木下杢太郎、北原白秋、佐藤春夫，村松梢风、西条八十、谷崎润一郎、里见弴、竹内逸、鹤见佑辅、小林爱雄、冈千仞、河东碧梧桐、大町桂月、菊池宽、长与善郎、久保田万太郎、久米正雄、芥川龙之介、吉川英治、新居格、横光利一、中河与一、金子光晴、吉屋信子、小林秀雄、中野重治、岛木健作、前田河广一郎、井东宪等。他们来中国旅行后，大都有纪行性的作品发表或刊行。此外，还有一些汉学家及中国问题研究者，如中国历史研究家内藤湖南、中国哲学研究家宇野哲人、中国问题专家诸桥辙次、中国文学研究家青木正儿等，也有中国见闻或中国纪行类的作品出版，而且较有文采，可以归为"纪行文学"之列。上述这些作家的中国纪行及中国见闻，对中国的观察和评论的角度有所不同，都以自己的目之所及、足之所至，一定程度地记录了当时中国的状况，并表现出鲜明的时代特征和个人色彩。总体上看，他们都对中国的历史文化表示了浓厚兴趣和很高评价，却对现实的中国感到失望，对现实的中国人表示不屑与蔑视。憧憬和尊敬中国历史文化的汉学家们的中国纪行，对中国的负面、丑陋面谈得不多，但除此之外的作家们进入中国后，却自觉不自觉地、更多地注目于中国的丑陋与黑暗。在这些作家作品中不妨举三个不同类型的例子，一个是对中国十分隔膜的夏目漱石，一个是对中国现实不太关心，而更多地着眼于中国传统文化艺术的木下杢太郎，另一个是对中国人及中国现实十分蔑视并痛加批判的德富苏峰。

日本近代文学的泰斗夏目漱石（1867—1916 年）在来过中国的日本作家中，对中国了解最少、对中国的兴趣也不大。他当时来中国是被动地接受别人邀请。1909 年，夏目漱石应他的老同学、"满铁"（即"南满洲铁路株式会社"，对华经济侵略的中心）总裁中村是公的邀请，到满铁和所谓"满鲜"参观访问，并以那次旅行的见闻为题材，写了长篇游记《满韩处处》。该作品连载于《朝日新闻》，但写到抚顺时，连载中止，因此不是一部完整的作品。《满韩处处》主要是作者的"满铁"参观记，对中国的东北地区，如大连、奉天（今沈阳）只是顺便一瞥。夏目漱石虽然有一定的汉学修养，并写了许多汉诗，但他对现实的中国似乎没有兴趣，所知也甚少。从《满韩处处》中可以看出，作为一个来自先进国家的知识分子，对 20 世纪初尚处于待开发状态的一片蛮荒的中国东北，夏目漱石感到了一种文明的落差：

　　在从北陵回住处的途中，看到左边黑压压的一堆人。那里是一片拥挤的肮脏的支那店铺，卖的是豆腐、肉包子、豆素面之类。往黑压压的人堆中看去，原来是一个六十多岁的老人坐在地上，伸着骨折的两腿。右腿的膝盖到脚之间，有两寸多长的伤口，好像是遭到了猛烈刮蹭，腿骨上的筋肉断裂，缩了上去，看上去简直就像一个砸开的石榴。赶马车的人对这种光景好像是司空见惯了，好像怕冷一样，停下马车用支那语问了几句。我虽然听不懂，但还是竖起耳朵听他们说了一通。奇怪的是，那些黑压压的支那人却一声不吭，只是看着老人的伤口，无动于衷的样子。尤其使人难忘的是，坐在地上，用两手向后支撑身体的老人，脸上毫无表情，没有疼痛，也没有难过，但又并非

那么平静。只是以浑浊的眼光，看着地面。……①

就这样，黑压压的一堆人中没有人关心那受伤的老人，没有人替他喊医生，而为夏目漱石赶马车的人，也甩开鞭子赶着马飞快地离开了。等车来到了住处门口的时候，夏目漱石感到："终于远离了那些残酷的支那人，我的心情好多了。"可见，踏入中国东北的夏目漱石，在《满韩处处》中表现出的是一个"文明人"踏入"原始部落"时的那种感受与心情。

著名诗人、剧作家、画家、学者、医生木下杢太郎（1885—1945年）在来中国之前，曾收到过夏目漱石的来信，漱石希望他来中国后将有关"异闻"记录下来。②木下杢太郎是在1915年以"南满医学堂教授"的身份来中国的，在沈阳任教五年，期间到中国各地游览，参观考察名胜古迹，写了许多中国纪行散文、中国题材的诗歌、随笔札记等，重要的有《吉林》《文华殿观画记》《北支那杂话》《支那南北记》《支那的陶器》《满洲通信》《北京》《河南风物谈》《徐州—洛阳》《支那博物馆》《支那住宅的装饰的要素》《支那的女人》《沈阳杂诗》等，其中大部分文章被收入《支那南北记》（改造社1926年）一书中，晚近又被收入《木下杢太郎全集》第九卷和第十卷中。③木下杢太郎虽然是诗人，并被人归为唯美主义一派的作家，但他的中国纪行和中国见闻却少有唯美主义的猎奇性。关于这一点，木下杢太郎在《北支那杂话》（1916年）一文中开篇处写道："我住在奉天，游览过吉林、长春、大连和北京。这个夏天如有时间，还想去热河和龙门看看。想象和实际是有所不同的。我老早就想到支那领略异国趣味，但现在我才对中国有了非猎奇的朴素趣味。我对中国

---

① ［日］夏目漱石：《滿韓ところどころ》，见《夏目漱石全集》第八卷，东京：岩波书店，1961年，第256-257页。

② ［日］木下杢太郎在《支那の劇》一文中，提到此事，见《木下杢太郎全集》第九卷，东京：岩波书店，1981年，第283页。

③ 《木下杢太郎全集》共24卷，东京：岩波书店，1981年。

的趣味，总的来说是在文化史的方面，根本上说是回顾性的。"①抱着这种"非猎奇的朴素趣味"和"回顾性的"眼光，他对中国的观察和描写总体上不太带有一些日本作家常见的先入为主的偏见与傲慢，看上去较为冷静客观。木下杢太郎主要从中国的传统历史文化，特别是绘画、戏剧、陶器工艺、建筑艺术等角度来观察中国传统文化，而对当时的中国人、中国现实关注不多。在有限的关于现实中国的描写中，可以看出他的融入感，以下是他刚来吉林市的印象：

> 吉林是一个令人甚惬意的小城市。
>
> 从长春坐上吉林至长春的窄轨铁路列车，从墙外看到的田舍风光十分诱人。那是一望无际的平原，但又有若干的高低起伏，地平线并不在无限的远方消失，而是被不远的小山丘挡住，山丘下渐渐伸展过来的缓坡，看上去最为舒坦。枝叶繁茂的榆树、柳树像绘画般三三两两地点缀着，百姓的土黄色的家屋坐落其间，其中也有不少像是大户人家。（中略）我最难忘的，是一个小孩儿在小山丘间草木繁茂的地方，悠然地骑着一匹小白马，手里还牵着另一匹马。小山坡上阳光普照，柔和的黄中带有灰色、红色的地面，宛如丘比斯特的油画一样令人心旷神怡。满洲的树木虽不像朝鲜那样浅绿，但比起内地（指日本——引者注）的夏末秋初的树叶来，要浅淡得多。这种风景，倘若施以单色，再加上文人画的笔势，就是典型的中国画。②

这里体现出了木下杢太郎对中国风景的特有的观察与感受。而对中国文化、对中国人，木下杢太郎除了观察也有评价。例如对于京剧等中国传

---

① ［日］木下杢太郎：《北支那雜話》，载《木下杢太郎全集》第九卷，东京：岩波书店，1981 年，第 242 页。

② ［日］木下杢太郎：《吉林》，载《木下杢太郎全集》第九卷，东京：岩波书店，1981 年，第 211 页。

统戏曲，木下杢太郎觉得京剧演员梅兰芳的扮相漂亮，但又认为中国戏剧"生硬的地方很多"、花脸等化妆"有很多令人不愉快的地方"①；再如关于中国的女人，木下杢太郎认为中国的女人由于缠足、由于长期被封闭在家中，见识浅陋，他说："我在支那的女人的眼神中，几乎看不到受到过文化教养所具有的那种光彩。"②这些议论和评价，无论对事物还是对人，也无论是否正确，总体来说是在文化层面上进行的。

　　相比之下，德富苏峰（德富猪一郎，1863—1957 年）的中国纪行，既不同于夏目漱石那样的直观感受与心情的表达，也不同于木下杢太郎那样的客观的文化视点。德富苏峰作为一个具有强烈政治意识、后来大半生作为国家主义御用学者而活跃的人，目睹了近代中国的衰弱与落后，直接了当地站在政治层面，站在现实的立场上，发表对中国的评论。他在《七十八日游记》（1906 年）前言中，说他的《七十八日游记》"作为纪行文而少韵致，作为形势论而少眼光和周密，于实用、于娱乐两不相符，著者由是惭愧"，这虽是滥调谦辞，但也带出了《七十八日游记》的文体性质——"纪行文"与"形势论"（时论）的杂糅。《七十八日游记》作为日俄战争结束不久由日本记者与作家写成的颇有篇幅的中国纪行与时论，一方面记述了作者从朝鲜进入中国东北，游历大连、旅顺、营口、山海关、北京、芝罘、上海、长江、洞庭湖、湘江、长沙、湘潭、汉口、南京、杭州、苏州共七十八天的行程，一方面随时发表感想和议论。他对中国的历史文化和山川自然，特别是滚滚长江、江南水乡、杭州西湖都较欣赏，但对现实的中国及中国人却充满蔑视，代表了当时日本社会急速膨胀的右翼国家主义势力的中国观。德富苏峰多次写到中国是一个"荒废"的大国，在他看来，中国和中国人今后没有未来、没有希望，他的结论

---

① ［日］木下杢太郎：《支那の劇》，载《木下杢太郎全集》第九卷，东京：岩波书店，1981 年，第 282 页。

② ［日］木下杢太郎：《支那の女》，载《木下杢太郎全集》第十卷，东京，岩波书店，1981 年，第 395 页。

是："支那"这个地方"没有国家"，"支那人"文弱不堪，男性文弱得如同妇孺，中国人精于利害权衡，一生全为一个"利"字，即"我利我利"（意即"利己利己"），缺乏公德之心，利己心达到了"病态的"程度，做事漫不经心，讲究虚伪礼节。他不仅否定了中国人的人格，而且连一般日本人不得不承认的中国文学艺术的辉煌成就也不以为然。他写道："在支那越看越觉得，支那的文学艺术是写实的。虽然支那人喜欢玄言虚语，但想象力却不是他的长处。总之他们是物质型的人，其文艺也不会超出物质以外。想想日本的画是多么富有想象力，而支那的绘画只不过是对眼前光景的摹写而已。"①

1917 年 9 月至 11 月，德富苏峰再一次来到中国，除山东省的曲阜、泰山、济南、青岛外，旅行地点和第一次大致相同。当时德富苏峰已经是著名记者和评论家，所以每到一省，几乎都受到了当地省长、督军及社会名流的接见和接待。可以看出德富苏峰是最受中国官吏待见的民间身份的日本旅行者之一。在记述此次行程的《支那漫游记》（1918 年）中，德富苏峰对中国菜和风景很赞赏，并做了许多汉诗加以吟咏，如写扬州风景："六朝金粉水悠悠，南北风云今亦愁，独立金山四边望，淡烟一抹是扬州"；再写杭州西湖："青山接水水连湾，菱陌杨堤指顾间，须记荷枯枫老处，与君终日绕湖还"之类。除记述旅程所见山水名胜之外，更多地是对中国落后面的揭示，如在北京的大汤山和小汤山，看见到处都是粪便，他断言中国在人粪尿处理方面是"世界首恶"，"无论是多么宏伟的大楼广厦，其一角必然堆有粪便；无论走在哪一条路上，一不小心都有可能踩到粪便。此前在大同道尹厅，打听厕所何在，侍者竟然把我们引到厅侧的后院，让我等随地撒尿，令我等诚惶诚恐"。德富苏峰还断言："支那是文明中毒国"，中国人"国民精神完全丧失"，尚武精神完全丧失，"日本儿童做的是战争游戏，支那儿童模仿的是赌博游戏"；"支那的军人

① ［日］德富苏峰：《七十八日遊記》，东京：民友社，明治 39 年，第 155-156 页。

不过是拿着凶器的强盗"；中国不过是一个"言论国、文字国、空论国"，善于辞令，喜欢饶舌，成为中国人的国民性格……。这些议论虽不免有些以偏概全，却在相当程度上点中了中国及中国人的软肋，直到今天仍值得我们反省和深思。

二、谷崎润一郎的中国情结

德富苏峰的《七十八日游记》《支那漫游记》在当时影响较大，后来到中国旅行的作家，都提到自己读过德富苏峰的中国纪行。特别是对那些原本就对中国有兴趣、希望来中国看看的人来说，阅读德富苏峰的中国纪行，似乎是来中国之前必做的准备。

日本近代唯美派代表作家谷崎润一郎（1886—1965年）来中国旅行前，显然也读过德富苏峰的《支那漫游记》等书。他在《苏州纪行》的前言中写到寒山寺的时候提道："在以德富苏峰氏为首的许多〔日本〕人的纪行文和谈话中，我屡屡听说寒山寺是个无聊的地方，但是我绝不认为无聊。"①他的行程路线几乎和德富苏峰一样，即从朝鲜进入中国东北，然后坐火车到华北的天津、北京，又从北京坐火车到汉口，再从汉口下长江，乘船去九江，然后登庐山，再返回九江，之后去南京、苏州、上海、杭州，最终回到上海，乘船回国。但是，同样是日本人，同样的旅行路线，谷崎润一郎对中国的印象，却与其他日本作家有很大的不同。

谷崎润一郎对中国及中国人，抱有一种桃源乡一样的憧憬与向往之情。他从小时候就向往中国，喜欢阅读中国古典，在来中国之前发表过《麒麟》《秘密》《美人鱼的叹息》等中国题材的短篇小说。其中，《麒麟》（1910年）取材于《论语》，从《论语》的"子见南子"的记述中敷衍出了孔子被卫灵公及其美丽而骄横的妃子南子召见的故事。卫灵公宠幸美貌的南子夫人，穷奢极欲，无心问政，听了孔子要实施王道、克服私欲

---

① ［日］谷崎润一郎：《蘇州紀行》，载千叶俊二编《谷崎潤一郎 上海交遊記》，东京：みみず書房，2004年，第3页。

的告诫后，试图摆脱对南子肉体的迷恋，而南子得知是孔子的告诫导致了卫灵公对她的动摇，于是召见孔子，极力向孔子展现自己的骄奢淫逸的生活情景。最后在"美"与"德"的较量中，孔子的说教显得无可奈何，而卫灵公在短暂的疏远了南子后，又迫不及待地回到了南子身边，说道："我恨你，你是个可怕的女人，你是让我毁灭的恶魔，然而，我却无论如何也离不开你！"孔子临离开卫国的时候，感叹道："吾未见好德如好色者也。"这篇小说作为谷崎润一郎的前期创作，与《文身》《恶魔》等一样，是最能体现谷崎润一郎唯美主义人生与艺术观的作品之一，在谷崎润一郎的全部创作中，塑造了为"好色"而无视道德、超越道德，为好色而生、为享乐而死的一系列人物形象。而他对中国的憧憬，或者说他的中国情结，在意识深处仍是好色与享乐的密切结合。

谷崎润一郎的中国情结在他的短篇小说《鹤唳》（1921年）中有生动的表现。

《鹤唳》中的主人公靖之助是一个富家独生子，从小丧父，由他爷爷和母亲拉扯大，养成了我行我素、内向而执拗的脾气，生活放荡，喜欢喝酒玩女人，大学文科毕业后既不找工作干，也不结婚，有了钱就到东京玩乐，回来后就幽闭家中，阅读爷爷留下来的汉文书籍。他常说："日本没有意思，想到外国去"，后来终于和一个名叫静子的贤妻良母型的女子结了婚，还在中学做了汉语老师，并生了女儿照子。但不久以后，他又故态复萌，说："日本没意思，不想在日本待了。"中学教师也辞了，成天躲在书房里阅读中国的诗词小说，并把爷爷写的汉诗集置于座右，学写汉诗。他不仅喜欢中国文学，连身边的日常用品，也都尽可能用中国货。有一天他突然对妻子说："我想去支那"，并且去了以后就不再回来了——

　　自己生于支那的文明和传统中，死也得死在那里。自己也好，祖父也好，能够在这个贫乏的日本活下来，那都是因为间接地接受了支那思想的恩惠。自己的身体中，从祖先的时候起，就流淌着支那文明的血液。自己的寂寞和忧郁，只有到了支那才能找到慰藉。①

　　于是靖之助到中国去了，之后没有给妻子和女儿任何音信，过了六七年，当女儿已经长到 12 岁的时候，靖之助把带的钱花得精光，回日本来了。但他却不是一个人回来的，而是从中国带回了一个年轻漂亮的女子，还有一只优雅的仙鹤。妻子问他："支那是个好地方吗？"他回答说："好地方，就像画儿一样！"还说：自己像爱支那一样爱这个女人，自己所憧憬的支那，如今全都在这个女人和这只仙鹤身上了。有了这个支那女人陪伴，自己可以在日本待下去了。他还从中国托运来木材和砖头，建起了名为"锁澜阁"的中国式建筑，和那个女子住了进去，他声称"我这辈子不再说日本话了"，说中国话，穿中国服装，还让女儿照子也穿中国服装，学中国话，俨如一个中国人……。作为一个唯美主义作家，谷崎润一郎在很多的作品中，描写了一些为了"美"，为了"爱"，而特立独行、我行我素、超越社会、超越道德而义无反顾的执着、执拗、走火入魔的人物。《鹤唳》中的靖之助就是谷崎笔下这类人物中的一个典型。靖之助实际上就是谷崎润一郎的中国情结的形象化。靖之助对中国及中国文化的全部向往、感觉和评价，实际上是谷崎润一郎 1918 年来中国旅行后的中国印象的夸张表达，也是他在中国寻欢作乐的一种反刍与回味。

　　带着靖之助似的情结，怀着对中国及中国文化的憧憬，1918 年，谷崎润一郎来到了中国。初次来中国共逗留两个月（1918 年 10 月 10 日至12 月 10 日），回国后陆续写下了《一个漂泊者的面影》《苏州纪行》《支那的料理》《秦淮之夜》《西湖之月》（以上均 1919 年）、《庐山日记》《鹤唳》（均 1921 年）等纪行、小说及《苏东坡》（1020 年）等剧本。从这些作品中可以看出，谷崎润一郎对中国名胜古迹、自然风景、民俗民情、传统戏剧、饮食文化，还有中国女人，都怀有极大的兴趣。虽然对中

---

①　［日］谷崎润一郎：《鹤唳》，载千叶俊二编《谷崎潤一郎　上海交遊記》，东京：みみず书房，2004 年，第 3 页。

国的脏乱差颇有微词，但总的说比起芥川龙之介来，谷崎尚能忍受这一切，而且从华北到华南，越玩越有兴致。在《苏州纪行》中，他赞美苏州的水乡景色，"刚看了第一天，就完全喜欢上了苏州"。他认为和苏州的文化与景观不相称的是，那些声称"多给支那人一分钱都觉得心疼"的在苏州作导游生意的日本人，显得那样"野卑"；在《庐山日记》中，他记述了九江城的游览，抒写了"才识庐山真面目"的快意。除了游山玩水，谷崎润一郎在中国的最大诱惑，就是"食"和"色"。他在随笔《支那的料理》中一开头就写道："我从小时候就喜欢支那料理，东京有名的支那料理店偕乐园的主人，是我小时候的同窗，我经常去他家玩，并品尝美味佳肴，我至今清楚记得那菜肴的美味，至于日本料理的滋味我是到后来才品出来的。我认为比起西洋料理来，支那料理要美味得多。""我甚至比长期生活在支那的日本人更熟悉支那料理。"①他详细地介绍了中国菜的五花八门的种类、名称和味道。他最后写道："读了崇尚神韵缥缈的支那诗篇，就不由会感到那种风格的诗歌与味道浓重的料理之间存在着显见的矛盾。我认为将这两种矛盾的东西调和并立，正是支那的伟大性之所在。烹制出那样复杂的料理并大快朵颐的国民，无论怎么说都称得上是伟大的国民。"②谷崎润一郎回国后，还创作了题为《美食俱乐部》（1919）的短篇小说，有一天，喜好美食的 G 伯爵漫步东京街头，忽然听到不知何处传来一阵中国的胡琴声，寻声而去，发现那里是浙江会馆，旅日华人们正在那里举行盛大宴会，伯爵恳求进去见习，并进而学会了中国菜的烹饪秘诀。后来他运用从浙江会馆学来的手艺，招朋友举行了一个美食宴会，亮出了各式各样日本人闻所未闻的中国菜，令与会者大饱眼福口福。这篇小说似乎可以说是当代日本村上龙等作家"料理小说"的一个

---

① ［日］谷崎润一郎：《支那の料理》，载千叶俊二编《谷崎潤一郎 上海交遊記》，东京：みみず書房，2004 年，第 38-39 页。

② ［日］谷崎润一郎：《支那の料理》，载千叶俊二编《谷崎潤一郎 上海交遊記》，东京：みみず書房，2004 年，第 43 页。

源头，是谷崎润一郎垂涎于中国料理的文学结晶。

在中国期间，比起美食来，美色对于谷崎润一郎似乎更重要。在《秦淮之夜》中，作者详细地记录了自己在一个日本人的引导下，在南京的秦淮河畔的花街柳巷寻花问柳的经过。入夜后他在日本人马仔的引导下转了多家妓馆，尤其对第一个见到的名叫"巧"的十八岁的女子十分中意，他写道："在这样昏暗的、墙壁不洁的房子里，竟住着这样细腻白皙、犹如被打磨过的女人，实在是不可思议。用'被打磨过的'这个词来形容她，我想也许是最恰切不过了。"很希望在她那里留宿，但很可惜，那女人要价太高，他不得不离去。辗转几家之后，在深夜时分他终于找到还算满意、价钱也合适的名叫"花月楼"的女人。谷崎最后写道："'花月楼，花月楼'，我用支那语的发音不断地呼唤着她的名字。用两手捧起她那清瘦的脸，那是一张可爱的、小巧玲珑的脸颊，几乎完全被捧在我的手掌中，娇嫩得假如稍一用力就要被弄坏似的。那耳鼻眉目像大人一样周正、像孩子一般天真烂漫。一种激情突然在我胸中升起，我想永远就这样一直用双手捧着她。"①这篇纪行文使用大量小说式的细节性的描写，日本有研究者认为"是纪行还是创作，很难判断"，但无论如何不能否认，没有实在的生活体验，要写出这样逼真的文字，是不可想象的。

谷崎润一郎的第一次中国之行，就是这样在游山玩水、寻花问柳中度过的。他的那次行程几乎是在日本导游者的安排之下，和普通的中国人也没有什么交流，走马观花式的游客行程，也无助于对中国社会的深入了解。除了实实在在的吃喝玩乐之外，中国，在他的印象中仍然不免有些雾里看花似的神秘。也就是因为这种神秘感的存在，七年后的1925年，谷崎润一郎第二次来到了中国，并以此次中国之行为素材，写下了《上海见闻录》《上海交游记》（均1926年）等纪行与见闻。

作为作家的谷崎润一郎毕竟不像一般的游客那样满足于吃喝玩乐。实

---

① ［日］谷崎润一郎《秦淮の夜》，载千叶俊二编《谷崎潤一郎 上海交遊記》，东京：みみず書房，2004年，第72页。

际上，早在第一次来中国时，他就想认识中国的文学家，了解中国文坛的情况，无奈没人牵线。后来他了解到："那时的中华民国，那样的人（指新文学作家——引者注）一个也没有。若问：'谁是有名的小说家或戏剧家?'有支那人回答说：'现在的中国近代文学还没有到勃兴的时候。青年们的志向多在政治方面，偶尔也有写小说的人，但那大多是新闻记者们业余时间写的东西，小说也主要是政治小说。也就是说，当时的中国文学还只处在日本的《佳人奇遇》和《经国美谈》①的时代。"②谷崎第二次来中国，直接找到了上海内山书店的老板内山完造，当时的内山书店是鲁迅等中国作家常常光顾的地方，成为中国作家之间、中国作家与日本作家之间的一个文学沙龙般的交往场所。谷崎润一郎通过内山完造，结识了中国文坛上的新锐，包括郭沫若、田汉、欧阳予倩、谢六逸、方光焘等人。当时谷崎润一郎在日本已是著名作家，留学过日本并关注日本文坛状况的中国作家们都知道他的大名，于是谷崎在上海受到了这些作家的热情友好而隆重的接待与欢迎。《上海交游录》就是谷崎润一郎与这些中国作家的详细生动的"交游记"。

从《上海交游记》可知，谷崎润一郎是从内山完造那里第一次对中国文坛的状况有了大概的了解。内山告诉他：如今中国人的新知识，主要是由日本出版的新书得来的。日语在现代中国所起的作用，正如当年英语在日本所起的作用，在文学方面，留日出身的人最为社会所认可，现在是在文坛唱主角，所以中国作家对日本文坛的了解程度，大大超出了日本人的想象。内山还告诉谷崎："您要来上海的消息，前天支那的报纸就登出来了，会有人来跟您联系的。"谷崎润一郎听罢，觉得"在中国竟有那样的知己者，真是没有想到，就像在做梦一样"。在内山的斡旋下，谷崎润

---

① 《经国美谈》（1876 年）、《佳人奇遇》（1883—1884 年）的作者分别为东海散士（1852—1922 年）和矢野龙溪（1850—1931 年）是日本明治时代初期"政治小说"的代表作。

② ［日］谷崎润一郎《上海交游记》，载［日］千叶俊二编《谷崎潤一郎　上海交遊記》，东京：みみず书房，2004 年，第 145 页。

一郎在上海著名的"功德林"饭店，与郭沫若、田汉、谢六逸、欧阳予倩、方光焘、徐蔚南、唐越石一起见面、吃饭、聊天。席间，他们谈中国菜、中国酒、中国文学、中国政治、中国人，好不热闹。后来，欧阳予倩、田汉又联名邀请谷崎润一郎参加为他主办的"上海文艺消寒会"，参加者有二三十人，除了上次的熟人之外，还有诗人王独清等。谷崎润一郎在消寒会上致辞，郭沫若作他的翻译。谷崎说：

> 今日支那新文艺运动如此之盛，作为来自邻邦的一个作家，承蒙为我举办如此未曾有的大会，真是没有想到，不胜感谢！而且今天的会上，各位青年朋友丝毫不拘谨，气氛轻松而又自由。想起我在青年时代，也曾与新进作家一起开过这样的会，看到今晚的情景，回忆以往，不禁感慨无量。我这样说，并不是说自己已经那样的衰老了。（说到这里不等翻译译出来，就响起了笑声）像我这样在这里受到如此欢迎，日本文坛上恐怕没有人能够想象到。我回国以后，将把今晚的情形作为最重要的话题讲给朋友们听，他们肯定大吃一惊。在此，不仅作为我个人，我也代表日本文坛，表示深深的感谢。不过日本文坛也分帮分派，我硬要代表他们恐怕要挨打的，所以还是表达我个人的感谢之意吧。（笑声，鼓掌大喝彩）①

关于这次"文艺消寒会"举办前后的情况，当时上海的《申报》都做了报道，谷崎润一郎后来在《上海见闻录》中曾满意地写道：自己"受到了盛大的欢迎"，"为了我，九十多个中国青年济济一堂"。谷崎润一郎的这次中国之行，使他与郭沫若、田汉、欧阳予倩等中国作家交了朋友，结下了真挚的友谊。直到十五六年之后的 1942 年，正当日本侵华战争和中国抗日战争相抗相持的时期，谷崎润一郎在《文艺春秋》杂志 6

---

① ［日］谷崎润一郎：《上海交遊記》，载千叶俊二编《谷崎潤一郎 上海交遊記》，东京：みみず書房，2004 年，第 175-176 页。

至 11 月号上，连载了回想录《昨天今日》，详细地追忆了第二次中国之行时与中国作家的交往。他写道："那时我所会见的人当中后来最有名的是郭沫若氏，和我关系最亲密的是田汉氏和欧阳予倩氏。"谷崎不能忘记的是他在上海期间，田汉在整整一个多月中几乎天天都陪同他，田汉"掌握了我睡懒觉的规律，总是恰当的时候到来。有时在下午，有时在傍晚，一起去附近的欢乐街听音乐、看戏、赏美人"；后来田汉受政府迫害时曾想流亡日本，并希望能够寄宿于谷崎家中，但谷崎"碍于经济上的困难"而未能提供帮助，他为此感到"歉疚"；谷崎不能忘记的是欧阳予倩曾邀请他到自己家里过除夕夜，还有欧阳予倩送给他的两条名贵的广东犬。谷崎也没有忘记在 1925 年中国作家为欢迎他而举办的集会上，他由于高兴而喝醉，被郭沫若搀扶着才回到住处的那种"丑态"……。《昨日今日》发表的 1942 年，正是日本军国主义当局宣扬"亚细亚主义""大东亚共荣圈"甚嚣尘上的时候，"日本文学报国会"也正策划在中国南京召开"第二回大东亚文学者大会"，以笼络中国作家附日。在战争时期明显依附军国政府的《文艺春秋》杂志在此时刊发谷崎润一郎的这篇回忆文章，其用心不言而喻。但谷崎润一郎在这篇文章中，除了个别字句外，似乎并没有表现出明显的服务于时局的用意，今天看来，《昨天今日》不仅回忆了谷崎润一郎与中国作家的个人交谊，也为中日两国作家的交往史留下了珍贵的资料。

谷崎润一郎对中国、对中国文化抱有很大的好感。前后两次的中国之行，给他的创作带来了不同的影响。如果说，第一次中国之行及其相关作品，表现了追求异国情调和官能刺激的唯美主义情调，那么，可以说第二次的中国之行，谷崎润一郎通过与中国新进作家的交往交谈，开始实实在在地接触中国和中国人，中国不再是他的乌托邦式的桃源乡，他的小说创作也失去了从中国取材的内在需要与冲动，但《上海交游记》等作品，作为出色的中国纪行、中国见闻记，在谷崎润一郎的创作中，在日本题材中国文学史中，都是弥足宝贵的存在。

从 1925 年第二次中国之行直到他去世的四十年间，谷崎润一郎一直没有来过中国。晚年他在谈到此事时说：那时"中国和日本的关系陷于可悲的不幸的状态，日本军阀作威作福，加害于中国民众。我虽然有去中国的机会，但为了不被军阀利用，又看不惯军人的飞扬跋扈，从那以后就一直没有去过中国"。①郭沫若和欧阳予倩曾分别于 1955 年和 1956 年邀请他访华，他也因健康不佳，并担心政治上被利用而谢绝。

三、佐藤春夫的中国之行及其创作

佐藤春夫（1892—1964 年）是由谷崎润一郎提携起来的作家，两人具有师徒之谊，在许多方面气味相投。佐藤春夫曾爱恋谷崎润一郎的妻子千代子，谷崎曾一度与佐藤春夫达成"让妻"协议，后来因谷崎反悔而导致两人绝交，此事也成为日本文学史上的一段著名的插话。佐藤春夫的早期创作和谷崎润一郎风格较为近似，在日本文学史上同被划为"耽美派"（唯美派）或"新浪漫派"作家之列。

佐藤春夫出生于和歌山县的医生世家，祖父喜欢作汉诗，父亲喜欢写和歌，青少年时代的佐藤春夫受到家庭的文学熏陶，对中国历史文化怀有憧憬之情，努力学习汉语，大量研读中国文学，在小说与诗歌创作之余，还翻译出版了中国古代文学（如中国古代女诗人的作品集《车尘集》）与现代作家作品（如鲁迅的小说）等，可以说是现代作家中少见的汉学家与中国文学翻译家，他对中国作家郁达夫、郭沫若在创造社时期的创作都产生过不小的影响。佐藤春夫以中国历史文化为题材写了若干作品，包括短剧《屈原》、短篇小说《樊哙》《武松打虎》《李太白》《李鸿章》等，其中评价最高的是以唐代诗人李白为主人公的《李太白》。

《李太白》（1918 年）是关于李白的传记性作品，但又不是拘泥或尊

---

① ［日］谷崎润一郎：《旧友欧陽予倩君を憶う》，原载《日中文化交流》，1962
年 11 月 1 日号。见［日］千叶俊二编《谷崎潤一郎 上海交遊記》，东京：みみ
ず書房，2004 年，第 236 页。

重史料的传记，而是充满文学想象的具有浓重幻想色彩的小说。小说从李白成名后被玄宗皇帝邀请至麒麟殿的逸话写起，写李白在皇帝和群臣面前称："喝醉的时候，我就是仙人。"于是喝得酩酊大醉，趁着酒兴作诗，作诗前让宰相高力士替自己脱鞋，让杨国忠为自己研墨。李白在宫廷中做了三年宫廷诗人后，因落拓不羁被逐出宫廷。此后，年过六十的李白更加向往仙界，更加沉溺于美酒，向往清风明月。仙人安期生化为仙鹤，劝诱李白进入仙境。有一天，当李白泛舟江河的时候，堕入水中变成了一条鱼，李白呼吸着河水，仿佛是在痛饮美酒，原来那是仙界的"酒河"，李白从此成了不老不死的神仙，并在那里与仙人安期生相伴。小说生动地描写了化为鱼的李白在仙界"酒河"中的自由自在、如梦如幻的畅快感受……。佐藤春夫在《李太白》中，吸收中国道家的神仙故事的精华，充满了浪漫主义的想象，淋漓尽致地描写了李白的落拓不羁、超凡离俗的性格。在唐代诗人中，李白对日本的影响远不及白居易，也不及杜甫与寒山子。《李太白》作为日本文学史上写李白的第一篇小说，有助于日本现代读者对中国唐代诗人的第一人——李白及其创作的理解，发表后得到了评论界的高度评价。

佐藤春夫在 1920 年和 1927 年两度来中国旅行，其中 1920 年的台湾与厦门之行对他的创作影响较大。1920 年 6 月至 10 月，因"不伦"的恋爱而心力交瘁、患上了严重神经衰弱症的佐藤春夫，受到在台湾开办牙医诊所的一个朋友的邀请，前往台湾旅行，还渡过海峡，到了对岸的大陆城市厦门等地。回国后，佐藤春夫以这个长达五个月的中国旅行与见闻为题材，陆续发表了相关的小说、游记、小品散文，如《星》《日月潭之旅》《蝗虫的大旅行》《鹰爪花》《魔鸟》《旅人》《雾社》《女诫扇绮谈》《天上圣母》《太阳旗下》《殖民地之旅》《彼夏之记》《社寮岛旅情记》《再版本〈雾社〉跋》《暑夏之旅的回忆》《受邀到台湾》。后来结集出版《雾社》《南方纪行——厦门采访册》《女诫扇绮谈》等。

在这些纪行作品中，佐藤春夫对台湾原住民的生活非常感兴趣，他的

《魔鸟》《旅人》《太阳旗下》《雾社》均是以台湾的高山族为题材。例如，在《雾社》（1925）中，佐藤春夫描写了自己在台湾的中部山区的雾社旅行期间的所见所闻。此前，雾社地区由于当地少数民族对日本殖民统治的不满与反抗，局势已经不稳。《雾社》一开头就这样写道："雾社的日本人因藩人的暴动而全部被杀了——当初这一消息曾在街头巷尾流传。"佐藤春夫根据自己的见闻，认为"雾社的日本人全部被杀"这一说法"是可疑的""过分夸张的"，因为在雾社居住的日本人有一百多个，而实际被杀的只有七人，而且他所看到的雾社当地的少数民族并不那么"野蛮"。他详细地介绍了雾社的少数民族代表如何数次向日本人的警察署长请愿，得不到答应而最后采取了极端行为。在《雾社》中，佐藤春夫还对日本人的殖民教育表示了批评的态度，他在参观台湾人的小学时，发现日本人向台湾儿童灌输日本观念，显得生硬可笑。例如，有学生把"台湾最大的城市是台北，日本最大的城市是东京；日本最伟大的人是天皇陛下，在台湾最伟大的人是总督大人"这样简单的问题，说成"在台湾最伟大的人是'东京'；日本最大的城市是'天皇陛下'"。佐藤春夫认为：出现这种交叉混淆的情况并非是因为台湾的孩子说不好"内地语"（日语），"而是因为在他们的世界中，他们无法想象的一些概念被接连强加进来"。①在《魔鸟》中，佐藤春夫对日本在台湾的殖民统治也有微词，他写道：

　　　　我在此次旅行中，也看了某个文明国家的殖民地，在那里，这个文明国的人把殖民地的土著居民——拥有相当文明的人，因其风俗习惯相异，对待他们虽没有达到滥杀的地步，却把他们当牛马一样使唤。这也是文明人要把有异于他们的别的文明人压倒的一个例证。还有，我还见过某一个文明国的政府，对当时与一般国民的常识稍异其

————————

① ［日］佐藤春夫：《雾社》，见《佐藤春夫全集》第六卷，东京：讲谈社，1966年，第570页。

趣的思想——有了这样的思想人类可能将变得更幸福——认定为危险的思想，将这些思想者抓起来，屡屡把这种思想家关进牢里，有时很快处以死刑。文明人也和野蛮人一样，把自己所无法理解的事物全都当作是恶，而努力地把那不可解的表情——有灵魂的表情，加以根绝。①

这里所说的"某国"，显然是指日本，所谓"文明人"和"野蛮人"，显然分别指以文明自居的日本殖民者和台湾当地人。作为一个日本作家，对日本在台湾的殖民统治有这样客观清醒的认识和一针见血的批评，是难能可贵的，也体现了早期的佐藤春夫与国家政权保持距离的自由主义、浪漫主义作家的立场与姿态。

《南方纪行》（1922 年）是以厦门之行为题材的纪行作品，副标题为《厦门采访册》。在该书的"小引"中作者说："1920 年 6 月下旬至上旬，记述著者旅行途中所见所闻，取名《南方纪行》。《厦门采访册》是其中的一半，后一半《台湾漫游记》也将于近期刊行。"但实际上《台湾漫游记》最终未能如约出版，而《南方纪行——厦门采访册》则成为专记厦门之行的纪行文学。佐藤春夫在厦门旅行了两个星期，从《南方纪行》中可以看出，他参观了鼓浪屿、集美学校、鹭江、漳州等地。在这里，佐藤春夫以一个浪漫主义诗人的细腻、好奇而又审美的目光记述了他在厦门的见闻，例如他坐在船上，在岸边鳞次栉比的房屋及墙壁上五花八门的香烟广告中——

　　我一抬头忽然看见一个美丽的亮点出现在一户人家二楼的阳台上，那是一位身穿淡紫色上衣的支那少女，她似乎注意到了什么似的，以灿烂的笑颜和明亮的目光，从蔓藤花纹的阳台栏杆下使劲俯下

---

① ［日］佐藤春夫：《魔鸟》，见《佐藤春夫全集》第六卷，东京：讲谈社，1966年，第 339 页。

身去，用一只手逗弄正在地面上玩耍的猴子。——是猴子，我想，我觉得那是一只猴子，但究竟是什么我并不晓得。或许那女孩儿所逗弄的地面上的东西是猫、狗，或者是小孩儿。我打算证实一下我直观的空想，但因为乘坐的舢舨太靠近那家的石墙，高高的石墙挡住了我的视线。是猴子，我确信。作为厦门的第一印象，那站在阳台上穿淡紫色上衣的少女所逗弄的，无论如何必须是一只猴子。①

这种充满诗意的与幻觉的描写，表现出了佐藤春夫的唯美派文学所追求的猎奇趣味与异国情调。怀着这种心情，佐藤春夫领略了厦门地区的风土人情，总体上他对中国及中国人是抱着善意和好感的，但也有因中日文化差异而造成的不解和困惑，如他认为中国人说话声音太大，给人的感觉好像在骂人；参观集美学校的时候，他联想到中国的富人从来不愿意将钱财用于公共事业，对华侨富商陈嘉庚、陈敬贤兄弟出资办学的义举表示赞赏，但同时，看到校门口悬挂的陈氏兄弟的大幅画像，又感到一丝不快。他还目睹了当时由于日本侵华而恶化的中日关系。他写道："我想到在这个地方，日本人的名声不好。昨天散步的路上，看到街头的墙壁上写着'青岛问题普天共愤''勿忘国耻'之类的标语，也有排斥日货的'勿用仇货''禁用劣货'等。还有醉汉冲着我嚷嚷：'这家伙是日本人！'"②

佐藤春夫台湾之行的收获除了纪行文学外，还有若干小说作品。其中的代表作是《星》和《女诫扇绮谈》。

《星》（1920年）根据我国福建、台湾两省广为流传的陈三、黄五娘的传说故事再创作而成。讲的是泉州城内一富豪之家陈氏有三兄弟，老大、老二均做了大官，年轻的老三——陈三——耽于幻想，常对着夜空的星星做这样的祈祷："我的星啊，请将世上最美丽的女子嫁给我为妻，请

---

① ［日］佐藤春夫：《南方纪行》，见《佐藤春夫全集》第七卷，东京：讲谈社，1966年，第298页。
② ［日］佐藤春夫：《佐藤春夫全集》第七卷，东京：讲谈社，1966年，第304页。

让那妻子生下的男孩成为世上最了不起的人！"结果，陈三的祈祷一步步地应验了：他在进潮州城观光的时候，打听到城内一个名叫黄五娘的小姐最漂亮，便化装为磨镜的工匠，为黄家打磨祖传的古镜，却失手将古镜打碎，为了赔偿损失，他提出做黄家的奴隶，在作奴隶期间，黄五娘和美丽的女佣益春都爱上了陈三，最后三人从家中私奔，在途中被官兵抓获，投进监狱，不料陈三发现抓他的官员竟是自己的哥哥，于是转祸为福。五娘和益春成为陈三的妻妾，五娘因陈三爱恋益春而心生怨恨，跳井自杀，陈三随后跳井殉情。益春怀上了陈三的遗腹子，生下来随自己姓洪。这男孩儿就是明代著名的人物洪承畴，后来官至苏辽总督，明朝灭亡后又在清朝得到高官厚禄……这篇小说的情节基本忠实于中国的民间传说，表现了中国民间百姓的幸福观、爱情观和命运观，具有浓郁的中国民间文学的风格。佐藤春夫在福建旅行的时候，曾听过关于陈三、黄五娘的传说，虽然在福建旅行时他未能到泉州，也没有参观过洪承畴的故居，但这一美丽的传说故事却催生了《星》这一充满异国浪漫情调的小说，也可以说是他福建之行的一项重要的创作收获。

《女诫扇绮谈》（1924 年）以第一人称"我"的视角写成。"我"是在台南的新闻社做记者的日本人。"我"在台湾友人世外民的带领下走访了一个废巷，进了一所豪宅，那里风传有富豪女儿的幽灵经常出没，时常会听到一个年轻女人等待情人到来的神秘的声音。针对世外民的"幽灵说"，"我"推想那是在废屋里等待恋人的活着的女人的声音，并再访废屋，发现残留在寝室里的扇子上写着"夫有再娶之义，妇无二适之文"，并在这间废屋里发现了一具缢死的年轻男子的尸体，"我"以这把"女诫"的扇子为线索解开了这个事件之谜，原来是一个被强迫与日本人结婚的大商人家的女仆追随其所爱的男人自杀了。佐藤以侦探小说的风格描写了为爱情而与日本人对抗的台湾男女，充满了浓重的异国传说色彩，形象地揭示出台湾人与日本殖民者之间的隔阂，以及在日本殖民主义压迫下台湾民众的抗争。

1927 年佐藤春夫中国之行的文学成果不多，只有《秦淮画舫纳凉记》等少量作品，写作《秦淮画舫纳凉记》时，已是数年之后的事情了。随着日本发动大规模侵华战争，佐藤春夫由自由主义文学家的立场，而逐渐转向国家主义，并写作了一些协力军国主义、污蔑丑化中国抗日人士的小说剧本等（详见本书第六章第三节）。1941 年，他还出版了一本中国题材的散文随笔集《支那杂记》，收文章 24 篇，主要是有关中国语言文学、中国历史文化的文章，还有包括上述的《秦淮画舫纳凉记》等在内的数篇中国纪行。他在《"唐物"的因缘》（代序）中，声称自己是"支那趣味爱好者"，而爱好"支那趣味"是自己的祖先，特别是父亲教育的结果。然而，在《大陆与日本人》一文中又说"支那不是一个文化国"，而是"世界上的魔鬼国家"；断言"现代支那完全没有文化，只是因为是一个老大国，古老的河床上还剩一潭死水，是一个无与伦比的官能享乐的民族"。在他看来，相比于"支那"，"我们〔日本〕不是东夷"。因此他认为，日本占领中国以后，也决不会像以前历史上的蛮族一样被中国文化所同化；不仅不会被同化，还要对中国实施"改造"。① 佐藤春夫对中国及中国文化的评价可谓翻然豹变，而这种转变也反映了侵华战争期间日本文坛的主流趋势。

四、芥川龙之介的《支那游记》

日本近代著名作家芥川龙之介（1892—1927 年）早在 1920 年代的中国就较为有名了，主要是因为他写了《中国游记》并被译成了中文出版。而芥川龙之介在日本文坛上成名，主要靠他的短篇小说。他的短篇小说又分现代题材和古代题材两类。总体来说，那些以现代人及现代社会为题材的绝大多数作品，思想艺术水平都不太高，有不少陷于日本"私小说"的流弊：绵软、散漫、缺乏精气神。芥川龙之介作为一个独具特色的短篇

---

① ［日］佐藤春夫：《支那雜記》，东京：大道书房，1941 年，第 29-40 页。

小说家，最成功的还是历史题材、历史背景的短篇小说。而从中国古代历史文化中汲取营养，是芥川龙之介历史小说创作成功的重要因素之一。这里不妨先谈芥川龙之介的中国题材的短篇小说。

在大正年代活跃的日本作家中，芥川龙之介是较有中国文化修养的人之一。他虽然不懂汉语，对汉学也没有专门的研究，但从小就通过日文译本阅读《西游记》《水浒传》《剪灯新话》《新齐谐》《三国志》《聊斋志异》及其他汉诗文，受到了中国古典文学的熏陶。他在《汉文汉诗的魅力》（1920 年）一文中曾写道："学习汉文汉诗是否有益呢？我认为很有益。……学习汉文汉诗不仅对鉴赏过去的日本文学有利，对于我们今天的文学创作也同样有益。"这显然是他的经验之谈。汉文学不仅强化了芥川龙之介的文学修养，也直接惠及他的文学创作。特别是为他的小说创作提供了取材的宝库。

在芥川龙之介的历史小说中，约有九篇取材于中国。其中，《仙人》（1915 年）、《酒虫》（1916 年）、《掉头的故事》（1917 年）三篇取材于蒲松龄的《聊斋志异》；《奇遇》（1921 年）取材于明代的短篇小说集《剪灯新话》；《黄粱梦》（1917 年）和《杜子春》（1920 年）分别取材于唐代传奇小说《枕中记》和《杜子春》；《秋山图》（1920 年）取材于《瓯香馆集补遗画》，《英雄之器》（1917 年）取材于《两汉通俗演义》；《尾生的信义》（1919 年）则取材于《庄子·盗跖篇》。

可以看出，芥川龙之介向中国典籍取材，有一种鲜明的倾向性和选择性，即对中国的传奇、志怪、神魔故事感兴趣，而中国的真实历史人物与历史事件几乎没有进入他的视野。这是由他的创作本身的需要所决定的。他在题为《从前》的随笔中，解释了他为什么要把作品的舞台置于"从前"。他说，自己的小说创作与写童话故事一样，要把童话故事中的稀奇古怪不可思议的事情放在现代来写，是不合适的，只有放在遥远的"从前"才方便。他接着写道：

　　现在我抓住了一个主题而把他写成小说，为了将主题以强有力的艺术手段表现出来，就必须写某一异常事件。异常事件正因为其异常，就不能把它作为发生于当今日本的事件来写，假如硬要那么写，势必会使读者产生不自然的感觉。结果就会把一个很好的主题白白糟蹋了。……最好的办法只能是写成从前（还没有写未来的吧）或者日本以外的什么地方，或者写日本以外的什么地方发生了这样的事。我取材于"从前"的小说，都是因为这个缘故，为了避免不自然，而将舞台置于往昔。①

　　这段话较为真实地表述了芥川龙之介的创作特点。第一，他的小说是"主题"先行的。先抓到主题，然后寻找表现主题的材料，这是芥川龙之介及新理智派（或称新现实主义）作家们的共通点；其次，在"日本以外的地方"——其实主要是古代中国——取材，是为了使作品的"稀奇古怪不可思议"的情节故事显得较为自然。换言之，芥川龙之介小说中的情节大都是"稀奇古怪不可思议"的，这构成了芥川龙之介的小说的另一个特色。然而，就实际创作过程而言，芥川龙之介所说的先有"主题"后找素材的程序恐怕不尽然，以取材于中国古代典籍的小说而论，更可信的，不如说是他先在中国典籍中发现了"稀奇古怪不可思议"的有趣的故事，然后将原故事的主题加以改变、置换或升华。也就是说，中国古代典籍不但给芥川龙之介提供了题材与素材，也给了芥川龙之介以主题思想的启发。

　　例如，《酒虫》取材于《聊斋志异》中的同名故事。原作讲的是刘氏嗜酒，每次需要喝上一瓮酒才肯罢休。一个和尚说他有病，身上有"酒虫"。刘氏表示愿意让僧人治疗"酒虫"之病。于是他按僧人教的办法赤身仰卧于阳光之下，在脑袋旁边放置一坛子酒，结果体内的酒虫受美酒的

---

① ［日］芥川龙之介：《"昔"》，见《芥川龙之介全集》第2卷，东京：岩波书店，1977年，第124页。

诱惑，果真从刘氏嘴中跃出体外，扑入酒坛子之中。从此，刘氏不愿再喝酒，但身体却每况愈下，家境也逐渐败落，竟连吃饭都成了问题。最后作者蒲松龄发了一通议论："日尽一石，无损其富；不饮一斗，适以益贫。岂饮啄固有数乎哉！或言：'虫是刘之福，非刘之病，僧愚之以成其术。'然欤否欤？"芥川龙之介的《酒虫》除了在细节上有所丰富外，基本情节与《聊斋志异·酒虫》完全相同，而且主题表达也相同。蒲松龄在最后发了一通议论，并以"然欤否欤"的选项式提问让读者思考和选择；芥川龙之介在小说的最后也提出了关于刘氏的酒虫与刘氏之间关系的正、反、合三种答案。答案一："酒虫为刘氏之福，而非其病"；答案二："酒虫为刘氏之病，而非其福"；答案之三："酒虫既非刘氏之病，亦非其福……刘氏即酒虫，酒虫即刘某。所以刘氏除去酒虫，那就无异于自杀。"并说："这些答案中哪一个最为恰当，笔者也不得而知。"但通观全篇，不难看出芥川龙之介和蒲松龄的答案是一样的，不过芥川比蒲松龄表述得更为明确——"酒虫既非刘氏之病，亦非其福……刘氏即酒虫，酒虫即刘某。所以刘氏除去酒虫，那就无异于自杀。"换言之，"酒虫"就是刘氏之为刘氏的独特个性，扼杀人的个性就等于扼杀人的生命。从《酒虫》一篇可以看出，芥川龙之介从中国文学中所撷取的不仅仅是题材，还有主题思想本身。

芥川龙之介中国历史题材的另一种情形是，芥川龙之介利用中国文学原典，但将原典中的主题寓意加以引申和放大。《黄粱梦》就属于这种情形。《黄粱梦》取材于唐代作家沈既济的《枕中记》。《枕中记》中的黄粱美梦的故事在中国和日本流传较广，而且这个故事本身的哲理意味相当浓厚，主题也相当鲜明。喜欢单刀直入地表现某一主题的芥川龙之介，看中并利用黄粱梦的故事，是很自然的。芥川龙之介在《黄粱梦》中几乎完全利用了原作的人物和情节，而且主题表达也与《枕中记》基本相同。只是将结尾部分做了改造。在《枕中记》中，卢生在客栈中一梦醒来，见"主人蒸黍未熟，触类如故。生蹶然而兴，曰'岂其梦寐也？'翁谓生曰：'人生之适，亦如是矣。'生抚然良久，谢曰：'夫宠辱之道，穷达之运，得丧之理，死生之情，尽知之矣。此先生之所以窒吾欲也。敢不受教'，稽首再拜而去。"美梦醒来的卢生在吕翁的启发下，一下子悟出了人生如梦。芥川龙之介在《黄粱梦》中，写吕翁虽以人生如梦的道理反复启发卢生，但卢生听得不耐烦，并对吕翁说："正因为人生如梦，我才要好好生活。像刚才的梦一样，人生之梦也必然有结束的时候。我要生活得充实，一直到人生之梦结束为止。难道您不这样想吗？"吕翁皱着眉头听着他的话，对他的看法既没有肯定，也没有否定。芥川龙之介的这个结尾，将《枕中记》的寓意进一步彰显，卢生的看法与吕翁的看法，似乎代表了芥川龙之介对本质、人生的意义与价值的二律背反的判断：人生是虚幻的，人生是充实的。这实际上也是芥川龙之介的全部创作所探讨的一个基本问题。

　　同样的主题，在芥川龙之介此后的小说《杜子春》中也有表现。唐代作家李复言的《杜子春》讲的是家财万贯的阔公子杜子春，因吃喝玩乐耗尽家财，乞食于长安街头。一个老道士几次以重金相助，但都被他挥霍一空。当他有钱时，亲戚朋友趋之若鹜，没钱时则无人理会。他看破了世态炎凉，决定跟随老人上山炼丹成仙，在山上，老道士要他无论遇到什么情况都不要出声，否则将一事无成。杜子春通过了地狱中的种种折磨，忍住没吭一声。后来他转生为女子并嫁人，婚后生一子，因杜子春不语，其夫大怒，乃将孩子摔死，孩子"应声而碎，血溅数步。子春爱生于心，忽忘其约，不觉失声云：'噫！'噫声未息，身坐故处，道士者亦在其前。"杜子春未成仙，后悔不已。中国原作《杜子春》属于道教小说，意在表明人难以摆脱俗世人情，成仙之难。芥川龙之介的《杜子春》的前半部分情节与原典基本相同，但后一部分却做了较大的变动：杜子春忍受了地狱中的种种恐怖与折磨，都如约没有出声，但当地狱魔怪将自己已经变成了马的父母带到他眼前百般折磨时，他却忍不住叫了一声"妈妈！"从而失去了成仙的可能。但杜子春并没有后悔，却为自己不能成仙感到高兴，也不为自己看到父母受折磨叫出声来而后悔。而老道士（铁冠子）也说："那时如果是默不作声，我想你会当即送命。"杜子春表示自己还是愿意过普通人的生活，老人再次帮助他，并把自己在泰山南麓的房子送给了他。在芥川龙之介的小说中，像《杜子春》这样以圆满的喜剧作结尾者并不多。芥川龙之介对原典的改造，使原典中的道教成仙的主题，升华为探讨人生价值与意义的主题。小说意在说明：尽管人间薄情，世态炎凉，但若试图逃避现实世界、进入神秘飘忽的神仙世界，则徒劳无益，几不可能；人由于有亲情羁绊而不能成仙，不是人的遗憾，而是人生的本质。小说表现了芥川龙之介对人生既失望又肯定、对宗教超越既向往又不得其门而入的矛盾态度。

芥川龙之介对人生意义的这种背反的判断和矛盾态度，常常使芥川从根本上怀疑人生价值。这在他的中国题材的小说中也有表现，其代表性的小说是《尾生的信义》。《尾生的信义》取材于《庄子·盗跖》中的一个短小的插话："尾生与女子期于梁下，女子不来，水至不去，抱梁柱而死。"在《尾生的信义》中，芥川龙之介用具体细节将这个故事加以丰满，写成了一篇短小精炼、耐人寻味的哲理小说。小说写尾生与自己心爱的女人约会于桥下，不料河中涨水，尾生宁愿被河水渐渐吞没，也不改变原定约会地点，耐心地等待着迟迟不如约前来的女子，及至尾生被河水淹死，而那女子也最终没有赴约。芥川龙之介在小说的最后，仍像《酒虫》那样在结尾发了一番感慨，曰："在几千年后的今天，尾生的灵魂以弥漫千古，也一定寄托于现代人的身上。在我的身上也寄寓着尾生之魂。因此，自我出生于今世以来没有做成一点有意义的事情，只是日复一日地打发着时光，同时却又像必须等待什么似的，莫名其妙地一味地等待。这与尾生在薄暮之中在桥下等待永远不会出现的恋人，岂不是一模一样的吗？""人生就是无望的、无意义的等待"这一主题的表达，与此后的西方荒诞派作家的作品，如贝克特的《等待戈多》等，有异曲同工之妙。芥川龙之介在中国古典中，在老庄哲学中，找到了与现代怀疑主义、荒诞哲学的联结点，这是特别值得注意的。

　　成名后的芥川龙之介，报刊约稿如潮。1921 年 3 月 22 日至 7 月中旬，芥川龙之介作为《大阪每日新闻》的特派作家，带着采写《支那印象记》的任务，在中国参观旅行了三个来月。先后游访了上海、杭州、苏州、扬州、镇江、南京、芜湖、九江、庐山、北京、大同、汉口、长沙、郑州、洛阳、天津、沈阳等地。回国后，在《大阪每日新闻》上连载了《上海游记》（1921 年 8 月 17 日—9 月 12 日）、《江南游记》（1922 年 1 月 1 日—2 月 13 日）、《长江游记》（1924 年 8 月）、《北京日记抄》（1925 年 6 月）、《杂信一束》（1925 年 11 月）。1925 年，改造社将上述作品编为一册，出版了单行本《支那游记》。

　　从纯文学的角度看，《支那游记》总体上写得较为散漫、杂乱、随意，对中国缺乏深度观察，多为皮相之论、猎奇之谈，审美价值和史料价值都不可谓高，但从中国题材日本文学史的角度看，从比较文化与比较文学的角度看，却很值得注意。在《支那游记》中，芥川龙之介对中国不仅有大量具体细致的描述，也时时发表自己的感想与评论，在一定意义上反映了 1920 年代前后中国各地的社会现实，表现了芥川龙之介对中国的独特观察与感受，成为近代日本文学中影响最大、最有代表性的中国纪行之一。

　　《支那游记》传达给读者的最主要的印象，就是中国的破败、肮脏，中国人的野蛮、粗鲁，中国社会的混乱无序。诸如见了客人就一哄而上、强行拉客的脏兮兮、相貌丑陋的上海的黄包车夫；浑身溃烂、伸长舌头舔自己的腐肉的马路边儿的乞丐，在戏院包厢中相貌堂堂的中国人却把鼻涕擤在戏院送上来的用来擦脸的热毛巾里；把洗碗池下的水槽当作小便池的上海的菜馆；"泥水池子"一般的杭州西湖及附近严重破坏西湖风景的俗不可耐的砖瓦建筑；呈铁锈色的浑浊的长江水，名不副实的寒碜的苏州寒山寺，破旧寒酸的扬州古城，马路边柳树枝上挂着犯人首级的郑州；黄尘滚滚、天空呈柠檬色的洛阳；在芜湖的街道中央撒尿的猪，因患梅毒而全身不长一毛的镇江的狗。……除了对北京印象尚可之外，不必说中国普通的地方，就是上海那样的国际性大都市，南京、苏州、杭州那样的江南名城及闻名遐迩的名胜古迹，在芥川龙之介笔下也都毫无光彩。书中也有对中国的直接的评论和议论，明确地表达了他对中国的看法和判断，例如，在《江南游记》中，他写道：

　　……《金瓶梅》中的陈敬济、《品花宝鉴》中的奚十一，——在这人群当中，这号人物似乎不少。但是，什么杜甫，什么岳飞，什么王阳明，什么诸葛亮，却似乎一个都找不出来。换句话说，现在的所谓支那，已不是从前诗文中的支那，而是在猥亵、残忍、贪婪的小说中所表现的支那了。①

在《长江游记》中，他又写道：

　　现代支那有什么？政治、学问、经济、艺术，不是全在堕落吗？特别是说到文学艺术，嘉庆、道光以来，有一部值得自豪的作品吗？而且，国民不问老少，一味歌舞升平。是的，在年轻的国民之中，或许出现了一点活力。然而事实上，他们的呼声却缺少巨大的热情，还不能震撼全支那人的心灵。我已经不爱支那，我即使想爱也爱不成了。当目睹国民整体性的腐败后，仍能爱上支那的人，那要么是犬马声色的颓废之徒，要么是憧憬所谓支那趣味的浅薄之辈。即使支那人自己，只要还不太糊涂，想必要比我这样的外国游客，更厌恶自己的国家吧？②

---

① ［日］芥川龙之介：《上海遊記》，见《上海遊記·江南遊記》，东京：讲谈社学艺文库，2001年，第28页。
② ［日］芥川龙之介《長江遊記》，见《上海遊記·江南遊記》，东京：讲谈社学艺文库，2001年，第168页。

从小就对中国传统历史文化怀有崇敬之情的芥川龙之介，踏上现实的中国，立刻形成了历史文化与现实社会的巨大落差；而一直生长于先进资本主义国家、美丽清洁的日本列岛的芥川龙之介，踏上外患内乱、政治腐败、国民素质低下的中国，又形成了先进国家日本与落后国家中国之间的巨大的反差。这两个反差使芥川龙之介更多地从负面描写现实的中国。这当中不免带着近代日本人对中国特有的那种傲慢与偏见，但芥川龙之介所触及的一些中国人的坏毛病，如不讲卫生、随地小便、不讲秩序与公德等行为，直到今天仍随处可见，是足以引起中国人自省的。

芥川龙之介的中国之行的成果，除了《支那游记》之外，还有短篇小说《湖南的扇子》《南京的基督》等，以"我"逛妓院为题材或以中国的妓女为主人公，难免低级趣味了。

五、村松梢风笔下的"魔都"上海

芥川龙之介之后，来中国的作家更多了。其中，有一位在当时已小有名气的通俗小说家村松梢风①（1889—1961年），因读了芥川龙之介的《支那游记》，留下了深刻的印象，并受到了相当的刺激。特别是芥川龙之介对上海的介绍与评论，例如把上海说成是"蛮市"，对上海的五彩缤纷的服装、鳞次栉比的店铺、饭馆、妓院，还有琳琅满目的日用品的描写，都引起了生性喜欢猎奇和享乐的村松梢风的好奇心。为此，他决定到中国上海一游。出发前他还特地拜访了芥川龙之介。芥川龙之介对他讲述了在中国及上海的体验，说上海是一个极为奇妙的城市，并告诉他在中国期间应如何取材、如何记述与写作。②

1923年3月下旬，村松梢风乘船从长崎出发直达上海。在到达上海

---

① ［日］村松梢风，原名村松义一，通俗文学作家。曾在1916年发表《旧幕异闻·琴姬物语》，作为"情话"作家而登上文坛，1926—1929年创办个人杂志《骚人》，后期主要创作传记文学。
② 关于访问芥川龙之介的情况，村松梢风在《芥川君の〈支那遊記〉を評す》一文中有详细记录，原载《骚人》，1926年4月号。

后，村松梢风通过当年曾给芥川龙之介作向导的《大阪每日新闻》驻上海特派员村田，结识了名叫朱启绥的纨绔子弟（这个朱启绥后来成为村松梢风的长篇纪实小说《上海》中的主人公之一）。朱启绥经常隔三差五地开着私家车，出入于赌场和妓院中，这与追求享乐的村松梢风气味相投，两人相见恨晚，很快成了好朋友。在朱启绥的带领下，村松梢风逛遍了上海的大街小巷，尽情地吃喝玩乐、寻花问柳，两个月后回国。回国后在《中央公论》杂志 1923 年 8 月号上发表《不可思议的城市：上海》；次年 7 月，村松梢风将《不可思议的城市：上海》和数篇上海纪行文章，由小西书店出版了单行本《魔都》。"魔都"一词作为村松梢风的"造语"，在当时的日本读者看来非常新鲜时尚，从那以后"魔都"成为日本语中的"上海"的代名词，并对日本人的先入为主的上海印象的形成，起了重要作用。

在《魔都》一书中，村松梢风以生动、直率、写实的文学笔触，记述了自己在国际都市上海的种种体验，包括如何冶游于花街柳巷，如何与自己喜欢的女人交往，如何流连于赌场、赛马场、戏院等等。他写道：

> 我独自发出喜不自禁的叫声。眩目于华美，沉溺于淫荡，纵情于声色，我沉醉在这恶魔般的生活中。在欢喜、惊异、悲哀等等不可名状的激动中不可自拔。这是为什么？现在我也弄不清楚。牵引我的，只是人间的自由自在的生活。那里没有传统的束缚，解除了一切约束。人可以随心所欲、为所欲为，只管赤裸裸地蠢动。①

虽然在上海的时间不太长，但村松梢风已经深入到了上海的深处。他与贵族派头和优越感十足的夏目漱石、芥川龙之介等其他日本作家不同，他喜欢直接与上海的底层社会相接触。村松梢风光顾过上海的"脏得没

---

① 　[日] 村松梢风：《魔都》，东京：小西书店，1924 年，第 66 页。

法说"的饭馆,端着留有黑乎乎手印的饭碗,和中国的那些苦力、小商人坐在一起,津津有味地吃着中国饭。由于深入到了上海内部,村松梢风在繁华与享乐的背后,也看到了上海的凶杀、诈骗、抢劫偷盗、诱拐卖春、吸食鸦片等种种罪恶。但尽管如此,上海所隐藏的"很多令人颤栗的秘密"对他却有着无限的魔力,他写道:"奇怪的是,那些包含着罪恶和秘密的剧毒的魔药,却在不知不觉间俘获了我的心。我没有觉得任何恐怖和不安,相反却生起赞美与憧憬之情。于是我投身于恶汉的群体中,用尽一切巧妙的手段,干尽所有恶事,并以此为难能可贵。"[1]生性喜好女色的村松梢风,在上海除了经常出入秦楼楚馆外,还与一个在上海教日本人跳社交舞的日本女子"Y子"相识,并在三天后同居在一起。(这个"Y子"后来又以赤城阳子的名字出现于村松梢风的纪实小说《上海》中。)不过,《魔都》中的村松梢风并不是只干"恶事",他还拿着作家佐藤春夫的介绍信,拜访了当时中国的年轻作家田汉,并在田汉的介绍下结识了当时的新文学团体创造社的郭沫若等同仁。(几年后,郭沫若流亡日本时,在住处问题上也得到了村松梢风的帮助。)同时,在《魔都》中,村松梢风还直率地表达了自己对中日关系及时局的看法。当时,日本政府已经出台旨在灭亡中国的"二十一条",引起了中国人民的强烈反应。日本媒体大肆渲染中国的"反日",而村松梢风却在《魔都》中表明,他自己完全没有感受到媒体上所宣传的中国人对日本人的恶意与蔑视,"我不能不说:和支那人比较起来,日本人对支那所付出的友情和敬意远远不够"。

作为上海之行的创作成果,除了纪行见闻集《魔都》外,还有长篇纪实小说《上海》。该作品于1926年4月至1927年3月,在他本人主办的个人杂志《骚人》上连载,然后由骚人社出版了单行本。小说以主人公"我"(村松梢风)牵线邀请当时走红于上海的京剧演员"绿牡丹"

---

① [日]村松梢风:《魔都》,东京:小西书店,1924年,第26页。

到日本演出前后出现的波折为情节主线，并以此反映当时的上海及中国社会的方方面面。《上海》描写的"绿牡丹"实有其人，据说曾一度与北京的梅兰芳齐名，是上海京剧界的年轻名角。芥川龙之介在《上海游记》中曾写到了绿牡丹，村松梢风对绿牡丹的注意最初可能由芥川龙之介的描写而来，到上海后他又在朱启绥的陪同下观看过绿牡丹的戏，觉得绿牡丹长得漂亮，表演也好。当时上海有报纸报道绿牡丹将要进行访日公演，但实际上是八字还没一撇。为了办成此事，绿牡丹的父亲通过朱启绥向村松梢风求助，朱启绥也决定担任赴日演出的经理。村松梢风爽快应诺，并返回日本斡旋。《上海》即从此处写起。

作品写村松梢风从上海回日本后，很快联系东京帝国剧场，帝国剧场痛快接纳，但不久因发生关东大地震，公演暂时搁置。1925 年剧场新建后，决定在 7 月份实现绿牡丹的赴日公演。作为发起人的村松梢风携带一万两千五百日元的预付金，再次来到上海，并把这笔钱交给了朱启绥。然后村松梢风就在上海会情人（赤城阳子），逛妓院，尽情地游玩了一个月后，返回东京。但不久得知，他交给朱启绥的预付金，朱一分也没有交给绿牡丹，而是挥霍一空。此事在日本报纸上披露，使村松梢风十分难堪。他不得不再赴上海，并欲设计抓住朱启绥，但朱没有上钩。村松梢风只好先将绿牡丹一行四十余人带到日本演出。演出获得了预想之上的成功，日本观众和报纸纷纷予以好评，认为绿牡丹的表演比前几年来日演出的梅兰芳含有更多的戏剧因素。小说的后半部分写村松梢风在上海雇佣了一个日本青年木下作翻译和助手，在朱启绥可能出入的赌场、赛马场、妓院等场合卧底，同时吃喝玩乐。后来得知朱启绥已到故乡躲避，村松梢风在宁波突袭了朱的住处，发现朱住在一个昏暗的、破旧寒碜的房间里，因在宁波的情人患病而神形憔悴。在此情此景下，村松梢风面对半年未见面的"恶友"，愤恨之情顿时消失，决定对朱启绥不再追究……。《上海》除在细节上有所虚构外，主要人物均实有其人，并且如实地记述了村松梢风上海之行的方方面面，不仅描述了绿牡丹赴日演出的这一近代中日戏剧文化交流的大事，也如实地记述了 20 年代上海作为国际城市、作为殖民地城市的明与暗、繁华与贫穷、享乐与苦痛、喧哗与骚动。作品将描写的重心置于上海独特的生活体验上，对异国风情的猎奇描写构成了作品的基调。另外，作者对政治时局虽然不太感兴趣，但为强调在当时的形势下带中国剧团赴日演出的困难性，作为目击者，作者也描写了 1925 年上海"五卅运动"爆发前后如火如荼的上海市民的反日罢工、抵制日货运动等等。

　　村松梢风来上海旅行之前，正是他的日本国内的创作题材处于枯竭状态之时，他的上海之行，极大地激发了他的情感想象力和创作欲望，并使他从此喜欢上了中国。此后十几年间，村松梢风多次来中国，并以中国为题材陆续写出了《支那漫谈》《续支那漫谈》《支那风物记》《华南游》《热河风景》《南京》《男装丽人》等中国纪行与见闻类的作品，表现了对中国及中国人的热爱，成为一个不折不扣的"中国迷"，其创作与中国结下了不解之缘。

第四章　近代文学的中国历史题材

明治维新后，日本社会进入了"近代"，即以学习和摄取西方文化为主的时代，但江户时代随着儒学的正统化而繁荣起来的汉学传统，维新后仍在延续。作家们除了创作汉诗汉文外，还利用自己的中国古典文学及古代历史文化的修养，创作中国题材的文学作品，将中国历史题材运用于近代新文体——历史小说当中，使古代中国题材在日本近代文学中延续并发展下来。

一、中国题材历史小说的发生

日本近代文学的主要奠基人森鸥外（1862—1922年），也是日本近代文学中的中国历史题材短篇小说的开创者之一。

森鸥外青年时代官费留学德国四年，对西方文化、西方语言文学有系统的了解，回国后大量译介西方哲学、美学著作、西方诗歌及小说。同时森鸥外又具有很好的汉学修养，创作了大量高水平的汉诗，成为具有东西方双重教养的新时代的知识分子。森鸥外在创作前期发表了一系列表现个性主义和自由精神的、具有浪漫主义色彩的小说，后期则转向历史小说创作，成为日本历史小说的前驱作家。在他的十几篇历史题材的短篇小说中，绝大部分取材于本国历史，只有一篇取自中国历史，那就是《寒山拾得》（1916年）。寒山与拾得是中国唐代历史人物，都是佛教僧人。尤其是寒山（真名不详，又称寒山子）的诗歌，以通俗语言入诗，俗中有雅，独具一格，虽然在现代中国文学史书中不见记载，但在日本，所谓"寒山诗"影响却很大。据森鸥外在《寒山拾得缘起》中所说，他的孩子从广告中得知有"寒山诗"，就想买来一读，鸥外告诉孩子：寒山诗全用汉字写成，很难读懂。孩子们更是好奇，说："寒山诗难懂归难懂，但寒山究竟是什么人呢？"这成为森鸥外撰写《寒山拾得》的缘起。但这篇小说并没有描写寒山、拾得的生平，而是通过一个名叫闾邱胤的唐代官吏，因一个云游僧、天台国清寺的丰干法师莫名其妙地向他的头上喷了一口清水，治好了他的头疼，于是他对佛教及天台清国寺产生了兴趣。丰干法师对他介绍了寺里的两个人——

> 国清寺内有个叫拾得的人，其实他就是普贤；在寺院的西边有个叫寒岩的石窟，里头有个叫寒山的人，其实他就是文殊。——贫僧现在告辞了。①

于是闾某前往国清寺院，才知道那丰干法师不过是个为寺院僧人捣米的人，而拾得是丰干捡来的弃儿，寒山则是一个乞食和尚。……他们在闾某恭敬地自报家门之后，却没有报以任何礼节，而是哄笑着逃之夭夭了。

森鸥外曾经对历史小说创作做过理论思考，并写出题为《遵照历史与摆脱历史》（1915 年）的文章，认为历史小说有"遵照历史"与"摆脱历史"两种写法，而他的历史小说创作也体现为这两种矛盾倾向。《寒山拾得》这篇小说明显属于"摆脱历史"一类，作品几乎没有任何史料依据，而不过是借中国古代历史人物表现作者的某种思想观念而已。上引丰干法师的那段话，可以说是这篇小说的注脚，具有浓厚的神秘色彩。森

---

① ［日］森鸥外：《寒山と拾得》，见《阿部一族·舞姬》，东京：新潮文库，1968年，第214页。

鸥外说过："宗教上的事，有太多的问题难以回答"，①《寒山拾得》也就是森鸥外对宗教问题、对什么是"佛"，所做的不是"回答"的"回答"。森鸥外这种在历史题材中表达主观意念和哲理的写法，被后来的评论家称为"理智主义"，并对后来的作家，如芥川龙之介、菊池宽的"新理智主义"的哲理性的历史小说产生了一定的影响。

在近代作家中，中国历史题材小说的开拓者、成就最大者，首推幸田露伴（1867—1947 年）。幸田露伴生于江户幕臣家庭，幼时朗读《孝经》，习诵汉文，学习程朱理学，对中国传统历史文化充满了浓厚的兴趣，在大量阅读日本古典文学，特别是江户时代市井文学作家井原西鹤的作品的同时，广泛涉猎汉文典籍和佛教经典，成为一个具有深厚东方文化教养的作家。他的《风流佛》（1889 年）、《一口剑》（1890 年）、《五重塔》（1891年）等小说，既表现了近代市民精神中的个人主义，也表现了自强不息、青史留名的儒家色彩的理想主义，体现了日本文学从江户时代发展到近代的过渡时期的若干基本特征。

幸田露伴作为近代日本有名的汉学者，对中国文学及中日文学关系有所研究，写了若干研究论文，如《水浒传的批评家》《水浒传各本》《支那小说》《支那文学与日本文学的交涉》等。由于幸田露伴对中国历史文化十分熟悉，便自然而然地从中国历史典籍中撷取题材，创作了不同体裁的作品，如《成吉思汗传奇》（1925 年）等戏曲剧本、《命运》等历史小说。对于幸田露伴的以历史为题材的小说，日本文学史家一般称之为"史传小说"。"史传小说"中有一小部分取材于中国历史，属于中国题材历史小说，这些作品主要被收集在《幸田露伴史传小说集·卷二》（中央公论社 1943 年）及《幸田全集》（岩波书店）第十七卷中。实际上，所谓"史传小说"的概括并不恰切，用今天的文体标准来衡量，有一些属于历史小说，有一些作品不属于小说，而属于"史话"或读史札记一类。

---

① ［日］森鸥外：《寒山と拾得缘起》，见《阿部一族·舞姬》，东京：新潮文库，1968 年，第 220 页。

　　属于历史小说的最有代表性的作品之一，是取材于明代历史的短篇小说《命运》（1919），写的是明太祖驾崩后的皇位之争。太祖原想将皇位传给四子燕王，但由于大臣之谏改变了主意，最后决定立嫡孙。太祖驾崩后，遗诏嫡孙继位，改元建文，是为建文帝。太祖的四子燕王不服，不久起兵，推翻了建文帝。燕王即位，是为成祖，改元永乐。建文帝被废后本想自杀，后来在臣下劝说下出家为僧。然而，这两人的命运后来却又发生了意想不到的变故：永乐帝死于非命，而建文和尚却在草庵中过着优哉游哉的生活，后来被迎进宫中，颐养天年，寿终正寝。作者在"自跋"中写道："永乐之为帝，建文之遁世，天命劫运自然之法则，然燕府岂无玩弄阴谋诡计者也？……呜呼天命乎？人谋乎？劫运乎？世情乎？我将建文永乐之际一大小说家燕王幕僚中的无名子所撰小说，笔录以赠读者，题为'命运'。"①幸田露伴在这篇小说中感叹世事莫测，命运难料，表现了祸福相倚的"命运"观。小说使用半文半白的汉文调日语写成，采用讲史说书的笔调，时而夹叙夹议，时而旁征博引，基本情节尊重《明史》《明史记事始末》中的史料，同时根据主题的需要将人物与事件进一步戏剧化，是一篇耐人寻味、寓意深刻的好小说。小说中夹带了不少中国古代历史文化、历史人物的传说、典故，还引述了不少古诗，与情节推进相辅相成。

　　幸田露伴的中国题材历史小说的另一部代表性作品是《暴风里的花》（1926年），这是以明末农民起义领袖李自成冲入北京城、推翻崇祯皇帝为背景的中篇小说。小说描写了李自成的粗野残暴，关于李自成的身世，作者写道：李自成——

　　　　年幼时候，给村里的大户人家艾氏牧羊。一个牧羊人出身的人，其野蛮性可想而知。后来长期在银川当驿卒，经常与人打架斗殴，多

---

①　［日］幸田露伴：《运命自跋》，见《露伴全集》第六卷，东京：岩波书店，1953年，第313—314页。

次犯法，并且罪当死刑，但每次都从狱中逃出，以杀猪宰狗为业躲藏起来。像这样屡有前科的人，是如何穷凶极恶，那是不消多说的了。（中略）

　　据说李自成颧骨奇高，长着猫头鹰一样的双眼，大蒜头鼻子，嗓音好似狼嗥一般，性格多疑，残忍成性，杀了人常常剜出心脏，以此为乐。无论亲疏远近，稍有不如意者，即斩杀或毒杀，毫不犹豫。像罗汝才、李严等人，都曾是李自成的党羽，为李自成效劳，但罗汝才到后来竟然被骗到宴席上，捆起来斩了。李严是个有眼光的人，劝李自成要收揽人心，终于也被杀掉。对自己人是如此，那么进入敌地，就更加残暴了。李自成的军队所到之处，对不战而降、出来迎接者，免杀；抵抗一日者，杀掉城中的十分之三；抵抗两日者，杀掉城中的十分之七；抵抗三日以上者，全部斩杀干净。杀了人后还将尸体捆起来，当灯点着，称之为"打亮"。……①

　　这里表现了幸田露伴对李自成、对农民起义的鲜明的价值判断与情感判断。但这些关于李自成残忍暴虐的材料，似乎并不是幸田露伴个人的想象与虚构，而是有一定的史料依据的。这与当代中国官方意识形态及有关历史小说对农民起义的高度颂扬、对李自成的美化，形成了鲜明的对比，也为我们全面看待和评价历史人物提供了另一种参照。

　　不过《暴风里的花》主人公还不能算是李自成，而是"暴风里的花"，即当李自成冲入北京城后，两位宫女——费氏和魏氏的忠勇行为。小说写李自成大军杀进北京后，皇帝皇后为了免受羞辱，均自杀身死。皇帝临死前对年仅十五岁的公主赐死，而此时公主身边的费宫女，勇敢地提出由自己装扮公主，并与公主互换衣裳，让公主逃出宫中。而魏宫女则带头跳入城河自杀，跟从她跳河自杀的宫女将近三百人之多。面对此情此

① ［日］幸田露伴：《暴風裏の花》，见《幸田露伴史传小说集》第二卷，东京：中央公论社，1943 年，第 200-201 页。

景，据说连宫中饲养的大象都感动地落下了眼泪。费宫女落入李自成之手，李自成误以为她就是公主，便赏给了手下的罗将军。晚上费宫女在与罗将军同房时，用匕首刺死了罗将军。罗将军手下的人听到不寻常的动静，冲入屋内，只见魏宫女端坐在屋中，说："我本来想杀死李自成，可惜未能得手，此乃天命，实在遗憾！"说罢以匕首刺喉咙而死。据幸田露伴称，《暴风里的花》中的魏宫女等近三百名宫女跳河自杀的故事，在《明史》卷三百九中有"魏氏宫女投河，从者三百余人"的记载；关于费宫女的故事《明史》没有记载，但陆士云的文章中有所谈及，"想必不是事实无根之谈"。幸田露伴在这篇小说中，宣扬的是"忠"与"勇"的传统道德，这与他在日本题材的创作中所表现的思想完全是一致的。当时的日本，宣扬阶级斗争及暴力恐怖主义之合法性的现代左翼思想尚未产生，因此幸田露伴关于农民起义的评价并非他个人的历史观，而是中国和日本传统的主流历史观。

除《命运》《暴风里的花》等历史小说之外，属于"史话"类的作品，代表作是《幽情记》（1914—1916年），这是一部以解说诗词的出典为中心的读史札记集，具有"诗话""词话"的色彩，[1]其中包括《真真》《师师》《楼船断桥》《水殿云廊》《共命鸟》《一枝花》《泥人》《玉主》《碧梧红叶》《狂涛艳魂》《金鹊镜》《花扇桃》《幽梦》共13篇。每一篇均围绕一个主人公，围绕着一首或几首诗词，对诗词的作者、背景加以解说，还联想出若干的相关内容的诗词，并加以品评。其中，《真真》中写的是宋元名妓真真，《师师》的主人公是《水浒传》一百二十回本中出现的名妓李师师。作者根据《水浒传》及《宣和遗事》《宋史》中的有关记载，铺排了与李师师有关的诗词名篇；《楼船断桥》对竹枝词的特征加以解说；《水殿云乡》以明代诗人、画家、书法家赵梦頫的外甥王蒙的诗词为主题；《共命鸟》从明末钱谦益等"江左三大家"的诗作谈起；《一

---

① 岩波书店将《暴风里花》作为"小说"收入《露伴全集》第二卷（小说卷）中，聊备一说。

枝花》说的是明代著名诗人袁中郎；《泥人》讲的是宋元之交的诗人赵孟頫的生平与诗词；《玉主》说的是一代美人刘凤台与才子林秉卿的爱情与艳词；《碧梧红叶》说的是唐代诗人顾况，并将历代题于碧桐红叶之上的浪漫爱情诗加以荟萃解说……。这些篇章表明，幸田露伴作为汉学者，具有广博的中国文史知识和出色的诗词鉴赏能力，各篇中所引述的诗词均译成了日文，这对一般不通汉文的日本读者理解汉诗的背景与底蕴大有助益。从文体形式上看，可以把《幽情记》看成是以诗词为主题的随笔作品，但作为随笔之一体，具有鲜明的艺术特征。幸田露伴既借鉴了中国诗话、词话的体裁，也吸收了日本平安时代的"歌物语"（以和歌为中心的、抒情兼叙事的短篇散文）的写法，在中国题材日本文学史上别具一格。

幸田露伴把这类随笔性的作品自称为"漫谈风"①，后来他还以这种"漫谈风"的形式撰写了《太公望》（1935 年）。《太公望》中的"太公望"即中国古代殷周时期的有名人物姜太公吕尚。幸田露伴从太公望钓鱼的传说写起，谈了太公望的出生地、他的名字的由来、他一生的事迹、历代史书典籍——包括《离骚》《墨子》《吕览》《史记》《韩诗外传》《宋书》——中对太公望的记载等，做了考证性的推察，并将太公望与日本古代传说中的垂钓者八重事代主命、"蛭子样"做了比较，洋洋万言，娓娓道来，在可读性、趣味性中蕴含着学术性。幸田露伴是日本近代作家中第一个系统地描写太公望的作家，现代日本人对太公望的了解、喜爱，与幸田露伴对太公望的介绍不无关系，特别是 1980 年代后日本出现了多种以太公望为主人公的传记和长篇小说，不能不承认与幸田露伴的《太公望》有一定的关联。幸田露伴还以同样的形式写了《王羲之》（1937年）。王羲之是唐代书法大家，对日本书法文化也有不小的影响。幸田露伴的《王羲之》先从日本最早的和歌总集、公元 8 世纪的《万叶集》中，

---

① ［日］幸田露伴：《太公望·引》，见《露伴全集》第十七卷，东京：岩波书店，1949 年，第 207 页。

发现了有关王羲之的记载，认为日语中的"手師"（读作"てし"，意为擅长书法的人）一词，即是从"王羲之"的名字"羲之"转化而来的，幸田露伴指出：由此"可以窥见当时的〔日本〕人多么尊崇王羲之的书法，一生学习王羲之，而且从人们对王羲之的崇奉中，可以推察唐朝文化的影响，也可以想象万叶集时代的一切文明是多么依赖于唐朝"。①此外，幸田露伴的关于中国文史的随笔漫谈类的文章还有《文天祥》（1894年）、《史记的作者》（1894年）、《司马温公》（1896年）、《郑成功》（1898年）、《支那第一戏曲梗概》（1903年）、《汉书的作者》（1894年）、《元代的杂剧》（1895年）、《成吉思汗如何取得成功?》（1903年）、《红楼梦解题》（1921年）、《韩退之的联句》（1925年）、《水浒余话》（1926年）、《唐末的诗人杜荀鹤》（1926年）、《读列子》（1927年）、《说日本人不能欣赏支那的诗，那是假话》（1927年）、《文字与秦朝宰相李斯》（1937年）、《苏东坡和海南岛》（1938年）、《杨贵妃和香》（1941年）、《孔子》（1950年）等，显示了幸田露伴对中国文史的广泛兴趣和良好修养。

二、中国题材的诗与戏剧

近代文学的中国历史题材，在诗歌、戏剧创作中也有表现。

中国历史题材的著名诗篇，是土井晚翠的新体长诗《星落清风五丈原》。

土井晚翠（1871—1952年），本名土井林吉，出生于仙台市的一个商业世家，祖父与父亲喜爱学问，家中藏书甚丰，土井晚翠从小受家庭熏陶，喜欢读书，小学时代在老师佐藤时彦的教导下，对汉学产生浓厚兴趣，终生将《十八史略》《国译汉文大系》等书置于座右，这种汉学修养对他日后的诗歌创作产生了很大影响。土井晚翠青年时代开始写作新体

---

① ［日］幸田露伴：《王羲之》，见《露伴全集》第十七卷，东京：岩波书店，1949年，第261-262页。

诗，陆续出版《天地有情》（1890 年）、《晓钟》（1892 年）、《东海游子吟》（1907 年）、《曙光》（1919 年）、《天马之路》（1920 年）等诗集。日本侵华战争及太平洋战争期间，出版《对亚洲呐喊》（1932 年）、《神风》（1937 年）等诗集，但已是强弩之末。土井晚翠的辉煌时期是在明治30 年代，即 19 世纪与 20 世纪之交的那个时代，当时他与另一位新体诗的代表人物岛崎藤村齐名，被称为新诗界的"两大巨峰"，拥有广大的读者。

土井晚翠的新诗受汉文化影响十分明显，表现为诗中大量使用汉字汉词，主题多为咏叹历史风物，抒发壮志豪情，具有大陆文化壮阔豪迈、慷慨激昂的风格，这与岛崎藤村抒写男女爱情、风花雪月、忧郁伤感的诗歌形成了鲜明的对照。土井晚翠不仅在总体诗风上受汉文化的浸润，而且也在中国历史文化中撷取素材，这方面的作品以长诗《星落秋风五丈原》最有代表性。

《星落秋风五丈原》是诗集《天地有情》中的一篇，也是土井晚翠最有名的诗篇之一，取材于《三国志》及《三国志演义》，写的是诸葛亮在五丈原率蜀军作战，不幸病倒于帷幄之中，出师未捷身先死。现将诗篇的开头几节试译如下：

悲秋祁山风更高
五丈原上乱云飘
繁霜冰露覆杂草
马肥依旧草枯槁
蜀军旗帜忽黯淡
兵营内外静悄悄
——丞相病了！

渭水清流失滔滔

秋色凄凉风潇潇

夜半关山听哀号

群雁飞渡无头鸟

风似利剑霜似刀

军营内外长咆哮

——丞相病了！

帐中坐卧夜难熬

短檠灯影暗中摇

灯影秋色两相照

侍卫脸上愁难消

披坚执锐复何益？

——丞相病了！

风尘仆仆征途遥

三尺长剑难出鞘

松柏伤秋失苍劲

汉骑十万无雄枭

梦绕故乡长太息

——丞相病了！①

全诗共有七部分，约350行。全诗采用的是新诗的自由体形式，但每行字数却大体相同，但在诗行的对称、句式的整齐上颇为讲究，这也是晚翠诗歌在形式上的显著特征，所以以上译文采用七言体。以上所译的是第一部分头四节。第一部分的头七节每节最后一句都是"丞相病了"，反复

---

① ［日］土井晚翠：《晚翠詩抄》，岩波文库，1971 年，第 34-35 页。

咏叹，渲染诸葛亮的病逝对蜀军的强烈冲击。以下各节吟诵诸葛亮的文韬武略。全诗充满了对诸葛亮人品与才能的崇敬之情，将诸葛亮的形象与人格情感化、审美化，可以说是一首诸葛亮颂歌，感情深沉而又激越，哀而不伤，颇得汉文学的审美风韵。据说此诗在当时广为传颂，许多人可以背诵其中的名句。此诗对于此后日本的"三国志热""诸葛亮热"的形成，也有相当的推动之功。

土井晚翠的另一首中国历史文化题材的诗篇是《万里长城之歌》（1899 年），为诗集《晓钟》中的一首，共七节，一百多行，也是日本近代文学吟诵万里长城的仅有的长诗。开头一段（第一部分）是：

> 这是活着的历史，他的年龄已有两千多年，
> 长城的雄姿高耸入云，万里绵延，
> 夕阳西下，天高云淡，暮色笼罩关山，
> 征马在长城前驻步，游子仰天长叹。
>
> 绝域上绽开着稀疏的野花，广袤的原野绿色一片，
> 春回大地，空中云霞漫卷，
> 斗转星移，天地不老，却换了几代人间，
> 高空云雀的高唱显得那样悠远。
>
> 呜呼！物是人非，岁月流转，
> 如今秦始皇的霸业何处可见？
> 只剩下断壁残垣，千古遗恨弥漫暮霭之间，
> 凭吊的游子在春色朦胧中形只影单。①

---

① ［日］土井晚翠：《晚翠詩抄》，东京：岩波文库，1971 年版，第 55-56 页。

诗人（"游子"）睹物思情，思古抚今，回首历史，感慨万千，采用的虽然是新体诗的形式，但不难看出其中含有中国古代咏史诗的艺术神韵。

土井晚翠的新诗，在日本传统诗歌和以岛崎藤村为代表的近代新诗的柔弱感伤诗风之外，别开一种诗风，将汉文化、汉诗中所具有的雄浑厚重，带到近代新诗中，具有深厚的文化蕴含和高超的艺术水平。但进入20世纪后，由于日本文学与日本文化急剧西方化，日本语言中的汉字词汇逐渐减少，从西语中音译的外来语越来越多。而晚翠的诗却大量使用汉语词汇，西方外来语几乎完全不用。新一代读者不仅难以读懂，而且许多读者连诗中不少汉字汉词的读音也搞不清了，于是进入昭和年代之后，土井晚翠的诗就显得古旧了。相比之下，与他一起成名的岛崎藤村的诗集至今仍畅销不衰，而土井晚翠除了文学史研究者的研究外，渐渐被一般读者所遗忘，从而成为日本近代诗歌史上的绝响。

近代文学的中国题材在戏剧创作领域也有若干，主要是长与善郎的《项羽和刘邦》、菊池宽的《玄宗的心情》等。

长与善郎（1888—1961年）小说家、剧作家，日本近代人道主义文学流派"白桦派"的代表人物之一，出身于高级官僚家庭，从小接触中国古典，对中国历史典籍较为熟悉。1917年发表话剧剧本《项羽和刘邦》。这是长与善郎的成名作和前期代表作，它与白桦派的另一位作家仓田百三的以佛教人物亲鸾为主人公的剧本《出家及其弟子》齐名，被认为是白桦派的两大剧作。

《项羽与刘邦》是五幕剧，约合中文近十万字，剧本主要取材于司马迁的《史记》及相关史料。关于写作缘起，作者交待说：

> ……执笔的动因有两个。一个是，我读了海贝尔的历史剧《尤泰德》，大为感动，接着进一步阅读了该作家的《海劳黛丝和马来亚莫奈》，越来越受到海贝尔的影响。另一个动因，纯属偶然，我在家

里的女佣拿来的通俗杂志《女学世界》中，读到了某位作者写的短篇读物《殷桃娘》，内容记不得了，是一篇完全不拘泥于史实的通俗文章，那想象中的虞美人的薄命，颇具有浪漫主义的美的幻影，打动了我青春的心灵。至于项羽与刘邦的关系、他们的争斗，因不在那篇文章的主题之内所以没有涉及，我就想进一步写刘邦与项羽的争霸战，而把殷桃娘的故事作为插话写进去。①

《项羽与刘邦》的创作缘起虽属偶然，但却仰仗于作者已有的对中国历史文化的知识积累，因而又有必然性。剧本以秦末混乱的时世为背景，以刘邦与项羽的"争霸战"为中心，将帷幄运筹、战场厮杀、爱恨离别等不同场景交织在一起，展现了中国历史上转折时代的生动画面。全剧共分五幕十四场，前后还有"序幕"和"结局"，剧情复杂，场面宏大。主要人物除项羽与刘邦外，还有如项羽的叔父项梁，谋臣范增，会稽太守殷通，后来成为韩信之妾的殷桃娘，项羽的妃子虞姬，刘邦之妻吕姬，谋臣张良、韩信、萧何、樊哙等二十多个人物。"序幕"的背景是会稽太守殷通的官邸，殷通在秦始皇死后欲起兵造反，将楚国的项羽及叔父项梁召来议事，不料却在招待宴会上被野心勃勃的项羽所杀，殷通的官邸和将士也被项羽夺取。第一幕第一场，写项羽与虞美人在月下的谈情说爱，写两人的结合是"美与力的结婚"。第二场是沛县刘邦的官邸，同样欲起兵造反的刘邦和妻子吕氏对话，吕氏认为项羽可怕，刘邦却对自己的命运"感到一种奇特的深深的乐观"。第三场是彭城项羽的阵营，刘邦前来拜见项羽，两方结盟以共同对抗秦朝大军。第二幕第一场至第三场，写刘邦率军攻入秦朝都城咸阳，第三幕第一场写项羽对刘邦先行攻占咸阳十分恼怒，在鸿门设宴，欲借招待之名杀死刘邦，刘邦在张良和樊哙的帮助下脱险，后来项羽将刘邦追到巴蜀山中。第四幕至第五幕，在巴蜀的刘邦得名将韩

① ［日］长与善郎：《項羽と劉邦・後書き》，见《項羽と劉邦》，东京：岩波文库，1951年，第189页。

信相助，发兵攻打项羽，并在垓下之战中打败项羽，虞美人自杀。全剧的结局部分，写乌江岸边，项羽被刘邦围困，四面楚歌，自刎而死。刘邦建立汉朝，成为汉高祖……。剧本主要塑造了军事家项羽与谋略家刘邦这两个不同性格的人物形象。项羽是力量与勇气的化身，刘邦是智慧与胆略的代表。两人都有远大的理想抱负、野心和超人的坚强意志，同时又具有常人所具有的残忍、嫉妒、虚荣等缺陷，在推翻秦朝的武装起义中，始于合作，终于反目，项羽最后败于刘邦，成为一个悲剧英雄。剧本在项羽和刘邦这两个主人公身上贯注了人道主义的理念，表现了对英雄主义的向往，对英雄末路的同情与叹惜。从情节组织到艺术结构，《项羽与刘邦》都显示了长与善郎在艺术上的成熟，这无疑首先得益于"项羽与刘邦"这一中国历史题材本身所具有的戏剧性。某种意义说，是"项羽与刘邦"成就了长与善郎，而长与善郎也首次使项羽与刘邦进入日本近代戏剧文学的殿堂。后来的日本作家以项羽刘邦为题材的作品，其源头都可以追溯到长与善郎的《项羽与刘邦》。

新理智主义（又称新现实主义、新思潮派）文学流派的代表、剧作家、小说家菊池宽（1888—1948年）也写过一个中国题材的历史剧，题名为《玄宗的心情》。《玄宗的心情》取材于中国唐代玄宗皇帝在叛军的进逼下，携杨贵妃从长安出逃的那段历史故事。在出逃途中，高力士不断地对玄宗传报：护送的士兵们强烈要求玄宗下令杀掉祸国殃民的杨贵妃之兄、右丞相杨国忠，否则拒绝前进。玄宗不得已下令杀死了杨国忠后，士兵们又要求杀死杨贵妃的三个妹妹。三个妹妹被杀死后，士兵们仍拒绝前进，进一步提出要玄宗下令处死杨贵妃。玄宗于心不忍，痛苦不堪，而杨贵妃自己面对此情此景却异常的冷静。她说道："请你让我去死吧！我刚才照过镜子之后，就想到了死。没想到机会这么快就来了，况且还是这么一个光辉灿烂的死。作为帝王的妃子，轰动大唐天下的倾国美人，将被绞杀于三军之前，啊！在女人当中还有比这个更荣耀的死法吗？"于是从容就死。杨贵妃被杀后，唐玄宗却说出了这样的话："我原想她死了我也活不下去，可是现在她死了，却并不像我预想的那样。难过归难过，可是她的死却使我十几年来心头的重压，一下子减轻了，感到如释重负，一身轻松。"在这个剧本里，菊池宽基本尊重史实，但对唐玄宗、杨贵妃等剧中人物的"心情"却作了独特的描写和解读，着意表现剧中人物在生死关头那种令人吃惊的高度理智。被杀的杨贵妃及杨国忠兄妹们死前都没有歇斯底里或反抗挣扎，而是那样的冷静，心平气和地顺从了境遇和命运的安排；而失去了宠妃的唐玄宗也很快在痛苦之后恢复了冷静和理智。所以《玄宗的心情》可以说是表现菊池宽及白桦派理智主义思想的典型作品。

无独有偶，同时代的另一位剧作家近藤经一（1897—1986 年）也写过与菊池宽同样题材的话剧剧本，题名为《玄宗与杨贵妃》（1919 年）。而且，作者也对这个故事做出了自己的新的描写和阐释。

《玄宗与杨贵妃》写老年的唐玄宗丧失了经邦治国的热情，而贪恋女色，耽于享乐。大臣李林甫为了讨取唐玄宗的欢心，将寿王的爱妃杨玉环引荐给了玄宗。杨玉环成为杨贵妃，并很快得到了玄宗的宠爱。为了讨取杨贵妃的欢心，玄宗擢举贵妃的哥哥杨国忠为宰相，杨贵妃一家鸡犬升天。寿王因自己的爱妃被夺，对玄宗怀恨在心，并向玄宗突然袭击，只是由于安禄山的保护，玄宗幸免于难。杨贵妃虽受到宠幸，但内心里并不爱玄宗，却迷恋着宫廷艺人李龟年，并常常与他幽会。有一次幽会时被安禄山碰见，但由于利益的勾连，安禄山并不告发她，而且杨贵妃与安禄山最终勾结在一起，阴谋叛乱。李林甫去世前，向玄宗吐露真情。李林甫死后，安禄山果真举兵反叛，玄宗仓皇逃出长安。唐玄宗痛斥玉环的欺瞒和背叛，但内心里仍爱恋着杨贵妃的玄宗并不打算惩罚她，却劝杨贵妃离开自己，与李龟年一起生活。不过为时已晚，护卫玄宗出逃的将士们强烈要求惩办祸国殃民的杨贵妃、杨国忠，玄宗不得不同意将其缢死。……在这个剧本中，作者一反中国和日本传统文学中对唐玄宗与杨贵妃爱情的肯定、同情和赞美，推翻了日本传统文学中杨贵妃的美丽而悲哀的正面形象，而将杨贵妃描写为一个虚伪、奸猾、居心不良的可怕的女人，将唐玄宗描写为懦弱昏庸的老皇帝。次要人物李林甫在历史上是一个有定论的奸臣，而在剧中他却是一个对唐玄宗忠心耿耿的人，当他察觉安禄山的叛心、发现杨贵妃与安禄山勾结之后，极力规劝唐玄宗采取果断措施。……《玄宗与杨贵妃》将一个传统的爱情悲剧写成了一个宫廷斗争剧，爱欲、阴谋、暗杀、叛乱，构成了全剧的基本情节，带有西洋宫廷剧的味道，可以说是对这一传统的爱情悲剧题材的一种改造和超越。

日本近代的人道主义文学流派"白桦派"的核心作家武者小路实笃（1885—1976 年）以中国历史为题材的几个话剧剧本也值得一提。这几个剧本包括《西伯与吕尚》《佛陀与孙悟空》《在桃园》《尧》等，① 均创作于 1920 年代初期。

其中，《西伯与吕尚》是一个独幕短剧，取材于姜太公（吕尚）钓鱼的故事。剧中人物有易者、西伯、吕尚三个人，剧情由三人的对话构成，写吕尚垂钓，不是钓鱼，而是"钓人"，即等待慧眼求贤的人主动前来延请他。西伯在易者的推荐下，来到吕尚垂钓之处，吕尚在与易者的对话中，表白自己的人生理想。西伯听了，引为同道。西伯说："我不是为我而取天下，而是为万民而取天下；我不能忍看人间的苦难。我不是不爱富贵，但为了万民高兴，我宁愿舍弃。"于是吕尚表示："我愿意将我的生命、智慧和才能全都奉献给您。"最后西伯回答说："谢谢。应该说不是为我，而是为了万民……"。独幕剧《尧》的舞台背景在古老的尧舜时代，写尧坚持要把自己的皇位让给与自己没有血缘关系，但却十分贤明的舜，而尧的妃子为了让自己的儿子丹朱继承皇位，便对尧说舜的坏话，但尧不为所动。尧说："凡是为了支配他人而想为王的人都不能为王，我不会把王位让给想当国王的轻薄者。"舜在视察中发现此前曾因失误被尧处死的鲧有个儿子禹，是个难得的人材，便推荐给尧，尧最后感叹道："我要是有像舜、禹这样的儿子，那该多好啊！"这两个剧本借用中国上古时

---

① 这几篇作品均被收入《武者小路实笃全集》第六卷，东京：小学馆，1988 年。

代的传说故事，表现了武者小路实笃的乌托邦式的社会政治理想。那时，武者小路实笃曾建立过名为"新村"的乌托邦社会试验区，在"新村"中倡导没有官民和等级的差别，人人各尽所能、共生共存的生活。武者小路实笃在中国古代的历史传说中找到了可以寄托自己的社会政治理想的人物与故事，借中国题材表达了"新村"的理想。

　　另一个剧本《佛陀与孙悟空》是个三幕短剧，取材于《西游记》。剧本由佛陀和孙悟空两个人物的对话构成，写孙悟空在佛陀面前自恃无所不能，但佛陀却指出孙悟空"最不行的，是不知道自己的弱点何在"。孙悟空说自己天下无敌，没有弱点，一秒钟就可以跳出八千里，并说自己这般无所不能、自由自在，倘若作了佛陀的弟子，还不如去死好。佛陀说："你的自由，只是在我手心之内的自由"，"你肯定跳不出我的手心"。于是他们打赌：如果孙悟空跳出了佛陀的手心，就要佛陀作自己的弟子，否则，自己就作佛陀的弟子。第三幕，孙悟空威风十足地登场，说自己跳到了天边，并看到了五根巨大的肉色的天柱，还在其中一根柱子上题写了"悟空到此一游"。而佛陀则告诉他："你说的那五根天柱实际上是我的手指。"孙悟空看到佛陀的手指上果然有自己写下的字，深感羞愧。佛陀教导他说：要知道自己的不足，要把自己的力量用在正处，才能成为天界和人间的宠儿……。这个剧本讲的似乎是个人与宇宙、与天地自然的关系，表现的却是武者小路实笃的人格理想。佛陀代表的是天地自然，孙悟空代表的是个人。个人无论如何其能力都是有限度的，因此，要有一个健全的人格和良好的修养，就必须意识到自己的局限和不足之所在。武者小路实笃通过不同题材类型的作品，宣扬以人道主义为核心的道德理想、社会理想与人格理想。但同时也带有强烈的、不无生硬的"道德说教"的气息，这种创作特点在上述中国历史题材的三个剧本中，表现得也十分明显。

三、中岛敦的精湛短篇

　　在中国题材的短篇小说方面，早逝的天才作家中岛敦的作品，在艺术上臻于精湛。

中岛敦（1909—1943 年）出生于东京的汉学世家，伯父中岛端（斗南先生）是中国问题研究者，曾著有《支那分割之运命》《斗南存稿》①等书，叔父是参与策划实施伪满洲国成立的日本政府高官。父亲中岛田人是日语与汉语教师，曾辗转日本占领下的朝鲜、中国的东北任教，中岛敦的中学（初中）时代曾随父亲在朝鲜的京城生活，并在此间到中国东北（"满洲"）旅行过。1926 年就学于日本东京著名的"一高"（第一高等学校，即现在的东京大学教养学部），开始练习写作，并在校友会杂志上发表小说。1932 年在叔父的帮助下到东北、华北旅行。1933 年东京帝国大学国文科毕业后，在父亲的引荐下，去横滨一家女子中学担任教师凡八年，同时开始文学翻译与创作。1936 年到中国南方的上海、杭州、苏州一带旅行。1943 年因长年的哮喘病恶化而去世。享年三十四岁。

中岛敦因英年早逝，生前又被疾病折磨，发表作品很少，死后遗稿经整理后得以出版，共有两个中篇小说，十来个短篇小说。在著作等身的日本现代作家中，是一个特殊的例外。中岛敦生前没有什么文名，但死后却得到评论家的高度评价，认为他的作品数量虽少，但多为珠玉之作，具有很高的艺术品位。站在中国题材日本文学史的角度看，中岛敦则显得更为重要。受家庭的影响，中岛敦对汉学和中国文化感兴趣，并能够阅读汉语文言文，这为他从中国文献典籍中取材提供了便利。他的十来篇作品，大部分属于中国题材，并且这些作品在他的全部作品中，属于艺术水准最高的代表作。

首先是他的短篇小说《山月记》，1942 年发表于《文学界》杂志。这篇小说取材于唐代作家李景亮的短篇传奇《人虎传》。对比一下《山月

---

① ［日］中岛端在《支那分割之運命》中鼓吹"支那分割论"，为日本侵华制造理论根据，民国初年译成中文后激起中国学术思想界的警惕和驳斥。详见王向远《日本对中国的文化侵略——学者文化人的侵华战争》，北京：昆仑出版社，2005 年，第 71-77 页。

记》和《人虎传》就会看出，就人物与情节结构而言，前者几乎全文照搬后者，只在有限的地方对后者稍有改变和发挥，甚至可以说是《人虎传》的编译。

李景亮的《人虎传》的基本情节是：陇西的李徵出身皇族，少时博学善文，天宝十五年考中进士，官至江南尉。李徵性情疏逸，恃才傲物，不愿与群官为伍，而作为下等官吏不得不卑躬屈膝，因而郁郁不乐。有一次在旅途中忽然发疯，肆意鞭笞仆从，持续旬余，病情日重。有一天晚上狂奔野外，一去不回，不知所终。第二年，陈郡的李俨奉命出使岭南，听说路过商於时，当地驿吏告知此处山野外有吃人老虎，一定要等天亮后方可通过。李俨自恃手下人多，依然前行。果然闪出一只老虎，李俨大惊，但老虎却悄然隐身草丛中，并发出人语，李俨听出这是老友李徵的声音，遂与之对话。老虎在草丛中告诉李俨，自己就是李徵，并跟李俨详细讲述了自己怀才不遇、愤世嫉俗、变身为虎的经过及内心的忏悔与痛苦。说他自己在变成老虎后，曾多次吃人，但仍未忘人语，人性尚存，而身体列为兽类，十分痛苦，他请求李俨帮助将他的旧文和遗稿加以整理，刊行于世，传于后代子孙，并当场向李俨口述一首诗，李俨命手下笔录，诗曰："偶因狂疾成殊类，灾患相仍不可逃，近日爪牙谁敢敌，当时声迹共相高，我为异物蓬茅下，君已乘轺气势豪，此夕溪山对明月，不成长啸但成嗥。"接着忏悔了变成老虎之前，曾与一寡妇私通，被她家人发现后私通受阻，为了能够继续与寡妇交往，便放火烧死了寡妇一家数口……。天将破晓时，两相挥泪道别，李俨在退去百步之外，看见了李徵的虎姿，并听到了老虎的咆哮。李俨回去后，如约妥善照顾李徵妻子，免去冻馁之苦。

中岛敦的《山月记》与上述李景亮的《人虎传》大同小异，在情节上，除了将李俨的名字换成"袁傪"、将李徵与寡妇私通并放火杀人的情节摒弃之外，其余全盘接受。但另一方面，《山月记》毕竟不是简单地编译《人虎传》，而是在《人虎传》的故事题材中，注入了鲜明的现代意识与现代小说因素。例如，《人虎传》只是讲述李徵变虎故事，但对李徵的心理描写却微乎其微，而中岛敦在《山月记》中，却在李徵的自述中，加入了强烈的自我心理分析的成分。例如，变成了老虎的李徵在隐身草丛中对袁傪说：

> 在我还是人的时候，就极力回避与人交往，人们都说我这个人傲慢自大。但他们却不知道，那实际上几乎就是一种羞耻心。当然，以前的邻里乡党都说我是鬼才，我也不是没有一点自尊心，但那是虚弱的自尊心。我想靠写诗成名，却没有拜师，没有与诗友切磋琢磨，然而另一方面，我又不以与俗物为伍为耻。这些，都是由我的虚弱的自尊心与尊大的自尊心造成。我害怕自己不成器，却不愿刻苦打磨自己；我又对自己的成器不死心，不愿混同于瓦砾。我逐渐离群索居，结果郁闷彷徨使得自己内部的虚弱的自尊日甚一日。人人都有可能成为猛兽，个人性情中就有猛兽。就我而言，这尊大的羞耻心就是猛兽，就是老虎，所以如今我已经变成了老虎。①

这种长长的自我心理与人格分析，为中国古典小说所缺乏，而在现代文学，特别是西方现代小说中却很常见。中岛敦在大学时代曾经读过一些西方小说，特别是通过英译本读过德国作家卡夫卡的作品。《山月记》也明显地受到卡夫卡《变形记》的影响，中岛敦在唐传奇《人虎传》中，找到了东方古典文学与西方现代主义文学之间的连接点，在唐代的传奇故事中注入了卡夫卡式的表现主义的荒诞哲理，表达了个人与世界的异化关系、个人存在的卑微感。但中岛敦与卡夫卡有所不同，卡夫卡的《变形记》将人变为甲虫归因于社会环境的压迫，中岛敦将李徵异变为虎的原因，更多地归因于人性内部的缺欠，从而缺少了卡夫卡那样的社会批判。中岛敦所要表现的，是一个特立独行、意欲成名的文人由于主观的原因而

---

① ［日］中岛敦：《山月记》，见《山月记·李陵 他九篇》，东京：岩波文库，1994年，第117-118页。

最终不能成名的悲哀感受，是一个有着强烈自我意识的人，清醒地意识到自我的人格分裂之后所产生的内心痛苦，是一个过度膨胀的自我最终走向自我否定的精神悲剧，或许正是在这一点上，中岛敦找到了与唐传奇《人虎传》的共鸣点，并借用《人虎记》的题材，表达了意欲成就文名，但又尚未成名者的内心感受。它是荒诞哲理小说，又是心理分析小说。

对哲理性的追求，在中岛敦的另一篇短篇小说《名人传》（1942年）中，也有集中的体现。《名人传》的故事梗概是：赵国的邯郸有一位名叫纪昌的人立志成为天下第一射手，他四处寻师，于是找到百发百中的飞卫。飞卫告诉他："学射术，首先要学会在任何情况下都不眨眼，纪昌学会了不眨眼后，飞卫又让他练习视小如大，当纪昌练得把吊在窗口的虱子看得如马一样大的时候，飞卫开始教他射术，纪昌将老师的全部技能学到了手，心想如果把飞卫杀掉，自己就是天下第一了。结果两人对射，都不能伤及对方。飞卫为了转移纪昌的杀意，便给这个居心叵测的弟子一个新的学习目标，推荐他去找自己的老师甘蝇继续学习。纪昌来到了深山找到了甘蝇，这位百岁老人告诉他：你以前学的是"射之射"，现在要学习的是"不射之射"，并当场表演，用"无形之弓"射下了一只空中的飞鸟。令纪昌肃然起敬，并明白了什么才是真正的"艺道"。九年之后，飞卫见到了形同木偶的纪昌，对他说："你现在是真正的天下射术的名人了，我是望尘莫及，甘拜下风。纪昌回到邯郸老家，既不显示射术，也绝口不谈弓箭之事，而大家也越承认他是天下无敌。到了老年，他进入了枯淡虚静的境界，竟连弓箭都认不出来了……

小说取材于中国古典《列子·汤问篇》中所讲的射箭术的名手甘蝇、飞卫、纪昌三人师徒关系的故事。原文如下：

> 甘蝇，古之善射者，彀弓而兽伏鸟下。弟子名飞卫，学射于甘蝇，而巧过其师。纪昌者，又学射于飞卫。飞卫曰："尔先学不瞬，而后可言射矣。"纪昌归，偃卧其妻之机下，以目承牵挺。二年之

后，虽锥末倒眦而不瞬也。以告飞卫，飞卫曰："未也。必学视而后可。视小如大，视微如著，而后告我。"昌以氂悬虱于牖，南面而望之，旬日之间，浸大也。三年之后，如车轮焉。以睹余物，皆丘山也。乃以燕角之弧，朔蓬之簳，射之，贯虱之心，而悬不绝。以告飞卫。飞卫高蹈拊膺曰："汝得之矣！"纪昌既尽卫之术，计天下之敌己者一人而已，乃谋杀飞卫。相遇于野，二人交射，中路矢锋相触，而坠于地，而尘不扬。飞卫之矢先穷，纪昌遗一矢，既发，飞卫以荆刺之端扦之，而无差焉。于是二子泣而投弓，相拜于途，请为父子。克臂以誓，不得告术于人。

　　两相对比可以看出，中岛敦的《名人传》的前半部分，将《列子·汤问》中有关内容全部吸纳，但后半部分，即纪昌拜甘蝇为师的情节，是中岛敦根据《列子》及其他文献资料所作的敷衍和发挥。《列子·汤问》中的纪昌学射的故事是一个较为单纯的拜师学艺、师徒相妒的故事，但中岛敦的《名人传》却通过对这个故事的内涵做了进一步的发掘，以"不射之射"作为射术的最高境界，对中国传统的"得意而忘言、得鱼而忘筌"的道家思想做了一个生动形象的阐释。《名人传》中的纪昌在学习"射之射"的阶段，只是庄子所说的"技"的层面，而到了学习"不射之射"的阶段，则达到了"道"的境界。进入了"道"的境界后，纪昌由一个嫉妒并企图谋害老师的无耻之辈，变成了于人无所争、于世无所取的真正的"名人"。《名人传》显示了中岛敦对中国老庄思想的深刻理解，可以说该小说就是老庄思想的一个形象诠释。小说所取材的《列子》本身的内容主要就是对老庄思想的阐发，中岛敦将《列子·汤问篇》中纪昌学射这较为世俗的故事，发挥敷衍为表现老庄思想的哲理性的短篇小说，与《列子》全书的基本思想是完全一致的。

　　中岛敦取材于中国古代题材的第三篇重要作品是《弟子》。在中岛敦死后第二年（1943 年）发表于《中央公论》杂志。这是一篇以子路及他的老师孔子为主人公的短篇小说，小说从子路拜师孔子写起，到子路死于鲁国的政治斗争结尾，描写了子路的一生，并通过子路与孔子的交往，描写了孔子施教与周游列国的有关遭遇。小说主要取材于《论语》，但《论语》本身作为语录体著作，缺乏连贯的情节和完整的人物描写。《论语》中有关子路的部分虽然不少，但他的一生及其完整的性格仍然模糊不清。中岛敦根据《论语》在对话体中暗含的情节线索，加以敷衍铺排，构成了以子路为中心、以孔子为依托的短篇小说，表达了在孔子的感召与教育下，勇敢正直的游侠子路，如何由粗鲁无文的人而走向文明，并最终为仁义而献身的故事。《弟子》是日本文学史上第一篇以孔子及其弟子为题材的短篇小说，在中国题材日本文学史上具有开拓意义。

　　中篇小说《李陵》也是在中岛敦死后的 1943 年发表的，是中岛敦全部作品中篇幅最长的一篇。《李陵》主要取材于《汉书》，特别是《汉书》卷四十五的有关李陵的部分，几乎完全采纳，同时，对《汉书》中的《司马迁传》《匈奴传》及司马迁的《报任安书》等也多有参考。《李陵》中的主要人物是李陵、司马迁和苏武三个人，基本情节是写李陵如何率五千军队赴西北边境与匈奴作战，战败被俘后，在单于的怀柔之下暂时屈就，以待时机，但汉武帝得知李陵投降匈奴，雷霆震怒；群臣为迎合汉武帝，也纷纷落井下石。只有司马迁一人，本着自己的良心为李陵辩解，结果惹怒汉武帝，而遭受宫刑。此后的司马迁含垢忍辱，继承父亲遗愿，发愤著述《史记》。不久，汉武帝又听信了关于李陵帮助匈奴训练军队以抵御汉军的谣传，将李陵全家满门抄斩，断绝了李陵回汉土的一切希望与可能。最后李陵应单于之命前去荒漠草原劝说被匈奴扣押的汉朝使节苏武归顺匈奴，但苏武宁在极其恶劣的条件下牧羊为生，也决不投降匈奴享受荣华富贵，这加剧了李陵良心上的不安，感到无地自容。小说以李陵为中心，描写了李陵、司马迁、苏武三人不同的悲剧命运，他们各自不同的内心痛苦。作者对三位历史人物的不幸遭遇都抱有深深的同情，特别是对李陵归顺匈奴，强调了他迫不得已的一面。小说中写到李陵在了解了匈奴的风俗民情之后，将汉俗与胡俗做了对比：

> 李陵记得老且鞮侯单于曾对他说过的一句话：你们汉人自以为是
> 礼仪之邦，把匈奴人看作禽兽之辈，但是汉人所谓的礼仪到底是什么
> 呢？岂不就是文过饰非的虚饰吗？若说追逐名利、嫉贤妒能，汉人和
> 胡人哪个更厉害？若说好色贪财，哪个更严重？剥去虚饰，两者毕竟
> 没有什么不同。不同的是汉人懂得文过饰非，而我们不懂罢了。单于
> 又引汉初以来骨肉相残、内乱频仍、排挤功臣的事例，李陵听了无言
> 以对。实际上，作为武将的他不止一次地对那些繁文缛节抱有怀疑。
> 他常常想，胡俗的粗野而正直，比起汉人的阴险狡诈来，还是可爱得
> 多。李陵觉得，认定诸夏风俗为文明、胡俗为野蛮，这岂不是汉人的
> 偏见吗？①

　　这就是一种文化相对论。中岛敦是站在汉文化与胡文化融合的角度看
待和解释李陵的行为的，也体现了他对古代历史人物的新的理解。

　　由以上对中岛敦有代表性的四篇小说的分析可以看出，中岛敦的中国
题材历史小说显示了一种成熟和练达，表现了纯文学所具有的高雅与纯正
的艺术品位，因而后人也给予了很高的评价。实际上，这种成熟性主要得
益于他所取材的中国古典，他的小说有过分依赖汉文原典的倾向，自创性
有所不足，这是他的成功的原因，也是他的局限之所在。作为过早逝世的
作家，在艺术上还没有来得及充分展开，是可以理解的。

四、吉川英治的巨著《三国志》

　　就在中岛敦逝世那年（1943 年），大众通俗文学家吉川英治完成了他
的鸿篇巨制《三国志》，这是到那时为止日本文学中规模最大的中国题材

---

　　① ［日］中岛敦：《李陵》，见《山月记·李陵 他九篇》，东京：岩波文库，1994
　　　年，第 43-44 页。

长篇历史小说。《三国志》的问世，也使中国题材的作品由此前的纯文学领域，走向了大众通俗文学的更广阔的天地。

吉川英治（1892—1962年）被称为"大众文学第一人"，也是20世纪上半期最有影响的历史小说家。他擅长历史（时代）题材作品，特别是多卷册长篇小说的创作，创作量巨大，日本讲谈社出版的《吉川英治历史·时代文库》就多达85卷。其主要代表作品有《江户三国志》（三卷）、《亲鸾》（三卷）、《宫本武藏》（八卷）、《新书太阁记》（十一卷）、《新平家物语》（十六卷）、《私本太平记》（八卷）及中国题材的《三国志》（八卷）、《新水浒传》（四卷）等。吉川英治青少年时代就对中国文化、中国文学抱有浓厚兴趣，据说年轻时常常通宵达旦秉灯夜读久保天随翻译的《新译演义三国志》，因废寝忘食沉溺其中而遭到父亲训斥。1937年日本发动卢沟桥事变的三个星期后，吉川英治作为所谓"笔部队"（从军作家）的一员，来到天津进行采访，辗转河北、北京等地，回国后写成报告文学《在天津》。1938年吉川英治第二次作为"笔部队"作家，来到中国南方前线采访，由上海、南京，经长江到过九江、汉口。吉川英治两次到中国采访，对中国悠久的历史文化传统，黄河与长江流域壮阔的自然与风俗民情有了直观的感受，据说这成为他后来写作《三国志》的动因。1939年，他的《三国志》开始在报纸上连载，到1943年连载完毕，作品规模宏大，日文字符约280万个，后又出版各种不同版本的单行本和文库本。

吉川英治的《三国志》是在日本侵华战争期间发表出来的，那时日本军国当局对言论实行严酷的控制，对文学作品也实行审查制度，不仅禁止有反战倾向的作品发表，而且对无关时局的风花雪月之类的文字（如谷崎润一郎的《细雪》）也强制中止连载。而吉川英治的《三国志》竟能在战争时期连载五年，虽不能据此认为吉川英治的《三国志》与侵华战争有直接的关联，但有一点可以肯定，就是《三国志》不是同期遭禁的谷崎润一郎《细雪》那样的"有闲文字"，其战争主题切合了当时日本读者的阅读期待，特别是《三国志》中的大量战争谋略所反映出的中国人的行为与心理，都切合了日本读者了解战争、了解中国及中国人的需要。吉川英治在《三国志》序的一开头就写道：

> 《三国志》是距今约一千八百年前的古典，而我觉得《三国志》中活跃着的登场人物，在现在的中国大陆却随处可见——去中国大陆，和杂多的庶民及要人接触，都会觉得似曾相识，仿佛是《三国志》中描写的人物，有时常常会感到他们之间有共通的东西。所以，在现代的中国大陆，《三国志》时代的治乱兴亡又在重演。作品中的人物，只是文化风貌变化了，但仍然活在今天。这样说似不为过。①

这就是吉川英治在战争时两次从军、去中国大陆所得到的感受。将现代中国在日本侵略下的血火抗争与三国时代的"治乱兴亡"联系在一起，不免牵强附会了，但吉川英治与当时"笔部队"的其他从军作家有所不同，他没有直接歌颂侵华战争，却从历史文化的角度观察中国，这就使得他的《三国志》能够一定程度地超越时间和空间，直到今天仍没有失去要我们加以评说的价值。

在吉川英治看来，中国的《三国志》首先是文学，是"诗"。既然是文学，面对《三国志》的再创作的方法也应该是文学的、应该是诗的——

> 《三国志》，是一首诗。
> 它不单是记述治乱兴亡的庞大的战记军谈之类的东西，而是流淌着东洋人热血的有声有色的和谐。
> 倘若将诗意从《三国志》中剔除，那么，堪称世界性的大手笔

---

① ［日］吉川英治：《三国志·序》，《吉川英治历史·时代文库·三国志（一）》，讲谈社，1989年，第3-4页。

的价值，就会变得索然寡味。

　　因此，将《三国志》加以简略或抄译的话，就会失去至关重要的诗味。而且，恐怕也会失去打动人心的重要的东西。

　　因而，我不取简译或抄译的形式，而是尝试使用报纸连载的长篇小说的写法。对刘玄德、曹操、关羽、张飞及其他主要人物，都加上自己的解释和创意。随处可见的原本没有的词句、对话等，均是我的点描。①

　　此言不虚。吉川英治本人不懂汉文，不能直接阅读汉文的原著及有关资料，他的《三国志》主要是依据此前的两个译本加以再创作，因此也就谈不上什么"译"。这是他的局限，同时又是他的优势。吉川英治在《三国志·篇后余录》中称：尽管他的《三国志》对人物形象有新的补充和发挥，但"全篇的骨胎则近乎完全保留，这是译者的责任，也是良心"。这里吉川英治把自己看成是"译者"，显然是从尊重原作的意义而言的。事实上，吉川《三国志》的基本人物与情节确实没有脱离原作，但与此同时他又将自己的想象力与创作力含在了其中，后来日本评论家之所以将吉川英治的《三国志》称为"吉川三国志"，根据就在于此。

　　阅读"吉川三国志"，首先给人感觉它与原作的最大不同，就是作者采用了现代小说的形式，汉语原作《三国演义》是以说书人的叙述谋篇布局的，而"吉川三国志"则运用了大量的人物对话——人物对话占全书文字的三分之二左右，此外还有不少心理描写，乃至直接对作品中人物的心理与行为进行分析与评论。在整体的情节布局上，吉川英治认为，《三国志演义》的故事是以桃园结义开始，至孔明去世实际上故事已经结束，汉文《三国演义》在孔明死后又写了司马氏的抬头，吴、蜀的灭亡，最后晋统一了三国这样一个治乱兴亡、分久必合的过程，实际上是画蛇添

---

① ［日］吉川英治：《三国志·序》，《吉川英治歴史·時代文庫·三国志（一）》，东京：讲谈社，1989年，第3页。

足，有失精彩。为此，"吉川三国志"即以桃园结义开头，以孔明去世收尾。这样一来，就淡化了原作的"讲史"的色彩，使得情节人物更为集中。在人物描写方面，吉川英治在《篇外余录》中认为，《三国志》的中心人物是诸葛孔明与曹操这两人。他认为，从戏剧性的角度看，刘备等人的桃园结义是《三国志》的序幕，而曹操的出场才是戏剧的真正开始，曹操是主角，而到了后来孔明出场，曹操又不得不把主角让给孔明。"一句话，不妨说《三国志》所叙述的是始于曹操、终于孔明的两大英杰争斗成败的故事。"基于这样的认识，"吉川三国志"将诸葛孔明与曹操作为两个核心人物加以浓彩重笔的描写。

对于曹操，吉川英治认为："曹操这个人物，是东方式的英雄人物的代表性的形象。这不仅在于他的风貌，而且也在于他那雷厉风行的行动、多感的情痴和热情，具有英雄人物特有的长处和短处两个方面。《三国志》从序曲到篇中，那不绝于耳的大管弦乐，可以说就是由他演奏出来的。"（《篇外余录》）基于这种认识，"吉川三国志"很大程度地扭转了《三国演义》对曹操的"汉贼"的定位、对曹操狡诈、残酷的强调，从而在日本作家的《三国志》再创作中首先为"曹操"平了反。日本学者杂喉润先生指出："和中国比较，日本的'曹操迷'特多，这令中国人吃惊。这与受到传统戏剧、说书很大影响的中国读者不同……而曹操迷的飞速增加，是因为吉川三国志，这绝非偶然。"① "吉川三国志"对曹操形象的正面弘扬，不光影响了一般读者，甚至也影响到了此后的日本学者对作为历史人物的曹操的再评价，而这又与新中国成立后中国史学界对曹操的正面评价不期而然。

"吉川三国志"中，诸葛孔明的形象与曹操的形象相辅相成。吉川英治说过："从文学的观点来看，曹操是诗人，孔明是文豪。作为具有痴、愚、狂等许多性格缺点的英雄，其人性的丰富性远在孔明之上的曹操，在

---

① ［日］杂喉润：《三国志と日本人》，东京：讲谈社新书，2002 年，第 153–154 页。

后世长久被人敬仰方面，毕竟赶不上孔明。"①原作《三国志演义》为了美化孔明，把他写成了一个能呼风唤雨、占星预知未来的神秘人物，每逢大事，就称"亮夜观天象"如何如何，并据此作出决断，不免带有强烈的江湖术士、神汉巫师、怪力乱神的气味。而"吉川三国志"则将诸葛孔明的英明决断，建立在缜密的分析论证之上，不语怪力乱神，从而表现出现代文学特有的理性主义，也强化了孔明形象的"人间性"。

半个多世纪以来，"吉川三国志"一直拥有大量的读者，并促使了此后日本读书界"三国志热"的形成。现代日本一般读者对"三国志"的兴趣，大都是由"吉川三国志"培养起来的。而且，"吉川三国志"对后来的以"三国志"为题材的再创作也产生了重要影响，后辈作家，如柴田炼三郎、伴野朗等，都承认在许多方面受到了"吉川三国志"的启发。

"吉川三国志"是战争期间的作品，战后的吉川英治继续旺盛的创作活动，从1958年起，吉川英治开始在杂志上连载《新水浒传》，到去世之前完成全书。《新水浒传》（全四卷）是对中国古典小说《水浒传》的再创作，基本上是对《水浒传》的较为自由的改写。汉语原作《水浒传》早在江户时代就已传到日本，并出现平山高知等人的译本，战后不久又出现了吉川幸次郎翻译的忠实而又完整的《水浒传》，但吉川英治不懂中文，他的《新水浒传》当然是以现有的日文译本为参照的。他的这种再创作既不同于过去那种将《水浒传》的有关情节改头换面挪用在日本作品中的、为我所用的所谓"翻案"，也不是拘泥于原文的翻译，而是基于原作的新的创造。《新水浒传》放弃了原作的章回体式，使用了大量的对话，并加强了心理描写，以适合现代日本人的阅读期待。由于吉川英治在日本大众文学及历史小说领域的巨大影响，《新水浒传》在当代日本的发行量也相当可观，日本一般读者最容易看到的《水浒传》版本，首推吉川英治的《新水浒传》。换言之，《水浒传》在当代日本的影响，除了吉

---

① ［日］吉川英治：《三国志·篇外餘錄》，见讲谈社版《三国志》第八卷，第375-376页。

川幸次郎、驹田信二、佐藤一郎的译本之外，最主要的是由于吉川英治的《新水浒传》的不断再版和广泛流传。近年来，与日本社会的"三国志热"形成的同时，《水浒传》也越来越受到读者的欢迎，一些作家陆续对《水浒传》加以再创作，将现代意识灌注到古老的《水浒传》中，出现了柴田炼三郎的《我们是梁山好汉》（详见本章第二节）、石川英辅的《SF水浒传》①、志茂田景树的《大水浒传》②、津本阳的《新水浒传》（详见本书第十三章）等一系列作品。而其源头，都可以追溯到吉川英治的《新水浒传》。

---

① ［日］石川英辅的《SF水浒传》（讲谈社，1982年），以科学幻想小说的写法改写《水浒传》，颇有现代气息。此前，该作家还以同样的手法改写了《西游记》，名为《SF西游记》（讲谈社版）。
② ［日］志茂田景树：《大水浒传》（全三卷），讲谈社，1993年。

第五章　侵华文学与对华殖民文学

　　1925 年，日本进入昭和时代，政治上很快结束了此前大正时代的以民主自由思潮为主导的多元化的社会格局，而开始走向天皇制军事独裁的政治体制。政党政治被叫停，言论自由遭封杀，以中国为主要目标的对外侵略，也加紧付诸实施。而从昭和时代开始的 1925 年一直到第二次世界大战结束的 1945 年为止的二十年间，日本文学与日本对中国的侵略紧紧地联系在了一起，主要形态是侵华文学与对华殖民文学。①此时期日本文学的中国题材，也几乎全都以战争为背景，带上了浓重的战火硝烟味道。

一、侵华文学

　　"七七事变"前以侵华战争为背景的作品，有黑岛传治（1898—1943年）的以 1928 年济南惨案为题材的长篇小说《武装的街道》（1930 年），伊藤永之介（1903—1959 年）的以"万宝山事件"为题材的短篇小说《万宝山》（1931 年）。横光利一的以"五卅运动"为背景的长篇小说《上海》（1932 年）、直木三十五（1891—1934 年）以 1932 年上海淞沪事变为背景的《日本的战栗》（1932 年），阿部知二（1903—1973 年）以

---

　　①　对这类作品的详细的分析研究，详见王向远著《"笔部队"和侵华战争——对日本侵华文学的研究与批判》（北京师范大学出版社 1999 年初版，昆仑出版社 2005 再版）。本章的大部分内容亦根据该书的有关章节改写而成。

"七七事变"前夕为背景的长篇小说《北京》。这四个作品的主人公虽不是中国人，但舞台背景均设在中国，也有不少对中国人的描写，是此时期侵华战争及侵华文学爆发、泛滥的前奏。

1937年7月卢沟桥事变后，日本在对中国实施全面军事入侵的同时，强化了国内的军国主义体制，日本文学界也被动员起来，很快组成了以作家为主体的所谓"笔部队"，分批开往中国前线进行战争的采访、报道、描写和宣传。这些作家包括吉川英治、吉屋信子、林房雄、石川达三、岸田国士、泷井孝作、深田久弥、北村小松、杉山平助、林芙美子、久米正雄、白井乔二、浅野晃、小岛政二郎、佐藤惣之助、尾崎士郎、浜本浩、佐藤春夫、川口松太郎、丹羽文雄、片冈铁兵、中谷孝雄、菊池宽、富泽有为男，大宅壮一、高田保、金子光晴、长谷川伸、土师清二、中村武罗夫、甲贺三郎、凑邦三、野村爱正、小山宽二、关口次郎、菊田一夫、北条秀司等。这些作家到中国前线短期采访后，很快写出报告文学、战记通讯、诗歌等各类文字。从中国题材日本文学史的角度看，最重要的是石川达三、火野苇平和上田广的有关作品。

石川达三（1905—1985年）是第一批被派遣的"笔部队"作家之一。1937年12月13日国民政府首都南京被日军攻克陷落，12月29日，石川达三被派往南京，并约定为《中央公论》写一部反映攻克南京的小说。石川达三从东京出发，翌年1月5日在上海登陆，1月8日至15日到达南京。石川达三到达南京的时候，日军制造的南京大屠杀血迹未干，尸骨未寒。石川达三虽然没有亲眼目睹南京大屠杀，但却亲眼看到了大屠杀后的惨状，并且有条件采访那些参加大屠杀的日本士兵们。而那些士兵当时仍然沉浸在战争和屠杀的兴奋情绪中，十分利于石川达三的采访。由于见闻和材料的充实，石川达三从南京回国后，仅用了十一天的时间，就完成了约合中文八万多字的《活跃的士兵》①。

《活跃的士兵》把进攻南京并参与南京大屠杀的高岛师团西泽连队仓田小队的几个士兵作为描写的中心，写了他们在南下进攻南京的途中，烧杀抢掠无恶不作的种种令人发指的野蛮罪行：他们仅仅因为怀疑一个中国年轻女子是"间谍"，就当众剥光她的衣服，近藤一等兵用匕首刺透了她的乳房；平尾一等兵因为一个中国小女孩儿趴在被日军杀死的母亲身边哭泣而影响了他们休息，便一窝蜂扑上去，用刺刀一阵乱捅，将孩子捅死；武井上等兵仅仅因为被强行征来为日军做饭的中国苦力偷吃了做饭用的一块白糖，就当场一刀把他刺死；那个本来是来战场超度亡灵的随军僧片山玄澄，一手拿着念珠，一手拿着军用铁锹，一连砍死几十个已经放下武器并失去抵抗力的中国士兵。他们以中国老百姓的"抗日情绪很强"为由，对战区所见到的老百姓"格杀勿论"，有时对女人和孩子也不放过；他们无视基本的人道准则，有组织地成批屠杀俘虏，有时一人竟一口气杀死十三个；他们认为"大陆上有无穷无尽的财富，而且可以随便拿。……可以像摘野果那样随心所欲地去攫取"，随时随地强行"征用"中国老百姓的牛马家畜粮食工具等一切物资；他们每离开一处，就放火烧掉住过的民房，"认为仿佛只有把市街烧光，才能充分证明他们曾经占领过这个地方"；他们在占领上海后，强迫中国妇女作"慰安妇"，成群结队到"慰安所"发泄兽欲；他们视中国人为牛马，有的士兵"即使只买一个罐头，也要抓一个过路的中国人替他拿着，等回到驻地时，还打中国人一个耳光，大喝一声'滚吧'！"……

石川达三的《活跃的士兵》是日本"战争文学"中罕见的，甚至可以说是绝无仅有的具有高度真实性的作品。作品对日本士兵形象的描写，

---

① 《活跃的士兵》，原文"生きている兵隊"，此前的译名有"未死的兵""活着的士兵"，笔者在《"笔部队"和侵华战争》中，也用了"活着的士兵"的译名，但一直感觉离原意有距离，现改译为《活跃的士兵》，用"活跃的"来译"生きている"，可以将侵华日军的亢奋疯狂状态表现出来。

对战场情况的表现，是后来出现的侵华文学中那些数不清的标榜"报告文学""战记文学"的所谓"写实"的文字所不能比拟的。作者不仅把日军在侵华战场上的残暴野蛮的行径真实地揭示出来，而且把笔触深入到侵华士兵的内心世界中，真实地描写出了他们在中国战场上丧失人性与良知的过程。《活跃的士兵》中的几个主要人物，都是普通的基层官兵。除笠原下士（伍长）是农民出身外，其他几个都是知识分子。但是就是这样一些在日本国内彬彬有礼、不乏爱心的人，却在侵华战场上丧失了人性，变成了可怕的杀人魔鬼。

《活跃的士兵》在《中央公论》杂志 1938 年 3 月号上发表后，立即遭到了禁止发行的行政处分，接着，又以违反报纸法，被追究刑事责任。8 月 4 日，石川达三和《中央公论》的有关编辑被起诉，并被判有罪。罪名是："记述皇军士兵掠夺、杀戮非战斗人员，表现军纪松懈状况，扰乱安定秩序。"9 月 5 日，石川达三被判四个月徒刑，缓期三年执行。这是日本全面发动侵华战争后发生的第一起，也是仅有的一起作家的"笔祸事件"。军部当局制造的这起事件，意味深长。它不是一般的对犯罪的惩罚，而是通过"杀一儆百"的方式向作家们传达了一个强硬的信息：只能为侵略战争作正面宣传，不能随意描写真实，要使文坛彻底地服从"战时体制"，服从对外侵略的"国策"。从此以后，像《活跃的士兵》这样的反映战场真实、反映日军侵略行为的作品，在文坛上基本绝迹了。所有的"战争文学"都成了宣扬军国主义的"国策文学"。

石川达三被判有罪，但很快就得到了一个"戴罪立功"的机会。判决十几天以后，石川达三再次作为《中央公论》的特派员，被派往武汉战场从军。在中国前线采访一个多月，回到日本后不久，就在 1939 年 1 月号上发表了长篇作品《武汉作战》，副标题为"作为一部战史"。石川达三在《武汉作战》的"附记"中写道：小说的"目的只是希望内地的人们了解战争的广度和深度。也就是说，笔者尽可能写出一部真实的战记。（中略）上次因研究了战场上的具体的个人而惹下了"笔祸"。这次尽可能避开个人的描写，而表现整体的活动"。可见，石川达三是非常小心地避免再惹"笔祸"。所以，《武汉作战》和《活跃的士兵》大为不同，它不再以几个主要人物为"研究"和描写的焦点，而是流水账式地记录了武汉作战的整个过程。全书由"武汉作战之前""作战基地安庆""马当镇""远望庐山""进军武穴""九江扫荡战""星子附近的激战""总攻击""田家镇大火""民族的飞跃"等31章构成，对日本侵华战争进行了正面的肯定和歌颂。作者努力表现日军的"文明"之举，却把战争所带来的灾难，统统推到了中国军队一边，不放过一切机会攻击诬蔑蒋介石及其中国抗日军队。他颠倒黑白地把日本入侵造成的大量的难民说成是蒋介石和中国军队"制造"的。他写到中国军队每撤离一处就放火投毒，而日本军队每占领一地，就如何如何地做所谓"宣抚"工作来安抚难民；中国军队在撤离九江时投放了霍乱病毒，日本军队如何仅用了两周时间就消灭了病毒，救助了中国的老百姓；日本人在九江如何善待中国老百姓，九江人民"表现出了最为亲日的感情"，于是刚刚经历了战火的九江城店铺开张，商业繁荣，老百姓安居乐业。……在石川达三的笔下，日本侵略军简直成了和平使者，侵华战争竟被写成了"和平"的"圣战"。

　　《武汉作战》之后，石川达三还以第二次从军为题材，写了几个短篇的"战争文学"，如《敌国之妻》《五个候补将校》等。其中，值得略加剖析的是《敌国之妻》。《敌国之妻》写的是日军在占领九江时，"占领"了一处民房作野战医院，一个军医在这处民房主人的房间里发现了一个名叫"洪秋子"的女人的日记。从日记上看出，这个洪秋子是个日本女性。她不顾家人的劝告和强烈反对，和一个名叫"洪青年"的中国留学生恋爱并结了婚。后来和洪青年一起来到中国，结果发现洪青年早已有了老婆。秋子不愿做妾，为自己受了骗感到痛苦。后来日本大规模进攻中国，秋子成了"敌国之妻"。但她抱着日军最终会取得胜利、大陆将恢复和平的愿望，和洪的全家一起逃难到了汉口。洪青年的大老婆向中国军队告发了秋子。秋子孤立无告，在绝望中自杀。……后来发现日记的那个日本军医又找到了秋子的墓,赞叹道:"死得太悲壮了。作为敌国之妻,她为祖国尽了自己的责任。她应该受到褒扬。"在小说中,秋子爱着中国,想和中国人联姻,结果却遭到洪青年的欺骗和他的老婆及母亲的出卖,遭到中国军队的搜捕威胁。这里所讲的故事具有显而易见的隐喻性:秋子是"善良""友好""忠诚"的象征,她代表着日本;洪青年及其老婆和母亲是虚伪、自私和残忍的象征,他们代表着中国。小说所要导出的结论也就是洪秋子在日记中写的那句话:"支那人是不可信任的人种,洪是不值得爱的伪善者。"

石川达三之后,最有名的描写侵华战场的作家,首推火野苇平。

火野苇平(本名玉井胜则,1907—1960 年)当时还是个无名作家。被征入伍来到中国后,先是参加了徐州会战,接着又参加了汉口作战、安庆攻克战、广州攻克战,1939 年参加了海南岛作战。此间,他以徐州会战为题材,发表了日记体长篇小说《麦与士兵》(《改造》杂志 1938 年 8月);以杭州湾登陆为题材,发表了书信体长篇小说《土与士兵》(《文艺春秋》杂志 1938 年 11 月);以杭州警备留守为题材发表了长篇小说《花与士兵》(《朝日新闻》1938 年 12 月)。不久,这三部作品由改造社分别出版单行本,火野苇平总称之为《我的战记》,评论者也称为"士兵三部曲"(日文作"兵队三部作")。又以进攻广州为题材,发表了《海与士兵》(后改题为《广东进军抄》);以海南岛作战为题材,发表了《海南岛记》(《文艺春秋》1939 年 4 月)等。

火野苇平的代表作是上述的《士兵三部曲》。《士兵三部曲》首先是侵华战场上的日本士兵的颂歌。在火野苇平笔下,侵华战场上的日本军队是伟大神圣的军队,他们所向无敌,战无不胜。既英勇无畏,又富有"人情味";既有伟大的爱国精神,又朴实单纯;既艰苦卓绝,又乐观自信;官兵之间上令下达,互敬互爱。总之,俨然正义之师的形象。《士兵三部曲》特别注重对于中国军民的描写。他笔下的普通的中国,大都是徐州、杭州一带及长江三角洲一带的沦陷区。在对有关中国老百姓的描写中，火野苇平着意地表现了中国人的亡国奴相。在他笔下，中国人对日本侵略者没有反抗。"无论在什么时候，什么地方，支那人一看见日本兵，就会照例做出笑意来。"（《麦与士兵》）当日本军队到来的时候，中国老百姓打着日本国旗，抬着茶水，欢迎日军。他们不知道什么国家和民族，仅仅是被利用的工具——

　　……附近村落中避难的农民陆续到庙里来了。我们的部队留在村落把土民全部集中起来避难。……庙里挤满了避难的人。老人和孩子烧了开水来到我们面前。他们端给士兵说：喝吧喝吧。庙里有一个村长，拿着装饰过的长烟袋悠悠地喷着烟雾。那是一个长相有点严厉的老头儿。翻译正跟他说话，村长微微转过身来答话，引起了一阵快活的哄笑。他说：这一带蒋介石没有来过，李宗仁和另外几个大人物倒是带着军队来过。问要拿出茶水招待吗？不，我们不光招待日本人，中国军队来了的话，我们也招待。又问：那要是两方面的军队都一块来了呢？笑而答曰：那就跑啊。真是个直率而又狡猾的老头儿。①

日本军在其占领区召开所谓"难民大会"，让中国方面的"代表"发言，说什么：我们老百姓从苛捐杂税、横征暴敛的国民政府的统治下解放出来，多亏了追求东洋和平的大日本国皇军的庇护，使我们安居乐业，真是说不出的幸福，云云。虽然看不懂日军的传单上写的是什么，但是为了讨好日本人，他们一个个毕恭毕敬地从日军手中接过传单。面对这样的中国老百姓，火野苇平的看法是："我对于这些朴实如土的农民们感到无限的亲切。也许是因为这些支那人与我所认识的日本的农民长得很相似。这令人无可奈何的愚昧的民族，被他们所不能理解的政治、理论、战争弄得晕头转向，但他们仍充溢着不为任何东西所改变的钝重而又执拗的力量。

---

① 　［日］火野苇平：《麥と兵隊》，见《火野苇平兵隊小說文庫１》，东京：光人社，1978年，第82页。

他们一个个像比赛似的抹着鼻涕，把沾满鼻涕的手在衣服上抹一抹，或用好不容易讨来的传单揩了鼻涕后丢掉。看到这可怜的农民，我心想：这就是我们的敌人啊，禁不住笑出声来。"在火野苇平看来：中国的老百姓根本就没有国家观念和民族意识，他们不把日本人的到来看成是侵略。为了证明这一点，火野苇平在《花与士兵》中，还通过一个中国人"肃青年"（实际上是个汉奸）的口说出了这样的话——"中国的民众和国家之类的一切东西都是游离的，和那些东西完全没有关系。……和日本军队的战争，民众也看得与己无关。中国军队失败了，民众也满不在乎。"并认为："中国的民众没有自己可以保卫的国家。"

火野苇平还极力宣扬"皇军"的"功德"。他借一个中国老太太的嘴，说什么："中国军队每到一处，米、钱、衣服、姑娘，什么都洗劫一空。日本军队什么都不拿，非常好。"（《麦与士兵》）仿佛侵略中国的日本军队倒成了中国人的救星。在日本占领区，"皇军"对中国老百姓是那么友好、文明。中国老百姓给他们水喝，他们硬是要付钱；鸡蛋和蔬菜都是花钱跟老百姓买；中国老百姓的店铺都开张，"景色悠闲竟令人不相信这里是战地"。（《麦与士兵》）这一切描写，无非是让读者相信，日本军队到中国来不是侵略，而是在"帮助"和"拯救"中国老百姓。

更有甚者，在《花与士兵》中，火野苇平还讲述了一个名叫河原的日本士兵与一位名叫莺英的中国杭州一家裁缝店的姑娘的浪漫的恋爱故事。河原救助了从马背上摔下来的莺英，莺英爱上了河原，于是两人恋爱，互相学习日语和汉语，最后决定结婚。为什么要和中国的姑娘结婚，作为班长的"我"（火野苇平）论述道："我们现在的确在和支那进行战争。但是，战争的目的不是扼杀人间之爱，让人们互相憎恨，而是为了我们两国人民更紧密地握起手来。也就是说，现在两国的战争就像兄弟吵架一样。我们现在一面和支那军队交火，一面必须和支那民众融合起来。所以，在这个意义上，对于你和裁缝店的姑娘的事情，我不想因为她是敌国的姑娘就加以反对。我想说的只是：我们时刻不能忘记我们作为军人的本分。"于是，河原就和莺英结了婚。莺英的家人喜出望外。从那以后，莺英家的裁缝店就义务地为日本士兵们缝补衣服。日本士兵一个个"变得漂亮干净了"。……火野苇平正是通过这样杜撰的故事，既说明了中国人没有民族意识和民族自尊，也反映出日军在中国的"文明"与"正义"，同时还把中国沦陷区描绘成了日本保护下的"王道乐土"，从而宣扬了"东亚共荣圈"及"大东亚主义"，可谓一石三鸟。

但是，侵略毕竟是侵略。火野苇平常常一不小心，便带出了日军在中国烧杀抢掠的真相。在《麦与士兵》的5月9日的日记中，火野苇平写到了日军满地追着捉老百姓的鸡，在老百姓的菜田里"收获"蔬菜；在5月20日的日记中，写到了日军屠宰中国老百姓的猪；在5月15日的日记中，写到了日军所到之处，十室九空，日军侵入农家，大肆入室抢劫；在5月17日的日记中，写到日本人在麦田里捕杀中国农民，理由是他们与中国军队有"联络"；在《土与士兵》中，写到了日军放火烧房，并拉牛、捉鸡，称为"战利品"；还恬不知耻地写道："我们自从登陆以来，粮食一回也没分发过。反正我们走到哪里，都有中国米，也能捉些鸡来，还有蔬菜什么的。"

对中国抗日军队，诬蔑之余，也禁不住感叹中国军队的勇敢顽强。《麦与士兵》写到一个中国兵，当日军走近的时候，忽然跃起来掏出一颗手榴弹，和敌人同归于尽；《麦与士兵》在讲到一次战斗时还写到："敌人非常地顽强。而且实际上勇敢得可怕。临阵脱逃的一个没有，还从围墙上探出身体射击，或者投掷手榴弹。很快又在正面和我们展开了格斗……。"《麦与士兵》结尾处，写到了三个被日军俘虏的中国军人——

……败残兵中，一人看上去四十来岁，另外两人不足二十岁。一问，才知道他们不但顽固地坚持抗日，而且对我们的问话拒不回答。他们耸着肩膀，还抬起脚要踢我们。其中一个蛮横的家伙还朝我们的士兵吐唾沫。我听说这就要处死他们，于是跟着去看。村外是一片广阔的麦田，一望无际。前面好像做好了行刑的准备，割了麦子腾出了一块空地，挖了一条横沟，把被捆着的支那兵拉到沟前，让他们坐着。曹长走到背后，抽出军刀，大喝一声砍下去，脑袋就像球一样滚下去，鲜血喷了出来。三个支那兵就这样被一个个杀死了。①

在当时出版时，这一段文字被日本军部的书报检察机关删除了。之所以被删除，恐怕是因为他不但表现了日军屠杀俘虏的情况，而且反映了中国军人宁死不屈、视死如归的英雄气概。火野苇平写到这样的情节，主观意图当然不是为了表现中国军人的英雄气概。紧接着上一段引文，火野苇平写道："我移开了眼睛。我还没有变成恶魔。我知道这一点，并深深地舒了一口气。"这一段话作为《麦与士兵》全书的结尾，不过是在表明作者觉得自己还没有变成"恶魔"罢了。然而，火野苇平即使还没有变成"恶魔"，也是和"恶魔"为伍，并自觉地为"恶魔"歌功颂德、树碑立传的人。正因为这样，日本投降后他被判为主要的"文化战犯"，受到了应有的惩罚。

"兵队作家"的另一个代表人物，是上田广。

上田广（1905—1966年），本名浜田升，1937年应征入伍，被编入铁道部队。在联接华北——石家庄和山西太原的正太铁路线上，修复和保护被中国抗日军民破坏的铁路，铺设新线路，保证军事物资的运输和沿线的警备，并对沿线的中国居民作所谓"宣抚"工作。从此，上田广和"铁路"与"文学"这两种东西发生了更密切的关系。他在紧张的铁道战之余，以日军占领的山西铁路沿线的中国人为题材，写作了短篇小说《鲍庆乡》、长篇小说《黄尘》等，并把稿件寄往日本。1938年8月，《改造》杂志发表了《鲍庆乡》；三个月后发表短篇小说《归顺》。《黄尘》也在1938年10月号的《大陆》杂志上连载，并在11月出版了单行本。

---

① ［日］火野苇平：《麥と兵隊》，见《火野苇平兵隊小說文庫1》，东京：光人社，1978年，第87页。

1939 年回国后，又发表了以铁道战为题材的《建设战记》（1939 年）、《续建设战记》《本部日记》《指导物语》《临汾战话集》（均 1940 年）等一系列的作品。并被视为"和火野苇平并列的两大战场作家"①。他的独特的铁道题材，他以中国人为主人公的作品，在日本侵华文学中，反映了一个重要的侧面。

上田广的作品，大体可以分为两类。一类是以日军铁道兵同破坏铁路的中国军队作战、修复线路为题材的作品。这类作品主要是《建设战记》《本部日记》《续建设战记》（上田广把这三部作品以他的部队首长的姓名为据，统称为《水间队记》）。此外还有小说集《指导物语》等。一类是中国人为主人公的作品，包括《鲍庆乡》《归顺》《黄尘》《燃烧的土地》等。

第一类作品中的代表作是《建设战记》。其背景是山西北部地区的正太线和同蒲线。日军为了保障前线的战争物资的供应，极力确保华北有关铁道线路的畅通。而中国军队则不断地破坏铁路，常常炸毁铁道桥梁。所谓"建设战"，指的就是日军修复和建设铁路的战斗。作品写了为保护铁路和中国军队的几次战斗，写了日本的铁道兵们如何英勇顽强，官兵如何团结一致，在艰苦的条件下如何克服困难，牺牲自我，保证任务的完成。至于是中国的什么部队在破坏日军的铁路线，日军主要在和谁作战，作品中语焉不详。但从中不难看出，日军的主要威胁来自八路军。此外，和其他的侵华文学一样，《建设战记》中也充斥着军国主义的表白和说教。如："为了自己民族的发展，我必须把刚才敌人发射的炮弹的威力压下去，我必须代表我们民族的意志来击退他们。我的眼前闪现着父母的影子，妻子的影子，兄弟的影子，闪现出刚会说话的孩子的笑脸。我仿佛听到了照顾我家庭的国铁同事们的声音……我更加意识到了民族和国家的重要，我握紧了拳头。"这个中篇纪实性的作品发表后受到日本读者的喝

---

① 《上田廣 日比野士朗集·年譜》，见改造社 1940 年版《新日本文学全集》第 24 卷。

彩,后来日本的"战争文学"的选本大都选了它。主要原因是采用了铁道的"建设战"这样的独特的题材,满足了日本读者了解日占区,特别是铁道运输情况的需要。但是仅此而已。总体上看,《建设战记》和其他的战场文学没有多大不同。

上田广有特色的作品是第二类,即以中国人的形象描写为中心的一系列小说。其中发表较早的是短篇小说《鲍庆乡》。小说中的女主人公鲍庆乡是铁道旁边一个村里的年轻姑娘。她家在村里很有势力。村里驻扎着中国军队,村长为了不让自己的儿子被拉去当兵,就企图让儿子与鲍庆乡结婚。但鲍庆乡已与一个清贫的铁道员周德生相爱,她拒绝了村长儿子的求婚。为了不让周德生被拉去当兵,她还筹措了二百元钱,梦想着与周成婚。不料驻扎在此的中国军人向她求欢,鲍庆乡不从,求救于周德生,而周德生无能为力。鲍庆乡在绝望之下,向中国军队的队长交出了贞操,并在黎明时分离家出走,不知去向。这篇作品完全是道听途说和胡思乱想的产物,情节荒诞不经。但写作动机却一望可知,那就是丑化中国抗日军民。在他笔下,中国的老百姓都不想当兵打仗,而中国军队强行征兵,在村里为所欲为。

这样对中国军队的肆意诬蔑在中篇小说《归顺》中更加露骨。《归顺》描写中国军队的情况:士兵得不到军饷,甚至连枪都得自己买。对战死者弃之不顾,对受伤者不送医院。失散的小队,在追赶部队的过程中,每天都有许多人掉队,人数越来越少,看了日本人的劝降传单,他们就动摇了。看到日本兵追了上来,他们就惊恐万状。他们拥进村子里,抢老百姓的饭吃,强奸妇女。有的兵偷偷串联想开小差。最后,他们认为日本军队是他们的"最后的救助者",于是决定投降……上田广写这个小说的时候,在中国待的时间还很短。而且,在华北,在山西的日本占领区,主要是共产党领导的八路军在和日本军队进行游击战,日本军队根本不能正面接触中国军队,正像上田广自己在《建设战记》中所描写的,日本军队根本搞不清楚究竟是谁在破坏他们的铁路,在同他们战斗。在这种情况下，上田广当然也就根本无法了解中国军队。然而，出于诬蔑中国抗日军队的动机，"聪明"的上田广在小说中采用了投降日军的一个中国士兵孙丙山的手记形式，一切由孙丙山的口说出，似乎真实可信。但这当然也只是"艺术手法"罢了。联系上田广的其他作品中的描写，人们不禁要问：如果中国军队都是这个样子，那么是谁不断给日军以沉重打击？是谁在猛烈地破坏日军的铁路？日军的所谓"建设战"又是同谁打的呢？

对中国人形象的歪曲还集中表现在对汉奸的描写上。这方面的代表作是长篇小说《黄尘》和短篇小说《燃烧的土地》。

《黄尘》采用以第一人称"我"（作者的化身）自述的形式。写了作为一名铁道兵的"我"，从石家庄，经娘子关、阳泉到太原的所历所见，但描写的重点是"我"和两个中国青年——柳子超和陈子文——的交往。小说分为三篇。第一篇以石家庄、娘子关为舞台。部队已先行，"我"接受了留守任务随后而行。其间"我"雇佣了21岁的柳子超作苦力。在娘子关遭到了中国军队的袭击。而柳子超拿起枪来帮助日本人作战。"我"诧异地对柳子超说："你是中国人啊！"柳子超却说："即使我们是中国人，也不是中国人了。为了活命不能不这样做，在这个事上马虎不得。比起亡国来，自己的事更重要。"而且柳还劝说旁边的中国难民来帮日本人干活。"我"让他们把粮秣运到火车站。活干完后，柳子超被一个难民叫出来，两人先是吵架，最后那个难民大骂柳子超是"汉奸"，举刀就砍。"我"眼看着柳被砍伤肩膀，倒了下去。第二篇的背景是阳泉。"我"仍然随部队之后而行。除柳子超之外，又雇佣了一个中国青年陈子文当帮手。两个中国青年关系紧张，动辄吵骂。在中国军队的袭击中，"我"的左腕受伤。柳子超得知要遭袭击便逃之夭夭。这回是陈子文要过枪来帮日本人打仗。第三篇，写"我"回归了驻太原的大部队。不久部队向同蒲线进发，"我"和陈子文告别。重点写了和中国军队的两次交火。此外，还写到了"我"在石家庄遇到的一位中国年轻女人如何"爱"着"我"，受到中国军队的残兵败将抢掠的阳泉的老百姓如何欢迎和信赖日本军队，日伪的"治安维持会"的活动如何得到中国老百姓的支持，等等。从这个简单的情节线索中就不难看出，《黄尘》所津津乐道的，就是中国人如何没有国家观念，如何没有民族意识，如何甘当亡国奴，如何容易做汉奸。两个中国青年，在一起就互相挖苦、嘲讽、吵架，这显然是为中国人闹不团结的所谓"国民性"作注解。而这两个闹不团结的中国青年，却同样对祖国绝望，同样咒骂自己国家的军队，同样投靠日本人，同样为日本人效犬马之力，同样为自己身为中国人感到可耻。

　　《燃烧的土地》和《黄尘》的主题和思路完全一样，不同的是《黄尘》中的两个中国男青年在这里变成了两个女青年，《黄尘》中的两个日本军队的苦力在这里变成了日本军队中的"宣抚官"。小说采用了一个日本的"宣抚官"的"手记"的形式，而表现于小说中的显然是作者本人的观念。两个中国的年轻姑娘朱少云和李芙蓉，虽然一个性格直率，一个寡言少语，但都甘心情愿地为日本军队做"宣抚"工作。她们跟日本兵学说日本话，帮日本兵在铁道沿线的村庄中走村串户，对老百姓施以小恩小惠，散发日本人的传单，进行奴化宣传，为的是让老百姓协助日本人维护"治安"，"爱护"铁路，创建所谓"铁路爱护村"。日本人让她们单独出去完成任务，她们也决不借机逃跑。而"我"也逐渐爱上了她们，并认为"这绝不是可耻的事情。在一次"宣抚"中，一个老村长当场气愤地骂朱少云为你"这个汉奸"。朱少云反问："什么是汉奸？你再说一遍。"老村长说道："说多少遍都一样！你这样的人不是汉奸，谁是汉奸？"朱少云恼羞成怒之下，说他是假村长，并告诉日本人说：这些村子里有两个村长，一个是跟中国军队打交道的村长，一个是跟日本人打交道的村长，前者是真的，后者是假的。"我"听了这些话，对她以前一直秘而不宣"感到非常气愤"，而朱少云则辩解说这是迫不得已。不久，朱少云因替日本人卖力而被一个愤怒的中国年轻军人刺伤。当这个中国军人被日本人抓来后，朱少云要求日本人杀死他。小说最后写朱少云巴不得立即离开她的家乡，她再次恳求"我"把她带到日本去。值得注意的是，朱少云虽是这样一个汉奸，却最忌讳人家说她是汉奸。说什么："自己被骂做汉奸，比什么都委屈。……以前从来没记得有人说我是汉奸。如果我真是汉奸，我宁愿死!"之类。当时上田广在从事"宣抚"活动的过程中，和汉奸接触较多，单从技巧上看，这篇小说对汉奸的复杂心理的表现是比较细致和准确的。作为一篇以日军在中国占领区的"宣抚"活动为背景的小说，《燃烧的土地》意在表明，日军在中国搞的"宣抚"活动"成效"有多么大，"宣抚"不但维护了日军铁路命脉，而且也在精神上征服了朱少云那样的丧失民族自尊和廉耻之心的中国青年!

二、对华殖民文学

日本军国主义发动对华战争的根本目的，是灭亡中国，使中国变成日本的殖民地。与此相适应，表现在文学上，就是侵华文学之外，还产生了对华殖民的文学，其主要形态是"大陆开拓文学""满洲文学""大东亚主义文学"之类。

日本对华殖民文学的第一种形态是"大陆开拓文学"，也称"开拓文学"，是以日本在"满洲"（我国东北地区）的移民侵略活动为题材，直接反映移民侵略活动并为之服务的文学。

早在日俄战争以后，日本就在我国东北地区开始了移民侵略活动。特别是在"九一八事变"以后，日本历届政府，都把向"满洲"移民看做是一项重要的基本"国策"，把它作为和俄国争夺在东北的霸权、长期侵占东北，并以东北为基地侵略整个中国内地的重要途径，并有计划、有步骤地分期分批加以实施。到1945年8月日本投降时为止，日本在"满洲"的移民已达10万6千户，共31万8千人。对于日本在我国东北地区的"大陆开拓移民"的侵略活动，文学界表现出了积极配合的姿态。早在日本开始向满洲移民的时候，不少作家就对此表现出了极大的兴趣，自发地到满洲旅行和采访。1939年1月，作家荒木巍、福田清人、近藤春雄三人，在"拓务省"和"满铁"的支持下，成立了"大陆开拓文艺恳话会"，推老作家岸田国士为会长，委员除了上述三人外，还有田村次太郎、春山行夫、汤浅克卫，会员有伊藤整、高见顺、丰田三郎、新田润、井上友一郎等人。据1940年出版的《文艺年鉴》记载，"恳话会"的目的是，"把关心大陆开拓的文学家集合起来，在有关当局的密切的联系提携下，为国家事业的完成提供协助，以文章报效国家"。和日本的"大陆开拓"活动密切相关的还有一个文学团体，就是"农民文学恳话会"，这个"恳话会"几乎和"大陆开拓文艺恳话会"同时成立，和"大陆开拓文艺恳话会"一样有着官方的背景，一样有着强烈的"国策"色彩。主要参与者有和田传、鑪田研一、和田胜一、丸山义二、岛木健作、打木村治、键山博史、楠木宽、伊藤永之介、桥本英吉、本庄陆男、德永直、森山启等人。"农民文学恳话会"引人注目的举动是决定向"大陆"，主要是"满洲"派遣作家。和田传、岛木健作等受派遣到"满洲"了解"大陆开拓"情况。

"大陆开拓文艺恳话会"和"农民文学恳话会"这两个文学团体，集中了日本"大陆开拓文学"的大多数作家，成了日本"大陆开拓文学"的两个基本的核心和阵地。"大陆开拓文学"所有重要的作品，大都是由这两个"恳话会"的成员炮制出来的。有关作品的大量出笼，则开始于1937年以后，到1945年日本战败，移民撤回国内的八年间。"大陆开拓文学"数量庞大，而且1938—1942年这五年中数量最多，小说、报告文学、诗集、评论、游记、随笔、传记等各种体裁都有。福田清人在《大陆开拓与文学》中，光单行本就列举了八十多部。其中，描写日本对满洲的初期移民活动的重要作家有福田清人、德永直、汤浅克卫、打木村治等。重要的作品有福田清人的表现初期移民活动的《日轮兵舍》，以"满洲开拓青少年义勇军"为题材的汤浅克卫的《遥远的地平线》和菅野正男的《与土战斗》，以第一个"武装移民"村——"弥荣村"为题材的打木村治的《制造光的人们》，特别是和田传（1900—1985年）的《大日向村》《殉难》等。

日本对华殖民文学的第二种形态是所谓"满洲文学"。

"满洲文学"与大陆开拓文学实质相同，形态和内容稍异。日本学者在谈到"满洲文学"的时候，一般把"满洲文学"分为中国人的"满系文学"和日本殖民者的"日系文学"两大部分。这里所说的日本殖民者的"满洲文学"，指的是"满洲文学"中的"日系文学"，即日本殖民者写作的、以我国东北为舞台背景的有关作品。

日本殖民者的"满洲文学"的中心思想是所谓"建国精神"。所谓"建国精神"就是在满洲建立日本殖民国家所需要提倡的精神，也就是在满洲推行日本的殖民主义。其要点，第一是极力宣扬满洲"独立"的思想，意在使满洲从中国版图上分割出来；第二是用日本殖民主义文化对满洲的中国人民进行文化同化，即实行所谓"文治"，或明或暗地宣扬日本文化的优越和先进，中国的野蛮和落后，以此消灭中国人民的民族自豪感，磨灭中国人民的民族意识，使之甘愿服从日本文化的"指导"；第三，在伪"满洲国"成立之后，把伪满说成是"五族（即日、满、汉、蒙、鲜——引者注）协和"的"独立的新国家"，是什么"王道乐土"。在"建国精神"的基础上，他们还进一步提出了"建国文学"的主张。有的人认为，满洲文学就是体现"满洲建国"的文学，如《满洲浪漫》的重要人物长谷川濬在《建国文学私论》一文中说：建国思想就是思考在满洲如何建立新国家，如何建立新生活，"以在这个过程中实际存在的精神为母胎而产生的文学，我称为建国文学。这是满洲文学精神的基础的理念"。有人还指出满洲文学是在日本的指导下实现满洲的民族融合的文学，如青木实在《义不容辞的使命》一文中说："满洲既然是民族融合的国家，那么，日本人就不能独善其身。（中略）要以文学表现民族融合之实。"

事实上，日本殖民者在"满洲"所遇到的最大问题之一，就是"民族融合"问题。日本殖民作家显然意识到了"民族协和"的困难。1938年，"月刊满洲社"出版了小川菊枝的长篇小说《满洲人少女》。小说以

"我"家雇佣的满洲人——14岁的小保姆桂玉为主人公,描写了"我"对她的观察,与她的交流。"我"在和她共同生活当中,不断试图用日本人的思想方式对她进行影响和教育,但事实证明非常困难。有一次,"我"说到了"思想匪"(赤化思想)的问题,她却严肃地打断了"我"的话。"我"问:"不是匪又是什么呢?"她回答:"他们是爱国军。"一个14岁的少女对于"匪"的看法如此坚定,和日本人如此针锋相对,"民族协和""日满协和"又谈何容易呢?

这种在日本殖民统治下的民族纠葛,不仅发生在生活的表层,也发生在殖民地人的内心世界里。有的日本殖民作家站在民族文化冲突的角度,表现了日本人入主"满洲"之后,"满洲人"的内心世界的震荡。在这方面,日向伸夫的《第八号道岔》(1935年)较有代表性。日向伸夫在奉天铁路营业局旅客科工作,他的同事中有六分之五是中国人。这种工作环境使得日向伸夫有机会观察和描写中国人,特别是中国的铁路从业人员。《第八号道岔》的主人公是扳道岔的老工人张德有。他年轻时代在俄国人统治下的北满铁路("北铁")工作。他的妻子是俄国人,他在家说俄语,遵从俄国式的生活习惯。现在俄国人走了,他在日本人统治的"满铁"工作,原来学会的俄语没有用了,从头学习日语又很吃力。他们习惯了俄国式的工作方式,对日本式的讲究效率、严守时间感到不习惯,又听说"满铁"要裁减老"北铁"的工人。在这种情况下,张德有处于苦闷彷徨之中,他甚至打算离开他干了多年的"第八号道岔"。他的老同事李连福已经不想干铁路了,用退休金开个面包店,他劝张德有也这么干。小说最后,写到李连福开的面包店毁于一场火灾,而"满铁"裁员只不过是个谣传。这篇小说以"第八号道岔"为喻体,表现了处在殖民地易主、人生处于转折时期的满洲中国工人的不安的内心世界。作者设身处地地观察和描写满洲人是可取的,但它最终要说明的是,尽管要满洲中国人适应日本的统治并不容易,但满洲中国人本身并不执著于中国人所特有的民族习惯和生活、工作方式,既然他们能和俄国人合作,也就能和日本人合作。作者显然在肯定张德有继续为铁路工作，而否定了李连福式的对"满铁"的失望。

但是，在日本殖民者的"满洲文学"中，更多的作家不是从现实，而是从殖民统治的需要出发，热衷于制造日本统治下的"民族协和"的神话。

表现"民族协和"的"典范"作品，恐怕首先就是八木义德（1911—1999 年）的《刘广福》（1943 年）了。这个短篇小说中的主人公刘广福，是由故事讲述者"我"作"保证人"、由乙炔气体工厂雇佣的汉人勤杂工。刘广福拿很少一点工钱，干的是又脏又累的活，但他却任劳任怨，没有一句牢骚，没有一点不满，只知拼命地干活。他有浑身使不完的力气、吃苦耐劳的品格、勤恳诚实的态度，是"满人"工人的带头人。可是，有一天，工厂仓库里的电石罐被盗，从现场留下的脚印来看，是刘广福所为，于是，刘被警察署逮捕关押起来。但"我"不相信刘广福会干那种事，就去警察署和刘广福见了面，并从刘那里得知了盗窃犯的线索。通过对全体工人搜身检查，果然从一个工头身上搜出了和他的收入不相符的治疗花柳病的巨额单据。警察逮捕他后，他供认不讳，于是还了刘广福的清白。又有一次，工厂发生了火灾，刘广福奋不顾身救火，使工厂避免了重大损失。但是他的手和脸却被严重烧伤，虽没有生命危险，但看起来要留下后遗症了。刘广福的未婚妻、在奉天一家饭店打工的"那娜"姑娘，无微不至地在医院照料他。刘广福终于出院了。"我"看见出院后的刘广福，竟恢复得和以前一模一样。对他的惊人的生命力和恢复能力，"我"赞叹不已。——小说的情节大概就是这样。

在这篇小说中，"我"对刘广福的信赖和友情，刘广福对工作和职务的勤劳和奉献，特别是刘广福在火灾事故中为了工厂而勇于牺牲的精神，还有刘广福和那娜的童话般的爱情故事，完全是日本殖民政权"勤劳奉仕""五族协和""王道乐土"等殖民主义宣传口号的一种诠释；"我"和刘广福的友情，是"日满亲善"的象征。我们还不难看出：日本所谓的"五族协和""日满亲善"就是需要像刘广福那样的人，——没有民族意识，没有做亡国奴的悲哀，没有自我意识，只是为日本统治者当卖命的"苦力"。这才是"日满协和""五族协和"的前提。"日满协和""五族协和"绝不是在民族平等下的"协和"，而是以服从日本人殖民统治为条件的"协和"。

牛岛春子（1913—2002年）的短篇小说《一个姓祝的人》（1941年）中的主人公祝廉天，则是日本统治下的"满洲人"的另一种形象。如果说，八木义德笔下的刘广福是殖民地中的"顺民"的典型。那么，牛岛春子笔下的祝廉天则是日本殖民者的鹰犬的典型。祝廉天是县长办公处的翻译官，他在"日系"职员中评价很坏。因为他具有一般"满系"职员所没有的傲慢和精明，以至周围的人都怵他三分。而新上任的日本人副县长风间真吉却欣赏他的才能，赞同祝廉天所奉行的日本式的行为方式。祝廉天作为中国人，运用的是"日本的原理"和"现代社会的法则"，是日本的"职业道德"和官僚制度的忠实和严格的贯彻者。他对于诉讼和告状，总是作认真的调查，公平行事；对于"满系"警察的不公正行为，也决不姑息通融，有钱有势的人家的孩子，从不能在他的手下逃避兵役。这些作法，与依靠金钱和人情驱动的"满人"社会的法则截然不同。而正是因为这样，中国人恨他，恨他竟然比日本人更"日本人"。祝廉天就是这样一个被日本殖民主义同化了、扭曲了的"满人"的典型。他已经失去了民族意识，失去了自我，而变成了日本殖民主义统治机器上的一个零件，他是满洲殖民地造就的一个畸形儿。作者在这篇小说里虽然描写了人们对祝廉天的反感，但并不是要否定这样的人物，而是要从日本殖民主义的角度来观察和理解"满人"，并以此表现日本殖民主义对"满人"的成功渗透。

日本对华殖民文学的第三种主要形态，是所谓的"大东亚主义文学"。

在侵华战争中，日本除了提出"保护日本在华利益""膺惩支那"之类的赤裸裸的侵略逻辑之外，还逐渐形成了一整套冠冕堂皇的军国主义理论，其核心就是"亚细亚主义"，或称"大东亚主义"。所谓"亚细亚主义""大东亚主义"的"理论"早在明治维新以后就逐渐萌芽，1920年代以后随着日本法西斯主义思想的形成而逐渐发展和系统化。侵华战争期间成为军国主义对华侵略的理论支柱。1938年，近卫首相发表第二次声明，提出"帝国所追求的乃是建设确保东亚永久和平的新秩序，此次征战的最终目的亦在于此"，抛出了"东亚新秩序"的提法；1940年，时任日本外相的松冈洋佑发表讲话，称"当前日本的外交方针是，遵照皇道的基本精神，首先必须确立日、满、华一体的大东亚共荣圈"，第一次公开使用了"大东亚共荣圈"一词。随着太平洋战争的爆发，日本进一步把它扩大了的侵略战争称之为"大东亚战争"，把战争说成是整个"东亚"对美英的战争，并把"亚细亚主义""大东亚主义"作为战争宣传的核心。日本文学家也积极地利用文学作品宣传"亚细亚主义""大东亚主义"，形成了"大东亚主义文学"。这些作品的共同特点，都是或以中国为背景，或以中国人为主人公，以中日关系为经纬，以"亚细亚主义""大东亚主义"为主题，宣扬"大东亚共荣圈"及"大东亚主义"。其中有代表性的是林房雄的《青年之国》、佐藤春夫的《亚细亚之子》、多田裕计的《长江三角地带》和太宰治的《惜别》等。

林房雄（1903—1975年）在1941年写了一部为伪"满洲国"涂脂抹粉、宣扬"亚细亚主义"的长篇小说《青年之国》。这部小说要说明的主题就是："满洲国"的建立是日本亚细亚主义理想的实现，是"明治维新的最正确的归结和发展"。在此书的"后记"中，他引经据典地征引了日本历史上的"亚细亚主义"的思想言论。认为"亚细亚主义"是日本几代人的理想，从明治维新前夕一直到现代，日本的思想家、政治家们，如吉田松阴、藤田东湖、桥本左内、西乡隆盛、平野国臣、真木和泉等，无不主张亚细亚统一论。幕府末期的吉田松阴早就提出：日本应该"开垦虾夷，收纳琉球，夺取朝鲜，拉来满洲，压垮支那，君临印度，以收进取之效。"在小说中，林房雄通过主人公木村明男表达了"亚细亚主义"思想。木村明男在中国的街道上走，他眼里的中国人简直就是一群动物——"人的赤裸裸的本能和欲望像汗一般从浑身的毛孔里渗出来"，"那与其说是人的体臭，不如说是野兽的臭。只觉得那是油臭、毛皮臭、血腥臭。与那些人格的东西、理想的东西、神圣的东西完全无缘。就像烂泥坑一般颓废、沉寂、死气沉沉，使人窒息，令人恐怖"。木村明男在参观了大同的佛教石窟后，赞叹中国的传统文化，更觉得现在的中国已经走向了末世，而只有日本才能拯救堕落的中国。由此，木村明男"涌起了一种自信：自己具备了从事一项伟大事业的资格：打破现代支那的一切虚伪的东西，将掩盖在虚伪的假面具之下的真正的东洋加以复兴"。他怀着这样的理想加入了"满洲青年议会"，开始了在"满洲"建设"青年之国"的事业。

佐藤春夫《亚细亚之子》，原为一篇电影故事梗概，发表于1938年3月。1941年又改写成短篇小说，题目也改为《风云》，收在题为《风云》的短篇小说集中。两者的情节主题等完全相同。写的是一位姓汪的中国人，具有"文学的才能"和"诗人的热情"，怀着建设未来新中国的志向来日本留学，但到日本留学后并没有选择文学而是选择了医学。这令那位希望和汪一起搞文学的"郁某"（《风云》中作"郁某"，《亚细亚之子》中作"郑某"）感到失望。汪在日本和一位名叫爱子的日本女护士恋爱结婚，并生了两个儿子。北伐战争期间，汪曾回国参加北伐，并在行军途中和一位十六岁的漂亮女子恋爱。后来汪写了《请看今日之蒋介石》的檄文，为蒋介石所追捕。汪只好逃到了妻子的祖国日本，在日本居住了十年。十年后，郁某忽然到汪府造访，他带着上级的密示，劝诱汪回国参加抗日活动。汪在郁某的劝诱下，只给妻子孩子留下一封告别信，便悄悄回国。安田爱子在日本受到警察的盘问，生活上也相当艰难，但对丈夫仍无怨言。汪回国后，很快在国民政府中就了一个高位，成为蒋介石宣传的工具。"蒋介石终于借此报了十年以前的仇，让汪做了官，并利用汪的影响中伤、诽谤汪的爱妻的国家。"但是，不久汪就发现自己是被利用了。他发现自己在北伐时期的那位情人，已被郁某骗了去作了第二夫人，娶在西子湖畔的别墅中。汪觉得那个情人的所作所为是连日本的娼妇也不敢为的，于是更感到自己那在日本的妻子爱的真诚。郁某劝诱汪回国有功，得到了蒋介石赏给的原本用来通缉悬赏汪的巨额款子的数倍。郁为了表示友情，又把这些钱的一部分给了汪。但是汪不再信任郁某了，对蒋介石也充满了怨愤。他回心转意，"由抗日的急先锋成了现在的亲日家"。他决定用郁某给的那些钱，在日本人统治下的北京通州建一座医院，为日本开发华北做贡献。医院建成了，汪的妻子和已长大了的儿子也得到了父母乡亲的理解和支持，从日本到了通州协助汪的事业。这就是《亚细亚之子》——《风云》的梗概。其中的有些情节显然是有所影射的。"汪"似乎影射的是郭沫若，"郁某"影射的是郁达夫。1920 年代，郭沫若、郁达夫在日本留学期间，和佐藤春夫有较密切的交往。日本侵华战争爆发后，郭沫若、郁达夫都积极投身于抗日斗争。对此，满脑子军国主义意识的佐藤春夫显然非常不满，于是写了这样的东西，丑化中国抗日人士。佐藤春夫有意采取真真假假的手法，以达到混淆视听的目的。有些情节和郭沫若、郁达夫的经历相似，如"汪"从日本归国前的经历，与郭沫若的经历相似；郁达夫也确实曾到日本的郭沫若家中造访过，并希望郭沫若回国参加抗日斗争。但其他的情节，完全是佐藤春夫想入非非的产物。佐藤春夫在《短篇集〈风云〉自序》中，认为他那个时代的特点是"一切都是宣传第一，一切都注重实效"。也就是说，《亚细亚之子》或《风云》就是"宣传第一"的，"注重实效"的。一语道破了他为军国主义、亚细亚主义作"宣传"的实质。在这里，佐藤春夫露骨地宣扬了"亚细亚主义"。题目叫"亚细亚之子"，寓意就在于此。所谓"亚细亚之子"，也就是佐藤春夫的理想人物。佐藤春夫把"汪"写成了"亚细亚之子"，同时也把"汪"与日本妻子生的儿子也写成"亚细亚之子"。在《风云》中，安田爱子对儿子们说："你们不能只以为自己是支那人，因为你们不只是父亲的孩子；你们也不能只以为自己是日本人，因为你们不只是母亲的孩子。你们是亚细亚之子。是的，你们是生在日本、在日本成长、在日本的学校受了教育的亚细亚之子。将来，不远的将来，你们的使命就变得越来越重大了。"早在1938年佐藤春夫的《亚细亚之子》刚出笼的时候，郁达夫就满怀义愤，发表了《日本的娼妇与文士》一文，对佐藤春夫及《亚细亚之子》做了严正的驳斥，他写道："至于佐藤呢，平常却是假冒清高，以中国人之友自命的，他的这一次假面揭开，究竟能比得上娼妇的行为不能？我所说的，是最下流的娼妇，更不必说李香君、小凤仙之流的侠伎了。"

另一部宣扬"亚细亚主义""大东亚主义"的作品是多田裕计（1912—1980年）的中篇小说《长江三角地带》。多田裕计是日本在上海开办的"上海中华映画会社"的职员。1941年，多田在上海的《大陆往来》杂志发表了《长江三角地带》。同时发表于日本的《文艺春秋》杂志，当年又出版了单行本。作为描写日占区的"现地文学"很受赏识，当年就获得了权威的芥川龙之介文学奖。接着，附逆文化组织"中日文化协会武汉分会"，为了"沟通"中日文化，举办了"中日文学翻译悬赏"，张仁蠡将它译成中文，作为"中日文化协会武汉分会丛书第一种"在武汉出版。译者在译序中指出，《长江三角地带》"是以大亚细亚主义的理念为题材的"。他认为这是"今日的文坛所最需要的"，并希望"读者如果能够在这部小说里获得若干印象，因而坚定对于建设大东亚的信念，并且增加在这个困难的大时代艰苦奋斗的勇气，我们便觉得甚感自慰了"。

小说以日本占领下的上海为舞台，主要人物是两个中国青年：袁天始和他的姐姐袁孝明，还有作为他们的朋友的日本青年三郎。袁天始在战争前曾在日本留学，他对汪精卫的"和平救国"运动感到共鸣，于是从重庆逃到了上海，在三郎的介绍下，在"中日文化会社"从事日本对华文化工作。姐姐袁孝明在南京的金陵女子大学毕业后，参加了左翼运动和抗日运动。姐弟俩具有深厚的同胞手足之情，但在思想和生活道路上却很不相同。有一天袁天始受抗日派的伏击，受了枪伤。姐姐袁孝明来看望弟弟，并恳求三郎把弟弟交还给她作宝石商人的父亲，三郎则趁机劝说孝明改变思想。孝明此时思想上出现了严重危机，陷入了深深的怀疑和苦恼中，形神憔悴，遂去杭州疗养。伤好后的袁天始和三郎参加了汪精卫的"还都南京"的仪式。不久他们收到了袁孝明在杭州投湖自杀的消息。孝明在遗书中对弟弟说："……我理解你所抱的和平思想。我祝福你，愿你坚守你的信念。我更祝福中华民国。""我死，是由于某种天命，我清算了一切，就这样回到古老的国土，回到支那中去吧。"……小说显然有意地把袁孝明和袁天始姐弟俩写成了"抗日派"和"亲日派"中国青年的代表。"抗日派"的袁孝明在现实面前找不到出路，产生了严重的精神危机，最后只有走向自我的毁灭。而她在毁灭时，也放弃了抗日的信念，向"和平派"投降了。所以作者说她的死"使她复归为一个东洋人了"。另一方面，作者把袁天始这样的拥护汪精卫的汉奸写成了忧国忧民的人。小说写道："民国二十七年 12 月，汪精卫先生脱出了抗战派的首都重庆。天始私下所抱的 S 形的心理救国思想，和国民党汪先生所抱的，没有什么不同。"正由于有着这样的"和平"思想，他即使受到了枪击也不思反悔。小说通过袁氏姐弟的截然不同的两种道路、两种命运的描写，力图表明"抗日"是没有出路的，"和平"才有前途。整篇小说到处都是"亚细亚主义""大东亚主义"的宣传和说教。在汪精卫的"还都"仪式上，听着汪精卫高呼"黄色民族团结起来，建设东亚新秩序"，"中日提携，东亚兴隆"之类的口号，主人公兴奋异常，"看那夹在太阳旗中的青天白日旗，我真要说中国就要更生了！"

从 1942 年下半年开始，日本在战场上渐露败相，进入垂死挣扎阶段。同时也进一步加紧了"亚细亚主义""大东亚主义""日中亲善"之类的宣传渗透活动。1943 年 11 月 5 日至 6 日，在日本首相东条英机的组织和主持下，亚洲的几个亲日政权的头目，包括伪国民政府的"行政院长"汪精卫、伪满洲国"总理"张景惠等，在日本召开了"大东亚会议"。东条英机在会上做了《帝国政府对大东亚战争完遂和东亚共荣圈建设的基本见解》的开幕词。最后，大会一致通过了《大东亚共同宣言》。《大东亚共同宣言》的发表，意味着"大东亚主义""亚细亚主义"以一种"国际宣言"的形式得到了进一步强化。日本的"大东亚主义"的宣传也进入了一个新的阶段。内阁情报部日本文学界对"宣言"进行宣传。日本军国主义政府的附属机构"日本文学报国会"，立即在机关报《文学报国》上设立了"特集号"，并召开了小说、诗、短歌、俳句、戏剧、汉诗汉文各分部的干事会，学习讨论"大东亚共同宣言"，并决定运用各种文学样式，对"宣言"进行宣传。其中，作家太宰治在日本战败前夕写成并发表的长篇小说《惜别》，就是应"日本文学报国会"要求"订做"出来的，是"大东亚主义"文学的典型作品。

众所周知，鲁迅先生在其著名的散文《藤野先生》中充满感情地写到了在仙台学医时的恩师藤野先生。在鲁迅决定转学离校时，藤野先生在自己照片上题赠了鲁迅两个字——"惜别"。太宰治的这篇小说的题名，显然就是由此而来。在《惜别》中，太宰治首先是把鲁迅作为"日支亲善"的典范来描写的。鲁迅在仙台学医期间，因他的解剖学成绩及格了，有的日本学生就怀疑是老师向鲁迅漏了题，还在教室的黑板上借故写出暗示"漏题"的话，并且给鲁迅写了侮辱性的匿名信。在《藤野先生》中，鲁迅大体记录了这次"漏题事件"。并且沉痛而又感慨地说："中国是弱国，所以中国人当然是低能儿，分数在六十分以上，便不是自己的能力了：也无怪他们疑惑。"在太宰治的《惜别》中，太宰治却有意地把一个日本学生的民族歧视事件写成了"日中亲善"的佳话。太宰治写道：当"漏题"的真相澄清了之后，写匿名信的人、从日本东北地区来的学生会干事矢岛，便以"东北人特有的道德中的洁癖性"，还有"他所信仰的基督教反省的美德"，"哭"着承认了匿名信是自己写的，做了深刻检讨，并且请求辞去学生会干事的职务。对"漏题事件"给鲁迅带来的民族的和个人感情上的伤害，太宰治完全不提。而写匿名信诬陷鲁迅的人，倒成了"鲁迅"予以"同情"和宽宥的对象。

太宰治对鲁迅形象的歪曲，首先表现在他笔下的鲁迅对日本文化的评论上。

鲁迅先生对于日本文化特别是对日本的国民性，曾作过许多肯定性的评价，特别是和中国的国民性比较，认为日本人国民性有些是值得中国人学习的。如日本人的"认真"精神，日本人的善于模仿、"会模仿"等等。关于这些，太宰治在《惜别》中都特意加以利用和发挥。太宰治是站在大日本民族主义，乃至军国主义的立场上，对鲁迅的看法进行任意的引申、发挥和利用的。在太宰治笔下，鲁迅是一个日本崇拜者，他对日本的一切都说好，甚至连日本的天皇制、军国主义"国体"也热烈赞美，说"国体的自觉，天皇的亲政……这就是国体的精华"等。太宰治借老医生的口，认为鲁迅由医学转向文艺，是由于认识到了日本天皇制的优越性的缘故。他还让"鲁迅"说出这样意思的话：日本在日俄战争中之所以取得胜利，靠的不是科学的先进，要说科学，俄国更为先进；日本取胜，靠的就是天皇制国体的优越。为此，"鲁迅"表示，他"想好好地研究日本"。接着，太宰治进一步让"鲁迅"对日本天皇的思想核心"忠"大加赞美。"鲁迅"认为：日本人的哲学就是"忠"，"日本人的思想，都归结为'忠'"。对鲁迅稍有了解的人都知道，鲁迅是一个反封建的战士，对于野蛮愚昧的封建天皇制度，鲁迅怎能有丝毫的容忍和赞美呢？对于"忠""义气"之类的封建思想观念，鲁迅是深恶痛绝的。"忠"的观念，是天皇制的思想基础，也是日本传统武士阶级的基本观念。1921年，鲁迅翻译了日本近代作家菊池宽《三浦卫门的最后》，在"译者附记"中，认为武士道"在日本，其力又甚于我国的名教"，是丧失了人性的。他称赞菊池宽对武士道"断然地加了斧钺"。由此即可见鲁迅对封建观念的鲜明的态度。

《惜别》对鲁迅形象的歪曲，还表现在作者笔下的鲁迅对日俄战争的态度上。

鲁迅在仙台学医时，正值日俄战争时期。在太宰治笔下，鲁迅是日俄战争的热烈的赞美者，并有着一套完全日本式的日俄战争观，说什么："我认为，这次战争没问题，日本必胜无疑。像这样国内群情振奋，不可能打不赢。这是我的直觉。"并说："依我看来，这场战争就是因为中国没有能力。如果中国自身的统治有实力的话，这次战争也就不会发生了。在我看来，日本完全是为了中国的独立完整才打这场战争的。这样看来，对于中国来说，这难道不是一场丢脸的战争吗？日本的青年们在中国的土地上勇敢地战斗，流下了宝贵的鲜血，而我的同胞们却坐山观虎斗，隔岸观火。这种情况我实在难以理解！"

这哪里是鲁迅说的话！完全是日本军国主义的陈词滥调。凡对鲁迅稍有了解的人，都会清楚鲁迅是一个旗帜鲜明地反对帝国主义战争、反对日俄战争的人。在日俄战争的时候，中国有些人曾错误地同情或崇拜日本，但鲁迅很早的时候就对日俄战争、对日本帝国主义本质有清醒的认识。他在当年给沈瓞民的信中就指出："日本军阀野心勃勃，包藏祸心，而且日本和我国邻接，若沙俄失败后，日本独霸东亚，中国人受殃更毒。"①鲁迅早年之所以翻译武者小路实笃的剧本《一个青年的梦》，就是因为那个作品是反对战争（日俄战争）的。鲁迅对日俄战争、对日本帝国主义本质的看法一直没变。后来，他在《二心集·答文艺新闻社问——日本占领东三省的意义》一文中说："在这一面，是日本帝国主义在'膺惩'他的仆役——中国军阀，也就是'膺惩'中国民众，因为中国民众又是军阀的奴隶；在另一方面，是进攻苏联的开头，是要使全世界的劳苦群众，永受奴隶的苦处的第一步。"鲁迅在《二心集·"民族主义文学"的任务和运命》中，还一针见血地戳穿了日本的所谓"日支亲善"的实质："日本的勇士们虽然也痛恨苏俄，但也不爱抚中华的勇士，大唱'日支亲善'虽然也和主张友谊一致，但事实又和口头不符。"而在《惜别》中，太宰治却让"鲁迅"站在日本军国主义的立场上，为日俄战争叫好。更有甚

---

① 转引自沈瓞民：《鲁迅早年的活动点滴》，载《上海文学》，1961 年 10 月。

者，太宰治还异想天开地杜撰了这样的情节：在日本举国欢呼"旅顺陷落"，仙台市民们倾城出动，进行夜间提灯游行的时候，"异国的周君，好像是被津田氏约出来的，一边微笑着，一边和津田氏肩并肩地，提着灯笼游行"。在这里，"周君"简直就是狂热的好战分子了。

1937 年"七七事变"后，随着日军对中国大片土地的占领，除了前期的"笔部队"作家及从军记者外，进入中国的非军人身份的日本人逐渐增多。有抱着种种目的、短期来华的入境者，也有移居中国常年居留、从事各种职业的殖民者。这些入境者、殖民者中的作家、文化人所写的在华生活体验及所见所闻，在 1940 年前后大量发表和出版，这就在上述的侵华文学、大陆开拓文学、大东亚主义文学三种类型之外，形成了日本对华殖民文学又一种形态。这些作者身份不一，大部分看起来活动较为自由，他们的写作也不像侵华文学、大陆开拓文学、大东亚主义文学那样，有着明确的为军国主义侵华作宣传鼓动的直接动机，但也是直接或间接地服务于日本对华时局的需要，也是又从不同的侧面，描写了日本殖民者的生态及日军占领和统治下的中国沦陷区的景象，有着一定的文学性和史料价值。

这类作品的最有代表性的集子之一是作家、评论家木村毅（1994—1979 年）编的纪行集《支那纪行》（东京第一书房，1940 年）。该书编辑了三十多个作家执笔的 44 篇散文随笔与诗歌，除了芥川龙之介、阿部知二等的作品是"七七事变"前的旧作之外，所选大部分作品都从不同角度描写了日本占领下的中国各地的情况。这些作家包括保田与重郎的《大同——厚和》，佐藤春夫的《蒙疆——张家口》，吉川英治的《北京》，伊藤整的《北京》，小田岳夫的《北京》，尾崎士郎的《朔风纪行》《扬子江之秋》《大谷山》，福田清人的《天津的租界》，向井润吉的《天津》，岸田国士的《天津——北京》《石家庄》，立野信之的《五台山》，木村毅的《黄鹤楼·赤壁·岳阳楼》，横光利一的《上海共同租界》，久米正雄的《上海巡游》《寒山寺行》，林房雄的《上海的性格》，林芙美子的《杭州和苏州》《汉口》，杉山平助的《南京》，菊池宽的《扬子江一瞥》，西条八十的《长江月夜歌》（诗），火野苇平的《海南岛》，中山省三郎的《香港诗抄》《广东日记抄》等。这些作品大都站在殖民者的立场上，以那时日本人特有的视点与优越感，记述自己在中国的所见所闻，包括日本入侵后中国的惨状、日本占领区中国各地的民众生活，以及中国的山川自然。由于军国主义政府对舆论的严格统制，绝大多数作品对日军对中国的军事侵略及野蛮统治几乎不予触及，但也有对中国人抱有一定同情的作者，在有关段落中，偶尔对事实真相有所表露。例如向井润吉在随笔《天津》中，描写出他所亲眼见到的日军轰炸天津特别市政府公署后的惨状——

　　　　虽说途中所看到的几个地方，街巷被轰炸得乱七八糟，但到了市政府的废墟上一看，那情景更令人觉得凄惨，毋宁说近乎于哀切；同时对日本军的轰炸是如何的强有力、如何的精确有了切实的感受，真叫人目瞪口呆。……①

接着作者还描写了被日军轰炸后的南开大学，建筑物的钢筋折断，一片狼藉，"大学那种原有的庄严和豪华，随着抗日的恶梦一起烟消云散了"。

小田岳夫在随笔《北京》中，描写了一天晚上他在北京东四牌楼附近一个日本人经营的饭馆里，饭馆的日本老板殴打一个中国老太的情景，作者写道：

　　　　……那个老太太昏倒后，一会儿苏醒过来放声大哭。一个日本人残酷虐待一个支那人老太，这件事儿或许会口耳相传，像电流一般传

---

　　① ［日］木村毅编：《支那纪行》，东京：第一书房，1940 年，第 113 页。

遍大街小巷吧。然后支那人会进一步加重对日本人的反感。对此日本人没办法辩解。这对日本人来说是十分不利的。①

　　日本殖民者在北京的横行霸道、日本占领下中国人的悲惨境遇，由此可见一斑。

　　从文学题材的角度看，在此时期日本文学的取材中，北京占据首要位置。日本在北京（时称北平）的殖民统治长达八年，在此前后来北京的，有的是日本军人，更多的是日本殖民者，尤其是文化人相当不少，竟形成了日本人为中心的所谓"北京村"。到日本战败投降前夕已达十几万人口，因此以北京为舞台、描写北京的作品也不少，而有关重要的作者大都长期居住北京，并通晓汉语，是所谓的"中国通"。在有关作品中，除了丰田三郎（生卒年不详）的《北京的家》（1939 年）、清水安三（1891—1988 年）的《朝阳门外》分别属于长篇小说和长篇自传外，更多的文体样式是散文随笔。其中，作家、学者奥野信太郎（1899—1968 年）的散文随笔集《随笔北京》（1940 年）及修订版《北京杂记》（1944 年），收各类文章二十多篇，记录了 1936 至 1938 年间作者在北京的经历与见闻，其中包括回忆"七七卢沟桥事变"的《北京笼城回想录》《笼城前夜》，记述与殷汝耕（汉奸）会面的《与殷汝耕交谈》，记述周作人、钱稻孙等文人交往的《周作人和钱稻孙》《支那的知识人》，记述北京社会文化风俗的《书肆漫步》《燕京食谱》《燕京品花录》（"花"指妓女），品评中国文学的《以三国演义为中心》《冰心型与白薇型》《文学地图的一隅》等。作家、记者、中国文学翻译家村上知行（1899—1976 年）在北京居住十几年，并与中国女子结婚。他的散文随笔集《北平》（1930 年代后期）及姊妹篇《北京岁时记》（1940 年）及长篇回忆录《北京十年》（1942 年），描写了北京的四季美景、自然风光、大街小巷、风俗民情、

---

　　①　［日］木村毅编：《支那纪行》，东京：第一书房，1940 年，第 89 页。

人文历史，表现了他对北京的熟稔和喜爱。清见陆郎（生卒年不详）的散文随笔集《北京点描》（1941 年）也是作者在北京生活的记录与感想，作者作为日语教师在日本人办的以中国人为教学对象的日语学校任教近一年，因此与中国人有较多的接触。从集子中所收的 25 篇文章中看出，作者对北京充满着好奇和兴趣，更多地关注北京的历史文化与人文民俗。在《大栅栏附近》《古都风趣》《如画的北京》《北京和古建筑》《佛头和陶俑》《正月风景》《百花之春》《戏迷》等文章中，他把北京描绘为一座温馨古朴的城市，同时也有意无意地忽略了日本占领下北京的苦难与反抗。斋藤清卫（1893—1981 年）的随笔集《北京之窗》（1941）稍有不同，作者对北京及中国投以冷峻的目光。该书收文章 30 篇，是作者在北京居留一年半的所见所想，内容涉及北京的历史文化、建筑街道、衣食住行、气候风土、中国人的心理与性格，日本语在中国的"普及"等方方面面。这本书的副标题是"民族的对立和融合"，表明他所关心的是作为殖民者的日本人如何与中国人的"民族的对立与融合"。作者在序言中写道："当初我们的计划、我们的决心，是要创造一个共荣的世界，但实现起来并不是那么容易。回顾一下我们在大陆所做的事情，也有许多的悔悟……。"①他似乎多少意识到了，侵略者刺刀底下的"共荣"只是一种"计划"和"决心"而已，那时的日本人与中国人只有"对立"，谈何"融合"！

---

① ［日］斋藤清卫：《北京の窗·序》，东京：黄河书院，1941 年，第 2 页。

第六章　1950—1970 年代中国
题材历史小说四大家

1950—1970 年代，在中国题材历史小说创作领域先后出现了武田泰淳、井上靖、司马辽太郎、海音寺潮五郎四位大作家。其中，武田泰淳的中国题材创作横跨战前战后，在中国历史题材小说及战后中国背景的小说创作中承上启下；井上靖、海音寺潮五郎则是战后最早从事中国历史小说创作的作家，对战后日本文坛中国历史题材创作的繁荣产生了较大的影响；司马辽太郎则使中国题材历史小说创作成功地纳入了经济高度成长时期的读者视阈。

一、承前启后的武田泰淳

武田泰淳（1912—1976 年）在中国文学翻译与研究、中国题材作品创作等各方面，齐头并进，时间横跨战前战后四十年，中国题材作品数量多，影响大，成就卓著，在他的全部创作中约占三分之一的分量，在当代中国题材日本文学中具有承前启后的重要地位。

武田泰淳，原名武田觉，曾于 1931 年考入东京大学中国文学，不久因参与学生运动遭逮捕并辍学。1932 年入寺为僧，1933 年开始文学写作，1934 年与竹内好、增田涉等五人发起成立"中国文学研究会"，1935 年参与创办"中国文学研究会"的机关刊物《中国文学月报》（后改名为

《中国文学》），并在该刊物上发表了一系列有关中国文学的评论、研究、随笔、翻译等。后来因参加左翼运动而数次遭到逮捕和拘留，表示"转向"（放弃左翼立场）后被释放。1937年被征兵入伍，作为辎重补充兵来到华中战场。也就是在那个时候，武田泰淳开始酝酿他的第一部著作《司马迁》。

关于《司马迁》的写作，武田泰淳在初版自序中曾写道："我开始思考《史记》，是在昭和十二年（即1937年——引者注）我入伍以后。在激烈的战地生活中，保持着永恒生命力的古典作品，深深地打动了我。我觉得汉代的历史世界简直就像是现代。当我思考着历史的严酷、世界的严酷、亦即现实的严酷的时候，从《史记》中得到的启示最多。在戎马倥偬之中读《史记》，越来越惊异于司马迁的世界构想的博大精深。"1939年复员回国后，开始构思《司马迁》，1943年由日本评论社出版。该书由《司马迁传》和《司马迁的世界构想》两篇构成，作者将自己的"转向"体验、战争体验，及自己对世界的"严酷性"、生活的"严酷性"的体验，融入《司马迁》中，对司马迁的生平、对《史记》的有关篇章，做出了自己的解读和评论，使《司马迁》成为既有相当的文学性，也有一定的学术性的独特作品，从而受到了读者的广泛欢迎。战后的1948年改题为《史记的世界》再版，1952年定名为《司马迁——史记的世界》出版第三版。虽然不是虚构作品，但却是武田泰淳全部创作中影响最大、评价最高的作品，各种版本的现代文学全集的《武田泰淳卷》，几乎都予以收录。《司马迁——史记的世界》对战后作家们重视司马迁及其《史记》，并大量从《史记》中取材，有一定的促进与推动作用。

1944年，武田泰淳去上海，就职于上海的附日性质的文化组织"中日文化协会"，不久在上海迎来了日本的战败投降。关于他的败战前一年间的上海生活体验，他在随笔纪行文集《上海的萤》中有较为详细的记述与回忆。那时的武田泰淳被上海欧化的繁华与热闹所深深吸引，和日本在战争后期物资严重缺乏、食物严重不足比较起来，那时上海商品丰富，而且日本人正占领着上海并拥有种种特权，在这种情况下，武田泰淳感到上海与日本简直就是天堂与地狱的差别，他很快沉溺于上海的享乐生活中，出入于"大世界"等各种娱乐场所，"吃普通的上海人吃的东西，走普通的上海人走的地方，看普通的上海人看的地方"，"对于立志研究中国文学的我来说，混在中国人中间和他们一起生活，真是太好了"；他喜欢上了中国人所吃的大饼和油条，好酒的他，还喝遍了中国的各种各样的酒……。

然而对于占领者日本人来说，上海并非是他们永恒的天堂。很快，武田泰淳在上海迎来了日本的战败投降。1946 年 4 月他也被遣送回国。回日本后，武田泰淳陆续发表了一系列以上海为背景的、以战争及败战体验为主题的小说，重要的有中、短篇小说《审判》（1947 年）、《蝮蛇的后代》（1948 年）、《没有细菌的风景》（1950 年）、长篇小说《凤媒华》（1952 年）等，从而登上文坛，并成为"战后派"作家的代表人物之一。这些作品表明，日本战败后，武田泰淳陷于深深的"灭亡感"中，同时对日本侵略战争的性质也有着深刻的认识，他结合自己在中国当兵的体验，及其在上海期间的见闻，对战争中日本人的残爆与战后的忏悔作了生动的描写和表现。例如，《审判》中的二郎杀过中国人。在烧毁的村子里，二郎面对两个毫无抵抗力的中国老人，心里想："杀杀看。只需举枪射击就行了。你没尝过杀人的滋味吧？试试看，屁事没有。"于是他就开枪杀了两位老人。然而这一罪行在战后却使二郎良心上不得安宁。战争结束后，他天天注意判决战犯的新闻，觉得自己也是个罪犯，应受审判。但当时自己杀死那两个老人的时候，只有伍长一人知道，而伍长已经在战争中病死了。他认为自己的罪行别人不会知道，然而，他又对自己掩盖罪过的行为感到"憎恨"，于是，便陷入了一种自欺欺人的矛盾痛苦中。为了赎罪和减轻痛苦，他不想结婚，也不想回日本了。"我想留在自己犯罪的地方。看着老人——死在我手下的人——的面孔，生活下去。"《审判》就是这样表现了对中国人犯了罪的一个日本人的自我"审判"和心灵忏悔。

《蝮蛇的后代》的舞台背景是抗战刚胜利后的上海。男主人公"我"（阿杉）作为日本人，面对欢呼胜利的中国人有一种复杂难言的尴尬体验，小说中写道：

> 在电影院里，唱中国国歌的时候，观众们起立，我也起立，老老实实地凝视着孙中山的画像和青天白日旗。我像一个无感觉的木偶，起立，坐下，电影结束后混在中国的青年男女中一起走出。在那激烈的抗日电影放映时，听着观众们的大声呼喊，自己简直就像置身其外。我时而木然，时而苦笑。但不论是在哪种情况下，我只清醒地意识到我没有死，而是活下来了。最初我觉得耻辱，但忽然间领悟到，其实并没有什么耻辱不耻辱的。我的木然的表情、我的苦笑，无所谓耻辱或者什么，它只是表明我还活着罢了。①

小说中的"我"的原型很大程度上是武田泰淳自己。在被遣送回国前的那段特殊时间里，他只是"活着"，没了耻辱，没了尊严，也没有了操守。他靠给日本同胞写汉语申请书而大肆赚钱，与一个丈夫病重、靠委身于一个名叫辛岛的日本军官而得到经济保障的漂亮少妇私通，并与少妇合谋刺杀辛岛……由于战败而造成的精神虚脱，使他们成为"蝮蛇的后代"。

武田泰淳的战后另一类作品，是中国历史题材的小说，这类小说贯穿于他战前战后的整个创作生涯中。如取材于春秋战国时代的《王者和异族的美姬们》（1967年），取材于汉代的短篇小说《吕太后遗书》（1949年），取材于明代的短篇小说《闪烁》（1943年）和长篇小说《十三妹》（1965年），取材于清初的短篇小说《才子佳人》（1947年），取材于晚清

---

① 见《武田泰淳中国小说集》，第二卷，东京：新潮社，1974年，第6页。

的短篇小说《玉璜传》（1942年），《扬州的老虎》（1968年）和长篇小说《秋风秋雨愁煞人——秋瑾女士传》（1967年）等。其中，较为重要的是长篇小说《十三妹》和《秋风秋雨愁煞人——秋瑾女士传》。

《十三妹》根据中国古典白话小说《三侠五义》《儿女英雄传》及《儒林外史》三部作品改编创作而成。他在连载预告中曾经写道："在日本人所熟悉的《水浒传》《三国志》之外，中国还有许多长篇。我想充分地吸收《儿女英雄传》《三侠五义》《儒林外史》等可以利用的古典的精华，酿出一种合成酒……。"在《十三妹·后记》中，武田泰淳又写道：

> 十三妹是《儿女英雄传》中的女主人公。白玉堂是《三侠五义》中的男主人公，都不是历史上的实在人物。各自都是小说、说书、戏剧中活跃着的人物，但是把他和她置于同一个舞台，让他们结合起来，迄今还没有人尝试过。我大胆地让他们接触，让他们结合了。这就如同将源义经与宫本武藏[1]放在一起，让他们对话、让他们比赛一样，对中国读者而言，这么做是不可思议的怪事。不过对于日本读者来说，十三妹也好、白玉堂也好，几乎无人知晓，因而我这次的冒险也是极其平凡的，但我仍然有点儿战战兢兢，战战兢兢归战战兢兢，但此刻我也进一步体会到了文艺创作的世界具有无限的自由，并在写作中享受了自由创作的乐趣。[2]

将《三侠五义》和《儿女英雄传》《儒林外史》三部作品联系起来，似乎是受到了中国文学家胡适的启发。胡适曾在《三侠五义序》《儿女英雄传序》等文章中，指出在人物描写手法上《三侠五义》和同时期的《儿女英雄传》有些地方很相似，并将《儿女英雄传》与《儒林外史》

---

① ［日］源义经（1154—1184）和［日］宫本武藏（1584—1645）属不同时期的历史人物。

② ［日］武田泰淳：《十三妹·あとがき》，东京：朝日新闻社，1966年。

做了比较。作为中国文学研究者，武田泰淳对胡适在"五四"新文化时期写的文学改良的文章及中国古典小说的考据性文章较为注意，并曾写过以胡适为主人公的短篇小说《E 女士之柳》（1941 年），因此可以认为《十三妹》在构思上，多少受到了胡适的影响。应该说，《十三妹》在向日本读者推介《三侠五义》《儿女英雄传》等古典小说方面，在表现中国古代侠文化趣味方面，都是成功的，只是作品的思想蕴含有所不足，在结构上也虎头蛇尾。不过，《十三妹》作为"由日本人撰写的中国武侠小说的先驱作品"①，在 1960 年代中期日中两国没有正常的国交，战后成长起来的年轻读者对中国古典不甚了了的情况下，第一个试图从中国古代小说中取材，并将中国古典小说的时空与人物大胆地加以转换与改造，这确实可以说是武田泰淳所做的前所未有的文学"冒险"，从这一点上看，无论《十三妹》本身创作的成败优劣如何，都是次要的，重要的是武田泰淳在中国题材方面最早进行了新的开拓，对 1990 年代以后同类作品的大量出现，具有开风气之先的作用。

以中国近代历史人物为题材的《秋风秋雨愁煞人——秋瑾女士传》，在题材上同样具有开拓性。此前的中国题材的日本文学，除了少量非虚构作品写到鲁迅、周作人之外，其人物、事件全部都取材于古代。武田泰淳的《秋风秋雨愁煞人——秋瑾女士传》则是当代日本文学中第一部以中国近代历史人物为题材的传记作品。对武田泰淳来说，之所以写秋瑾，有着种种的缘由：秋瑾是中国近代最著名的辛亥革命的志士、女中豪杰；秋瑾曾留学过日本，其革命思想是在日本发展成熟起来的；武田泰淳所尊敬的鲁迅在小说《药》中写到了秋瑾，与武田泰淳有过交往的夏衍也写过题为《秋瑾》的话剧。这些都给武田泰淳以创作的刺激与启发。武田泰淳曾写到当年他在上海观看夏衍《秋瑾传》时的情景：

---

① ［日］田中芳树语，见田中芳树《十三妹·解说》，东京：中公文库，2002 年，第 334 页。

我在昭和二十年春天，在日军占领下的上海所观看的革命剧中，秋瑾及徐锡麟都很活跃。夏衍的戏剧是集中写秋瑾的。我想在那时的上海，允许那种戏剧演出可不容易。在最后落幕的时候，戴着铁枷锁、穿着红色的囚衣，披着黑长发的女演员，朗诵着"秋风秋雨愁煞人"的台词，至今仍铮铮如在耳畔。①

1960年代前期，武田泰淳曾作为日本文学代表团成员，两次来中国访问，还专门去浙江绍兴参观了秋瑾故居，并于1967年推出了《秋风秋雨愁煞人——秋瑾女士传》。这是一篇集传记、评论、游记、随笔、小说于一体的形式杂糅的中篇作品，不仅写了秋瑾的革命历程和英勇牺牲的经历，也写了与秋瑾有关的历史人物，包括徐锡麟、陶成章、王金发等，写了秋瑾牺牲后的影响与反响，还有鲁迅、夏衍笔下的秋瑾等等，从而全方位、多角度地呈现了秋瑾的形象。迄今为止，《秋风秋雨愁煞人》仍是日本文学中唯一的关于秋瑾的作品，同时也是当时最早的取材于中国近代史的作品。该作品出版的同年（1967年），华裔作家陈舜臣出版了长篇小说《鸦片战争》。而中国近代题材在创作中开始增多，则有待于1980年代以后了。

二、中国题材历史小说的开拓者井上靖

如果说，武田泰淳的中国题材在日本战前战后文学上承前启后，那么，战后中国题材小说的"本格的"展开，则开始于井上靖；如果说，武田泰淳的中国题材作品是横贯古今的散点式取材，那么，井上靖的中国题材则相当具有取向性——他的中国题材作品全都取材于中国古代；换言之，战后日本的中国题材历史小说的主要开拓者，是井上靖。

井上靖（1907—1991年）出生于北海道旭川。1930年考入九州大学

---

① ［日］武田泰淳：《秋风秋雨愁煞人——秋瑾女士传》，见《武田泰淳全集》第九卷，东京：筑摩书房，1978年，第189页。

法学部，1933 年转入京都帝国大学哲学部主攻美学，大学时代对课程学习并不用功，只对文学创作颇感兴趣，开始写诗和剧本，1935 年剧本《明治之月》发表并被搬上舞台公演，1936 年大学毕业不久发表小说《流转》并获千叶龟雄奖，接着在《大阪每日新闻》报社任记者，1937 年 9 月日本发动侵华战争不久应召入伍，来到中国华北地区，次年 1 月因病回国，继续从事记者工作并从事文学活动。战后的 1947 年发表以战后混乱世态为主题的短篇小说《斗牛》，并于 1950 年获得权威的文学奖芥川龙之介奖，遂开始成名，此后开始创作以中国历史为题材的作品，陆续发表了短篇小说《漆壶樽》（1950 年）、《玉碗记》（1951 年）、《异域之人》（1953 年），长篇小说《天平之甍》（1957 年）、《敦煌》（1959 年）、《苍狼》（1959 年）、《杨贵妃传》（1965 年）等。同时，井上靖在日本当代社会问题题材、日本古代历史题材的小说创作方面成绩更大，是日本战后文坛上并不多见的在日本当代、日本古代题材和中国古代题材三个不同的创作领域齐头并进的作家，获得了读者和文学界的广泛好评，陆续获得了日本纯文学与大众文学中几乎所有最重要的奖项，成为当代日本文坛中获奖最多的作家之一。1954 年讲谈社出版《井上靖作品集》五卷，到 1957 年三笠书房出版《井上靖长篇小说选集》全八卷，1960 年新潮社出版了《井上靖文库》全 26 卷，1974 年新潮社出版了《井上靖小说全集》全 32 卷。虽然中国题材的作品在井上靖的创作中所占的分量不足百分之十，但在井上靖的全部创作中却是最有特色的一部分，从取材的角度看是富有开创性的。1950 年代到 1960 年代前半期，由于战后日本社会的战争创伤与社会震荡，日本作家较为关注日本的现实问题，加上中日两国也未实现关系正常化，中日交流有种种不便，日本作家们大都对中国不太关注，所以写中国题材的作品的人很少，而且只限于在战争题材中涉及到中国，以中国现实为题材的作品只限于游记散文之类。井上靖是日本战后文学中第一个写中国历史题材的作家，从而使战前中岛敦、武田泰淳等作家开创的中国题材的传统在战后得以延续，可以说井上靖是战后中国历史题材小说的开拓者，对后来的有关作家产生了直接或间接的影响。

井上靖在中国题材历史小说方面的开拓性，首先在于他最早将中日古代文化交流作为小说题材，这在此后成为日本的中国历史题材小说的基本题材和主题。

早在战后初期的 1954 年，井上靖就发表了短篇小说《僧行贺的泪》。其中的主人公行贺和仙云，是日本历史上的真实人物，他们在日本天平胜宝四年（公元 752 年）渡海来到中国唐朝学习佛教，属于第十批遣唐船。仙云来到中国后，被大陆文化所深深吸引，在中国各地参观游览，最后来到西域，并生起了到天竺朝拜释迦牟尼家乡的念头。为了寻找同行者，他到胡商（西域商人）居住区游说。而另一个主人公行贺则是一个沉静的学问僧，常常埋头抄写经文而乐此不疲，等到 31 年后如愿回到日本，却产生了一种不想跟任何人交流的心理，面对奈良东大寺和尚们的提问，他竟然一句也回答不出来，从而表现了特立独行者的孤单感。

四年后的 1957 年，井上靖又一次以中日佛教交流为题材，并写成了长篇小说《天平之甍》。《天平之甍》是根据唐代中国和尚鉴真东渡日本、弘扬佛法的历史事实写成的。鉴真东渡在中日文化，特别是中日佛教交流史上是一个重大事件，日本古代的正史《续日本纪》卷二十四对鉴真东渡日本有明确的记载，其中写道：

> 〔天平宝字七年〕五月戊申，大和尚鉴真物化。和尚原本为扬州龙兴寺之大德（中略）。天宝二年，留学僧荣睿、业行等，语和尚曰："佛法东渡，传至吾国，但虽有其教，却无传授之人。幸望和尚东游，以兴教化。"辞真意切，恳请不止。和尚乃于扬州买船下海，然途中遇大风浪，船只破碎，和尚一心念佛，人皆免于死难。七年后，更复渡海，亦遭风浪，飘至日本以南，时荣睿献身，和尚悲痛哀伤，以致双目失明。胜宝四年，本国使节访问唐朝，业行乃倾吐夙志，终得遂其愿。鉴真与弟子二十四人，乘副使大伴宿祢古麻吕之船

归朝，并于东大寺安置供养。

这里提到的人物除鉴真外，还有日本留学僧荣睿、业行，均是《天平之甍》中的主人公。《天平之甍》中的主要人物除了《续日本纪》记载的荣睿、业行外，还有普照、玄朗、戒融等。这五个人物均为日本有关史料（如《延历僧录》《唐大和尚东征传》）中记载的真实人物。现代日本学者、早稻田大学教授安藤更生先生在这些史料的基础上，又对鉴真东渡的具体事实进行了详尽的研究，对有关人物的事迹做了考辨。这些史料及其研究成果，都对井上靖的 6 有一定的影响。

井上靖的《天平之甍》以鉴真和尚东渡为中心，塑造了中国和尚鉴真为了信仰与理想而百折不挠、义无反顾的献身精神。为了东渡日本弘扬佛法，鉴真和尚克服了种种困难，五次航海均遭失败，在双目已经失明的情况下，仍不改初衷，经过了十一年的漫长岁月，终于在第六次航海时到达日本。他在日本奈良城建立了唐招提寺，大殿的中式屋脊，也就是所谓"甍"——两端装饰着从中国运来的鸥尾，象征着中日两国文化的融合。除鉴真的形象外，日本留学僧荣睿、普照、戒融、玄朗等人物形象也各具性格。荣睿对中国文化极为憧憬，他诚心邀请鉴真和尚东渡日本，对学习和传播中国文化具有很强的责任感和使命感，他最大的心愿就是要把自己从中国学到的知识带回日本去，为此他做好了牺牲的准备。在临上船起航之前，他提议说："我们三人最好分乘不同的船，哪怕最后有一艘船能到达也好。"最终他自己未能达到日本，中途遇难而死，为了所追求的理想和事业而献出了生命。业行面对丰富无边的佛教经文及中国经典，深感以个人的吸收和消化能力根本无法掌握，他说："自己拼命学习，费了好几年的工夫仍然不行……自己如何用功，都微不足道，要是早明白这一点就好了。"基于这种认识，他蛰居一室之中，闭门谢客，天天抄写经文，然后要把抄写的经文带回日本。他在唐朝居住了数十年，所去过的寺院、所去过的地方屈指可数，但所抄写的经文却洋洋可观。然而，就是这些拿自己的心血和生命抄写的经卷，却在返回日本的海途中，被风浪卷入大海。另一个主要人物戒融则从另外一种角度看待中国，他性格豪放，喜欢特立独行，到达唐朝后，他为这广袤的土地和丰厚的文化所感动。对他来说，比起印度来，中国对他有着更大的吸引力。他说："这个国家无所不有。在这个广阔的土地上到处走走，一定会有所收获。"于是他不愿像业行那样埋头于书卷经文，而是一个愿意走万里路的行动家。最后他私自出奔，成为一个托钵僧，不知所终。最后一个人物玄朗，则具有更多的世俗性格，他并无大志，性格也较软弱。刚到中国不久，就想回日本，说："我想回日本……日本人不待在日本，无论如何也没有自己真正的生活。"然而，他最终却没有回日本，而是在中国还俗，并与中国的女子结婚，生了孩子，在中国扎下了根。贯穿全书的重要人物是普照。在荣睿死后，普照继承了荣睿的事业，凭着他锲而不舍的韧性和幸运，最后终于成功地将鉴真和尚带到日本，成为五个主要人物中仅有的一个有始有终的成功者。

井上靖通过五个不同人物的描写，概括了留学僧中的不同类型、不同性格及命运，反映了古代日本人在到达中国后，面对完全不同的异文化，所采取的不同的人生方式、所做出的不同选择。无论是荣睿那样的悲壮的牺牲者，业行那样的默默的奉献者，还是戒融那样的率心由性的好奇的探险者、玄朗那样的世俗生活者，乃至普照那样的最终成功者，都从不同的角度充当了日中文化交流的使者。这恐怕也是作者所最终要表达的主题。

在井上靖的中国题材历史小说创作中，以古代西域为舞台背景的作品——简称"西域小说"最有特色。他在当时无法亲历这些地区进行体验观察的情况下，凭借对历史资料的解读、利用与丰富的想象力，写出了一系列相关作品，开拓了当代日本文学的一片独特的天地，从而改变了千年来日本文学的岛国视野，将广袤无垠、充满沙尘和黄土味的"大陆性"引进了日本文学中。

关于西域，他在一篇文章中这样写道：

　　西域这个词，涵义原本就非常模糊。这是中国古代史书上用的一个词，最初用来概括中国西方异民族所居住的地带，就用这个称呼来指代他们，所以过去印度和波斯都被纳入这个称呼中。总之在中国人看来，在自国的西方由那些未知的外民族建立国家而定居的地带，都统称为西域。因而在西域这个词里面充满了未知、梦、谜、冒险之类的东西。后来所谓西域不再包含印度和波斯，而是特指中央亚细亚地区，直至今日。民族之间争战的历史事件以这片广袤的土地为舞台而不断地上演着。未知、梦、谜、冒险等诸要素都集中于此地。①

　　正是"西域这个词里面充满了未知、梦、谜、冒险"，才引起了井上靖的无限遐想，激起了他对古代西域地区浩瀚无际的大漠戈壁、各民族交融的相遇与交汇形成的奇特文化的向往。据说井上靖从小学时代就喜欢读关于西域的书，形成了一种强烈的西域情结。战后井上靖登上文坛后，在写作日本当代社会题材的同时，也开始发表有关西域题材的作品。1950年发表的第一篇西域小说《漆壶樽》，以日本奈良大寺正仓院收藏的古代西域文物——漆壶樽为题材，从一个侧面表现了日本与古代中国及西域之间的文化交流，表现了井上靖对西域历史文化的浓厚兴趣。1951年发表的第二篇西域小说《玉碗记》同样以收藏在正仓院的古代西域文物——玉碗——为切入点，在写法上与《漆壶樽》基本相同，可以说是《漆壶樽》的姊妹篇。小说中的主人公、年轻的考古学者推定这只玉碗如何由波斯、经由丝绸之路、渡过东海、到达日本，进一步表现了井上靖对西域历史文化的憧憬之情。1953年井上靖发表第三篇西域小说《异域之人》。《异域之人》的主人公是汉代的班超。班超出使西域在中国历史上非常著名。井上靖怀着憧憬和亲近的感情描写了班超的一生，特别是客居西域的三十年间的经历。作品写班超四十二岁时奉朝廷命出使西域，在西域他充

---

　　① ［日］井上靖：《遺跡の旅・シルクロード》，东京：新潮文庫，1986年，第260页。

分发挥了自己文韬武略，与匈奴人战斗，与西域各族人民和平相处，为汉朝边关的巩固的安定、为中原与西域人民的相互交流奉献了自己的一切。小说最后写班超七十一岁的老龄时，感到了力不从心，思乡心切，当他获准回到洛阳时，在洛阳街头看到西域的"胡风""胡俗"已经传到中原，街上到处可以看到人们身穿胡人风格的服装，销售胡地的商品。而他自己由于在西域居住时间太长，样子也变得像是胡人，以致小孩儿们都指着他喊"胡人"……《异域之人》是日本第一篇写班超的小说，表现出一种苍凉、孤寂的艺术风格。这既奠定了此后井上靖西域小说的审美基调，对后来其他作家的创作也产生了一定的启发和影响。1990 年代后日本至少出现了两部写班超的长篇小说（伴野朗的《大西征》和 PHP 文库出版的《班超》），而井上靖的短篇《异域之人》可以说是班超小说的源头。

到了 1950 年代后期，井上靖的西域小说创作进一步展开，并开始探讨把西域的古老的城市国家作为小说的舞台。1958 年，他发表中篇小说《楼兰》。楼兰是一个位于罗布泊畔的名叫楼兰的古代西域小国。中国的《汉书·西域传》中对楼兰曾有记载，但过于简略。许多问题（如楼兰国属于哪个民族等）都语焉不详。而这恰恰能够给井上靖提供艺术想象的空间。现代西方考古学者斯坦因·海德第一个到楼兰遗址考察发掘，并发现了一具年轻的女性干尸。井上靖在阅读了海德记载楼兰之行的《彷徨的湖泊》一书的日文译本后，便对楼兰产生了写作的冲动。他把那个年轻的女子想象为自杀而死的美丽的王妃，在无法亲临现场考察的情况下，凭借他从书本上获得的关于西域的知识，并根据《汉书》上的简单记载，力图再现古代楼兰的历史风貌。就这样，1958 年他发表了《楼兰》。在《楼兰》的一开头，井上靖就写道："古代，在西域有一个名叫楼兰的小国。楼兰这个名字出现在古代东方史上，是在纪元前二、三十年前后。而它的名字在历史上消失则是在纪元前 77 年，所有总共才存续了 55 年短暂的时间。这个楼兰国在东方史上存在，距今也有两千年了。"在他笔下，楼兰是一个罗布泊畔的弱小国家，在东边的汉朝和西边的匈奴之间的夹缝中备尝艰辛。汉代的统治者，以保护楼兰不为匈奴劫掠为名，让他们从美丽的罗布泊湖边迁走，而移居到一个名叫鄯善的新地方。若干年过去了，当鄯善的武将们计划着从匈奴手中夺回楼兰的时候，奇怪的是罗布泊已消失得没有踪影，楼兰的街巷已经淹没在黄沙之中……这部中篇用严格的小说标准来衡量，难以称之为小说，虽然不乏诗意，但它的重心不在塑造人物形象，而是力图以有限的史料，凭借想象和虚构铺述情节，复原古代的一个西域小国的历史，从艺术角度看过于平直。尽管如此，《楼兰》却充分显示了井上靖对西域"未知"的探索热情，表现了他追寻西域之"梦"、破解西域之"谜"的"冒险"的行程。

这行程的第二站，是西域的另一个著名城市——敦煌。

位于甘肃省西部的敦煌，和古代楼兰一样，是一个谜一般极具魅力的古代都市。敦煌是古代丝绸之路的起点，也是重要的交通要道、商业枢纽、军事重镇和中原文化与西域文化交流的中心。特别是敦煌南郊的鸣沙山莫高窟石窟，更是充满神秘色彩，它从北魏时代开始开凿，到唐代其规模数量进一步扩大，一直到元代，共开凿了492个洞窟，其中现在能够确定开凿时代的洞窟就有230个。除了大量的佛教壁画、雕塑外，有些洞窟还收藏着数量庞大的佛教经卷和大量珍贵的历史文献，却长期不为人所知，直到清末才被人发现。敦煌莫高窟中的这些文物何时收藏？由什么人所收藏？为什么要如此收藏？都是一系列难解的谜团，中外研究者也众说纷纭。敦煌莫高窟的历史本身就是一部情节跌宕起伏的小说，也为小说创作提供了广阔的想象空间。一些西方探险家出版了关于敦煌的著作，现代中国的学者们也写了若干介绍敦煌的文章与书籍，这些自然也引起了对西域怀有憧憬的井上靖的注意。于是，井上靖就决意将敦煌的历史加以小说化。这的确是一个富有创意的想法，因为在1950年代，无论在中国还是在世界上，以敦煌及莫高窟的历史为题材的长篇小说还是一个空白。井上靖在动笔之前，翻阅了大量文献资料以及现代学者的敦煌学研究成果，例如罗振玉的《雪堂丛考》及其他学者编写的《敦煌佛教史概说》《敦煌艺术叙录》《敦煌变文集》等著作资料，还数次赶往京都请教日本敦煌学专家藤枝晃教授。在基本尊重有关历史事实的基础上，井上靖在《敦煌》中进行了大胆的想象和虚构。

井上靖将《敦煌》的时代背景设置在公元 11 世纪初的宋代。小说中西夏王李元昊、敦煌太守曹贤顺、延惠等，都是历史上的真实人物。但是井上靖并没有以这些真实的历史人物为主人公，而是虚构了三个主要人物——赵行德、朱王礼、尉迟光——作为主人公，其中主角是宋代举人赵行德。小说一开始就写赵行德从湖南乡下来到宋代首都开封，不料在开封殿试前，因不小心睡过了头而错过了考试时间。在市场上他救助了一位差点儿被杀害的西夏女子。西夏女子送给他一块带有西夏文字的布条，这引起了赵行德对西夏文字的强烈兴趣，他决心到西夏去。途中，他加入了属于西夏的朱王礼率领的一支汉人部队，并受到了朱王礼的重用。在战争中他搭救了一位回纥族的王女，并与之相爱。赵行德要到西夏都城兴庆学习西夏文，便把王女托付给朱王礼。但西夏王李元昊却强迫王女做自己的妾，王女不从而跳城墙自杀。一年半后，赵行德得知王女之死，坚信那王女是为他守贞而死的，不胜悲伤。从此，赵行德开始钻研佛经。在转战中，赵行德结识了唯利是图的无赖商人尉迟光。尉迟光的母亲笃信佛教，并经常向莫高窟千佛洞施舍，因而尉迟光对千佛莫高窟很熟悉，遂决定将自己的财宝藏于莫高窟以免战火。赵行德利用这个机会，成功地将大批佛经与迟尉光的财产一起，藏入敦煌鸣沙山的洞窟中。后来朱王礼、尉迟光死去，这些佛经一直深藏而不为人所知，直到清末才被姓王的道士发现……

井上靖的《敦煌》以这三个虚构人物的故事，试图解释莫高窟千佛洞的由来，在情节构思上是富有创意的，虽然若干细节不免牵强，如赵行德只因为对西夏文字感兴趣，就放弃回乡而去遥远的西夏冒险，似乎并不符合中国传统科举考试者的一般心理。但这与其说是赵行德对西夏文字和历史感兴趣，不如说是作者井上靖借赵行德这个人物，表达了自己对包括西夏在内的西域文化的好奇与憧憬。此外，莫高窟秘藏的经卷文献也不可能凭一人、一时之力所能办到。但井上靖在《敦煌》这部小说中，却有发挥自己的想象力的自由。从艺术上看，在《敦煌》中，井上靖将史实的合理利用和推测、时代氛围的营造、人物性格的描写与形象的塑造，有机地结合起来，那段被淹没在层层黄沙之下的历史和人物，在《敦煌》中获得了生动的再现和鲜活的生命。这是极其难能可贵的。类似的作品，占有天时地利的中国作家也没有写出来。不过，从另一角度来说，由井上靖来写敦煌，更能使中国读者为我们所拥有的灿烂的历史文化而自豪。中国作家冰心在为中文译本《井上靖西域小说选》所写的序言中说："我要从井上靖先生这本历史小说中来认识、了解我自己国家西北地区，当年美梦般的风景和人物。这是我欣然执笔作序，并衷心欢迎这个译本出版的原因。"又说："我感谢井上先生，他使我更加体会到我国国土之辽阔、我国历史之悠久、我国文化之优美。"①总之，《敦煌》作为一部成功的小说，作为井上靖西域小说的代表作，是当之无愧的。这部作品后来译成了中文、英文等外文版本，并在日本被改编为电影搬上银幕，产生了很大的反响。

在中国的历史人物传记文学中，井上靖主要以长篇小说的形式，先后写了三个人物：成吉思汗、杨贵妃、孔子。这三个人物之间似乎没有任何联系，但井上靖选择了他们，这似乎不只是出于随心所欲。成吉思汗是蒙古族首领，以武功闻名；杨贵妃是唐明皇的妃子，是中国美人的代名词；孔子是思想家，是中国儒者的鼻祖。三人分别是中国历史上武人、美人和文人的代表。井上靖选择这三个历史人物，有利于从不同的角度展现中国历史文化。

憧憬大陆文化的井上靖，对蒙古历史文化感兴趣是很自然的。他以蒙古为题材写过两部长篇小说，一部是《苍狼》（1960年），一部是以元世

---

①　谢冰心：《井上靖西域小说选·序》，乌鲁木齐：新疆人民出版社，1985年。

祖忽必烈东征日本为题材的《风涛》（1963 年）。忽必烈远征日本，即所谓"蒙古袭来"①，历来是日本文学艺术中常见的题材，但《风涛》却把舞台置于高丽，认为蒙古远征日本，在高丽征兵造船，最大的受害国实际上是高丽，从而表明了自己独特的历史观。在表现这一主题的同时，也从一个侧面表现 13 世纪东亚国家元朝、高丽和日本之间的关系。

《苍狼》是以古代蒙古人的枭雄成吉思汗（亦称铁木真）为主人公的。成吉思汗属于蒙古族，但鉴于蒙古人曾入主中原并建立元朝，所以站在多民族的中华文化的历史角度看，成吉思汗也属于中国历史人物。成吉思汗这个连当年欧洲的拿破仑都自叹弗如的铁腕人物，在日本也有很大的名声。鉴于历史上发生过"蒙古袭来"的事件，日本的历史学者和文学家一直对蒙古问题、对成吉思汗抱有好奇心。据井上靖在《苍狼》书后自述，在他写长篇小说《苍狼》之前，曾读过有关成吉思汗的著作，较早读到的如小谷部全一郎的《成吉思汗乃源义经也》②，该书称成吉思汗就是日本的源义经，引起了学界热烈争论，对井上靖的选题和构思有一定影响。日本战败前夕，井上靖还读了著名东洋史学家那珂通世博士的《成吉思汗实录》，并产生了将蒙古民族的发展强盛的过程写成小说的念头。关于成吉思汗的文学作品，还有近代作家幸田露伴的剧本《成吉思汗》、现代作家尾崎士郎的剧本《成吉思汗》、柳田泉的《壮年的铁木真》等。井上靖搜集了大量关于蒙古和成吉思汗的书籍资料。他在阅读蒙古古代典籍《蒙古秘史》（又称《元朝秘史》）等著作的过程中，意识到蒙古民族的兴隆全是依仗了成吉思汗这个人，假如没有成吉思汗这个人，那么蒙古民族及亚洲的历史将完全是另外的样子。于是，井上靖决定以成吉

---

① 公元 13 世纪蒙古强征朝鲜人等组成水军，试图东征日本，但由于风浪等原因两次均未能上岸，船翻人亡。日本历史上称为"元寇"或"蒙古袭来"，文艺作品对此多有表现和描写。

② ［日］源义经（1159—1189），源氏武士首领源赖朝的弟弟，小名牛若丸，参与剿灭平氏武士的战斗，后与源赖朝不合并对立，最终兵败自杀。作为一个悲剧人物，源义经在《平家物语》和此后的日本文学中常常出现。

思汗为中心人物来描写蒙古民族的强盛史。他说："我写成吉思汗，但不想把它写成建立了横跨欧亚的大帝国的英雄故事，也不想把它写成一部史无前例的残酷的侵略者成吉思汗的远征史。写成吉思汗一生的时候，就必须写到这些。但是，关于成吉思汗，我最想写的，就是成吉思汗那种不知厌足的征服欲望到底是从哪里来的？这是一个谜。"又说："之所以生起一种想写某一历史人物的欲望，在我主要是对那个人物感到不可思议……我之所以想写成吉思汗的一生，是因为我对这个人物有一点理解，但却又有很不理解的地方。那就是他的征服欲的根源。这也是一个谜。"①

　　因而，井上靖的《成吉思汗》既是成吉思汗的传记小说，也是以成吉思汗为中心的蒙古民族崛起史，同时作为文学作品，也是成吉思汗精神世界，尤其是他的"不知厌足的征服欲"的心灵探险史。写成吉思汗作为一个蒙古族的部落首领，如何在与其他部落的反复不断的激烈争战中逐渐壮大，并将蒙古全民族统一起来，然后又开始向西方、南方的亚洲、欧洲进行大远征，所到之处金戈铁马、攻城略池、攻无不克、战无不胜，杀人如麻、雷厉风行。其铁蹄践踏之下无不血流成河，导致当地国破家亡、改朝换代，整个欧亚世界，全在成吉思汗的掌握之中。井上靖在表现成吉思汗的反复的征服战争的同时，也十分注意表现推动他的征服欲望的内在的心理"秘密"，那就是他的出生的奥秘。为什么成吉思汗在征战过程中，将掠夺女人看成天经地义的家常便饭，而对于其父亲是何人却不以为意？这是因为成吉思汗的母亲皓艾珑原本就是其父亲艾斯噶掠夺来的。成吉思汗的血管里，或许留着异族的血。这种怀疑和烦恼一直伴随着成吉思汗的一生。而且他本人的妻子包尔泰也在战争中被敌人掠夺去，再次抢回后，生下了一个儿子鸠琪。鸠琪被看成是成吉思汗的儿子，后来成了成吉思汗得力的助手。鸠其战死后，成吉思汗无比悲伤。父子的出生都成了难解之谜。成吉思汗也有自己最心爱的女人，叫呼兰，她为成吉思汗坚守贞

---

① ［日］井上靖：《蒼狼·〈蒼狼〉の周圍》，东京：新潮文庫，1964 年，第 362–363 页。

操，后来呼兰在成吉思汗征服金国的过程中生下了一个婴儿，因战争无暇顾及孩子，遂将孩子送给了一个不知其名的人抚养。这就是当年的蒙古人，他们都遵循草原上的"苍狼"的法则——幼崽在哪里都能得到喂养，一切都要凭自己的运气和奋斗来求得生存。井上靖将小说题名为"苍狼"，依据的就是蒙古人的古代神话传说。他们认为自己民族是上天派下来的一匹灰色的狼与一只洁白的牝鹿生下来的，这个民族自命为"狼"的后代。井上靖在《苍狼》中充分表现了蒙古民族"苍狼"的性格：群体性、爆发性、残酷性、坚韧性、血腥性、扩张性，同时不要任何无谓的感伤。成吉思汗就是在这样的群体中生活和成长的英雄。当然，井上靖对这些并没有加以道德上的乃至文明论的评判，而是带着感叹的、审美目光来描写成吉思汗及古代蒙古人的这些性格特征，对蒙古民族典型的大陆草原性生存环境、生活方式，乃至成吉思汗个人的性格加以诗意化，从而将苛烈、广袤的大陆性风格引进了日本文学中。这与井上靖的其他西域小说是共通的，所以也有评论者将《苍狼》视为一部"西域小说"。

《苍狼》是 1960 年发表的，几年后的 1963 年，井上靖发表了另一部中国历史人物传记小说《杨贵妃》，仿佛从金戈铁马、马嘶狼嗥、烟尘滚滚的蒙古战场，而进入唐代后宫的浪漫世界。随着唐代诗人白居易的《长恨歌》传入日本，杨贵妃成为古今日本人最熟知的几个中国历史人物之一，杨贵妃也是日本文学艺术中表现最多的几个中国历史人物之一。传说中的杨贵妃美丽可人，她与唐明皇李隆基的爱情以及最后悲惨的死，都与《源氏物语》为代表的日本文学那以纤细的感伤为主调的审美情趣相吻合，激起了日本人的同情和感叹，故日本古代诗歌、戏剧、绘画等文艺作品中，以杨贵妃为题材的绵绵不绝，杨贵妃成了"美人"与"可怜"①的代名词。近代以来，有菊池宽、近藤经一、奥野信太郎、饭泽匡等作家以杨贵妃为主人公的多种戏剧。但是，把杨贵妃写成长篇传记小说的，井

---

① 日语中的"可憐"平假名为"かれん"，有"可怜""可爱"两重意义。

上靖却是第一人。井上靖的《杨贵妃》从杨玉环被召入宫写起，一直写到马嵬兵变，杨贵妃被缢身死。以杨贵妃的命运为中心，同时描写了贵妃身边的若干人物，除唐明皇外，还有李林甫、安禄山、高力士，以及杨贵妃的哥哥杨国忠及杨贵妃的三个姐姐等。作品通过杨贵妃命运的变迁和悲惨的死亡，通过对这些人物错综复杂的关系的描写，表现了唐代政治、社会及宫廷生活的动荡与危机。

井上靖所描写的最后一个中国人物是孔子。孔子作为中国思想文化的最大象征，作为对日本历史文化产生了相当影响的人物，在日本几乎家喻户晓。井上靖一直对孔子充满敬仰之情，早就打算写孔子。但由于孔子的生平资料有限，要为孔子写一部长篇小说实非易事。井上靖曾到孔子的家乡山东省曲阜等地参观访问，寻求创作灵感。1987年6月，80岁高龄的井上靖做了食道癌手术身体有所恢复后，便开始在《新潮》杂志上连载《孔子》，到1989年5月连载完毕，持续了整整两年，1989年9月由新潮社出版单行本。井上靖在小说写完后不久的1991年1月去世。可以说《孔子》是井上靖的最后一部长篇小说，也是井上靖一生的压卷之作。

《孔子》这部小说在构思上独具匠心。井上靖没有把它写成以描写孔子生平为核心的普通的传记小说。实际上，在井上靖之前，中国的孔子研究家（如匡亚明）就写出了孔子生平思想为中心的长篇传记性、评传性作品。倘若不改变思路，难免会踏入旧套。井上靖的高明之处，就在于他没有把《孔子》写成描绘人物一生经历的普通的传记文学，也没有以孔子生平中某一重要事件为中心写成一般的历史小说。书名虽为"孔子"，但孔子只是舞台背后被讲述的人物，而不是前台上的主人公。前台上的主人公是一个虚构人物——孔子的弟子"蔫薑"。而在史料记载的孔子的所有弟子中，并没有蔫薑这个人。井上靖把蔫薑设定为蔡国人，后来成为孔子的弟子。在经历蔡国灭亡的乱世之后，蔫薑回忆起先师孔子的教诲，对先生的思想有了更深的共鸣和理解。全书基本的情节构成是以蔫薑向"孔子研究会"的年轻人讲述往事的口吻，展开对孔子的回忆和议论。而且"孔子研究会"的年轻人不是被动听讲，而是不断地向焉薑提出问题，并与焉薑进行对话和讨论。井上靖将焉薑讲述的"现在时"设定为孔子去世三十三年后，那时《论语》尚未成书。众所周知，《论语》作为孔子及其弟子的言论汇编，是在孔子死后几百年才逐渐成书的。但是，关于《论语》的成书过程经纬，现存的历史资料，包括《论语》本身及《史记》《汉书》等都极少记载，这给历史学家造成了很大的困惑和麻烦，却给了文学家以驰骋想象的空间。井上靖的《孔子》通过焉薑的讲述，将孔子死后其弟子如何开始回忆、搜集、整理和编辑孔子的言论的情况做了生动的描述。而且焉薑常常围绕《论语》中的某一句话，以现身说法的方式，讲述某一话语形成的来龙去脉，解释其中的含义，以此阐述了孔子博大精深的哲学思想。焉薑对孔子的理解，当然就是井上靖对孔子的理解。由此可以看出，晚年的井上靖对世界、人生、社会的许多看法，已经达到了圆熟融通的境界，而这一境界又通过对孔子思想的理解与阐释的方式表达出来，这就形成了《孔子》作为"思想小说"的鲜明特色。

井上靖的中国历史题材小说在他的全部创作中数量虽不很多，但都占有重要地位，非常有特色，在题材上也非常具有开拓性。他是战后最早着手写作中国历史小说的著名作家，为此后日本文坛的中国题材历史小说的起步和繁荣开了先路；他又是第一个将目光投向中国西北地区（西域）的作家，后来其他作家对西域、对古代丝绸之路的强烈兴趣及随之而来的"西域小说"创作，不可能不受他的影响；井上靖又是第一个将成吉思汗、杨贵妃、孔子等中国历史人物写成长篇小说的作家。一个不懂中文的作家，对中国历史文化有如此大的热情，有如此丰富的知识，有如此高水平的艺术表现，是非常可贵的。

更为可贵的是，井上靖关于中国题材的历史小说的创作及其相关的文学活动，还为日中两国的文化交流与相互理解发挥了重要作用。他本人先后三十多次来中国取材和访问，并且担任了日中文化交流协会会长等职务，成为两国友好的使者。他的作品在中国也得到了相当全面的翻译、评论和研究。自 1963 年以后到 2000 年，中国陆续翻译出版的井上靖作品单行本译本多达三十多种，其中几乎全部的中国题材的小说都被译成了中文。有的作品有多种译本，如《天平之甍》和《敦煌》各有两种译本，《苍狼》有三种译本，《杨贵妃传》和《孔子》各有四种译本。1998 年，安徽人民出版社还出版了《井上靖文集》全三卷。2002 年，人民文学出版社又出版了三卷本的《井上靖中国古代历史小说选》，有关井上靖的评论文章也有几十篇，还有若干硕士论文以井上靖为选题。总之，井上靖是在中国翻译最多、评论和研究最多、影响也最大的当代日本作家之一，井上靖的中国历史题材的文学创作活动本身，也已经成为当代中日文学与中日文化交流的重要标志之一。

三、海音寺潮五郎的《蒙古来了》和《孙子》

在战后日本文学的中国历史题材小说的创作中，稍晚于井上靖的作家，是海音寺潮五郎。井上靖的中国历史题材创作开始于 1950 年，而海音寺潮五郎则开始于 1953 年。

海音寺潮五郎（1901—1977 年）是日本当代著名历史小说家，本名末富东作，生于鹿儿岛县，中学时代就对中国语言文学感兴趣，并开始自学汉语，1923 年考入国学院大学师范部，1926 年毕业后先后在鹿儿岛和京都等地做中学教师，教授国语和汉语，之后不久开始创作活动。28 岁时初次用"海音寺潮五郎"的笔名发表《沫雨草纸》，31 岁时长篇小说《风云》连载，受到了高度评价，此后各种大众文学杂志的约稿纷至，使海音寺潮五郎辞去教职全力投入写作，成为一个职业作家。1936 年 35 岁时以《天正女合战》和《武道传来记》两篇作品获得第三届直木奖。1939 年海音寺潮五郎与其他几位作家创办同仁杂志《文学建设》，提倡大众文学中的"文艺复兴"，反对大众文学中的定型化、空洞化、卑俗化倾向。1941 年底他被征召为海军报道员前往马来亚，次年回国。期间写过《大义之道》《勤皇史迹行脚》等应时文章，1943 年发表以马来亚华侨为题材的《马来华侨记》。

　　1945 年日本战败投降后，海音寺潮五郎对盟军的占领及其政策有很强的抵触情绪，战败初期一年多时间里完全停止写作，回到自己的家乡埋头阅读中国古代文献。他对当时大多数文化人和作家歌颂战后的民主主义、不关心乃至轻视和否定日本的历史传统不以为然，认为美国的占领剥夺了国民的历史意识，战后的舆论歪曲了日本历史，使得国民的历史修养日益低下。抱着这种看法，海音寺潮五郎在 1946 年恢复写作活动，自觉地用历史小说创作来抵抗时流。1950 年代后（即 50 岁后）一直到去世前夕的二十多年间是他创作的成熟和丰收期，海音寺潮五郎的所有重要作品都是在这一时期创作的。他在日本历史题材和中国历史题材两方面展开其艺术世界。在日本历史题材方面，他以长篇小说《武将列传》《两棵银杏》《天与地》《茶道太阁记》《平将门》《天与地》《火山》《风鸣树》及晚年未完成的巨著《西乡隆盛》奠定了自己在日本历史小说领域中的一流作家的地位。同时，在中国历史题材方面也颇有创获。有长篇小说《蒙古来了》和《孙子》、短篇小说集《中国英杰传》和《中国妖艳传》等。另外还有不少历史知识随笔和散文作品，先后被辑为《得意的人、失意的人》《历史余话》《历史随谈》等集子中。1968 年获得第十六届菊池宽奖，1969 年他 68 岁时，朝日新闻社出版了《海音寺潮五郎全集》全 21 卷。1977 年 76 岁时，获日本艺术院奖，同年 12 月因脑出血和心肌梗塞去世。1979 年，讲谈社《海音寺潮五郎短篇总集》全八卷出齐。

　　海音寺潮五郎在学生时代就对中国历史文化很感兴趣，开始尝试创作不顺利时，曾下决心不再做小说家，而终生做一个中国文学的研究家，埋头钻研中国古代文献。这种对中国历史文化的特殊爱好，在后来的以中国历史文化为题材的小说创作中得到了充分体现。

　　海音寺潮五郎在中国历史题材小说方面的第一部大作是《蒙古来了》。这部长篇小说于 1953 年在《读卖新闻》上连载，后来又加写了终章《圆成真觉》，1954 年由讲谈社出版上、中、下三册单行本。这是一部以 13 世纪时元朝蒙古人计划侵入日本为题材的长篇历史小说。严格地说，《蒙古来了》并不是纯粹的中国题材，但鉴于蒙古人在当时已经统治了整个中国，而且小说中大量涉及蒙古人、汉人与日本人的关系，甚至还写到了西域文化乃至西方宗教文化与日本的关系，可以说是一部以战争——因为战争最终没有在日本本土展开，对日本来说只是准备战争——的题材来表现当时的中日关系及国际文化关系的具有广阔世界视野的大作品。

　　海音寺潮五郎在《蒙古来了》中，首先着意表现在蒙古大军压境、日本全国处于危机时刻，不同政治势力之间的明争暗斗。当时正是日本"南北朝时代"的形成时期，由于朝廷内部争夺皇位，导致后醍醐天皇迁幸吉野（南朝），与幕府将军足利尊氏拥立的京都朝廷（即持明院统，北朝），形成了长达五十多年的南北两个天皇并立的局面。《蒙古来了》将这种国内矛盾与国际危机交织在一起，描写幕府和朝廷在蒙古大军压境的情况下如何处理与蒙古的关系，从而表现相关人物的人格与形象。在海音寺潮五郎的笔下，是备战还是讲和，不仅在朝廷中，而且在镰仓幕府内部都引起了激烈的矛盾冲突。这些冲突又与皇位继承权问题、幕府内部的权力斗争问题密切地联系在一起。此时，蒙古人派来了使者劝降，幕府内部围绕如何对待蒙古使者问题，分化为"强硬派"与"柔软派"两派。"强硬派"以现任天皇及其支持者为代表，主张驱逐蒙古使者，与蒙古一决雌雄；"柔软派"认为可以接受使者提出的修好的要求，不必开战。其中，在朝廷中怀才不遇、对现任天皇不满的中纳言（官称）西苑寺兼实是"柔软派"的代表，他坚持"柔软派"的目的是为了使"强硬派"失势，以迫使现任天皇退位，同时还因为自己在商人那里投了资，打仗也会损害自己的收益。而镰仓幕府的第八代"执权"（官称）、属于北条时宗家族的赤桥义直也出于自己的野心，在皇位继承问题上支持"上皇"（退职的天皇），反对现任天皇，和西园寺兼实一起主张柔软外交。另外，他们知道许多富有的商人也反对打仗，对商人来说，若日本与蒙古开战，必然会影响商业买卖。为了共同的利益，西园寺兼实、赤桥义直与日本富商、经营妓院的老鸨筱姬及中国富商陈似道联合起来。

与"柔软派"相对的是十八岁就任"执权"的北条时宗及其代表的"强硬派",而对时宗的强硬政策影响最大的人物是与北条家族有姻亲关系的豪族河野六郎通有。通有的祖上很早就从事海洋贸易,对世界局势颇有了解。他早就得知蒙古人为了侵入日本而命令朝鲜人打造了一千艘战船,不可等闲视之。起先他劝说北条时宗要尽量避免战争,并表示自己愿意当使节从中斡旋,但遭到时宗拒绝。后来,"柔软派"的西园寺兼实来拉拢通有,并和他商量一条计策:说可以把因被蒙古灭国而逃到日本的波斯公主赛西利亚抓起来,交给蒙古,以换取蒙古人的和平修好。但性格刚直而善良的通有认为这种手段太卑劣,而予以拒绝,同时他自己亲会赛西利亚,从她那里确认蒙古这个国家决不可能与别国平等交往,蒙古的目的就是将所有国家都加以降伏。为了亲自调查蒙古人的实际情况,通有毅然潜入中国本土,证实了赛西利亚的说法是正确的。他回国后改变了自己的反战态度,转而支持北条时宗的强硬战略,将赛西利亚保护起来,同时准备与蒙古人决战。

海音寺潮五郎在小说中明确地否定了"软弱派"而褒扬了"强硬派"。他将河野六郎通有作为理想人物加以描写,表现他的刚直、无私无畏、强烈的正义感与责任感,将他描写为一个理想武士的典型。在日本战败后不久,海音寺潮五郎就创作这样的以歌颂日本传统武士、对主张使用武力的强硬的主战派加以肯定的作品,显然并非偶然,而是日本战后"反抗战败"、不满盟军对日本的占领这样一种情绪在历史小说中的折射。在 1946 年至 1949 年间,美军占领当局对日本军国主义抱有相当的警觉心,对有关文章与文学作品实施较为严格的审查。1947 年,海音寺潮五郎的历史小说《风云》就受到审查而未能发表,理由是小说表现了"封建的"东西。海音寺潮五郎对此十分不满。进入 1950 年代后,美国对日本的政策发生了重大转变,美日关系由战胜国与战败国的关系,转变为盟国关系。在这种情况下,海音寺潮五郎表现主战思想、歌颂传统武士道精神的《蒙古来了》得以问世才成为可能。尽管如此，当时的反战思想仍是日本社会的主流，所以当《蒙古来了》发表完毕后，有关报社举行了一个关于《蒙古来了》的专题座谈会。有的评论家就在座谈会上尖锐指出：《蒙古来了》是一部宣扬日本"再军备"的"反动小说"。海音寺潮五郎自己似乎早就意识到会有这样的指责，他在小说刚开始连载的时候，写了一段"作者的话"，说："在目前的情况下，读者中或许有人会解读为：这是一部企图促进再军备的小说，或者把其中蒙古看成是现在的中共。然而，我完全没有那样的政治的意图。文学的层次，远比政治高得多。"他又在该小说的单行本"后记"中写道：

> 读这部小说，单单从中读出这种意思来，那肯定是先入之见，是戴着有色眼镜来看的。连读也不读就下结论的，则更不值一驳。实际上我的意图比这高得多。即使在太平洋战争中，我都没有写宣传当时意图的国策小说。我坚信，用文学来表现那些昨是今非、今是明非、像猫眼一样变换不定的政治和政策，简直就像黄金器具来盛粪土一样。①

他接着强调指出，正面表现日本人击退蒙古侵略是正确的，他认为："当时的日本人的行动，就像顽强地击退拿破仑的侵略、击退希特勒的侵略的俄罗斯国民一样，就像坚持八年抗战勇敢执拗地抵抗，最后终于打败日本侵略军的中国一样，是应该加以称赞的英雄壮举。为什么不能写这个？岂非不可思议吗？当时，在世界上能够击退蒙古人侵略的，只有日本。我们应该挺起胸脯表示自豪才对。"海音寺潮五郎这话说得不错。但有一点史实应该记住：严格地说，日本并不是靠实力击退了蒙古人，而是

---

① ［日］海音寺潮五郎：《蒙古来たる》（下），东京：文春文库，2000年，第528-529页。

日本海上刮起的"神风"①，将不习水性、没有海上作战经验的蒙古军队击退了，换言之，主要是老天爷帮了忙。当然，尽管如此，海音寺潮五郎觉得应该"挺起胸脯感到自豪"，也未尝不可。

《蒙古来了》的价值，不仅在于表现了日本人的抗击蒙古侵略的"自豪"，而且还有一个更应该注意的层面，就是表现了当时日本与中国及其西方各民族之间的文化交流。上文已提到，小说中的波斯公主赛西利亚是一个重要人物。在海音寺潮五郎笔下，波斯国被蒙古灭了以后，国王一家辗转印度、阿拉伯、中国，试图使祖国复兴。赛西利亚在中国（宋朝）与父母死别。那时在蒙古的威胁下宋朝岌岌可危，赛西利亚与家臣们乘船逃走，中途多有失散，她与几个波斯人最后到达日本，被经营对华贸易的河野通有一家庇护起来。有一次，有日本当地舞女表演音乐魔术节目，三个与主人赛西利亚走失的波斯人听了以后，连说这与波斯的音曲太像了，并应请求当场演奏了波斯乐曲，从此和这个舞蹈队成了伙伴，加入舞女的行列并在日本各地巡回表演，最终由此找到了赛西利亚。值得注意的是，海音寺潮五郎把赛西利亚写成景教徒。赛西利亚到了日本，也就意味着景教传入了日本。换言之，海音寺潮五郎认为，作为基督教的一支而在中国发展起来的景教，在日本战国时代末期已经传入了日本，而且认为，波斯的音曲、魔术和舞蹈，对日本的音乐舞蹈产生了影响，而流传至今日的日本的雅乐和能乐，都有波斯影响的存在。这是海音寺潮五郎在小说中所表达的关于东西方文化交流的一种看法。对此，学者们一开始就提出了反论，例如海音寺潮五郎的朋友、与他一起发起创办《文学杂志》的作家村雨退二郎就认为，基督教传入日本不会像海音寺潮五郎所描写那样早，将基督教传入日本上溯到战国时代末期是没有根据的。对此海音寺潮五郎表示不接受，他认为那个历史时期在中国本土已经有各种民族互相往来，包括波斯人在内的西方各民族在蒙古大军的威胁下亡命日本，是十分可能

---

① 日本人认为当时海上刮起大风将蒙古军队的战船掀翻，是神助日本，故谓"神风"。

的。他并指责批评者是"无知无识并且缺乏推理能力或想象力",并因此与村雨退二郎结束了朋友关系。应该说,从"推理"与"想象力"的角度看,海音寺潮五郎的描写是无可厚非的。日本的音乐舞蹈受到唐代音乐的影响,而唐代的乐舞又受到西域各国的影响,这已经为学者的研究所证实。至于通过什么途径、以何种交流方式发生这种的交流与影响,除了学术研究有待证实外,像海音寺潮五郎这样,在文学创作中对此发挥想象力,是有益无害的尝试。

海音寺潮五郎从战后不久(1950 年代中期)开始写作以中国历史为题材的短篇小说,后来不断有作品发表,相关作品有二十余篇。这些作品后来都收入《中国妖艳传》(文春文库 1991 年)和《中国英杰传》(文艺春秋社 1971 年)两部集子中。

战后初期,由于当时美军占领当局对表现日本传统的封建主从关系、义理人情等有关武士道精神的作品,予以严格的审查,使海音寺潮五郎一时不能写作此类题材。因那时物价高涨,生活困难,海音寺潮五郎不得不写一些小说、赚些稿费维持家计,便自然而然地利用了自己此前在中国古代文学阅读中的积累,写起了以中国历史文化为题材的中、短篇小说。海音寺潮五郎写得最多的,是中国历史上的妖冶淫荡的女人,如《妖艳传》《轵侯夫人传》《美女和黄金》《兰陵的夜叉姬》等。其中,中篇小说《妖艳传》的主人公是中国历史有名的美人淫妇夏姬。该作品取材于海音寺潮五郎在中学时代就阅读过的《春秋左氏传》(《左氏春秋》),由于《左氏春秋》是编年体的历史书,对有关人物事迹的记载较为零星杂乱,关于夏姬的记载也散见于不同年份中,海音寺潮五郎在《左氏春秋》有关夏姬记载的基础上,也有一定的虚构和夸张。在他笔下,夏姬是个绝色美人,一直到 50 岁仍然可使男人神魂颠倒;夏姬又是一个荡妇,在陈国同时与三个王公大臣保持肉体关系,最后导致陈国灭亡;在她的家乡郑国,夏姬与异母兄弟灵公与子公同时有染,并导致灵公死于非命;在楚国也因为淫乱而导致灭国。就这样,因三国的王公大臣等人迷恋夏姬的肉体，而造成了三个国家的覆灭。中篇小说《美女与黄金》则取材于海音寺潮五郎喜欢的《史记》卷八十五《吕不韦列传》。写大商人吕不韦如何在陈耳老人（作者完全虚构的人物）的指点下，依靠美女与黄金，让原本作了赵国人质的秦国公子子楚登上王位，自己出任相国的故事。在该作品中，也出现了一个与夏姬类似的妖冶淫荡的美女桂姬。这个出身歌女的可怜的桂姬，有过种种离奇曲折的经历，变成了一个不厌足的淫荡而又善于权谋的女人，最后成为统一天下的秦王嬴政的母亲（太后），但仍然淫乱不止。短篇小说《兰陵的夜叉姬》具体的出典不明，写的是兰陵第一大户家的独生女青莲，从一个尼姑那里习得剑术和魔法后，变成了一个淫荡、凶残的女人。这几个写淫妇的作品都有一定的猎奇性和娱乐性，谈不上有多少文化与美学的蕴含。海音寺潮五郎从中学时代就结了婚，75岁时又再婚，对女性似乎有较多的体验和了解。有评论家认为它们表现了海音寺潮五郎的"女性观"，即"女性的好色、残忍，原本比男人厉害得多"[①]。

海音寺潮五郎的另一类中国题材的短篇小说属于那种借他人酒杯、浇自家胸中块垒的寄托性的作品。这些小说并非取材于中国正史，而是取材于中国传说故事，具有一定的幻想色彩。如《天公将军张角》就是在太平道教祖张角的仙术描写中，表现了作者自己的关于"世界上的一切都是相对的"这样一种人生认识。以唐代传奇小说《昆仑奴》为底本再创作的《昆仑的魔术师》，借其中的主要人物、会仙术的磨勒的口，感叹人是怎样地为"猜疑心"所苦。写于战败后不久的短篇《遥州畸人传》将小说的舞台置于中国唐代的"遥州的桃花村"，写一个88岁的武士老人如何在玩弓箭、养小鸟中度过自己的晚年，这显然与作者当时不满盟军占领、回鹿儿岛老家埋头读汉籍的那种心情有关。《渡过铁骑大江》通过一个叫宋丽华的女子在战争中的不幸遭遇，表达了作者对战争的否定。

---

① ［日］矶贝胜太郎：《中国妖艳传》文库版"解说"，东京：文春文库，1991年。

　　海音寺潮五郎的中国历史题材短篇小说中，也有十几篇是以中国历史上的帝王将相等英雄人物为题材的，这些作品在 1971 年由文艺春秋社辑为《中国英杰传》一书。这些大都取材于中国历史典籍，包括《春秋》《史记》《汉书》《后汉书》《三国志》等，出现的人物大都是春秋战国秦汉时代的人物，其中关于项羽、刘邦的最多，有《英雄总登场》《鸿门之会》《背水之战》《垓下之战》《功臣大肃清》《吕氏家族鏖杀》等，这些小说显示了海音寺潮五郎在中国历史文化方面的修养。小说的艺术形式也显然受到《史记》"列传"的"史传文学"的影响。作者写这些作品的主要目的是将中国历史知识小说化、通俗化，以使日本读者在不知不觉中学习中国历史。据说，新一代中国历史小说的著名作家宫城谷昌光，在出名之前所读的关于中国历史文化的第一部书就是海音寺潮五郎的《中国英杰传》。他在一篇文章中写道："可以说长达五百五十年间出现的英杰，都被这本书网罗殆尽了。比起读历史书来，还是读这本书更能了解历史。在呈现中国历史的生动有趣这一点上看，我不知道还有比这更好的入门书。"①

　　1950 年代以后，日本经济进入高速发展时期，许多企业管理者想起了中国古代的兵法家孙子，并努力将孙子的兵学思想运用于现代企业的经营管理中。原来日本人对孙子并不陌生，早在圣武天皇时代，学者吉备真备就在日本介绍了孙子。据说，武田信玄及其军师山本勘助就学习过孙子，武田旗印上的风、林、火、山就是从孙子那里学来的。到了江户时代，更涌现出了一批孙子研究家，包括著名学者林罗山、山鹿素行、荻生徂徕、新井白石、吉田松阴等。日本在侵华战争及太平洋战争中失败后，一些学者及当年的将领认为，日本军队当时过分迷信德国及西洋的兵法，而轻视了孙子兵法，也是日本战败的一个原因。在这种情况下，1950 年代经济起飞时期的许多日本人再次开始重视孙子，并逐渐形成了一股

---

① ［日］宫城谷昌光：《中国歷史逍遥① 中国英傑传》，见宫城谷昌光《春秋の色》，东京：讲谈社文库，1997 年，第 50 页。

"孙子热"。在这股"孙子热"中，出版界也发现了出版商机。一家名为《每星期日》的杂志，想到了要请人写关于孙子的小说，于是自然想到了当时已很有名气的海音寺潮五郎。对此，海音寺潮五郎在 1964 年《孙子》初版本（全一卷，每日新闻社）的"后记"中有过交待，他写道：

> 说实话，写这部作品并非出自我的想法，而是受《每星期日》杂志编辑部的委托。
>
> 最初，当他们告诉我希望我来写孙子的小说时，我很犹豫。前些年开始出现了孙子热，与经营战术相关的孙子兵法的现代日语译本出了不少。但我想，没有比"流行"这种东西离真实更远的了。"我讨厌流行"，这是我的一个口头禅。
>
> 所以，那时我是这样对他们讲的：
>
> "孙子到了现在，已经是'热'的余波，等我的小说写出来的时候，'热'就退了。那从经营角度来说，〔杂志社〕就亏本了。如果你们喜欢中国的事情，另外还有好多材料啊！例如楚汉军谈——刘邦与项羽的争霸战争之类，怎么样？还有那么多英雄、豪杰、智将、策士、奸人、美人、妖术、形形色色，应有尽有，都很有意思呀！"
>
> 可是编辑部最终还是想要孙子。我只好屈服，接受了，并对他们说：
>
> "这样的话，那我就跟你们做生意了。我接受你们的订货，并加紧炮制，我会尽力的。"
>
> 就这样接受下来。一旦写起来，却觉得很有意思。公元前数百年的青铜器时代的事情，对我却有很大的新鲜感。作家有很多种类型，我就属于那种新奇型的。我就是喜欢了解自己不知道的时代及其事件，并感到兴致勃勃。①

---

① 〔日〕海音寺潮五郎：《孙子》（全三册），下册，东京：每日新闻社，1988 年，第 232-233 页。

　　以海音寺潮五郎的中国文化修养和艺术创造力，当然是最合适的写作《孙子》的人选。然而，把孙子写成长篇小说，难度非常大。在构思中，海音寺潮五郎将"孙子"作为两位兵法家的合称，一位就是孙武，也就是兵法十三篇的作者，另一位就是孙武的后代孙膑。这显然是从司马迁那里得到的启发。司马迁在《史记·孙子吴起列传》中，将两位相隔百年的孙子一并介绍。司马迁对两位孙子的记载均具有相当的戏剧性，但可惜太简略，相关文字只有一千四百余字。关于孙武，司马迁记载他有兵法十三篇，写他曾应吴王阖庐的要求，以宫中美女模拟军队，当场演练。在演练中宫女们起初以为儿戏，嘻嘻哈哈。孙武欲按军法当场将做队长的两个王的宠妃斩首。吴王劝阻，孙武说："将在军，君命有所不受"，遂斩首之，令其他宫女肃然，宫女队俨然正规军。"于是阖庐知孙子能用兵，卒以为将"，并屡战屡胜，威震诸侯。由于《史记》中关于孙子的记载过于简略，并有传说的色彩，以至一些现代学者认为孙子这个人实际上并不存在。关于孙膑，司马迁写到他是孙武后代，与庞涓一起学习兵法，庞涓妒其能，"断其两足而黥之，欲隐勿见"，后来孙膑被人秘密接到齐国，受到齐将领田忌重用。孙膑以其兵法，最后打败庞涓，使庞涓兵败自刎。庞涓临死前曰："遂成竖子之名！"司马迁对孙膑的生平比孙武记述得详细得多，但也较为简略。除《史记》之外，《吴越春秋》《战国策》中也有一点孙武和孙膑的记载，但都不如《史记》详细。

　　海音寺潮五郎要靠这些有限的材料，最终写成约合三十万字的长篇小说，是很不容易的。因为可靠的史料太少，更多的需要虚构和想象来填补，所以海音寺潮五郎认识到这不能是传记小说。但他还是模仿了《史记》的列传体例，将孙武与孙膑两个人物，分为孙武卷和孙膑卷两卷，分头写作。为了让人物的活动获得广阔的舞台空间，海音寺潮五郎将孙子和孙膑置于他们所处的那个时代中，把他们的人生与当时的重大事件，特别是重要的著名的战役联系起来。例如，《史记》上记载孙武做了吴王阖庐的将领，"西破强楚，入郢，北威齐、晋，显名诸侯，孙子与有力焉"。海音寺潮五郎认为，既然这样，那么孙武肯定在当时的军事、外交中有相当的作为，作为小说，就是要从这些作为中把孙武的形象塑造出来。关于孙膑的形象，《史记》主要写孙膑与庞涓之间的矛盾冲突，海音寺潮五郎在《史记》的基础上，又加了许多艺术的虚构，如少年时代的庞涓有志于兵学，到孙家拜访，遂与孙膑结交，还写他们共同拜吴起为师。关于吴起这个人，《史记》把他作为兵法家，与两个孙子一并作传，但吴起排在孙膑之后，并未写吴起与孙膑有何关系。海音寺潮五郎作了合理的艺术虚构。又写庞涓在魏国作将军时，孙膑曾暗中给了庞涓很多帮助，这就突显了庞涓的忘恩负义与嫉贤妒能。在战争描写方面，海音寺潮五郎借鉴《史记》列传中关于马陵之战、桂陵之战的简单记述，对孙膑如何以出色的兵法大败魏军，做了具体的艺术发挥。

　　小说《孙子》体现了海音寺潮五郎鲜明的思想与艺术个性。日本学者会田雄次曾指出，海音寺潮五郎在日本历史题材的小说中，对历史人物的评价有三个基本标准：就是不屈的意志、刚毅的性格、为了实现自己的理想而不计得失利害。①这是一种典型的鹿儿岛（旧萨摩藩）人的性格，所以海音寺在最后的大作《西乡隆盛》中，对自己的萨摩同乡、明治维新时期英雄的悲剧人物西乡隆盛，作为自己的理想人格予以高度的评价。同样，在《孙子》中，海音寺潮五郎也把自己的人格理想投射到孙子的形象中，他在初版"后记"中强调指出：

　　　　孙武和孙膑晚年都淡泊名利，隐居起来了，这才是达人②的归宿。像伍子胥、吴起、庞涓、商鞅等人的最终结局，不能称为真正的贤人，不能说是真懂兵法。功成名就，赶快引退，置身名利之外，颐养天年，是中国贤人的理想的处世法。所以，范蠡逃出越国来到齐国

---

① ［日］会田雄次：《歴史小説の読み方》，东京：PHP文库，1988年，第87页。
② "達人"，日语汉字词，意为达观之人、潇洒之人、明白人、贤人、高人。

做起了庶民陶朱公，张良最后也跟从赤松子作了仙人。

假如把兵法运用于现实，却不把兵法运用于这一点上，那就丢掉了兵法的精髓。兵法不仅是克敌之术，归根到底也是战胜自我之术。只将兵法运用于经营学，无异于用正宗名刀来杀狗。我们必须领悟孙子交给我们的成为高士的方法。①

这就是海音寺潮五郎对孙子兵法的根本的认识和理解，他将自己的这种认识和理解贯穿于整个作品中。这里可以看出，海音寺潮五郎作为一个文学家，其人格气质固然如日本学者所言具有鲜明的鹿儿岛人的性格色彩，但从根本上看，这种宁静致远、激流勇退的人格追求和人生理想，渊源毕竟还是中国文化。海音寺潮五郎从青年时代就读中国典籍，深受中国文化精神的浸润，他推崇的这种人格精神与中国传统文化，特别是以儒家和道家为基础的中国文人的价值观是完全一致的。另一方面，海音寺潮五郎作为现代日本作家，又具有自由主义知识分子的现代价值观，他曾强调自己不接受唯物主义史观，说"唯物史观也好，法西斯主义也好，我都讨厌。我喜欢自由主义"。在这种信念之下，他在历史小说创作中，一般不太注意表现时代的、社会政治、经济的因素对人物性格与命运的支配，而是特别强调人物自身精神世界的独特与独立性，具有强烈的东方式的精神主义倾向；同时也不像许多日本大众文学家那样，以种种手段取悦和迎合读者，而是坚持自己的审美趣味。也许正是因为如此，评论家才把海音寺潮五郎称为"现代日本的最大的正统历史小说作家"。所谓"正统"，强调的似乎主要是海音寺潮五郎不媚时流的思想与艺术特征。这一特点也充分反映在《孙子》中。其结果，本来被一般日本人运用于现实商战的孙子兵法，却被海音寺潮五郎从现实世界拉回到精神世界，求诸于外、克敌制胜的兵法在《孙子》中成为求诸于内、自我修养的兵法。评论家萱

---

① ［日］海音寺潮五郎：《孫子·後記》下册，东京：每日新闻社，1988 年，第236-237 页。

原宏一在谈到自己阅读《孙子》的感受时说:

> 我十年以前读〔海音寺的〕《孙子》,有人生萧条之感。那似乎也可以说是一种无常感。孙武在功成名就的辉煌中引退,我也不想再做事了,强烈希望像孙子一样从工作中引退。或许是邯郸学步吧,我想尽早地从工作中摆脱出来,这一点受小说《孙子》的影响很大。
>
> 十年以后再读此书,依然是被人生萧条之感所打动。……引退的孙武对劝他再度出山的伍子胥说:"人只要有生命,就要活下去,但要尽可能缩小与世间的接触面。我只和自己的人生有关的东西做有限的接触。"因而表示谢绝,这一场面特别打动了我的心。①

从某种意义上说,海音寺潮五郎在《孙子》中把握了中国文化的精髓,也把握了孙子兵法的精髓。《孙子》之所以在世界兵法中独具一格,就在于它不像西洋的兵法那样宣扬好战、流血和暴力,而是充满了东方式的人道主义与东方人的柔性智慧。海音寺潮五郎的《孙子》所努力表现的,也正是这一点,这既是对兵法的实用主义的理解的一种反拨,也是对中国传统兵学文化的正确的艺术阐释。同时《孙子》也表明,晚年的海音寺潮五郎对中国文化中的理想人格,已经从了解、理解,达到了深度共鸣的层次。

四、司马辽太郎的《项羽和刘邦》等

1956 年,比海音寺潮五郎小二十三岁、时为普通新闻记者的福田定一(1923—1996 年),以"司马辽太郎"的笔名,写了一篇以亚洲大陆为题材背景的题为《波斯的幻术师》的中篇小说,拿去参加第八届"讲谈社俱乐部奖"的角逐。当时的福田定一还是一个初学写作的文学青年,

---

① 〔日〕萱原宏一:《孙子·解說》,东京:讲谈社文库,1974 年,第 638-639 页。

但他心仪中国的司马迁，自起笔名"司马辽太郎"，意思虽然是"比司马迁差得远"，但以"司马"的姓氏自许，却在谦逊中表现了步司马迁之后尘的远大抱负。抱着追随司马迁的远大理想，怀着表现完整的人生和描写"完结的人生"的强烈兴趣，福田定一即"司马辽太郎"成了日本首屈一指的历史小说作家。

《波斯的魔术师》的舞台背景是亚洲大陆，出场人物中一个日本人也没有，作品想象绚丽，风格雄浑，与日本流行的大众小说迥异其趣。他拿这篇作品竞选第八届"讲谈社俱乐部奖"时，有些评委不感兴趣，有些评委不置可否，而评委之一的著名历史小说家海音寺潮五郎却说："我非常地欣赏。充满幻觉之美啊！""从开拓大众文学的新领域的意义上，这篇小说很好。"海音寺潮五郎一直认为包括历史小说在内的日本大众文学素材贫乏，他主张扩大大众文学的题材范围，采用大陆题材，并打破那种以自然主义的写实为基调的写法，他本人也写了《昆仑的魔术师》《妖术》《天公将军张角》等以中国大陆为舞台的、具有强烈幻想色彩的小说，所以对年轻的司马辽太郎的这篇作品引为同调。在海音寺潮五郎的力主之下，司马辽太郎的这篇小说最终榜上有名，获得了第八届"讲谈社俱乐部奖"，这次获奖对司马辽太郎影响很大，坚定他走上作家之路的信心。此后，司马辽太郎就从大陆题材入手，在中国历史题材和日本历史题材方面，展开了旺盛的创作活动，并越来越得到读者与文学界的承认与赞赏。1960 年，司马辽太郎以日本为题材的《枭城》获得了第四十二届"直木奖"，从此逐渐成名，并以极快的创作速度和极高的产量，频频推出佳作，引起了读者的广泛注意。1968 年以乃木希典为主人公的长篇小说《殉死》获第十九届"每日艺术奖"，1976 年，以高僧空海为主人公的长篇小说《空海的风景》等一系列作品而获得第三十二届"艺术院恩赐奖"；1982 年，《众人的足音》获第三十三届"读卖文学奖"；1983 年，由于在"历史小说革新"方面的功绩而获得该年度"朝日奖"；1984 年，历史纪行《漫步街道·南蛮的街道》获第一届"新潮日本文学大奖学艺奖"；1988 年，历史随笔《关于俄罗斯》获第三十八届"读卖文学奖"；1988 年，长篇小说《鞑靼疾风录》获第十五届"大佛次郎奖"。1991 年，司马辽太郎被评为"文化功劳者"，1993 年被授予国家颁发的"文化勋章"。1996 年司马辽太郎去世。他在三十年的创作生涯中，创作一系列大部头的长篇历史小说，涉及了日本历史上许多重大的人物与事件，其中，以幕末时期京都地区反对"尊王派"的浪人武装组织"新选组"的活动为题材的《新选组血风录》（1962），描写维新志士坂本龙马的生平的《龙马飞腾》（1964—1967 年），以日本战国时代的武士首领织田信长和斋藤道三等人为主人公的《窃国物语》（1965—1966 年），描写战国时代丰臣秀吉及丰臣家族的《新史太阁记》（1966—1967 年）、《丰臣家的人们》（1966 年）、《城塞》（1971 年）和《播磨滩物语》（1973 年），描写丰臣秀吉的"西军"与德川家康的"东军"所进行的决定性战役"关原之战"的《关原》（1964—1966 年），描写德川幕府将军德川庆喜的《最后的将军》（1966—1967 年），描写为明治天皇殉死的乃木希典大将的《殉死》（1968 年），描写日本近代军队体制的创始人大村益次郎的《花神》（1972 年），描写明治维新时期年轻的英雄群像的《坂上风云》（1969—1972 年）等，这些作品作为司马辽太郎的代表作，长期拥有众多的读者。司马辽太郎还在历史随笔散文、游记、文化知识对谈等多种写作领域驰骋，著作等身，文艺春秋社出版的《司马辽太郎全集》竟多达 68 卷，令人叹为观止。除全集外，近年来有些出版社还出版了司马辽太郎的专题选集，如朝日新闻社出版了《司马辽太郎全讲演》三卷（2000 年），新潮社出版了《司马辽太郎所思所想》全十五卷（2001—2002 年），文艺春秋社将他与其他作家、学者的对话录集成《司马辽太郎对话全集》全五卷（2002—2003 年）出版，等等。在近二十多年来的日本文坛中及文化界，司马辽太郎一直处于中心位置，说他是"当代日本的司马迁"，是当代日本历史小说的第一人，是日本当代大众文学的核心人物，是很恰当的。司马辽太郎在其历史小说及其他作品中表现的历史观，特别是关于近代日本历史的观点，被称为"司马史观"，产生了很大影响，其作品拥有广泛的读者，有些书店甚至开设了司马辽太郎的专架。学者们也对司马辽太郎及其历史小说展开了多方面的评论和研究，一些评论家和研究者将他誉为"国民作家"。以一人而能代表国民，是一种难得的崇高的评价，除司马辽太郎之外，获得这样的评价的作家极少。可以说，要了解日本当代文化与文学，不了解司马辽太郎是不行的。

司马辽太郎的创作由中国及大陆历史文化题材入手，但关于中国历史题材作品的数量很有限。除少量短篇以外，重要的作品有长篇小说两部，即《项羽和刘邦》和《鞑靼疾风录》。

《项羽和刘邦》原题《汉风楚雨》，1977 至 1979 年在《小说新潮》杂志上连载，1980 年由新潮社出版单行本上下两卷，发行一百六十万册，成为当年的畅销书。这部中国古代题材的历史小说为什么会如此受欢迎，原因是多方面的。当时中国刚刚改革开放不久，日本和中国的关系进入空前密切的交往时期，一般日本国民对中国抱有很大兴趣；同时，由于司马迁的《史记》在日本影响很大，项羽和刘邦的故事作为《史记》中的精彩篇章，为许多日本人所熟悉，而且刘邦和项羽的题材此前早就有作家利用过，如近代白桦派作家长与善郎的剧本《项羽和刘邦》就很有名。对一般读者来说，一种历史人物题材的作品，事先已经十分熟悉就不会再有吸引力，而事先毫不了解也不会产生阅读冲动。项羽和刘邦似乎就是那种对读者有吸引力，也能产生阅读冲动的历史人物。或许因为如此，出版社在出版单行本时，才将原本相当有历史文化含蕴的书名《汉风楚雨》，改为在中国人看来略显直白的《项羽和刘邦》，却获得了意想之中的畅销。

在《史记》中，项羽的传记《项羽本纪》和刘邦的传记《高祖本纪》，是《史记》中写得最精彩、最有文学性的两篇。《项羽本纪》和《高祖本纪》本身作为文学作品就有很高的欣赏价值，所以后来的中国小说、说唱文学、戏曲多有以项羽和刘邦为题材者，都是因为充分利用了《史记》的资源。《项羽和刘邦》是司马辽太郎第一部学习司马迁，从

《史记》中生发、脱胎而出的长篇历史小说。从30岁时就立志学司马迁，一直到52岁时到了"知天命"之年的艺术成熟期才动笔写《项羽和刘邦》，可见司马辽太郎对项羽和刘邦的题材是多么珍视。

同时，作为有自己思想的历史小说家司马辽太郎，他要写《项羽和刘邦》，肯定不满足于仅仅讲故事、玩趣味，而是要找到一种思想主题，给项羽与刘邦的古老题材注入现代活力，然后才能动笔。1975年，司马辽太郎来中国参观访问，不期而至地获得了这方面的灵感。在洛阳，他参观了隋唐时代的地下粮仓，那巨大的、数量众多的粮仓，使司马辽太郎对中国古代的政治家的深谋远虑有了深刻的感触。极有历史敏感性的司马辽太郎由此看到了中国历史的一大特点。他认为，中国历史上常常发生饥荒，无饭可吃的人为了找吃的而辗转各地，成为流民。在这种情况下，谁能让这些人吃饱肚子谁就是英雄，"中国的英雄就是在这种情况下产生出来的"，而"中国的政治，也以让人吃饱肚子为第一要义，流民的大发作会摧毁一个王朝，此时如出现一个首领能让流民吃饱，或者作出让人吃饱的样子，就会打倒旧王朝，创造新王朝。反过来说，一个王朝丧失了让人吃饱的能力，那就是天革其命，会被有能力让人吃饱的人革掉他的命"。①司马辽太郎从隋唐的粮仓上，一下子领悟了刘邦当时能够牢牢控制关中平原并统一全国的原因。他觉得，如果从这个角度描写项羽的失败和刘邦的成功，当代的那些公司职员（历史小说稳定的读者群）一定爱看。

《项羽和刘邦》从秦始皇巡行途中发病而死写起，写陈胜吴广起义反秦，各地群雄蜂起，其中项羽和刘邦在乱世中崭露头角，最后秦朝灭亡，反秦起义遂变成楚汉相争，最终项羽兵败，刘邦称霸，建立汉朝。这一基本的历史线索与《史记》的记载是完全一致的。司马辽太郎历史小说的根本特点之一，就是凡有历史事实依据的，就尽可能地尊重史实，而不想如"时代小说"家那样故意颠覆和解构历史事实。他所要做的，就是在

① ［日］司马辽太郎：《項羽と劉邦・あとがき》下册，东京：新潮文库，1984年，第345–348页。

相对单调枯燥的史实中，注入文学所特有的人物情感、细节虚构、时代氛围和和情绪情调，并对历史和人物作出自己的解释。司马辽太郎将《史记》中总共三万来字的关于项羽和刘邦的记述，扩写为约合中文五十万字的长篇巨制，这不仅需要丰富的历史知识，还需要出色的想象力。司马辽太郎凭借这两点，满足了自己对历史的呈现欲与解释欲，填补了司马迁历史记事中的省略与空白，将秦汉之交复杂而壮阔的中国历史文化场景展现在读者面前。由此，司马迁的《项羽本纪》和《高祖本纪》中的艺术形象，也就被司马辽太郎以另外一种语言加以重新塑造，中国古代的水墨画成为具有日本浮世绘风格的色彩斑斓的细腻的现代油画，从而在日本语的文字世界里，焕发了新的生命。同时，作为当代日本小说，司马辽太郎在《项羽和刘邦》中所要着意表现的，就是发掘项羽与刘邦这两个人物性格的现代内涵。对于这一点，著名学者会田雄次曾经指出：司马辽太郎在《项羽和刘邦》中，实际上触及了一个重要的现实问题，项羽那种人物仿佛就是日本 1950—1960 年代经济高度成长时期的人物的典型：十分自信，自视很高；而在经历了石油危机之后，像项羽那样的刚愎自用的领导者就不合时宜了，相反地，刘邦那样的能够延揽各种人材的具有包容力的人则十分需要。①这也许就是一些日本读者从《项羽和刘邦》中所能读出的"引申义"吧。

司马辽太郎以中国历史为题材的另一部长篇小说是《鞑靼疾风录》，这部作品连载于 1984—1987 年，随后由中央公论社出版单行本上下卷。

"鞑靼"一词有时是指称地域，有时指称民族，含义并不固定，司马辽太郎对《鞑靼疾风录》中的"鞑靼"做了自己的界定，他指的是古代中国东北地区的女真人，亦即满清人。据日本传说，日本江户时代初期（17 世纪初），越前三国凑的船老大竹内藤右卫门等五十多人，在松前（今北海道）地区海面上遭遇风浪，漂流到了当时女真人所居住的东北亚

---

① 参见［日］会田雄次：《歴史小説の読み方・司馬遼太郎論》，东京：PHP 文库，1988 年，第 57-58 页。

一海湾，幸存者十五人受到了当时清朝的细致照顾，他们不久就被带到清朝刚刚入住的首都北京，几年后经由朝鲜将他们送往日本。司马辽太郎的《鞑靼疾风录》据此记载，设计虚构了基本情节。

《鞑靼疾风录》的主人公是一个生于平户的名叫桂庄助的武士，他接受了主人弥左卫门的指派，到度岛去帮助一个从海上漂流来的外国姑娘。后来他知道这个姑娘原来是鞑靼的公主，名叫阿比娅。主人派桂庄助将阿比娅送回祖国，并希望借此在锁国的状态下开辟平户藩与外界的贸易交流。桂庄助接受了主人的命令，这时他也爱上了阿比娅。桂庄助向阿比娅学习女真语，同时对女真人、汉人及朝鲜人的生活也有了一些了解，并在这些民族与日本比较中，逐渐加深了对他们的认识。那时因丰臣秀吉侵略朝鲜，朝鲜人憎恨日本人，所以桂庄助和阿比娅不敢取道朝鲜，而是直接向北方漂流，途中经过种种艰难险阻，终于到达当时女真人的首都沈阳。然而那时阿比亚的父亲因为交结汉人，全家被斩，听说阿比娅也将被杀死，桂庄助称她是自己的妻子，才把她保了下来。后来他被任命为日本差官（相当于现代的全权大使），和清朝的上层有了密切接触，并目睹和亲历了清朝入关、定都北京等一系列历史事件。期间，他按照弥左卫门的指示，去苏州等地履行考察，还与阿比娅生了一个儿子，最后回到了锁国状态下的日本。小说以桂庄助的足之所至、目之所见、耳之所闻，广泛描写了明末清初中国的历史与社会，包括政治、经济、风俗习惯、国际关系等，写到了许多重要的历史人物，如郑成功、睿亲王、陈圆圆等。从历史学的角度看，可以说是一部生动的日本人眼中的明末清初的中国历史，同时也是一部形象的中日文化交流史。司马辽太郎在这部小说中，表现了对"鞑靼"等中国少数民族文化的强烈兴趣和丰富知识。作为学习蒙古语专业出身的人，他将多年来积累的关于满蒙的知识、与他对满蒙文化与中国汉族文化风情的好奇心、憧憬与遐想结合起来，创造了一个虚实交融的艺术世界。另一方面，作者常常借桂庄助的嘴，发表关于中日之间、汉族与少数民族之间的文明比较论，集中表现了他的有关比较文明史的一系列看法。因此可以说，《鞑靼疾风录》实际上是一部以中日文化交流为主体的小说，也是一部独特的比较文明论。

同样以中日历史文化交流为题材的作品还有长篇小说《空海的风景》（上下卷，1975年）。这是一部以高僧空海（弘法大师，公元774—835年）的生平事迹为题材的长篇小说，反映了空海对中日两国的宗教文化交流对日本佛教、文学文化乃至科学技术起步和发展所作的贡献。《空海的风景》在文体上具有将纪实文学、传记文学与虚构小说相杂糅的特点，作者经常在书中直接出面议论，并经常出现"笔者如何如何"之类的文字。诗人大冈信评论说：《空海的风景》"固然是真正的小说，但其中又含有传记或者评传的要素，因而，它既是以空海为中心的平安初期的历史，也是关于什么是密教的有特色的入门书；是通过最澄①与空海的交往所表现出的显教与密教的二教论，也是通过空海所搭建的印度思想、中国思想、日本思想的展示台，更是中国文明与日本交流史的生动描写"。②《空海的风景》所塑造的，是日本历史上第一个伟大的人物，《空海的风景》充分展现了空海这个天才的伟大人物成长的历程，他把空海这一"天才人物的成长"（司马辽太郎语）归结为大陆文明对空海的浸润，归结为空海对唐朝先进文化的学习吸收，对他如何去唐朝留学并在长安等中国各地参观游历，如何在唐朝僧人惠果的教导下学习佛教密宗，如何将佛教的真言密教传入日本，如何在哲学、文学、教育、医学等各方面引进和传播先进的中国文化，都有形象细致的描写，从而在中日文化的交叉点上，使空海的形象高高地树立起来。

司马辽太郎在他的一系列作品中形成了自己的历史观，日本学术界称之为"司马史观"。总体上看，在以中国为题材或以中日关系为题材的作品中，司马辽太郎努力显示日本人在历史上如何对大陆抱有执着的探索热

① ［日］最澄（公元767—822），804年去唐朝留学，日本佛教天台宗的创始人。
② ［日］大冈信：《〈空海の風景〉解說》，見《空海の風景》下卷，東京：中公文庫，2002年，第412页。

情，如何努力地吸收大陆中国文化；在以日本历史为题材的作品中，则始终贯穿着一个基本的主题，就是显现日本人及日本文化的独特性、优秀性，弘扬日本的传统精神特别是武士道精神。这种观念无论是写首次发动对外侵略战争的丰臣秀吉，还是写以残暴著称的织田信长的时候都有表现。司马辽太郎属于当代自由主义知识分子，他鄙视官僚政客，讨厌"官僚主义"，与当代政治政党没有什么关联。他基本是站在自由主义的、温和的民族主义立场上，抱着对日本民族文化的热爱，来从事创作活动的。这和上述的海音寺潮五郎非常接近，也是日本大部分作家的一种普遍的姿态。但司马辽太郎作为历史小说家，又丝毫不掩饰，也不能掩饰他对一些有争议的历史问题的看法。例如，他对明治时代给予极高的评价，称明治时代是"现实主义的时代"，肯定明治政府的包括对外侵略在内的一系列内外政策，把侵略中国的甲午中日战争及侵略并"合并"朝鲜的行为，都不视为罪恶的侵略战争，并予以完全肯定。而对于招致日本战败的昭和时代，司马辽太郎则予以否定，说那个时代是"极端的官僚主义"的时代。但是司马辽太郎没有看到，他引为自豪的明治时期的国家体制，实际上是为昭和时代军国主义的恶性膨胀准备了充分的条件；换言之，日本的近代史是一个连续的、合逻辑的发展过程，不可人为地割裂和硬性地区分。他否定昭和时代，显然是因为昭和的战败使日本民族失去了自豪，所以司马辽太郎取材于昭和时代的历史小说几乎一篇也没有。这是"司马史观"的矛盾，也是"司马史观"的特色。

第七章　华裔作家陈舜臣的中国历史题材

陈舜臣是日本当代文坛巨匠，也是最有影响的华裔日本作家。他的推理小说打破了不能让中国人登场的禁忌，在取材上独辟蹊径，拓展了推理小说的题材领域；他以中国古代史为题材的历史小说，以弘扬中国文化为主题，塑造了一系列"任侠""奇人""人杰"，描写了中国历史上对民族间的战争与和平有着重大影响的历史人物；以鸦片战争、中日甲午战争、辛亥革命为题材多卷册长篇小说，艺术地呈现了中国近现代史上有关重要人物与事件，有力地扭转了日本当代中国题材历史小说偏重古代史、忽视近现代史的取材倾向。

一、"人间派"推理小说与中国历史文化

在 20 世纪下半期的日本文坛中，如果说司马辽太郎是日本题材历史小说的第一人，那么中国题材历史小说的第一人，则是华裔作家陈舜臣。巧合的是，两人年龄差不多（司马辽太郎长一岁），都是在三十多岁以后才开始创作，都是关西人，都是同一所学校——大阪外国语学校（即现在的"大阪外国语大学"）的同年级的同学，学的专业都是亚洲语言。

陈舜臣（1924—2015 年），祖籍福建泉州，后移居台湾，从祖父那辈起侨居日本神户，陈舜臣本人就出生于日本神户，是日本华侨的第三代。陈舜臣青少年时代喜欢读江户川乱步、柯南道尔等人的推理小说，更喜欢

司马迁的《史记》和波斯人拉希德的《史集》。1943 年毕业于大阪外国语大学印度语言专业，接着在该校任西南亚细亚语研究所助手，帮助编纂印度语辞典。战争结束后辞职，从事祖传商业贸易，主要撰写商务书信与电报稿。1948 年回台湾任中学英文教师一年，1950 年返回日本，继续从事家庭经商活动。1950 年代后期开始尝试创作，1961 年以处女作、长篇推理小说《枯草之根》获推理小说的权威奖项——江户川乱步奖，并一举成名，此后专事创作，在推理小说、历史知识小说、历史读物、游记散文等多种领域大显身手。继《枯草之根》获奖后，1969 年，推理小说《青玉狮子香炉》获得"直木三十五奖"；1970 年，推理小说《再访玉岭》与《孔雀之路》获"日本推理作家协会奖"。在日本文坛，相继获得推理小说三大奖——乱步奖、直木奖和推理作家协会奖——的作家，迄今为止是史无前例的，陈舜臣由此而牢固地确立了自己在日本文坛上的地位。从 1960 年代后期，陈舜臣将主要时间和精力投入中国题材的历史小说和历史读物的创作，并成为该领域的泰斗人物。1971 年，历史读物《实录鸦片战争》获"每日出版文化奖"，1975 年，获"神户市民文化奖"；1976 年，历史文化随笔《敦煌之旅》获"大佛次郎奖"；1983 年，《叛旗——李自成》（原作姚雪垠，陈舜臣与陈谦臣合译）获第 20 届"翻译文化奖"；1989 年，历史题材随笔《茶事遍路》获"读卖文学奖"；1992 年，长篇历史小说《诸葛孔明》获"吉川英治文学奖"；1993 年，因"通过中国和日本历史题材的作品而对日本文化做出很大贡献"而获第 63 届"朝日奖"；1995 年获第 51 届"日本艺术院奖"，同年获第三届"井上靖文化奖"；1996 年获"大阪艺术奖"；1998 年获"瑞宝章"三等功勋奖。一个华裔作家得到这么多的奖励和荣誉，是非常难能可贵的，也受到了日本华人的高度关注。日本评论家足立卷一曾写到了陈舜臣获奖时华人朋友纷纷赶去捧场祝贺的情景：

　　那时我去直木奖颁奖祝贺大会上一看，很是吃惊。颁奖会在神户东洋大厦的宽敞的大厅中召开，与会者华人很多，以至拥挤得不能自由转身。日本人少，写书的作者在哪里，完全看不清楚。我也被挤在一个角落里，一直到最后都没有机会向得奖人祝贺。……

看到这情景，我深感陈先生原来是被这么多的中国人培育着、呵护着、支持着，而他的文学创作不也同样如此吗？①

陈舜臣著作甚丰，早在 1987 年，也就是陈舜臣 63 岁的时候，讲谈社就出版了《陈舜臣全集》27 卷；2003 年，集英社将陈舜臣的有关中国的历史小说及历史读物收集起来编为一套丛书，出版了《陈舜臣中国图书馆》②全 30 卷（另有《别卷》一卷），是陈舜臣四十年历史文学的集大成。此外，2000 年中央公论社还出版了《陈舜臣中国历史短篇集》五卷。

作为华裔作家，陈舜臣精通汉语，能够阅读中国古典与现代著作，而且会写汉诗。1960 年代后，他也曾多次到中国大陆旅行和采访，对中国历史文化有着一般日本作家难得的深入理解。中国历史文化，也就成为陈舜臣创作灵感与题材的取之不尽的源泉，他的绝大多数作品都是以中国为题材，或以中国为舞台，或跟中国有关联。换言之，当代日本文学爱好者所具有的关于中国的知识和印象，相当一部分来自陈舜臣的作品。从日本

---

① ［日］足立卷一：《青玉獅子香炉·解説》，东京：文春文库，1977 年，第 243 页。

② 原文《陳舜臣中国ライブラリー》。各卷内容分别为：第 1、2 卷《阿片戰爭》，第 3 卷《太平天国》，第 4、5 卷《中國の歴史》，第 6 卷《江は流れず》，第 7 卷《桃花流水》，第 8 卷《相思青花》，第 9 卷《夢ざめの坂（他）》，第 10、11、12 卷《小説十八史略》，第 13、14 卷《秘本三国志》，第 15 卷《諸葛孔明（他）》，第 16 卷《ものがたり水滸傳（他）》，第 17、18 卷《チンギス·ハーンの一族》，第 19 卷《耶律楚材》，第 20 卷《戰国海商傳》，第 21 卷《琉球の風》，第 22 卷《中国五千年》，第 23 卷《紙の道（他）》，第 24 卷《中國歴史の旅（他）》，第 25 卷《新西遊記（他）》，第 26 卷《イスタンブール（他）》，第 27 卷《茶事遍路（他）》，第 28 卷《中国傑物傳（他）》，第 29 卷《中国任侠傳（他）》，第 30 卷《桃園郷》，别卷《中国五千年歴史地圖年表》。

文学史上看，迄今为止，作为华裔作家而在日本文坛上占重要地位的，似乎只有陈舜臣一人。

如上所述，陈舜臣是从推理小说走上文坛的，因此，谈他的创作，也要从他的推理小说开始。

陈舜臣的处女作是长篇推理小说《枯草之根》（1961 年）。这部小说值得注意的第一个特点是：登场人物大部分是中国人。其中有借助到香港赴任的机会顺便到日本来的马克·顾夫妇、南洋著名的实业家席有仁、曾在日本的一家小公司任社长的李源良、帮助神户市议员吉田庄造从事黑市交易的金融界的徐铭义、中华料理店"桃园亭"老板陶展文。此时，经常陪陶展文下象棋的好对手徐铭义，突然在自己的公寓的一个房间被神秘绞死。陶展文为了解开此谜，展开了一系列侦查。关于陶展文，作者写道：

> 陶展文正好五十岁，但看上去最多也就四十上下。因为身板结实、没有赘肉的缘故。他总是穿着单薄衣服，到了严冬也很少穿棉衣。十二月份以后有了暖气，他在店里常常脱去上衣，身上只穿一件半袖的衬衫。举起两手打哈欠的时候，胳膊上的肌肉历历可见。在"桃源亭"，厨房后头有一个三铺席大小的小房间，那就是主人陶展文的窝。（中略）以前他总是亲自掌勺，品尝咸淡滋味，而原本打下手的小舅子衣笠健次现在也出息了，不知从什么时候起，他就把一切都交给了健次。（中略）他顺乎其然就钻进了他的小屋，在那里仰读闲书，无聊的时候就出去遛遛弯儿。①

这段描写使陶展文一出场就给读者留下了强烈印象。作者接着介绍陶展文祖籍陕西，父亲是个官僚，并且精通拳脚武术，身体强壮，他年轻时

---

① ［日］陈舜臣：《枯草の根》，东京：讲谈社文库，1975 年，第 24-25 页。

曾和父亲学拳术，后来到日本东京留学，学习法律，能说一口标准的日本语，后来和日本女人结了婚，开了一家中华料理店，同时对中药也有研究。总之，这是一个典型的能文能武、多才多艺、懂得生活并会享受生活的中国男人，也是代表着作者的审美与价值取向的理想人物。这个陶展文在《枯草之根》中是第一次登场，参予杀人案件的侦破，方显示出他是一名天才的侦探。后来陶展文又在陈舜臣的其他推理小说，如短篇集《崩溃的直线》、短篇小说《王直的财宝》等作品中多次登场，成为陈舜臣推理小说中的名侦探。陶展文在推理破案方面，既重视外部观察，更重视当事人的心理与性格的分析。在徐铭义遇害后，他发现杀人现场与被害人的性格之间有很大的矛盾，并由此发现了罪犯设下的骗局，最终找出了凶手。

《枯草之根》独特之处，主要在于出场主要人物都是中国人这一点上。据说著名侦探小说家罗纳德·诺克斯在《侦探小说十戒》中的第五戒中曾断言：在侦探小说中"决不可让中国人登场。为什么？要说明个中理由并不容易，可以说，主要是因为在我们西洋人看来，中国人头脑绝顶聪明，而道德方面冷酷而单纯"。陈舜臣的《枯草之根》就是要证明，诺克斯的这种看法纯属一种偏见。在陈舜臣的笔下，作为中国人的陶展文，既是一个餐馆的经营者，也是一个出色的侦探，不仅在头脑聪明方面，而且在对人生与社会的道德判断、心理分析方面，都显示出相当出色的严谨、缜密与细致来。陶展文是继战前美国作家 E·D·毕卡斯在英语文学中塑造的优秀华人侦探查理·张之后，出现在世界侦探推理小说中的又一个出色的华人侦探形象。他不是一个"道德方面冷酷而单纯的人"，出于对人的关爱，陶展文对每次杀人案件都寄予强烈的关心。而他侦查破案主要靠他对人性的透彻分析，即把罪犯首先当作"人"来看待。作者写道："陶展文为这种事件所吸引，是因为这其中交织着人与人之间的复杂关系，呈现出人生的斑点纹路。杀人事件是人生的强烈投影。只有对人生不绝望的人，面对人与人之间的种种事情才抱有强烈的兴味。"①小说标题"枯草之根"，似乎就是暗示人性、人的深层本质就像枯草之根，它深埋在地下，却又是活生生的存在。

在接下来的短篇小说《三色之家》（1962 年）、长篇小说《破裂》（1962 年）和《虹的舞台》（1973 年）中，陶展文作为侦探，显示出了破案所特有的方法方式和智慧。这个从容不迫、以柔克刚的侦探，被评论者称为"坐在安乐椅里的侦探"，蕴含着中国传统儒将的气质和风范。这里没有一般推理小说中的剧烈动作、喧哗与骚动、血腥与恐怖，而是恐怖事件发生后，一切真相都在陶展文的侦查和分析中如层层剥笋似的逐渐呈现，从而给推理小说带进一股新风。作家田边圣子曾评价说："陈舜臣的推理小说，没有高声喧哗，可以说是处在宁静的、深沉的气氛中。（中略）犯人与受害者乱作一团、众声鼎沸的情景完全没有，也没有那种哗众取宠的、色彩绚烂的文字。文章极其透彻平明、进退有度、恰到火候。那么平易明晰，因而又是那样风雅。"她并把陈舜臣的此类风格的推理小说称为"静谧的推理小说"，②这是极有见地的。著名文学评论家、学者秋山虔认为：陈舜臣的《枯草之根》这样的推理小说出现后，"推理小说"这一名称已经变得不恰当了。推理小说"已经不再是推理，而具有人性洞察的深度、社会观察的尖锐视点、潇洒儒雅的批评精神，已经成为小说的关键。老实说，我感到日本推理小说在这关键的一点上是薄弱的，所以我不太爱读。（中略）以处女作推理小说开始起步的陈氏的文学究竟植根于何处？这一点值得注意。我们已经看到在日韩国人的文学已意识到自己植根于何处、从何处出发的，然而这一发问却是自白式的、性急的、稍显单调的。与此相反，作为在日中国人的陈氏，却把一系列丰富的推理小说作为自己的出发点。这是为什么？这不是将文化加以血肉化的人才具有的

---

① ［日］陈舜臣：《割れる》，东京：德间文库，1987 年，第 70 页。
② ［日］田边圣子：《黄河の如き推理小説》，《陈舜臣讀本・who is 陈舜臣?》，东京：集英社，2003 年，第 363 页。

神韵吗?"①在这里，秋山虔先生把陈舜臣的推理小说的风格形成看作是中国文化的"血肉化"的结果，是十分到位、切中肯綮的。战后，日本的推理小说形成了传统的"本格派推理小说"和以松本清张、森村诚一为代表的"社会派推理小说"两派之分，陈舜臣的推理小说由于其独特性，既不能划归为"本格派"，也不能划分为"社会派"。有评论家认为，如果要给陈舜臣的推理小说归为一个派，"那就称为社会派色彩浓厚的人生派，乃至人间派吧"。②"人间"在日语中就是"人"的意思，是说陈舜臣的推理小说是写"人生"的，是写"人"的。这是一个很画龙点睛的概括，点出了陈舜臣推理小说的一大特点。

那时的陈舜臣也许已经意识到，自己作为一个华裔作家，一个精通汉语包括古代汉语的作家，和一般日本作家比较起来，中国历史文化是自己显著的优势，也应该成为自己独特的创作资源。应该将中国文化"血肉化"，融汇到自己创作中去。不久之后，陈舜臣将推理小说与历史小说这两种小说形式结合起来，也就是将中国的历史文化与推理小说创作结合起来，实际上，这也是陈舜臣"人间派"推理小说特征的进一步的凸现和深化。

这一动向，在上述的《枯草之根》推出一年后的小说集《方壶园》中得到了明显的体现。此前的《枯草之根》《破裂》等作品，是以中国人为主人公，以现代日本为舞台的推理小说，而在推理小说集《方壶园》(1962年)中，陈舜臣将推理小说的舞台放到了中国及亚洲大陆，放到了绵长的中国历史文化的长河中。《方壶园》中的七篇小说，除了《从相册中》和《梨花》的舞台是日本，其他作品的背景都在日本之外，主要是中国。《方壶园》的背景是晚唐时期的长安，诗人李贺在此登场；《大南营》是"日清战争"(甲午中日战争)时代的辽东，《九雷溪》是国共内

---

① ［日］秋山虔：《燃える水柱·解說》，《陈舜臣讀本·who is 陈舜臣?》，东京：集英社，2003年，第360页。
② ［日］宗肖之介：《割れる·解說》，东京：德间文库，1987年，第280页。

战中的福建，人物原形则是瞿秋白。另外《兽心图》的背景是印度莫卧儿王朝时代的印度。这些推理小说的背景和舞台具有强烈的历史色彩，因而可以说是具有历史小说色彩的推理小说，这逐渐形成了陈舜臣创作中的一大特色。此后，他的推理小说的大部分都以中国历史作背景。由于陈舜臣在青少年时代经历过战争岁月，他在其推理小说中也特别表现出了对中国近现代史及中日战争史的强烈关注。他的许多推理小说，就直接取材于中国现代史及中日战争史。

例如，短篇推理小说《香港来信》（1964 年），写的是一个战争时期曾是日军特务的杉原，二十多年后到香港去，和当年差一点把他枪毙的重庆国民党方面的郑子健见面，并认识了一个名叫艳珠的女人，艳珠向郑子健和杉原提出了一个奇特的请求，说他 72 岁的父亲——一名老谍报人员潘信泽，现在得了老年性妄想症，希望能够亲眼看到自己的情报能使国共两党和解。艳珠流泪请求郑子健和杉原帮助老人目睹这样的场景。于是，在潘老人的住所，他们模拟进行了一场谈判，"毛泽东"和"蒋介石"的扮演者都找到了，而日本方面代表者就由杉原来担任。潘老人目睹了"令世界震惊的重大的秘密谈判"后无比欣喜，而其他的人则把这场模拟看作是献给老人的礼物。

获得"日本推理作家协会奖"的长篇小说《重见玉岭》①（1969 年）也是以日本侵华战争的历史为背景的。战争时期曾在中国的玉岭（作者虚构的地名）度过的日本某大学东方美术史教授入江章介，战争结束 25 年后随日本人访华团一起故地重游。当年正是日中战争时期，憧憬玉岭磨崖石刻的入江章介来到中国玉岭，并对中国文化、中国民众有了更多的理解。他热恋一位中国女子李映翔，他明知道李映翔是抗日游击队队员，但为了获得她的爱，入江竟然还杀了人，由于种种原因，两人最终未能结合。25 年后入江重访玉岭，终于解开了这个心理之谜。该作品将历史与

---

①　《重见玉岭》有中文译本，卞立强译，北京：中国友谊出版公司，1985 年。

现实、推理与恋爱融合在一起，表现了入江章介在战火年代的独特的爱情体验。在作品中，陈舜臣并没有试图对历史上的大是大非的沉重话题明确作出自己的政治性价值判断，他在这类题材中要着意表现的是超越民族，超越时代的人情、人性的东西。而这一点，正是陈舜臣"人生派""人间派"推理小说的特征，又体现了日本文学的审美意识的主流。

获得了"直木奖"的中篇推理小说《青玉狮子香炉》（1969 年）也以现代中国历史为舞台，以战争为背景。这部作品是从文物这一角度切入中国历史的，故事情节就以北京故宫中的文物为中心。小说写清朝政权被推翻后，1924 年，直隶第三军总司令冯玉祥发动政变，将溥仪从故宫中赶走，其中的文物由清室善后委员会负责管理，决定设立图书馆和博物馆开始清点工作。孙中山死后的 1925 年，故宫博物馆成立，但此后由于国内外局势动荡，故宫中的文物面临危险。不久北洋军阀张作霖入主北京，故宫文物遂置于军阀手中。1928 年蒋介石北伐胜利逼迫张作霖退回东北，张随后在回东北的途中遭日军爆破身亡，随后文物安全有了一定保障。但好景不长，1931 年，日本人入侵中国东北的"满洲事变"爆发，华北也岌岌可危。1933 年，国民政府决定将故宫中的有关精品文物南移，当时仅精品文物就装了两万多箱。先是运到上海，然后转移到南京，接着又到了汉口、长沙、陕西宝鸡、四川成都、重庆。随着中日战争的扩大，这些文物也不断辗转迁徙。战争结束时，这些文物都在重庆附近的乐山、峨嵋、安顺一带。当国共两党内战爆发后，国民政府决定将这些文物转移到台湾。当最后这些文物到达台中市雾峰乡的仓库时，已在旅途中流转了近二十年的岁月。小说中关于故宫文物迁移的这些描写基本上符合历史事实。据陈舜臣说，有一次他在东京的一家书店里买到了一本故宫博物院的那志良先生写的题为《故宫四十年》的书，读后深受启发，觉得是写小说的好材料，就想通过文物的流转迁徙来表现当年的中国历史。为了将有关史实小说化，就不能单纯敷衍历史事实，为此他虚构了一个人物——玉雕手艺人李同源。作者写李同源怀着对恋人李素英的爱情而精心打磨的青玉狮子香炉，被故宫博物馆鉴定并收藏。这个青玉狮子香炉也随着故宫中的珍贵文物，在战火中辗转二十多年，最后，李同源终于在一个特殊的场合，和李素英、和青玉狮子香炉相见。……作者将珍贵文物在战火危险中的命运、将主人公李同源及素英的命运两条线或平行或交叉同时推进，具有陈舜臣所追求的"惊险性"效果，在这一点上，它属于"推理小说"。但也有论者认为《青玉狮子香炉》不应该算是推理小说，而是另外的小说类型。这一看法也从一个角度说明陈舜臣的推理小说具有其独特性，那就是以写历史事件、写人物为中心，而不是像通常的推理小说那样以破案和推理为中心。此外值得注意的是，他在小说中虽然涉及日本侵华的历史，但并没有对日本侵华做正面批判，也回避对日军暴行的描写。当写到日本战败后，故宫博物院的工作人员对留在日军占领下的南京的约三千件文物进行清点调查的时候，发现这些文物均完好无损，不由地感叹说："原来日本人也是尊重文物的呀！"当然不能把这句话视为日本人对待中国文物的结论性的判断，因为日本在侵华战争期间从中国掠夺走了大量文物，这是现代历史上的一般常识，陈舜臣也不会不知道。但由于华裔日本人的特殊境遇和身份，作为一个用日本语写作、以日本人为读者的华裔作家，在涉及中日关系问题时，尽量保持其特有的客观中立的姿态，这是完全可以理解的。但是，在故宫中安安全全放了几百年的这些珍贵文物，之所以迫不得已非搬迁不可，之所以要为搬迁文物付出如此大的代价，直接的原因当然是日本的侵略。对这一背景，陈舜臣也有清楚的交待，所以决不是"原来日本人也是尊重文物的呀！"这样一句话可以论定的。

　　陈舜臣的另一部推理小说代表作《北京悠悠馆》①（1971 年）同样以中国为舞台，以 20 世纪初日俄战争的历史为背景。那是 1903 年日俄战争前夕，两年多前以镇压义和团为口实出兵"满洲"（中国东北地区）的俄罗斯人，不但没有撤兵迹象，反而加强在那里的驻军，于是就与日本在

①　《北京悠悠馆》有中文译本，关燕军、王执芳译，广东人民出版社，1985 年版。

"满洲"的"利益"相冲突。而日本人决心要和俄罗斯开战，但又担心一旦"清国"（清政府）与俄罗斯签订了有关条约，日本的开战就失去了"大义名分"。于是，为开战的"大义名分"而困扰的日本政府，决定贿赂收买"清国"政要，以阻止"清国"与俄罗斯签订条约。出身书画古董商人家庭的土井策太郎，应日本外务省的派遣来到了中国北京。他首先和外国语学校时代的老同学、从事谍报活动的那须启吾见面，请他帮助与中国的书画拓本界的名人文保泰联系。而文保泰与政要多有联系，于是收买工作就按预定计划在文保泰的住所"悠悠馆"进行。不料有一天文保泰却在悠悠馆的密室中被人杀害，贿赂品也随之不翼而飞。土井遂陷入了神秘莫测的谍报战的漩涡中，并遭到过逮捕和监禁，由此而牵出了清政府的人脉及其政治动向，也引出了小说中的一系列人物。包括负责联系清政府要人的文保泰的小女儿芳兰，对社会现状不满的王丽英、李涛等人，更有在小说的后半部分取代土井而做侦探的张绍光。作者通过种种人物的活动，反映了清朝末期社会政治的复杂状况，也生动地描写了当年北京城的风土人情，特别是东四大街一带的情景，如那须启吾所居住的高级住宅区金鱼胡同，文宝泰的悠悠馆所在的铁狮子胡同，土井和自己所爱的女人王丽英经常散步的鼓楼大街，土井和张绍光初次见面的隆福寺等，都给人留下了深刻的印象。当时写作此作品时陈舜臣还没有来过北京，凭借历史材料和地图能够如此细致地描写北京风物，表现了陈舜臣作为作家的出色的想象力。这部小说被评为第13届"日本推理作家协会奖"，受到了评论界的高度评价。

陈舜臣的推理小说，大部分以中国为背景或以中国人为主人公，除上述的外，还有以台湾的菩萨山杀人事件为题材、以中日战争为背景的长篇《愤怒的菩萨》（1962年），以辛亥革命为背景的长篇推理小说《火焰中的绘画》（1966年），以清末民初的历史为题材的推理小说集《红莲亭的狂女》（1968年），以中日战争为背景、以中国香港为舞台的长篇《无字的墓标》（1969年）和《失去的背景》（1973年），以台北为背景的《什么也没看见》（1971 年），以中国唐代长安为背景的小说《长安日记——
贺望东事件录》（1973 年），以辛亥革命时期在东京的中国革命青年为主
人公的《暗灰的金鱼》（1987 年），以中国人为主人公的推理小说集《昆
仑河》（1971 年）等。从创作时间上看，陈舜臣的推理小说大都创作于
1970 年代初期之前，此后推理小说创作显著减少，只有以唐三彩被盗及
复仇杀人事件等为题材的中短篇推理小说集《神兽之爪》（1992 年）等
少量推理作品。陈舜臣的创作在继推理小说后也就进入了第二个阶段——
中国题材历史小说阶段。

二、中国历史人物画廊

对于陈舜臣来说，由推理小说逐渐转入历史小说创作，是一个自然
的、必然的过程。他的推理小说也带有鲜明的历史小说特色，同时，在创
作观念上，陈舜臣也自觉地将推理小说和历史小说联系起来，强调两者之
间的相通性。他在《推理的乐趣》一文中曾说："所谓推理小说，岂不就
是史料与作者的推理及虚构的混血儿吗？"又说："以史料为基础，将史
料加以重新组合、照应，再加上作者的推理，这岂不就是历史小说的基本
写法吗？"

从根本上说，陈舜臣从推理小说逐渐转向历史小说创作，还是为了充
分利用自己的中国历史文化修养的资源，并自觉地用日本语作品来弘扬中
国的历史文化，促进中日文化的相互理解与交流。从 1970 年代开始，陈
舜臣对中国历史进行了坚持不懈的系统的调查研究，曾多次来中国各地采
访，参观历史古迹，收集文献资料。从 1974 年开始，他在《每星期日》
杂志上连载《小说十八史略》。1977 年到 1983 年，《小说十八史略》六卷
的单行本陆续刊行。所谓"十八史"，是指元代学者曾先之编纂的正史
《十八史略》。该书较早传到日本，成为日本系统了解中国历史的资料，
在日本学术文化界颇有影响。陈舜臣的《小说十八史略》就是将十八史
文学化、通俗化，在文体形式上相似于近代历史学者蔡东藩先生的中国历

史演义系列。从 1980 年开始到 1990 年代初，陈舜臣又陆续推出学术性的多卷本《中国历史》，其中古代部分十五卷，近现代部分四卷，除此之外还有《实录鸦片战争》（1981 年）、《中国近代史札记》（1976 年）及续篇《黎明前的中国》（1979 年）、《中国五千年》（上下卷，1983 年），还有大量的读史札记、随笔及历史纪行作品，主要有《北京之旅》（1978年）、《中国发掘物语》（上下卷 1984 年）、《中国历史之旅》（上下卷，1993 年）、《东眺西望》（1988 年）、《纸之道》（1994 年）、《丝绸之路全纪行》（含《敦煌之旅》等五卷，1995 年）、《万邦的宾客·中国历史纪行》（1999 年）、《中国历史随笔》（上下卷，2000 年）等。可见，陈舜臣是一个知识丰富、富有研究的中国历史学者，他的中国历史题材的小说，是建立在他对中国历史的全面了解和深刻理解的基础之上的。许多日本评论家感叹说，像陈舜臣这样中国历史知识如此丰富、中国文化修养如此深厚，纯粹的日本人作家是难以企及的。跨文化的特殊优势，使陈舜臣在中国历史题材创作方面具备了一般日本作家难以具备的得天独厚的条件。

　　在正史中为古代历史人物写列传，在中国开始于汉代的司马迁。和海音寺潮五郎、司马辽太郎等日本作家一样，陈舜臣对司马迁十分景仰，在创作上也深受《史记》的影响。他在以中国古代历史为题材的作品中，一大部分采用了列传的形式，其中包括《中国任侠传》《续中国任侠传》《中国人杰传》《中国畸人传》《中国画人传》《中国工匠传》《中国诗人传》等，形成了中国古代历史人物的色彩斑斓的艺术画廊。

　　其中，陈舜臣从推理小说转向历史小说的标志性作品是《中国任侠传》及《续中国任侠传》（1973）。为什么要写中国的"任侠"呢？陈舜臣在该书"后记"中认为，中国历史上的英雄豪杰，到明治时代还有很多日本人熟悉，但是此后，就渐渐地不太为日本读者所知晓了。他说自己作为一个在日本长大的中国人，对日本的"少年讲谈"和中国的武侠书都很爱看。和日本朋友伙伴谈起从前的英雄人物的时候，觉得日本人只知道后藤右兵卫和猿飞佐助，却对中国的英雄一无所知，于是就产生了一种冲动，想对他们说："中国也有这样的豪杰！"但是，昭和初期（1926 年为昭和元年）的日本少年，完全不相信中国有什么英雄豪杰。陈舜臣虽然没有说明原因何在，但这种情况无疑与那个时代日本侵略中国及日本人整体的中国观密切相关。那时日本的学术文化界通过所谓"支那国民性研究"及"东洋史研究"，把中国人描绘为精神堕落、肉体病弱、胆小怕事、猥琐卑微的民族，以便为入侵中国作舆论的准备。①在这种情况下，陈舜臣觉得："自己不能介绍故国的英杰，是一个很大的遗憾。"他甚至说："发掘被埋没的侠义之心，是我毕生的工作。"这就成为他日后写作《中国任侠传》的最初动机。在《中国任侠传》中，陈舜臣选择了八九个古代任侠，分八章为他们作传，其中包括《荆轲一片心》中的荆轲、《孟尝君的客人》中的孟尝君、《盗虎符》中的信陵君、《头飞身外》中的平原君和春申君、《季布》中的季布、《我是幸运儿》中的郭解、《男儿的时代》中的赵群、《相似的男人》中的田仲。在《续中国任侠传》中，陈舜臣又描写了八个任侠，包括《宿世之缘》中的剧孟、《我的敌人是丞相》中的朱云、《送行到地狱》中的原涉、《再见吧赤眉的巨人》中的"巨人"徐次子、《伏波将军走过去》中的"伏波将军"马援、《不入虎穴焉得虎子》中的班超、《从棺材中走出的男人》中的田僧超、《弥勒乱入》中的李修。这十六个任侠中，前十五个都是先秦两汉时代的人物，所依据的史料主要是司马迁的《史记》，其次是《汉书》和《后汉书》，只有最后一个故事的背景是隋朝。

在这些任侠故事中，陈舜臣努力发掘并弘扬中国文化中的"侠义之心"或谓"侠的精神"。他认为《史记》中的荆轲所说的"士为知己者死"，是最典型的侠的精神，而"所谓侠之心，可以说是在野的精神"，即跟朝廷相对的民间的精神。陈舜臣指出，"非常简单的事实是，对于中国人来说，他是不是'士'，是以他在野还是为官来区别的。所谓'士'

---

① 详见王向远：《日本对中国的文化侵略——学者、文化人的侵华战争》，北京：昆仑出版社，2005 年，第 154-181 页。

就是'不仕'，就表现为在野，这其中就有一些人是任侠"。这种概括非常的精当。任侠精神就是不畏权势、为了正义与理想敢于奋不顾身、挺身而出的精神。然而遗憾的是，随着中国"官本位"文化越来越强化，中国的正统历史书成为帝王将相的家谱，这种在野的"士"特别是侠义之士在《史记》之后的正史中越来越少，近乎消失，而只在民间的小说，如明清小说《水浒传》《三侠五义》《儿女英雄传》等作品中余绪尚存。在陈舜臣看来，春秋战国时代发育成熟的侠义精神，作为一种文化传统代代相传，成为一种可贵的精神文化。他认为近代的秋谨、谭嗣同等英雄人物的基本精神就是侠义的精神。陈舜臣有感于中国侠文化的式微，将这种以新的艺术形式表现任侠精神的工作，看成是对中国文化中的侠义之心的"发掘"。而且，陈舜臣也清楚地意识到，中国传统的侠义行为，既有值得肯定的一面，也有应该否定的一面，例如暗杀和恐怖的手段就不能予以肯定。但他同时表示，他的《中国任侠传》《续中国任侠传》不是宣扬道德教训，而是给读者提供审美愉悦的文学作品，把具有审美价值的任侠人物刻画出来，所以他的《任侠传》不是历史书，而是历史小说。为了使人物更为丰满，陈舜臣在历史记载的基础上，加上了许多虚构，也塑造了一些历史上没有的虚构的人物，例如在《孟尝君的客人》中，他虚构了孟尝君的母亲"宽"这个人物。可见，陈舜臣的《任侠传》是历史人物列传式的现代历史小说。与海音寺潮五郎的《中国英杰传》《中国妖艳传》在小说题材上是一脉相承的。

　　1985 年至 1987 年，陈舜臣在《小说新潮》杂志上连续发表了八篇短篇作品，1987 年底以《中国畸人传》为题出版了单行本。这本书在时间上似乎有意承续《中国任侠传》。《中国任侠传》中的人物大都属于先秦两汉时期，而《中国畸人传》则是三国至隋唐时代。这种"英杰"和"畸人"的时代划分也是颇有见地的。先秦两汉是中国的群雄蜂起、社会动荡、尚武斗勇的时代，这个时代的代表人物是"任侠"；而魏晋南北朝至隋唐，封建政治统治体系日益成熟，战乱相对减少，而政治环境却更加险恶。一些有自己独立思想的人该如何处世为人，他们的性格和命运便成为一个突出的时代和文化问题，也由此产生了一批"畸人"。陈舜臣从这一历史时期中选择了八个所谓"畸人"。这八人是：《终身如履薄冰》中常常在路边号啕大哭、装疯卖傻、以在乱世中苟全性命的文学家、"竹林七贤"之一阮籍；《嘴硬的二十世孙》中因坚持己见、被曹操诛杀的孔子第二十世孙孔融；《最后的贤人》中的位居宰相、善于韬光养晦的竹林"七贤之一"王戎；《神仙的系谱》中的发愤著书、探究仙术要义的道教思想家葛洪；《第三楼的人》中看破乱世红尘、钻到深山中埋头钻研本草学的医学家陶弘景；《燃烧的墙壁》中经历了国破家亡的苦难，却以传承和复兴古典音乐为己任的传奇性的音乐家万宝常；还有嗜好声色犬马和美酒、过着自由不羁的官僚生活的《葡萄美酒》中的盛唐诗人王瀚；置身于政治斗争的漩涡之外、沉浸于美酒与诗歌的《扬州之梦》中的晚唐诗人杜牧。作者选择这八个"畸人"，大都是在中国历史上性格怪异、行为怪癖、特立独行、不媚权势的"怪人"，或者是激流勇退、明哲保身、圆滑处世，又在某一方面和某一领域卓有建树的"能人"。他们的生活和遭际代表了中国精英文化阶层传统生活方式的缩影，也为中国历史文化添了异彩，因而陈舜臣所谓的"畸人"，似乎也可以译为"奇人"。

陈舜臣的中国历史人物列传的第三部作品是《中国人杰传》（原文《中国傑物传》，1991年）。和上述的《中国任侠传》一样，《中国人杰传》也从中国历史上选择了16个"人杰"加以描写。但与《中国任侠传》的断代式取材不同的是，这16个人分别从春秋战国时代延伸到中华民国时代，是从中国两千多年有文献记载的历史中遴选出来的，其中包括：春秋战国时代从越王勾践的谋士到大商人的范蠡，孔子的得意门生之一子贡，运用政治计谋、从大商人跻身于秦王朝丞相的吕不韦，汉高祖刘邦的谋士、天才的政治家张良，汉武帝的曾孙、具有高明统术的汉宣帝，三国时代的政治家、文学家曹操，东晋时期试图建立一个多民族融合的大帝国、最终攻败垂成的前秦王符坚，唐代武则天时期出身寒门而敢于抵抗门阀贵族的政治家张说，五代十国时期历任五代宰相、政治手腕圆滑而又致力于和平、尽力避免战乱的冯道，宋代大胆推行"新法"，敢于向特权阶层和既得利益者挑战的革新变法家王安石，努力扭转蒙古人野蛮杀戮的"草原法则"，而将元代政治导向文明的政治家耶律楚材，明代朱元璋的谋士、刚直不阿的刘基，率领巨大船队七次航海大洋的明代宦官郑和，清代的贤明皇帝顺治帝，清末时期勇敢抵抗列强入侵的左宗棠。最后一个人杰是辛亥革命的核心人物之一黄兴。自然，中国历史上的杰出人物成千上万，陈舜臣从中选取这 16 人，并非全是最有代表性的人物。关于选择的依据问题，他在"后记"中说："这些人物（人杰，即在各方面特别突出的人物）有很多，但我是以我的感觉从中国历史中遴选出来的。要问遴选的标准是什么，那我只好回答：我依据我的爱好。"①综观全书，陈舜臣的所谓的"爱好"当然不只是一个感情或感觉问题，他是有自己的价值标准的，那就是他的人道主义和超越民族文化差异的文化融合主义。他所描绘和弘扬的也正是这些人物身上所体现的人道主义和超越民族差异的文化融合的精神。例如，关于五代十国时期的冯道，在不同时代、为不同的帝王作宰相，按中国传统道德来看，这是"不忠"，甚至是变节行为，但陈舜臣的评价标准当然不再是这种传统道德。由于有了冯道的安民养民的政策，在政权交替的时代使很多人得以免于战火，所以冯道应该算是中国历史上的一个人杰。再如，耶律楚材本属于辽人皇族的后代，辽被女真族的金所灭后，耶律楚材却又仕进于金，成吉思汗灭金后，他又得到成吉思汗的重用。换言之，他现在所服务的，原本都是自己的敌人。但由于耶律楚材的存在，嗜杀成性的野蛮的蒙古帝国的屠杀政策有所改变，而逐步文明化，因而耶律楚材在文明进步史上是发挥了他的作用的。更重要的是，耶律楚材作为契丹辽人，却能够超越民族与文化的鸿沟，作为元朝宰相而发挥一个政治家独特的作用，是难能可贵的。

---

① ［日］陈舜臣：《中国傑物传·後記》，载《中国傑物传》，北京：中公文库，1994 年，第 372 页。

　　或许由于这样的原因，陈舜臣在《中国人杰传》连载完毕之后，决定接着写一部以耶律楚材的生平事迹为题材的长篇小说。

　　1994年长篇小说《耶律楚材》上下两卷由集英社出版。关于耶律楚材这个人，即使是在中国，现在的一般读者也是很陌生的。这位公元13世纪的政治家在《元史》中有他的传，他自己也著有《湛然居士集》十四卷和旅行西域的游记《西游录》，但他的生平经历并不符合中国传统的"一女不嫁二夫，一臣不仕二主"的道德，故他死后长时间内并不被看重。一直到了清代，和元代蒙古一样作为外民族而入主中原的满清皇帝康熙，才开始在北京给耶律楚材修墓、建祠堂，并亲自撰写碑文予以表彰。晚清学者王国维编纂了《耶律文正公年谱》，20世纪初的柯劭忞在《新元史》中也给了耶律楚材以高度评价。如此，耶律楚材才逐渐为人所知。不过在日本，似乎不少学者文人对耶律楚材很重视，耶律楚材的《西游录》在中国失传，但其写本流传到日本，得以保存至今；据说1940年代的著名作家、最早创作中国题材的历史小说的中岛敦曾打算写有关耶律楚材的小说，但由于英年早逝而未果。1990年代初，陈舜臣曾和人类学者江上波夫等人一起到蒙古旅行，萌发了写耶律楚材的长篇小说的念头。接着他又去北京旅行，参观了玉泉山、西山、颐和园中的有关耶律楚材及其时代的文物古迹，随后开始动笔。对于历史小说而言，耶律楚材确实是一个极好的创作选题，陈舜臣通过对耶律楚材一生事迹的描写，不仅反映了中国辽、金、元三个不同时代不同民族政权的兴衰交替，而且更反映了中华民族在历史上如何通过战争与和平，逐渐实行了文化的交流与融合，而耶律楚材本人就是不同民族文化融合的杰出的代表。作为北方少数民族出身的政治家和文人学者，耶律楚材不仅在汉诗汉文方面是能手，而且在天文、地理、历法、医学、卜筮等方面都有很高的造诣。作者陈舜臣作为一个侨居日本的华人，对中日两个民族在近现代的政治、军事、文化的冲突，有着深刻的体验，他将这样的体验不动声色地融汇到了《耶律楚材》中，使得《耶律楚材》具有相当厚重的文化内涵和艺术魅力。否则，像

《耶律楚材》这样令日本读者莫名其妙的人名和书名，还能够勾起读者的阅读兴趣、并有较大的发售量，是不可想像的。

对于中国历史上实现民族融合的伟大人物的憧憬，促使陈舜臣在1990年代后期，在患脑出血、右半身麻痹、丧失记忆达一个月之久的情况下，身体刚刚恢复后就用不习惯的左手，开始动手写一部规模宏大的长篇《成吉思汗一族》。该作品1997年在《朝日新闻》上连载两年后，1997年由朝日新闻社出版四卷单行本。关于为什么要写这么一部作品，陈舜臣曾在一篇文章中说："对于出身于殖民地台湾的我来说，民族和国家的问题，就像呼吸一样附着在我的身上，挥之不去。……这是一个从学生时代就纠缠着我的宿题。我对蒙古人的历史问题这样关心，别人会纳闷'为什么那么热衷于此？'而感到不可思议。"①这部小说分《草原的霸者》《征服中原》《走进沧海》《斜阳万里》四卷，将蒙古成吉思汗一族由草原向四周海陆扩张、建立蒙古帝国，最终式微的兴亡过程，做了全景式的生动描绘。这既是蒙古人的历史，也是蒙古人与汉族等周边民族的关系史；既是蒙古人对其他民族的军事征服史，也是蒙古人在文化上被汉民族等文化先进民族逐步同化、征服的历史，从而体现了陈舜臣关于"民族与国家"问题的观念，也展现了陈舜臣作品所特有的大陆文化的恢宏博大的艺术风格。

除了为中国古代的任侠、人杰、奇人等王侯将相、文化名人作传之外，陈舜臣还尝试着从艺术文化这一个特定角度再现中国传统的人文历史与文化底蕴，为中国历史上的艺术家乃至名不见经传的艺人们作传。陈舜臣在这方面的兴趣最早在推理小说《青玉狮子香炉》中就表现出来了，此后不断创作以中国艺术品及艺人为题材的作品。1978年，他出版了一本专门以中国艺术品为题材的独特的小说集《汉古印缘起》，该作品集收入了六篇短篇作品，其中《日本早春图》描写了中国明代画家唐寅的

---

① ［日］陈舜臣：《チンギス・ハーンの一族》，原载《朝日新闻》，1997年6月3日。

《日本早春图》（此为陈舜臣的虚构）及其在日本流传的真伪问题；《汉古印缘起》则以 18 世纪的中国篆刻家丁敬的篆刻为主线，《桃李之剑》以晚清中国"桃李剑"的传说为题材，《回忆之壁》以中国的陶瓷工艺与日本的关系为话题，《多闻天踏魔像》描写敦煌佛像，《夜叉欢喜变》则以中国古代的绘画入手写中日现代的文物文化的交流。这些"文物文学"或"文物小说"，表现了陈舜臣对中国传统艺术、传统工艺的憧憬与热爱。几年后陈舜臣系统地为中国工匠与画家作传，恐怕也是此种心情的自然萌发。1980 年，陈舜臣出版《中国工匠传》，全名为《从景德镇得到的礼物——中国工匠传》。全书共有八篇，其中有《从景德镇得到的礼物》《金鱼群泳图》《举起来吧，夜光杯!》《墨之花》《名品绝尘》《湖州的笔》等，大都写作者到中国各地参观游览，从某一工艺品、艺术品的实物或传说写起，写到了中国古代八个无名的工匠。这些工匠既有中国当地传说的色彩，也有陈舜臣的艺术想象。作者在大多数篇幅中直接以第一人称"我"的所见所闻叙事运笔，例如《名品绝尘》中写："我访问苏州的时候，特别打听了一下本地的钦家如今怎样了？他们的子孙后代还继承了祖上的家业吗？"采用的是一种将游记式的旅行纪实、随笔式的作者感想与小说的想象虚构几种文体相杂糅的方法，笔调亲切而富有可读性。1984 年，陈舜臣又出版了《中国画人传》。《中国画人传》中的"画人"，也可以理解为"画家"。不过在中国艺术史上，专业画家的出现是近代以后的事情，陈舜臣所写的，不是专门的"画家"，虽然有不少人在后代以画家出名，但当时他们实际上大都是生活在庶民中的非专业的"画人"。《中国画人传》描写了从元代到近代中国江南地区 47 个画人的故事，如被后人称作"元末四大家"的浙江魏塘镇人吴镇、江苏常熟的黄公望、江苏无锡的倪瓒、浙江湖州的王蒙、江苏苏州的唐寅等。在《中国画人传》中，陈舜臣对这些画家的生平为人作了细致的描写，对他们的绘画风格做了评论，从文体上看"小说"的味道较淡，更接近如今所谓的"学术散文"的范畴。中国绘画、工艺、文物是中国传统文化的精华，陈舜臣对此不仅极有兴趣、满怀热爱，而且十分内行，如数家珍。早在《青玉狮子香炉》中，陈舜臣就以文物作为小说舞台上的基本背景和道具，而在《中国工匠传》《中国画人传》中，则直接深入创作者的世界，既探讨他们艺术创造的奥秘，也再现他们的生活与心理，从而在自己的创作园地中，开辟出了一个独特的充满翰墨芬芳的诱人的艺术世界。

三、"三国志"题材的再创作

在陈舜臣的中国古代历史题材的创作中，以"三国志"为题材的长篇小说《秘本三国志》可谓别具一格。

《秘本三国志》于 1974 年 1 月至 1977 年 3 月在《ALL 读物》上连载（连载的时间与柴田炼三郎的《柴炼三国志·英雄——是生还是死》差不多重合），1977 年由文艺春秋社出版单行本，1982 年该社又出版六卷本的文库版，全书约有一百多万个日文字符。

关于《秘本三国志》的创作，陈舜臣在《后记》中这样写道：

> ……三国志的基本史料就是上述的三种（指正史《三国志》《后汉书》《资治通鉴》——引者注），但我是以生活在 20 世纪后半期的人的眼光，来描写一千七百年前的那个时代的。罗贯中的原文我很久以前读过，在本书执笔的时候，我故意不再重读。当然以前的记忆还有一些，但我尽量想从那里摆脱出来。
>
> 总之，对共同的基本史料，我根据自己的判断并加以自己的解释，然后加以推理，来构架故事。这样就尽量使这个作品成为"我的三国志故事"。题目《秘本三国志》，是在《ALL 读物》连载的时候由编辑部想出来的。对"秘"字的理解不可过于拘泥。这个作品写得好坏又当别论，但这是陈舜臣写的三国志故事——我希望能这样

来理解。①

　　这里作者所强调的就是他不拘泥于中国原典《三国志》，特别是罗贯中的《三国演义》，而是在基本史料基础上就尽可能地进行自我的再创作。陈舜臣在《秘本三国志》中，显然实现了这样一个目标。可以说，在迄今日本作家根据《三国志》再创作的所有作品中，陈舜臣的《秘本三国志》是最大程度地摆脱原典、最富有个人色彩的"陈氏三国志"了。

　　首先，在故事的整体构思上，陈舜臣创作了一个此前的《三国志》故事中都没有的人物——少容。作者把少容的身份写成是汉代的道教组织"五斗米道"的首领张鲁的母亲。时年35岁左右。在陈舜臣的笔下，少容是五斗米道的核心人物，五斗米道与东汉黄巾起义信奉的"太平道"所主张的武力造反的革命不同，而是主张非战、妥协与和平，并以行医治病为手段，获得了民众的信任与支持。为了达到非战与和平的目标，少容派遣自己养子陈潜，穿梭于全国各地搜集情报，以减少战乱、顾及民生为宗旨，并在各大势力集团之间斡旋，在魏、蜀、吴三国之间充当说客，并影响乃至操纵了几次著名的战役。关于少容这个人物是怎样创造出来的，陈舜臣在第一章末尾的"作者曰"（每章末尾均有一段"作者曰"的文字，是作者的议论感想与说明解释，这显然是陈舜臣受《史记》中"太史公曰"的启发，在该小说创作中使用的一种艺术手法）中，陈舜臣写道：

　　　　中国史书中登场的女性，只说她是某某之女，某某之妻，名字不详的情况很多。

　　　　关于五斗米道的张衡的妻子，只是说她是"张鲁之母"，不记名字，这里称她"少容"，是作者给起的名。

① ［日］陈舜臣：《秘本三国志·後記》，见文艺春秋文库版，第6卷，第283页。

《三国志》中的《蜀书》，说她"又少有容"，所以我采用了"少容"这个名字。

《后汉书》中有云："沛人张鲁，母有姿色"，那就是说她很漂亮了。

关于"少容"这个词，还有"用仙术返老还童"的意思。在曹操的儿子曹植的文章中，就将"少容"一词用作"返老还童"之意。

《三国志》中到处都是拥有奇特才能的人物，而不把张鲁的母亲这个人放进去，可以说是迄今为止的作家们的一个失误。①

陈舜臣据此创作出的"少容"这个人物，在《秘本三国志》中虽然不是一个主要人物，但她在情节发展中的作用却非常重要。三国志英雄们的举动，大都是通过少容及陈潜的眼睛映照出来的。少容、陈潜及后来的张鲁，在战争与和平的一些关键的时刻起了决定的作用，成为贯穿全书情节的一条红线，三国之间的若干重要的战役，许多都是由他们一手策划的。例如，曹操、刘备相继去世后，三国鼎力格局已完全形成，此时诸葛亮向后主刘禅呈献《出师表》，决定北上伐魏。而"五斗米教"的首领张鲁，为了避免发生大战而使生灵涂炭，即从中斡旋。他作为魏国军师司马懿的密使来说服诸葛亮，向诸葛亮陈说利弊，说魏国军师司马懿的处境很微妙：假如战胜蜀国，则司马懿更招致妒恨，所以司马懿本不想打；而对蜀国来说，假如得胜，则要攻取长安、洛阳，需要巨大的军力和粮草，反而会使国力空虚。因此不如不战也不和，双方不争胜负，以避免流血牺牲，对天下万民有益。诸葛亮基本同意张鲁的意见，并与张鲁商谈了今后的一些细节安排。此后魏与蜀两国发生了许多虚虚实实的战斗，实际上都是诸葛亮与司马懿事先的密谋。后来孔明病死，司马懿却并不乘机攻蜀，反而令魏军撤退，并非"死诸葛能走生仲达"，殊不知是司马仲达（司马

---

① ［日］陈舜臣：《秘本三国志》，文艺春秋文库版，第1卷，第53-54页。

懿）故意如此——这就是陈舜臣对三国志有关情节的新解释。

另一方面，作为推理小说家的陈舜臣，根据《三国演义》的原著的某些细节，进行了合理的推理和想象，并对一些重要的故事情节和人物关系，进行了重新解释和设计。例如，在《青梅煮酒论英雄》一章中，曹操对刘备说：现在是乱世，群雄争霸，我们两人携手联合，将他们一一消灭如何？不过像这样公开联合在一起不行；你可以装作是我的敌人，潜入对方的阵营中，从内部把他们搞垮，用此计将群雄一一消灭，最后就是你我的天下了；作为第一步，你先潜入袁绍阵营如何？刘备赞同曹操的计谋，并潜入袁绍军中。在白马一战中，关羽之所以能够一刀将袁绍手下的猛将斩掉，也是因为事先刘备对颜良说："关羽打算投降，请手下留情。"结果颜良中计，掉以轻心，被关羽轻易斩杀。而颜良的死，则使袁绍的势力大为削弱。刘备将袁绍搞得衰弱不堪的时候，又假装败于曹操，借机从袁绍那里出走，接着按计划投身于荆州的刘表，并设法削弱刘表的实力。曹操忙于北征的六年间，刘备并没有乘机攻取曹操的都城许昌，也是出于刘备的本意。后来刘表病重，其势力摇摇欲坠，刘备便三顾茅庐，请出了军师诸葛亮。而此时曹操要来取荆州，并加紧南下的准备。孔明凭他的神机妙算，知道了曹操和刘备两人的密谋，于是对刘备说："不要再跟曹操玩这种里应外合的游戏了。曹操心狠手辣，他用完了的人，他就会除掉。"刘备顿悟，在刘表死后，听从诸葛亮的三分天下的计策，开始与曹操和孙吴走向三足鼎立。

由此可见，陈舜臣的《秘本三国志》具有强烈的艺术个性，确实不愧为"秘本"。陈舜臣将和平的主题贯穿于整个《秘本三国志》中，与其说是表现群雄争霸，不如说是表现英雄们在争霸中如何尽量减少战火，而曹操、刘备、诸葛亮、司马懿等人的英雄本色，也主要不表现为穷兵黩武的好战，而是计谋和策略的运用，而这方面陈舜臣充分发挥了一个推理小说家特有的才能，将历史史实与逻辑推理两者有机结合起来，形成了《秘本三国志》的独特的艺术魅力。

除了《秘本三国志》外，陈舜臣的《三国志》题材的作品还有长篇小说《曹操》和《诸葛孔明》。

在三国志人物中，在日本最有"人气"的，首推诸葛孔明。自从内藤湖南的《诸葛武侯》和土井晚翠的《星落秋风五丈原》问世以来，写诸葛孔明的人很多。据有人统计，到 1980 年代末，大约不下六十种。而到了今天，这个数字恐怕还要翻番。以"诸葛孔明"四字为书名的，就有白川次郎（1911 年）、宫川尚志（1940 年）、植村清二（1964 年）、狩野直祯（1966 年）、林田慎之助（1986 年）、立间祥介（1990 年）、陈舜臣（1991 年）、立石优（2002 年）等人的作品。在这些作品中，除了陈舜臣和立石优两人之外，都是史传、评传、随笔之类的非虚构性作品，而陈舜臣的《诸葛孔明》（上下卷）①则是第一部对诸葛亮的形象进行艺术虚构的长篇小说。该作品于 1985 年秋至 1990 年秋在《中央公论文艺特辑》上连载，1991 年春由中央公论社出版单行本，引起了读者好评，并获得该年度的"吉川英治文学奖"。

陈舜臣的《诸葛孔明》仍然强调对史实的忠实，他在"后记"中说："将历史上的英雄作为一个普通的人写成小说的时候，难免夸大化或矮小化，要尽可能写出接近真相的东西，就有必要对史料加以仔细研究。"②陈舜臣对孔明的人格给予高度评价和弘扬，总体上尊重史料，细节上多有想象和虚构，特别是对孔明提出的"三分天下"的设想和主张更为推崇。孔明临死前说："天下统一并非我的夙愿。天下统一或许是万民的不幸"；"在秦始皇的统一下，天下万民活得幸福吗？""三国相争，并不等于只有战争，也会使人相互竞争：富强的竞争、得人心的竞争、学问的竞争。"——这些话也可以说是全书的中心主题，颇为耐人寻味。

三国志人物中，除诸葛亮以外，在日本影响最大的第二号人物就数曹操了。一直以来，日本的文人作家都有一个共同的看法，认为《三国演

---

① 《诸葛孔明》有中文译本，东正德译，北京：中国友谊出版公司，1998 年。
② ［日］陈舜臣：《诸葛孔明》（下卷），东京：中公文库，1993 年，第 392 页。

义》将曹操丑化了，应该根据陈寿的《三国志》等史料对曹操重新描写和评价。"吉川三国志"在这方面做出了显著的努力，此后，著名汉学家、京都大学教授吉川幸次郎和狩野直喜都在其《曹氏父子传》中，对曹操的政治军事与文学给予高度评价。陈舜臣的《曹操》则是以小说的形式，继续恢复被扭曲的曹操的面目。陈舜臣既从《三国志》《后汉书》《资治通鉴》等中国古代史料中寻绎曹操的足迹，也从曹操的诗文中，探索曹操的精神世界。中国有句老话："文如其人"，根据曹操的诗文塑造曹操，是最有效并且可行的途径，陈舜臣的这一思路对后来的三国志再创作者（例如三好彻的《兴亡三国志》）有明显影响。同时，为了立体的描写曹操的形象，陈舜臣对曹操的家庭背景、家庭生活也做了丰富细致的描写，对曹操的儿辈曹丕、曹植也用了不少笔墨，所以该作品在杂志连载时，是以"魏曹一族"作题目的。1998 年由中央公论社出版单行本时，改题为《曹操——魏曹一族》。

　　总体上看，《诸葛孔明》和《曹操》是《秘本三国志》的一个延伸。陈舜臣在《秘本三国志》中，重在对魏蜀吴三国的战争与和平的复杂关系做了全方位的描写，更多地偏重以历史事件为中心来安排人物，而在《诸葛孔明》和《曹操》中，则是以人物为中心构思布局。这三部作品构成了"陈氏三国志"的较为完整的艺术世界。

四、波澜起伏的古代中日关系史

　　陈舜臣对于中国历史题材的选择，是有明显的倾向性的。除了上述的中国任侠、奇人、人杰及艺术家、匠人们之外，陈舜臣对古代历史（主要是中国古代史）上的另一类人物特别地感兴趣，并以长篇小说的形式来塑造他们的形象，这类人物就是在中日交流及中外国际交流史上起到重要作用的政治家、宗教家、旅行家、武术家、大商人乃至海盗。陈舜臣以此题材构思长篇，描写他们所处的时代，并表现古代中日交往及中外国际交流的主题。

按照描写对象的时代先后顺序看，陈舜臣的《曼陀罗的人——空海求法传》（上下卷，1984）是描写中日早期文化交流的作品，它是以渡海来中国唐朝学习佛教的空海大师为主人公的长篇小说。鉴于空海大师在中日文化交流史上具有重要地位，历来的日本作家对他多有描写。十年前的1975年，司马辽太郎也写过上下两卷、规模相当的长篇小说《空海的风景》，并获得过"艺术院恩赐奖"。陈舜臣在十年后再写同一个人物，既是因为空海在中日古代文化交流史上地位十分重要，同时恐怕还因为他相信自己写的空海自有独到之处。司马辽太郎《空海的风景》作为空海一生完整的传记，用了一多半的篇幅描写空海在渡海去中国留学之前、之后在日本本土的活动；换言之，《空海的风景》的舞台背景是日本—中国—日本之间的转换。而陈舜臣的《曼陀罗的人》却不是空海一生的完整的传记作品，而是专写空海留学唐朝的经历，所以将小说的舞台完全置于中国唐朝。一开头第一章《赤岩松柏观》就从时年31岁的无名僧人空海乘坐遣唐船到达中国福建省，受到了杜知远等中国人的热情接待。写空海在明州（宁波）、杭州等地与中国佛教及文学文化界的人士广泛接触和交往，互以诗篇相唱和、以书法相赠答，其诗才书艺引起了中国人的注目和赞赏。接着写空海从宁波来到中华文化中心的长安。空海在那里为盛行的景教等新宗教文化所吸引，不久就结识印度密教在中国的传承者惠果，并拜惠果为师，系统学习修炼密教并继承了密教第八世的法灯。惠果留下遗言，要空海将密教"传向东国"。此后，空海又与吐蕃使节等切磋与交流，在最后一章《归帆》中，空海怀着在日本传布密教的满腔热情而于大同元年（806年）回国。可见，在通过艺术想象进一步补充、丰富空海在中国的学习游历生活方面，陈舜臣的《曼陀罗的人》较司马辽太郎的《空海的风景》更充实，更具体，更小说化。总之，《曼陀罗的人——空海求法传》和《空海的风景》堪称写空海的双璧。读者将两部作品互相参读，可对空海有更全面深刻的认识。

关于元代的中外文化交流，陈舜臣写了一部以意大利旅行家游历中国为题材的《小说马可·波罗：中国冒险谭》（1979 年）。马可·波罗在东西方遐迩闻名，围绕着他历来都有许多议论和传说。陈舜臣的这部长篇以马可·波罗在元朝中国逗留的 17 年间的经历为描写对象，与其说是写马可·波罗，不如说是以马可·波罗的足之所至、目之所及，来描写宋元之交中国的社会历史乃至东北亚各国历史的方方面面，包括南宋与元朝蒙古人的战争、元代中国与朝鲜、日本的关系等。许多宋元时期的重要历史人物（例如南宋丞相文天祥等）都有出场亮相。陈舜臣使用的主要史料显然是《马可·波罗游记》，但对于《马可·波罗游记》中许多语焉不详的记述，陈舜臣则充分发挥了一个小说家，特别是推理小说家的想象力，加以合理推测，有些描写颇有推理小说的趣味。例如，写元朝准备远征日本的时候，马可·波罗与佛教信徒徐长风有一段对话。徐长风告诉马可·波罗说：下一次大战您恐怕看不着了。马可·波罗问那将是什么大战，徐长风回答：

　　　　"是远征日本。因为是在大海彼岸的战斗，我们恐怕看不见就打完了。"

　　　　"对于日本，无论如何都要远征吗？"马克·波罗问道。

　　　　"当然。大宋帝国灭亡后，宋军官兵投降过来的有几十万人。他们都是受过训练、拿着武器的壮丁，让忽必烈不能安心。把他们丢到海外，不失为上策吧？"

　　　　"丢到海外？"

　　　　"是的。关于远征日本，忽必烈胜败都无关紧要。胜了的话，元朝的版图扩大了，败了的话，可以实现弃兵的目的。像这样两全其美的战争，忽必烈能放弃吗？"①

---

① ［日］陈舜臣：《小說 マルコ・ポーロ 中国冒険譚》，东京：文春文库，1983年，第 72 页。

日本当代历史小说作家白石一郎为本书写的"解说"中认为，以上这段对话是陈舜臣对蒙古远征日本的新解释，表现出陈舜臣独特的"蒙古袭来"史观。①这一独特的"弃兵"史观后来被另一位历史小说家伴野朗（详见本书第五章）所接受，并成为其长篇小说《元寇》（1993年）中引人注目的主题之一。

写完了元代蒙古，陈舜臣又把笔触伸到了明代，创作了几部以明代中日交流为题材的小说。众所周知，明代是中日交流的一个特殊时期。唐代的中日两国的交流是在日本朝廷的主导下，以和平友好的方式派"遣唐使"来中国学习制度文化、宗教文化、语言文学等。而遣唐使在10世纪末终止后，中日两国政府之间的关系则是由于丰臣秀吉侵略朝鲜，并妄图以朝鲜为跳板进一步侵略中国，中日军队不得不在朝鲜兵戎相见。而明代中日两国之间的民间来往也是和平与武力参半，长期骚扰和侵犯中国东南沿海地区的"倭寇"就是其中最突出的历史现象。那时日本国内武士火并局势混乱，以"倭寇"为主体的武装入侵和海上走私在中国东南沿海猖獗。因此，明代在中日两国关系史上也是一个最具有戏剧性的时代。陈舜臣曾在《与现代相同的混沌的时代》一文中说："我对16世纪到17世纪的亚洲的海商活动很关心，迄今为止的九篇在报纸上连载的小说中，就有四篇是写这个时代。"其中，《战国海商传》就是一部以这个时代为背景，以中日民间海上贸易及"倭寇"为题材的长篇小说。

《战国海商传》（上下卷，1990年）在《产经新闻》上连载时，题名是《天外之花》。按陈舜臣的解释，所谓"天"，就是"天下"。"天下"就是统治者所支配的地方，也就是陆地，而从前的大海往往是统治者鞭长莫及的，属于"天外"；而所谓"花"则与爱情有关。但后来在写作和连载的过程中，海上商业活动则成为中心，故在出版单行本时，改名为《战国海商传》。全书的时代背景是日本的"战国时代"，即1467年"应

---

① ［日］白石一郎：《小説 マルコ・ポーコ 中国冒険譚・解説》。

仁之乱"之后的一百年无政府状态的混乱时代，故称"战国海商传"。战国时代的日本天下大乱，各武士集团逐鹿争雄，为了扩充军力而纷纷开辟海上商道，从事海上走私贸易，并常常骚扰中国沿海地区，历史上称为"倭寇"。而那时中国明朝实行海禁政策，以民间的海上贸易为非法。而东南沿海的中国海盗商人王直等人的豪商集团，为了维护自身利益而冲犯朝廷海禁政策，与日本的倭寇相勾结，并拥兵而与朝廷对抗。《战国海商传》以此为背景，写日本战国时期武士头目毛利元就的私生子佐太郎，应中国豪商曾伯年的请求，支援其推翻明朝的活动。中日两国海商联手，一面大肆从事海上走私贸易，一面与明朝朝廷军队对抗。由于陈舜臣创作该小说的立足点是海上贸易，所以他把"倭寇"单纯视为"战国海商"，并从正面加以描写，而未将倭寇行为看作侵略行径，所以在有关日本倭寇，包括与倭寇相勾结、引狼入室的中国人王直（一作"汪直"，历史上实有其人）的描写上，更多地表现他们敢于反抗朝廷禁令、追求贸易自由的冒险与开拓精神，更多地表现了他们在中日贸易中的积极作用，更多地表现中国商人主动请求日本海商来助一臂之力，而对历史上有大量明确记载的日本倭寇在中国沿海地区的烧杀抢掠的强盗行径涉及很少。这既是由作品的主题所决定的，同时，恐怕与作者的华裔日本商人的出身及商业本位的观念不无关系。

　　较《战国海商传》在时代上稍后的作品，是以明代后期郑成功父子为主人公的《风兮云兮》（1973 年）和《致旋风》（1977 年）两部在内容上相互衔接的长篇小说。

　　《风兮云兮》与《战国海商传》一样以明代倭寇问题为大背景，主人公是郑成功的父亲郑芝龙。郑芝龙的事迹在中国有关史料中有所记载，但相当简略。陈舜臣根据有关史料及日本的有关传说，对郑芝龙的生平做了重构和描画：他是福建省泉州南安县人，字飞黄（飞皇、飞虹），父亲是下级官吏，据说芝龙天生聪颖，膂力超群，但怠于读书，行为放纵，被父亲赶出家门，遂去了澳门，在从事走私生意的舅父黄程手下做事。那时有一个名叫安福虎之助的日本武士在大阪之役①失败后从战场上逃出，流亡到了中国的澳门，被一个名叫周弘的做纺织品出口生意的人雇用为保镖，改名为安福虎。在苏州逗留期间，安福虎受一个病死的日本武士的委托，希望他能在中国找到丰臣秀赖的遗子，说那孩子眉宇之间有一个痣，若能找到并带回日本，将得到数百万两的金钱酬谢。原来，丰臣家曾把秀赖年幼的儿子偷偷送到中国，以保留后嗣，日后东山再起，但后来孩子却不知下落。安福虎在修德寺的大念和尚那里发现了一个名叫丰宣吉的少年，确信他就是秀赖的公子，并带着大念和尚和丰宣吉坐上了去日本的一只船。而那时十九岁的郑芝龙也在这条船上，他是去日本帮舅父黄程推销货物的，两人由此相识。郑芝龙到日本平户后，在一位名叫"老一官"的老人的帮助下，成为在日本的中国大商人颜思齐的继承人，并在其他海盗集团的争斗中逐渐成为老大，还和日本女人田川氏结婚生子。长子名叫福松，即后来的郑成功。时值明末朝廷腐败，李自成等流寇蜂起，朝廷为自固而寻求郑芝龙归顺。郑芝龙也试图借朝廷之力压制其他海盗对手，便接受归顺，并被任命为都督，成为统领海军的官商合一的巨头。期间，安福虎又返回中国活动，后来和守备山海关的明朝将领吴三桂认识，并成了郑芝龙与吴三桂之间的联系人，使两者南北夹击李自成。但此时李自成已经攻入北京，明朝灭亡。后来，安福虎到了南京，从分别了十二年的和尚那里得知丰宣吉并不是丰臣秀赖的遗孤，而是具有明王朝血统的中国人。……在《风兮云兮》中，作者以日本人安福虎之助和中国人郑芝龙两条线索，以中日两国为舞台平行展开，展现了晚明时期中日两国在政治、经济贸易、宗教上的种种关联和交流。

在接下来的《致旋风》中，郑成功成为主要人物，所以在该书出版文库版的时候，书名也改为《郑成功——致旋风》。小说写郑芝龙和日本女子田川氏所生的郑成功，幼名福松，出生于日本平户，七岁时回到中国

---

①　大阪之役：发生于1615年的日本武士集团之间的火并战役。此次战役中，丰臣家族被灭，丰臣秀吉的次子丰臣秀赖在阵中自杀。

福建泉州，不久就学于南京的太学。明朝灭亡后，满清军队南下，郑成功和父亲拥戴明唐王龙武帝，和父亲一起举兵抗清。但不久父亲郑芝龙见形势不利，接受了满清招安，而郑成功则与父亲分道扬镳，坚持抗清。他以东南沿海为据点，依靠与日本等东南沿海诸国的贸易而得到的丰厚资金，建立起了强大的水军，在中国东南沿海及长江三角洲地区纵横驰骋，最后从荷兰人手中收复了台湾岛。由于郑成功的生平历史文献记述较详细，陈舜臣小说中的基本情节是尊重史料的，同时在细节上多有虚构，使人物形象更加生动丰满。鉴于郑成功有日本血统，历来日本史学家及作家，对郑成功父子都很感兴趣，早在18世纪初，著名古典戏剧家近松门左卫门就写了《国姓爷合战》，歪曲郑成功的形象，把郑成功写成了一个率众侵入中国的日本武士首领。①陈舜臣的《致旋风》则依据史实，将郑成功描写为一个在中国受教育、在中国建功立业的中国民族英雄。他曾说过："作为我们台湾人来说，提起郑成功来，就有自己亲人那样的感觉。直到今天，还有人亲切地称他为'成功伯'、'成功爷'。"又说"对于台湾的汉民族来说，觉得郑成功就是台湾的老祖宗。〔汉民族的人〕真正移居台湾，是在郑成功在台湾建立政权以后。"②作者就是怀着这样的崇敬之情来描写郑成功的，同时更以郑成功为中心展现了中日两国交流与交往的历史情景。在陈舜臣之前，只有历史小说家长谷川伸（1884—1963年）写到郑成功，可以说，陈舜臣是日本战后文学中最早描写郑成功的作家之一。在他之后，又有几个作家出版了数种同一题材的长篇作品，如荒俣宏（1947年生）的长篇小说《海霸王》（1989年）、伴野朗的长篇小说《南海风云儿郑成功》（1991年）、白石一郎（1931年生）的长篇小说《如怒涛》（1998年），还有新宫正春、福住信邦、高桥和岛等作家的有关作品

①　参见王向远：《日本对中国的文化侵略——学者、文化人的侵华战争》，北京：昆仑出版社，2005年，第20-25页。

②　〔日〕陈舜臣：《中国の"大"と日本の"小"》，《陳舜臣讀本》，东京：集英社，2003年，第131、135页。

等。这些作品，或多或少、或直接或间接地受到了陈舜臣的启发。

在 17 世纪的中日关系中，琉球群岛是一个特殊的存在。琉球当时是中国明朝的藩属国。1606 年，刚刚成立的德川幕府为了摆脱国内政治经济危机，巩固自己的政权，觊觎琉球在中日海上贸易中的特殊地位，决定举兵入侵琉球。以桦山权左卫门久高为总大将的萨摩藩（今九州）组成了有三千余名将士、一百余艘战船的征讨军侵入琉球，不到一个月时间便攻陷了琉球重要岛屿和港口，琉球王府被迫讲和。此前中国的明朝为帮助朝鲜反击丰臣秀吉的侵略，耗时八年，付出了十几万军队和大量国库银两，再加上国内流寇四起，已无力再顾及琉球。琉球孤立无援，只好投降日本，从此归并日本萨摩所有。1992 年，陈舜臣以琉球的历史为题材，出版了长篇小说《琉球的风》三卷。作为陈舜臣后期的代表作，该作品以众多的人物，复杂的情节，反映了日本、琉球、中国之间错综复杂的关系，并表达了陈舜臣的历史观和文明观。全书的中心人物是在琉球行医的来自中国的杨家二兄弟——启泰和启山。启泰是明代中国人、在日本萨摩行医的杨邦义与琉球女子真鹤所生，启山则是真鹤和一个蒙古血统男人的私生子，因此两兄弟具有琉球、中国、蒙古的血统。他们幼年时期在中国度过，后来由于倭寇侵袭，父母下落不明，在武术家震天风的帮助下渡海到了琉球，寄居在身为"三官司"（官名）的谢明的家中。后来启泰受到谢明的信任，得以在尚宁王府做官，并与尚宁王妃看重的阿纪姑娘相爱结婚；启山则成长为优秀的舞蹈人才，后与琉球姑娘羽仪相爱，并对她传授此前在琉球不准女人涉足的舞蹈。启泰的理想是要建立一个"南海王国"，使琉球成为超越人种民族的贸易国家。擅长舞蹈艺术的启山则立志要在琉球、日本传播中国的舞蹈艺术。这两个年轻人可以说是作者的一直主张的和平贸易、超越民族与国家、跨文化交流的思想的具体体现者。除了杨氏两兄弟外，重要的登场人物还有在日本大军压境的情况下不得不屈膝讲和，并被当作人质带到江户的琉球王尚宁，有祖先就一直住在琉球、在琉球传播中国的技艺文化的谢明，拳术教师震天风，以及在《风兮云今》和《致旋风》中出现的颜思齐、郑芝龙、福松（幼年郑成功）等人物，还有神出鬼没的海盗商人们。《琉球的风》以广阔的跨文化视野、宏伟壮观的历史场景、引人入胜的故事情节，反映了 17 世纪琉球、日本与中国的关系，表现了作者国家和平、民族融合的思想，发表后受到普遍关注。1993 年，根据该小说改编的电视连续剧在日本国营电视台 NHK 陆续播出，给许多观众留下了深刻的印象。

陈舜臣以明末中日关系为题材的作品中还有一部重要的长篇小说，就是《珊瑚枕》（上卷《风云少林寺》，下卷《幻梦秘宝传》），1982 年由新潮社出版。这部小说是以中国少林寺武术家陈元赟来日传授中国武术为题材的。据陈舜臣在该书"后记"中说：陈元赟，俗称陈五官，生于中国的明代，是历史上的真实人物，年轻的时候在中国的少林寺修行，三十岁前后来日本，仕于尾州藩，和当时的日本文人们有诗词唱和。陈元赟向日本人传授少林武术，也向日本介绍中国的茶道和陶艺。他著有《珊瑚枕》一书，但后来遗失。那本书写的是什么，完全是一个谜。陈舜臣将小说题名为《珊瑚枕》，也就是借用了陈元赟的那本书的书名。在陈元赟之后，中国的僧隐元和朱舜水等，相继渡海来日。隐元在京都的宇治建立万福寺，成为日本黄檗宗的鼻祖；朱舜水则投身水户藩主德川光国门下，在日本颇有名气。陈舜臣认为，陈元赟虽没有此二人那样有名，但他所传授的技艺已经融入日本文化，所以不能忘记他的业绩。基于这种想法，陈舜臣根据有限的史料传说，以艺术想象填补有关史料的空白，描写陈元赟的生涯及其时代。小说以中国的扬州、台湾和日本的平户为舞台，以陈元赟为中心，描写了三十几个人物，展现了明末时期中日文化交流的一个侧面。在艺术上，该小说富有传奇性，将寻宝、离散、凶杀、冒险等情节融为一炉，带有强烈的推理小说的特点。

五、风雷激荡的近现代史

陈舜臣在回顾和总结日本的中国题材历史小说时曾说：

对于迄今为止的日本的"中国小说"，我所不满意的是时代过于偏重古代。"喜欢历史"的日本人，在有关古代日本的作品中，对于不少记录抱有一种劣等感，这恐怕是倾向于中国题材的一个原因。

也有有识者指出了明治以后的日本的"中国观"的变化，说江户时代以前日本人所具有的对中国印象基本上是"江南"，明治以后逐渐北移。这恐怕与日本人的大陆进出有关吧。明治以前日本所抱有的江南的梅和牡丹这一印象，被万里长城所取代而成为中国的象征。

战后过了半个世纪，日本人的中国观似乎又返回了原地。旅行简便了，中国的大部分地区都对外国旅行者开放了，个人的采访旅行也自由了。对写中国小说的人，最佳的环境条件可以说已经具备了。①

但即使如此，陈舜臣发现，作家的选题"依然是偏重于古代"。

日本作家的中国历史小说，多选中国古代史题材，而近代史题材较少，其原因是多方面的。除了陈舜臣所说的"劣等感"之外，主要是上千年来，中国古代历史文化已经融入日本文化中，对于中国历史上的许多人物、典故，日本已经"视为己有"，不把它看成是纯粹的外来文化。而对于刚刚过去一百来年的中国近代史，则因为缺乏足够的时间距离，未能蒸馏至日本文化的体系中，再加上日本在中国近代史上扮演的角色常常并不光彩，许多话题日本人难以把握或不愿触及，而且在这一代作家的知识结构中，由于教育体制、教科书的编写等多种原因，中国近代史知识也相对薄弱。因而，日本文学中的中国近代历史题材作品在1990年代之前极少。陈舜臣作为华裔历史小说家，在自己的创作中似乎想有意识地改变这种状况。他将相当多的精力投入到中国近代史题材的历史小说创作中，除了许多短篇作品外，更写出了几部相当有分量的、有特色的长篇巨著，主

---

① ［日］陈舜臣选、日本ペンクラブ编：《黄土の群星·選者あとがき》，东京：光文社文库，1999年，第413-414页。

要有《鸦片战争》《太平天国》《大江不流·小说日清战争》①以及以在美国修筑铁路的华人劳工为题材的《天球飞旋》（2000 年）等；现代史题材则有《残系之曲》《桃花流水》《山河在》《青山一发》等。

陈舜臣曾说过："我有一个雄心，就是一边思考中国的近代史，一边将中国近代史写成小说。而作为近代史开端的鸦片战争，当然应该作为一个出发点。"②到了 2003 年他又说："将〔中国〕近代史小说化，已经成了我的主要的工作。"③这是一个富有雄心的创作设计，为此陈舜臣付出了坚实和持久的努力。

为了创作以鸦片战争为题材的小说，陈舜臣收集、消化了丰富的历史文献资料。他既查阅和利用了中国史学会编的《鸦片战争》资料集六卷，也利用了英国方面出版的有关资料的日文译文。据陈舜臣自述，触发他写作《鸦片战争》的首先是近代著名诗人龚自珍（定庵）的诗。他喜欢读龚自珍的诗，"那带着莫名的忧愁的诗，透露出当时'衰世'的气息。我老早就想，自己能不能将那个衰世加以小说化呢?"④另一方面，陈舜臣也从林则徐这个人物那里受到触动，当他读了日本古典《源氏物语》的英文本译者亚瑟·威廉根据林则徐日记写成的《中国人眼中的鸦片战争》一书后，又与林则徐的日记原文对读，再次涌起了将鸦片战争写成小说的冲动。他感到："鸦片战争的英雄林则徐和龚定庵原来都是宣南诗社的文友。而且定庵有一个恋爱事件，他的猝死也是一个谜。我感到，这样一

---

① 《鸦片战争》《太平天国》《大江不流》三部小说已有中文译本。其中，《鸦片战争》有两种译本，即卞立强译本（贵州人民出版社，1985—1987 年）和萧志强译本（海口出版社，1996）；《太平天国》有两种译本，即卞立强译本（作家出版社，1985—1986 年）、姚巧梅译本（中国友谊出版公司，1998 年）；《大江不流》，李翟译，中国文联出版公司，1987 年。

② 〔日〕陈舜臣：《阿片戰爭·インダビュー》，见《陳舜臣讀本》，第 69 页。

③ 〔日〕陈舜臣：《青山一髪·あとがき》，见《青山一发》下册，东京：中央公论社新社，2003 年，第 333 页。

④ 〔日〕陈舜臣：《阿片戰爭·インダビュー》，见《陳舜臣讀本》，第 68 页。

来，一个有吸引力的情节就有了。"①就这样，陈舜臣在中国近代史料的研读中形成了自己的艺术构思，并逐渐进入创作状态，他为这部作品耗费了三年的时间，终于写出了陈舜臣本人中国近代史题材的第一部大作，也是日本文学中的中国近代史题材的第一部大作——《鸦片战争》。1967 年讲谈社出版了《鸦片战争》的上中下三卷单行本。三卷的题名分别为《雷雨卷》《风雷卷》《沧海卷》，约合中文一百万字，在陈舜臣的全部小说中，也属于篇幅最长的作品之一。

在《鸦片战争》中，陈舜臣的立足点显然是要以小说的方式，全面再现鸦片战争这一历史过程及重大事件，为此，他没有像通常的历史小说那样设定一个历史上的真实人物作为一个贯穿全书的主人公。上述的龚自珍、林则徐作为那一时代的代表人物，当然也是《鸦片战争》中的主要人物，但他们却不是那种贯穿整个作品的核心人物，而是在作品的有关事件和场合中出现的重要人物。在历史真实人物之外，作者另外设置了两个主要的虚构的人物形象，并以他们贯穿全篇故事情节，那就是福建厦门的富商、金顺记公司老板、时年四十来岁的连维财和他的老管家温翰。小说从鸦片战争爆发前夕、清道光十二年（1832 年）开始写起，写那年的 3月 2 日，对于时事早有所预感的连维财，在他那靠海的布置成西洋风格的"望潮山房"中，与温翰一起查地图，看大海——

  "来了吗?"连维财问道。

  "终于来了。"温翰沙哑着嗓子回答。

  那船来了。

  维财走到窗口。

  风平浪静的金门湾海面上，阳光灿烂。远处出现了船影模样的东西。他用望远镜一看，才知道果然是"那个船"。

---

① ［日］陈舜臣：《阿片戰爭·インタビュ—》，见《陳舜臣讀本》，第 69 页。

三只桅杆。大概有两千吨级吧。不错，那正是的英国"阿墨斯特"号洋帆船。

维财盯着那船，极力压抑着心跳。"要天翻地覆了。"他自言自语地说。①

就这样，《鸦片战争》的帷幕拉开了。作者描写了从英国与中国之间开始贸易，到鸦片战争爆发，再到鸦片战争中清政府失败这一悲怆的近代史篇章。连维财作为一个商人、作为贯穿全书的主要人物，最早敏锐地感觉到了新时代的到来，同时也被推到了时代的风口浪尖之上。他一方面对外国的经济入侵怀有强烈的抵抗心理，另一方面，作为一个商人却又不肯放弃对利益的追求，但在外来资本与商品的压榨之下，必然地遭到惨败。即使如此，却依然憧憬着未来中国的产业和经济的自主化。除了连维财之外，小说中的重要的虚构人物还有连维财的情人西玲、连维财的几个儿子——连统文、连承文、连哲文、连理文，还有温翰的孙女彩兰、西玲的弟弟简谊谭等，都是描写得很生动的人物形象。作为非虚构的历史人物而登场的，主要是龚自珍和林则徐。对于林则徐，作者似乎只是把他作为鸦片战争中勇敢抗击英国侵略的英明的政治家的形象加以表现的；换言之，是把林则徐作为历史事件中的人物来处理的，因而，与连维财等虚构人物相比，林则徐的形象的个性塑造不够鲜明。关于龚自珍，作者是把他作为一个警世的、预言的诗人来描写的，他最早感受并表现了那压抑的时代氛围，最终不堪忍受时代的压抑，而与自己的恋人妹清一同情死。作者通过这些不同人物的命运遭际，表现了鸦片战争前后那个苦难时代的中国，及苦难的中国人的生活情景。作品中的所有人物几乎都带有悲剧时代的特有印记——感伤的、虚无的情绪。

陈舜臣在《鸦片战争》的单行本中曾写道：在《鸦片战争》的"执

---

① ［日］陈舜臣：《阿片戰爭·滄海卷》，东京：讲谈社文库，1973 年，第 15-16 页。

笔过程中，鸦片战争以后的一百二十年东亚苦恼的历史，不断地冲击着我的心"。对中国近代历史而言，鸦片战争只是一个开始；对陈舜臣的中国近代历史小说的创作而言，《鸦片战争》也只是一个开始。

鸦片战争之后，中国近代史上又一个重大的事件就是太平天国起义。创作以太平天国为题材的小说，是陈舜臣在写作《鸦片战争》的时候就确定了的选题，这是他创作上的必然的选题。在动笔之前，陈舜臣研读了大量历史资料，并赴太平天国的发祥地、洪秀全的家乡广西壮族自治区桂平县金田村调查采访。1979 年 6 月陈舜臣在《小说现代》杂志上连载长篇小说《太平天国》，至 1982 年 5 月连载完毕，接着由讲谈社陆续出版四卷单行本。这部宏大的作品生动具体地再现了太平天国历史及其人物，小说描写洪秀全在生病的幻觉中接受基督教的启示，以耶和华之子、耶稣之弟自命，组织"拜上帝会"，聚众起义反对清王朝，并占领永安州城，宣布建立"太平天国"。民众纷纷响应，很快形成了百万大军，然后势如破竹地向北方推进，两年多后占领南京城，并将南京定为太平天国首都；接着写到太平天国占领南京后，如何出现内部分裂，如何在此后的北伐中渐渐失利，最后在清政府军队的镇压和围剿中终于走向破灭。小说对太平天国的主要人物，包括"天王"洪秀全、洪秀全的堂弟洪仁轩、"东王"杨秀清、"南王"冯云山、"西王"萧朝贵、"北王"韦昌辉、"翼王"石达开以及洪秀全的妹妹、萧朝贵的妻子洪宣娇，还有罗大纲、李新妹、苏三娘、谭七、陈玉成等人物形象，都做了生动的描写。在小说的布局上，陈舜臣让《鸦片战争》中虚构的几个重要人物继续在《太平天国》中活动，包括连维财及其儿子连哲文、连理文，还有连维财的情人西玲、大管家温翰的儿子温章等，他们在《太平天国》中仍然起着承上启下、贯穿情节的作用。这一方面可以表现中国近代史的连续性，另一方面也表明了陈舜臣近代史题材小说的连续性，可谓匠心独运。同时，陈舜臣在作品中也体现了自己对中国历史问题的独立思考和见地。他认为当年太平天国的起义是那里的农民为贫穷生活所迫而揭竿而起，所谓"社会革命"的说法只是一种先入之见，但同时陈舜臣也看到了太平天国的历史功绩。当年出版社的编辑人员从销售的角度考虑，曾建议他将题目改为《太平天国之乱》，被他拒绝。他认为如果站在清政府的角度看，太平天国当然是"乱"（叛乱、反乱），当年的太平天国就被官府称为"粤匪"或"长毛贼"。但是，幼年的孙中山正是从太平天国的起义受到刺激和启发，太平天国为此后的辛亥革命做了铺垫。可以说，这是对太平天国的较为公允的认识。

在鸦片战争、太平天国之后，对中国近代史造成巨大冲击和震荡的历史事件，就是甲午中日战争了。陈舜臣以此为题材创作的长篇小说叫《江河不流》（上中下卷，1981 年），副标题是《小说·日清战争》。所谓"日清战争"，即中国历史书上所称的"甲午战争"或"甲午中日战争"。由于中日两国的立足点不同，对历史及战争的价值判断不同，所以对于那场战争，现在中日两国还没有通用的称呼。对此陈舜臣认为："在日本叫做日清战争，在中国叫做甲午战争。明治二十七年，清国的元号是光绪二十年（干支是甲午），也就是公历1894 年的那场'中日战争'，是以朝鲜为主战场的，而且是以朝鲜的东学党之乱为契机的，所以，朝鲜人将东学党的兴起称作'甲午农民战争'。由于这些原因，我想，叫做'甲午战争'也许最为恰当吧?"①但"日清战争"这个叫法在日本已经定型，陈舜臣的小说是以日本读者为对象的，故使用了约定俗成的"日清战争"作为副标题，是可以理解的。

关于《江河不流》，陈舜臣在为连载此作品的《历史与人物》杂志写的预告词中曾说："日本和中国，都在同一个时期内处于锁国状态……但虽处于同一时代，在日本是作为国家青春期的明治时代，在中国则是老衰期的清末，可以说是命中注定的邂逅吧。我主要立足于中国一侧，以所谓'日清战争'为焦点，把两国的相遇描写出来。当时的中国人对于时局非

---

① ［日］陈舜臣、［日］奈良本辰也:《歷史對談·日本と中國》，东京：德间文库，1990 年，第 205 页。

常焦虑，形容为'青山沉睡、江河不流'。我对这句话印象很深，并想把它写进作品中。"这就表明了陈舜臣《江河不流》的创作出发点，即从文化的、历史的（特别是中日关系史）角度，来表现"日清战争"。这在日本文学中，是一个可贵的尝试。众所周知，作为一个"爱好历史"的民族，现代日本作家学者把明治维新以降的历史，包括时间、人物等，都加以反复地、多角度地描写。例如，光一个西乡隆盛，就不知有多少人写过以他为主人公的长篇小说；光一次日俄战争，就不知被多少日本作家写过。同样，写"日清战争"的书虽然没有像写日俄战争的书那样多，但近年来也呈越来越多的趋势。然而，近年来随着右翼思想特别是"皇国史观"的复活，在有关"日清战争"的形形色色的著作中，却大多贯穿着一个基本思想，即把那场战争看成是日本的"大东亚战争"的最初一环，认为那场战争是一场打破清朝腐败统治、显示日本近代文明实力的"伟大光荣"的战争。陈舜臣的《江河不流》却完全没有"大东亚战争史观"的禁锢，他的跨文化的身份、他的学术教养和文化良知，使得他能够站在历史与文化的高度审视那场战争。他在与作家、中国问题专家竹内实的对谈中曾说过：

> 从个人的角度讲，我是台湾人，因为那场战争我成了日本人，二十来岁的时候又恢复为中国人。我想再一次进一步弄清楚，决定我的命运遭际的东西究竟是什么。决定我本人命运的是战争……。〔战争〕"是什么"？这个问题是我的一个很大的"宿题"，是现在还没有解答的一个课题。①

他把那场战争看成是"不幸的历史的原点"。在同一篇文章中陈舜臣还说："日本明治维新后提出的'富国强兵'，在日本是扩张主义政策的

---

① 〔日〕陈舜臣：《不幸の歴史の原点"日清戦争"》，见《陳舜臣讀本》，第85页。

反映，而最初的牺牲者就是朝鲜"；关于"日清战争"后台湾被割让给日本，日本对台实行殖民统治的问题，有人对这种殖民统治加以肯定，对此陈舜臣认为："我也听到有一种说法，说还是日本统治的时代好。然而，事情并非如此。日本的统治是别种性质的问题。因为无论如何，那是被外国人支配。那种屈辱，〔台湾人〕和朝鲜人是一样的感觉。"这就是陈舜臣对那段历史的基本认识——是一种超越国家和民族狭隘偏见的、超越意识形态束缚的历史观，这也是他创作《江河不流》的基本的立足点。

与写其他的历史小说一样，陈舜臣为写作《江河不流》查阅和利用了丰富的历史资料，对有关的事件和人物的认识达到了了如指掌的程度。在这些资料中，作者特别提到他利用"台湾国防委员会"收藏的有关中日韩关系的资料，尤其是当时的大量密电，这为作品的许多细节描写和合理的艺术想象提供了条件。在艺术手法上，《江河不流》与《鸦片战争》有所不同，就是没有让一个虚构的人物贯穿全篇，所有的重要的人物都是历史上的真实人物，如李鸿章、袁世凯、丁汝昌、唐绍仪、刘永福；朝鲜方面有亲日激进派代表人物金玉钧，还有大院君、外交官金允植等，日本方面有伊藤博文等。全书的主要人物是李鸿章、袁世凯，朝鲜方面的则是金玉钧。作品从朝鲜东学党叛乱、中日两国派兵、中日矛盾激化，最后爆发海战、中国海军失败、日本军队登陆旅顺、中国被迫签订不平等条约，割地赔款。作品虽有细节上的虚构，但整篇作品以历史事件的推进谋篇布局，与其说是"历史小说"，不如说是关于甲午中日战争史的生动的"演义"。此后陈舜臣关于中国近代题材的历史小说，都有由"历史小说"向"历史演义"倾斜的趋势。当然，"历史小说"与"历史演义"没有截然的界限，但以中国文学的分类标准来看，"历史小说"首先是小说，虚构成分多于历史事实；而"历史演义"首先是历史，其次是通俗化、文学化的历史。以此标准来衡量，陈舜臣的《江河不流》带有更多的历史演义的色彩。这是陈舜臣历史小说的一种类型，并不影响它的文学价值。

辛亥革命是中国近代史上的最重大的事件之一，而辛亥革命的主要领导者是孙中山。对于孙中山，无论是在中国大陆还是在中国台湾，乃至在日本，无论是传记著作，还是小说、剧本等文学作品，写得都不少。陈舜臣要将中国近代史小说化，当然不可绕过孙中山。为此他写了以孙中山为主人公的《青山一发》。陈舜臣在对大量的资料进行调查分析后认为，关于孙中山的描写，有不少"神格化"的成分。而神格化的原因，在于不同党派对孙中山都有自己的解读，因此有必要将神格化的东西加以剥离，这当然是一个非常困难的工作。相对而言，孙中山的前半部分较好把握，或许因为如此，陈舜臣只写到 1911 年，即辛亥革命成功推翻满清王朝为止。题目则定为《青山一发》，取自宋代诗人苏轼的"杳杳天低鹘没处，青山一发是中原"的诗句。小说写孙中山亡命国外（日本）策划反清革命，到回到"中原"（中国）发动革命这一段历史经历。作为传记小说，在《青山一发》中，陈舜臣在努力尊重史实的前提下也有一定的艺术虚构，并表现了他对孙中山的独特理解。他认为，孙中山倡导民族主义，根本原因是因为中国太弱，一旦中国能与列国并驾齐驱，孙中山就会放弃民族主义，因为孙中山本质是一个"世界人""国际人"。这一看法也是小说的一个主题之一。为此，陈舜臣用了不少的篇幅表现了孙中山的"国际人"的风范，特别是和日本友人宫崎滔天、犬养毅、头山满等人的友谊，同时也表现了日本人对孙中山的支持，这也是日本作家在写作孙中山时最喜欢的素材。《青山一发》2002 年 5 月至 2003 年 6 月在杂志上连载，2003 年 10 月出版上下两卷单行本，从创作时间上看是陈舜臣的晚年（78岁）的新作，在思想和艺术上都达到了炉火纯青的境界。

　　在上述中国近代史的三个重大事件之外，陈舜臣的小说创作选题延伸到了中国现代史领域，又写出了《残系之曲》（1971 年）、《桃花流水》（1976 年）、《山河在》（1999 年）等长篇小说。这三部小说的创作间隔和跨度都较大，但从陈舜臣的整个创作生涯中看，它们在内容上有着统一性，在时间上也有着连贯性。因此可以把它们看作是以中国现代史和现代中日关系史为主题的三部曲。

　　其中，《残系之曲》的时代背景是 1926 年（日本的昭和二年）到 1936 年日本大规模入侵中国前夕；《山河在》的时代背景是 1923 年日本关东大震灾到 1932 年 1 月日本军队进攻上海的"上海事变"；《桃花流水》的时代背景是从 1937 年 7 月卢沟桥事变爆发到第二年秋天日本进攻武汉前夕。这三部小说涵盖了 1926 年到 1938 年中国现代史和日本侵华史的十几年间的历史。而且，在写法上，这三部作品都有几个共通点。首先就是与上述几部中国近代史题材作品的讲史的演义风格不同，这三部作品以虚构的主人公的遭遇，来展现那个多灾多难的时代生活。《残系之曲》的主人公是一个日本华侨，在中日交恶的时代，在两个国家的夹缝中，他对自己的身份认同产生了危机：自己到底是日本人，还是中国人？这其中自然凝聚着作者本人的时代与自我的体验。《山河在》的主人公是出生于上海、成长于日本的华侨商人的儿子温世航。随着中日关系的起伏，年轻的温世航的命运也像一个航船，在波涛汹涌中上下颠荡。他期待着中日关系的好转，然而一个个事件的爆发却令他失望。为了打听他的一个朋友、社会活动家王希天（历史上的真实人物）的失踪线索，他重新踏上了祖国，在香港和上海等地辗转，目睹并体验了中国现代史上一系列变化、经历了漫延全国的抗日救亡运动。《桃花流水》写的则是在日本人家庭长大的漂亮的中国姑娘碧云，在日本侵华的背景下如何加入了抗日的秘密组织等跌宕起伏的人生经历，并以她的经历为线索展现了中国抗日战争的一个时代的侧面。这三部作品的另一个特点，就是在时代悲剧与人物苦难的描写中，透露出浓郁的诗意。三部作品的题名都来自中国古代诗歌或诗歌意象。其中，《残系之曲》出自唐代李贺的诗，《山河在》取自杜甫的"国破山河在"的诗句，而《桃花流水》则取自苏东坡的诗。这种诗意主要是来自作者自身对时代氛围与人物命运的深切体验。三部作品的主人公的身份和经历与陈舜臣有许多相似和重合之处，即：在战争年代处于中日两国的夹缝中的那种特殊的生活体验，既有文化身份上的认同危机，也有民族感情上的痛苦咀嚼。而恰恰是这双重的身份，提供了一个特殊的、可贵的观察时代的视角。对此，陈舜臣曾说过："是中国人还是日本人？主人公从哪个角度都可以凝视那个时代，我有我自己的视点。作为作家，最重要的难道不是怎样描写自己所生存的时代吗？"①作为有着这种双重角色、特殊体验的作家，陈舜臣对中日关系的认识、对历史问题的判断有着难能可贵的深刻和贴切。例如，作为中国台湾籍的华人，他对日本在台湾的殖民统治的判断是：

　　有人说，日本统治台湾，比起日本对朝鲜的统治来要好一些。我却不这么认为。那个时代，台湾人是受日本人欺压的。台湾人、台湾的民众党（后来被日本强行解散）及新文化协会，一直对日本进行着抵抗。

　　日本人对台湾人的歧视，即使在日本本土也存在，但在台湾就更为严重。这一点我在《桃花流水》中有所描写。可是，今天台湾的年轻人，对台湾是被日本歧视过这回事却一无所知。②

　　这是来自陈舜臣及那个时代的台湾中国人的切身体验，也是一种可贵的时代体验。正是因为有了这类的体验，这三部作品比起以中国古代史、中国近代史为题材的富于客观性的小说来，更具有主观性，更具有体验性，也更富有诗意，代表了陈舜臣历史小说的另外一种类型。

　　几年前，陈舜臣说过："人类会更和平相处吗？战争会消失吗？不管怎样，我们都应该怀有这种希望。所以我必须描写那样一个世界。"回顾陈舜臣的四十多年来的创作，无论是写中国古代史题材，还是近现代史题材，无论是偏重历史事件的演义性小说，还是偏重个人命运与体验的历史小说，都始终贯穿着陈舜臣创作生涯中以一贯之的主题：那就是民族和国家之间的和平、民族和个人的幸福与尊严。2002 年，在 78 岁高龄的时

---

① ［日］陈舜臣：《高揚した時代に複雑な境遇》，见《陳舜臣讀本》，第 90 页。
② ［日］陈舜臣：《高揚した時代に複雑な境遇》，见《陳舜臣讀本》，第 91 页。

候，陈舜臣又推出了"描写那样一个世界"的、迄今为止最后一部长篇小说《桃源乡》。据说这部作品他构思了半个世纪。所谓"桃源乡"，就是陶渊明在《桃花源记》中所描写的理想世界。陈舜臣把小说的舞台置于12世纪的中国，写被金所灭的辽人首领耶律大石，率众向西迁徙，建立了西辽，以摩尼教为信仰，试图建立一个理想的和平国家。这部作品在陈舜臣作品中较为特异，它不像此前的历史小说那样重在再现历史，而是借助历史来表达作者自己的思想。这部作品体现了陈舜臣对民族、国家、宗教问题的总体思考，可以说是一部历史题材的思想小说、理想主义小说，标志着作为作家的陈舜臣的思想已臻于圆熟的境界，显示出陈舜臣作为一个作家，既是一个现实主义者，也是理想主义者；既是一个严格的写实主义者，也是一个充满热情、幻想、喜欢假定与推理的浪漫主义者。而且，在陈舜臣的全部的历史小说中还都暗含着一个共同的主题：就是抛弃国家藩篱、民族差别、宗教偏见，反对战争和杀戮，建立和平和谐的理想的人类社会，这也就是陈舜臣心目中的"桃源乡"。他说："我明白：现实中这种东西并不存在，也不会存在。正因为如此，人们必须把它作为理想目标，而不能放弃这个希望。"①

　　从这个意义上看，陈舜臣的全部创作，都是对这个"桃源乡"——他的精神家园——的朝圣之旅。

---

　　① ［日］陈舜臣：《宗教、主義、思想の名をすてよう》，见《陳舜臣讀本》，第102页。

第八章　伴野朗的中国
题材历史小说与推理小说

在陈舜臣之后崛起的最重要的写中国历史题材的小说家是伴野朗。伴野朗1930年代出生，1970年代后期在创作上崭露头角。他在创作上受到陈舜臣的较明显的影响，和陈舜臣一样，伴野朗最先写的也是以中国人为题材的推理小说，而且也获得了江户川乱步奖，随后以中国题材的创作为主开始了旺盛的创作活动，中国历史小说与中国历史题材推理小说齐头并进，古代题材与现代题材双管齐下，在古今中国历史文化的广阔天地中挥洒自如，成为中国历史题材作家中第三代作家的代表人物，在当代日本的文坛中承前启后、独具一格。

一、在北京发现的"五十万年的死角"

伴野朗（1936—2003年），出生于爱媛县，毕业于东京外国语大学中国语学科。1962年起在朝日新闻社任记者，先任职于朝日新闻社"外报部"，多次在中国北京、上海等地采访，1986年5月起出任战后第一任朝日新闻社上海分局局长凡三年。在日本现当代著名作家中，有不少人是记者出身；在涉猎过中国题材的作家中，上述的井上靖、司马辽太郎等老一辈作家都是记者出身，而伴野朗不但出身记者，而且在1960年代中期后常驻中国，使其有更多的机会在中国各地采访和游览，对当代中国，特别是那场政治运动时期的中国有较多的了解。而更重要的，是他的创作灵感来自中国的生活体验，他的创作也起步于中国。对此，伴野朗在《北京原人的事情》一文中，做了详细的描述。

伴野朗在这篇文章一开头就写道：

北京原人，学名 Sinanthropus pekinensis，是众所周知的人类的祖先。说得更详细些，就是距今约五十万年前，在洪积层中期的地球上生活着的直立人。

对我而言，北京原人可以说是"恩人"。可以用一句俗话来形容，就是"不想着他就睡不好觉"①。因为我的处女作、获得江户川乱步奖的《五十万年的死角》，写的就是追寻北京原人的头骨化石下落的故事。②

他接着介绍了有关北京原人的一些情况。说澳大利亚的古生物学者奥德尔·斯坦斯基 1926 年在北京周口店发现了一组臼齿的化石，当时北京协和医科大学的解剖学教授布莱克断定这是人类的化石。中国学者裴文中在 1929 年又在周口店发现了完整的头骨，被确定为是属于人类祖先，命名为"北京原人"。此前学者曾在爪哇发现了人骨化石，但头骨是破碎的，而且究竟是人还是猿一直有争论。相比之下，北京原人的完整的头盖骨就发现了五个，而且被公认为人类化石，因而具有极高的价值。这些化石当时被收藏在美国人控制的北京协和医科大学的金库中，它失踪的一周前裴文中教授打开保险柜时发现都在，但一周后却不翼而飞。后来证实是美国海军司令部在未告知中国方面的情况下，决定将化石转移至美国，但在此过程中又产生了种种谜团。伴野朗当时作为朝日新闻社的普通记者驻在北京，得知这些情况后忽然觉得，以北京原人化石失踪的题材写一部推

---

① 原文"足を向けて寝られない"。

② ［日］伴野朗：《中国歷史散步》，东京：集英社，1994 年，第 120 页。

理小说，岂不是很有意思吗？那时是 1975 年，正值中国的"文化大革命"时期，之前的 1971 年，林彪在党内政治斗争中失势，仓皇逃亡并在境外坠机身亡。伴野朗也觉得很有意思，写了"林彪事件"，但中国方面得知后给他贴上了"非友好记者"的标签，因而遇到了一些麻烦。虽然如此，如果不继续写点什么的话，就难以打发时间，所以他决定写北京原人化石失踪事件。从 1975 年 9 月 25 日开始动笔，到翌年 2 月写完，这就是长篇推理小说《五十万年的死角》。这部作品以中国为舞台，是围绕着北京原人化石的下落而展开的情节紧张复杂的推理小说，显示了伴野朗对中国历史文化的浓厚的兴趣，也预示了他此后的创作方向。《五十万年的死角》很快在日本出版，出版后好评如潮，伴野朗于当年 6 月获得了江户川乱步奖，并一举成名。评论界不敢相信此前完全没有写过小说的伴野朗，竟然能够写出如此老道和精彩的作品。那时伴野朗四十岁，可谓大器晚成。几年后，中国结束了"文化大革命"时代，伴野朗的《五十万年的死角》也被翻译成了中文，而且出版了两种译本。① 1980 年，他又携妻子和女儿一起到周口店，希望也让她们看看自己的"恩人"北京原人的家乡。

从那以后，伴野朗的人生和创作便与中国、与中国历史文化结下了不解之缘。那时作为日本记者在中国采访，有种种的限制，但伴野朗对当时还处在封闭状态的中国给予了更多的理解。在他的有关文章及作品中，很少有对中国（包括政治运动时期的中国）的批评文字。在 1973 年与他人合著的图片资料集《中国大观》中，所收照片均是反映"文革"时期中国社会光明面的，而对当时政治的混乱和经济的凋敝局面并无反映、指摘或批判，这或许是因为当时外国记者在中国采访的允许范围有限，也反映了战后朝日新闻社对中国的一贯立场和态度，同时也表现了伴野朗本人超越意识形态的、对中国历史文化的尊敬及对现代中国的尊重。在谈伴野朗

---

① 两种中文译本，即 1982 年云南人民出版社的译本和 1984 年世界知识出版社的译本。

的中国历史小说的创作之前，这是值得一提的。

伴野朗由《五十万年的死角》登上文坛后，开始了旺盛的创作活动，1984 年以短篇小说集《受伤的野兽》获日本推理作家协会奖。1989 年底辞去记者工作，专心写作。到 2003 年突然去世，伴野朗在二十多年的创作生涯中，在推理小说、冒险小说和历史小说各领域，共出版了三十多种长篇小说及作品集，其中的大部分作品都以中国为题材，其中有长达十卷的大河小说《吴·三国志》（详见本书第一章第四节）。伴野朗长期居住中国，具有较好的汉语的听说能力和阅读能力，这在日本写中国题材的当代作家中是突出的，除华裔作家陈舜臣外，可与匹敌者罕有其人。他的作品取材广泛，涉及中国古代、近现代历史文化，在奇诡丰富的想象力之外，也显示出了他对中国历史的广博的知识和对中国现状的深刻理解，所以日本评论界有人认为伴野朗是"无与伦比的中国通"。①

二、帝王将相传记小说

伴野朗的中国题材的历史小说，从内容上看，可以分为中国帝王将相传记小说、中国历史名人小说和中国现代题材的小说三大类。

本节先谈伴野朗的中国帝王将相传记小说。

作为历史小说家，伴野朗对中国的帝王将相很有兴趣。他以长篇小说的形式所写过的帝王将相，按时代顺序有：描写秦始皇的《始皇帝》、描写汉武帝的《太阳王·武帝》、描写唐玄宗的《玄宗皇帝》、描写明代开国皇帝朱元璋的《朱龙赋》、描写明代永乐帝的《永乐帝》等；以将相为主人公的则有写汉朝宰相韩信的《国士无双》、写三国时期蜀国丞相诸葛亮的《孔明未死》等。

秦始皇在日本十分有名，主要是因为司马迁的《史记·秦始皇本纪》在日本有广泛影响，根据《史记》的有关记载而在中日两国民间长期流

---

① 评论家［日］长谷部史亲语，见《孫権の死·解說》，东京：集英社，1993 年。

传的关于徐福东渡日本，并在日本传播中华文明的传说，也是家喻户晓。特别是 1974 年西安秦始皇兵马俑发掘出土以后，日本国民及作家们对秦始皇的兴趣更为浓厚，到兵马俑博物馆参观的日本人年年络绎不绝。在伴野朗创作《秦始皇帝》之前，日本作家早有不少人写到秦始皇，例如当代作家荒卷义雄（1933 年生）1982 年出版了长篇推理小说《始皇帝的秘宝》，推想秦始皇派遣徐福到日本并带来许多秘宝，并以此为中心展开情节。作家咲村观 1983 年出版了长篇小说《秦始皇》（讲谈社版），该书以《史记·秦始皇本纪》的史料为中心，描写了秦始皇的一生及秦朝诞生到覆灭的过程，特别是对徐市（徐福）的故事加以详细敷衍，表现了中日古代文化交流的主题。1995 年，陈舜臣写了长篇传记《秦始皇》（尚文社版）；1998 年，日本著名作家荒俣宏对中国作家陈凯歌、王培公的同名剧本加以改编，写成长篇小说《暗杀秦始皇》。伴野朗的《始皇帝》上下两卷 1995 年由德间书店出版，上卷有序章、"野望"、"奇货"、"诞生"、"谋臣"、"谋略"六章，下卷有"统一"、"方术"、"焚书"、"阴谋"、"悲剧"、"崩溃"六章和"尾声"。从章节结构上就可以看出这是一部以秦始皇的生平及秦朝的历史为经纬的演义性作品。《始皇帝》从大商人吕不韦如何出于政治及商业上的考虑，斥巨资扶助当时作为人质居留在赵国邯郸的、失宠的秦国王子子楚，为子楚将来继承王位打下基础，甚至将自己的心爱的情人"子容"（《史记》中称作"姬"）送给了子楚。后子容怀孕生子，取名"政"，即后来的秦始皇。政名义上是与子楚所生，实际上生父乃吕不韦……总体上看，《始皇帝》基本的故事情节与《史记》等基本相同，但伴野朗在细节上有大量虚构，特别是设置了一个叫杨羽的虚构人物，并把此人设定为吕不韦的侍从，特点是腿脚飞快，并以杨羽将全书人物情节贯穿起来。另一方面，在《始皇帝》中，伴野朗明确地表达了自己对秦始皇这个历史人物的基本评价。他在序章中详细介绍了秦始皇在中国的评价，特别是 1960—1970 年代特殊的政治背景下，中国官方对秦始皇的高度评价，并引述了当时公开发表的几篇文章——包括"施丁"

"罗思鼎"等人的文章——即为历来遭人所诟病的"焚书坑儒"加以辩护的文章。伴野朗认为，对秦始皇的这些肯定与颂扬，"是在礼赞毛泽东的延长线上进行的"。同时他又看到，对秦始皇的高度评价，表明了中国人渴望国家统一这一"最强烈的政治理想"，这一理想一直到现在都没有改变。他认为："始皇帝作为第一个实现这一理想的人物是值得铭记的。其是非功过可以加以历史的研究，但无论怎样，以他的统一事业与他做的坏事相抵销的话，还是绰绰有余的。"①

中国古代著名帝王，历来"秦皇汉武"并称，汉武帝刘彻在日本也很有名气。1992年，作家冈本好古（1930年生）出版了长篇小说《汉武帝》（讲谈社），似乎是日本当代第一部写汉武帝的长篇小说。紧接着，伴野朗1993年在历史知识读物《明镜古事·中国人物列传》一书中所写的第一个人物，就是汉武帝，题目是《汉武帝——雄才大略丝绸之路之盟主》。伴野朗认为，汉武帝在两重意义上是一个幸运儿。第一，按他的排行不可能继承皇位，但却最终被立为皇太子，并登上皇位；第二，他是在汉朝国力最强盛的时候登上皇位的，这使得他能够挥师西征，在与匈奴的决战中扩大汉朝在西域的影响力。②1997年，伴野朗出版了汉武帝的长篇传记小说《太阳王·武帝》，集中体现了伴野朗对汉武帝这个著名帝王形象的艺术把握。这部作品在写法上与上述的《始皇帝》很相似，因此不妨把它们看成是姊妹篇。此前，为了写作该作品，伴野朗曾到陕西省兴平县参观了汉武帝的陵墓"茂陵"，深感高大雄浑的茂陵"不愧太阳王之名"。他还在序章中征引了毛泽东的诗篇《沁园春·雪》，转述毛泽东对汉武帝的肯定评价，还引述了1974年《红旗》杂志上发表的署名"梁效"的题为《读〈盐铁论〉》一文中对汉武帝的高度赞扬。伴野朗表示《太阳王·武帝》的写作目的就是"通过那个时代及围绕着他的众多人物

① ［日］伴野朗：《始皇帝》上卷，东京：德间文库，1997年，第9-10页，
② ［日］伴野朗：《明镜古事·中国人物列传》，东京：经营书院，1993年，第7页。

的描写，将色彩斑斓的汉武帝的充满波澜的生涯呈现出来"。

《太阳王·武帝》从汉武帝刘彻的出生开始写起，刘彻是汉景帝的第九个儿子，而且生母王夫人并不受景帝的特别宠爱，在这种情况下，宫廷内部，特别是景帝之母窦太后、窦太后的女儿馆陶长公主、皇太子荣及母亲栗妃等人之间，围绕册立皇后及皇太子的问题，进行了激烈的明争暗斗。下嫁堂邑侯陈午的馆陶长公主为了加强自己在宫中的实力，欲将自己的女儿娇嫁给皇太子荣，却被皇太子的母亲栗妃拒绝。馆陶长公主对此耿耿于怀，便开始与王夫人联手排挤皇太子荣及母亲栗妃，并得到了窦太后的幕后支持。最后皇太子荣及母亲栗妃失势。公元前 150 年，景帝宣布废除太子荣，另封为临江王，并将王夫人立为皇后，刘彻立为皇太子。而馆陶长公主也如愿以偿，按照与王夫人的秘密约定，将女儿娇嫁与皇太子刘彻。汉景帝死后，刘彻继位，成为汉朝的第七代皇帝，由此开始了汉武帝时代——这是伴野朗在《太阳王·武帝》中所讲述的汉武帝的"第一个幸运"，因而第一章的标题就是"幸运"。接着，伴野朗用绝大部分的篇幅，来描述汉武帝继位后的雄才大志、文韬武略。例如在政治方面，强化以皇帝为顶点的金字塔型的中央集权的官僚制度，以"推恩令""酎金率"的政策削弱地方诸侯的势力。在经济方面，推行货币制度改革，实行盐铁专卖，实行运输和交易的官营化。在文化方面，采纳董仲舒的谏言，罢黜百家，独尊儒术，加强文化思想的专制控制。军事方面，改变了长期以来对匈奴的被动防守，派遣精兵强将远征匈奴，巩固了西北部边防，扩大了汉朝的疆界，并为此后丝绸之路的形成和繁荣奠定了基础。同时，伴野朗也写到了汉武帝的许多失误和错误，如有时用人失当，特别是在军事上重用了没有军事才能的李广利等人，对西征时兵败被俘的李陵呵责过严等。晚年的汉武帝因皇太子刘据政变，下令处死了与事件有关的卫皇后、皇太子及皇孙。伴野朗在表现汉武帝内心痛苦的同时，也暴露了其残酷无情的暴君的一面。在塑造汉武帝形象的同时，伴野朗还写到了同时期汉武帝周边的若干著名的历史人物，如骠骑将军霍去病、出使西域的张骞，还有苏武、李陵、李广利、司马迁等。整部小说以《汉书》和《史记》等中国历史典籍为基本依据，绝大多数人物是历史人物，基本没有设置虚构的人物。和《始皇帝》一样，《太阳王·武帝》写得朴素老道，与他在其他作品，特别是推理小说及历史推理小说中的奇诡恣肆的想象形成了对比，代表了伴野朗历史小说创作中的一种写实风格。

伴野朗以中国帝王为主人公的重要作品还有《玄宗皇帝》。这部作品写的是唐代由盛转衰时期的唐玄宗的生涯，与上述的《始皇帝》和《太阳王·武帝》的风格有所不同，《玄宗皇帝》表现了更多的浪漫和感伤的气氛。小说一开头就这样写道：

> 一个濒死的男人，躺在床上。
>
> 他很老了。七十八岁了，这在当时可谓超高年龄。
>
> 他沉在梦境里。在君临广袤的中国大陆的四十四年间，他经历了太多的事情。那些事情一幕幕地在他苍老的脑海中闪过。
>
> "英杰"——有一个时代他被这样称呼过。
>
> "明君"——不负明君之名的时代他也有过，他是位居万民之上的中华之主。然而，晚年，他却"老丑"之态毕露，而遭人嗤笑，那悔恨他至今还留在心头。而已经深深地潜入他的脑海中的，则是一个女人的面影。
>
> "玉环呀……"老人不禁叫出声来。随之从嘴里流出了一线口水。没有人替他擦去。他所睡卧的神龙殿阴森森的，寂静无声。老人孤独地躺着，陷入了昏迷状态。①

这位濒临死亡的老人，就是唐玄宗李隆基，而老人叫出声的"玉环"，不必说就是杨玉环，亦即杨贵妃。他们也就是《玄宗皇帝》的两位

---

① ［日］伴野朗：《玄宗皇帝》，东京：德间文库，2000年版，第5-6页。

主人公。小说从李隆基的祖母则天武后（武则天）六十四岁、李隆基七岁的时候开始写起。在伴野朗笔下，武则天一方面是一个残忍无情的女人，另一方面又是一位女中豪杰和天才的政治家，她在位期间甚至没有发生过农民起义。从小就目睹武则天铁腕治国的李隆基，在公元712年即位，成为唐朝第六代皇帝玄宗。他广纳贤臣，励精图治，形成了历史上有名的"开元盛世"的局面。但晚年的唐玄宗由于长期国泰民安，而逐渐掉以轻心，特别是因宠爱儿媳妇杨贵妃而不能自拔，无端提拔杨贵妃一族，群臣怨声载道，地方政权乘机叛乱，导致大唐帝国由盛而衰。在《玄宗皇帝》中，伴野朗充分利用了《旧唐书》《新唐书》《资治通鉴》等历史文献资料及现代中日学者的有关研究成果，将唐玄宗的曲折经历和复杂性格呈现出来；同时，又以玄宗为中心，表现了盛唐顶峰时期政治、社会、文化的各个方面。为此，伴野朗将同时期的许多重要历史人物，特别是文化名人如诗人李白、杜甫、白居易、鉴真和尚和日本的留学唐朝的诗人阿倍仲麻吕等，都纳入了情节构架中。这一方面使得小说具有更深厚的文化含蕴，一方面也更有利于展示唐代生活的各个方面。伴野朗在全书的序章中引用了盛唐诗人李白的诗篇《少年行》——"武陵少年金市东，银鞍白马度春风，落花踏尽游何处，笑入胡姬酒肆中"，还引述了杜甫的《曲江·其一》，传达出了歌舞升平的盛唐景象。在"尾声"中，则又援引杜甫在安史之乱后所写的忧愤沉痛的诗篇《春望》《悲陈陶》《哀江头》等，传达出了"国破山河在"的无奈与伤感，可谓独具匠心。

除了写帝王外，伴野朗还写中国历史上的将相。2002年，他出版了短篇集《中国鬼谋列传》（实业之日本社出版）。所谓"鬼谋"，就是奇谋、神机妙算的意思。伴野朗写了中国历史上的七位著名的有神机妙算之才的"鬼谋"将相，并将他们写成短篇小说，其中包括：汉代刘邦的丞相萧何，春秋战国时代越王勾践的名将范蠡，明代谋士、永乐皇帝的"太子少师"道衍（俗名姚广孝），三国时代吴国的谋士虞翻，春秋时代的齐国宰相、《管子》的著者管仲，三国时代魏国的谋士贾诩，周文王的军师、太公望吕尚。这些将相谋臣中，有的在中日两国广为人知，如范蠡、太公望、管仲、萧何等。此前，也有日本作家写出了以这些人为主人公的长篇小说，如当代日本作家芝豪（1944 年生）的长篇小说《太公望》（PHP 文库 2000 年）、作家立石优（1935 年生）的长篇小说《范蠡》（PHP 文库 2000 年）等，在史料运用和艺术想象方面都相当见功力。但伴野朗在《中国鬼谋列传》中的另一些人物，如虞翻、道衍，即使在中国也是知之者有限，日本其他作家均无涉及，而伴野朗却能将他们的事迹写成短篇小说，显示了他对史料和人物的发掘能力。

伴野朗描写中国古代将相的长篇小说，有以春秋时代鲁国将领吴起为主人公的《吴子起》（祥传社出版）和以汉代著名将领韩信为主人公的《国士无双》（有乐出版社 1995 年），两书基本都取材于司马迁的《史记》。其中，关于韩信，司马迁在《史记·淮阴侯列传》中，用了七千多字的篇幅做了详细描写，这在《史记》的列传中算是很长的篇幅了。司马迁对韩信从年轻时沿街乞讨的无赖，到成为项羽手下的谋士，再到刘邦的谋臣，辅佐刘邦夺取天下，功勋卓著，后来因谋反之名被吕后诛杀，都做了详细生动的描写，本身已经具备了小说的骨架。伴野朗的《国士无双》则在《史记·淮阴侯列传》的基础上，进一步丰富细节，除了使相关的历史人物，如刘邦、张良、萧何、樊哙、项羽、项梁、吕后等，都一一登场之外，还虚构了杨红（被韩信救出的美少女）、贾姐（阴阳师）、风神（暗中帮助韩信的神秘的男人）这三个人物，使得小说更具传奇性和趣味性。《国士无双》主要是表现韩信作为一个天才军事家的足智多谋，描写韩信作为"战争艺术家"的战无不胜，也表现了在险恶的政治环境中，一个居功自傲的将领最后竟死于政治阴谋的悲剧结局。

三、刺客·侠士·反骨·谋臣·探险家

上述几部帝王将相小说的基本史料大都来自《史记》。伴野朗对司马迁及其《史记》推崇备至。他在《感谢司马迁》一文中认为：《史记》

有三个特点，第一是"记述的正确"；第二是"现场优先主义"，即尽可能地到历史事件和历史人物有关的现场去考察；第三是有自己确定的历史观，亦即"清醒的眼"。伴野朗的历史小说不仅在取材上得益于《史记》之处甚多，而且在历史小说创作的方法与观念上，特别是在"现场优先主义"方面，也受到司马迁的影响，所以他说："这一生能够与司马迁及其《史记》相遇，是最大的幸运和快事。感谢您，司马迁！"①对司马迁的学习与追随，在他的中国侠士、反骨、刺客等选题中有更进一步的表现。伴野朗为这三类人物分别写了四本书，就是《刺客列传》《士为知己者死》《中国反骨列传》和《谋臣列传》。

《刺客列传》（实业之日本社）的书名就直接来自《史记·刺客列传》。在《史记·刺客列传》中，司马迁记载了春秋战国时代五六个著名刺客及其豪侠刺杀行动，即：欲刺杀齐桓公而未成的鲁人曹沫；使用"鱼肠剑"为公子光（即后来的吴王阖闾）而刺杀吴公子王僚的专诸；说出"士为知己者死"这句名言的晋人刺客豫让；为知己者杀人后，为不连累他人而划破脸皮、剜出眼睛、剖腹出肠的刺客聂政，及敢于冒死认领聂政尸首，并哭绝于聂政身旁的姐姐荣；图穷匕现、刺杀秦王的荆轲和高渐离。司马迁对这些刺客的行为给予高度评价，认为他们"其义或成或不成，然其立意较然，不欺其志，名垂后世，岂妄也哉"。伴野朗在《刺客列传》中，根据《史记》的记载而在细节上做了进一步的补充和丰富。此外，又从《汉书》中找到了一个叫傅介子的刺杀楼兰王安归的刺客，但是，伴野朗是把傅介子作为一个丧失应有的侠义精神的特殊的刺客来描写的，认为他的暗杀行为完全是为了出人头地，而没有什么侠义可言。至于为什么将傅介子这样的刺客与其他侠客并列，伴野朗的解释是："暗杀这一行为，不管出于什么理由，其手段都是卑鄙无耻的。倘若过于美化'侠'和'义'之心，恐怕不无为刺杀行径辩护之嫌。在这个意义上，把

---

① ［日］伴野朗：《司馬遷に感謝》，见《中国歴史散步》，东京：集英社，1994年，第251–252页。

傅介子这样的人物也写进来，可以表达我的真意。"①伴野朗一方面对司马迁《史记》中对所写刺客的正面评价表示赞同，肯定了那种无功利的侠义精神，一方面也看到了刺客的暗杀的另一面；换言之，作为一个现代作家，伴野朗没有无条件地肯定古代的"恐怖主义"行为。

短篇小说集《士为知己者死》（集英社，1993 年）中写了四个人物，即被后人称为"战国四君"的齐国孟尝君、赵国平原君、魏国信陵君、楚国春申君，取材于《史记》中的《孟尝君列传》《平原君虞卿列传》《魏公子列传》《春申君列传》。司马迁对这几位人物广揽贤士、仗义疏财、重义轻利给予高度评价。伴野朗则在司马迁描写的基础上，借战国四君的形象表现出那个特殊时代氛围。在伴野朗看来，春秋战国时代虽是国与国之间弱肉强食的时代，但也是一个富国强兵的时代，是"中国历史上最充满活力、生气勃勃的时代"，是能够自由发表思想言论的百家争鸣的时代，而"战国时代又是男儿的时代。重义气，为了义可以坦然地献出自己的生命"。或许因为这样，伴野朗将《史记》中的"士为知己者死"这句名言作为作品的名字，体现了他对中国传统的侠义精神的追怀。他在后来写的《战国四君》一文中说："士为知己者死——这句话透露出了战国时代那轰轰烈烈的男儿们的生动气息，也使我为之感动。返观现代社会，无论在日本还是在中国，'义'的价值观都失落了。在现代中国的权力斗争史上，'义'的要素完全不存在。——'士为知己者死'，早已变成了一个死词了。"②

1997 年，集英社出版了伴野朗的另一部短篇集《中国反骨列传》。所谓"反骨"原本是古汉语词汇，但含义是有叛逆、叛变之心的意思，是一个贬义词。而日语中的"反骨"，则是不阿谀、不媚俗、能够独立思考、敢于特立独行的意思。伴野朗以这样的标准，在中国历史上选择了七位"反骨"人物，并分别写成了七篇小说，合为一集。分别为：《救国的

---

① ［日］伴野朗：《中国歴史散步》，东京：集英社，1994 年版，第 76-77 页。
② ［日］伴野朗：《中国歴史散步》，东京：集英社，1994 年版，第 36 页。

男儿——田单》，写战国时代齐国的田单；《直言之士——袁盎》，写汉文帝时期的宫廷近臣袁盎；《雁书——苏武》，写汉武帝时代的将军苏武；《愚兄贤弟——诸葛谨》，写三国时代吴国重臣、诸葛亮的弟弟诸葛谨；《义骨之士——杨阜》，写三国时代初期的关中勇将杨阜；《书生的素颜——王羲之》，写东晋书法家王羲之；《正气之歌》写南宋时代的民族英雄文天祥。这些人物的生活年代从战国时代一直到宋代。伴野朗以中国传统文化中的"反骨"的人格精神将他们统驭起来，并肯定和褒扬了"反骨"的人格价值。

短篇集《谋臣列传》（实业之日本社，1998年）写了中国历史从春秋战国到三国时代的七位"谋臣"。包括《鬼谋之人》中的张良，《远交近攻》中的范雎，《光与影》中的李斯，《奇策》中的陈平，《联横》中的张仪，《有气度的人》中的鲁肃，《长红痣的男子》中的郭嘉。这七位谋臣横跨春秋战国、汉代和三国鼎立等不同的历史时期，与上述三部作品中的刺客、侠士、反骨，一同构成了中国古代文武两道的主要人物类型。

除了上述的刺客、侠士、反骨、谋臣外，伴野朗对中国历史上另一类人物——勇敢探求外部世界、纵横于古代国际舞台上，为中外文化的交流和融合做出贡献的军事、商业、宗教方面的探险家们，给予了高度的注意，并以他们为主人公写了若干部长篇小说，主要有《大远征》《大航海》《西域传——大唐三藏物语》《南海的风云儿·郑成功》等。

《大远征》1990年由集英社出版。主人公是西汉时代奉命出使西域的班超。小说写了班超的出身及有着良好教养的家庭，在这个家庭中，有矢志不渝地为司马迁续写《史记》的父亲班彪，有继承父亲事业写完《汉书》，并最终因文笔之祸被诛杀的哥哥班固，有才色兼备的文学家妹妹班昭。小说的中心情节是写班超出使西域并任西域都护，在西域各地施展文韬武略，使西域各国归附汉朝。他本人一直待在西域三十多年，深为当地人民所信任。后来年迈，思乡心切，奏请皇帝恩准回乡，不久即老病而死。小说既将班超作为汉民族的征服者来描写，同时也把他作为汉民族与西域各民族的友好使者来描写，这就准确地把握了班超的历史定位。值得注意的是，在《大远征》中，伴野朗写到了汉朝与日本之间的往来，为此虚构了一个叫做倭麻吕的擅长速跑的日本人，受九州的一个国王的派遣，和他的恋人一起冒险乘船来到中国，最终登上中国大陆，来到长安，并借助十几年前因风暴漂流到中国的一个日本人的翻译，与班超相识、交谈——

> "我多想在无边无际的大地上使劲儿地跑呀！"倭麻吕说。
>
> "那好啊。听说西边就有你说的那样的广阔大地。"班超说。
>
> "说广阔，到底有多广阔？"
>
> "我也没见过，但是我想去。不，是必须去！"
>
> "去的时候把我带上行吗？"
>
> "你是说一起去吗？不过，倭麻吕，你是想在汉朝一直住下来吗？"
>
> "哈依！我正是这么打算的。"
>
> "那么，你必须学习汉语。这样吧，我每天都来教你吧！"
>
> "真的吗？"
>
> "当然。就从明天开始吧。"①

于是班超就做了这个日本人的汉语老师，而倭麻吕作为日本人，也最终实现了在广阔天地奔跑的愿望。虽然现在还没有文字资料表明西汉时代日本人就与中国有何往来。但伴野朗的想象也并非无稽之谈。没有文字记载不等于不存在，想象是小说家天然的权力。伴野朗通过这一虚构的情节和人物，将东海上的日本与大陆、与西域联系起来，更充分地表现了汉朝的文化吸引力和西汉帝国容纳东与西的大国气度，也强化了小说中民族交

---

① ［日］伴野朗：《大遠征》，东京：集英社文库，1994 年，第 101-102 页。

流与融合的主题。以前井上靖曾在短篇小说《异域之人》中写了身处异域的孤独思乡的班超，而伴野朗笔下的班超却是一个充满热情和活力的勇于开拓的英雄人物，这部作品与太佐顺（1937 年生）的长篇小说《班超》（PHP 文库 2004 年），堪称日本当代文学中写班超的双璧。

伴野朗以西域为舞台的作品还有《西域传——大唐三藏物语》，1987年由集英社出版单行本上下卷。这是以唐代佛教大师、旅行探险家、佛经翻译家玄奘为主人公的长篇传记小说。关于玄奘，史书、佛教书、民间传说都有大量的相关资料，玄奘本人也有《大唐西域记》传世。在日本，玄奘这个人物早在奈良时代就为日本人所知悉，从中国传入的日本的佛教当然与玄奘有着密切的关系，后来明代吴承恩的《西游记》传到日本，一般读者对其中的主要人物唐僧（原型为玄奘）都有深刻的印象。因此可以说玄奘和孔子、孙子、诸葛亮一样，是在日本最有"人气"的几个中国历史人物之一。在伴野朗之前，日本文学艺术中已有对玄奘加以表现和描写的作品，特别是此前老一辈作家陈舜臣为玄奘写过传记《通向天竺之路》（朝日新闻社 1986），这部作品约合中文十来万字，使用历史随笔的笔法，讲述了玄奘西行印度取经的整个过程，对伴野朗的创作也有一定影响，但是像伴野朗的《西域传》这样以大规模的篇幅（约合中文四十多万字）为玄奘的印度取经求法而撰写长篇小说，可以说是没有前例的。《西域传》头几章描写了隋朝的时代、社会与宗教气氛，写出身贫寒的陈祎（玄奘的本名）的父亲陈惠是个虔诚的佛教徒，哥哥陈长捷也出家为僧，陈祎从小就深受家庭与佛教的熏陶。他又聆听了一个僧人讲述的东晋僧人法显如何为求佛法而西游印度，佛教大师鸠摩罗什如何翻译佛经等，很受感动，决心献身佛教，继承法显和鸠摩罗什的事业。陈祎十三岁时出家后，改法名"玄奘"，几年后便在隋唐之交的乱世中，踏上了西去印度的旅途，一路上经历千难万险，终于到达了印度。玄奘的旅行是小说描写的重点，在这一过程中，伴野朗最富于想象力的描写，是让玄奘与伊斯兰教的创始人穆罕默德在撒马儿罕的邂逅相遇。尽管两人言语不通，只是简单施礼，几乎没有交谈，但伴野朗写到这一场面是有象征意义的。穆罕默德虽比玄奘年长，但属于同一个时代，而且那时伊斯兰教也开始在中亚地区传播，玄奘与穆罕默德的相遇在逻辑上不是不可能的。小说最后写到玄奘从印度归来，带来了舍利、佛像和六百多部佛经，并开始了规模巨大的译经事业，直至入寂。伴野朗的《西域传——大唐三藏物语》可以说是现代版的《西游记》。古典小说《西游记》素以想象力卓越超拔而著称，在此基础上再写现代版的《西游记》谈何容易！伴野朗的《西域传》在《西游记》的神话小说之外另辟蹊径，在隋唐史的背景下，以写实的手法生动地表现了玄奘为追求自己的理想和信仰而孜孜不倦、勇于探险的形象，并给一个古老的题材、一个耳熟能详的历史人物以新的艺术生命。

这种国际范围的探险的主题，在以中国明代为背景的《大航海》（集英社 1984 年）中也有突出的表现。《大航海》分上下两卷，篇幅与《西域传》相当，其舞台背景是中国的明朝，主人公是率领船队七次远程航海的郑和。

伴野朗在《大航海》的序章中写到了这部小说的创作缘起。那是在北京的一个秋天，伴野朗参观位于天安门东侧的历史博物馆。在那里的明代展室中，他发现了一个长长的大玻璃箱子中收藏着一根长约十米的木片，好奇心使他留住了脚步，原来说明文字上写的是"明代郑和'西洋取宝船'的舵轴部分。在这里，伴野朗立即对郑和下西洋充满了特殊的兴趣，他感到在这里和郑和的相会似乎是"命运安排好的"。通过阅读博物馆的说明文字和后来查阅历史资料，伴野朗对郑和下西洋的壮举越来越感到了震撼。按《明史》中的记载，郑和使用的船应相当于现代的 8000吨级的大船，而且是由 62 艘这样的船组成、承载 27800 余名船员和众多货物的庞大船队。相关史料及明代"宝船厂"遗迹的发现也使他确信，《明史》上的记载决不是中国文学上常见的"白发三千丈"式的夸张，不但没有夸张，而且说得相当保守。这和八十七年后欧洲的哥伦布的船队的三艘 250 吨、88 人的规模相比，简直就是奇迹。而且，和郑和下西洋比较，欧洲的大航海时代落后了近九十年！伴野朗写道：

> 我贪婪地看着眼前的舵轴。突然觉得从内心深处涌上一股热意，那是对征服万里大洋的郑和的强烈的向往。
>
> 世界第一位大航海家郑和，到底是一个怎样的人物？
>
> 在展览室里，挂着题为《郑和船队出航图》的油画。当然那是对当年情景的想象。我被那张画所吸引，久久地端详着它。
>
> ……突然，奇妙的事情发生了。那是白日梦还是什么，我说不清楚。
>
> 不管怎样，我听到了海浪的声音。那是海浪拍打巨大的船体的声音。
>
> 我竖起耳朵，那声音仍然持续着。
>
> 接着我又听到了风声，是成百上千的风帆顺风前进的声音。我听到了大海的轰鸣，闻到了海水的清香。那是从小在濑户内海长大、少年时代闻惯了的、令人怀恋的海潮的香气。……①

就这样，《大航海》在中国历史博物馆的郑和展室中开始孕育了。正如当年的《五十万年的死角》一样，中国历史文化再一次点燃了伴野朗创作灵感的火花。

郑和大航海这样的壮举，在中国文献却记录不多，《明史》中关于郑和只有大航海以前的记载，而且只有三句话，共十几个字——"初事燕王于藩邸，从之有功，累擢为太监"。在喜欢记录历史的中国，对如此重要的事情却如此轻描淡写，伴野朗感到疑惑并对此做了调查分析。例如明代严格限制宦官势力，郑和身为宦官身份，又属于元代阿拉伯血统的"色目人"后代，史书上不便多写，但实际上当年郑和航海后是留下了大

---

① ［日］伴野朗：《大航海》上卷，东京：集英社文库，1987年，第13-14页。

量资料的。郑和去世四十年后，明朝第九代皇帝成化帝时酝酿再次航海，但由于财政困难、担心宦官势力抬头，朝廷内部官僚意见很不统一。在这种情况下，兵部官僚刘大夏为阻止新的航海计划，又将郑和航海的所有资料付之一炬。伴野朗要写一部关于郑和的长篇小说，所能依赖的只有少量的历史记载、有关纪念馆（如云南昆明建立的郑和纪念馆的）的史料、墓志铭及有关学者的相关研究，其余大量的情节和细节需要艺术虚构来补充。《大航海》上卷就是在这极少量的史料的基础上，将郑和航海之前的前半生的情况描写出来了。除主人公郑和外，小说中出现的人物既有历史上的真实人物，如郑和的父亲马哈只、洪武帝朱元璋、建文帝朱允炆、燕王朱棣（后来的永乐帝）及身边的和尚道衍，也有虚构的人物如燕王的爱妾郑妃、道衍的弟子思真、马三宝的朋友、弓箭手李挺、华侨商人陈祖义，还有日本人楠木多闻、村上义宏等。伴野朗以"大航海"为中心，巧妙地将这些真实和虚构的人物安排在同一个舞台上，形成了一个和谐的艺术整体。而正是因为资料少，为伴野朗充分发挥自己的艺术想象力提供了广阔的空间。而其中值得注意的最大的艺术虚构，就是郑和（上卷中称"马三宝"）在大航海之前曾经奉命海航日本，并与一支倭寇的首领楠木多闻相遇。众所周知，以倭寇为媒介，明朝民间及朝廷与日本的往来交涉较为频繁。伴野朗写航海家郑和首先东航日本虽然可能不是历史事实，但是还是符合历史逻辑的。下卷写了郑和的船队如何克服种种困难，数次航海大洋的种种曲折、惊险的经历。同样显示了伴野朗的出色的艺术想象力。但这种想象是历史小说的符合常识与逻辑的想象，与同样以郑和下西洋为题材的清代小说《三宝太监郑和下西洋记》中的神话怪诞的写法迥然不同。就这样，伴野朗依靠对有关史料的充分调查与运用，依靠他作为推理小说、历史小说家的卓越的艺术想象力，将大航海家郑和的一生，具体生动地再现于现代读者面前。鉴于以郑和为主人公的如此大规模的长篇历史小说在中国现当代文学还未出现，可以说伴野朗的《大航海》填补了一个重要的空白，也值得中国读者充分注意。

在中国明代的历史题材中，伴野朗还以郑成功为题材写出了三部作品，即《郑成功物语》《访神秘模糊的女人》和《小说·南海风云儿》，均发表于 1990 年代初期。后来一并收入《南海风云儿·郑成功》（讲谈社 1991 年）一书中。

由于郑成功具有中日两个民族的血统，因而历来为日本的学者、作家及有关人士所重视，尤其是在九州的平户，即郑成功母亲的家乡，人们对郑成功抱有特殊亲近的感情，为此，不少作家喜欢写郑成功。早在 18 世纪初期江户时代剧作家近松门左卫门写《国姓爷合战》《国姓爷后日合战》后，写郑成功的作家就络绎不绝。据日本学者石原道博在《国姓爷》（吉川弘文馆出版）一书中介绍，近松门左卫门之后，在日本出现了三次"郑成功热"：第一次"郑成功热"是由近松的戏剧引发的；第二次"郑成功热"则是以 19 世纪末的"日清战争"（即甲午中日战争）及日本随后对台湾的占领为背景，关于郑成功的生平、郑成功在台湾的统治等都有大量的研究；第三次"郑成功热"则是侵华战争期间，与日本对中国大陆的侵略及在台湾的殖民统治密切相关。日本的三次"郑成功热"，都有强烈的时代印记，具有明显的服务于"国策"而不惜借用、利用乃至"恶用"郑成功的倾向。战后的情况发生了明显的变化，大部分作家是把郑成功作为中日历史文化的一个连结点来看待的。如作家陈舜臣 1970 年代写的以郑成功父子为主人公的两部长篇小说（详见本书第四章第三节）就是从中日历史文化的关系为切入点的。接着，作家荒俣宏（1947 年生）的规模较大、约合五十万汉字的长篇小说《海霸王》（上下卷，角川书店1989 年），从 16 世纪中期居住日本的明朝海商郑芝龙写起，写到郑芝龙与日本女子田川生下郑成功、郑成功七岁回国、受到良好教育、参加科举考试及第，再写到郑成功拥兵抗清复明，最后成为收复台湾的英雄，是一部细节丰富生动的出色的郑成功传记小说。伴野朗在中国上海常驻期间，就对郑成功产生了浓厚的兴趣。为了写郑成功，伴野朗在中国各地做了采访旅行，参观游览了当年郑成功生活和战斗的许多地方，包括厦门、宁波、舟山群岛、崇明岛、瓜州、镇江、南京，最后又访问了台湾的台南、高雄等地。回日本后又到九州采访，并接连写出了以郑成功为题材的、由三篇作品构成的作品集《南海风云儿·郑成功》。其中，《郑成功物语》一篇是郑成功的传记性作品，约合中文五六万字，综合了中日两国的许多史料和研究成果，全篇没有虚构，而是用文学的笔法生动地编排史料，讲述郑成功的一生，这对系统了解郑成功是有参考价值的。《访神秘模糊的女人》是关于郑成功母亲的身世的一篇采访记。关于郑成功的母亲，史料记载极其简略，只知道她姓田川，连名字也没有留下来。伴野朗为寻求这位"神秘模糊的女人"的真面目，专门到九州平户、郑成功母亲的家乡考察采访，并写出了《访神秘模糊的女人》①。《南海风云儿》则是以郑成功收复台湾为主题的中篇小说。这部小说在表现郑成功收复台湾的壮举的同时，也对郑成功的猝死做出了自己的解释。伴野朗对郑成功在收复台湾三个月后，即以三十八岁的壮年突然去世感到困惑。虽然事实记载郑成功是患病而死，但作为喜欢推理的伴野朗仍然从郑成功的死中找到了创作的灵感，《南海风云儿》最后写郑成功不是死于疾病，而是被手下一个叫何斌的投毒所杀。何斌在郑成功解放台湾时，向郑成功提供了一张重要的海图，自恃有功而邀功请赏，却受到郑成功的痛骂而记恨在心，便毒杀了郑成功。此篇小说作为伴野朗的历史题材推理小说来看，还是很有意思的。

四、"伴野三国志"

"三国志"故事是日本作家最喜爱的中国题材，伴野朗的《吴·三国志》及其他"三国志"题材的作品，构成了卷帙浩繁"伴野三国志"系列，在众多"三国志"题材中独具特色。

伴野朗对《三国》进行再创作，是从 1992 年写《孔明未死》一书开

---

① 原文《幻の女を訪ねて》。

始的。这是以诸葛孔明为主人公的长篇小说。伴野朗在该书单行本"后记"中谈到：以前读《三国志演义》时，读到孔明死于五丈原，就感到很难受，为了扭转这种痛苦感受，他就想写一篇不让孔明死去的小说，从五丈原开始写起。在这篇小说中，伴野朗改写了两个重要的史实：一是诸葛亮没有杀死马谡，二是诸葛亮没有死。诸葛亮让马谡整了容，改头换面作了蜀国谍报机关"卧龙耳"的头领。马谡及其"卧龙耳"在孔明患了重病后，千方百计找来名医——华佗的弟子樊阿，治好了孔明的肺病，结果在孔明的指挥下，大败司马懿。这就由通常的《三国志》中的"死诸葛能走活仲达"变成了"活诸葛打败活仲达"。后来又围绕着曹魏的谍报机关"青州眼"计划暗杀诸葛亮，蜀国及其"卧龙耳"又怎样反暗杀，出现了一些类似现代间谍小说、侦探推理小说的情节。最后写诸葛亮进入洛阳城，在城内设"先主堂"，和刘备的亡灵对话，孔明似乎听刘备说到："新的三国志开始了吧……"

"新的三国志开始了"这句话，似乎也预示着伴野朗此后续写《三国志》的动机，而《孔明未死》一书可以说是"伴野三国志"的试笔。它成功与否且不论，但作品中对史实的大胆背离，侦探小说手法的大量运用，"卧龙耳"、"青州眼"等谍报机关的出现，都为后来的"伴野三国志"打下了基础。

"伴野三国志"的题名是《吴·三国志》，该作品共分 10 卷，约 300万个日文字符，篇幅上与上述的"北方三国志"旗鼓相当。2001 年 1 月至 5 月由集英社陆续刊行，2003 年 2 月至 12 月由集英社出版文库本。十卷的顺序为：第一卷《孙坚之卷》，第二卷《孙策之卷》，第三卷《孙权之卷》，第四卷《赤壁之卷》，第五卷《荆州之卷》，第六卷《巨星之卷》，第七卷《夷陵之卷》，第八卷《北伐之卷》，第九卷《秋风之卷》，第十卷《兴亡之卷》。和此前的"三国志"题材的作品相比，"伴野三国志"有明显的特色。首要的特色就是整个作品以吴国为中心。而此前的几乎所有作品，在对"三国"的描写中，吴国都处于相对次要的位置。

这似乎主要是因为吴国除了周瑜之外，缺乏像曹操、司马懿、刘备、关羽、张飞那样的有着强烈审美价值的人物，北方谦三在谈到这个问题的时候时曾说："吴这个国家，在周瑜死了以后，就失去了魅力。"而伴野朗似乎意识到，要在"三国志"的再创作中出新意，吴国将大有可为。

伴野朗长期从事记者工作，1980 年代后期，他曾作为报社的特派记者在上海待了三年，并有机会游览了从上海到重庆的漫长雄伟的长江及江南广大地区，留下了深刻的印象。他在第一卷的序章中这样写道：

> 在中国这个第一大河流域内有一个繁盛之国，那就是三国时代的吴国。
>
> 吴国，坐享地理之惠，有长江这一天然屏障，又有"南船北马"之船造就的无敌的水军。
>
> 而且更有人才荟萃。以孙坚、孙策、孙权这些英明的君主为中心，出现了周瑜、鲁肃、吕蒙、陆逊等各有才能的英杰。在曹操的魏国压制三国、曹魏为司马氏的晋国取代后，吴国却继续存在。这岂不是众所周知的事实吗？
>
> ——能不能通过吴国，而窥视三国志的世界呢？
>
> 我在作为报社的特派员住在上海的三年间，一直有这样的发想。上海，当然属于吴国，但据《中国历史地图集·三国西晋时期》（地图出版社）中说，当时的上海还在东海中，没有形成陆地。
>
> 那三年间，我游览了江南各地，对于江南文明是什么，似乎渐有所知。我想，应该在此基础上，进一步探索三国志的世界。①

对中国江南和长江的体验，显然是伴野朗的"三国志"创作"发想"的契机。他意识到，"吴国与长江有不可分割的联系，我的作品的主题应

---

① ［日］伴野朗：《吴·三国志·孙坚の卷·プロローグ》，东京：集英社文库，2003 年，第 5 页。

该是——"燃烧的长江"。①他本来打算用"燃烧的长江"作为书名，后来出版社的编辑认为，书名不带"三国志"的字样，绝对不好卖，所以才改为《吴·三国志》，而将"燃烧的长江"作为副标题。

前述的"吉川三国志"，因以蜀魏为中心，故以诸葛亮死于五丈原作为结尾，后来诸家的《三国志》大都受"吉川三国志"的影响，均写到诸葛亮的死为止。"伴野三国志"既然以吴国为中心，就不能承袭这样的套路。伴野朗认为，以诸葛亮的死煞尾，不是真正完整的《三国志》，因为蜀国灭了，曹魏被司马氏篡夺了，但是吴国还继续存在，完整的《三国志》应该继续把吴国的存在接着写下去。

从这一认识出发，伴野朗开始了艺术构思。他在第一卷"后记"中谈到了这个问题。首先是主人公应该是谁。既然要以吴国为中心，那主人公当然应该是孙权。然而假如以孙权为主人公，也有难以解决的问题。一是孙权这个人物无法贯穿整个三国历史的始终，二是以孙权为主人公，缺乏艺术上的新鲜感。所以必须另外找一个能够贯穿多卷册长篇小说的人物。但要找到这么一个人物很不容易。冥思苦索之际，伴野朗在有关三国志的正史中发现了一个线索，那就是西晋陈寿编著、南朝裴松之注释的《三国志·吴书》，其中在《孙权传》的裴松之的注中，有这么一句话：

> 《志林》曰：坚有五子：策、权、翊、匡，吴氏所生；少子朗，庶生也，一名仁。②

这条记载令伴野朗豁然开朗。他由此知道原来孙坚还有一个名为"朗"的儿子。这个孙朗在《三国演义》及此前的所有三国志作品中都没

---

① ［日］伴野朗：《吴·三国志·孙策の卷·あとがき》，东京：集英社文库，2003年，第394-395页。

② ［日］伴野朗在征引此段文字时，将"坚有五子"，误作"坚有王子"，"五"误植为"王"，疑为排版错误。

有出现过，除了裴松之的那一条简单的注释外，没有任何史料谈到孙朗的事迹。但是正因为如此，伴野朗认为孙朗正是他要找的理想的主人公："对于作家来说，这确实是个理想人物。我发现孙朗的瞬间，就决定将他作为我的长篇小说的主人公。就在那一时刻，我的《吴·三国志》的构想便决定下来了。这并非言过其实。和孙朗的相遇，简直就是命定的。"而且，巧合的是，"孙朗"和"伴野朗"还重名呢！伴野朗回忆，当时出版该书的集英社的一位编辑在看校样的时候不经意说："伴野先生真能干啊！用自己的名字给主人公起名，这不是混淆视听嘛！"伴野朗听了这话以后发感慨道："哪有这档子事儿！那不过是偶然罢了。一方面觉得难以说清，一方面也怀有感谢之情。"

就这样，"孙朗"这个人物就成了"伴野三国志"中贯穿整个作品的主人公。

"伴野三国志"的创意，还突出地表现为将三国的明争暗斗及其成败，归结为三国之间暗中的激烈的"情报战"或称"谋略战"。伴野朗是记者出身，记者的职业要求和职业敏感，使他深知"情报"是何等的重要。他进而认为，虽然在《三国志》中读不到关于情报战的记述，但他确信在那个时代，三国之间是存在着激烈的情报战的。他认为，《三国志》的有些情节表明当时的情报搞得非常细致。例如曹操，为了延揽人材，他对当时重要人物的情报都了然于心。当时的曹操想把徐元直（徐庶）召来，事前对徐做了深入的了解，知道他对老母非常孝顺，于是才设下计谋将徐母骗至许昌，徐元直不得不随母而至。中国还有句老话叫做"说曹操，曹操就到"，可见关于有关曹操的情报是何其多也，曹操对情报的反应又是何等之快。为了表现三国之间的情报活动和情报战，"伴野三国志"为三国设立了专门的情报（谍报）组织机构。其中，魏国的情报组织叫"青州眼"，其首领是曹操的庶子曹弃。这个"曹弃"是伴野朗虚构的人物，说他因出生时长相丑陋，差点被扔掉，故名"弃"，头脑机灵而性格冷漠，他在"青州眼"中培养"死士"（敢死队），死士们为了获取情报敢于赴死，并充当刺客暗杀要人。曹弃还把自己漂亮的女儿训练为"青州眼"的未来接班人，后来"青州眼"甚至还拥有了名为"神农三只鸟"的能够变换男女角色的具有特异功能的三个骨干，使"青州眼"蒙上了一层神秘色彩。吴国的情报组织叫"浙江耳"，而孙朗就是"浙江耳"的首领，"浙江耳"第一代首领是曾开，曾开死后就是孙朗，还有孙朗的妻子、有着超人的预感能力和超常视力的葛初，以及于吉、海然、方术士、云游僧等作者虚构的多名谍报人员。蜀国的情报组织叫"卧龙耳"。"卧龙耳"的首领是春秋时代墨家的后代、第七十五代孙"孙历"。这个"孙历"当然也是伴野朗虚构的人物，作者说孙历的祖父当年曾从背后支持班超远征西域。孙历作为名家苗裔，为"卧龙眼"主干，名至实归，后来孙历的女儿孙艳继父亲之后成为"卧龙耳"的首领。"伴野三国志"中的这些谍报人员，既像是春秋战国时代的刺客和说客，又像是现代的特工人员，文武舌剑并用，在谍报战中常常发生火并，并由此结下冤仇。尤其是曹妙、葛初等女性活跃其中，颇有看点。"伴野三国志"中每一次战斗的爆发，或每一次战争的避免，都是谍报战的必然归结，而每一次战争的胜败，又都与谍报战——"战场背后的攻防"密切相关。

"伴野三国志"在艺术上的特色，可以用"实而虚之，虚而实之"这八个字来概括。总体来说，比起《三国演义》原典来，"伴野三国志"的虚构成分更增加了。如果说《三国演义》是"七分真实，三分虚构"，那么"伴野三国志"则是五分真实、五分虚构，虚实参半。如果要说"实"，伴野朗写作和构思时主要依据正史《三国志》。他在每一卷的"后记"中都强调，自己特别受到了陈寿著、裴松之注释的《三国志》的影响，说自己在书中直接引用了该书的日文译文，所以他反复表示感谢这本书的译者今鹰真、井波律子、小南一郎和出版者筑摩书房。从这一点上看，伴野朗是有意要摆脱《三国演义》的束缚，更加贴近史料。另一方面，他却比《三国演义》有更多大胆的虚构。他本人是从创作推理小说开始走上文坛的，后来的历史小说创作也带有明显的推理小说、冒险小说的色彩，将历史史实与推理、冒险结合在一起，使"伴野三国志"富有传奇色彩，实则更实，虚则更虚，在虚虚实实中，构筑了伴野朗独特的三国志世界。

五、猎奇的中国现代史题材

伴野朗的以中国现代史为题材的推理小说，在其全部创作中占有重要位置。他的处女作和成名作《五十万年的死角》就是中国题材的推理小说，他的创作就起步于中国题材的推理小说。伴野朗的中国题材的推理小说除个别作品取材于古代（如 1994 年出版的以日本唐代留学生、诗人阿倍仲麻吕及中国诗人李白为主人公的《长安杀人赋》）之外，绝大部分取材于中国现代史，而且相当有特色。伴野朗的这些以中国现代史为题材的推理小说与陈舜臣的有关小说不同。陈舜臣的推理小说以中国人为主人公，或以中国古代历史为背景，但伴野朗却是直接从中国现代的重大事件和重要人物取材，带有强烈的猎奇性、现实感和冲击力。

众所周知，在中国当代文学中，由于政治社会等多方面复杂的原因，严格意义上侦探小说、推理小说至今是一个极为薄弱的领域。中国当代以表现公安人员执法破案为主题的法制文学，虽有推理小说的因素，但却不是世界文学意义上的侦探、推理小说。世界文学意义上的严格的侦探推理小说，并不预设宣传目的或立意说教，而以智力博弈、推理游戏为中心立意布局。1950 年代后，日本继英国、美国后，成为世界各国推理小说最发达的国家。日本推理小说的发达的重要标志之一是题材的多样化、舞台背景的多样化。伴野朗的推理小说充分发挥了自己"中国通"的优势，在以中国古代文化为题材的《五十万年的死角》一举成名后，又以中国现当代历史为题材创作了多种有鲜明特色的作品，在日本推理、冒险小说中别具一格。除了陈舜臣外，伴野朗中国题材推理小说的数量与影响无人可比，主要作品有长篇《蒋介石的黄金》①（角川文库1980年）、《上海紧急出动》②（中央公论1984年）、《再见吧，黄河》（讲谈社1985年）、《北京之星》（光文社1989年）、《上海遥远》（集英社1992年）、《发自上海的夺回命令》（早川文库1992年）、《白公馆的少女》（新潮社1992年）、《暗杀毛泽东》（祥传社1995年）、《雾的密约》（朝日新闻社1995年）、《沙的密约》（实业之日本社1997年）和短篇集《上海传说》（集英社1995年）、《流转的故宫秘宝》（尚文社1996年）等。

这些以中国现代史为题材的推理、冒险小说，都以20世纪中国的重大事件为背景、以重要人物为题材。重要事件如中日战争、国共内战，新中国的政治运动等；重要人物有蒋介石、毛泽东、周恩来等。其中，以周恩来为主人公的小说《北京之星》和《白公馆的少女》较有代表性。《北京之星》写1973年，即中国那场政治运动后期，一名日本"中央新闻"驻中国记者秋尾荣一，在北京采访三年后，被北京的公安当局驱逐出境，同一新闻社驻香港分局局长仁志广，到香港北端的罗湖来接秋尾到香港。仁志最关心的问题是秋尾为什么被驱逐出境。在香港的一家餐馆，他得知秋尾掌握了一个重大新闻情报，但不能发表出去，要将它卖掉。而这个重大新闻的基本内容，就是"第三次国共合作"。但是两天后，秋尾被发现在浴室中割腕自杀。仁志对秋尾的死感到蹊跷。秋尾是个左撇子，他为什么要用右手去切左手？这会不会是一个不知道秋尾是左撇子的人对秋尾的谋杀呢？从此，仁志陷于了激烈的政治斗争的漩涡中……该小说借这样一个事件，描写了1970年代初政治运动、权力斗争及政策变动：中国决意与美国接近，周恩来总理准备让美国领导人基辛格访华，而台湾国民党方面则千方百计地加以阻止等一些重大事件。该小说舞台背后的实际的主人

---

① 《蒋介石の黄金》写围绕蒋介石从各地收来的黄金的一场争夺战。有中文译本，译名《蒋介石的黄金》，侯仁锋译，西安：华岳文艺出版社，1988年。

② 原文《上海スクランブル》，有中文译本，译名《上海间谍战》，金中译，南京：江苏古籍出版社，1990年。

公是周恩来，书名"北京之星"所指的似乎就是周恩来。从书后的参考
书目中可以看出，伴野朗在写作时参考了香港学者、周恩来研究者司马长
风的《周恩来评传》。总体上，伴野朗对周恩来的表现是善意的、褒扬
的，乃至文艺评论家权田万治在该作品的文库版"解说"中认为："伴野
朗是因为喜欢周恩来才写《北京之星》的，在这个意义上说，这个作品
可谓是对周恩来的赞歌。"①

　　在以中国现代史为题材的有关推理、冒险小说中，上海是伴野朗最
喜欢的舞台。1920 年代以降，日本许多作家对上海情有独钟，写上海
的作品蔚为大观，以至学者完全可以写出内容丰富充实的《上海题材日
本文学史》之类的著作来。伴野朗在上海常驻三年，对上海的历史、现
状都很熟悉。他在题为《上海消息》（朝日新闻社 1988 年，后改题
《上海悠悠》再版）的随笔集中，写到了上海的历史文化、风土人情、
街巷里弄、饮食美酒等，显示了他对上海的细致观察和深入了解。在他
的推理小说中，也有若干以上海为背景的作品。其中包括《第六个背叛
者》（1980 年）、《左尔格的遗言》（1981 年）、《上海紧急动员》（1984
年）、《上海遥远》（1992 年）、《上海传说》（1995 年）等。其中，《上
海遥远》以抗日战争后期的上海为背景，描写日本《中央日报》上海
特派员土屋慎介从《上海日报》的一则消息中察知，蒋介石已经获悉
汪精卫要从日本秘密回国，并要对汪实施暗杀，于是土屋对此进行了秘
密跟踪调查，并由此带出了中国政界、学术界、军界的一系列人物及其
故事，是一篇所谓"情报推理小说"。短篇小说集《上海传说》进一步
体现了伴野朗的上海情结。他在该书初版本的"作者的话"中写道：
"我在上海的三年间，努力追寻老上海的面影，走遍了大街小巷……这
部作品中的故事，就是要将 30 年代的上海再现出来。那是被称为'租
界'的有'外国'存在的上海，我选取那一最富有刺激性的时代，写

---

①　权田万治：《北京の星・解說》，东京：光文社文库，1993 年，第 383 页。

成了《上海传说》。"①《上海传说》中有七篇作品，包括《雾中的百老
汇公寓》《血腥的 76 号》《邮船码头之怪》《静安寺路的袭击》《爱憎
的外滩》《疑惑的跑马厅》《南京路的幻影》等，都以一个名叫山城太
助的日本特务人员为主人公。这位山城太助中文名字叫程光，年龄经历
不详，能说流利的普通话、上海话、满语、广东话、福建话等，是一个
融入中国社会的间谍老手，也是日本特务组织"76 号"的头目。在伴
野朗以日本为背景的作品，如《三十三个小时》（1978 年）、《第三次
原子弹爆炸》（1994 年）等，及以中国为背景的《第六个背叛者》《上
海紧急动员》中，都有他的身影。在《上海传说》中，伴野朗以山城
太助为中心，描写了中日战争期间双方的间谍战，特别是日本的间谍组
织"76 号"，与中国国民党高官陈果夫、陈立夫组织的间谍机构"CC
团"和以戴笠为首的"蓝衣社"等组织之间的较量。这些作品以冒险
推理和猎奇趣味为主，淡化了政治历史的判断，这也是伴野朗以中国现
代史为题材的推理、冒险小说的一个基本特点。

　　最后值得一提的是，伴野朗作为一个记者出身的作家，不光对中国
的古代、近现代的历史文化感兴趣并创作了大量相关作品，而且对中国
的现实问题也极为关注并非常敏感，因此他的作品常常是历史事件与现
实舞台相互交叉，具有强烈的"情报"② 意识和推理能力。2003 年，
也就是伴野朗去世前不久发表的推理小说《暗杀陈水扁》，以台湾"总
统选举"为题材，描写陈水扁与吕秀莲在竞选连任时，坐在车内在人群
中穿行时遭到枪击并受伤，但却因此博得了选民同情而胜出。在伴野朗
去世后不久进行的"总统选举"中，果然发生了这样的暗杀陈水扁的
事件，而且其细节竟然与伴野朗所描写的不谋而合！当时的日本媒体
对此曾有报道，感到神奇、不可思议。虽然不能排除枪击者事前读过

---

① ［日］伴野朗：《シャンハイ传说・著者のことば》，东京：集英社，1995 年。
② "情报"一词在日语中的含义与汉语的含义有所不同，日语中的情报相当于中
　　文的"信息"一词。

伴野朗的这篇小说并加以模仿，但也从一个侧面表明了伴野朗出色的推理能力。伴野朗一生中最喜欢发掘中国的历史之"谜"并将其小说化，而他自己在晚年的《暗杀陈水扁》中也造出了一个不大不小的"谜"，不禁令人再叹三叹之。

第九章　宫城谷昌光的先秦两汉题材历史小说

宫城谷昌光（1945 年生）的以中国历史题材的十几部长篇小说和若干短篇小说集，以寻求日本人精神故乡的心情从事创作，以古汉字为切入点，把中国历史文化作为日本文化的源头，将取材的重点集中在古老的殷商、春秋战国时代，向当代日本读者讲述中国历史，描述中国古代人物，其中包含着丰富的中国文化信息，蕴含着大量的中国历史知识，也有不悖历史逻辑及事物情理的高度的想象力，趣味醇正，雅俗共赏，自成风格，成为继陈舜臣之后中国题材历史小说的新旗手。

一、由金文、甲骨文进入中国历史文化

历史小说创作，不但需要丰富的想象力和生活体验，更需要丰厚的历史学修养，因而在历史小说作家中，创作起步一般都比较晚，大器晚成者居多。宫城谷昌光就是这么一位大器晚成的作家。他本名宫城谷诚一，早稻田大学英文学科毕业后长期在一家出版社工作，并在工作之余师事作家立原正秋，从事创作，曾在《早稻田文学》和同人杂志《朱罗》杂志上发表过作品。后来辞职回到爱知县蒲郡市老家，专事创作。那时宫城谷昌光主要创作以个人生活体验为中心的具有"私小说"特点的作品，虽有一些作品发表，但默默无闻。从 1980 年代初开始，据说是在作家海音寺潮五郎及其长篇小说《孙子》的启发下，开始钻研中国古代历史文化，

并尝试写作中国题材的历史小说。但作为一个英文学科出身，不通汉语、对中国历史文化不甚了了的人，要转而创作中国题材的历史小说，困难可想而知。他曾在一部小说的"后记"中这样写道：

> 我在大学毕业的同时就开始写小说，但我并不是专职写小说的，即使兴趣从英法文学转向中国历史，也只是趣味的转换而已。然而，中国历史对我来说可不是那么容易。我首先一个感觉，就是仿佛此前穿在身上的所有衣物都被剥光，赤裸裸的我剩下的只有无知。但当我开始了解中国历史的时候，我才能老老实实地承认自己的无知。这样说也许不通，但我只能这么来形容。
>
> 面对中国历史，我从一无所知出发，才尝到了有所知的那种喜悦。那时候，我产生了一种不自量力的念头，就是想写取材于中国历史的小说。
>
> 我想，在写作的时候，如果不是站在讲台上对着听众演讲，而是将说话者和听话者置于同等位置，使两者都得到说话的乐趣，那或许不失为一种好方法。
>
> 更为冒失的，是从古代①取材。这个时代的史料只有甲骨文和金文。然而，说来奇怪，我喜欢上了比汉字更为古老的古代文字。于是，非常想看看白川静博士的《金文通释》，竟然厚着脸皮到神户的白鹤美术馆索求。凝视着与现在的汉字很不一样的字，想象着古代的种种情景，并以此为乐。②

就这样，宫城谷昌光凭着自己的超乎常人（他自称是"变人"，即汉语"怪人"的意思）的执着和良好的悟性，虽然不懂汉语，却通过《中

---

① 日文的古代是与"中古""近古"相对而言，相当于汉语的"上古"时代。
② ［日］宫城谷昌光：《王家の風日·文庫版への後記》，东京：文春文库，1993年，第394–395页。

国古典文学大系》60卷等其他日文译本，大量阅读有关中国历史的书籍文献，并从中不断发现创作的宝藏，找到了创作灵感，逐渐走上了适合自己特点的创作道路。1988年，他的第一部中国历史题材的小说《王家的风日》写出后，因没有出版社接受，无奈之下决定自费出书。后来由他的朋友名下的"处于休眠状态"的"史料出版社"出版，印数仅五百册。当时宫城谷昌光已经43岁了。1990年，《王家的风日》在名古屋的一家小出版社"海越出版社"再版后，读者渐多。1991年，第二部中国历史题材的长篇小说《天空之舟》出版后，获得第十届新田次郎奖。宫城谷昌光在新田次郎奖的获奖演说中曾谈到：自己从大学生时代就写小说，但从来没有出过书，如果《天空之舟》不能出版，他就下狠心折笔，此生不再写作。而《天空之舟》的出版、获奖，随后被列入著名的"文春文库"再版，宫城谷昌光才算真正登上了文坛，并引起文学界的关注，也从多年的经济上的困难境地中摆脱出来，从此一发而不可收，进入创作的井喷时期。这个大器晚成的作家在此后的十年中，以惊人的创造力，出版了十几部长篇小说及短篇小说集，而且取材范围几乎全部是先秦时代。兹按单行本出版的时间顺序，将其作品篇目胪列如下：

　　《王家的风日》，史料出版社，1988年初版，海越出版社1991年再版。

　　《天空之舟——伊尹传》，上下卷，海越出版社，1990年

　　《夏姬春秋》，上下卷，海越出版社，1991年

　　《侠骨记》，（短篇小说集），讲谈社，1991年

　　《孟夏的太阳》（短篇小说集），文艺春秋，1991年

　　《沉默之王》（短篇小说集），文艺春秋，1992年

　　《花的岁月》，讲谈社，1992年

　　《重耳》，上中下卷，讲谈社，1993年

　　《介子推》，讲谈社，1995年

《晏子》，全四卷，新潮社，1994—1995 年

《孟尝君》，全五卷，讲谈社，1995 年

《长城之阴》（短篇小说集），文艺春秋社，1996 年

《青云扶摇》，上下卷，集英社，1997 年

《太公望》，上中下卷，文艺春秋社，1998 年

《乐毅》，全四卷，新潮社，1999 年

《荣华之丘》（小说），文艺春秋，2000 年

《子产》，上下卷，讲谈社，2000 年

《奇货可居》，全五卷，中央公论，1997—2001 年

《沙中的回廊》，上下卷，朝日新闻，2001 年

《管仲》，上下卷，角川书店，2003 年

《香乱记》，上下卷，每日新闻社，2004 年

　　这些作品出版后，颇受读者欢迎，有的成为畅销书，发行几十万册，文学评论界也给予高度评价，并获得了多种奖项：1991 年，《天空之舟》获得新田次郎文学奖，同年，《夏姬春秋》获得直木奖，1993 年，《重耳》获"平成五年度艺术选奖文部大臣奖"，2000 年，获第三届司马辽太郎奖，2001 年《子产》获吉川英治文学奖，2004 年获菊池宽奖。同年，文艺春秋社出版《宫城谷昌光全集》全 21 卷。如此，宫城谷昌光成为日本当代文坛上中国题材历史小说新一代作家的旗手，被评论家称为"中国题材历史小说的第一人"，在中国题材历史小说创作领域中可谓后来居上。

　　宫城谷昌光的中国题材历史小说，最大的特点就是具有一种历史寻根意识，他的取材从中国历史的源头开始。越古老的东西，历史记载越简略的东西，他的兴趣反而越大。而最早引起他的兴趣的，则是汉字。在小说写作的过程中，宫城谷昌光觉得，使用汉字成了自己思维灵感的重要源泉，一旦对汉字的使用加以控制、对汉字的兴趣减弱的时候，连故事情节

的构思都会受到严重制约。于是他对汉字的嗜好越来越强烈，最终产生了探索汉字源头的冲动。而甲骨文则是汉字的原型，也是中国文化之原型。甲骨文产生于殷商时代，是祭祀先祖用的卜辞。由于种种原因，中国的甲骨文有不少流入日本，当年郭沫若在日本研究甲骨文，就得益于日本收藏的甲骨文。日本当代学者白川静等，也对甲骨文作了深入的研究和解说。作为对中国历史文化的源头怀有憧憬之心的日本作家，宫城谷对甲骨文抱有浓厚的兴趣是自然的。但由甲骨文作为切入点而步入中国历史文化天地的作家，迄今似乎只有宫城谷昌光一人，可以说是独辟蹊径、极有创意的。后来，在谈到中国历史小说创作动因的时候，宫城谷昌光写道：

> 回首以往，扪心自问：如果没有接触甲骨文和金文，我能写中国历史小说吗？回答是：不能。
>
> 例如"衛"字，看看金文，就清楚地看出是人的腿脚向左转动。也就是说，所谓卫士，就是在警戒时要向左转身，和敌人遭遇的时候用右手中的武器打击对方，这就证明，古代人是喜欢使用右手的。根据这个道理，可以想象，在战场布阵的时候，右翼也是最具有战斗力的和机动性的，在右翼摆开战车、冲入敌阵。
>
> 如此，只看"衛"这个字，就可以展开想象。然后这种想象的广度和深度达到一定程度的时候，故事情节就孕育而成，即产生出一种元气。有了这种元气才能在内心里目击古代人的一举一动。人物也是这种氛围中的想象的产物。作为我来说，就可以采取一种轻而易举的姿势，将自己所看到的东西如实描述出来。①

可见，汉字，特别是古代的甲骨文和金文，既是宫城谷昌光窥望古代中国的窗口，也是他艺术想象力的触发点。例如，在写作长篇小说《晏

---

① 宫城谷昌光：《俠骨記·あとがき》，东京：讲谈社文库，1994 年，第 250-251 页。

子》的时候，宫城谷昌光发现《史记》和《左传》中对晏子的出生地等的记载有矛盾的、不合逻辑的地方。按照史料的说法，晏婴之父晏弱在公元前567年灭了一个叫做"莱"的国家，那时晏婴当然已经出生了，儿子是父亲所灭之国的人，这很让人纳闷。因为这一疑惑得不到解决，该小说的创作许久不能进行。后来，宫城谷昌光从汉学家白川静的《金文通释》中，发现了"叔夷镈"这几个金文，凭直觉认定"叔夷"这个人物可能就是晏弱。理由是，在金文中，"夷"本来是指引大弓的人，"弱"的本义是装饰弓，两者意思接近，于是就将"叔夷"假定为晏弱。这样一来，一连串的疑惑都得到了解决。①在这里，金文甲骨文及其字义成为宫城谷昌光艺术想象力的源泉。他可以根据极为简略的中国古代史料，而敷衍出情节复杂的长篇，其奥秘亦在于此。

二、殷商题材的三大长篇

宫城谷昌光的创作首先从产生甲骨文和金文的殷商时代选材，并开始搜集和研读有关殷商时代历史文化的著作——

> 有一天，我去逛神田的神保町②，最先进入三省堂书店，在漫不经心地浏览文库本书架时，发现了白川静氏的《中国古代文化》和《中国古代民俗》（都属于讲谈社学术文库）。啊！还有这样的书吗？我把它买下来，接着进入内山书店。那里有郭沫若氏主编的《中国史稿地图集》。我高兴地跳了起来。敏锐地感觉到：凭这些，我的小说可以写了。③

当然，仅靠两本书要写关于殷商时代及中国古文字的小说，还远远不

---

① ［日］宫城谷昌光：《晏子·單行本あとがき》，东京：新潮社，1994年版。
② 地名，位于东京市内，那里有日本最大的书店街。
③ ［日］宫城谷昌光：《王家の風日·後記》，东京：海越出版社，1991年版。

够。为了阅读史料，宫城谷昌光到爱知大学图书馆查阅了大量珍贵的史料，并在家中一边写，一边自学甲骨文，如此持续了三年的时间。1988年，宫城谷昌光以中国历史文化为题材的第一部长篇小说《王家的风日》问世。

《王家的风日》取材于殷商代的殷纣王时期，这个时期属于缺乏可靠历史记载的史前史时期。司马迁在《史记·殷本纪》中对殷王朝的记载所依据的材料是《诗经·商颂》中的《玄鸟》和《长发》等诗篇及《尚书》，因而所记史实较为简略，而关于殷纣王时代的记述也只有不到一千字的篇幅。记载商纣王继位后，如何沉溺酒色，"以酒为池，以肉为林"，如何残忍无道、嗜杀无辜，如何喜好阿谀、不纳良言、残害忠臣，以至众叛亲离，最终被周武王所灭。

但对于有想象力的历史小说家来说，历史记载越是简略，越有发挥想象力的空间。宫城谷昌光的《王家的风日》以《史记》中的简略记载为基本依据，以箕子、商纣王两个主要人物为中心，以殷纣王时代为舞台背景，力图呈现历时六百年的殷商王朝的历史和文化。贯穿全书的主要人物箕子在《史记》中虽然出现过，但身份面目不甚清晰。《殷本纪》记载纣王淫乱不止，不听大臣劝谏，反而将其中一人的心剜了出来，于是"箕子惧，乃佯狂为奴，纣又囚之"；在《周本纪》中，又记载周武王灭殷纣王后，将被囚禁的箕子解放出来。武王推翻殷二年后，问箕子殷朝灭亡的原因何在，但"箕子不忍言殷恶，以存亡国宜告"，意即不忍心说殷商的坏话，只说如何让已灭亡的殷朝的黎民百姓生活下去。由此可推测，箕子这个人是殷朝的一个王公大臣无疑，也有研究者认为箕子是殷纣王的叔父。宫城谷昌光根据这样的记载，将箕子设定为殷王朝的宰相和殷纣王的叔父，并将箕子描写为殷商时代的思想家和殷商文化的代表人物，把他作为一个殷商文明的化身和"中国人头脑的原型"。同时，宫城谷昌光又塑造了殷纣王这个中国历史上著名暴君的形象，描写他的野蛮暴行，特别是所使用的火刑、炮烙、烹杀、腌人肉等骇人的情节。但宫城谷昌光主要并不是从伦理道德的角度描写纣王的暴虐，而是把他作为人类"野蛮"的代表，以便与箕子的"文明"构成相反相成的矛盾关系，这就抓住了由野蛮时代走向文明时代的殷商时代的基本特征。宫城谷昌光依靠自己从殷商甲骨文的观照中、从上古史料的研读中得来的灵感，广泛反映了殷商时代中国人的政治、宗教祭祀、语言文字、风俗习惯等。可以说，借助殷商王朝的兴亡，来演义上古时代中国历史文化的演进和变迁，显然是宫城谷昌光在《王家的风日》中要表达的基本主题。所以当小说写完后，宫城谷昌光自己也觉得：《王家的风日》实际上是"献给商民族的颂歌"。①

　　宫城谷昌光取材于殷商时代的另一部小说是《天空之舟》，副题是《小说·伊尹传》。从时代背景上看较《王家的风日》更早。《王家的风日》是殷商后期，而伊尹生活的时代是夏朝末期与商王朝初期。据《史记·殷本纪》记载："伊尹名阿衡。阿衡欲奸汤而无由，乃为有莘氏媵臣，负鼎俎，以滋味说汤，致于王道。"意思是说伊尹想见汤王，但没有理由，就装作是有莘氏（当时的诸侯）家的陪嫁的奴隶，背着烹调用具，用做菜的道理向汤王讲述治理国家的学问，协助汤实现了王道政治。《史记·殷本纪》还记载说，《尚书》的有些篇目是伊尹所作；汤王驾崩后，伊尹做了摄政，立汤王的孙子为王，但新王暴虐昏庸，被伊尹放逐。可见，伊尹实际上是殷商王朝初期掌握实权的政治家。根据这些记载，宫城谷昌光在《天空之舟》中试图通过艺术想象，将伊尹的一生波澜起伏的生涯呈现出来。《天空之舟》一开头就写刚刚生下伊尹的母亲预知大洪水来临的神秘的梦，仿佛将读者带进了充满异变的大禹治水的远古时代。伊尹的母亲按照梦中的神秘启示，将孩子置于桑树中，使孩子躲过了灭顶之灾，漂流到了异国。大洪水以及桑树舟漂流的故事，是一个的古老的故事原型，也是世界各国英雄故事中常见的情节。宫城谷昌光以大洪水的故事开头，一下子将读者带进了远古的蛮荒时代。大洪水淹没了一切，伊尹在

---

　　①　［日］宫城谷昌光：《王家の風日·後記》，东京：文春文库，1994年，第474页。

桑树舟上顺黄河漂流，到了济水流域的诸侯有莘氏的部落，有莘氏给他取名为"挚"，交御厨收养，从事烹调。这一情节的设计显然是《史记》的"负鼎俎，以滋味说汤"的敷衍。挚 13 岁时，作为厨师，刀法已经出神入化，操刀解牛，游刃有余，令观者叹为观止。这不禁使读者想起《庄子》中的庖丁解牛的情节。挚的才能传到夏王室，常常被召进王宫，学习天文地理。但毕竟身份低贱，受到夏王子桀的欺凌和迫害。当桀成为夏王朝君主的时候，群雄割据，天下大乱。挚心灰意冷，隐居荒郊。那时新崛起的商王求贤若渴，亲临草庐延请挚，挚深为感动，从此登上了政治舞台。此处写商王汤亲顾茅庐求贤，与《史记》中的伊尹"负鼎俎，以滋味说汤"完全不同，情节构思上显然是受到了《三国演义》中的"三顾茅庐"的影响。伊尹此后协助汤王灭掉夏朝，成为殷商王朝的开国功臣。就这样，在《史记》中面目不甚清晰的伊尹，夏商之交的乱世英雄，在《天空之舟》中成为血肉丰满的人物。

宫城谷昌光的殷商题材的第三部长篇小说是《太公望》。太公望即姜太公，名吕尚，是周武王的"太师"，辅佐周武王推翻了殷纣王，在殷商灭亡和周王朝的建立中起了重要作用。但中国古代正史中关于太公望的可靠记载很少。司马迁在《史记·周本纪》中只有一句话："武王即位，太公望为师。"正史的记载少，而民间关于太公望的传说却不少。《水经注》《列仙传》中都有关于姜太公的传说。太公望在日本也较为知名，在宫城谷昌光前后，有关作家曾写过太公望。例如，近代著名作家幸田露伴写过《太公望》，旅日华人作家邱永汉也写过《太公望》，日本学者还出版了多种研究太公望的专门著作，如高田穰的《太公望的不败的极意》、悴山纪一的《太公望吕尚》等，当代日本还有专门以太公望为主人公的漫画也很有人气。在《太公望》之前，太公望曾作为非主要人物，在宫城谷昌光的《王家的风日》和短篇小说《甘棠的人》中登场。宫城谷昌光决定写一部以太公望为主人公的长篇，与他对太公望在中国历史上的重要性的认识有关。他曾说过：

在我三十代①的时候，从商（殷）周革命进入中国历史。我认为只有这一革命才是中国历史的原点。在写完两部小说后，我就感到——

商王朝实际上是靠太公望一个人扳倒的。

假如不从正面描写太公望的话，商周革命怎么能得到充分表现呢?!

抱着这样的想法，宫城谷昌光决定写《太公望》。《太公望》上中下三卷，是迄今为止在日本文学中以太公望为主人公的篇幅最大的作品。宫城谷昌光从望的幼年时代写起，写望所属的羌族及其父兄全家如何被商王杀戮，望如何逃出，发誓杀死商王，从此开始了反对商王朝的斗争，后来如何与以周公为中心的诸侯策划密谋，又如何将入狱的周公救出，如何壮大力量，最后革了商纣王的命。《太公望》以太公望的生平为线索，将殷周之交的风云激荡的中国历史呈现了出来。宫城谷昌光的《太公望》出版两年后，作家芝豪又出版了同名长篇小说《太公望》②，将太公望写成了军事天才和中国兵法的始祖。由此，太公望在日本的名望更扩大了。

三、春秋战国十大人物的复活

给中国古籍中面目模糊或粗线条勾勒的历史人物，赋予丰满的血肉和鲜活的生命，使宫城谷昌光的历史小说获得了成功。这一点，更集中地体现在他的春秋战国时代的创作题材中。他力图通过春秋战国时代某些重要历史人物的描写，将人物所处的时代、将那一时期各诸侯国之间的错综复

① 日语中"三十代"中的"代"字，特指年龄单位，"三十代"即三十岁至三十九岁，"四十代"即四十岁至四十九岁⋯⋯以此类推。汉语中没有对应的译词。窃以为如将"××代"这种说法直接引进汉语中，可以丰富汉语的表现力。
② ［日］芝豪:《太公望》，东京:PHP 文库，2000 年。

杂的关系，艺术地呈现出来。截至 2000 年出版的作品中，宫城谷昌光以长篇小说的形式，塑造了春秋战国时代十个历史人物。

宫城谷昌光以长篇小说的形式所描写的春秋时代的第一个人物是夏姬。夏姬是郑国公主、历史上有名的美人和淫妇。在中国古代文献中，按传统的道德标准，对夏姬的评价基本上是负面的和否定的。在日本，夏姬的名气似乎仅次于同时代的西施，作为可爱的美人而受到喜爱。现代日本女性将"夏姬"二字作名字者也不乏其人。在宫城谷昌光之前，曾有近代作家中岛敦、现代作家海音寺潮五郎、当代中国文学翻译家与作家驹田信二在有关作品中描写过夏姬。在宫城谷昌光看来，夏姬是中国春秋时代第一美人，"比西施还要美"。①宫城谷昌光在谈到《夏姬春秋》的创作时说："我在写《夏姬春秋》的时候，有意避开老套的表现手法，不是从正面描写这位绝世的美女，而是从背面加以描写。这是我对夏姬的爱的表现。"②带着对夏姬的这种审美感觉来塑造夏姬的形象，使宫城谷昌光刻意回避对夏姬的淫荡的渲染，而是通过众多不同的男性对夏姬的觊觎、染指、合法与不合法的占有，来表现夏姬的魅力，表现夏姬的命运的流转和变迁，并从这一侧面描写列国之间的关系与交往。在小说中，夏姬少女时期便为胞兄及其他公子所染指，婚后丈夫早逝。在困窘中为了保住其子的贵族身份，而不得不献身于陈国国君及大臣们。儿子虽享受了王公贵族的荣华富贵，却因无法忍受母亲夏姬的堕落而弑君，僭越为王，但后来又遭到楚国讨伐而败亡。夏姬也被掳掠到楚国，楚王将她赐给一个武将，但不久她又成新寡……在这里，夏姬的个人的命运与郑国、陈国、楚国之间的关系交织在一起，由此传达出春秋战国时代特有的时代氛围，同时也对夏姬的命运遭际寄予了同情。

---

① ［日］宫城谷昌光：《夏姬への想い》，见随笔集《春秋の明君》，东京：讲谈社文库，1999 年，第 107 页。
② ［日］宫城谷昌光：《中国古代の美女》，见随笔集《春秋の色》，东京：讲谈社文库 1997 年，第 36 页。

宫城谷昌光以长篇的形式所描写的春秋时代的第二个人物是重耳。重耳是晋国君主晋献公的儿子。关于晋国及重耳的故事,《左传》中有很详细的记载。《左传》全书约 18 万字,而关于晋国的记载的文字就有一半以上,大大超过其他诸侯国,所以有学者据此认为《左传》的作者可能是晋国人,而司马迁在写《史记·晋世家》的时候,有关材料主要来自《左传》,由于材料充足,《晋世家》也成为《史记》中篇幅最长的一篇。据宫城谷昌光在《重耳》前言中所说,早在写作《重耳》的十三年前,他就通过海音寺潮五郎的作品知道了重耳这个人,继而又读了《史记》《左传》和《国语》,对重耳的故事有了详细的了解,觉得"在中国的故事中,自己最感兴趣的,当属重耳的流亡经历及其事迹。"于是打算写重耳,并将一些戏剧性的情节预先写在笔记本上。但在构思中发现有许多疑问,便继续收集资料和构思,一直到了十几年后才动笔写成。《重耳》的基本情节与《左传》《史记》相同,但作为上中下三卷的篇幅较大的长篇(约合中文 50 万字),细节大为丰富。小说写的是春秋战国时代永恒的主题——列国征战和国内权力斗争。上卷的主人公是重耳的祖父、晋的一支、曲沃之王"称",写"称"如何征服本家"翼",建立了统一的晋国,其中有大量古代战争场面的描写。中卷开始写重耳的父亲诡诸。晚年的晋献公诡诸贪恋女色,将作为人质掳掠来的异国公主骊姬立为正室,骊姬遂招致宫内有关人物的嫉恨。骊姬为了自保,处心积虑地欲将自己的幼小的儿子奚齐立为太子,谋求将来登上王位。为此,她利用了晋献公的昏庸,密谋陷害对她的计划构成威胁的申生、重耳、夷吾三兄弟,挑拨献公与这三个儿子的关系,让父子生隙成仇,使得已经被立为太子的且孝敬父亲的申生自杀身亡。下卷描写重耳为避杀身之祸也仓皇逃出,接着骊姬又派宦官阉楚追杀重耳。重耳被迫便开始了漫长的流亡生涯。其间骊姬母子被杀,重耳的异母兄弟夷吾(惠公)即位后,继续追杀重耳,但在从者介子推等人的保护下每每有惊无险。重耳在列国备尝酸甜苦辣,与列国君主发生种种恩怨。在流亡十九年后,重耳在身边众多家臣及秦国的帮助下,终于率兵打回国内，推翻晋惠公，即位为晋文公，并使晋国成为春秋五霸之一。可见，《重耳》既是重耳的流亡与奋斗史，也是一部生动的晋国兴衰史、春秋列国关系史。

宫城谷昌光描写的春秋时代的第三个人物是介子推。介子推这个人物，在上述的《重耳》一书中已经作为重要的人物登场。在重耳身边的重要人物中，介子推的身份低微，不是重耳的直接臣下，而是重耳的重臣先轸的配下。然而就是这个小人物，在中国历史上，特别是在民间文学中，却成为广为人知的"大人物"，而受到人们的景仰，因为他代表了中国传统文学的一种理想人格。也许正因为如此，宫城谷昌光觉得在《重耳》中对介子推的描写还不过瘾，因而接下去创作了以介子推为主人公的长篇小说《介子推》。在小说中，宫城谷昌光对介子推的生平事迹的描写与评价基本依据了《左传》和《史记》，但也有许多的丰富与虚构。在他的笔下，介子推作为一个非常孝敬老母、老实本分而又有高远理想的农夫，其唯一的超人之处就是擅长拳棒、曾以木棒打死咬伤自己的老虎。他之所以决定离开母亲去投奔重耳，就是认定重耳是他心目中理想的君主，所以在重耳流亡列国的困难时期，舍生忘死保护重耳，都是发自内心的、无功利的，甚至重耳本人也不知晓。所以，当重耳即位后对功臣论功行赏，而唯独落下介子推时，介子推并不介意。但当他看清做了晋文公的重耳原来和别的贪得无厌、处事不公的君主并没有什么不同之后，他绝望了，于是悄悄地离开了宫廷，和老母一起隐遁到了故乡的深山中。宫城谷昌光曾在一篇文章中谈到，在重耳苦尽甘来之时，介子推却悄然而去，"想到这事，就感到心酸"。①宫城谷昌光从介子推这个人物身上，发现了中国传统的儒家的政治理想和道家的人格典范，因而对介子推最后不辞而别、悄然隐居的原因写得十分充分，十分合乎人物的性格逻辑。本来在《史记》《左传》等史书中，对介子推隐遁的原因语焉不详，由于宫城谷

---

① ［日］宫城谷昌光：《重耳と介子推》，见《春秋の明君》，东京：讲谈社文库，1999年，第110页。

昌光对人物的性格把握确当，以艺术想象所补足的结局，使得介子推的形象塑造得以圆满。例如，小说写介子推神秘的拳棒工夫是化身为白衣老人的山神所授，介子推原本是一个与超现实的世界有关联的人物，这一虚构不无中国神仙道术的味道，但对塑造介子推这个理想主义的人物形象来说，却显得十分自然。本来，在有关介子推的中国民间传说及戏曲文学（如元曲《晋文公火烧介子推》）中，结局都讲到重耳得知介子推的事迹后，千方百计寻找他以便予以报答，重耳为了让介子推下山现身，甚至放火烧山，但介子推却坚决不下山，最后抱着一棵树被山火烧死。但宫城谷昌光在《介子推》中却不取这样的悲剧结尾，他写介子推及身边的几个人物快活地在山中生活和谈笑，介子推最后说：自己见到了白衣老者。对中国春秋战国时代的历史文化稔熟于心的宫城谷昌光，借介子推的形象，写出了那个兵荒马乱的残酷时代人们对和平与宁静生活的向往。

在长篇小说《沙中的回廊》中，宫城谷昌光又描写了重耳的身边的另一个侍从——士会。和介子推一样，士会也有着超群的武术并精通兵法，受到晋文公重耳的赏识，由一个微臣，到晋景公时代晋升至宰相，显示出了杰出的政治才能。宫城谷昌光从《重耳》到《介子推》再到《沙中的回廊》，通过三个主人公及其生涯的描写，反映了构成晋国历史题材的兴亡历程，也构成了内容联贯的晋国题材三部曲。

宫城谷昌光所描写的春秋战国时代的第五和第六个人物，是齐国的著名宰相晏子——亦即晏弱和晏婴父子。在四卷册长篇小说《晏子》中，晏弱和晏婴父子先后为齐相，辅佐过齐国五代君主。晏弱曾因数次救国于危难之中，功盖群臣而登上宰相之位。晏弱去世后，深受父亲熏陶的、智勇忠孝的晏婴，虽然身体矮小接近侏儒而遭人轻视，但当齐国出现危机时，却显示了大智大勇，作为宰相深得君心民心，在他的治理下齐国得以国泰民安。宫城谷昌光在《晏子》的前言中，说晏婴是震撼自己灵魂的人物，写小说就是要写这种人物。为此他查阅了大量的史料，包括《左传》《史记》《晏子春秋》等，以艺术想象解决了史料中的一些自相矛盾之处。在经历了数年的沉淀与构思之后，他决定将晏弱和晏婴父子合称"晏子"，写成同名长篇小说。在中国历史上，所谓"晏子"指的就是晏婴，宫城谷昌光将晏弱和晏婴父子合称"晏子"，显然与海音寺潮五郎在长篇小说《孙子》中将孙武和孙膑合称"孙子"属同一思路，这样一来就加倍地延长了小说的时间跨度和艺术容量。《晏子》是宫城谷昌光在1995年之前出版的篇幅最长的作品，它以晏弱和晏婴父子的生平事迹为中心，以齐国的兴衰为轴线，将当时齐国及晋、鲁、卫、楚、莱、郑、吴、莒等列国在史料和经书上出现过的有关重要人物，共六十余人都纳入了故事架构中。鉴于有关晏子的中国史料很丰富，可供宫城谷昌光选择与发挥的故事原型也很多，所以《晏子》的情节蕴含也相当绵密充实。从作品中可以看出，宫城谷昌光除了参照《左传》《史记》的记载外，关于晏子的部分主要依据《晏子春秋》。《晏子春秋》是以晏子的事迹为中心的历史传说故事集，共八篇215章，每章都讲了一个有关晏子的独立的故事，而且大都生动传神。宫城谷昌光将《晏子春秋》中那些相对独立的小故事，按照人物生平与性格演进的逻辑，有选择地纳入了一个有机的框架结构中，并在一些细节上有所丰富和发挥。例如晏子出使楚国，面对楚王令他钻狗洞进来等一系列蓄意的羞辱，晏子如何机智地加以回击，维护了自身及其国家的尊严等等情节，都写得有声有色，十分精彩耐看。作为有一定文史修养的中国读者，有关的故事早已耳熟能详而缺乏新鲜感，但对于绝大多数日本读者而言，《晏子》中的这些故事此前恐怕闻所未闻，其产生的艺术魅力可想而知，《晏子》出版后销售43万册，成为畅销书。归根结底，《晏子》的成功取决于宫城谷昌光的出色的想象力，更得益于《晏子春秋》等中国古典作品本身的艺术魅力。

宫城谷昌光所描写的第七个春秋战国时代的人物是孟尝君。五卷册长篇小说《孟尝君》的主人公孟尝君（本名田文），在中国历史上也是一个赫赫有名的人物，提起孟尝君的豢养食客三千人，及食客"鸡鸣狗盗"解救孟尝君的故事，可谓家喻户晓。司马迁在《史记》中专为孟尝君辟一《孟尝君列传》，西汉刘向在《战国策》"卷十"中，绝大部分篇幅写孟尝君。宋代的司马光在《资治通鉴》中也写到了孟尝君。孟尝君及其食客的故事虽然有名，但无论《史记》还是《战国策》，关于孟尝君一生的记述都是片断事件特别是轶闻趣事，而关于孟尝君的生平，则谈得很少。《史记》的记载较有首尾，但司马迁只简单地提到田文因五月五日生人，其父、齐国宰相田婴以为不吉利而下令弃婴。而其母却悄悄把孩子养了下来。此后一直到田文成人，《史记》的记载均一略而过，留下了大段空白。而宫城谷昌光要描写孟尝君的一生，这一段空白必须填充。宫城谷昌光在《孟尝君》的前言中，提到由于资料不齐，写孟尝君时他一直感到有心无力，但在查阅史料时，"意外地发现了一个特殊人物——白圭"，便把这位大商人与孟尝君联系起来。①我们查阅史料，即可知道宫城谷昌光原来是在《史记·货殖列传》中"发现"白圭其人的。白圭是魏国的大商人，司马迁在《史记·货殖列传》中以二百来字写白圭如何擅长做买卖而获得了商业上的成功。原本白圭与孟尝君应毫无关系，但宫城谷昌光却设想田文被生母及家臣送给了风洪（后改名白圭）抚养，白圭即成了田文的养父。这一大胆的"发想"大大地开拓了《孟尝君》的舞台空间，白圭实际上成了《孟尝君》前半部分的主人公。由于白圭的生平几乎没有史料可依，宫城谷昌光便根据作品内在的需要而展开想象，遂使白圭这个人物血肉丰满起来。据说在《孟尝君》连载的过程中，白圭的经历与命运牵动着读者的心，一位女性读者给宫城谷昌光来信，说："母亲几乎天天嚷着：白圭今天怎么样啦？"可见白圭形象塑造的成功。尽管为白圭着墨很多，但对白圭的描写还是与孟尝君的命运流转紧密相关的，并没有出现喧宾夺主的问题。在《孟尝君》中，宫城谷昌光紧紧围绕着孟尝君的出生、流浪、刀下余生、战场驰骋、养士三千、位及人臣等曲折动人的经历，使小说的情节显得十分紧凑，可读性很强。因而曾有日本评论

---

① ［日］宫城谷昌光：《孟尝君1》，东京：讲谈社文库，1998年。

家以日本古代几种戏剧体裁来比拟宫城谷昌光几部小说的不同风格，说《重耳》好似"歌舞伎"，《晏子》仿佛是"能乐"，而《孟尝君》则像是"商业性戏剧"。把《孟尝君》比作"商业性戏剧"，如果是指其情节性与可读性而言，则是很恰当的。此外，宫城谷昌光完全从正面塑造孟尝君的形象，将他写成一个多情多才、重义轻利、有勇有谋的人，这与司马迁在《史记》中对孟尝君的"好客自喜"的总体评价也有出入。这也再次表明了宫城谷昌光中国历史小说的一个特点：即使是写中国历史上有一些负面评价的、有争议的人物，他也从弘扬中国历史文化的角度出发，不对历史人物做过多的道德评价。对于淫荡的夏姬的描写是如此，对于豢养食客以谋求私利的孟尝君的描写也是如此。

　　宫城谷昌光所描写的春秋战国时代的第八个人物是《青云扶摇》①中的范雎。范雎是司马迁在《史记·范雎蔡泽列传》中记载的一个著名的"口辩之士"，他本来是魏国人，随魏国中大夫须贾访问齐国后，因辩才而得到齐襄王的馈赠，却招致未得到馈赠的须贾的嫉恨。须贾以通敌卖国的借口对范雎加以侮辱和陷害，把他捆起来扔进厕所，并往身上撒尿。范雎逃出魏国后来到敌国秦国，改名为张禄，以其辩才说秦王，终于扳倒了现任宰相并取而代之，后来终于有机会对来秦国访问的须贾给予了侮辱和报复。《史记》记载须贾访问秦国时，不知秦相"张禄"即是范雎，得知后大惊曰："贾不意君能自致于青云之上。"宫城谷昌光的小说题名"青云扶摇"似出于此。司马迁的《史记》对范雎的生平遭际具体生动的戏剧性描写，为宫城谷昌光在《青云扶摇》对范雎形象的再塑造打下了基础。宫城谷昌光在《青云扶摇》中，是将范雎作为时代的俊杰来描写的，写他的辩才，写他在秦国发展史上的贡献。在这一点与司马迁稍有不同。司马迁对范雎这样的口辩之士虽如实描写他们的聪明智慧，但对这类凭三寸不烂之舌挑拨离间获取官位的人并没有多少好感。《青云扶摇》则完全

---

　　① 原文《青雲はるかに》。

将范雎塑造为英雄豪杰，将口辩、复仇作为战国时代特有的时代精神加以表现，既写范雎的有节制的复仇，也写他的杰出的政治与军事才能。在两千多年后的今天，与范雎及战国时代拉开了足够的审美距离的宫城谷昌光，是带着纯审美的眼光来塑造范雎形象的，对范雎的一生的描写始终贯穿着宫城谷昌光的"人生的美学"意识。

宫城谷昌光所描写的春秋战国时代的第九个人物是乐毅。乐毅是战国时代中期的名将。司马迁在《史记·乐毅列传》中，描写了乐毅受燕昭王知遇之恩，主谋联合赵、楚、魏诸国，打败强大的齐国。但后来燕惠王中了齐人之计，罢斥乐毅，致使齐国将失地夺回，伐齐之事前功尽弃。对于乐毅这一段经历，司马迁仅用了千字左右，写得相当简略，而重点则是转录乐毅给后悔了的燕惠王的回信，以表现乐毅与燕王不计前嫌、以诚相待的君臣关系。宫城谷昌光在四卷本长篇小说《乐毅》中，基本史料来自《史记》，但只以《乐毅列传》的开头几十字介绍乐毅身世的文字做基本依据。《史记》中的开头那段文字是：

> 乐毅者，其先祖曰乐羊。乐羊为魏文侯将，伐取中山，魏文侯封乐羊以灵寿。乐羊死，葬于灵寿，其后子孙因家焉。中山复国，至赵武灵王时复灭中山，而乐氏后有乐毅。乐毅贤，好兵，赵人举之。

这段文字极其简略，却为宫城谷昌光的艺术想象提供了空间。宫城谷昌光的四卷本长篇小说《乐毅》对《史记》中记述较详的乐毅如何助燕伐齐的故事只在小说最后一部分有所描写，而是将小说的主要矛盾设定为赵国与乐毅的家乡中山国（今山西省境内）之间的侵略与反侵略之间的关系，并以此为中心展开故事情节。而按上引《史记》中的记载，中山国先后被魏、赵所灭的时期，乐毅恐怕尚未出生或至少还处在幼儿时期。宫城谷昌光为了表现乐毅的杰出的军事才能和爱国精神的主题，而将乐毅的生年提前了许多。因而《乐毅》中所描写的绝大部分情节故事，均缺乏详实史料的依托，而依赖于艺术虚构。小说描写了乐毅为了保家卫国，在敌强我弱的形势下，所进行的一次次的顽强出色的战斗，但最终因中山国的君臣昏庸，疏远排斥乐毅，导致亡国的结局。乐毅最终为赏识自己军事才能的燕昭王延请至燕国……在这部小说中，宫城谷昌光是把乐毅作为中国古代杰出的军事家来描写的，这与宫城谷昌光在其他长篇小说中所塑造的人物类型有所不同，因而全书的故事情节均为表现主人公为"天才军事家"这一主题展开。

宫城谷昌光所描写的春秋战国时代的第十个人物是郑国宰相子产。此前，宫城谷描写了好几位宰相，但子产的形象在众多的帝王将相中有所不同。《史记》中有关子产的记载，缺乏在《史记》中常见的对小说家而言弥足珍贵的戏剧性情节，只有对子产的较为抽象的赞扬。《史记》在两处地方写到了子产。在《史记·郑世家列传》中，写子产执政后如何博学善言辞，打动晋国的晋平公；如何以德为政、以礼为政，他死后"郑人皆哭泣，悲之如亡亲戚"。同时代的孔子听说子产去世，也哭着称赞他说："古之遗爱也！"在《史记·循吏列传》中，司马迁又以一百来字的段落描写子产任郑国宰相时，郑国那种社会安定、百姓知礼、"民不夜关、道不拾遗"的景象。宫城谷昌光根据这些记载，将子产理解为政治家中的改革者，认为"周公旦是政治家，子产则是改革者"，并以此对子产做了定位。宫城谷昌光在《子产》荣获吉川英治文学奖的"受奖词"中说：

　　我从中国古代选择了一些伟人、杰出者、贤明者作为小说的主人公，而对于子产，在查阅史料时我感觉：
　　——这是一个怀才不遇的人。
　　子产作为一国政治的掌管者，不能说地位不高。人臣均尊而敬之。但他的功绩后来没有被充分评价，可以说是怀才不遇。孔子生前就是怀才不遇，但有很多的弟子宣传其思想和行动，所以孔子没有子产那样的历史的、思想史的孤独感。正因为如此，我努力把子产作为对话者（或者将我自己作为倾听者），以这种姿态来写小说。四年间，这种态度从来没有改变。

由于这次获奖，与子产对话的人增多了，我自己也似乎从孤独感中解放出来，心里一下子踏实了。

这是宫城谷昌光对子产这个人物的理解，也是作者与笔下人物的一种交流和对话。宫城谷昌光抱着这种态度，记述了子产如何在昏庸无能的政治中使郑国得以安全生存，并建立了太平安定的社会；描写了子产如何以民为本，如何善于倾听民意，如何广纳贤言，如何对郑国进行内政与外交上的一系列改革，并为此如何与政敌展开较量，突出表现了子产以德、以礼、以法治国的理念和行动，以及他作为"春秋时代最高知识人"的言语表达智慧和人格魅力。总之，宫城谷昌光是借子产的形象塑造，表达了对理想的政治家和改革者的憧憬，而《子产》对当代日本读者的魅力，似乎主要也在于此。吉川英治文学奖的评委们对《子产》的赞誉和推崇，也主要是从这一点着眼的。例如评委之一、作家杉本苑子说：应该让永田町（东京地名、日本政府所在地）的那些"不知羞耻的政治家诸公们"好好看看这本书。

总之，通过十大人物形象的塑造，宫城谷昌光不仅使这些古代人物得以复活，而且通过这些人物，将春秋战国时代深邃的历史图景展示了出来。自从海音寺潮五郎的《中国英杰传》《孙子》以来的近半个世纪中，还没有一个人在春秋战争题材中做如此系统全面的开拓和耕耘，更没有一个人在春秋战国题材方面取得如此的成功。

大器晚成的宫城谷昌光经历了近二十年的无名期，经过不懈的努力，如今在日本文学界，特别是历史小说界，已是大名鼎鼎了。纵观他的历史小说，没有色情小说的煽情，没有推理侦探小说的故弄玄虚，只是一板一眼、娓娓道来地面对读者讲述着中国历史，描述着中国古代人物，其中包含着丰富的中国文化信息，蕴含着大量的中国历史知识，也有不悖历史逻辑及事物情理的高度的想象力，其趣味醇正，雅俗共赏，自成风格，赢得了众多读者。他的成功，除了中国历史文化本身的魅力外，更得益于站在现代人的高度，站在日本人、日本作家的立场上，不是将中国历史文化作为纯粹的异国文化，而是将中国历史文化作为日本文化的源头，以寻求日本人精神故乡的心情进行创作。正如他自己所说："阅读古代中国的史料，很有意义。我想，探寻一个词在中国的原意，岂不就是探求日本人思考的源流吗？"又说："我写以中国古代为舞台的小说，并非要向现在的日本读者炫耀自己得到的知识。而是有一个强烈的念头，想弄明白日本究竟是什么，所以才写。"①正因为这样，宫城谷昌光将取材的重点集中在古老的殷商时代、春秋战国时代。由于他用自己身心去贴近那个时代，对那一古老的时代没有隔膜，反而设身处地、感同身受地将自己的感情投注其中。当代日本读者在他的作品中所感受到的，是如数家珍的亲近感。于是，宫城谷昌光小说的艺术魅力油然而生。

除了上述的先秦时代题材外，近几年来，宫城谷昌光的取材范围有逐渐下移的趋势，从 1997 年到 2003 年，他陆续出版了以吕不韦为主人公的长篇小说《奇货可居》全五卷。到 2005 年，宫城谷昌光刚刚进入"六十代"，这也是一般作家、学者的创作力达到丰盈状态的年龄。可以预料，今后，宫城谷昌光的艺术世界还将有更大、更深、更广的拓展。

---

①　［日］宫城谷昌光、秋山虔：《いま〈樂毅〉問いかけるもの》，原载《波》，1999 年 10 月号。

第十章　当代其他作家的中国历史题材

1980 年代以后，除了上述的井上靖、陈舜臣、伴野朗、宫城谷昌光等作家外，还有更多的作家从事中国历史题材小说创作，其中包括女作家原百代、安西笃子，还有津本阳、塚本青史、田中芳树、浅田次郎，乃至 1960 年代出生的更年轻的藤水名子、酒见贤一、井上佑美子等，在自己的创作天地里各显身手，为当代日本的历史小说园地添了异彩。

一、原百代与津本阳

在这些作家中，首先要提到的是女作家原百代。原百代（1912—1991年）出生于东京，津田塾英文专业毕业。她是一个女性问题研究和评论家，在思想上也是一个女性主义者，曾写过《从主妇的烦恼中解放出来》等专著，翻译过《美国的反省》《俄罗斯之谜》《失去的东西》《宿命》等英文、法文著作。在文学创作领域，原百代的主要成果是一部小说，即中国历史题材的长篇小说《武则天》（讲谈社 1982 年）。然而这并不是一部可以等闲视之的一般小说。我们这样说，不仅是因为《武则天》是一部名副其实的巨著（全书共八卷，约合中文 150 万字以上），而且还因为原百代为写这部巨著付出了一般人难以想象的苦难和代价，可以说它是原百代为追求人生价值而自强不息的结晶。

原百代在为《武则天》的文库版所写的"后记"——《〈武则天〉

旋转舞台的内外》一文中，阐述了《武则天》及其创作的情况，为我们理解作家作品提供了第一手的材料。原百代认为在古今东西方各国，女帝和女王决不少见。日本从推古天皇算起，就有八代六位女天皇；朝鲜7世纪的新罗，二十来年中就出现了两位女王，而在7世纪后半期的中国唐代，也出现了一个才色兼备、性格坚强的女性皇帝，她就是武曌。武曌由皇帝的一个侍女，靠着"赤手空拳不屈不挠的坚强的精神力量、超人的忍耐、随机应变的睿智和果断干脆的行动力，通过残酷险恶的斗争，终于打破铜墙铁壁，成为幅员广大的中国的统治者。接着举行了堂堂的即位大典，废了唐朝，创立大周帝国，自称圣神皇帝……这个大周帝国圣神皇帝武则天，在中国四千年历史上，是空前绝后的唯一的女皇帝"。正是这一点引起了原百代的极大兴趣。她知道，中国历史上具有极强的男尊女卑的传统观念，女人的存在只是为了满足男人的性及繁衍的需要，作为统治者的天子必须是由男人来做，女人则没有资格。在这种情况下，武则天作为女帝即位，必然会引起上上下下保守势力的顽固抵制，而武则天对此洞若观火。她任用酷吏，以男人之毒攻男人之毒，或不动声色，或大张旗鼓，将反对者无情地一一加以肃清。对此原百代认为，"这才是杰出政治家的作派"，从而对武则天这位"天才的政治家"，"从心底里惊而叹之"。①

众所周知，武则天在中国文学中基本上是荒淫残忍的象征，明代艳情小说《如意君传》就以武则天为主人公，描写了武则天的荒淫无度的糜烂生活。受中国文学及中国历史观的影响，武则天在日本的形象也不佳。原百代从中学时代就在日本的东洋史教科书上知道了武则天。教科书上把武则天描绘为一个不折不扣的"大恶女"，但原百代对此感到怀疑。她在后来下了很多工夫收集了关于武则天的日文材料，把有日文译本的中国历史典籍一一过目，同时也阅读了中国现代作家关于武则天著作的日文译本。其中，原百代提到了两位中国现代作家的相关作品——林语堂的

---

① ［日］原百代：《武则天》，第八卷，东京：讲谈社文库，1985年，第284－286页。

《则天武后》和郭沫若的《武则天》。对于林语堂的作品，原百代读后认为"从开头到结尾，充满了对武则天的可怕的痛骂"，认为该书"不过是《资治通鉴》的拷贝"，她竟至怀疑林语堂这个人"也算得上是一个历史学者吗"？对于郭沫若的《武则天》等作品，原百代说："恕我直言，郭氏的文学作品，我无论如何看不出有什么意思。"在这种情况下，她越发希望了解真实的武则天，并把真实的武则天描写出来。她认为要了解真实的武则天，就必须阅读中国古代与现代的有关史料，尤其是《旧唐书》《新唐书》等典籍，但这两部史书当时日本没有译本。为了能够读懂中国有关中文史料，英文系出身、此前没有学过中文的原百代，在为了一家四口的生计每天只能睡四五个小时的情况下，克服种种困难坚持自学汉语十几年，后来不幸遭遇交通事故而终生残疾，而且因司机逃逸而未获得任何补偿，生活更加困难，但她并未中断汉语学习。即使在三次住院治疗中，原百代仍然坚持在医院自学汉语。在出院以后，她以残疾之身，每天艰难地挪动着小步去日本国会图书馆查阅资料……就这样，原百代以惊人的毅力，以自己的健康和生命为代价，写出了长达四千张稿纸、共八卷的鸿篇巨制《武则天》。

《武则天》这部宏大的、史诗般的作品首先是一个女作家坚强的人格和超凡毅力的象征。原百代站在现代女性主义的立场上，以历史事实为基本依据，努力描写出作为一个明君圣上、一个伟大女性的武则天的形象，并扭转长期以来站在男权主义角度对武则天的恶魔化歪曲。原百代通过对武则天生平的描写，表明武则天作为女性皇帝，具有不亚于任何男性帝王的能力、胆略、气魄和智慧。在她的笔下，武则天一方面权欲旺盛、权术高明、残酷无情，一方面知人善用而又豁达开明，她在唐太宗的基础上，继续维护并推动了大唐帝国的繁荣与稳定。在武则天的统治下，国家稳定、经济繁荣、领土扩大、中外交流加深，并为此后的"开元之治"的全盛时代打下了基础。与此同时，原百代还塑造了围绕着武则天的众多的人物，包括皇帝、群臣、宦官、皇妃宫女、中下层官吏、僧侣、道士、庶民、奴隶、胡人等等，甚至也写到了日本人及日本奈良时代与唐朝的文化交流。总之是三教九流，上上下下，无所不有。由此，原百代不仅描写唐朝上层的种种政治斗争、社会下层的种种矛盾，同时艺术地呈现了欣欣向荣的大唐帝国的气象。因此《武则天》不只是武则天的传记小说，也是以武则天为中心的初唐时代的中国历史画卷。为了写一部作品而倾注半生辛劳，为了写中国题材的小说而在年过半百之后从零开始学习汉语，为了写一部小说而克服常人难以想象的残疾身躯的苦痛，都证明了原百代是一个了不起的女性，是一个了不起的女性作家。也正因为如此，这八卷《武则天》在日本的历史小说创作领域，特别是中国题材的历史小说创作领域，也将永远独放异彩。

十五年后，又一位作家写武则天，他就是津本阳。

津本阳（1929 年生）是日本当代著名作家，生于和歌山县，1951 年毕业于东北大学法学部，此后的十几年间就职于一家肥料公司，一边工作一边开始写作。1978 年以描写家乡渔民生活为题材的《深重的海》获得第七十九届直木奖，遂有文名，此后开始了旺盛的创作活动。一方面创作以社会问题、犯罪问题为题材的社会小说，一方面创作以日本历史、特别是武士、剑豪为题材的历史小说。1995 年，多卷册长篇日本题材历史小说《梦，又一个梦》获吉川英治文学奖，2003 年获"旭日小绶章"，在历史小说领域里具有很大的知名度和影响力。津本阳对中国历史题材的创作也有兴趣，写了《则天武后》（1997 年）、《秦始皇帝》（1999 年）、《群雄谭·项羽和刘邦》（2000 年）、《新释水浒传》（2001 年）等几部长篇小说。其中，《则天武后》上下两卷，在篇幅上相当于原百代《武则天》的四分之一。这部小说的书后所列出的四种参考文献中，有原百代的《武则天》，还有气贺泽保规的《则天武后》和外山军治的《则天武后》等学术著作，可以看出津本阳的《则天武后》受到了原百代的启发和影响。例如，和原百代一样，津本阳对武则天的糜烂的私生活也是轻描淡写。但津本阳的《则天武后》也有自己的特色，除了细节上的不同之外，角度上也有所不同。如果说原百代写《武则天》有明显的为武则天"正名"的倾向性，那么，津本阳则力图来写武则天的两面性，既写她的高超的政治才能，也写她的轻易杀人的残忍性格。可以说，靠了原百代和津本阳的这两本小说，武则天作为中国唯一的杰出女帝的形象在日本读者中基本上可以定格。

津本阳的《新释水浒传》（上下卷）也值得一提。一直以来，《水浒传》在日本名声很大，仅次于《三国志》及《三国演义》。《水浒传》汉文原本早在江户时代就已传到日本，后又出现了平山高知等人的译本，战后不久又出现了吉川幸次郎翻译的忠实而又完整的《水浒传》，也引起一些作家对《水浒传》加以再创作的兴趣。从 1958 年起，著名大众文学家吉川英治开始在杂志上连载《新水浒传》，到去世之前完成全书。吉川英治的《新水浒传》（全四卷）放弃了原作的章回体式，使用了大量的对话，并加强了心理描写，以适合现代日本读者的阅读期待。由于吉川英治在日本大众文学及历史小说领域的巨大影响，《新水浒传》在当代日本的发行量也相当可观，日本一般读者最容易看到的《水浒传》版本，首推吉川英治的《新水浒传》。换言之，《水浒传》在当代日本的影响，除了吉川幸次郎、驹田信二、佐藤一郎的译本之外，最主要的是由于吉川英治的《新水浒传》的不断再版和广泛流传。继吉川英治的《新水浒传》之后，柴田炼三郎根据《水浒传》再创作的《我们是梁山泊的好汉》三卷本于 1975 年出版。全书以主要人物为单元分章，如《九纹龙史进卷》《鲁智深卷》《林冲卷》《杨志卷》《武松卷》《花荣卷》《宋江卷》等，更注重突出"英雄传"的色彩。津本阳的《新水浒传》是 21 世纪初《水浒传》再创作的更新换代的作品。《新释水浒传》的基本故事取自《水浒传》七十回本，以一百零八好汉聚义梁山泊为中心情节，改变了原作的讲史、演义的叙事风格，以动作和对话的描写为主要手段，同时注意强调中国特有的风俗习惯，突出日本文学所缺乏的大陆风情。似这样对《水浒传》进行再创作，虽然不会有太大的创意，但原来的有关作品已经逐渐显得陈旧，读者群也起了变化，《水浒传》的再创作会有读者市场，因而出版社乐意出版。而一般中国作家不从这个角度看问题，就会对日本作家贸然改写感到不可思议。对此津本阳曾谈到，有一次和随同中国总理访日的中国作家一起座谈时，有人问他最近在写什么小说，他回答写水浒传。中国作家说：像《水浒传》这样的古典在艺术上已近完美，不能随便改写，也不能随便加以自己的解释。津本阳听了表示"有肃然之感"，①但他仍然还是改写成了，出版了。而且，在津本阳的《新释水浒传》出版之前和之后，还有一些作家陆续对《水浒传》加以再创作，主要有石川英辅的《SF 水浒传》②、志茂田景树的《大水浒传》③、杉本苑子的《悲华水浒传》④等一系列作品。在日本，带"水浒传"字样的书，不管怎样，写出来就是有人买、有人看，当然也就有人写。这从一个侧面表明了中国古典文学、中国历史文化在日本的持久魅力。

二、塚本青史的秦汉历史人物

塚本青史（1949 年生）生于仓敷市，其父塚本邦雄是著名的歌者，有《塚本邦雄全集》十六卷刊行。塚本青史自幼受到父亲影响，喜欢文学艺术，在京都的同志社大学毕业后，长期任职于一家写真印刷公司，同时给有关出版物做插图，在插图艺术上小有名气，还曾出版过两部短篇推理小说集。1990 年代中期塚本青史开始历史小说创作，1996 年河出书房出版了塚本青史以中国历史为题材的长篇小说《霍去病》，引起文坛注意，此后塚本青史在中国历史题材创作领域中一发而不可收，陆续出版了

---

① ［日］津本阳：《新釋 水滸傳·あとがき　水滸傳について》，《新释水浒传》（下卷），东京：角川文库，2005 年，第 401-402 页。

② ［日］石川英辅的《SF 水滸傳》（讲谈社，1982 年版），以科学幻想小说的写法改写《水浒传》，颇有现代气息。此前，该作家还以同样的手法改写了《西游记》，名为《SF 西游记》（讲谈社版）。

③ ［日］志茂田景树：《大水滸傳》（全三卷），东京：讲谈社，1993 年。

④ ［日］杉本苑子：《悲華水滸傳》（全五卷），东京：中央公论社，2001 年。

长篇小说《白起》（河出书房 1998 年）、《项羽》（集英社 2000 年）、《吕后》（讲谈社 1999 年）、《霍光》（德间书店 2000 年）、《王莽》（讲谈社 2000 年）、《光武帝》（讲谈社 2003 年）等。塚本青史在中国历史题材创作上起步不早，却大有后来居上的趋势。有日本评论家认为，塚本青史的出现表明了他是日本历史小说领域可以与宫城谷昌光相抗衡的人物。

塚本青史对中国秦汉历史抱有浓厚的兴趣，其作品全都以秦汉历史为中心，这正好与宫城谷昌光的先秦题材互为补充，形成了日本的中国历史题材小说从先秦到两汉的系列的艺术画廊，也形成了塚本青史的创作特色。

处女作和成名作《霍去病》（上下卷）的主人公是霍去病，但上卷的主要人物实际上是霍去病的舅父、车骑将军卫青。司马迁在《史记·卫将军骠骑列传》中，记载了霍去病的舅父卫青与霍去病联手，共同抗击匈奴、连战连胜的辉煌历史，同时对卫青与霍去病的出生、身世也做了简单的交代。霍去病十八岁时就"为天子伺中"，跟随舅父卫青参加讨伐匈奴的战争，屡建战功，被封为"骠骑将军"，在讨伐匈奴中智勇双全，连战连胜，而在二十四岁的青年期却猝然去世。在表彰霍去病的战功之后，司马迁对霍去病的为人、性格身世也做了简单的批评，说他"少言不泄，有气敢任"，军中生活奢侈，几十辆车拉着供霍去病吃小灶的食物，而且"以和柔自媚于上，然天下未有称也"，云云。塚本青史的《霍去病》对霍去病的形象塑造基本依照《史记》。但《史记》重在记载霍去病的战功，而塚本青史的《霍去病》的中心则是写霍去病这个"人"。塚本青史在《史记》对霍去病生平经历的记载中，发现了可供艺术想象的悬念，那就是霍去病的身世。《史记》在介绍卫青的生平的时候，说卫青的母亲出生低贱，以致同父异母兄弟们"皆奴畜之，不以兄弟数"；又记载卫青的姐姐、霍去病之母卫少儿因和皇族亲戚陈掌私通而攀龙附贵。塚本青史根据《史记》的这些简单记载，对霍去病的家世、身世做了重构，试图描写出霍去病短暂一生的有关内容。因而在《霍去病》中，塚本青史没有像《史记》那样重点描述霍去病的武功，没有单纯将霍去病写成一个征伐匈奴的年轻的天才将军，而是深入到霍去病个人的私生活及内心世界中，通过霍去病与皇帝、皇族、诸大臣、将军、士兵，特别是与舅父卫青的复杂的社会关系，描写出一个有着喜怒哀乐的立体的人物形象，并从这个侧面将汉武帝时代的政治、军事与社会状况呈现出来。在塚本青史笔下，霍去病是车骑将军卫青的姐姐卫少儿与平阳县一个下层官吏霍仲孺所生，因而被人视为低贱，而他也对自己的身世之谜充满了迷茫与痛苦。塚本青史将霍去病的身世与死亡，作为全书的两大悬念，增强了小说的吸引力。关于霍去病二十四岁时突然夭亡，司马迁在《史记》中只言其死，却未提死因。对于霍去病的死因，塚本青史在小说的最后写霍去病的儿子在玩弄弓箭，霍去病在上前制止时不意绊倒，被突然射出的箭头穿透颈部动脉而死亡。那既像是有人蓄谋暗杀，又像是偶然的意外事故。作者最后留给读者的，仍是一个悬念。

当时在霍去病意外死亡现场的，有霍去病的异母兄弟霍光，及霍光的朋友、归顺的匈奴王子金日碑。霍光则成为塚本青史的另一部长篇小说《霍光》的主人公。霍光这个人物《汉书》中虽被提到，但未被专门立传，是一个难以引起读者注意的人物。霍光作为霍去病的异母兄弟，在宫廷中被重用，曾做过汉武帝的"文受遗"（负责记录汉武帝遗言并加以落实的文官），后来又作为汉昭帝的摄政，谈不上有什么文韬武略。但塚本青史却将这个历史上没有多少记载、生平没有多少戏剧性、并不适合作主人公的霍光作为主人公，写成了约合二十万汉字的长篇，可谓独辟蹊径，也表现了他出色的艺术想象力。塚本青史通过《霍去病》和《霍光》两部作品，描写了霍氏兄弟及霍氏家族的沉浮兴衰，并反映出西汉时代宫廷社会的一个侧面。

在写完霍去病之后，塚本青史还写了两个著名的武将，一个是秦代的白起，一个是秦汉之交的项羽。关于白起，司马迁在《史记》中曾将他与王翦两人合在一起，写了《白起王翦列传》。根据司马迁的记载，武安侯白起"善用兵，事秦昭王"，在与韩、魏、赵、楚诸国的的历次作战中，连战连胜，而且每攻下一城，则大量屠杀士兵与平民，动辄数万数十万。特别是在长平之战中，竟然斩首坑杀赵国投降兵卒四十五万人，创下了中国古代战争中的大屠杀之最。但后来因与宰相应侯有隙，在攻打邯郸时称病不履秦王之命，而被秦王免职，并赐剑使其自裁。在刎颈自杀之前，白起自问："我何罪于天而至此哉?"思索良久，说："我固当死。长平之战，赵卒降者数十万人，我诈而尽坑之，是足以死。"遂自杀。可见，白起是一个悲剧性的人物。塚本青史以白起为主人公写作长篇小说，是要通过白起来表现战国时代的征战杀伐轻生死的尚武精神和腥风血雨的时代氛围。塚本青史以《史记·白起王翦列传》的记载为基本依据，描写了常胜将军白起的天才的军事才能，表现了他嗜杀成性的残忍暴虐，也表现了他坚持己见、刚直不阿的鲜明个性和不为当权者所理解的孤独与痛苦心理。同时，塚本青史又以白起为中心，将《史记》列传中描写的战国时代秦汉之际的几乎所有的重要人物——多达六十人——都调动起来，让他们登场，其中包括最早提拔白起的穰侯，还有孟尝君、冯亭、苏秦、张仪、范雎、乐毅、廉颇、田单、屈原、吕不韦等。塚本青史的艺术才能，突出地表现为将这些本来没有直接关联的历史人物都纳入统一的故事情节架构之中，在不同的人物之间连点成线，同时又虚构了几个围绕着白起的人物，使他们活动于同一个舞台。可以说，《白起》既是白起个人的兴亡史，也是一部以白起为中心精心编制的匠心独运的"史记"。

在中国古代的武将中，最为日本人所熟悉的人物之一当属项羽。以项羽为主人公的作品，从司马辽太郎在1970年代末写《项羽与刘邦》开始，到2000年塚本青史的《项羽》为止，已有好几部了。塚本青史在此基础上再一次写项羽，如果没有独特的视角和构思，则难免因重蹈旧辙而了无新意。对此，塚本青史在《项羽》的初版本前言中写道：

　　项羽这个人物，名声并不太好。"刚愎自用、猜忌心强，不能任人唯贤，排挤有能力的部下，我行我素，到底不是一国君主的材料，从而与被周围的人推上皇位的刘邦形成了对照"……而我这次想要描写的，并非"项羽与刘邦"的新的人物形象，也不是对"历史的新解释"。我的兴趣在于：在他们的波澜万丈的激烈的斗争中，他们周围的人物是如何构成了一种有机的联系。另外，以前以"胜者英雄败者寇"式的历史观，多从刘邦的视点来描写。《史记》的作者司马迁的历史观和人物形象就体现了这样的视点。……而从项羽的视点，描写楚汉的动乱和汉楚的兴亡，正是本作品的主旨。

这是对《项羽》的艺术构思的简明扼要的自我说明。以一个主人公为核心，而把同时代的重要历史人物尽可能多地组织起来，来反映这个人物及其时代，这是塚本青史所有中国题材历史小说构思上的一大特点。在塚本青史看来，"以一个人的视点将历史充分表现出来是很困难的，所以我的作品中登场人物众多，是为了从众多的证言中呈现历史的真实"。①《项羽》中的这一特点也十分突出。与主人公有直接关系的人物不必说，没有直接关系的人，塚本青史也通过设置若干虚构人物等种种手法，使他们与主人公发生种种关系，《项羽》中登场的就有四十多人，从而形成了一个以项羽为中心的秦汉之交的历史画卷，而与此前的《霍去病》《白起》等有异曲同工之妙。

塚本青史描写的秦汉时代的另一类历史人物就是帝王或王后。那就是吕后、王莽和光武帝。

其中，《吕后》的主人公吕后是汉高祖刘邦的皇后。这部长篇小说由四篇在内容上前后连贯的作品组成，四篇作品的题名分别是《吕后》《朱虚侯》《淮南王》和《周亚夫》，也可以将这四篇作品看成是前后关联的四章。

---

① ［日］塚本青史：《吕后·後記》，东京：讲谈社文库，2002 年，第 418 页。

《吕后》的第一篇《吕后》的基本的史料依据是《史记·吕太后本纪》。《史记·吕太后本纪》记录了刘邦死后，吕后为了独揽朝纲而残酷打击迫害刘氏宗室，竟将刘邦生前最疼爱的儿子赵王如意毒死，将赵王的生母戚夫人砍掉四肢，挖掉眼睛，扔进厕所中，同时迫害刘邦的元老功臣，大肆分封和提拔吕家亲属，一时汉家天下几为吕氏篡夺。吕后死后，吕氏家族即遭到残酷报复，在一连串的政变与军事行动中被全部铲除干净。《史记·吕太后本纪》的记载虽然只是粗陈大概，但情节紧张，人物形象鲜明生动，且篇幅较长，十分适合于小说选材。塚本青史据此写成小说，在细节上有了进一步丰富和补充。例如在《史记·吕太后本纪》中，写吕后为提拔自己的亲信入宫，便把自己的老相知、辟阳侯审食其提拔为左丞相。"左丞相不治事，令监宫中，如郎中令。食其故得幸太后。"塚本青史在《吕后》中，则明确地将吕后与审食其的关系写成情人关系，写吕后不但权欲膨胀，而且性欲亢进，与审食其沉溺于肉欲中。

第二篇《朱虚侯》中的主人公是刘邦的孙子，亦即刘肥的次子、朱虚侯刘章。写刘章与其兄、齐王刘襄举兵剿灭吕氏一族。在吕氏一族被剿灭后，刘章的妻子吕禄之女，作为吕氏一族的成员之一陷于了严重的精神危机中。而刘邦的小儿子、淮南王刘长一直暗恋着吕禄之女，此时便趁虚而入，最终与吕禄之女合谋，决议暗杀刘章，在刘章出行时放疯狗咬伤其手足，使其毙命。这一情节并不见于《史记》，是塚本青史的艺术虚构。

在第三篇《淮南王》中，刘长成为主人公，时代则是刘恒做皇帝的孝文帝时代。司马迁曾在《史记·孝文帝本纪》中对这一时代孝文帝的善政德行多有褒奖，认为孝文帝时期是"德至盛也"的太平盛世。塚本青史在这一篇中基本脱离了《史记》的记载而依赖于虚构，描写了刘长如何参与地方诸侯的谋反，被遣送乡下途中绝食饿死。而窦皇后因眼疾失明，刘恒四子梁王刘胜落马死于非命，师傅贾谊承担责任而殉死，老臣周勃老衰而死，国内经济政策不灵，外患匈奴蠢蠢欲动，孝文帝刘恒内外交困。

在第四篇《周亚夫》中，孝文帝驾崩，刘启（孝景皇帝）即位，这一时期在《史记·孝景本纪》中有专门记述。塚本青史则以河东君太守、后来被封为条侯的周亚夫为主人公，描写周亚夫如何奉命镇压地方叛乱，如何被提拔为丞相，又如何因与皇帝意见不合而被投进监狱而死。

总之，在《吕后》四篇中，塚本青史分别以吕后、刘章、刘长、周亚夫四个人物为中心，描写了从汉高祖刘邦驾崩到孝景帝时期周亚夫死去，西汉王朝约半个世纪的历史，而且取材的基本着眼点是乱世之"乱"。

说起中国历史上的"乱"，所谓"王莽之乱"就非常有名。汉代的王莽废汉而立"新"朝，登上皇位，实行一系列改革和新政。但从《汉书》开始，史家们均站在维护王朝正统性的立场上，视王莽为谋反者和篡逆者，而给予否定的评价。塚本青史在以王莽为题材的长篇小说《王莽》中，却从另外一个视角来看王莽。在塚本青史笔下，王莽是一个出身贫困、少有大志、刻苦读书、笃信孔孟学说、富有责任感的人。在前汉末期三代皇帝身边供职的王莽，对于刘氏政权内部互相倾轧和日益腐败有深切的了解和感受，而他的一系列清正廉明的举措也使他获得了很高的威望，王莽便趁机断然决定改朝换代。在塚本青史看来，王莽的登基具有坚实的社会基础和民意支持，认为在历史上"几个著名的谋反者当中，受到庶民狂热支持的，以信念和理想治国并推出改革体制的人，只有王莽一人而已"；认为"王莽就任皇位，合乎民意。王莽的名字成为满足渴望的、实现梦寐以求之理想的代名词"。这就给王莽以正面的充分肯定，颠覆了历史上对王莽的通行评价，也颠覆了日本传统的王莽观。早在12世纪，日本的著名历史小说《平家物语》一开头在吟咏了一首总结历史教训的诗篇后接着写道："远察异国史实，秦之赵高，汉之王莽、梁之朱异，都因不守先王法度……所以不久就灭亡了。"现代作家吉川英治在《新平家物语》中又一次引用此语，这都造成了一般日本人读者对王莽的不良印象。塚本青史的《王莽》在总体肯定王莽改革的基础上，也描写了其改革必然失败的命运。王莽为了推行新政，极力与此前汉朝的一切划清界限，将国家的政治、经济、法律、宗庙乃至百姓的生活方式，都按自己的意思重新改造，这也包括改变人们已经熟悉并习惯了的官名、地名，重铸货币，其间又不断反复修正，以至劳民伤财。一些改革触动了许多人的利益，招来反感和反对，原来支持他的人（重要的如谋臣刘歆和大商人罗裒）或背叛，或自杀，不久王莽便被推翻，一切归于失败。

总的看来，塚本青史的中国历史题材的创作虽然起步较晚，作品数量还不算太多。但他的选材集中于秦汉帝王将相，并以有关帝王将相为中心，以周边的众多历史人物为支点，生动地编织和再现了秦汉社会历史画面，形成了自己鲜明的创作特色。可以预料，在中国历史小说创作方面，塚本青史还具有不小的潜力。

三、柴田炼三郎、北方谦三、三好彻的"三国志"

要问日本自明治时代以来，影响最大的中国文学作品是什么，答案当然是肯定无疑的：那就是"三国志"。在中国众多的古典作品中，日本人为什么最喜欢"三国志"？除了"三国志"历史故事本身精彩、富有艺术魅力之外，首要的原因是其中的人物和情节及所表现的思想感情十分切合日本的民族文化心理。例如其中的忠君思想，与日本的皇道思想不谋而合；尚武精神，与日本的武士道颇为一致；而崇尚义气的道德观念，又与日本传统的"义理""人情"相投。

日本社会的"三国志热"和作家们的"三国志"再创作热是相辅相成的。日本读者对"三国志"如此情有独钟，就使得有关书籍成为一个大卖点，也成为出版社热心出版此类读物、作家愿意对"三国志"进行再创作的源泉与动力。从1940年代吉川英治的《三国志》开始，到今天为止，有几十个日本作家以"三国志"为题材进行再创作，除上述的吉川英治、陈舜臣、伴野朗的三国志外，战后日本以《三国志》为书名的、系统表现三国志历史场景和人物活动的作品，不知凡几。其中包括1960

年代柴田炼三郎的《英雄在此》《英雄的生与死》（通称"柴炼三国志"）、花田清辉的《随笔三国志》，80 年代林田慎之助的《人间三国志》，90 年代志茂田景树的《大三国志》、童门龙三的《新释三国志》，进入 21 世纪后又涌现出了宫城谷昌光的《三国志》、桐野作人的《破·三国志》等。以下只对较有代表性的柴田炼三郎、北方谦三和三好彻的有关三国志题材的再创作做一简要的评析。

先说柴田炼三郎。

柴田炼三郎（1917—1978 年）是冈山县人，1940 年毕业于庆应义塾大学文学部，师从奥野信太郎等汉学家，专攻中国文学。中国文学的背景，对柴田炼三郎走上作家之路并从事创作有一定影响。大学毕业后，柴田炼三郎作为卫生兵应征入伍，其乘坐的船只在台湾海域沉没，他却在漂流七个小时后奇迹生还。这一经历似乎对柴田炼三郎的人生与创作都产生了影响。他擅长描写冒险故事，特别是战乱与危险中的武士、剑客等充满力度、速度和传奇色彩的潇洒人物。柴田炼三郎一生的主要作品是以日本历史为题材的通俗的"时代小说"，成为这一领域的著名作家。他四十三岁时，新潮社出版了《柴田炼三郎时代小说全集》全二十六卷，1990 年集英社又出版了《柴田炼三郎选集》全十八卷。柴田炼三郎日本历史为题材的主要作品《狂眠次郎》系列作品、《决斗者宫本武藏》（全三卷）、《源氏九郎飒爽记》（两卷）、《江户武士》（上下卷）、《旗·剑·城》（全三卷）、《复仇四十七武士》（上下卷）、《剑鬼》等，在读者中有较大影响。

在柴田炼三郎的创作生涯中，关于中国的题材写得不多，但文学评论家尾崎秀树认为，"柴田炼三郎作品中，能够使人感到有着中国文学所培养出来的造型感觉，和支撑这种感觉的法国风格的现代主义"。①柴田炼三

---

① ［日］尾崎秀树：《三国志·英雄ここにあり·解说》，东京：讲谈社文库，1975 年，第 530 页。

郎涉及中国的作品，除了《三国志——世界的国民文学》①等有关中国文化、中国文学的随笔文章外，主要是对《三国志演义》和《水浒传》两部古典名著的再创作。

1968 年 12 月，柴田炼三郎的《三国志·英雄在此》在《现代周刊》杂志连载完成。这是继"吉川三国志"问世三十年后，日本作家第二次以长篇小说的形式对《三国志演义》进行再创作。该作品规模宏大，单行本分上中下三卷，在许多方面受到"吉川三国志"的影响，例如把关羽的身份写成私塾先生，让一个叫白芙蓉的女性陪伴刘备，与"吉川三国志"可谓同工异曲。作品一开头写刘备、张飞两人偶然相识，而关羽此时缺席，没有《三国演义》中著名的桃园三结义的情节，也算是"柴田三国志"一个特色吧。在情节结构方面，"柴田三国志"写到诸葛亮向后主刘禅献上《出师表》，决定北征，即嘎然止笔。对此，柴田炼三郎解释道：

> 在〔诸葛亮〕起草《出师表》，决定出成都的时候搁笔，确实出于我的想法。
>
> 实际上，我打算写三国志的时候，就已经想好了在此处搁笔的最后的场面。
>
> 夸张一点说，我就是因为想写孔明献上《出师表》，决定和魏国作战，从成都出发的场面，而开始写三国志的。②

这种布局与"吉川三国志"也很接近。不过作者的上述解释仍然表明了他的随意性，而没有道出更充分的理由。也许柴田炼三郎自己也觉得似这样匆匆收尾，放弃了三国志后一部分的许多精彩素材，未免可惜，遂

---

① 〔日〕柴田炼三郎：《三国志——世界の国民文学》，东京：鳟书房，1955 年。
② 〔日〕柴田炼三郎：《三国志·英雄ここにあり·余章補筆》，东京：讲谈社文库，第 518 页。

在 1974 年 5 月开始，从前书收尾处起笔，续写《三国志·英雄：生还是死》，在《周刊小说》杂志上连载，到 1977 年 9 月连载完毕，后来又结为上中下三卷单行本出版。《三国志·英雄——生还是死》在情节上承续《三国志·英雄在此》，可以说是《柴田三国志·英雄在此》的续篇，一直写到司马炎建立晋朝为止，涵盖了《三国志演义》的全部内容。此书写完两年以后，柴田在 61 岁时因肺心病去世。后来，集英社将《三国志·英雄在此》与《三国志·英雄——生还是死》合为《英雄三国志》全六卷，使"柴炼三国志"完整合璧。不过综观"柴炼三国志"，却与作者的其他作品一样，虽卷帙浩繁，颇具规模，却因写得匆忙，不够精致，这也是日本大多数大众文学的通病，但"柴炼三国志"似乎较为突出。也许因为如此，"柴炼三国志"在柴田炼三郎的作品中，一直没有像他的《狂眠次郎》系列作品那样"有人气"。对此，日本学者杂喉润认为，这是因为读者一提起柴田炼三郎，读者的印象就觉得他的"时代小说"是以写那种色情暴力、荒唐无稽的"恶汉小说"为特色的。这或许是一个原因。

1990 年代，又出现两种"三国志"，被称为"北方三国志"和"三好三国志"。

所谓"北方三国志"，指的是作家北方谦三的《三国志》。

北方谦三（1947 年生）生于佐贺县，1972 年毕业于中央大学法学系，在学期间曾参与学生运动，并开始创作活动，擅长创作风格写实、冷彻的侦探推理小说，著作甚丰，影响较大。其中《不眠之夜》曾获吉川英治文学新人奖，《过去》获角川小说奖，《饥渴的街》获推理作家协会奖，《没有明天的街角》获日本文艺大奖，《破军之星》获柴田炼三郎奖。1990 年代中期以后开始染指历史小说，主要作品有《逃跑的街》《槛》《武王之门》《三国志》等。

以中国三国时代为题材的长篇历史小说《三国志》，是北方谦三迄今为止规模最大、影响最大的作品，全书共 13 卷，从 1996 年 11 月至 1998

年 10 月，在两年中由角川书店陆续出齐，2002 年又出版 13 卷文库本。全书约 300 万个日文字符，约合中文 150 万字。

北方谦三不懂中文，对中国历史文化也没有专攻。他在中学时代、大学时代都读过《三国志》的译文，对《三国志》的人物——例如刘备——的性格，有自己理解，这也是他后来要创作自己的《三国志》的一个动机，当然，肯花两年时间创作这么大规模的作品，除了自己个人的兴趣之外，与 1990 年代至今的日本读书界勃兴的"三国志"热，也极有关系。

北方谦三在创作《三国志》的时候，是有意识地要保持发挥自己的创作个性的，他说过：

> 我不读其他作家写的《三国志》，而且《三国演义》也不看，只看"正史"，我的想法是要从正史中汲取情节，并构思自己的作品。①

他所说的正史，主要是指陈寿的《三国志》及其中的人物列传。他认为后来作家创作的各种三国志，有不少脱离了正史，对人物性格有所扭曲，是不可效法的。但即使是对正史，也要加以客观分析。由于当时修正史的人，多少都有来自官方的顾忌和压力，或者自己个人的倾向性，对人物的记载不免偏颇。北方谦三认为，关键是要在三国的混战与人物的胜负成败中，来把握人物的性格。他说：

> 虽说篇幅庞大，但是《三国志》是有基本史实的，基本史实就是"芯"；比起构架故事情节，最困难的就是通过胜负成败的描写来塑造人物性格。我读了《正史三国志》后，越发感到没有比这个更重要的了。②

---

① ［日］北方谦三监修：《三国志読本》，东京：春树文库，2002 年，第 18 页。
② ［日］北方谦三监修：《三国志読本》，东京：春树文库，2002 年，第 8 页。

"北方三国志"，所推崇的首先是史实，然后就是人物性格的自然性与合逻辑性。由此出发，和"柴炼三国志"一样，"北方三国志"第一章一开头，就抛弃了《三国演义》中著名的"桃园结义"的情节。在北方谦三看来，三个素不相识的人，在兵荒马乱的时代，由几句自我介绍而立刻轻易地结拜兄弟，相约"不求同年同月同日生，只愿同年同月同日死"，这种事情是不可想象的；而且正史中虽有三人结拜的情节，但一日之内快速结拜为兄弟，正史中也没有记载，"从小说的写实主义的角度而言，不得不说这缺乏可信性"①。因此他要将缺乏可信性的部分加以写实主义的改造，他果断舍弃了"桃园结义"的情节。而让刘、关、张三人在北方草原贩运马匹时相识，后来情谊渐笃，才结为生死之交。

"北方三国志"在情节的处理上坚持史实与情理逻辑的写实主义原则，在人物性格的塑造方面也是如此，这集中表现在对几个主要人物的描写上面。

例如对于刘备，《三国演义》等相关作品中的被定型化的刘备的形象，是一个性格细腻温良、颇有书生气的人，"北方三国志"却把他写成了既狡猾又讲"义"（义气）的人，既能笼络人心又十分暴躁、凶狠的人。"北方三国志"中的刘备常常是佩带两把重剑的赳赳武夫，因脾气暴躁，军队操练时一旦有士兵不合要求，则欲亲手当场杀死。而此时张飞等为了维护刘备的名声，而自愿代刘备惩罚士兵。北方谦三认为，中国的古典小说写人物易走极端，往往好就好得不得了，坏就坏透了，《三国演义》对刘备的描写就是如此。在北方谦三看来，刘备由一个织席贩履的无名之辈，到成为蜀汉之主，不具备上述性格特征是不可想象的。因此北方谦三决不像《三国演义》那样，动不动就写刘备放声大哭，认为那不符合他的性格逻辑。

---

① ［日］北方谦三监修：《三国志读本》，东京：春树文库，2002年，第19页。

除诸葛亮以外，张飞的形象，也是"北方三国志"中"变容"（形象改变）最大的人物。人们熟悉的张飞形象，是一个粗鲁不文、易怒好斗，又刚正不阿的人物。而在《北方三国志》中，张飞在战场上还是一个威武骇人的张飞，但在日常生活中却变成了一个十分和蔼可亲的人，而且还拥有了一位温柔体贴的爱妻董香，而最后董香及其儿子张苞为吴国的敢死队残杀，从此张飞借酒浇愁，最后他也不是死于自己的部下之手，而是被周瑜的情人"幽"（《北方三国志》所虚构的一个女性形象）所毒杀。

关于诸葛亮，北方谦三认为，"诸葛亮这个人物在日本被严重误解了"，日本各种艺术形式中的诸葛亮的形象都是无所不能的天才军师，写他在战场上出现时常常坐在小四轮车上，摇着羽毛扇，以表现诸葛亮的从容潇洒。但是北方谦三认为，在当时的战斗中，以那样复杂的地形，乘那样的小车是绝对不可能的。而且事实上由于兵力和国力不足，诸葛亮在军事上是经常失败的。北方在其《三国志》中所要说明的，就是诸葛亮实际上是一个相当优秀的"民政的人才"，有管理国家的突出才能，但并没有什么军事上的才能，却又不得不从事军事指挥，这是诸葛亮的不幸。刘备死后，诸葛亮为复兴汉室而出师，对他而言则是一种"悲剧性的理想"，最后只有失败。北方谦三一改人们熟悉的诸葛亮的形象，将一个能够呼风唤雨、预卜未来的神人，还原为一个有着自己的特长，也有着自己的性格缺陷、有着自己的失误和烦恼的普通人。

"北方三国志"对三国志中一些相对次要的人物，也做了艺术凸现，例如马超。北方谦三从马超的形象中，找到了他所喜欢描写的日本"剑豪"的那种自由不羁的狂放性格。

虽然北方谦三声称，自己写作《三国志》时除三国志的正史以外不读任何相关作品，但他的《三国志》在许多方面，还是明显地受到了前辈吉川英治、柴田炼三郎、陈舜臣等三国志的影响，例如将几乎所有的人物都写成了英雄，没有《三国演义》的善恶对立的道德判断，主要表现为对曹操的高度的正面肯定和描写，将曹操写成是"真正的英雄"和

"天才"，一个有诗人的激情和想象力、政治家的谋略和军事家的果敢的人。可见，"北方三国志"对日本前辈作家的"三国志"自觉不自觉地有明显的借鉴，而"北方三国志"要努力摆脱的，主要是给中日读者造成最大影响的《三国演义》的人物观和历史观，尤其是对《三国演义》中视刘备的蜀汉为王朝正统的历史观不以为然，并通过刘备、曹操的口，表现了自己关于皇权的观念。在北方谦三看来，诸葛亮所坚持的就是日本式的"万世一系"的天皇史观，而魏国的曹操的史观，则很接近日本14世纪幕府将军足利义满、16世纪幕府首领织田信长，他们都曾试图使自己成为天皇，实际上是"反天皇史观"。如果这两个人不是突然死亡，最终就会取天皇而代之。他认为这个话题在现在的日本还不能公开加以表现，而他坦率承认自己在《三国志》中表现了对这个问题的看法。①

所谓"三好三国志"，是指作家三好彻创作的《兴亡三国志》。

三好彻（1931年生）生于东京，原横滨高商（现横滨国立大学）毕业，后进入读卖新闻社从事记者工作。1966年辞职后成为自由撰稿作家，在纯文学、大众文学（推理小说、经济小说、纪实小说、时代小说）创作领域均很活跃。1967年以小说《风尘地带》获第二十届推理作家协会奖，1968年《圣少女》获第五十八届直木奖。主要作品有以日本现代史为题材的时代小说《兴亡与梦》（全五卷）、《六月的红蔷薇》等。三好彻曾作为记者或作家数次来中国，对中国问题感兴趣，1978年出版了以当代中国为背景的长篇推理小说《遥远的男人》，1979年出版以孙中山与日本的宫崎滔天为主人公的长篇小说《革命浪人——滔天与孙文》。1997年，三好彻的《兴亡三国志》（全五卷）（即"三好三国志"）由集英社陆续出版，2000年又出版了文库版。

"三好三国志"的创作基于三好彻对《三国志》的爱好。他认为《三国志》（包含《三国演义》）的故事讲的虽然是一千八百多年前的事情，

---

① ［日］北方谦三监修：《三国志读本》，东京：春树文库，2002年，第37–40页。

但其中的人物与情节仍能打动人心，其中讲述的经验教训迄今仍有价值。他写道："不知为什么，喜欢《三国志》故事的，主要是原产地中国和日本。欧美不必说，在亚洲，除了日中两国以外几乎不读。〔中日两国喜欢三国故事〕恐怕是因为两国人民能够理解英雄们的心情和行动，能够引起共鸣吧。可以说《三国志》已经成为日中两国人民的精神财富。"①三好彻说《三国志》"在亚洲，除了日中两国以外几乎不读"，与事实稍有乖离。实际上，长期以来，《三国演义》在朝鲜和东南亚（特别是在泰国）也十分受欢迎，但在当代的流行并形成"三国志热"的，确乎只有日本。三好彻自述从十来岁的时候就喜欢读"吉川三国志"的少年缩写本，并深为打动，而当时他也和一般的日本读者一样，分不清三国演义的故事与正史（陈寿《三国志》）的区别，而将《三国志》的故事当历史来看，后来知道其中的曹操这个历史人物是被《三国演义》当作反面人物而加以丑化了，特别是当他读到曹操的"骥老②伏枥，志在千里，烈士暮年，壮心不已"这首名诗时，对曹操的印象完全改变了。他凭直觉感到："写出这样的诗句的人，怎么能是个反面人物呢？"并由此决定：自己要重写曹操，重写《三国志》。③三好彻直觉到，就从这首诗来看，那个三国鼎立的时代肯定是以写出如此名篇的曹操这个人物为中心而旋转的。他在全书的"后记"中写道：

> 不必说，三国志题材有许多作家写，但曹操留下的这首诗却被大多数人忽视了。在中国，有"诗言志"一说，青史留名的英雄没有无"志"者，但要有留传后世的诗篇并不容易。孔明写了《出师表》，显然是一篇能打动人心的名文，但他没有写诗。刘备和孙权确

---

① ［日］三好彻：《興亡三国志》第一卷后记，东京：集英社文库，2000 年，第639 页。
② 应为"老骥"。
③ ［日］三好彻：《興亡三国志》第一卷后记，东京：集英社文库，2000 年，第640 页。

实是有"志"的英雄，但不知道他们能不能写文章。曹操留下来的诗有十几首，而且还有关于《孙子》的注释及其政治性的文稿，是个文武两道的人。①

在中国传统文化中，是最为推崇"文武双全"的人的，也就是日本人所说的"文武两道"。三好彻在曹操身上，找到了"文武两道"的最佳体现者。于是，他就决定以曹操作为中心人物，来构思《兴亡三国志》。作者为写这部作品做了长期的准备，据他说包括准备材料和写作在内，前后用了12年的时间，其间他两次到中国来采访和考察，最终完成了5卷85章、总字符达180万的《兴亡三国志》。

为曹操"平反"，用正史《三国志》来矫正《三国演义》对曹操形象的歪曲，这在日本几乎成了《三国志》再创作者们的共识。但以曹操为中心来写"三国志"，似乎还是首次，这也形成了"三好三国志"的一个特色。为了写好曹操，作者根据自己对曹操形象的理解，在细节上有大量的再创作，这些再创作的成分随处可见。三好彻认为这种再创作中的细节虚构"既可以补足史书中的疏漏，又能够有助于描写出更接近史实的曹操的形象"。②例如，为了突显曹操作为全书中心人物的地位，作者在全书的大幕拉开后首先让曹操出场，而不是像《三国演义》那样以"桃园三结义"开头。作者一开始就写了在东汉的都城洛阳，官府在众人围观中对张角的太平道的大方首领马元义处以"车裂"之刑的场面，曹操和袁绍就在这围观的人群中与刘备相识。以下的基本情节的展开，与正史《三国志》及罗贯中《三国演义》并无多大偏离，但三好彻在大量的细节描写上，独处机杼，颇有特色。特别在描写曹操时，不但注意外部行动，

---

① ［日］三好彻：《兴亡三国志》第五卷后记，东京：集英社文库，2000年，第634-635页。

② ［日］三好彻：《兴亡三国志》第一卷后记，东京：集英社文库，2000年，第641页。

更注重传统《三国志》故事所缺乏的心理描写，为了强化对曹操的心理描写。作者还虚构了一个名叫郑钦的历史人物，作为曹操的侧近谋士。郑钦虽性格孤僻，但足智多谋，能够体察曹操的心理与意图，曹操的所思所想，许多是通过郑钦的体察和分析表现出来的。同时，三好彻在表现曹操作为一个政治家和战略家、军事家的同时，始终注意表现其诗人的诗性的一面，例如，在第二卷第二十三章《蛟龙之渊》中有一段曹操与荀彧的对话场面，很受评论家推崇——

> 有一个人轻轻地走过来。
>
> "是荀彧吗？"
>
> 曹操没有回头，问道。
>
> "是的。"
>
> "你看，满天的星星，多么美妙，多么壮观。这样仰望天空，就感觉有一股诗情油然而生。不过，我是好久未能赋诗作文了。你看，和宏大的天穹比起来，地上的人间何其小矣！"
>
> "虽说您未能赋诗，可这种心情本身，岂不就是诗吗？"
>
> "或许是吧。"曹操说，"可是，诗人必须从所遐想的仙境中回到现实中来。敕使从冀州回来了，说袁绍拒绝赴任太尉，而且对皇帝殿下出言不逊。"
>
> "是吗？"
>
> 曹操再次仰望天空，然后转身回到屋内。①

这就是诗与政治的密切结合，也最宜于表现曹操的形象。三好彻的作品，特别是他的历史小说，擅长塑造那种具有叛逆性、反抗性的、为了实现自己的理想而义无反顾的英雄人物，作者显然在曹操这个人物身上找到

----

① ［日］三好彻：《興亡三国志》第二卷，集英社文库，2000年版，第203页。

了自己的艺术感觉。

四、田中芳树的隋唐宋元题材

田中芳树（1952年生）是日本当代著名通俗小说家，生于熊本县，学习院大学日本文学博士课程修了，1970年代末开始科幻小说创作，1978年获得第三届"幻影城"新人奖，并开始走向文坛。1988年系列长篇小说《银河英雄传说》获得星云奖，《银河英雄传说》《创龙传》《阿尔斯朗战记》等系列长篇小说，登场最多的主人公都是聪明、漂亮、勇敢的少男少女，又将自然科学、历史人文知识寓于生动有趣的故事情节中，所以深受年轻读者欢迎，有许多作品成为畅销书。进入1990年代后，田中芳树在创作科幻小说、冒险小说、青春小说的同时，也进入中国历史题材小说的创作领域，并相继出版了长篇小说《风吹万里》（1991年）、《缬缬城奇谈》（1995年）、《红尘》（1996年）、《长江落日赋》（1996年）、《中国武将列传》（上下，1996年）、《海啸》（2000年）、《奔流》（2002年）、《天竺热风录》及若干短篇小说。田中芳树并非中国语言文学出身，从现有的传记材料上看似乎并没有专门学习汉语的经历，可他却不但能够读懂中国古代白话小说，并且还能够翻译。在日本当代小说家中，能够翻译中国小说特别是古典小说的，真如凤毛麟角。老一辈作家中有陈舜臣，新一代作家中似乎只有一个田中芳树了。田中芳树首先编译了清初作家褚人获的历史演义小说《隋唐演义》，又编译了《岳飞传》（底本是清初作家钱彩的《说岳全传》）。良好的汉语阅读与翻译能力，使得田中芳树在中国历史题材的取材上可以不受日文译本的局限和束缚，并形成了他的中国题材历史小说创作的若干显著特色。

田中芳树中国历史小说的首要特色，就是他对中国历史题材领域的新拓展。他故意避开其他日本作家选材最集中的先秦两汉和三国时期，而将选材方向朝向三国时代之后。除了短篇小说《白日斜》取材于三国时期，其他所有作品的取材均集中于南北朝、隋、唐、宋、元各时代。例如，短

篇小说《宛城的少女》和长篇小说《奔流》取材于西晋和南北朝；长篇
小说《长江落日赋》《风吹万里》、短篇小说《萧家的兄弟》取材于南北
朝时代；短篇小说《匹夫之勇》和《猫鬼》取材于隋代；长篇小说《缬
缬城奇谈》、短篇小说《长安妖月记》《天山的舞女》《黑道凶日之女》
《骑豹女侠》取材于唐代；短篇小说《茶王一代记》《张训出世谭》《潮
音》取材于五代十国时期；长篇小说《红尘》和短篇小说《风梢将军》
取材于南宋时期；长篇小说《海啸》取材于元代，《黑龙之城》则取材于
明代。这种有意避开先秦两汉三国时代的取材倾向，既反映了他在题材上
独辟蹊径的创新追求，也反映了新一代作家对其他作家的中国题材历史小
说取材倾向的基本认识和判断。他在与另外一个作家对谈的时候曾说过：

> ……中国历史的世界、中国文学的世界，对于〔日本〕通俗作
> 家而言，是无限广袤的沃野。但是我觉得，现在我们只是在其中的一
> 部分当中反复挖掘，就像反复播放同一条广告一样。在中国三千年的
> 历史当中，只是盯住三国时代。实际上那只是前半时期的一个阶段，
> 起于黄巾之乱，到诸葛孔明死去，正好只有五十年。只在这五十年中
> 反复折腾，真是太可惜了。……所以我要进入无人的原野，从头开始
> 一点点地耕耘。①

可以说，这是 1950 年代出生的新一代中国题材历史作家在取材上的
一种全新的姿态。从社会心理上看，日本人具有某种强烈的趋同倾向。表
现在日本作家、出版者和读者身上，就是一种类型的作品一旦畅销，作者
和出版者则群起而摹仿之，读者规模却也相应地随之扩大，久而久之，某
种作品便出现了定型化倾向。而出现了定型化，则往往意味着培育出习惯
了这种定型化的稳定的读者群。这是一个很值得玩味的阅读现象。以中国

---

① 〔日〕田中芳树：《チャイナ・イリューション》，东京：中公文库，2002 年，第
202 页。

题材小说中的三国志题材为例，在近一个世纪里，有那么多的作家写三国志，那么多的漫画家画三国志，那么多的学者谈论三国志，许多都是大同小异，但迄今为止，读者群体非但没有厌倦，没有萎缩，却一天天增长着、更新着。也曾有出版社约田中芳树写三国志题材，但他没有答应。在他看来，不能因为三国志题材有意思才写三国志，而是要写那些只有我来写才能写得有意思的题材。他认为：应该让日本读者知道，除了诸葛孔明之外，中国历史上还有很多英雄人物，例如岳飞，例如韩世忠。而自己想写的正是这样的人物。田中芳树的中国文学作品阅读与翻译能力，使得他的取材不必局限在已经有日文译本的文献范围内，这就保证了他可以自由地进入"无人原野"，在题材上加以新的开拓。田中芳树的这种新开拓，是对中国题材日本文学的一大贡献。

田中芳树中国题材历史小说的第二个特色，是他对中国历史上文武双全的英雄人物的弘扬。他对中国古代的武将很感兴趣，曾翻阅了二十四史等大量汉文史料，编写出了《中国武将列传》一书，遴选出了 99 名历代中国武将，并为之撰写评传，关于这 99 名武将的遴选标准，田中芳树提出了两点："一、抵抗强大的北方异民族的侵略，保持中国人的自尊和自主性的人；二、成功地统一天下，并对恢复和平有功的人。"①根据这些标准，名列田中芳树《中国武将列传》的有：

春秋时代（四人）：孙武、伍子胥、范蠡、赵襄子

战国时代（八名）：吴起、孙膑、乐毅、田单、廉颇、赵奢、信陵君、李牧

秦代（三名）：白起、王翦、蒙恬

楚汉争霸时代（三名）：项羽、张良、韩信

前汉（七名）：周亚夫、李广、卫青、霍去病、赵充国、郑吉、

① ［日］田中芳树：《中国武将列传·私撰中国歴代名将百人》，东京"中公文库，2000 年，第 12-13 页。

陈汤

后汉（八名）：邓禹、冯异、岑彭、马援、班超、曹操、关羽、周谨

三国时代（三名）：司马懿、陆逊、邓艾

两晋（五名）：杜预、王浚、陶侃、祖逖、谢玄

南北朝（六名）：檀道济、韦睿、杨大眼、斛律光、兰陵王（高长恭）、萧摩诃

隋代（三名）：韩擒虎、刘方、张须陀

唐代（十二名）：李靖、李勣、秦叔宝、尉迟敬德、苏定方、薛仁贵、王玄策、裴行俭、高仙芝、郭子仪、李愬、李克用

五代十国（二名）：王彦章、周德威

宋、辽、金（十三名）：曹彬、杨业、耶律休哥、穆桂英（女）、狄青、宗泽、岳飞、韩世忠（妻梁红玉）、宗弼、虞允文、孟珙、完颜陈和尚、张世杰

元代（三名）：伯颜、郭侃、扩廓帖木儿

明代（十名）：徐达、常遇春、姚光孝、郑和、于谦、王守仁、戚继光、袁崇焕、秦良玉（女）、郑成功

清代（九名）：多尔衮、明亮、杨遇春、李长庚、关天培、僧格林沁、李秀成（太平天国）、石达开（太平天国）、刘永福

总共99名。为了鼓励读者参与，田中芳树故意留出一个空位，并推荐了几个候选人，请读者参与评选。从浩如烟海的史料中遴选一百名武将并写出既尊重史料又强调文学性的传记，实在并非易事。由此可见田中对中国历史人物及传统文化的浓厚兴趣和较高修养，也为此后他撰写以中国武将为主人公的小说打下了扎实的史料基础。

田中芳树以长篇小说的形式塑造的第一个中国历史英雄人物，就是在《风吹万里》里描写的传说中的巾帼英雄花木兰。《风吹万里》1991年由

德间书店出版，也是田中芳树的第一部中国题材历史小说。花木兰从军的故事在中国流传已久，南北朝民歌《木兰辞》最早描写了花木兰，《隋唐演义》中有花木兰的故事，京剧中也有若干花木兰的曲目，花木兰这个人物在中国可谓家喻户晓。据田中芳树说，第二次世界大战期间，中国电影《花木兰》曾出口到作为交战国的日本，那时他的父亲曾在朋友的推荐下看过那部电影。但尽管如此，日本一般读者却不太知晓花木兰为何许人。田中芳树将自己的第一部长篇小说的主人公选定为花木兰，是颇见眼力的。尤其难能可贵的是，田中芳树在创作过程中，对有关花木兰的中文材料做了大量的调查研究，他甚至看出了中国当代辞书《中国妇女人名大辞典》中的花木兰条，将花木兰定位于隋朝恭帝时代，将籍贯定位安徽亳县，有不确切和独断之处，指出关于花木兰出生时代、籍贯有各种不同说法。关于出生地，有河北、甘肃、安徽、湖北之说；关于出生时代，也有北魏、隋、唐初几种不同说法。田中芳树起初打算将褚人获的《隋唐演义》作为基本依据，后来在仔细研读了《隋唐演义》之后，决定放弃以《隋唐演义》的故事为依据，而另外调研和利用其他材料。最后决定将花木兰的故事背景定位为隋末，并摒弃花木兰为摆脱皇帝逼迫成婚而自杀的情节，将花木兰作为中国历史上的巾帼英雄加以表现。为此，田中芳树将花木兰的时代定为隋朝末期，将花木兰的出生地定为"江北地区"，并虚构了花木兰的家人及战友贺庭玉、武将沈光等陪衬人物，并将中国文学艺术史上的有关人物、传说等穿插其间，从而以木兰为中心，营造出了浓厚的中国传统文化的氛围，全书分九章，依次为"木兰从军""征辽之役""隋唐春秋""天下扰乱""飞龙乘云""大火燎原""河南残梦""江都之难"和"木兰归乡"，写花木兰（子英）17岁时女扮男装，代父从军，在隋炀帝发动的两次征辽战役及镇压反叛军队的战斗中屡建战功，被擢升为副官，九年后凯旋回乡，恢复女人的身姿，并与军中战友贺庭玉相聚。全书以花木兰为视点，表现了隋炀帝的暴政、隋朝末期的战乱及隋朝的最终覆亡。花木兰作为田中芳树作品中经常登场的"男装的美少女""美女战士"的一个典型，具有日本当代青春小说的艺术魅力。

田中芳树的第二部中国历史题材的长篇小说《红尘》（1996 年），塑造的是南宋抗金的民族英雄岳飞，及另一位抗金英雄韩世忠及其妻子梁红玉的形象。这三个人物都名列《中国武将列传》中。关于岳飞，田中芳树曾说过："无论在中国〔大陆〕本土，还是香港、台湾，所到之处要问'中国历史上最大的英雄人物是谁'？大家都会回答说是'岳飞'。然后才是当地的英雄人物。如，在四川省是诸葛孔明，在台湾则是郑成功。"①他认为日本作家不写岳飞，日本读者若不了解岳飞，都是一个缺憾。《红尘》的故事背景是 12 世纪中期的南宋时代，那时南宋已为女真族的金所败，大片国土丧失，并被迫签订了不平等条约。但此时金政权发生了政变，金国王完颜亮的地位有所动摇，宋高宗派遣文官韩子温（名将韩世忠与女将梁红玉的儿子）打探金的动向，韩子温同母亲梁红玉奉命化装潜入金。途中，与曾经搭救过梁红玉的女真族的黑蛮龙不期而遇。在黑蛮龙的帮助下，到达金的首都燕京，与被囚禁在此的先帝宋钦宗相见。他们试图救出宋钦宗，但没有成功，只能眼见钦宗被残酷杀害。接着韩子温母子又在黑蛮龙的一个朋友的帮助下，与完颜亮的表弟、很有可能取代完颜亮的完颜雍密会，并把握了宋与金未来关系的走向。韩子温母子在确认完颜亮的侵略意图后，确定了迎击金军的战略，并上奏宋高宗。名将韩世忠、梁红玉等为首的宋朝重臣良将们，继承此前被秦侩迫害致死的岳飞的意志，勇敢迎击六十万金军……。该小说的基本素材来源似乎主要是清初钱彩的《说岳全传》和《宋史》等材料。但田中芳树并没有直接描写岳飞，而是将时间安排在岳飞死后十几年以后，直接描写的人物是韩世忠、梁红玉等，对岳飞则采取间接描写的方法。这样的处理避免了与现有作品的雷同，可谓独具匠心。

在精忠报国的岳飞之外，宋代还有一位与岳飞齐名的民族英雄文天

---

① 〔日〕田中芳树：《チャイナ・イリューション》，东京：中公文库 2002 年，第 288 页。

祥。因而在写完《红尘》之后，田中芳树又写了以文天祥为主人公的长篇小说《海啸》。历史上，南宋为抵抗蒙古人的侵略战斗了四十多年，在《海啸》中，田中芳树只选取了南宋腐败宰相贾似道被勇士郑虎臣杀死，到勇将张世忠战死约三年半的时间。这期间是南宋灭亡的最后关头，也是汉民族遭受空前屠杀和凌辱的历史时期。小说题名《海啸》，将蒙古人大举入侵比作"海啸"——"大元皇帝忽必烈发出号令，以张弘范为总帅的元大军，为了使宋朝彻底灭亡而开始了本格的南下作战。总兵力达三十万，形成了铁血的海啸，朝大陆席卷而来"。小说充分表现了"海啸"所到之处的残酷无情，描写了元兵（蒙古军队）在常州城的屠杀、临安城的开城、南宋幼帝被迫流亡海上，以及世界战争史上初次使用火炮的崖山海战。小说写宋朝官僚、将军在蒙古大军压境之下，纷纷投降，其中不乏奉命迎击元军却不战而降者。在这种情况下，文天祥誓不投降，坚持率军抗战。全书所描写的抵抗侵略的英雄人物是与岳飞齐名的民族英雄文天祥，同时也塑造了文天祥身边的几个主要人物，包括英勇战死的猛将张世杰、懦弱无能却忠心耿耿的宰相陈宜中，神出鬼没的勇士郑虎臣等。田中芳树在歌颂文天祥忠勇行为的同时，表明即使有文天祥那样的英雄人物的顽强抵抗，面对蒙古大军的"海啸"，腐朽的南宋政权也免不了被吞没的可悲命运。

　　上述中国历史英雄人物，无论是传说中的花木兰，还是真实人物岳飞、韩世忠、文天祥，对日本读者来说都较为陌生，但对中国人而言都是耳熟能详的人物。而在田中芳树的另一部长篇小说《奔流》中的主人公陈庆之，不但日本人闻所未闻，就是中国普通读者恐怕也是不甚了了的。田中芳树从《梁书》《魏书》《南史》《北史》《资治通鉴》等中国历史典籍中，发现一个名叫陈庆之的罕见的军事天才，大为惊异。当初在编写《中国武将列传》时，陈庆之没有进入田中芳树的视野中，他觉得遗憾，决定写一部以陈庆之为主人公的长篇小说来表现陈庆之杰出的军事才能。陈庆之是南北朝时代的南朝人，当时南朝的梁与北朝的魏处于对峙和征战状态中，陈庆之奉梁武帝之命，率七千人的部队，护送叛逃南朝的北朝皇族北海王，突入北朝首都洛阳。南朝以七万人的部队迎击，大败；再出十五万人迎击，又大败。陈庆之以少胜多，用了一百四十天的时间攻陷了洛阳。田中芳树感叹这是罕见的军事奇迹，当初三国时代蜀国的诸葛亮曾四次北征，别说洛阳，连长安也未能攻进。《奔流》描写了陈庆之仿佛大河奔流般的一往无前的用兵才能，也描写他的讲信义、守诺言的高尚人品。同时，除了主人公陈庆之外，南北朝时代其他名将韦睿、杨大眼等也都登场，另外还巧妙地将中国的四大传说之一的《梁山泊和祝英台》中的主人公也穿插其中。

对于陈庆之那样的被忽视的历史人物的"发掘"和彰显，成为田中芳树创作上的一种题材取向。写完陈庆之以后，在 2004 年新出版的长篇小说《天竺热风录》中，田中又"发掘"出了一个被忽略了的重要历史人物，那就是王玄策。

田中芳树从日本出版的《三省堂世界史小辞典》上的约二百字的词条中，第一次知道王玄策这个名字及主要事迹。该辞典上的"王玄策"条介绍王玄策是唐代僧人，曾在公元 643 年、647 年、658 年先后三次奉命去印度。其中第三次去印度前，由于北印度政局混乱无法成行，王玄策借用藏族的军队平息乱局，并如愿成行。田中芳树了解了王玄策的大体事迹后，感到"惊愕而又狼狈"。他觉得在近代以前曾三次进入印度，并率领异族的军队打败敌人的军队的人，在历史上是没有先例的。提起唐朝去印度取经的玄奘可谓无人不知，而关于王玄策，虽在佛教界很有名，但在佛教圈外则几乎无人知晓。为此，他查阅了中文、日文的相关资料，包括《隋书》《旧唐书》《新唐书》《资治通鉴》及现代中国学者编写的《王玄策事迹钩沉》《中华人物传·隋唐篇》等，发现王玄策果然既是虔诚的佛教徒，又是足智多谋的天才军事家，这十分符合田中芳树的审美趣味。他曾说过："我对圣人啦君子啦之类的一本正经的人物没有兴趣，而喜欢那些奇人、偏人、怪人、恶党及不可思议之辈。"①在《天竺热风录》中，田中芳树通过王玄策三次西行印度的描写，既描写了王玄策独特的性格魅力，也反映了盛唐帝国的强盛和威仪。值得注意的是，该作品在形式上使用了中国古典章回小说的体式，这在日本当代历史小说中可以说是一个复古式的创新尝试，摹仿说书讲史的口吻来谋篇布局。全书共分十回，现将每回的回目翻译如下：

> 第一回：唐太宗天竺送使者，王玄策奉敕赴异域
> 第二回：彼岸师拉萨谒公主，智岸师辛苦越雪山
> 第三回：戒日王驾崩国乱起，阿祖那篡位破礼数
> 第四回：唐使节备受牢狱灾，老婆罗门幻术惊众人
> 第五回：王正使越狱北上，蒋副使骑象渡河
> 第六回：两国王发兵援唐使，唐敕使率众回天竺
> 第七回：摩伽陀国风云突变，赫罗赫达战尘蔽天
> 第八回：阿祖那愤怒调大兵，王玄策勇战灭象军
> 第九回：恒河畔捉篡王，曲女城庆胜利
> 第十回：王玄策献俘虏于天子，英国公正论说主君

这样只看回目，全书的情节脉络历历可见，而且每回结尾处都有"预知后事如何，且听下回分解"之类的套话，与中国传统的章回体小说可谓神形毕肖。

除了上述的严格意义上的中国题材历史小说外，田中芳树还写了以中国历史为背景，但完全依托于虚构的更为通俗的"时代小说"，这方面的主要作品有短篇小说《黑龙潭异闻》《黑龙之城》、长篇小说《颍缅城奇谈》等。其中，《颍缅城奇谈》取材于日本古典短篇小说集《宇治拾遗物

---

① ［日］田中芳树：《天竺熱風録·後記》，东京：新潮社，2004 年，第 298 页。

语》中关于慈觉大师（元仁）的故事。故事的背景是中国唐朝宣宗皇帝时代，写的是辛谠和李延枢两位游侠，在长安听到了来自日本的僧人元仁讲述的关于"缬缬城"的怪事，说住在那"缬缬城"的人诱拐人口，食其肉，并用人血染布贩卖，他自己就是从"缬缬城"死里逃生的。接着辛谠和李延枢两人又在长安的店铺里发现了人血染的布，便想抓住店主讯问，不料旁边的一个男子却以为同行相争，便上前劝阻，致使店主逃脱。原来这个男子叫李绩，是皇帝的异母兄弟。李绩听了"缬缬城"的事情之后，便答应帮助两位游侠，并设法通过大臣王式，上奏皇帝，请求出兵讨伐缬缬城。而"缬缬城"的人也并未束手待毙，他们在多次派遣刺客试图谋杀辛谠和李延枢，乃至宣宗皇帝。李绩等人粉碎了缬缬城的阴谋，并千方百计调查出了有关缬缬城的线索，最后决定讨伐缬缬城。于是，李绩、辛谠、李延枢三人，还有擅长飞石的少年徐珍、擅长使弹弓的美少女宗绿云，为了与王式率领的城外的维吾尔骑马队相策应，牵着骡子潜入缬缬城……在《缬缬城奇谈》中，田中芳树将他擅长的青春冒险小说与历史小说结合起来，故事虽然曲折离奇，却没有一般历史小说那样的大量的史料及历史知识，读者也不需要预先具备关于中国历史的常识，亦可轻松阅读。一般来说，历史小说的读者均为成年人，而对于中学生、高校生（高中生）层次的读者而言，由于中国历史知识欠缺，阅读中国历史小说（当然也包括田中芳树的中国历史小说）难度偏大。田中芳树的除中国历史小说之外的小说读者大多数是年轻人，《缬缬城奇谈》淡化史料，强化传奇性和娱乐性，有助于引导年轻读者进入中国历史小说的世界。

田中芳树的中国历史小说创作，在他数量庞大的全部创作中只占一小部分，但却开创了中国题材历史小说的新领域新天地，给日本的中国历史小说创作注入了清新爽朗的气息。可以期望，正值壮年的田中芳树，在这一创作领域还将有更多更大的奉献。

五、浅田次郎的近代史题材

浅田次郎（1951年生）出生于东京，1990年代走上文坛。他的作品主要描写日本历史与现实题材，并曾获得过吉川英治新人奖、直木奖、柴田炼三郎奖等奖项，成为新旧世纪之交有名气的新进作家。中国历史题材并不是浅田次郎的专擅，但浅田次郎出版的两部中国近代史题材的长篇，却获得了很大的成功。

第一部是 1996 年由讲谈社出版的长篇小说《苍穹之昴》（上下卷），该作品虽然并没有获得什么文学奖，但却成为畅销书。而作为中国近代题材的小说而成为畅销书的，据说《苍穹之昴》还是第一部。有评论家认为《苍穹之昴》是近年来中国题材历史小说中的力作，而给予高度评价。《苍穹之昴》的特色首先表现在取材上。在当代日本的中国历史题材小说中，除了陈舜臣的几部作品取材于近代史之外，绝大部分作家的取材范围局限于古代。古代史取材很多，近代史取材太少，这恐怕与日本人对中国古代文化的敬畏与憧憬密切相关，与日本作家对近代中日历史的认识尚处于"暧昧"状态有关，更与近代史史实清楚、史料丰富、作家的虚构空间较小有关。在这种情况下，浅田次郎以中国近代史为题材，写出了约合五十多万汉字的规模较大的长篇小说，是具有开拓性的。也正是在这个意义上，陈舜臣在《苍穹之昴》的文库版"解说"中，称之为"破天荒的小说"。从作者在书后胪列的"参考书目"可以看出，浅田次郎在创作《苍穹之昴》的时候，通过日本的出版物，对中国近代史进行了认真的学习研究，对中国近代政治、经济、军事、风俗习惯、科举，对近代历史中的若干重要人物，如西太后、李鸿章等，都做了系统的了解，然后以春儿、梁文秀等虚构人物通过不同途径由社会底层进入上层乃至宫廷的种种曲折经历，反映了晚清中国社会的上上下下、方方面面。靠拾粪为生的穷家子弟相信了算命先生命中富贵的预言，跟随参加科举考试的哥哥来到京城，寻找生命中的"昴星"，在一群昔日太监的帮助下，通过阉割"净身"，如愿以偿当上了宦官，进入宫中，成为慈禧太后的侧近；梁文秀也在科举及第后，被光绪帝之老师杨西祯相中，从此跻身上层政权中，参与国家维新变革的筹划，成为维新变革派的重要人物。小说以这两个人物的经历为中心，展现了在列强压境的情况下，晚清朝廷内部的进退维谷的窘迫与激烈的权力斗争，并试图对中国近代史及其代表人物做出新的诠释。作为日本作家，浅田次郎在表现慈禧太后与李鸿章这两个人物时，得以撇开中国近代史上的共识和定论，对他们寄予一定的同情和更显"客观"的评价。在浅田笔下，慈禧太后是一位颇有人情味、女人味的形象。她是在国难当头的情况下，为使亲侄光绪帝免遭身心之摧残，才以柔弱妇人之身，担当起最高统治者之责的；同样，对于李鸿章，也一改其软弱卖国的形象，将他塑造为有国格、有人格的人物。这样写是否符合历史与人物的本质真实又当别论，但却提供了当代日本新一代作家对中国近代历史的独特解读，也足资中国读者参考。

在《苍穹之昂》出版一年后的 1997 年，浅田次郎又推出了中国近代史题材的第二部长篇小说《珍妃的井》（讲谈社出版）。从内容上看，《珍妃的井》可以说是《苍穹之昂》的续篇。小说取材于光绪帝的宠妃珍妃被谋杀的事件。作为历史事实，作为近代史的定说，珍妃是被慈禧太后杀害的，这已经成为历史的常识。但浅田次郎在这部小说中，却推翻了既有的结论，将"杀害珍妃的不是慈禧太后"作为小说立意谋篇的出发点。在八国联军即将冲进北京、慈禧太后仓皇逃亡西安前，珍妃在紫禁城中被投井杀害，凶手究竟是谁，为什么要杀害珍妃？这一系列的谜团成为小说情节的纽结点。作者采用了推理小说的写法，让七个有关人物——既有日英德各国的外交官，也有中国人——登场对话，对谁是杀害珍妃的真正凶手这一问题，分别发表自己的看法，最终并没有一致的结论。但作为历史小说，《珍妃的井》毕竟不像一般的推理小说那样将谜底抖开即告结束，而是通过珍妃被谋杀，反映出晚清时代宫廷社会的勾心斗角、祸殃丛生的乱局。

六、学识不足但充满想象力的新生代作家

1990 年代以后，当老一辈作家仍在活跃的时候，一批 1960 年代前后

出生的新生代中国历史小说作家，如藤水名子、酒见贤一、井上佑美子、森福都等人，陆续登场，显示出了日本文坛中国历史小说创作后继有人的局面。

这些作家由于年龄偏小，读书与阅历均不够丰厚，但富有才情和想象力；基本上都不能直接阅读中文，但对中国历史文化抱有很大的兴趣，喜欢描写中国历史题材，只是由于历史知识并不丰富，对中国文化理解有限，故而在创作中不愿意也不可能像陈舜臣、伴野朗、宫城谷昌光、田中芳树那样，尊重中国历史的真实，以呈现中国历史的真实图景为宗旨，而是将中国历史文化作为异域猎奇的对象，作为驰骋想象力的更广阔的舞台。因而，虽然作品的背景、人物设定于中国和中国人，也有若干中国历史文化的氛围，但并不受中国历史真实的束缚。这类小说实际上已经不再属于严格的"历史小说"，而是将故事的背景、人物、情节假托于某一历史时空中的纯虚构作品。属于历史小说与推理、冒险、暴力、娱乐、言情小说的嫁接。可以说，这类小说属于广义上的历史小说，在1960年代出生的新生代作家中，这已经成为中国历史题材创作的主流。

女作家藤水名子（1964年生）曾在日本大学文理学部攻读过中国语言文学，中途退学。1991年，她的以中国唐代西北边塞城市凉州为舞台的《凉州赋》获得第四回"小说昂新人奖"，走上了专业作家的道路。她的作品中，既有尊重历史的严格意义上的历史小说，也有以历史为背景但摆脱具体史实的广义的历史小说。

属于严格意义的历史小说有《公子曹植之恋》《赤壁之宴》《公子疯狂——三国志外传·围绕曹操的六个短篇》等，均取材于《三国志》，被评论家称为"藤版三国志"。其基本思路是依据《三国志》，来矫正《三国演义》中对有关人物的描写和解释。这种思路与此前日本作家的各种"三国志"没有太大不同；还有取材于《史记·项羽本记》的系列短篇集《杀项羽的人》，从这种不同的角度，对项羽及其身边的英雄美人做了再塑造。而最有特色的则是以汉元帝时期奉命远嫁西域的宫女王昭君为主人公的长篇小说《王昭君》。王昭君的故事不仅在中国历代相传，而且也传到日本，在日本广为人知。日本从古代就有不少作品以王昭君为题材，在诗歌作品中，古诗集《凌云集》的滋野贞主的诗《王昭君》、古诗集《经国集》中卷十四中的《奉试赋得王昭君一首》、古诗集《文华秀丽集》中嵯峨天皇的诗以及《和汉朗咏集》中吟咏王昭君的诗等，不一而足。在"物语"集《唐物语》《今昔物语》和《曾我物语》中也有王昭君的故事。能乐剧本谣曲中有题为《昭君》的剧目。王昭君的故事虽然有名，但有关王昭君的史料，除了《汉书》上的简单记述外，只是表现在文艺作品中的民间传说，而且情节都较为简单，因此要以王昭君为主人公写成长篇小说并不容易。藤水名子为了亲身感受当年匈奴人的生活环境与氛围，曾专程到蒙古高原旅行，终于克服了史料缺乏等种种困难，写成了关于王昭君的第一部长篇小说。历来的作家诗人均把王昭君作为政治婚姻的牺牲者、作为悲剧人物来写。藤水名子在《王昭君》中跳出了常套，不只是把王昭君写成一个悲剧人物，而是把她写成文化交流的使者，力图写出她喜怒哀乐的复杂的内心世界。此外，连载于1998—1999年，2001年出版单行本的长篇小说《风月梦梦·秘曲红楼梦》，是以《红楼梦》的作者曹雪芹（曹霑）为主人公的长篇小说。但它并不是曹霑的传记小说，而是对曹霑生平创作加以幻想的纯虚构的幻想小说。作品写曹霑为了追寻他在亦真亦幻中看到的美女，于是进入了天女们的世界，即所谓"太虚幻境"。在这个太虚幻境中的天女们，都是前生在俗世间成了肮脏男人牺牲品的不幸的女人。曹霑从太虚幻境的主人警幻仙女那里，听到了传达这一幻境的"红楼十二秘曲"。警幻仙女请求曹霑将十二秘曲写成小说，以把这些薄幸女子的故事告诉后人。于是曹霑就开始写作《红楼梦》……。《风月梦梦·秘曲红楼梦》，基本上取材于《红楼梦》，其亦真亦幻的艺术构思，显然受到了红楼梦第一回的启发，同时将曹雪芹与红楼梦中的人物置于同一舞台，可谓独具一格。鉴于在中国古典小说名著中《红楼梦》在日本的影响一直偏小，藤水名子的篇幅较大（约合中文30余万字）的

《风月梦梦·秘曲红楼梦》，对于扩大《红楼梦》在当代日本读者中的影响，将会有一定的推动作用。

藤水名子的以中国历史为背景的广义历史小说，有《开封死踊演式》《色判官绝句》《想在你怀中安眠——长安游侠传》《花道士》《洛神风雅》《FUTO风刀——武季和红燕》等。其中，《开封死踊演式》（1993年）是藤水名子的长篇小说处女作。舞台背景是北宋首都开封，写的是名为"芙蓉棚"的戏班女优刘兰姬精通十八般武艺，在她的武术师傅、盗匪集团"庐山黑莲社"成员毛范泰的邀请下，营救被官府逮捕的黑莲社头目的故事，属于打斗、暴力小说一类。长篇小说《色判官绝句》（1993年）则把舞台置于中国明代的港口城市宁波，描写的是武艺和美貌兼备、性情暴烈、人称"火龙娘"的女主人公高悠环，与皇帝钦差的判官、美男子柳祯之，及宁波富商家的公子、冷酷无情的吴鹰训之间的恩爱情仇的故事，属于融恋爱、冒险、暴力为一体的娱乐作品。这些作品均没有确切的史料依据，只不过是将舞台和人物托付于中国历史上的某时某地而已。

另一位女作家井上佑美子（1958年生）以创作中国历史舞台背景的长篇奇想小说为主。1991年到1994年，德间书店陆续出版了井上佑美子的《长安异神传》系列长篇小说共七卷，包括《长安异神传》《乱红的琵琶》《将神的火焰阵》（天长篇）、《将神的火焰阵》（地久篇）、《晓天之梦》（上下），总篇幅约合汉字一百万字。这部小说以唐朝长安为背景，以半神半人的武将之神、天界的统治者玉帝的侄子二郎真君为主人公，以他与一位名叫翠心的女性的爱情为主线，以保护唐王朝的他与颠覆唐王朝的邪神之间的斗争为中心，将天上、人间的场景与英雄与邪神的争斗较量相穿插，让历史上的真实人物（如唐朝宰相魏徵）与虚构的神话人物同台登场，融神怪、迷幻、恐怖、武打、暴力、爱情于一炉，令人想起了中国古典神怪小说《西游记》和《封神演义》《聊斋志异》。井上佑美子的创作似乎受到了中国神话故事、武侠小说特别是《西游记》等作品的影响，可以说是日本当代中国题材历史小说的一个变种。

　　从 1992 年到 1998 年，中央公论社陆续出版了井上佑美子的第二种长篇系列作品《五王战国志》，《五王战国志》全八篇（即八卷，依次为乱火篇、落晖篇、埋伏篇、黄尘篇、凶星篇、风旗篇、晓暗篇、天壤篇），约合中文一百多万字。《五王战国志》的人物、情节纯属虚构，但作者把舞台背景置于中国的春秋战国时代，描写了五王的八年的兴亡历史。井上佑美子在创作该作品之初，就提出了三个基本要点：第一，将故事背景放在中国的春秋战国时代，参考史实但不囿于史实；第二，不给主人公（即"卫"的上卿之子耿淑夜）以任何特权，从他一无所有的未成熟期开始写起，将他历经种种挫折和失败的成长过程写出来；第三，预言、魔法、魔剑、龙和妖精之类一律不出现。这三点似乎是有意要与《长安异神传》相区别。全书的人物及其故事全为虚构，只从列国合纵联横，相互混战，此消彼长，可以窥见春秋战国时代的气氛。

　　井上佑美子的第三种系列长篇是《桃花源奇谈》全三卷，各卷题名依次为《开封暗夜阵》《风云江南行》和《月色岳阳楼》，由德间书店于 1992 年至 1995 年间陆续出版。舞台背景是中国宋代的开封、杭州、苏州、镇江等地以及所谓"不老不死之乡"桃花园。情节则是一个贵公子、一个艺人少女、一个落第秀才、一个力大无比的少年以及神秘刺客之间的传奇，有点中国的《三侠五义》等武侠小说的影子，但现代打斗娱乐小说的气息更浓。接着，井上佑美子还出版了"怪奇小说"集《桃夭记》（德间书店 1994 年）、长篇武侠小说《临安水浒传》（讲谈社文库 2002 年），还有短篇集《非花》（中央公论 1998 年）、《公主归还》（讲谈社 1998 年）等，现代志怪、武侠小说的风格一以贯之。只有以吴三桂和陈圆圆为主人公的长篇小说《红颜》（讲谈社 1997 年），是比较接近尊重史实的历史小说。

　　1990 年代登场的青年作家酒见贤一（1963 年生）毕业于爱知大学。1998 年，他的处女作长篇小说《后宫小说》获得了第一届"日本幻想诺

贝尔大奖"，据说是在八百篇入选者中跻身于前五篇而中奖的。尽管所谓
"日本幻想诺贝尔大奖"似乎不是一个重要的奖项，但是在对是否获奖十
分在乎的日本文坛，当时刚刚二十五岁的酒见贤一能够获奖，是令人注目
的。《后宫小说》是一本地理空间模糊的奇怪的小说，我们似乎不能说它
与中国有什么关系，因为整篇小说中找不到与中国有关联的字眼儿。但似
乎又有一点中国的影子在其中。酒见贤一在《后记》中称："《后宫小说》
是以一个好像是中国的地方为模特儿的，但我本人对中国的事情几乎无
知，汉文也读不懂。反省无知，只有努力用功了。"① 小说写的是进入后
宫的乡下姑娘银河，如何获取王妃的地位，如何组织后宫军队，对付叛乱
军的进攻。全书几无事实根据，但却表现了出色的想象和虚构能力。

　　酒见贤一在第二部小说、中篇《墨攻》（新潮社 1991 年）中，开始
明确地将小说的舞台置于中国历史中，而且具体到春秋战国时代的墨家、
墨子及其"墨子教团"。关于写作动机，酒见贤一说："本书《墨攻》是
因为觉得墨子教团的防守战术很有意思，觉得将这种有意思的东西埋没了
很可惜，于是就因为这点理由而动手写作。但《墨攻》既不是史实也不
是事实，是架空的故事，当然也不算是历史小说。"墨子在中国可是一个
哲学家，作者对墨家学说有无足够的理解呢？对此酒见贤一又说："中国
学的修养我完全缺乏，对于只有专家才有发言权的领域，我无话可说。结
果只有凭作家的想象力加以想象，这种想象也不能代替解释。"② 作者凭
借自己的想象力，将人们所熟悉的"墨守"反转过来，写"墨攻"，立意
不谓不独特。小说写墨子教团的精英人物"革离"，如何应小国梁国的邀
请，防守两万赵国军队的进犯，面对众多的攻城敌人，如何以一当万。该
作品将完全的虚构假托于有名的中国古典之中，可以引起读者的阅读兴

---

① ［日］酒见贤一：《后宫小説・文庫版あとがき》，东京：新潮文库，1993 年，
　　第 294 页。
② ［日］酒见贤一：《墨攻・文庫版あとがき》，东京：新潮文库，1994 年，第 157
　　页。

趣，也受到了文学界的肯定评价，1992 年获"中岛敦纪念奖"。

酒见贤一第三部小说是《在陋巷》，是由 13 卷构成的系列长篇，1992—2002 年由新潮社陆续出版，不久又出版文库版。这是以孔子和孔子的弟子，特别是颜回等为中心的小说，但写作如此庞大规模（约合中文 130 余万字）的作品，只依据有限的史料是很不够的。《在陋巷》与此前著名作家井上靖的《孔子》不同。《孔子》是演义孔子生平思想的历史小说，而《在陋巷》却是假托于孔子及其弟子的幻想性作品。除了描写孔子的出生和身世外，主要情节内容是虚构杜撰出来的。其中写孔子及其弟子与少正卯等政敌，还有种种魑魅魍魉的较量与争斗，写攻城和守城的战斗场面，使作品具有浓厚的武打暴力小说的成分；让鬼神、饕餮之类登场，对"妖女"子蓉等的大量超人的咒术、媚术、性魔术的描写及渲染，还有不少冥界与人间的生死往来、起死回生之类的描写，使其具有神魔小说、性幻想小说的成分。总之，《在陋巷》是一个大杂烩式的作品。全书结构较为杂乱，充满猎奇色彩。表现了新一代作家将中国历史题材作品进一步加以低俗化、浅陋化、娱乐化的倾向，以迎合对中国历史文化近乎无知的日本年轻读者的阅读喜好。

另外，近年来出现的中国历史题材的小说家还有森福都（1963 年生），主要创作以中国历史为背景的推理小说，1990 年代后期开始创作，1996 年曾以《长安牡丹花异闻》获第三届松本清张奖。主要作品有《炎恋记》《红豚》《打嗝儿》等，其基本风格与藤水名子、井上佑美子、酒见贤一相近。

对于新生代作家的中国历史题材创作的功过得失，日本评论家稻田耕一郎说过这样一段话：

> 近年来，随着世上对中国越来越强烈的关心，以中国为题材从事写作的作家也增多了。但我所看到的作品大都是出于杜撰，情况令人吃惊。

我想这些作家在各自擅长的领域，决不会如此露怯，可是一旦写到中国，不知为什么就全然流于胡扯。

出现这种情况的原因，一言以蔽之，就是对中国的历史和文化，还有中国的现状，太过于无知。我不知道他们的这方面的知识究竟是怎么得来的。

何况，能够自由自在地阅读中国古典文学和现代文学的作家，如今也寥寥无几。去中国观光旅行几次，或者靠几本间接的读物，一知半解，却要对人讲有关中国的事情，对此真是不敢恭维。

然而，造成这种现状的责任，不能单单推给作家，为什么呢？因为这种情况的形成是整个社会在长时期内，特别是战后几十年中对中国的历史文化的无关心，或者说冷漠造成的。这些作家长期生活在这种环境中，近年来忽有所悟，觉得近邻的中国是一个很大的存在，对此不能不谈，率尔操笔，以致如此。

不过，想想看，我们所面对的对象，那样广大无边的土地，上千年累积起来的悠久的历史，还有占地球总人口的四分之一的众多的人口，光凭聪明伶俐就能够理解它吗？随处露出破绽也就不足为奇了。①

稻田先生说这段话的时候，1960年代出生的新作家们尚未登场。假如他看到了新生代作家的这些作品，不知会做何种感想和议论！

不过，平心而论，新一代作家还年轻，他们的学识不足，他们还在不断成长的过程中。大量文学史的史实可以说明，三十岁以前能够写好历史小说的很少见，历史小说作家需要相当时间的历史学修养和历史知识积累，所以历史小说家大都是属于"大器晚成"，一般在四十岁前后才开始出头。日本的几位历史小说大家都是如此。从严格意义上的历史小说的立

---

① ［日］稻田耕一郎：《漢古印緣起·文庫版解說》，中公文庫，1989年，第329-330页。

场来看，日本新生代作家的作品大都处于"未熟"状态，他们的中国历史文化修养、对中国的理解还有待提高、有待加深，但即便是这种状态下，凭着热情和想象力而写出的小说，在日本还是有特定的读者群，那就是和他们一样年轻，甚至更年轻的读者。作者是分层次的，读者也是分层次的。什么层次的作者满足什么层次的读者，什么层次的读者支撑什么层次的作者。当代日本二十岁左右、以吃喝玩乐、尽情享受生活为基本追求的年青人（主要是高校生、大学生们），他们不想读"太难"的小说，只想借着读小说，沉浸到幻想的世界寻求轻松、娱乐而已。但从长远来看，这些年轻人也会逐渐成长，等到了一定的年龄段之后，他们对历史文化的求知欲望、审美能力就会提高。到那时，他们就会不满足于这类浅陋、纯娱乐的作品，他们或许会成为严肃的中国题材历史小说的读者。因此，日本新生代作家有关中国历史的"时代小说"，虽然有种种不足，但对引导更多的年轻人进入中国历史文化的广阔天地，无疑是有重要作用的。

第十一章 当代作家的中国纪行

在战后初期数年中，由于种种原因，日本作家与中国的来往基本中断了。从 1957 年开始，陆续有日本作家代表团应邀访华，到 1960 年代中期那场政治运动爆发之前，就有五个日本作家代表团陆续应邀来访，1980—1990 年代，来中国旅行的作家更多。他们在中国纪行文学中，多角度地描写了中国社会的变化，反映了日本作家中国观的变迁。

一、1950 年代至 1960 年代中期的中国纪行

战后日本作家第一次应邀来华访问是在 1957 年，那一年有青野季吉、宇野浩二、久保田万太郎三位作家一同访华；第二次是 1957 年秋，以山本健吉为团长，包括中野重治、本多秋五、井上靖、十返肇、多田裕计、堀田善卫等七人访华。进入 1960 年代后，围绕着"日美安全保障条约"的签订问题，左翼学生团体和市民团体举行了声势浩大的反对游行示威，乃至发生了几万人冲击国会的混乱事件，引起了巨大的社会动荡。而中国政府当时奉行的也是"反对美帝国主义"的基本外交政策，因而对日本民间团体组织的反美动向予以高度评价并明确声援，认为此举证明了"美帝国主义是中日两国人民的共同敌人"。在这种情况下，中国加强了与日本民间团体组织的交往，其中包括与作家团体的交往，并试图以此对日本的反美运动施加影响。以此为契机，在"日中文化交流协会"的组

织下，从 5 月 31 日至 7 月 5 日，以日本作家野间宏为团长，包括作家井上靖、有吉佐和子、大江健三郎、松冈洋子、开高健、评论家平野谦、竹内实、龟井胜一郎及日中文化交流协会事务局长白土吾夫等七人组成的战后第三个日本作家代表团，应中国人民对外友好协会和中国作家协会的邀请，到中国来访问。其间，野间宏、松冈洋子曾在广州做了关于日本人民反对安保运动的报告，受到热烈欢迎。对此龟井胜一郎曾说："我们所到之处受到了热烈欢迎，当然那不是对我们个人。当时，《人民日报》连日来大篇幅地报道日本的反对安保条约的斗争。这当然是对参加斗争的日本人的热烈欢迎。"①翌年 6 月 29 日至 7 月 15 日，井上靖、平野谦、龟井胜一郎、有吉佐和子、白土吾夫等五人作为第四次日本作家代表团再次来中国访问，并受到了中国官方的热烈欢迎和款待。接着，堀田善卫、椎名麟三、中村光夫、武田泰淳作为第五次代表团访华。1963 年夏，戏剧作家木下顺二率领的日本作家代表团来华。1964 年 3 月底至 4 月中旬，作家武田泰淳、大冈升平、由其繁子、白土吾夫一行五人又来中国访问。访问过后，有关作家在回国后或多或少地提到或写到了中国之行。从而在中日文学交流史上、在中国题材日本文学史上，留下了独特的篇章。

最早以中国之行为题材写出专门作品的，是著名小说家、战后文学的代表人物堀田善卫。

堀田善卫（1918—1998）出生于富山县高冈市，毕业于庆应大学文学部，1944 年曾应征参军，但接着因胸部疾病住院治疗而被解除召集令。1945 年，受国际文化振兴会的派遣来中国，不久在上海迎来日本战败投降。1946 年秋堀田善卫受到中国国民党宣传部的征用，1947 年回国后开始文学创作活动。在国民党中央宣传部工作期间，堀田得以了解了侵华日军的种种罪恶行径，也目睹了战后初期中国社会政治状况，为此后的创作打下了基础。1948 年发表以上海体验为题材的《波下》并开始登上文坛，

---

① ［日］龟井胜一郎：《中国の旅》，见《龟井胜一郎全集》第 14 卷，东京：讲谈社，1972 年，第 28 页。

1952 年以反思战争为主题的短篇小说《广场的孤独》获芥川龙之介文学奖并一举成名，接着发表了以日本侵华战争为背景的作品有《共犯者》《祖国丧失》《齿轮》《历史》《时间》等。其中，中篇小说《时间》（1953 年 11 月起连载，1955 年出版单行本）是以南京大屠杀为题材的小说，这也是日本战后文学中最早的反映南京大屠杀的作品。这篇小说以一个在国民政府海军部工作的中国知识分子陈英谛的日记的形式，揭露了日军制造的大屠杀的真相。1957 年堀田善卫来华访问旅行后，出版了散文集《在上海》（筑摩书房，1959 年初版），回忆并描写了他在上海的一年零九个月的体验，也描写了访问新中国的所见所闻，是日本战后文学中最早以中国为题材为背景的作品之一，具有重要的文献与文学的价值。

《在上海》共有六组十九篇文章，堀田善卫以 1957 年 11 月的访华为立足点，由近及远，触景生情，回顾、回忆了 1940 年代中期在中国上海的观察和体验，并处处夹杂着对中国及中日关系问题的评论与感想。在第一篇《回想·特务机关》里，作者写 1957 年 11 月 10 日自己与其他几位日本作家坐在从南京驶往上海的火车上，陷入了漠然的回忆中。那是 1946 年秋他刚被国民政府宣传部留用时，一位中国年青同事半夜发高烧，宣传部托他到日本人经营的、现已被中方接收封存的一家药房找药。堀田由此描述了当时尚处于戒严状态的上海的情景，也描写了大批日本人被遣送回国后，一些财产什物被"没收"，国民政府一些人趁机"发财"的情况。在找药时他在政府所在地的一仓库中偶然发现了堆积如山的被"没收"的日本人的生活用品，遂生无限感慨，并写下一首诗，现不妨将该诗的前几节翻译如下：

> 那里堂堂正正地挂着政府机关的看板
> 进去一看，那边的日本蚊帐堆积成山
> 这边则是脏旧衣服的山、书本的山
> 军用面包的山、米袋的山、酱桶的山

问这是怎么回事？才知道这里除了粮食
全都是从遣送的日本人那里没收的物件
我看着这熟悉的破蚊帐、女人的红衣服
泪水不由地涌出眼帘

我将一件皱皱巴巴的花衣服拿在手里看
心想穿这衣服的日本女子如今是否平安
连这些穿旧的洗褪色了的裙子和破靴子
竟然也要没收才算完？

这些"财产"全都洒满了在华日人的眼泪
莫非也沾上了中华民族的辛酸与苦难？
有人被打上"侵略者"的烙印而被遣返
有人以"胜利者"之名没收其财产……

　　堀田善卫看到的这些所谓日本人的"财产"，是否完全属于被"没收"的东西，恐怕有疑问。战败后，中国政府花了大量资金和精力，在数月内将侵华日军及相关人员安全有序地遣送回日本，亲历的日本人多感恩不忘。但由于交通工具的紧张，日本人不可能将所有在中国使用的物品悉数带回国内，破旧衣物更是不值，中国政府当然不得不将这些类似垃圾的东西统一收集起来。尽管堀田善卫诗中所写不一定全部符合历史事实，但他睹物生情，发了一番"诗的"感慨，也真实地反映出了刚刚战败的日本人特有的心情。

　　从这个角度来理解，后人，特别是现在中国读者，也可以充分理解堀田善卫等日本人当时的一些行为和感情倾向。例如，他对侵华战争期间曾经与日本人"协力"的中国人——这些人战后理所当然被判为汉奸——

抱有理解和同情。堀田在书中的《关于异民族的交往》一文中，表现了对附逆文人柳雨生、陶亢德的怀念，这两人在 1946 年分别以汉奸罪被判处三年徒刑。堀田自述他曾经和作家室伏高信的女儿一起悄悄地去看望过柳雨生一家。他写道："我们拿着遣返回国的同胞留下的日用品，晚上悄悄地去探望。……如果那时被抓住的话，我和室伏小姐恐怕会以'帮助汉奸罪'遭到追究吧？"在《死刑执行》一文中，堀田善卫还写到了当年他所亲眼看到的公开枪决汉奸的场面。那时中国对汉奸的枪决每每公开进行。堀田善卫有一次偶然碰到，便挤在人群中到了刑场，并目击了下列的情景：

> 汉奸的背后插了一块大牌子，上面用大黑字写上了他的姓名和罪名。被拉到目的地后，那人被从护送车上揪下来，跪在草地上。在大声宣读完判决书之后，一个军人拔出一只很大的手枪，对准他的后脑勺。我一下子蹲在了人群中。枪声响了，然后响了第二声，第三声，可能又对准了心脏吧。于是一切结束了。群众都若无其事，熙熙攘攘地散去，然而我还不能忘记，在那里，也有把观看这处刑场面当作乐事的人。而这，也构成了我永远不能理解的"中国"的一部分。①

然而，作为日本人这些独特的观察和情绪化的感受，总体上并没有妨碍堀田善卫对日本侵略战争、对中国抗日战争以及中日关系的正确观察和分析。作为在日本战败前夕来到中国的日本文化人，作为在战后初期置身中国并得以实地体验的日本作家，堀田对日本的侵略战争对中国造成的危害、对中国抗战付出的巨大的牺牲和代价，都有深刻的观察体验。《何为惨胜》一文中，堀田认为："自从 1927 年田中内阁为干涉中国国民革命而出兵山东以来，前后持续了十八年的对中国的侵略，太平洋战争，在两

---

① ［日］堀田善卫：《上海にて》，东京：筑摩书房，1969 年，第 162 页。

国人民终于从战争痛苦中解脱出来的时候，日本惨败了，中国惨胜了。"
所谓"惨胜"，当然不同于一直以来中国官方宣扬的"伟大胜利"，胜利
固然"伟大"，但也不得不承认那实际上是"惨胜"。"惨胜"这一词最
近才被研究现代史的中国有关学者所重视并使用，而堀田早就得出了
"惨胜"的结论，应该说是有历史眼力的。这种结论的得出，不仅出于他
对十八年日本侵华史的了解，更出于他对战后初期中国可怕现实的亲眼观
察，堀田所例举的战后中国的可怕现实包括：国民党政府对民主运动的镇
压，对言论自由的钳制，乃至对李公朴、闻一多等民主人士的残杀；各地
相继发生的饥荒、国共两党积极准备内战，"看不见国家（政府）究竟在
哪里"，一些社会邪恶势力乘无政府状态趁火打劫、掠夺"敌伪财产"，
以"救济物资"为名进入的外国物资使中国国内的有关产业破产，物价
高腾，通货膨胀，如此等等。堀田善卫当年在国民政府中工作，对国民政
府内的种种负面乃至黑暗面看得不少，因而对国民党及国民政府评价较
低，相反对当年反国民政府的共产党、毛泽东，乃至此后建立的新中国却
相对抱有好感，特别是对共产党将土地分给农民、解放妇女等政策表示赞
赏，对新中国成立初期所取得的建设成绩也表示肯定，这也是当年来华访
问的大部分日本作家共同的认识。

在中国的政治运动爆发前，先后三次参与日本作家代表团访华，并将
头两次中国之行写成长篇作品的，是龟井胜一郎。

龟井胜一郎（1907—1966 年），著名评论家，出身于富裕家庭。1926
年进入东京大学美术学科，此时思想上倾向共产主义，阅读了大量马克思
主义的书籍。1928 年退学后不久，因牵连"三·一五"事件而被捕入狱，
保释后"转向"，摆脱了马克思主义，转而倾向佛教。在日本侵华战争期
间，进一步走向右翼的国家主义，与保田与重郎等发起创办以排斥西方文
化、鼓吹天皇及天皇制崇拜、崇尚日本古典文化为基调的《日本浪漫派》
杂志，并展开了旺盛的评论与写作活动。战后中止右翼活动，再次倾向于
左翼。在 60 年代初日本许多民众反对日美安保条约的时候，龟井胜一郎

曾发表了反安保的声明。1960年代他能够被邀请访华，似与这一点密切相关。

那时中日没有邦交关系，也不能直接通航，日本作家代表团须先乘飞机到香港，然后进入中国内地。龟井胜一郎在《中国之行》详细地记述了从香港进入中国内地后的一系列行程、会见及有关活动。当然，那时日本作家代表团中没有人只将中国之行视为游山玩水的异域旅行。龟井胜一郎在《中国之行》的开篇处就写道："这次是我的首次国外之行，目的地是中国。在出发之前，一想起我要去的是〔日本的〕'思想与造型的母国'，就很激动，与此同时，也想起了长达十五年的日中战争。所以决不是一次轻松之旅，而是一次心情沉重的旅行，我们当然必须背负着这份沉重，因为这是历史的沉重。"在出发之前，他向中国方面提出了三项希望。第一，鉴于中国是日本的"思想与造型的母国"，所以想了解新中国对古代文物遗址、古典美术的保存情况，了解中国对佛教、对孔子、李白、杜甫、白居易怎样看待；第二，明治维新以后，"日本的所谓欧化过于性急"，而经历了百年殖民地和半殖民地苦恼的中国及中国知识阶级而言，怎样看待近代化？想倾听一下有亲身经验的中国人讲讲民族独立及其抵抗与挫折的历史；第三，中华人民共和国已经成立十年了，现在中国实行的是共产主义，想了解中国对青年人实行共产主义教育的情况。总之，他的想法是，到了中国后，"应该像一个小学一年级学生，在中国这个巨大的学校入学，要抛弃先入为主的偏见，一切都虚心见习，舍此别无其他"。

从《中国之行》中可以看出，龟井胜一郎正是带着这种态度游览中国、看待中国的。《中国之行》描写和记述了日本作家代表团一行从香港下飞机后，乘火车到深圳，再乘火车到广州，再乘火车到北京，一路上所见到的中国山河风景和乡镇市街，记录了他们在广州和北京出席的种种活动。当时中国各地良好的社会秩序给他留下了深刻的印象。他觉得一踏上中国的土地，就觉得特别安心——

这种秩序究竟是从何处产生的呢？忽然来到北京的我，即使在黑夜中一人独处的时候，也感到特别安心，这是为什么？想必是严格的革命训练的结果？好像也并不尽然，因为这种秩序并非强制下的，而是自然的、日常性的，除去交通警察外，连警官的影子几乎都看不到。

我在与政府要人和许多作家，以及给予我照顾的人们接触的过程中，感受只有一个，那就是通过自身的力量解放了自己的国家的人，所具有的那种高度的自豪和自信，以及由此而产生出的礼节。此后和人民公社及工厂的人接触，感受也只有一个，那就是终于过上了人应有的生活而产生的幸福感，和对于这种生活的责任感。……

我自从进入广州之后，就被中国人的彬彬有礼所打动了。街道的清洁、礼貌的周到，显示了这个国家的革命的性格，同时也因为中国本来就是"礼仪之邦"，现在重又获得了新生……①

龟井胜一郎又从广州来到北京后，受到了陈毅副总理的接见，还参观了北京的名胜古迹，包括故宫、中国历史博物馆、万里长城和明十三陵等，对中国历史文化的悠久和辉煌表现出了由衷的赞叹。接着，龟井胜一郎一行乘专机从北京飞往上海，参观了上海的鲁迅墓。而最重要的是在上海接受了毛泽东主席的会见。龟井胜一郎在《中国之行》中用专章，详细地记录了毛泽东接见他们时的谈话。他写道：

一进大门，就有一个大厅，那里已经准备好了拍照。周恩来总理一边微笑着，一边用日语说："写真，写真！"照相以毛主席为中心，从北京随行的其他人还有上海市长柯庆施也在其中。然后我们被领到

---

① ［日］龟井胜一郎：《中国の旅》，见《龟井胜一郎全集》第14卷，东京：讲谈社，1972年，第27页。

一个宽敞的房间内，互相介绍之后，围长桌而坐，就像开会似的。那天晚上会议的翻译是赵安博氏。

　　毛主席似乎非常喜欢吸烟。在两个小时的谈话中一直在吸。因为团长野间宏不会吸烟，毛主席坐在我身边，他就首先劝我吸，我接过烟来，他划着火柴先替我点上，然后自己点着，看上去吸得有滋有味。谈话的中心当然是这次的反对安保条约运动……①

　　龟井胜一郎一行接着参观了苏州，还参观了上海郊区的几个人民公社。龟井说，当时日本国内对中国搞的"人民公社"有种种怀疑和议论。这次参观了几个人民公社之后，虽然看到的净是粮食丰收、农民物质和文化水平提高的景象，例如听说上海的马桥人民公社的八千社员就有六千社员能够"写诗"，农民的文化水平都快要赶上唐代的李白了。但尽管如此，龟井胜一郎坐在飞得不太高的小型专机上，还是看见了远离城市的中国农村的萧条。那时正是中国历史上少有的三年大饥荒的初期，有多少人因没有足够的食物而挨饿，但当时的"外宾"所能看到的，却是人民公社的一派繁荣景象。但尽管如此，曾经信奉过共产主义的龟井胜一郎对人民公社仍然怀有疑虑。他难以理解以人民公社那样的方式会给中国农村带来繁荣。他写道："老实说，人民公社这种东西，我实在难以理解。"

二、1960 年代中期至 1970 年代中期的中国纪行

　　1960 年代中期中国爆发政治运动时，得知中国作家遭到冲击或迫害的消息，日本作家安部公房、石川淳、川端康成、三岛由纪夫等作家曾联名写了题为《文学真的是政治的工具吗?》的文章，对文学家及知识分子遭批斗表示抗议。日本报刊与媒体上对中国的批评与批判的报道也不少。但由于当时日本社会上对社会主义抱有好感的左派有相当的势力，作家中

---

　　① ［日］龟井胜一郎:《中国の旅》，见《龟井胜一郎全集》第 14 卷，东京讲谈社，1972 年，第 67-68 页。

对中国的"文化大革命"表示理解和拥护的也不在少数。即使不是左派的自由主义身份的文学家，虽然在那时也来中国旅行参观过，但对当时的真相一时也看不明白，在当时中国特意安排的参观范围内，产生了一种感觉，认为那确实是一场"革命"而表示赞同和理解。

这种情况，在 1966—1976 年的日本作家的中国纪行中，表现尤其显著，兹以武田泰淳、加藤周一和池田大作三位有代表性的作家在 1960 年代后期的中国纪行为例加以评析。

武田泰淳于 1967 年第三次来华访问旅行。回国后，针对日本国内对中国政治运动的种种议论和批评，他发表了《谈谈中国文化大革命》（原载《中国》1967 年 8 月）和《什么是造反派？》（原载《每日新闻 1968 年 7 月》）两篇文章，指出日本报纸对中国的报道是"带有特别色彩的"、片面的，实际上中国街头上的大字报之类仅仅是中国景象中的一小部分，即使爆发了革命运动，"他们也和我们一样一日三餐，也搞教育教学，也生产东西，也维持国家，也保障法律，也从事外交。如此，他们不过是普通的国民，不明白这一点，而把中国归为另类，是非常不对的"。为了使日本人理解什么是运动中的造反派，武田还拿日本作类比。他认为：毛所说的"造反有理"是有道理的，"要说造反派，明治维新也是造反派搞起来的，因为他们决不是正统派。没有那些造反派，就没有明治维新，也就没有日本帝国"。他还认为，中国造反派所进行的夺权斗争，在战后的日本也有。"实际上战后日本在一切领域，夺权斗争都在不知不觉地进行着。而且往往是造反派成为实权派而登场。在保守和稳定的日本，那些旧的造反派不是也不断被新的、另一种的造反派所批判、所打倒吗？"①显然，武田泰淳是在一般意义上、在进步与革新的意义上来看待那场运动中的造反派的。当时他自信他已对日本读者说清了"什么是造反派"，然而他没有看到中国的造反派是为个人崇拜的狂热所驱使、为权力

① ［日］武田泰淳：《黄河海に入りて流る——中国·中国人·中国文学》，东京：劲草书房，1970 年，第 407 页。

斗争所利用的破坏型的非理性的"群众"。武田泰淳作为有侵华战争体验的日本军人与作家，怀着对中国的负疚与忏悔心情，对战后的中国决不说"恶口"（坏话），用心是善良的，但对那个时期中国社会的真相并没有看透。

文学评论家、小说家加藤周一（1919—2008年）于1971年9月末至10月下旬，随中岛健藏率领的日中文化交流协会访华团来华访问，参观了北京、广州、西安、延安等地，回国后发表了数篇纪行与感想文章，并于1972年结集为《中国往还》一书，由中央公论社出版。在这本书中，加藤周一介绍了那一时期中国社会的有关景象。例如全国都实行军管，全国就像一个"人民的兵营"，人民不分男女均将解放军的军装作为流行服装。例如与日本的"农村城市化"正相反的"城市农村化"，即大量城市人员到农村劳动，城市马路几乎没有几辆汽车而只有自行车等等，结论是"中国还是反世界"（"反世界"的意思应为逆世界大势而动）。同时加藤周一也赞赏了运动时期中国良好的社会秩序，认为当时中国"大众很守规矩，其公众道德之高，在世界上恐怕无与伦比。晚上走在街上绝对安全，家里开着门，无需上锁，公共场所，极为整洁"①。显然，运动中出现的有组织和无组织的打、砸、抢，加藤周一看不到，他所看到的只是当时"外宾"能看到的东西。

日本最有影响的佛教团体"创价学会"会长、著名佛教人士、学者、散文随笔作家池田大作（1928年生）于1974年5月底到6月中旬曾应邀来中国访问，参观了北京、上海、西安、广州等地，参观了人民公社、少年宫、中小学校和北京大学，走访了中国的家庭，还受到了李先念副总理的接见。回国后将他的见闻和感想陆续写出来，在《周刊朝日》《朝日新闻》《文艺春秋》《主妇之友》《周刊现代》《潮》等重要报刊上发表，随后将这些文章编成《中国的人间革命》一书，当年年底由每日新闻社出

① ［日］加藤周一：《中国往還》，东京：中央公论社，1972年，第11页。

版。在这本书中，池田大作本着日中友好的精神，抱着努力理解中国的心情和态度，来看待运动时期的中国社会，包括当时正在展开的所谓"批林批孔"（即批判林彪和孔子）运动。对于当时泛滥的"大字报""小字报"所造成的人身攻击的情况，他相信李先念副总理的解释，即给"大众以批判的自由"；对于中国的大学废除考试入学制度、工农兵推荐上大学，荒废学业的情况，池田大作也认为这是"中国的教育革命"。总之，他把中国的政治运动看成是"中国人间革命"予以理解和肯定。

1975年以后来中国访问并发表纪行文章的日本著名作家也有几位。首先是女作家曾野绫子。

曾野绫子（1931年生）生于东京，毕业于圣心女子大学英文学科，信奉基督教。1953年与作家三浦朱门结婚，1954年其处女作《远方的客人们》获得芥川龙之介奖候补，并登上文坛，至今已在文坛活跃了半个世纪，是与有吉佐和子、山崎丰子齐名的著名女作家。她在创作的同时还参与种种社会活动，1995年起曾担任日本船舶振兴会会长。

曾野绫子曾于1975年3月底至4月初首次来中国访问旅行半个月。她在来中国之前就关注中国的局势，并阅读了不少有关中国的书籍资料，对当时的中国的政治特别是正在进行的政治运动一定程度的了解。1973年8月，她发表了《想起古老的记忆》①　一文，其中写道："坦率地说，根据报纸和其他的消息可以看出，现在中国的空气，和战争时期日本的空气非常相似。""运动高潮中实行的是国家总动员的方式，对于战争时期已经上中学的我，简直太不陌生了"，例如"对于不同言论的封杀，对于作家的文艺创作的干预，在'全民皆兵'的口号下派军人对人民公社和学校进行思想控制"，她谈到中国要求全民一致，连穿衣服都要统一（据说有日本记者在北京走在街上时，红卫兵便上前警告说："同志，你穿的的鞋尖太尖了！"）这些都与日本的战争时期相似。例如全民学习雷锋，

---

①　引文见［日］曾野绫子《辛うじて「私」である日々》，东京：集英社文库，1987年，第138-142页。

当时最受毛泽东信任的林彪要求全国人民都像雷锋一样"读毛主席的书，听毛主席的话，照毛主席的指示办事，做毛主席的好战士"，对此曾野绫子认为："将一个人的生活方式作为绝对的榜样加以推行，在我们这一辈主要是在战争中体验到的。"她最后的结论是："当然我们不能因为它和日本人生活方式不同就说它不好，别的国家持怎样的主义和主张，我们只能表示尊重，不能干涉；只是，中日友好关系只能在承认这种明显的差异的前提下才能维持。"基于这种判断，曾野绫子对访华归来的有关作者美化中国政治政治运动的文章和报道感到"奇怪之极"。例如，1974 年 11 月 22 日至 26 日，《每日新闻》连载了一个日本记者的署名文章《在中国所看到的》，其中写到作者在中国看不到有人饲养猫狗等宠物，起初感到很奇怪，便问其中缘由。中国的翻译告诉那位记者：狗是看家用的，现在中国夜不闭户，狗就没用了；猫是吃老鼠的，现在经过人民的努力，老鼠被消灭干净了，猫就无用了，所以它们都失业了。这位日本记者更进一步发挥说："爱宠物，是因为对人不信任，而在中国，同志、阶级兄弟之间互爱互助，养猫狗之类的宠物就没有必要了。"对此，曾野绫子写道："读到这里，我感到身上起了鸡皮疙瘩。"①

当曾野绫子来到中国实际观察后，更加证实了她的结论。在 1975 年 4 月刚刚从中国回国后发表的《中国的鹦鹉学舌》② 一文中，曾野绫子总结了运动时期的中国及中国人的四个基本特征。第一，"一切都是'全面的'"，绝对的，例如"批林批孔"运动中将孔子说成是一无是处的恶魔，同时又将毛泽东看成是完美无缺的神，她说，其实神和魔"无论哪一方都不是人，而在'白发三千丈'式的喜欢夸张的中国，神和魔却很多"；第二，"中国人和我们的明显的不同，就是只说冠冕堂皇的话"，人

---

① ［日］曾野绫子《中国報導のマカ不思議》，见曾野绫子的散文集《辛うじて「私」である日々》，东京：集英社文库，1987 年，第 197-198 页。

② 《中国のおうむ返し》，引文见曾野绫子《辛うじて「私」である日々》，东京：集英社文库，1987 年，第 143-147 页。

们对外界的信息了解极少且片面，《人民日报》等都是"彻头彻尾的官报，只报道特定的外国的某些信息"；对于日本的看法，连日语说得很好的年轻翻译都说："日本人被资本家剥削，到处都是失业者，那些无法生活的人只能苦苦挣扎。"第三，中国人只关注自己，对于别国没有了解的欲望，对于日本及日本人的心理结构不想知道，更没有人向她问起日本文学的问题，曾野绫子认为这是以自我为中心的"中华思想"的表现；第四，中国人无论何人，言语方式都一模一样，例如走到哪里，听到的都是"中日友好要子子孙孙（或世世代代）保持下去"。在有名的上海少年宫，一个可爱的小女孩儿临别时俯在她耳边说的一句悄悄话就是："日中友好要世世代代保持下去！"

曾野绫子不是中国问题研究者，她的中国旅行访问时间不长，中国纪行作品数量也不多，但却极有分量，体现了一个目光犀利、有思想穿透力的作家对政治运动时期中国社会的深刻洞察，触及了一些根本的问题。虽然现在看来这不过是有独立思考能力的人都会有的常识，但在那个年代如此思考、如此写出来，作为一个日本作家而言是罕见的。虽然那时中国还处在封闭状态，但有关方面对外国人的有关中国的切中要害的文字，却一直是高度关注的。对曾野绫子的文章及其观点，中国有关部门当然也很快有所了解，并显示出了警觉和敏感。这一点在此后的司马辽太郎的中国纪行作品中的记录中就有所反映。

司马辽太郎是在曾野绫子1975年4月初回国后，紧接着于同年5月来中国的。他所加入的是以井上靖为团长的日本作家代表团，与户川幸夫、水上勉、庄野润三、小田切进、福田宏年等作家同行。回国后，司马辽太郎陆续在《中央公论》等杂志上发表有关中国的纪行文章。1976年10月，他将有关中国纪行文章编辑起来，出版了纪行集《从长安到北京》。该书由九篇文章构成，包括《万历皇帝的地下宫殿》《延安往还》《流民的记忆》《孔丘的头》《洛阳的洞穴》《琉璃厂的街角》《北京的梧桐花》《传国的书物》《北京的人们》等。司马辽太郎作为历史小说家，他到中国来除了关心现实问题外，更多的是关心历史文化问题。他用大量篇幅记述中国的名胜古迹的观感，并夹杂对中国历史特点的分析。但是，从书中可以明显地看出，具有鲜明自由主义立场的司马辽太郎对中国社会的观察十分冷静，他对旅行过程中接触和感受到的一些现象，表现出了明显的由文化冲突造成的"违和感"。

在被带到中国的革命圣地延安参观的时候，司马辽太郎写道："中国从外国招人，陆续从所有国家和所有领域招人，把他们带到中国的大地，让他们参观中国的村庄，让他们参观设施和文物，通过这些乐此不疲的接待，而使他们每个人都成为中国的理解者，中国人把这些理解者，称为'朋友'。"①司马辽太郎似乎"看透"了"政治挂帅"这一中国特色，因而对中国官方的招待并不感兴趣，更谈不上有何感谢之意。他知道——

　　在新中国，政治家立于一切价值之上。

　　我固然非常清楚这一点，但我没有对政治及政治家特别尊敬的习惯，因此在中国就遇上了困惑不解、岂有此理的事情。

令他感到"困惑不解、岂有此理"的事情之一，就是当他们一行等正按预定日程在上海参观的时候，却突然被要求提前返回北京，因为北京有一位"伟大的政治家"要接见他们。对此，司马辽太郎写道：

　　这样对待客人难道不是失礼的吗？我虽然这么想，但又自我安慰：既然是招待旅行，就只有听他们摆布了……然而无论怎么说都有点奇特的，就是我由此再次感受到了"命令"这种东西，这是我很

---

① ［日］司馬遼太郎：《長安から北京へ》，东京：中央公论社，1976 年，第 33 页。

久以来——当兵复员以后——所没有感受到的东西了。①

对于中国的"政治家"至上、一般的人民（非军人）都要服从"命令"，司马辽太郎"非常清楚"，因而对此也就表现出了过剩的敏感和警戒。尽管如此，他还是不得不服从了"命令"，去北京接受了"伟大的政治家"、"文革"后被作为"四人帮"之一而被逮捕并入狱的姚文元的接见。

到了 1980 年初，司马辽太郎又数次来到中国旅行。不过，那都不是中国官方的"招待旅行"，而是司马辽太郎个人的"取材旅行"，而且时过境迁了——中国已经从毛泽东时代到了改革开放的新时代。司马辽太郎分别到了中国的苏杭地区、四川与云南，还有福建，最后是台湾。并以此为题材写了三本书：《中国·江南之路》（朝日新闻社 1982）、《中国·蜀和云南之路》（朝日新闻社 1983 年）、《中国·闽之路》（朝日新闻社 1985）。这些书后来被列在司马辽太郎的纪行丛书《走在街巷》②中。在这些作品中，作者带着一个历史学者和历史小说家的眼光，睹物思史，抚今怀古，表现了对中国传统历史文化的强烈兴趣，显示了司马辽太郎在中国历史方面所拥有的丰富知识，对中国各地的民族风情、名胜古迹、历史文化做了生动的记述，发表了一些独特的感想和评论。然而，有时候，司马辽太郎对中国历史与现实的看法也会因为某种成见、偏见而导致谬误，这在 1994 年出版的《台湾纪行》中表现得最为明显。在《台湾纪行》中，司马辽太郎竟然重谈日本军国主义的老调，不顾历史事实，胡说台湾历来是"无主之地"而不属于中国领土。特别是在该书卷末附录了他与"台独"领袖李登辉的对谈《场所的悲哀》，与李登辉一唱一和，倾诉所

---

① ［日］司马遼太郎：《長安から北京へ》，东京：中央公论社，1976 年，第 249-250 页。

② 《走在街巷》，原文为"街道をゆく"，共二十四种，由朝日新闻社 1996 年列入"朝日文艺文库"出版。绝大部分是日本国内各地的纪行。

谓"生在台湾的悲哀"，对"台独"表现了明确的同情与支持。作为一位影响很大的历史小说家，司马辽太郎对在台湾问题上的支持和同情"台独"的立场对日本一般读者会产生的恶劣影响，是可想而知的，由此也伤害了渴望国家统一的全中国人的感情与尊严。或许因为这个原因，还有其他种种复杂的原因，司马辽太郎的作品在台湾岛内翻译较多，而在具有十三亿人口的、具有庞大的读者群体的中国大陆，除了《丰臣家的人们》之外，几乎没有翻译。对于一贯关注中国的司马辽太郎来说，不知这算不算是一种"悲哀"呢？

三、改革开放初期的中国纪行

1976 年 10 月，中国宣布历时十年的政治运动结束，从此进入了一个新的历史时期。在新旧时代交替的时期，有两个著名日本作家来到中国，做了较长时间的调查采访，并写成了长篇报告文学，这两个作家就是城山三郎和有吉佐和子。

首先是城山三郎。

城山三郎（1927 年生），本名杉浦英一，出身于爱知县名古屋商人家庭，东京商科大学（现一桥大学）毕业，曾做过大学讲师。1950 年代开始创作，作品多以企业经营为题材，以经济商业活动特别是海外活动为中心，具有强烈的纪实性，被评论界公认为当代日本"企业小说"（又称经济小说）第一人。城山三郎曾在 1963 年访问过中国，那时为了来中国访问，竟然辞去了大学的教职。对此，他在十五年后写的《中国：动荡时代的生活方式》一书中写道：

> 虽是邻国，但十五年前去中国，那可是遥远的旅行。这不是指空间距离而言，而是因为有种种阻碍。
>
> 当时的我，因为是国立大学的教师，要到中国去，大学的事务局颇有难色。"作为一个公务员，要到没有邦交的国家去，不太好办。"

事务局次官对我说。

身为历史学者的校长说："我来负责任，你就去吧。"但话却说得很沉重。

我是一个急性子的人，说："既然如此，索性辞了职算了，怎么样？"于是，我辞了职。我的履历表上写着大学辞职时间是昭和三十八年六月……

对整个日本而言，那是一个很少有人到中国旅行的时代。

羽田机场的出入境管理官问我到哪儿，我回答"中国"。他提醒说："是去中国吗？你是那儿的人吗？入境可不容易呀！"①

那时是 1963 年夏天，城山三郎是作为以戏剧家木下顺二为团长的日本作家代表团的成员来中国访问的，并受到了周恩来总理的接见。十五年后的 1977 年初春，城山三郎再次踏上中国土地。那十几年期间，正是包括日本在内的世界各国在战后重整旗鼓，迅速国富民强的十五年，也是使中国落后于世界的十几年。城山三郎踏上中国伊始，就感到：

"这个国家在过去十多年时间里，钟表莫不是都停摆了吗？"
我再次访问中国的时候，第一个观感就是这样。
首先，街头的风景和十五年前几乎一模一样……②

他所看到的北京的"街头风景"，就是不论男女，大都是灰蓝色的服装，街上是"泛滥的人群和自行车"，横冲直撞、无视红绿灯混乱的交通，饭店中经常出故障的"'文革'电梯"，由于电力不足而时不时地停

① ［日］城山三郎：《中国·激動の世の生き方》，东京：文春文库，1984 年，第28 页。
② ［日］城山三郎：《中国·激動の世の生き方》，东京：文春文库，1984 年，第37 页。

电，等等。而不同的是这次所到之处，看到的是全国都在批判"四人帮"，甚至在幼儿园、小学的孩子们都在"揭批四人帮"，随行的中国导游也把这一切不好的东西归结为"四人帮"。城山三郎写道："这次旅行，我们到处都可以听到对'四人帮'的痛骂。作为来自异国的访问者，不免感到困惑。但这也并非故意对着外国人批判'四人帮'，因为在现在的中国，角角落落都在批判'四人帮'，到中国旅行，不能不沉入这个大批判的海洋中。批判'四人帮'，是重要的国策。"实际上，这也是政治运动时代中国人的"政治挂帅"的"生活方式"的继续。城山三郎在《中国·动荡时代的生活方式》中，以那时在北京等地的见闻为经纬，更多地却是谈中国的那场政治运动，他写到了高层的权力斗争，介绍了"四人帮"的权力基础与背景，描述了他所结识的中国作家老舍、巴金、周扬、郭沫若等人在运动中的不同表现与遭际。他还参观了北京市的三个人民公社，觉得和十五年前一样，"无论到哪里〔人民公社〕，听到的都是大同小异。就是解放前地主多么坏啦，农民的生活多苦啦，而解放后，在毛主席的领导下，实现了农业集体化，成立了现在的人民公社，生产如何发展啦，生活怎样改善了……讲的都是异口同声的故事。"①接着，城山三郎还访问了南京、苏州、上海。

这次中国之行结束后，城山三郎将所见所闻所想写成文章，于1978年7月至1979年2月的《每星期日》杂志上发表，后来结集为单行本，由每日新闻社1979年出版，那就是以上援引的《中国：动荡时代的生活方式》一书。城山三郎将那一时期的中国归结为"动荡"（日文为"激动"）而又停滞的时代，是颇为准确的。该书将中国纪行与中国评论结合在一起，怀着对中国的善意，站在一个日本人的角度上，较为客观如实地记述了政治运动时期及毛泽东死后一段时期中国社会的生态，不仅具有文学价值，也有一定的史料价值。

---

① ［日］城山三郎：《中国·激动の世の生き方》，东京：文春文库，1984年，第229页。

在城山三郎访华一年后，日本著名女作家有吉佐和子第五次来到中国，并得以长时间深入解体前夕的农村"人民公社"，并以日本作家的独特的视角写出了《有吉佐和子中国报告》。

有吉佐和子（1931—1984 年）出身和歌山县一地主家庭，1937 年随在银行工作的父亲移居夏威夷，四年后回国，毕业于东京女子大学短期大学英文学科，从事过出版、秘书工作后开始文学创作。1956 年《地歌》获文学界新人奖候补，后获芥川龙之介奖。1959 年去纽约留学，期间曾在中近东各国游览。1962 年结婚，两年后离婚。1984 年因心脏病（一说自杀）突然去世。有吉佐和子的主要作品有长篇小说《非色》《人形净琉璃》《纪之川》《华冈青洲之妻》《恍惚的人》《复合污染》等，其作品既富有日本传统文化要素，又十分关注社会问题和国际问题，是日本现代屈指可数的女作家。

有吉佐和子对中国社会抱有很大的兴趣和关心，曾五次访问中国。第一次是 1961 年作为以野间宏为团长的日本作家代表团的一员来华，第二次是 1962 年与新婚丈夫一起来北京访问三星期，1965 年带着两岁的女儿在北京住过半年，1974 年在中日恢复通航后作为中国民航邀请的客人来华。第五次则是在 1978 年。有吉佐和子是来华访问次数最多、时间最长的日本作家之一，与中国官方廖承志、孙平化、唐家璇等领导人和郭沫若、老舍、夏衍、周扬等作家建立了密切关系。也正因为如此，1978 年 5 月到 6 月，有吉佐和子来华访问，向中国方面提出了要下中国农村的人民公社，与中国农民过"三同"生活——同吃、同住、同劳动——的要求。在当时的中国一般农村从来不对外国人开放的状态下，有吉佐和子提出这样的要求曾使中国方面颇感为难。经过软缠硬磨，有吉佐和子破例地终于获得了中国方面的同意，到农村去调查采访。但晚上是让她住在当地的宾馆或招待所里，并没有真正的"三同"；安排她去的农村，并不是一般的农村，而是搞得比较好的城市近郊的几个人民公社，包括河北遵化县的建明人民公社西铺大队①、砂石峪大队，辽宁省旅大市（今大连市）人民公社后牧大队，辽宁沈阳的五三人民公社，苏州的长青人民公社等。她在那些地方同中国当地的农村干部、同普通的农民交流，有时还跟他们一起干农活，甚至还获准采访了正在被监视劳动的两位"地主""富农"（其实他们既不是"主"，也不"富"，早就被剥夺成为真正的"无产阶级"了）。回国后，她以这次中国的农村调查和体验写成了《有吉佐和子中国报告》，

　　有吉佐和子之所以对中国农村问题感兴趣，与她当时的思想创作密切相关。战后日本工业高度快速发展，带来了严重的污染问题，1975 年她出版了报告文学《复合污染》，对于大量使用化学肥料、剧毒农药及其带来的不良后果做了大量调查，在日本读者中引起了很大反响。在《有吉佐和子中国报告》一书可以看出，有吉佐和子每到一处，最关心的是化肥和农药的使用的问题。她反复不断地向中国农民宣传：化肥、农药是有害的，要尽量使用农家肥。当她发现在美国、日本已经明令禁止使用的DDT 等剧毒农药在中国还在使用时，就向当地人提出了忠告。有吉佐和子还在当地有关部门的配合下，向农业技术人员举办了关于农药污染问题的演讲。从《有吉佐和子中国报告》中还可以看出，有吉佐和子是将环境污染问题、公害问题作为一个超越国界的人类共通问题来看待的，这也是她要深入中国农村考察的根本动机。从 1970 年代后期开始，日本的公害和污染问题逐步得到控制，昔日曾被污染的河流湖泊，今日是鱼翔浅底、水鸟嬉戏；而早已作古的有吉佐和子当然不知道，眼下的中国，污染问题不但没有得到控制，而且日益深刻化，许多地方丧失了大自然馈赠给人类的最可宝贵的蓝天、清水和新鲜空气。在这种情况下，重读《有吉

---

　　① 由于长期的战争经历，新中国成立后语言使用上有泛军事化色彩，例如"战线""战场""前线""武器""阵地""大队""小队""队伍"等都被用于非军事领域。"大队"全称"生产大队"，是"人民公社"直属下的农村行政单位，相当于现在的"村"。

佐和子中国报告》，不禁令人感慨万端。

其实污染问题决不是中国农村和农业的主要问题，但作为一个日本作家，她当时所看到的、所写出来的，只能是这个问题。她所听到的农民的话，堂而皇之者居多，远不能反映当时"人民公社"所面临的农民生产积极性低落、粮食持续减产等一系列严重危机。但尽管如此，《有吉佐和子中国报告》作为迄今为止日本文学史上仅有的有关中国农村的调查报告，具有特殊的意义和价值。她毕竟向日本读者传达了十年动乱刚刚结束、真正的改革开放尚未开始、那一特殊的过渡时期的中国农村的某些侧面，这是难能可贵的。而就在有吉佐和子回国几年后的1984年，中国的"人民公社"寿终正寝。

1970年代，在中国题材的散文与纪行文学方面值得提到的作家，还有著名小说家水上勉（1919—2004年）。早在1967年，水上勉就曾发表过题为《蟋蟀葫芦》的散文，深情回忆当年去日本访问的中国作家老舍到自己家中拜访的情景，他与此前素昧平生的老舍，围绕着中国的蟋蟀葫芦及禅宗六祖慧能等话题进行了亲切的交谈，老舍邀请他来中国并答应到时候带他到中国的古玩市场讨唤蟋蟀葫芦。最后水上勉写道，他在日本的报刊上听说老舍在"文化大革命"中去世了，不久他做了一个梦：抱着蟋蟀葫芦跟着老舍来到慧能出生的村庄，"我抱着蟋蟀葫芦，跟在老舍先生后面，沿着山坡上的石头台阶登上去，但无论如何却走不到寺庙的大门。惟有两个人踏在石阶上的脚步声清晰可闻。"以老舍的拜访为机缘，水上勉对中国越来越感兴趣，后来他担任了日中文化交流协会常任理事，多次来中国访问，并出版《虎丘灵岩寺》（1979年）等中国题材的纪行散文集，表达了对中国的山川风物及中国人民的美好感情。

1980年代后，中国进入了一个以发展经济为中心的改革开放的时期，中日两国的关系也在1980年代达到最高峰，在胡耀邦和中曾根康弘主政的时代，在双方政府的安排下，甚至出现了一次就有三千日本青年人同时来中国做友好访问的壮举。日本作家在这个时候访问中国变得更容易，来往也更多了。其中，经常来中国访问，发表中国纪行作品最多的，当推历史小说家陈舜臣。

　　作为华裔作家的陈舜臣在1970年代初就在中日之间常来常往。这既是因为他"生长在日本，老家在中国，仿佛是两栖动物一样的存在"①，也是因为他从事中国题材历史小说创作，需要到中国取材。他常常是带着他全家人——夫人、儿子和女儿一起出游，既是为了让家人体验祖国的风土文化，也顺便让儿子帮他摄影。陈舜臣的中国纪行作品表现出了一个鲜明的特点，就是抚今思古、睹物思史，既是现实中国之旅，也是历史中国之旅。例如他1976年出版的《敦煌之旅》（平凡社），记述了他从酒泉出发，越过嘉峪关，来到敦煌莫高窟，参观洞窟雕塑壁画的行程，同时又将他丰富的敦煌历史、佛教、艺术的知识穿插其中。由于陈舜臣对中国历史有所研究，所以他的《敦煌之旅》不仅写出了个人的见闻感想，也以其丰富的历史修养写出了敦煌历史的厚重。《敦煌之旅》是日本最早出版的关于敦煌莫高窟的文学纪行之一，也是继50年代井上靖的历史小说《敦煌》之后最重要的以敦煌为题材的作品，出版后影响很大，颇受好评，1976年该书获大佛次郎奖，此后日本读者，特别是作家、画家、摄影家等到敦煌参观见习的更加络绎不绝。

　　对以敦煌为中心点的丝绸之路的风土民情与历史文化的憧憬，使陈舜臣在1980年代又做了一次丝绸之路上的旅行，并写出了《丝绸之路之旅笔记》（德间书店1988年），对丝绸之路上的甘肃、宁夏，特别是新疆的风物与历史，包括以羊肉为主的饮食文化，以歌舞为主的民间文艺，以回教寺院为特色的建筑艺术，以地毯为主的手工艺，以和田玉为代表的宝石，以葡萄、石榴为代表的水果特产，以及天山南麓美丽的自然风光等，都做了详细的介绍和描写，作者每写到一种风物特产或艺术遗产，必引经据典，视通古今，从而写出了丝绸之路文化的悠久与厚重。在写过"丝

---

　　①　［日］陈舜臣：《敦煌の旅·あとがき》，东京：平凡社1976年，第322页。

绸之路"后，陈舜臣又写出了"纸之路"。实际上，在中国文化对外传播过程中，不仅有"丝绸之路"，也有"纸之路"。陈舜臣在《纸之路》（读卖新闻社 1994 年）中，首次发明了"纸之路"这一提法。该作品以西汉蔡伦发明的纸为主题，描写了造纸术在 8 世纪后向西方的传播。从内容上看，这是以纸为中心的东西方文化交流史，但它又不同于一般的学术著作，因为他运用的是文学的笔法和纪行散文的写法，日本评论家称之为"历史纪行"，是非常恰当的。早在若干年前，陈舜臣就以同样的手法、同样的文体写成了《北京之旅》（平凡社 1978 年）、《中国历史之旅》（东方书店 1981 年）、《万邦的宾客——中国历史纪行》（集英社 1999 年），都以作者当下的旅行为经，以相关的历史背景和文化蕴含为纬，写出了集旅行记与历史随笔为一体的"历史纪行"，在当代日本文学的中国纪行文学中，可谓独具一格。①

　　如果说陈舜臣的中国纪行是"历史纪行"，那么东山魁夷和平山郁夫中国纪行则可成为"艺术纪行"了。

　　东山魁夷（1908—1999 年）是日本当代极有艺术特色的具有世界影响的水墨画、水彩画家和散文作家。他将东方传统绘画的墨色皴染与西洋画的明丽细腻两种风格结合起来，创造了独具一格的艺术世界。他对中国文化、对中国风土景色也抱有很大的兴趣并给予很高的评价，从 1976 年起的三年中，东山魁夷每年都到中国来旅行和创作，并从中国特有的自然景色中获得了艺术上的启示。他写道：

　　　　到和我国一海之隔的近邻中国去，去接近那雄厚的大陆风景，去直接感触悠久的历史文化，是我很久以来的愿望。……由于三次中国之行，我得以走遍中国的南方和北方，游览东部和西部。特别是欣赏了桂林和黄山那样的仿佛山水画一般的美景，真是我最大的喜悦。又

---

① 1990 年代在中国一些读者中流行的余秋雨的某些作品，在文体上与陈舜臣的这种"历史纪行"很相似，可资比较。

横贯头戴万年白雪的天山山脉，在准噶尔盆地和塔里木盆地中游历了沙漠清泉般的村镇，更是难得的幸事。三年中，能够在这广袤的天地中旅行，多亏了好多中国人的非同寻常的帮助。①

该书分《大地悠悠》《天山遥遥》《黄山白云》三部分，描绘了桂林、北京、山西大寨、太湖、扬州、安徽黄山、芜湖、新疆天山、高昌与交河古城等自然与人文景观。在艺术上，东山魁夷继承了中国、日本传统的诗中有画、画中有诗的传统，但不是在画面中题诗作文，而是在画面之外配以诗文，称为"画文"，并出版了《东山魁夷画文集》十卷。关于中国素材的画文，则收在《东山魁夷小画集·中国之旅》（新潮社1984年）一书中。《中国之旅》在优美简练的纪行文字中，配以七十五幅以中国风景为素材的相关绘画作品，诗与画珠联璧合、相得益彰，集中体现了东山魁夷独特的艺术风格。

此外，著名的日本画画家平山郁夫（1930—2009年）1975年以后多次来中国访问和取材，并在中国举办个人画展，还捐资对敦煌石窟壁画进行保护，他的《敦煌，有我的艺术追求》，表达了对敦煌佛教艺术的珍爱，叙说了自己的绘画艺术与敦煌艺术的关系。自传《在历史的长河中》（1980年）表明了他非常崇尚去印度取经的玄奘，说自己的艺术追求的支柱就是中国的玄奘大师。

1980年代以来，写中国纪行的不仅有著名作家，更有普通的作者。其中包括来中国就读的留学生，跟随在中国工作的丈夫来中国生活的家庭主妇，嫁给了中国男人的日本女性，出于对中国的好奇、关心和热爱而来中国体验生活的青年男女，他们中有不少人写出了类似中国纪行或中国生活体验记之类的纪实文字，出版后引起反响的也有若干。在此只举一个作者的两本书为例，那就是星野博美（1966年生）女士的《谢谢！中国

---

① ［日］东山魁夷：《中国への旅·東山魁夷小畫集》，东京：新潮社，1984年，第6页。

人!》和《所以说，中国没救了》。

根据上述两本书提供的信息，作者星野博美从小就对中国及中国人有着强烈的好奇心，大学入学后第一次来中国大陆，两年后又在香港生活了一年，1986年到1988年先后在北京的两所大学留学。星野女士的第一本书是以她的1980年代中国南方之行为题材的长篇纪行《谢谢！中国人》①。在这本书的一开头，作者写道："我爱恋着中国。这种爱恋的预感从很小的时候就开始有了。"作者怀着对中国的"爱恋"与好奇，记述了在广西的东兴和北海、广东的湛江和广州、福建厦门、湄洲岛、长乐和平潭、浙江宁波等中国南方各地的见闻和感想，同时与许多中国老百姓近距离接触和交流，并拍下了大量中国人的日常生活情景的照片。② 在"结语"中，作者这样写道：

> 我被中国迷住了。没有他，我就不能活。
>
> 我在自己的成长过程中，从中国人那里学习，向他们请教生活的方法。
>
> 如何吃饭，如何睡觉，如何和做生意的人打交道，如何自我保护，如何自我主张，如何等待，如何发怒，如何哭泣，人生中可能发生的一切好的不好的事情，我都一一从中国人那里认真学习。
>
> 中国是我的学校。③

在《谢谢！中国人》里，作者以一个日本青年特有的好奇的、审美的目光，将中国社会的一切事情，几乎都加以理想化和诗意化，甚至将有些地方的有些中国人不守交通规则、乱闯红灯，看成是一种伸张自己权力

---

① 原文《谢谢！チャイニーズ》，株式会社情报中心出版局，1996年。
② 1996年2~5月，这些照片曾以"华南体验"为题，在日本东京、大阪、九州展出。
③ 《谢谢！チャイニーズ》，东京：株式会社情报中心出版局，1996年，第394页。

的"自由"精神。正因为如此，作者才以"谢谢！中国人"作为书名。

　　然而，同一个作者写的关于中国体验的第二本书，书名却是《所以说，中国没救了》①。此时的星野博美已经与中国的一名律师结了婚，作为一个家庭主妇在北京生活了若干年，并生了孩子。在这个过程中，她作为一个普通居民而不是一个游客，发现并体验了中国的现实生活，于是，对中国的不习惯、不满意，乃至厌恶和排斥之情，就取代了《谢谢！中国人》中对中国投下的审美的、"爱恋"的目光。中国当然还是同一个中国，而作者却前后判若两人了。在《所以说，中国没救了》中，作者历数了中国社会的种种阴暗面，描写了远远不如她的祖国日本的落后国家的政治黑暗、腐败，人民贫穷、野蛮、愚昧、不讲礼貌，行业欺诈、不讲职业道德、不负责任，环境肮脏、秩序混乱等等，例如她讲到中国的公寓住宅的脏乱差，讲到公用厕所的臭气熏天，讲到中国日益扩大的贫富悬殊，讲到假冒伪劣商品的横行，讲到中国女性的悍妇性格，讲到了小偷盗贼和犯罪的横行，讲到中国社会的拜金主义和道德沦落，讲到中国的注水肉及食品不安全，讲到庸医竟将她的乳房的正常的脂肪块作为病灶切除等等，作为对具体现象的记述显然是真实的，但正如她在《谢谢！中国人》一书中将中国彻底美化一样，这样专挑中国社会的负面现象并以偏概全，从根本上看是有失客观公正的，而且由此而得出的"中国没救了"的结论，更显出其情绪化的特征（作为文学作品来看，有情绪含在其中当然无可厚非）。女作家有吉佐和子曾经在《有吉佐和子中国报告》一书中说过："关于中国，在日本只有两种情报：一种是说中国好极了，另一种是说中国一无是处。"看来在四十多年后的今天，日本人对中国的"情报"仍然存在这样的问题。星野博美女士的前后两本书，便是中国"好极了"和中国"一无是处"两种极端"情报"的最好的代表。

---

　　①　原书名为《だから，中国は救われない》，署名"星野ひろみ"，KKベストセラーズ，2003 年。

第十二章　当代作家的战时
体验及日中关系题材

在当代中国题材的日本文学中，除了上述的中国历史题材、中国纪行文学之外，日本作家写得最多的还是以日中战争为背景、为题材的作品。这些作品或追忆战时的中国体验，或揭露、反省日军在中国的暴行，或描写战争、日中关系对个人及家庭命运的翻弄。而在 1990 年代出现的更新一代作家的通俗小说中，则表现出了丑化中国及中国人，并以中国为假想敌的倾向。

一、鹿地亘的战时中国体验记

从 1945 年日本战败直到 1972 年中日邦交正常化二十多年间，中日两国政府没有邦交关系，但民间往来却一直没有停止过，日本作家也通过种种关系和渠道来中国访问，由于那时能够来中国参观访问是一件并不容易的事情，而且能够来中国的日本人也并非普通的日本人，能被邀请或获准来中国访问的也往往是与中国有某种机缘与关联的作家。战后，他们中有人将以前在中国的经历写成纪实作品，有人将有关中国的所见所闻写成纪行文学，以满足日本读者了解中国的愿望。因此，那时中国题材的文学作品在此时期主要表现为写实性、纪实性的纪行文学和报告文学这两种体裁形式。

在这当中，首先要提到的作是家鹿地亘及其有关作品。

鹿地亘（1903—1982 年）是 1930 年代日本的无产阶级文学家，因从事左翼文学与政治活动而被逮捕监禁，保释出狱后，于 1936 年底秘密逃亡中国，并在鲁迅、郭沫若、胡风、夏衍、冯乃超等人的帮助下，在华从事反战宣传、反战文学活动，一直到 1946 年日本战败后才回到日本。鹿地亘在中国整整十年，回日本后，在战后初期右翼势力暂时蛰伏、社会上较为自由轻松的民主化氛围中，得以将自己在中国的经历及在中国的所见所闻，写成作品并公开出版，在日本社会和读者中造成了一定的反响。其中有《言语的弹丸》（中央公论社 1947 年）、《中国的文化革命》（九洲评论社 1947 年）、《在中国的十年》（时事通信社，1948 年）、《抗战日记》（九洲评论社 1948 年）、《脱出》（改造社 1948 年）、《中国的底力》（亚细亚出版社 1948 年）、《鲁迅评传》（日本民主主义文化联盟 1948 年）、《群山那边》（新星社 1949 年）、《重庆物语》（新星社 1949 年）、《给女儿的遗书》（中央公论社 1953 年）、《如火如风：走向解放之道路》（正·续二册，讲谈社 1958—1959 年）、《自传的文学史》（三一书房 1959 年）、《新的轨迹》（共三部，三一书房 1960—1962 年）、《沙漠的圣者：以中国的未来做赌注的我的生涯》（弘文堂 1961 年）、《黑暗的航迹》（东邦出版社 1972 年）、《日本士兵的反战运动》（同成社 1962 年）、《在上海战役中》（东邦出版社 1974 年）、《在"抗日战争"中：回想记》（新日本出版社 1982 年）等大量作品。另外，他在中国时期所写的以反战为主题的报告文学《和平村记》和《我们七个人》两部作品，1947 年也由中央公论社出版。在中国的特殊经历及与中国的特殊关系，成为鹿地亘战后创作的丰富题材资源，也使他成为战后初期中国题材的作品创作最为丰富的日本作家。

在上述鹿地亘的中国题材、中国背景的作品中，有一些作品在内容上不免重复，其中最简洁、最集中描写他在中国十年经历的代表性的作品是《在中国的十年》一书。正如该书的题名所示，这部作品是以作者在中国十年的经历、见闻、感想为题材的纪实文学，也可以说是鹿地亘的十年中国纪行。《在中国的十年》从作者逃出日本写起，到返回日本收笔，以 12 章的篇幅（约合中文 15 万字），回顾展现了自己在那特殊的年代的曲折、复杂、艰难而又充实的生活与奋斗之路，也为中国的抗日战争史、抗战时期中日关系史留下了可贵的资料。据该书描写，鹿地亘因参与左翼运动被判处两年徒刑、缓期五年执行的"犯人"，受到警察的严密监视，入狱时妻子也跟他离了婚，使他感到了人情的冷漠；同时眼见得日本加紧进行侵略战争的准备，一贯反战的他感觉无能无力，于是，他决定逃亡中国——

> 其实，对于去中国，要怎样做，要有什么样的步骤，自己心中无数，没有把握。但我感到，在大海彼岸的中国大陆，面对日益逼近的日本侵略，而燃起了民族解放的烽火，而在那民族解放的洪流的冲击下，日本总会被撼动吧。至少，投身那如火如荼的战斗中，也是死得其所了。①

抱着这样的想法，鹿地亘寻找机会。正好听说大阪的一个日本剧团要去中国演出，他设法摆脱了监视，经人介绍加入了那个剧团，从神户启航，在上海登陆。登陆后举目无亲，鹿地亘决定求助于中国左翼作家联盟。他早就敬仰鲁迅的名字，听说鲁迅和内山书店的老板内山完造关系密切，于是就找到了内山书店，并通过内山完造而与鲁迅见面。鹿地亘详细描述了那一天他与鲁迅和胡风见面时激动的情形：

> 就这样，初次见面，鲁迅就为我今后的生活操心，那时鲁迅问我：打算在上海待很久吗？我表示不打算回国了，鲁迅轻轻地说："那么，就要考虑如何生活啊。"但当时鲁迅对我什么也没讲，而是

---

① ［日］鹿地亘：《中国の十年》，东京：时事通信社，1948 年，第 6-7 页。

跟内山氏做了详细的交待和安排。办法是：不要我接触"政治"，而是在鲁迅这里从事中国文学研究……

于是，作为我"灵魂导师"的鲁迅，和作为"第二父亲"的内山氏，与我建立了难得的亲密关系。①

接着，鹿地亘回忆了自己从与鲁迅初次见面到鲁迅逝世的十个月间与鲁迅的相处和交往。他觉得，那十个月虽然很短，"但我能在这位伟人的晚年时期生活在他身边，是对我一生都有重大影响的最大的幸福"。那时鹿地亘协助鲁迅将有关中国文学作品翻译成日文，在这一过程中胡风也帮助他修改润色译文，成为鹿地亘的"直接的老师"。在《鲁迅之死》一节中，鹿地亘记述了鲁迅逝世后的盛大葬礼及上海三万人排成长列，护送鲁迅灵柩到万国公墓时的场面。鲁迅去世后，中共领导人冯雪峰从延安秘密来到上海，和胡风一起到鹿地亘住处，向他讲述了红军长征及中国革命形势，从此他与中国共产党有了密切交往。不久，鲁迅夫人许广平和廖仲凯的女儿廖梦醒得知一个怀恨鲁迅的"国民党特务组织"准备暗杀住在附近的、跟鲁迅有关的日本人的消息，并及时告知鹿地亘夫妇（鹿地亘在来中国一个月后，与因参与学生运动而被通缉而逃亡中国的池田幸子同住，俩人不久结为夫妻），叫他们逃到法国租界，住在了一个名叫阿勒的法国人家里，才得以脱险。后来在阿勒的帮助下，鹿地亘和池田幸子乘船逃亡香港，并找到了在上海时认识的章乃器，在香港落脚后，便写文章进行抗日宣传。

时值 1938 年，国共两党抛弃前嫌，为抗日而进行了合作，鹿地亘的文章引起了国民政府陈诚将军的重视，在陈诚的指示下，鹿地亘和池田幸子从九龙进入广东，进而到达武汉，受到了郭沫若、夏衍、冯乃超等的热烈欢迎，鹿地亘被聘为郭沫若领导下的"军事委员会政治部设计委员"，

---

① ［日］鹿地亘：《中国の十年》，东京：时事通信社，1948 年，第 25 页。

并享受"部长顾问的资格和军官待遇"。在共同的战斗中，与郭沫若、冯乃超、夏衍等中国作家建立了深厚的友谊。鹿地亘及几位曾在日本留学、懂日文的同志，写传单、出小册子、发行标语集、歌谣集，对敌宣传搞得轰轰烈烈。而且鹿地亘还加入前线将士慰问队，鹿地亘写道：他来到抗日前线，中国将士得知"日本人民的代表来啦！从将军到战士都十分高兴和感动。张发奎将军还握着我的手，向部队发表了声泪俱下的演讲"。鹿地亘的工作发挥了很大效力和影响，并引起了日军的恐慌。鹿地亘写道："日军参谋本部悬赏五万元要我的首级，并将带有我照片的传单配发到军队中。"

随着战争的深入，日军俘虏越来越多，如何收容和管理、教育、改造和转化这些俘虏，使他们成为反战的力量，成为一大课题。对此，鹿地亘提出了在俘虏中建立"在华日本人反战同盟"的设想，并提出了计划书。蒋介石抹掉了"在华"二字后予以批准。于是，"日本人反战同盟遂成为由中国政府最高当局批准同意的唯一的统一的日本人团体"。鹿地亘从此在这方面倾注了全力，在西南地区几个俘虏收容所进行反战教育，建立了"反战同盟"，对此，鹿地亘自豪地写道：

效果非常好。

反对帝国主义侵略战争，打倒军事独裁、中日两国人民的提携、建立和平幸福的人民日本——在这四个口号下，燃烧着希望的反战同盟的最初组织诞生了。在第二次世界大战期间，在交战中的两国之间，从彼我人民的立场协同作战，在国际上开了一个先例。①

鹿地亘记述道，他的反战同盟还组成"火线工作队"，走到战场上的最前沿。例如在南宁的昆仑关战役中，鹿地亘率领五名队员奔赴火线：

---

① ［日］鹿地亘：《中国の十年》，东京：时事通信社，1948年，第116页。

我们到来的消息在中国官兵之间一传开，他们都欢呼雀跃。我们的火线工作队每夜都在转向反攻的中国军队的第一线向日本官兵喊话。有时候，我们会从日军意想不到的山上，有时则从日军阵地三百至五百米的近距离，一连几小时向对峙中的日军喊话。①

后来，鹿地亘又应周恩来等中共领导的要求，在延安建立了反战同盟支部，并在此基础上向河北等地发展，成立了"日本人民解放联盟"。在重庆，鹿地亘为抗战将士慰问演出而写出了题为《三兄弟》的话剧，由夏衍翻译，先后在桂林和重庆公演，受到了热烈欢迎，剧场座无虚席。

然而"皖南事变"后，由于国共两党后来再生仇隙，鹿地亘及其反战同盟处在夹缝中，遇到了复杂艰难的情况。据鹿地亘记述，共产党在国民政府各机关逐渐受到排挤，原来直接领导他的政治部第三厅厅长郭沫若也去职，鹿地亘及其反战同盟也被视为共产主义的宣传者而受到冷遇，最终不得不解散。据说解散时同盟的会员都相拥而泣。同盟解散后，在陈诚将军的关照下，在陈诚领导的部队中设立了"鹿地研究室"，使鹿地亘得以继续工作，直到战争结束后的1946年，鹿地亘返回日本。

以上之所以不厌其烦地复述鹿地亘《在中国的十年》的梗概，是因为鹿地亘及其有关作品，在中国题材日本文学史上，是一个特殊的重要存在。日本发动全面侵华战争后，日本作家除极个别的例外，都参与了"日本文学报国会"等军国主义文化与文学组织，"协力"于侵华战争，先前反战的一些左翼作家都在被捕后"转向"变节，歌颂和鼓吹战争，而鹿地亘却是日本仅有的一个流亡国外、到中国从事反战活动的日本作家，显示了战争时期日本文学家的仅存的良知与良心。他在中国的反战活动，他对中国人民正义事业的帮助与支持，是日本文学及日本作家的光荣，是极为难能可贵的，而鹿地亘返回日本后发表的一系列有关作品，不

---

① ［日］鹿地亘：《中国の十年》，东京：时事通信社，1948年，第119页。

但记述了那一时期的逃亡生活和战斗历程，也从一个独特的侧面描写了抗战时期的中国及中国人，既有独特的文学价值，也有可贵的史料价值。因此需要中日文学史研究、中日文学与文化关系研究者的高度注意。遗憾的是，从 1952 年开始，由于鹿地亘在中国的特殊经历，由于他的左翼思想言论，而受到了日本右翼势力的报复和迫害，并造成了所谓的"鹿地事件"。关于鹿地亘的研究，在日本也长期不受重视，这种情况应该有所改变。

二、林京子、中园英助、清冈卓行的上海、北京、大连体验记

林京子（1931—2017 年）本名宫崎京子，出生于长崎县，林京子出生后不久，因其父亲在三井物产上海支店工作，举家来中国上海，居住在上海虹口地区弥勒路。1932 年两岁时因"上海事变"爆发而一时回日本长崎，1937 年七岁时她重回上海，随后因日本侵华战争全面爆发而又一次短暂回国，不久再返上海。日本战败投降前的 1945 年 2 月再回长崎，并亲历了 8 月 9 日的长崎原子弹爆炸。高中毕业后，曾在大阪的中国资料研究所工作。1962 年开始，林京子利用自己战争时期在中国上海及日本长崎原爆的种种曲折经历和体验，开始了文学创作。1975 年，以原爆留在心灵上的苦恼与创伤为主题的短篇小说《祭场》获第七十三届芥川龙之介文学奖，从此成名。1979 年以后，连续发表了以上海体验为题材的小说，包括《老太婆的里弄》《海》《群居之街》《花间道》《黄浦江》《耕地》《映写幕》《米歇尔的口红》等。1981 年来上海旅行后，发表长篇纪行文学《上海》（1983 年）。1996 年再次来上海旅行，发表《上海之旅》（1996 年）等。2001 年，讲谈社将林京子的中国题材作品编辑起来，以《上海·米歇尔的口红——林京子中国小说集》为题名，收入《讲谈社文艺文库》出版发行。

林京子以上海为题材背景的作品，站在日常生活的角度，以一个少女的视角，描写了 1932 年"上海事变"特别是 1937 年日本发动全面侵华战

争后上海租界的社会生活场景，居住上海的日本人与周围中国人之间如何
相处和交往，在上海的各色日本人的行为活动，日本军队在全面占领上海
后的所作所为以及中国人秘密的抗日斗争，等等。在《老太婆的里弄》
中，作者描述了日本侵华后，上海普通居住区所遭受的破坏，许多人逃回
老家避难，回来后到处一片狼藉。作者还描述了当年上海市内"抗日分
子"的活跃，作者写道：上海里弄蜘蛛网般的特有的地形，很适合"抗
日分子"的活动，使"抗日分子"在行动后容易逃脱，大街小巷里贴满
了抗日标语口号，日本人的剧场和聚会常常遭到爆炸，日本兵也常常遭到
狙击。在这种混乱复杂的上海的里弄里，"我"一家人，特别是母亲与房
东"老太婆"之间的关系与交往，也带上了那复杂的时代印记。因"我"
一家租了老太婆的房子，老太婆是他们的房东，双方是房客与房东的关
系。同时虹口地区是日本人占领和统治的地盘，双方又是统治者与被统治
者的关系，老太婆不得不在日本兵的统治下小心翼翼。而由于中国的
"抗日分子"的活跃，"我"的母亲感到只有在老太婆的好意和关照下，
才有一定的安全感。老太婆在日本人的统治下，有时也不免要"我"一
家出面才能避免麻烦，例如有一次老太婆在复旦大学读书的孙子"晨"，
因"抗日"的嫌疑被日本人追踪讹诈，在"我"母亲的斡旋下暂时得以
无事。这一切就构成了老太婆与"我"一家、"我"母亲的特有的相互依
赖的关系。这种特殊状态下"我"一家与中国房东"老太婆"的交往，
我与老太婆家的同龄的小女佣人"明静"天真无邪地一起玩耍，也成为
作者少年时代上海体验的基础。这种体验，恐怕也是当年因商务关系而居
住上海、并和中国人来往的一般日本人的较为普遍的体验。

　　《花间道》（原题《はなのなかの道》）所描写的主要人物是一个名
叫梶山的二十四五岁的日本青年和一个跟随他的另一个无名青年。梶山无
职无业，却在日本进攻并占领上海期间来上海趁火打劫，他在战火的混乱
中潜入黄浦江上游的一家纺织工厂，将大量的布匹偷出来，然后趁着
"我"一家为避战火暂时回国之际，私自闯入"我"家中居住，并将这些

偷来的布匹藏在家里，并打算找机会将这些布匹卖掉赚钱。而当"我"一家回来时，"我"母亲看到这些堆积成山的布匹，第一个反应就是孩子们谁也不要说。从此梶山与"我"家常来常往。作者写道：在那时候，"梶山这类日本人在上海有很多，也有不少自称是'军属'，而被日本的商社雇佣。他们的胡作非为，在上海的日本人也讨厌，雇佣他们的商社，因为他们不是正式职员，所以对他们的行为也就默认了"。梶山及曾根等日本流民在中国的主要"工作"，就是带着枪，到中国内地帮日本军队"筹措物资"，实际上就是抢掠。为了弄到更多的钱，他们还贩卖枪支。梶山这类人虽然不属于日本军人，但却与日军沆瀣一气，狼狈为奸，在中国胡作非为。

更叫人吃惊的是，这些来自日本、在中国趁火打劫的无业流民，却也参与对中国人的屠杀。梶山曾对"我"一家讲过自己是如何杀中国人的：

被蒙上眼睛的中国人，背对着黄浦江在码头的岸边跪着排成一列，等待处刑。

年轻的将校们，说要将这些中国人斩掉，以便给日本刀开开刃。大概是根据罪状来处刑的吧。被斩首的人们，从岸边直接滚到江中。一个军官对在旁边看热闹的梶山说："斩一个试试吧！"便把那把卷了刃的刀递给梶山。梶山漫不经心地接过刀来，摆好架式。将要被斩杀的是一个三十岁左右的农夫模样的壮实的男人。军官将举刀舞刀的方法教给没有玩过刀的梶山。梶山照军官说的，挥刀斩了那个农夫模样的人。那男人的尸体滚到江中，岸上空出了一片空地，这才意识到自己斩了人。[1]
……
梶山一边喝酒，一边将自己在淮山码头杀人的事讲给我们听。大

---

① ［日］林京子：《はなのなかの道》，见《上海・ミッシュルの口紅——林京子中国小说集》，东京：讲谈社，2001年，第270—271页。

概二十人吧？您可真能杀啊！母亲说。梶山笑道：拿过刀来就不多想了。父亲说：名刀一拿在手上，就想杀人是吧？梶山说：那刀可钝着呢！……

这段描写表明，当年日本人在中国屠杀中国人，简直形同儿戏！斩中国人是为了试日本刀，而站在旁边看热闹的人都可以参与屠杀——杀中国人，在他们不过是当作家常便饭而已。

林京子的作品虽说是小说，却带有强烈的纪实性，她的关于中国题材、上海体验的全部作品，都基于"我"的所见所闻和亲身体验，因此属于纪实小说。正因为如此，她对日本军队占领上海期间在上海的各色日本的生活的描写，不仅具有文学欣赏价值，作为史料也具有很大的参考价值。

如果说林京子的战时体验的舞台主要是上海，那么另一位作家——中园英助的战时体验的舞台，主要是在北京。

中园英助（1920—2002年）出生于福冈县，中学毕业后于1937年来中国东北，第二年来到北京，一边游荡一边学习汉语。他曾自述在日本占领下的北京，他曾对"在浓厚的抗日空气下的同时代的中国青年感到失望，又没有和中国姑娘交上朋友，因此怀有绝望感"，曾一度打算放弃汉语学习而爬上开往西伯利亚的火车跑到欧洲去。1940年到1945年日本战败投降的五六年间，对汉语略有所通的中园英助被设在北京的日本人办的日文报纸《东亚新报》雇用为记者，专门负责采访报道中国方面的学术文化与文学活动方面的动向与消息。由于这样的原因，中园英助和北京的一些作家艺术家等文化人，有了较多的直接接触，并与其中的一些人成为朋友，与中国文化人的交往也成为三十多年后中园英助文学创作的主要题材。1946年中园英助回到日本，1950年发表《烙印》并开始了创作生涯。1987和1988年，年近古稀的中园英助连续两次自费来北京故地重游，寻访故人，并以此为契机写出了几部有关战时北京体验的作品，其中包括《"何日君再来"物语》（1988 年）、《在北京饭店旧楼》（1992 年）、《我的北京留恋记》（1994 年）、《北京的贝壳》（1995 年），此外还有关于中国近代作家苏曼殊的文学传记《樱花桥——诗僧苏曼殊辛亥革命》（1977 年）等。

《"何日君再来"物语》《在北京饭店旧楼》《我的北京留恋记》《北京的贝壳》这几部作品，除《我的北京留恋记》为随笔集外，作者将其它三部作品称为"连作小说集"（即"系列小说集"），但实际上，这些所谓"连作小说集"从文体上看并非严格意义上的小说，而是将回忆录、纪行文学、随笔等各种文体杂糅在一起的形式独特的作品。作品中除将作者的名字改为"中本"外，几乎都是非虚构的写实。当然，在这里文体的归属并不重要，重要的是作者运用这种杂糅的文体，能够更有利于自己的叙事与表达。在内容上，这几部作品也具有相当的交叉性和共通性，甚至有些地方不免有些重复和絮叨，但读者可以看出这位"伪北京人"——这是作者的一篇作品的题名，将自己这样的曾生活在北京并热爱北京的人称为"伪北京人"——对战时北京的体验是如何的刻骨铭心，对北京文化界的友人是如何的怀念。在这几部作品中，作者写道：自己在离开北京四十一年后，重返曾经住过九年的北京，并特意住在曾经住过的北京饭店旧楼，以俯瞰自己熟悉的大街小巷。他怀着对北京的无限想念和留恋之情，在北京王府井大街等曾经熟悉的大街和胡同中盘桓，一边寻访自己曾熟识的中国的友人，一边追怀在动荡的历史岁月中逝去的青春岁月，追想曾在沦陷时期走红的女演员和歌手周璇及其《何日君再来》，感叹其红颜薄命。缅怀与自己多次晤谈的年青演员陆柏年和作家袁犀（李克异）等人，可以说，陆柏年、袁犀、周璇等沦陷时期北京的文化人才是这些作品的主人公，他们的命运及作者与他们的直接或间接的交往，是这几部作品的共通题材与主题。

《"何日君再来"物语》，正如题目所表示的，是以周璇及其名曲《何日君再来》为主题的"物语"。这部作品特异之处，就是围绕着在抗战时期中国南北——无论是沦陷区，还是非沦陷区的大城市，无论是在中国人中，还是在日本人中——普遍流行的歌曲《何日君再来》，写出了《何日君再来》在日本侵华的大背景下的传播轨迹。中园写道，当时中国有人认定《何日君再来》是消磨抗日斗志的颓废歌曲，是日本人借用来涣散中国人心的手段，而日本人中则有人认为《何日君再来》不是什么普通的恋爱歌曲，实际上其中包含着抗日意图，其中的所谓"君"，指的是迁往重庆陪都的国民政府委员长蒋介石，主题是盼望国民政府及蒋介石的"再来"，甚至认为歌词就是蒋介石宋美龄写的。中园英助在《何日君再来》的传播流行、歌词的不同版本的变迁中，在对周璇的身世经历的介绍中，写出了抗战时期中国的文学、音乐、电影、戏剧等文化艺术的一个侧面。

除了周璇及《何日君再来》外，中园英助写得最多的两个人是袁犀和陆柏年。

当《在北京饭店旧楼》获得读卖文学奖的时候，中园英助在受奖答辞中说：

我的作品中所写的友人之一，就是昭和十八年（1943年）这个会场附近的帝国剧场召开的、日本文学报国会主持的第二届大东亚文学者大会上获得大东亚文学奖的袁犀。

袁犀笔名李克异，在战后新中国，也是一个众所期待的作家，但是由于获得过大东亚文学奖而被判为汉奸，政治运动时代遭受长期迫害，在恢复名誉不久的1979年病死，当时他写的获奖作品《贝壳》，在其遗作出版的同时，不久前也重新出版。

（中略）

杜甫有一句名言："人生七十古来稀"，杜甫也好，我的友人也好，在满六十的花甲之年尚未度过时就去世了。我接下去想说的，就是我的另外一个朋友、演员陆柏年，被我的国家的宪兵队逮捕，在终战前夕死于上海监狱中，当时他还未满而立之年。对于他的死，我甚至连伸出一个手指去帮他一下都不可能。

我自己，反而已经过了古稀，我深深意识到了二十来岁时自己在北京的体验究竟是什么，在过了半个世纪后我终于明白，终于能够写出来了……①

中园英助和陆柏年（1920—1943 年）的第一次相识，是南北剧社在北京公演根据俄国作家果戈理的作品改编的话剧《钦差大臣》的时候，那时陆柏年主演剧中主角"钦差大臣"，作为"学艺记者"的中园英助在看完该剧后，深为剧情和陆柏年的演技所打动，并为此写了一篇剧评，其中说："当日中两个民族作为'同甘共苦的共同体'正在推进大东亚战争的时候，对于以私利私欲从内部腐蚀共同体的贪官污吏，这个话剧进行了痛烈的批判，很令人感动。"或许中园已经看出，该剧对日本的殖民侵略及在沦陷区乱发纸币表达了讽刺与抵抗之意，但只能以"同甘共苦的共同体"之类的说词表达对该剧的支持。由于这样的因缘，中园与陆柏年这位具有明确抗日意识的中国同龄人建立了友谊，并常常一起在东安市场等处聊天。有一次陆柏年告诉他，接下去要演出《怒吼吧，中国！》。1943 年 6 月 4 日晚，陆柏年主演的《怒吼吧，中国！》在王府井附近的真光电影院上演，观众中包括中园英助及身穿军服的一批日本军官。当扮演苦力的陆柏年喊出："杀吧！一个人倒下去，会有十个人站起来！怒吼吧，中国！"的时候，剧场中的中国观众站了起来，高喊"打倒英美帝国主义！"而那时在中园英助的耳朵里，听到的分明是"打倒日本帝国主义！"该剧公演之后不久，中圆再也没有见到陆柏年，后来他听说陆柏年在上海被日本的宪兵队逮捕，并死在监狱中……。中园英助为这位年轻的中国友人的死，为歌手周璇的死，为后来作家袁犀的死，表示了深深的感

---

①　［日］中园英助：《わが北京留恋記》，东京：岩波书店，1994 年，第 5-6 页。

叹与哀伤。这种同情与哀伤超越了战争、民族与政治，体现了中园英助宽广的人道主义襟怀，这也是他的作品在艺术上虽十分平凡，而却有感人力量的原因所在。

除了上海、北京之外，大连也是当年一些日本人生活体验最为深刻持久的中国城市，并与当代日本文学有不解之缘。

众所周知，20世纪初开始至二战结束前，大连曾经长期被日本殖民者所占据并经营，是日本"满铁"总部之所在。一些日本人在大连生活了两三代，在那里有了土地、房产、工作和家业，甚至还有了文学组织与文学刊物。有的日本人就在大连出生，他们把大连视为自己的"故乡"。但是，大连毕竟是中国的土地，日本人是殖民者。日本投降、中国抗日战争胜利后，在大连的日本人由高高在上的殖民者，一下子成为失去了一切的居留者或难民。由于当时回国（"返迁"）的困难，二十多万日本人又继续在大连生活了两年多的时间。身份、生活、境遇与命运的跌宕巨变，给了这些日本人终生难忘的特殊体验。到了1960年代之后，这一切都经沉淀发酵，化为文学创作的一种独特题材，成为当代日本的中国题材文学创作的重要组成部分，相关作品一直到21世纪初仍在绵绵不断地出现。

这些以大连为题材或背景、以"返迁体验"为主体的作品，大都出自当年出生于大连的日本作家之手。也有不少纯文学作品，如侦探小说家石泽英太郎的《烟囱》（1963年），以推理小说的形式表现了战败后居留大连的日本人身份无定和故乡丧失的主题。童话作家、诗人三木卓的长篇童话小说《亡国之旅》（1969年），写主人公如何乘坐"时间列车"返回到1943年的大连；女作家松下满连子的小说《再见！大连》（1989年）描写了日本人在返迁回国前的大连生活体验。岩下寿之的《远远地离开大连》（1998年）描述了战败后的几年滞留大连的日本人的生活，富永孝子的《大连，空白的六百天》（1999年）描写了一个日本少女在大连等待返迁的六百个日日夜夜的辛酸悲欢。楠木诚一郎的推理小说《满洲侦探 大连之灵柩》（2000年），以大连为舞台，表现了战争反省的主题。除了这些纯文学作品之外，还有不少有关大连的纪实性作品，如木村辽次的《故乡大连》（1971 年）和《大连物语》（1972 年），铃木正次的《实录·大连回想》（1984 年），吉冈胜一的《续·再来大连》（1984 年），城岛国弘的《大连港 往日物语》（1986 年），岩下寿之的《大连的信》（1995 年）和《大连·桃园台的家》（1997 年），内田迪子的《洋槐下的山丘》（1995 年），井上厦的《井上厦的大连》（2002 年），井泽宣子的《美丽大连》（2003 年），浅野幾代的《大连物语》（2003 年），竹内宪一的《洋槐下的大连学窗》（2003 年），等等。

在以大连为舞台背景、以大连的生活体验为主体的文学创作中，影响最大、最有代表性的是诗人、文学评论家、小说家清冈卓行的作品。清冈卓行（1922—2006 年）出生于中国大连，在中国大连度过了他的童年少年时代，1944 年由大连一高文科考入东京大学。次年回到大连探望父母，恰逢日本战败投降，又在大连居住了三年，并在那里与日本姑娘泽田真知相爱结婚。回到日本后在大学任教，并从事文学创作及文学评论，出版了几部超现实主义的诗集，1968 年妻子泽田真知去世，清冈卓行由追怀亡妻到追怀大连，以此为契机转向小说创作，1969 年发表了短篇小说《清晨的悲哀》，接着推出的《洋槐下的大连》（1969 年）获得了次年的第 62 届芥川文学奖。1971 年，清冈卓行继续发表大连题材的《长笛和双簧管》《萌黄的时间》，同年，以上四篇小说以《洋槐下的大连》为题出版发行，1972 年再版时又增加《某日的国内留学》一篇，构成了《洋槐下的大连》五部曲。1992 年，日本文艺社编辑出版了《清冈卓行大连小说全集》。

《洋槐下的大连》开篇写道："在从前的日本殖民地中，大连或许是最美丽的都市了。如果有人问：难道不想故地重游吗？每当这时，他都会久久沉思不语，然后轻轻摇头。并非他不想回去看看，而是心中充满不安，担心再度走上那令人魂牵梦绕的街道上，自己会战战兢兢，不知如何举步了。"① 这篇小说没有跌宕起伏的情节，与其说是在讲故事，不如说是一种回想的抒情散文诗，是青春的的回首与追忆，充满温馨、无奈和苦涩。小说写到了主人公少年时代在大连的惬意的生活、美好的爱情回忆，还有五月的大连一两场春雨之后，天空所泛起清澈而透明的浓郁的蓝色，特别是南山麓路两旁的槐花竞相开放，甘美芳香弥漫在整个街区。这些诗意的描写中充满着对大连的乡土般的怀恋，但在这美丽的城市风景背后，也有东部中国人居住区的破烂的窝棚，还有时常会感受到的中国人对日本殖民者的仇恨。当年大连现实中的那种日本人社会与中国人社会的强烈反差，殖民者与大连当地的劳工苦力之间的贫富美丑的对照，都使得清冈卓行的大连题材作品具有了丰富的内涵，不仅仅是对逝去的时代、失去的"家园"的单纯的追怀，而且也表达了一个日本人如何在"错误的时间"进入"错误的空间"的那种宿命的无奈。还有作为出生地的"故乡"与作为国籍的"故乡"的两者的叠合、含混与矛盾纠缠，更有个人的情感命运与国家民族胜败兴衰之间的无可摆脱的羁縻。当然，正如作品所表现的，日本人最终还是日本人，大连毕竟是中国的大连，《洋槐下的大连》结尾处这样写道：原来只有东京"这座城市才是自己真正的故乡，这一点不需任何理性的思考判断"。由此，书中主人公与作者一道，从大连的文学回忆中回到了东京、回到了日本。

三、本多胜一与森村诚一揭露日军暴行的报告文学

在战后日本文学中，以揭露日军侵华罪行为主题的作品，是一个尤其值得中国读者注意的特殊存在。在日本，由于这一题材的特殊性和敏感性，围绕这一问题进行写作具有不言而喻的困难和阻力。1954 年，日本一家较有名的出版社光文社出版了由日本有关作者写作的报告文学《三光》，揭露了日军在中国实行的"烧光、杀光、抢光"的"三光"政策，

---

① ［日］清冈卓行：《アカシヤの大连》，《群像》1969 年第 12 期；又载《アカシヤの大连》，东京：讲谈社，1988 年，第 71 页。

这也是日本媒体出于历史良知，第一次对日军侵华罪行进行揭露的作品，但出版后不久遭到右翼势力的胁迫而不得不绝版。①此外有些小出版社也出版过类似的书，但发行量和影响力都很有限。进入 70 年代前后，中国政府此前的反美立场有所改变，中国与苏联之间的剑拔弩张的紧张关系，导致了中美的接近，而中美的接近，也势必有助于改善与作为美国同盟国的日本的关系。中国不再像 60 年代初那样强烈反对日美安保条约及日美同盟，转而寻求彼此的接近。在这一背景下，在 1972 年中日实现邦交正常化之前的几年中，中日之间的民间往来更为频繁。许多日本民间有识之士所要做的一个重要工作，就是要推动日本国内民众及政府正视日本侵略的历史，以有助于日中早日实现邦交正常化。在这些有识之士中，就有著名记者、作家本多胜一。

本多胜一（1932 年生）是当代日本乃至世界知名的记者兼作家，出生于长野县，1958 年起进入朝日新闻社从事记者工作，从此开始了旺盛的采访和著作活动。在新闻通讯、报告文学、社会文化评论等诸多领域多有建树，著作等身。作为职业记者的本多对日本国内国外重大现实和历史事件具有高度的关注和敏感，写了大量报告文学和纪实作品，其中涉及外国的著作（中国题材除外）就有《大地球远征队》《加拿大爱斯基摩》《阿拉伯游牧民》《美利坚合众国》《德意志民主共和国》《苏维埃最后的日子》《极限的民族》《柬埔寨大屠杀》以及评论随笔集《何为事实》《杀者的逻辑》《被杀者的逻辑》等十几部。尤其是《战场之村》（1981年）对惨烈的越南战争及战场的调查采访，《柬埔寨大屠杀》（1989 年）对柬埔寨"红色高棉"政权 1970 年代后期在国内屠杀二百万国民的暴行的揭露，显示了本多胜一的道德勇气，引起了广泛关注。以同样的人道主义道德勇气，本多胜一在揭露日军侵华罪行方面，写出了三部报告文学，即《中国之旅》《通往南京的路》和《天皇的军队》。

---

① 1970 年代后该书先后以《侵略》《三光》的书名再版。

1971 年 6 月至 7 月间，本多胜一以《朝日新闻》记者、编委的身份，来中国进行了四十天的调查采访，他在中国政府有关部门的协助下，从香港进入大陆，分别在东北的抚顺、沈阳、鞍山，北京的大兴，河北的唐山、潘家峪，南京、上海等地采访侵华日军的受害幸存者，收集记录了大量第一手材料，并拍下了若干照片，回国后写成报告文学，在《朝日新闻》及《朝日周刊》等刊物上连载。1972 年，作者又在连载的基础上进一步润色充实，出版了单行本《中国之旅》（朝日新闻社版）。本多胜一的这些揭露日军侵华罪行的报告文学，是战后日本第一次由日本人亲临中国采访、以直接倾听中国受害者的倾诉的方式写成的报告文学，因而无论在中日文学史上，还是在中日战争研究史及中日关系史上，都具有重要意义。关于为什么在战后 26 年之际做这样的采访和写作，本多胜一在《中国之旅》的卷首就做了说明，他概括了如下几点理由，其中包括：第一，他认为战后日中两国一直没有邦交，而要恢复邦交，若日本方面对于战争及战争责任问题毫无表态，则邦交无可指望，而遗憾的是日本政府恰恰在过去 26 年间没有做过一次正式的调查或正式的表态，而媒体与舆论界在这方面也没有作出切实的努力；第二，其结果，对于日本军队在中国杀害了千百万人，一般的日本人只是偶尔听说过，具体真相不明，这就很容易被"靖国神社护持运动"之类的试图开历史倒车的人所利用；第三，最近日本人对广岛、长崎的原子弹爆炸，还有东京大空袭的揭露很盛行，但日本作为亚洲国家的加害者、侵略者，却没有相应的揭露，曾是日本的同盟国的德国的加害记录在日本也发表了一些，而有关日本军队的罪行却没有被揭露。第四，中国对于"日本军国主义的复活"非常警惕，但日本却有许多人认为那时中国人神经质，而对于中国人来说，"日本军国主义"并非抽象的概念和数字，而是亲人被杀、家园被烧的具体的情景，不了解这一点，就不会理解今日中国人的警戒心。鉴于这些认识，本多胜一认为：

被害者是否忘记自己被害那是他们的自由，但加害者一方倘若忘记了自己是加害者，那就无异于逃脱罪责、嫁祸于人。①

长篇报告文学《中国之旅》，沿着当年日本侵华的时间顺序，从日本设在中国东北的财阀企业"住友""鞍山昭和制铁所"如何压榨、剥削和残害中国工人，如何在沈阳设立名为"矫正院"的监狱，以所谓"思想矫正""治安矫正"的名义关押、拷问、杀害中国人；"满洲医科大学"如何拿中国人作活体试验，以注射伤寒菌、切取大脑切片等残忍手段获取试验数据和试验材料，残害中国人；在抚顺煤矿如何驱使、奴役中国劳工，如何以"串通匪贼"为由，将平顶山一带约四百户计三千人不分男女老幼一律屠杀；如何以"防疫"、治疗传染病为名，杀害数千所谓"病人"；如何在鞍山大石桥一带制造了虎食沟、马蹄沟、高庄屯三个"万人坑"；如何从北京等华北各地诱拐绑架中国劳工去日本当牛做马，还有1937年进攻上海时对中国人的屠杀，更有随后的南京大屠杀及两名日本军官每天各屠杀一百多中国人的"百人斩"比赛，以及此后在占领区实行的"三光"政策……。本多胜一的《中国之旅》诸篇均以中国受害幸存者的讲述为中心，通过现场翻译，将这些讲述加以如实记录，还详细记述讲述者的家庭出身、年龄、经历等背景材料，并配以相关照片，特别是当年身体的受害部位的照片等，具有报告文学令人信服、无可怀疑的真实性。

这一报告文学所揭示的日军的种种惨无人道的暴行给日本普通读者造成了相当的冲击，本多胜一后来写道：

　　……读者做出了强烈的反应。热烈的支持、鼓励，或者反对、狂怒、威胁及拒绝的反应。从数量上说前者占压倒的多数，特别是在有

---

①　［日］本多胜一：《中国の旅》，东京：朝日文库 1981 年，第 12 页。

着战争体验的旧军人中支持者意外地多，这一点给了我很多的勇气。经常在杂志上发表文章的"文化人""知识人"也对这个报告文学做出了反应，没想到的是这个作品起到了类似"踏绘"的作用。①

以上所说的"踏绘"，是日本江户时代刻着圣母马丽亚像或耶稣十字架像的木板或铜板画，对基督教严厉取缔的幕府政府以命人践踏的方式，检验其是否为基督徒。《中国之旅》的"踏绘"作用，就是使得日本知识界文化人在如何评价《中国之旅》问题上，亦即认识侵略历史问题上，立场明确分化。右翼势力无法面对这样的事实，《中国之旅》引起了他们的强烈的反弹，本多胜一及朝日新闻社也遭到了前所未有的污蔑和攻击。右翼文人在《文艺春秋》《诸君！》等杂志上发表文章，指责本多胜一在《中国之旅》中只写中国人一面之辞，净暴露日军的残虐，是对"皇军"及日本历史的玷污。特别是本多写到的南京大屠杀及"百人斩比赛"，更是刺痛了右翼的神经。山本七平、铃木明、田中正明、板仓由明等右翼分子纷纷撰文著书，强词夺理、不择手段地否定"百人斩比赛"的真实性，进而全面否定南京大屠杀的存在，从而将清清楚楚的历史真相搅混。本多胜一在《作为加害者的记录的必要性》一文中例举了一些读者给有关报刊的"投书"或写给本多的信，例如有人写道："国贼朝日新闻！今尔等刊行本多胜一记者《中国之旅》，捏造日本军队残忍之谎言，公诸于世，岂非被中国所收买的卖国贼乎？发表此类文字于国家何益？"有人写道："日支事变是毛、周制造出来的。像你（指本多）这样的卖国贼，应该满门抄斩！应该除掉这些可恶的记者和卖国的朝日。作为日本人要有廉耻！编造谎言，全家都该死绝！"面对这样的辱骂，本多胜一等有良知的历史学者、作家评论家等也理所当然地展开了反击，从而引发了持续三十多年，直到今天仍在持续的"南京大屠杀"真实性的争论。

---

① ［日］本多勝一：《天皇の軍隊·初版解説·加害者としての記録の必要性》，见《天皇の軍隊》，东京：朝日文庫，1991年，第419页。

在《中国之旅》出版并遭到右翼攻击之后，本多胜一在繁忙的采访与写作中抽出时间，在 1983 年 11 月底至 12 月底，1984 年 11 月至 12 月，前后两次来中国，以南京大屠杀为中心继续调查采访。1983 年底的那次调查采访以日军"上海派遣军"的进击路线为线索，1984 年底则以从杭州湾登陆的第十军的侵入路线为线索，沿途广泛采访受害者和目击者。1987 年，本多胜一又随"南京事件调查研究会"①的现场调查团第四次来中国采访，根据这几次调查采访写成的文章曾陆续发表，最终在 1987 年编辑为《通往南京的路》，由朝日新闻社出版发行。

本书题名"通往南京的路"，指的是 1937 年下半年侵华日军在我国东南沿海登陆，到最后占领南京的过程与经路。1937 年 8 月，日本的"上海派遣军"在上海郊外遭到了中国军队的顽强抵抗，被中国军队拦堵在上海北部三个月没有突破，不得不再派第十军从中国军队防守薄弱的杭州湾登陆，形成了对中国军队腹背夹击的局面，中国军队被动失利，日军遂从上海和杭州湾两个方面朝南京进军。本多胜一在 1983 年底的那次调查采访首先从第十军登陆的杭州湾北岸开始，接着沿当年上海派遣军的足迹，依次对上海、苏州、无锡、常州、句容、镇江、南京进行实地采访。1984 年底又沿着第十军的足迹，依次对嘉兴、湖州、广德、芜湖、杭州调查采访。这两支日军——"中支那方面军"的松井石根大将指挥下的第十军和朝香宫鸠彦中将指挥下的上海派遣军——的"通往南京的路"，与本多的两次中国实地采访就重合了起来。而且为了寻求采访的临场感，本多这两次采访的时间也和当年日军进攻南京的时间相一致。在《通往南京的路》中，本多胜一对当年日军进军南京过程中的目击者和受害者、当年日军暴行的现场，做了采访、拍照，同时配以当年日本报纸刊载的有关新闻图片，以互为佐证。本多所记录的这些事实充分表明，两路日军在进攻南京的途中，怀着遭到中国抵抗而付出巨大损失的强烈报复心，铁蹄

---

① "南京事件调查研究会"是以早稻田大学教授洞富雄先生在 1984 年发起成立的学术组织。

所到之处，不问城市还是村庄，不管男女还是老幼，烧、杀、抢、掠、强奸，无恶不作，所谓"南京大屠杀"，实际上在"通往南京的路"上就大规模展开了，因此，日军进入南京后的暴行，决不是偶然的所为，而是日军的惯行而已。其中对南京大屠杀的采访记述，较《中国之旅》更为具体充分和翔实，例如对南京大屠杀幸存者夏淑琴女士（受访时 57 岁）的采访，就相当具有冲击力。夏女士当年七岁，1937 年 12 月 13 日上午九时左右，日军突然闯入夏淑琴家中，将一家九人中的七人枪杀，其中母亲和姐姐是被强奸后杀死。夏淑琴身上被刺刀刺了三处，幸免于死，而邻居一家四口人则全部被杀。这样的活生生的实例，使死不认账的右翼分子非常尴尬，近年来右翼分子东中野修道等人竟称夏淑琴为"假证人"，对此，仍健在的夏淑琴老人以"名誉侵害罪"，向南京中级法院提出了起诉。

上述的《中国之旅》和《通往南京的路》，是在对受害中国人的采访基础上创作的，而本多胜一和另一位记者兼作家长沼节夫（1942 年生）合作出版的《天皇的军队》①，则是从作为加害者的日本旧军人证言的角度写成的长篇报告文学。该作品描写的对象是 1942 年组成并侵入山东、专门对付共产党八路军的游击战、镇压和掠夺当地百姓的所谓"警备师团"之一——第五十九师团（又称"衣"师团）。全书以五十九师团的旧军人（主要是下层士兵）的回忆、忏悔和证言为中心内容，以点代面地呈现了这支"天皇的军队"的侵略罪行，特别是对当地实行三光政策的野蛮的"治安肃正作战"。揭露了这支部队如何绑架中国青壮年作劳工，又如何与在华日本的企业、商社勾结串联起来，抢掠、强行"收购"当地农民种植的棉花小麦等农产品，如何以当地的居民为活靶子进行"实敌突刺"的"杀人教育"，也揭露了日本军队内部盛行的对新兵、下等兵的虐待、私刑等。并指出，在很多情况下正是由于"天皇的军队"中的这些死刑和虐待，才使得受害的士兵转而对中国百姓发泄蛮行，而"天

---

① 《天皇の軍隊》于 1972 年 9 月至 1974 年 7 月《现代之眼》月刊连载，1974 年出版单行本，1991 年出版文库版。

皇的军队"故意纵容和放任这种蛮行,又是为了维持其内部秩序,这是由"天皇的军队"的内部构造所决定的。作为报告文学,《天皇的军队》一如本多胜一的其他作品,从"彻底的事实主义"出发,将当年亲手加害中国人的原日军军人的回忆与自述,客观而又系统地连缀起来,同时并非单纯地记录有关旧军人的自述,而是将他们每个人的生平背景、具体的生活情景再现出来,从而形成了生动的临场感。全书通过这些有忏悔之意的老兵之口,将当年日军的暴行揭露出来,这不仅体现了报告文学应有的客观性,从历史学角度看,这种"口述历史"也明显有别于战后日本公开出版的各种"战史"类书籍资料(如日本防卫厅防卫研修所战史室编纂的《战史丛书》等)。那些战史大都是根据日军的有关文件、记录写成的,并经过了政府、军方及民间有关组织机构的编纂修订,堂皇的东西居多,而有关暴行的具体情节记述却很少,正如高桥三郎先生所说:在昭和三十年代、四十年代即1955—1974年间的"战记作品"中,"对过于残暴的事情、过于令人不快的事情的记述,是一种禁忌"。① 但所有暴行都是具体的、有情节的,《天皇的军队》通过对当年五十九师团的下层士兵的访谈,通过加害者的口冲破了这一"禁忌"。历史学者吉田裕先生评价说:"在这一意义上,尤其是在侵略战争的加害者的记录这一点上,本书具有先驱者的地位。"②此后,特别是进入80年代后,关于"七三一"细菌部队、从军慰安妇、南京大屠杀等有代表性的侵华暴行,都通过加害者的供述,得以揭露和呈现。

其中,以报告文学的方式对"七三一"细菌部队的内幕加以系统揭露的,是著名作家森村诚一。

森村诚一(1933年生)是"社会派"推理小说的代表人物,擅长以严谨的推理和精彩的故事,广泛反映社会问题、深入解剖病态人性、弘扬

---

① [日]高桥三郎:《"戰記もの"を讀む》,东京:アカデミア出版会,1988年。
② [日]吉田裕:《天皇の軍隊・文庫版解說》,东京:朝日文庫,1991年,第441页。

理想与正义，迄今共出版了一百多部推理小说，还有大量报告文学和评论随笔作品。从1981年到1983年，森村诚一连续出版了以日本在中国黑龙江设立的"七三一"细菌部队为题材的系列长篇报告文学《恶魔的饱食》《续·恶魔的饱食》《恶魔的饱食·第三部》，森村诚一称这些作品为"实录"，是指他完全尊重受访者的口述历史而没有虚构，但也体现出了作家的出色的"构成力"和"表现力"①，因而我们从文学的角度看，这些"实录"正如上述的本多胜一的作品一样，也是别具一体的优秀的报告文学。

关于"七三一"部队系列作品的第一部《恶魔的饱食》，副标题是《"关东军细菌部队"恐怖的全貌》，先在《赤旗》上发表，随后由光文社出版单行本。在森村诚一的《恶魔的饱食》问世之前，已出版的关于"七三一"部队的著作主要有岛村桥的《三千人的活体试验》（原书房1976年）和山田清三郎的《细菌战军事审判》（东邦出版社1974年）等，都是根据远东国际军事法庭的审判记录写成的，具有一定的学术价值，但对于"七三一"部队的全貌和细节展现还不够。森村诚一的《恶魔的饱食》的写作，除了参阅了远东军事法庭对"七三一部队"的审判记录以及日本出版的有关历史资料外，其优势和特色就是直接采访了居住在日本各地的三十一名原"七三一"部队的成员及当事者，并耐心地说服他们吐露真相，作为报告文学具有无可置疑的真实性和原创性。《恶魔的饱食》生动地再现了伪满洲国出笼不久后由日本关东军设在中国哈尔滨附近的以石井四郎为首的"七三一"部队的恶魔面目。那里既是监狱，也是医学试验室，为了获得细菌战的实验数据，他们以中国及苏联的抗日人士，甚至是无辜平民、妇女儿童为"原材料"（称之为"原木"），进行活体解剖，那些被抓来的"原木"被剥夺了身份、姓名、人格，只是供解剖试验用的动物，就是在这些人身上，"七三一"部队注射各种病

① ［日］森村诚一认为，一个作家兼具四种才能是最理想的，即"想象力""构成力""表现力"和"取材力"（采访的能力）。

毒、恶性细菌、恶性传染病病毒，还对活人进行极限冻伤、冷冻、烫伤、耐渴、耐饿、X线长时间照射、解剖孕妇腹中的婴儿、获取人体器官标本等各种五花八门的试验，平均每两天祸害三人，为此先后残杀了三千多人，其中三分之二是中国人，此外还有苏联人、蒙古人、朝鲜人等抗日人士。其中的残忍暴行大大超出了人们的想象。例如，在《人体的"活标本"》一节中，记述了"七三一"部队为获取年轻健康人的器官标本，让一个懵懂无知的十二三岁的中国少年爬上手术台，麻醉后将其开膛破肚，将五脏六腑一一取出，置于药液容器中。那些器官在被放入容器时，仍然跳动不止，是为"活标本"。掏空了少年的腹腔后，又打开头盖骨，将大脑取出……类似骇人听闻的恶魔般的暴行，在书中比比皆是。

《恶魔的饱食》出版后在日本销售三百多万册，作为严肃的读物而如此畅销，在日本出版文化史上是少见的，在国际上也产生了广泛的影响，许多国家的媒体采访森村诚一，表示了对他的敬佩和支持。而日本国内一些右翼分子却气急败坏，对《恶魔的饱食》横加指责、吹毛求疵，大骂森村诚一是"卖国贼"，"不是日本人"，还扬言要干掉他，使得他出门时不得不身穿防弹衣。但森村诚一毫不退缩，接着又以深入调查得来的新材料，写出了《续·恶魔的饱食》（光文社1982年），该作品副标题为《"关东军细菌战部队"谜的战后史》，在前作的基础上进一步追踪战后"七三一"部队及其有关当事人的行踪，补充发掘新材料，以从各种不同角度全面揭露"七三一"部队的面目，而重点则是对"七三一"部队在战败后如何撤收、如何与美国人达成的幕后交易等内幕做了大胆的披露。作品表明，战后美国以不追究和审判"七三一"部队为交换条件，获取了"七三一"部队的所有研究成果和试验数据，并将一些成果运用于1950年代初的朝鲜战争，就此森村诚一对包括美国人在内的有关当事人进行了调查采访，揭示了"恶魔复活"的内幕。《续·恶魔的饱食》出版后，仍然引起了很大的反响，并出现了出乎意外的所谓"写真误用"问题。吹毛求疵的右翼人士在该书卷首的三十多幅资料照片中，找出了几张与"七三一"部队无关而被误用的照片，便抓住这一问题对森村诚一大肆攻击和骚扰，出动宣传车在森村工作室外终日大喊大叫，森村诚一一度只能在警察的保护下才能行动，并导致前两部书绝版后迟迟不能重印。

在这种压力下，森村诚一以坦荡胸怀和浩然正气，向读者和媒体解释了"写真误用"的由来，并义无反顾，继续从事"七三一"部队内幕的调查写作。

如上所说，《恶魔的饱食》和《续·恶魔的饱食》是由加害者的证言为主要内容的。森村诚一写完这两部作品后感到，对于"七三一"部队，如果只从加害者的角度写，就好比一辆车只在一侧安上了轮子，是不完整的，他觉得有许多问题需要搞清楚，包括：原"七三一"所在地哈尔滨市平方区那个地方，原来有居民吗？"七三一"征用他们的土地有补偿吗？那些人现在怎么样了？虽说"原木"们全都被杀害了，但有没有例外的生存者？他们有遗属吗？能不能听到他们的倾诉呢？带着这些问题，森村诚一来到中国调查采访。实地调查访问了"七三一"部队的旧址，包括试验室、焚尸炉等建筑遗迹和细菌炸弹等物证，采访当年在"七三一"部队做苦力人中的幸存者，写出了《恶魔的饱食·第三部》，1983年由角川书店出版发行。至此，森村诚一关于"七三一"部队的报告文学形成了完整的"三部曲"，通过这三部作品，"七三一"部队的恶魔面目就被全面地呈现出来。

《恶魔的饱食》系列作品出版后，影响不断扩大。近年来还被改编为戏剧、混声大合唱等艺术形式与观众见面。1984年前后至今，话剧《恶魔的饱食》曾在东京、神户等地公演15次以上，其中在东京演出时曾受到右翼分子的恫吓。1998年演出团到中国哈尔滨和沈阳演出。在中国人民纪念抗日战争和世界反法西斯战争胜利六十周年之际的2005年8月，《恶魔的饱食》中国公演团再次来中国演出，在南京和北京公演三场；同年9月，《恶魔的饱食》大合唱在北京和南京演出两场，每场观众上千人。中国观众对森村诚一、对日本市民演出团体敢于冒着右翼势力的威胁而正视历史、传播真相、追求和平的勇气表示钦敬。

在《恶魔的饱食》发表的几乎同时，森村诚一又推出了长篇小说《新人性的证明》。这篇小说虚构了当年从"七三一"侥幸逃脱的中国女子杨君里到日本寻找女儿，忽然中毒死亡的故事，从而引出了当年"七三一"部队的罪恶内幕。作品把史实和史料小说化了，但涉及"七三一"部队的史实，是完全尊重历史的。《新人性的证明》是此前发表的《人性的证明》的续篇。如果说《人性的证明》所证明的是在似乎丧失了人性的人身上，还有一点点人性存在，而《新人性的证明》最终"证明"了，作为杀人的魔窟的"七三一"，根本没有人性可言。

本多胜一和森村诚一以侵华日军罪行为题材的报告文学，表明了战后日本文学、日本言论界反省战争、深刻反省军国主义侵略历史、不让侵略战争重演的善良愿望。读了他们的作品，我们就不能再笼统地、一概而论地断言日本人对侵略战争没有反省。本多胜一和森村诚一这样的作家，代表了日本人的良知，也代表了日本文学的良知。这样的日本人和这样的日本文学，在日本右翼势力日益猖獗的今天，显得弥足珍贵。在中国题材的日本文学史上，也是难得的篇章。

四、山崎丰子等以中日战争及中日关系为题材的小说

在日本当代的中国题材文学史上，以日本侵华战争为背景、以中日交流、中日关系为题材的小说，有两部作品值得注意，那就是南里征典的《未完的对局》和山崎丰子的《大地之子》。

南里征典的小说《未完的对局》，有着不同寻常的创作背景。

1979 年，北京电影制片厂编辑的《电影创作》杂志七月号上，发表了李洪洲、葛康同创作的以日本侵华战争为背景、以围棋为媒介的中日文化交流为题材的电影文学剧本《一盘没有下完的棋》。当时该刊编辑部李华先生看了剧本后，提出应该将它搬上银幕，随后，著名资深演员赵丹便提出通过中日两国合作的方式，将该剧本电影化，自己可以扮演剧中的主

要人物，并向日本"大映映画"社长、一贯致力于中日电影文化交流的德间康快先生提交了剧本，德间康快先生同意付诸实施，并将具体任务做了布置和分工，但次年（1980年），李华先生和赵丹先生先后逝世，日方原定的"企画"也去世，德间康快重新安排了导演、剧本、主要演员的人选，并安排佐藤纯弥先生任导演，日方的电影剧本作家安部彻郎、神波史郎及导演对原电影文学剧本做了七次修改加工，历时两年时间，但由于中日之间在电影理念、历史认识问题上的分歧，而产生了种种龃龉，但最后中日双方在承认日本对中国发动的是侵略战争这一点上，找到了共通点，并最终使双方艺术家的合作得以顺利进行。1982年初日本剧组来中国拍戏的时候，所到之处，常常壅街塞巷，数万人自发出动表示关心和欢迎，这给日本方面的艺术家们以很大的鼓舞。1982年，在中日邦交正常化十周年之际，由佐藤纯弥、段吉顺导演、三国连太郎、三田佳子主演的《未完的对局》（中译名《一盘未下完的棋》）在中国和日本上映，取得了良好的效果。特别是在中国反响更为强烈，一时成为全国观众关注和议论的中心话题之一。可以说，该电影在中国和日本的上映，很大程度地开启并强化了1980年代中日友好的浓厚气氛。

在电影创作和上演的同时，日本方面也计划将电影"小说化"即把电影剧本改写为小说，这个任务便交给了日本小说家南里征典。南里征典（1939年生）福冈县人，曾做过十九年的记者，也曾多次来中国旅行采访。他以创作推理小说、冒险小说、官能小说而知名。南里征典充分发挥小说特有的艺术特长，在尊重电影文学剧本的基础上，参阅了有关中国近现代历史及中日关系史的论著，写成了长篇小说《未完的对局》，1982年6月，在电影上映之前（电影上映时间是9月至12月）由德间书店出版。

小说《未完的对局》①的主要人物是日本围棋名将松波麟作、中国"江南棋王"况易山、况易山的儿子况阿明、松波麟作的女儿"巴"（日

---

① 中译本《一盘没有下完的棋》，由孟传良译，武汉：长江文艺出版社，1984年。

语发音ともえ）等。共分"出发、青年、军靴、苦恼、雪野、对决、暗转、别离、暗市、长城"等十章，时间跨度从 1924 年直到 1960 年，小说开篇，写日本围棋名手松波麟作六段应段祺瑞政府的要员庞都督的邀请，为祝贺其花甲寿辰来北京助兴，并将与中国"江南棋王"况易山对弈。易山将自己不满十岁的有极强的围棋天赋的儿子阿明带来了，为的是让他观摩松波先生的棋法。他坚信儿子的才能超过他，一定会使中国围棋复兴。易山在与庞都督的对弈中不会阿谀奉承，使庞都督当场败北而恼羞成怒，遂遭到庞都督的追杀陷害。易山与松波的棋没有下完便遭到逮捕，情急中将儿子托付给松波麟作。况易山回江南老家后为筹措钱款让儿子东渡，将房子也卖掉了，于是松波将阿明带到了日本。从此拜松波为师学艺。1937 年日本全面发动侵华战争时，况阿明通过英美报纸的报道和父亲的来信，得知日本军队在中国烧杀抢掠，决心回国参加抗日斗争。那时松波的女儿巴已与阿明相爱，阿明在爱情、围棋、日本、中国的选择中陷于痛苦彷徨，日本国民举国欢庆攻陷南京的狂热场面，以及外电关于南京大屠杀的报道，更令阿明坐立不安。他向松波先生提出回国，松波不许，认为日本在中国进行的是"圣战"、不会杀人放火，让阿明不要相信英美的宣传。为了围棋事业，阿明不得不暂时放弃回国念头，并在与篠原八段的对弈中胜出，获得"天圣位"，成为日本棋坛第一人，从此一举成名。日本军部为达到其宣传目的，诱逼阿明放弃中国国籍、改掉中国姓名，"归化"日本，并在阿明获胜后的第二天在报上登出消息，宣称阿明已经"归化"。阿明在忍无可忍之下，召开记者招待会宣布放弃"天圣位"，由此激怒了日本军部，并将阿明及松波家监视起来。阿明向松波诉说了易山父亲的来信所写日军在中国及家乡的野蛮暴行，再次请求回国抗日，而妻子巴也理解阿明的心情，决心陪阿明一起回国。在此情况下，松波不再强行阻拦。为了能让阿明和夫妻秘密出国，松波找到了自己相识的在中日之间有很大活动能量的右翼组织头目北岛龙三，希望他帮助阿明夫妻秘密出国。不料就在阿明夫妻即将登船时，遭军警伏击身亡。接下去，军部为了报复，将五十多岁又失去了爱女的松波麟作征兵，并送往中国前线。在中国江南，作为日本士兵的松波麟作与作为被俘抗日战士、妻女均被日军杀害的况易山不期而遇，在军人的刺刀威逼下，两人按多年前在北京未下完的那盘棋的棋谱，含泪对弈，并趁机诉说期间发生的一切……。战后的1960年，松波麟作老人作为日中围棋交流代表团副团长，来中国访问，并在中国长城与与况易山继续那盘"未完的对局"……

《未完的对局》在题材选择、人物塑造、情节构思、主题表达上，充分尊重和吸收中国作家的电影剧本原作的精华，可以说是一部思想与艺术上臻于完善的作品。南里征典对这一题材与故事的重大性和内容蕴含有着深刻的认识。他说："本作品的主题毋宁说不是围棋，归根到底，围棋只是日中两国之间的一条纽带。'战争与和平'才是小说的主题。"[1]作品站在"战争与和平"的高度，站在中日现代史的高度，将中日之间具有上千年之久的围棋交流史，置于日本侵华战争的大背景下，揭示出发源于中国、传播到日本的围棋是和平之棋，日本的侵略及发动战争的军部政府不仅在中国杀掉了无数中国人及况易山一家、在日本杀害了况阿明及其妻子巴，也扼杀了中国与日本的围棋、扼杀了中日围棋交流。值得注意的是，在这部小说中，没有日本战后以战争为题材的小说中普遍存在的将日本人作为受害者片面加以放大而对被害者的中国却轻描淡写的倾向，如实地反映了日军在中国、在况易山的家乡的野蛮暴行；同时也写出了尽管经历了不幸的战争，但是靠着围棋这样的源远流长的传统文化的关联，靠着松波麟作、况易山这样的民间人士的往来，作为近邻的中日两国国民的友谊和往来是不会也是不能间断的。

《未完的对局》之后，1980年代出现的以中日关系为题材的重要作品，是著名女作家山崎丰子的《大地之子》。

山崎丰子（1924—2013年），出生于大阪市，京都女子大学国文科毕

---

[1]　［日］南里征典：《未完の对局·あとがきにかえて》，《未完の对局》，东京：德间文库1982年，第312页。

业后，入每日新闻社作记者。1957 年发表以大阪海带商的生活为题材的处女作《暖帘》，次年，《花暖帘》获第三十九届直木奖。同年辞去记者工作，专事创作。她充分发挥自己作为记者的出色的情报收集与采访能力，主张"小说无禁区"，创作了大量以敏感而重要的社会问题为题材的作品，包括长篇小说《白色巨塔》（1965 年）、《浮华世家》（1973 年）、《不毛之地》（1976—1978 年）等巨著，分别揭露了医学界、金融界、政界的丑恶内幕，描写了 1960—1970 年代日本经济高速成长过程中产生的各种畸形人格、滋生的种种腐败。尤其是《浮华世家》全四卷于 1980 年代初在中国翻译出版后，成为畅销书，根据小说拍摄的日本同名电视剧，也轰动了全中国，山崎丰子遂在中国出名。接着，山崎丰子将取材的范围扩大到日本国外，以日本和美国为舞台，创作了以太平洋战争、广岛原子弹爆炸及战后的东京审判为题材的《两个祖国》（1983 年）。

以中国和日本为舞台、以日本侵华战争及战后中日关系为题材的长篇小说《大地之子》是山崎丰子后期最重要的作品，在她的全部创作中也占有重要位置。山崎丰子在有关文章中曾谈到了这部作品的创作缘起。她说她的弟弟是东亚同文书院①出身，弟弟早就对她说："我希望你到中国看看，写一部以中国为题材的小说，资料和翻译全由我来做。"但那时山崎尚没有写中国题材的打算。1983 年 10 月，山崎丰子应中国作家协会的邀请来华短期访问，次年，中国社会科学院外国文学研究所邀请她来中国访问座谈，并就《浮华世家》的创作问题与中国作家、学者们座谈。期间，人民文学出版社的一名干部在拜会山崎丰子的时候，曾提出请山崎写宋庆龄。对此，山崎记述道：

　　……突然提出要我写宋庆龄，我一时不知如何是好。我问："为什么中国作家不写呢？"回答说："中国人受政治形势的左右，很难

① 由日本的"东亚同文会"在上海创办的、以培养"中国通"为宗旨的大学，战后被撤销。有关遗产及资料转移到了现在日本的爱知大学。

写。您曾写过《浮华世家》，希望您能在中国长期采访，写出以宋庆龄为中心的大作。"我回绝说："这不行，我写不了中国人。"对方说："您说什么呢？您的《两个祖国》不就是写美国的吗？美国能写，中国为什么就不能写？"我说："美国？不，那是日系美国人。"刚说出这句话，我脑子里忽然闪现出一个念头：是啊，在中国也有日本人的战争孤儿呀！如果写他们，没准儿能行。从那时起，我就考虑写一部以战争孤儿为主人公、以中国为舞台的小说。①

　　山崎丰子回国后，就开始系统阅读有关资料。在日本，"中国残留儿"——即战败后由于种种原因未能回到日本，而被中国人所收养的日本儿童——的相关资料非常丰富，许多"残留儿"写了有关的体验记和回忆录，也有许多作家记者写了以此为题材的纪实作品。山崎丰子意识到，要写好这部作品，就必须赋予作品以充分的戏剧性，并把残留儿的命运与当代中国联系起来。当时由中日合作建设的上海宝山钢铁厂（即《大地之子》中的"宝华钢铁"），曾因种种问题而在中国国内引起争议，山崎丰子就想把主人公的命运与"宝华钢铁"的建设联系在一起，于是，在后来的小说中，《大地之子》的主人公、日本"战争残留儿"陆一心是宝华钢铁的工程师，而他的生父，则是与"宝华钢铁"合作的日本钢铁企业的负责人。这样，中日钢铁企业的合作与纠葛便可以通过父子俩的形象塑造而表现出来。除了在日本翻阅大量的资料外，山崎丰子还与日本著名的中国学专家竹内实交谈。竹内实认为山崎不会汉语，写出这么一部作品很困难，可能会成为"宏大的失败作"，同时竹内实也希望山崎丰子调查两个重要问题：第一，日本的战争孤儿有没有在中国受过高等教育的？第二，战争孤儿有没有加入中国共产党的？竹内提出的这两点给山崎丰子重要的启示，后来这两点都落实到了小说中的人物身份设置上，主人公陆

---

① ［日］山崎丰子：《〈大地之子〉与我》，东京：文春文库，1999年版，第14-15页。

一心战后就在中国受过高等教育，并加入了中国共产党。

而对山崎丰子的写作来说，最重要的是在中国的采访问题。1980年代初期的中国刚刚实行改革开放，在长期封闭僵化的社会制度下，对信息的封锁也相当严重，外国记者在中国是不能自由采访的。山崎丰子有幸得到了时任中共中央总书记，并且非常重视中日友好关系的胡耀邦的支持和帮助。胡耀邦在1984年11月会见了山崎。山崎丰子当时对胡耀邦说："小说不是口号。我想为中日友好而写小说，但最初不能以这个作为前提。只是写出来的东西最终对中日友好有好处。"胡耀邦回答说："不要美化中国。中国的缺点、黑暗的部分也可以写，如果写的东西是真实的话。"在胡耀邦的帮助和支持下，山崎丰子在中国的采访变得一切顺利了，甚至采访了从来不可能对外国记者开放的内蒙古、宁夏的监狱和劳改所，并获准与犯人交谈。对此她后来回忆道：

> 从1985年开始，我在东北地区、新疆维吾尔自治区、延安、广州、西安，到1986年去了四次的东北地区、河北省、内蒙古、重庆、武汉、上海……，这些采访旅行由于得到胡耀邦先生的许可才成为可能。中国的官僚都是"善于保身"的人，胡耀邦一声令下，他们的态度也为之大变，从那以后，动不动就说"不必了"而拒绝采访，或者提出采访要求后不予理会的机关单位，都非常地配合。特别是到最后都要说上一句："请向总书记问好！"实际上这也是拍马保身……①

后来山崎丰子在中国采访期间又有两次受到胡耀邦接见。但是据她说，到了1986年胡耀邦不再担任总书记以后，她的采访重新又遇到了种种壁垒和困难，好在采访也基本结束。到了1987年，《大地之子》开始

---

① ［日］山崎丰子：《〈大地之子〉と私》，东京：文春文库，1999年，第18-19页。

在杂志上连载，1991 年连载完毕后，文艺春秋社出版了三卷本单行本，1994 年又出版四卷本的文库版（文春文库）。在日本读者和评论家中，得到高度评价。不久，《大地之子》又由日本 NHK 电视台改编、拍摄为电视连续剧，镜头在中日两国现场拍摄，中日两国演员联袂演出，电视剧播出后在日本观众中引起了强烈反响。

《大地之子》中的主人公是陆一心，日本名字是松本胜男，是从日本来中国东北进行"开拓"的"开拓民"的后代，整部小说就是围绕他的命运和遭遇而展开的。1945 年日本战败前夕，苏联军队挥师东进，以迅雷不及掩耳之势攻进中国东北。日本开拓民明白日本已战败时，已来不及收拾物品，甚至来不及抱走孩子，仓皇逃命。当年松本胜男七岁，和妹妹一起被父母撇在中国，妹妹被中国人贩子卖掉了，后来胜男在吉林作了丁福财家的童工，不堪虐待而扒火车逃到了长春，并被小学老师、善良的中国人陆德志收留，并给他取名陆一心。陆德志和妻子一起给一心治病、喂饭，百般呵护，待之如亲生骨肉。国共内战爆发后，在共产党军队攻打长春时，陆德志夫妇带着一心，从危险的城里逃出，和大批逃难的人流一起，要过解放军设置的"卡子"到乡村避难。但解放军对过"卡子"的人要核实身份。陆一心因汉语发音奇怪被怀疑是日本人而不得通过。陆德志说孩子是他的，因为校正口吃的毛病发音才有点怪。守"卡子"的军人不信，欲喊一个会日语的朝鲜人来测验，正在这紧要时刻，一个解放军军官模样的人出现了：

　　"怎么回事，有什么问题？"他向士兵问道。

　　"那孩子究竟是那人的孩子还是日本人，搞不清楚。看，就是那个。"

　　面对那可怕的视线，陆德志紧张地咽下一口唾沫，他横下心来叫道：

　　"那孩子是我的独生子啊！十岁的孩子，好不容易从阎王殿中拉扯出来的，请你们给条活路吧！让他过卡子，让我替他返回去！"

那个军官模样的人听了这话，对呆呆地站在栅栏内的少年和外面的陆德志打量了一番，然后对端着枪的士兵说道：

"同志，你明知道回到栅栏中会饿死的，但是即使这样你仍然要救孩子。这正是我们共产党和解放军的基本精神。好吧，让孩子通过吧！"

于是，横在德志与一心之间的枪收起来了。一心朝栅栏外飞跑过来。就在那一瞬间，他发疯般地大声叫道：

"爸爸！爸爸！"

他抱住德志的脖子，使劲贴在他身上痛哭起来。在此之前，无论怎样亲近，无论是在什么情况下，一心从来都没有喊过"爸爸"。这是头一次。

……①

新中国成立后，陆一心考上了大连工业大学，学习钢铁冶炼专业。大学时代他与一个漂亮活泼的女同学赵丹青谈恋爱，但终因对方得知他的日本人身份而分手。1966年那场政治运动爆发后，陆一心被作为日本"特务"和"反革命"而被捕，并被押送到内蒙古劳改十五年，劳改期间的陆一心患破伤风，受到了来自北京的年轻女医生江月梅的精心照料，两人逐渐产生了爱情并结婚，在江月梅的多方打听了解下，陆一心得知妹妹的下落，已改名"秀兰"的妹妹和养母在一个贫困的乡村种地为生，不久因贫病交加而死。陆一心平反释放后，被安排到北京钢铁公司工作，并加入了共产党。改革开放后又被派到中日联合建设的上海"宝华钢铁公司"任技术人员，并代表中方与日方有关人员往来交涉。而日方的钢铁公司的代表，正是陆一心的生父松本耕次……。父子俩各自代表不同的国家和不

---

① ［日］山崎丰子：《大地の子》第1卷，东京：文春文库，1994年，第156页。

同的利益，遂产生了种种纠葛，期间又因发生"资料丢失"事件被怀疑私通日本出卖国家利益，而蒙受了不白之冤。陆一心就是这样，在自己与生父、养父与妻女之间，在中国与日本之间的复杂的关系纠葛中，备尝酸甜苦辣、悲欢离合。为了报答养父养母的抚育之恩，陆一心最终决定放弃回日本而留在中国，和他的中国亲人一起生活，并继续他热爱的事业……

由于《大地之子》是在长达八年的调查采访的基础上写成的，其中的主要人物在现实中都有原型，因此非常富有历史感和现实感。作品中生动地表现了陆德志夫妇、江月梅等中国人的善良和无私的爱，正是有了这些来自普通中国人的爱，陆一心才有了新的生命，才决心将自己的一生献给中国。同时，小说将人物的命运放在近半个世纪以来中国社会的曲折动荡的大背景上，对国共内战、反右、"大跃进""文革"等一系列政治运动给中国人带来的巨大冲击都做了真实而又深刻的描写。因此，说《大地之子》是以日本人残留儿的命运遭际为中心展开的中国现代史，也未尝不可。但是另一方面，这些描写是站在日本作家的立场上进行的，总体上看，受表现"中国残留儿"不幸命运这一主题的制约，整部作品是将日本残留儿作为受害者的形象来描写的。换言之，是将日本人作为"受害者"，而不是战争"加害者"来描写的。陆一心虽然得到了来自中国人的种种关爱，这些关爱固然也很重要，但在他的命运起伏与曲折经历中，这些关爱常常显得无能为力。陆一心在不断爆发的一次次政治运动中，总是首当其冲，备受迫害。而每次受迫害，又都与他的"小日本鬼子"的身份有关，这基本上是符合历史事实和历史逻辑的。但是，归根到底，陆一心的日本父辈，是作为"开拓民"，即作为非法侵入中国土地的殖民者到中国来的。这才是事情的根本。战争残留儿问题，从根本上说是日本侵略中国造成的，没有善良的中国人的保护和收养，日本残留儿恐怕早就死于枪炮之下，残留儿问题也就不存在了。然而遗憾的是，山崎丰子对这一点即使有所认识，表现得却也很不够。小说给读者的印象是，现代中国是一个政治险恶、经济文化落后的可怕的国家，日本残留儿在中国受尽委屈和折磨。是的，现代中国确实是一个多灾多难的国家，但比起一般的中国人来，陆一心在中国的命运还算是不幸中之万幸者。何况，现代中国的灾难又与日本的侵略有着复杂深刻的关联。

由于种种原因，《大地之子》这部以中国为舞台的、以中日关系为主题的作品出版后，却一直未能在中国翻译出版，根据小说拍摄的电视剧，主要人物陆德志等虽然由朱旭等著名中国演员扮演，但一直未能在中国上映。当然，未能在中国出版或上演的原因之一，或许与当初支持山崎丰子采访与写作的胡耀邦总书记的遭际不无关系。正因为如此，山崎丰子对胡耀邦总书记越发地"知恩"和感恩。1989 年胡耀邦突然去世后，山崎丰子正在中国，因为马上要回国，她一定想要在回国前向胡耀邦灵前献上一束花。那时首都的学生们正在举行声势浩大的悼念活动，并由此掀起了八九政治风波。山崎丰子在这样的情况下来到胡耀邦家门前，遭到了门卫拒绝。但山崎丰子没有退却，而是据理力争——

　　"胡耀邦先生是我恩人，至少在回国前我要向他献一束花呀！此外想对家属表示慰问。如果不行，我想至少亲手把这束花供在他每天通过的院子的台阶上。要是这也不允许，我就在这里等上一天、两天！"
　　听我这么一说，人群中发出"应该！应该！"的喊声。
　　"让她进去，人家是从日本来的嘛！"
　　人群中有人声援道。
　　……①

在众人的一致声援下，山崎丰子终于得以进入胡耀邦的家中，并与胡耀邦的夫人李昭相拥而泣……

---

① ［日］山崎丰子：《胡耀邦さんにもう一度会いたい》，见《〈大地之子〉と私》，第 129 页。

在《大地之子》三卷本出版后，山崎丰子又一次来到中国，目的是
要把刚出版的《大地之子》奉献在胡耀邦的墓前。她在《把〈大地之子〉
还给中国》一文中记述道，当时她来到江西共青城胡耀邦墓前，对那里
的负责人说："我是日本作家，1984 年以来，一直得到胡耀邦总书记的帮
助，终于写完了《大地之子》。总书记曾对我说：小说写完后一定送给
我。现在我专程从日本来，兑现我们的约定。请允许我把这书供在他的
灵前。"①

山崎丰子就是这样将《大地之子》献给了胡耀邦，"还给了中国"。
这件事本身，就在中日交流史上、在中日文学与文化关系史上留下了特殊
的一页。

五、大众通俗文学及森咏、大石英司的战争幻想小说

大众通俗小说，从题材上看包括推理小说、战争小说、犯罪小说、冒
险小说、国际商贸（经济）小说等，以中国为舞台背景、以中日关系为
题材的作品，在 1980 年代部分地出现，到了 1990 年代后大量出现。

像近代的前辈作家一样，当代许多作家仍然很喜欢将作品的舞台背景
置于香港和上海。而以香港和上海为舞台的，多属于犯罪小说、推理小
说、冒险小说。例如，以香港为舞台的长篇小说，就有女作家山崎洋子的
描写凶杀案的推理小说《香港迷宫行》（1988 年）和以战时上海为舞台
的推理小说《上海东方宝石》（1990 年）、赤羽建美的凶杀推理小说《香
港·杀人与购物地图》（1989 年）、女作家狩野蓟的以香港及中国内地为
背景的冒险小说《亚洲黄龙传奇》（1-4 卷，1991—1992 年）、佐佐淳行
的以香港暴动、日本大使馆救助日本公民为题材的幻想小说《香港领
事·佐佐淳行》（1997 年）、司城志朗的凶杀冒险小说《香港乐园》
（1990 年）、女作家服部真澄的围绕香港回归的国际间谍小说《龙的契

---

① ［日］山崎丰子：《〈大地の子〉中国に還る》，见《〈大地之子〉与我》，第 149
页。

约》（1998 年）、杉田望的商战小说《香港市场》等。以上海为舞台的小说主要有：内山安雄的以中国人结婚欺诈为题材的《上海舷梯》（1996年）、柏木智光的以上海黑社会犯罪为题材的《上海死亡线》（1999 年）、藤木禀的以租界时期的上海各国间谍机构及情报战为题材的《上海幻夜》（2001 年）、笹仓明的同样以结婚欺诈为题材的《上海诈婚杀人》（2004年）、内田康夫的杀人推理小说《上海迷宫》（2004 年）等等。这些作品均以娱乐性为中心，作家们对中国似乎并不很熟悉，之所以以中国的香港和上海为背景，或许主要是强化异域色彩和国际感觉。有些作品以中国的著名人物和著名事件为背景，驰骋幻想，具有猎奇意味。

除了以中国为背景的推理、冒险和犯罪小说外，有的作品的舞台背景还不在中国而在日本，描写的则是华人华侨。其中值得一提的，是作家驰星周（1956 年生）的长篇犯罪小说《不夜城》（1996 年）。这部小说以日台混血儿黑社会头目刘健一为主人公，描写了中国人黑社会在歌舞伎町横行霸道、无恶不作。在他笔下，日本新宿的歌舞伎简直已不是日本领土，而成了中国人犯罪者的乐园。这部小说发表后，成为畅销书，又很快被搬上银幕，对日本读者造成了相当的阅读和视觉冲击，因而极大地败坏了在日华人的形象，也使日本许多人加深了对来日华人的偏见与歧视。此后，森田靖郎（1945 年生）写了《东京支那人：歌舞伎町的流氓们》（1998年）、《新宿邦：东京支那人》（1999 年）、《流氓的活法：中国人犯罪集团袭来》（与沟口敦合著，2000 年），富坂聪写了《潜入：在日中国人犯罪集团》（2001 年）等纪实性作品，进一步渲染中国人在日本的犯罪。

当代日本以中国为题材、为背景的小说，最重要的门类是战争小说。在这些通俗战争小说中，有以过去的日本侵华战争为背景的，更有以设想中的未来中日战争为题材的。

以过去的战争为背景的战争小说有：桧山良昭（1943 年生）的以1930 年代的"满洲"为背景的《消失的"亚细亚号"》（1986 年）和《中国大动乱》（1-2 卷，1996—1997 年）、谷甲州以日本关东军开采"北满洲"油田为题材的《霸者的战尘1931 · 北满洲油田》（1991 年）、以上海事变为题材的《霸者的战尘1932 · 上海市街战》（1992 年）；军事评论家、作家高布贯市（1956 年生）以伪满洲国时代为舞台、石原莞尔为主人公的《满洲大动乱》（1-3 卷，2002—2003 年）等，其中的代表作家是胡桃泽耕史。

胡桃泽耕史（1925—1994 年），本名清水正三郎，侵华战争时期曾入伍，战后曾被苏军拘押。1950 年代中期开始创作，以大胆描写两性关系而被称为"性豪作家"，但作品长期未能获奖。1980 年代初期，清水正三郎改名为"胡桃泽耕史"，并长期在中国等世界各地旅行取材，陆续发表了一系列以外国——主要是中国——为舞台、以日中战争为背景的冒险小说。其中，最有代表性的作品是《越过天山》。从 1986 年开始，胡桃泽耕史先后五次到丝绸之路旅行，并决心越过天山踏破塔克拉玛干地区，《越过天山》就是他的天山旅行和梦想的结晶。这部冒险小说写 1933 年日本军部为了将中国战线扩大到中国西部，试图拉拢和利用新疆少数民族部落，便策划政略婚姻，将一位日本女忭远嫁给塔克拉玛干沙漠地区一位头领。卫藤上等兵因蓄有漂亮的胡须，上级命令他一人单枪匹马，悄悄踏上丝绸之路，护送新娘至新疆，并经历了种种艰险……。1983 年，该作品获得了第 36 届日本推理作家协会奖。满足了胡桃泽耕史获奖的渴望。此后，胡桃泽耕史又陆续发表了以日本勇士追踪黑龙江断崖石碑之谜为题材的《没有护照的旅行》（1983 年）、以日本战败后作者本人被拘押在蒙古的体验为题材的《黑面包俘虏记》（1983 年）、以日本陆军参谋桶口大尉潜入中俄边境进行特务活动为题材的《沙暴》（1983 年）、以明治时代日本热血青年为了实现自己的梦想而"雄飞"中国大陆为题材的《奔驰于黄尘之上》（1985 年）、以川岛芳子和伊达顺之助为主人公的传记性传奇小说《夕阳莫沉！》（1989 年）和《斗神》（1990 年），以"魔都"上海为舞台、以日本军部特务、舞场美人等的活动为经纬的长篇冒险小说《上海丽丽》（1993 年）等。胡桃泽耕史以中国及日中战争为背景的作品，将异域（中国）风情与密谋、间谍、暗杀、情报、色情等冒险小说的诸要素糅合起来，形成了自己的特色。除胡桃泽耕史外，以过去的战争为背景的冒险小说还有桧山良昭的以1930年代的"满洲"为背景的《消失的"亚细亚号"》（1986年）和《满洲大动乱》（1-3卷，2002—2003年）等。

当代日本的未来战争幻想小说，通常把中国、俄罗斯、美国、朝鲜等作为假想敌，并展开战争狂想。其中，以中国为敌的未来战争小说有：桧山良昭的以邓小平去世后中国南方宣布独立为题材的幻想小说《中国动乱》（1-2卷，实业之日本社1997年），以日本与美国介入未来台海战争为题材的《中国的逆袭》（上下，2001年），以日中两国围绕钓鱼岛而展开战争为题材的《中国的野心》（2001年），以未来日中战争为题材的《远东风暴·日中激突》，还有国际政治经济评论家、作家宫崎正弘（1946年生）[1]的《近未来小说·中国广东军叛乱》（1995年）等。而幻想中日未来战争的最有代表性的作家则是森咏和大石英司。

森咏（1941年生）生于东京，毕业于东京外国语大学意大利语专业，长期从事记者工作，并在海外采访，也多次来中国，并作为报社特派员在上海逗留三年。有关中国题材的作品有以上海为舞台的犯罪小说《黑龙》（1987年）、以1989年北京为题材的短篇小说集《明日再见》（1990年）、以未来日本与中国的战争为中心的《新·日本中国战争》（1995年）等。森咏最擅长的是未来日本与亚洲周边国家发生战争的小说。在《新·日本中国战争》之前，森咏出版过多卷本长篇小说《日本朝鲜战争》，成为畅销书，《新·日本中国战争》则是《日本朝鲜战争》的延长。该书卷帙浩繁，多达16部，1995—2003年由学习研究社陆续出版。

森咏的《新·日本中国战争》作为未来战争幻想小说，其中有许多

---

① 1980年代以来，宫崎正弘还写了一系列有关中国的著作，包括《中国的悲剧》《中国：下一个十年》《中国大分裂》《机遇与危险——沸腾的中国的商务走向》《中华帝国的野望》等，鼓吹"中国威胁论""中国崩溃论"。

情节构思的确是匪夷所思。由于战后日本是一个言论自由的国家，什么都可以说，什么都可以写，乌七八糟的小说也充斥坊间店头，作家们绞尽脑汁，以求奇想天外，耸人听闻，满足一些读者的心理并尽可能多地获取版税，原也不足为奇。值得注意的是，这部作品却不同于一般的纯娱乐小说，其中包含着许多现实的成分。森咏多次来中国调查采访，对中国和亚洲的政治军事情况有了解，对未来战争的设想，也自有其内在逻辑。小说中的人物设置，除了日美方面的人物为虚构外，中方的人物大多直接采用中共中央第三代领导集体中的实名，台湾的前"总统"李登辉也被直接写进了小说。每卷最后都附有战争双方的"军事力比较资料"，这些都强化了小说的现实氛围。但另一方面，《新·日本中国战争》与其说是表现了未来中日战争的可能性，不如说是表现了日本一些人的潜在心理，即面对日益逐渐壮大的共产党领导下的中国，感到恐惧不安，心态失衡，便幻想以中国为对手、为敌人，在美国的帮助和介入下，将中国打败，或导致中国内乱，并使之解体，以实现日本在亚洲的霸主梦想。书中的日本青木外相就声称：战争的战略目的"就是让共产党体制，即社会主义体制崩溃，并导致中国解体，让十三亿人口的中国从内部分裂为几个民主国家，由此，使中国在 21 世纪的亚洲无法寻求霸权。"①青木外相在内阁会议上申明日本对中国宣战的理由时又说："……反对中国的霸权主义，是日本国的百年大计。将来，日本要与美国、欧洲一起，建立一个三极的世界，而中国就是其中的最大的障碍。为了日本，要把霸权主义扼杀在萌芽中，也是为了日本的利益。"②

　　另一个更年轻的作家大石英司（1961 年生）的未来战争幻想小说，与森咏的作品可谓一脉相通。大石英司写了《南海诸岛作战发动》《原油争夺战争》《香港独立战争》《环太平洋战争》《亚洲霸权战争》《自由上

---

①　［日］森咏：《新 中国日本戰争·第七部》，东京：学习研究社，1998 年，第 66 页。

②　森咏：《新 中国日本戰争·第七部》，东京：学习研究社，1999 年，第 166 页。

海支援战争》等长篇小说，这些小说的主题都是日本与中国的战争。

　　在上述森咏、大石英司的这些战争小说中，露骨地表现了对中国的敌意，并表达了人们所熟悉的好战的日本形象。多少年来，嫉妒中国国土的广袤，渴望中国解体分裂，一直是一些日本人的朝思暮想。早在一百年前的明治时代，就有日本学者提出"支那分割论"，著名的"中国通"、历史学者内藤湖南认为中国的一切问题都是因为"领土过大"，在于中国的文化已经"衰老""中毒"，日本应该介入中国使其革新。①这种"中国情结"至今没有本质变化。森咏、大石英司们一边幻想着中国分崩离析，让一些日本读者享受一下隔岸观火的快乐，一边不忘"大日本"的使命，伺机军事介入。如果说一百年前的侵略中国的说词是中国为"老大封建帝国"，已经衰老腐朽，要由日本来注入活力；那么现在的堂皇的说词则是：中国是世界上最后的一党专政的独裁国家，与民主自由的普世价值格格不入，所以日本与中国开战是为了支援中国建立民主政治。森咏、大石英司十分自恋地将日本写成进步、正义的代表，又十分阴暗地将中国视为僵化、危险、霸道的共产主义极权国家。那种不加掩饰的自由民主的"大日本"的自豪感，与不加掩饰的对中国的歧视、蔑视，在小说中处处露骨地表现出来。这种心理，的确是当代一些日本人潜在心理的真实写照。

---

① 参见王向远《日本对中国的文化侵略——学者文化人的侵华战争》，第三章、第六章，北京：昆仑出版社，2005年。

人名索引

（按照笔画顺序排列，人名后的阿拉伯数字为所在页码）

436

书名索引

（按照笔画顺序排列，书名后的阿拉伯数字为所在页码）

442

初版后记

　　《中国题材日本文学史》是 2001 年批准立项的国家社科基金"十五"规划项目的最终成果。在申请立项之前，我已经在这个课题的研究上做了一些资料与研究上的积累与准备，但真正进入研究写作的时候，越来越感到这个课题的繁难。作为一个中国学者，如果没有特殊的视角与方法，在日本文学史研究中原本没有什么优势可言；而作为专题性的日本文学史及中日文学关系史，该课题又涉及普通的日本文学史中不提或一带而过的大量的作家作品，这些作品中已有中文译本的极少。能否将课题所涉及的作品原文收集齐全，能否细细研读、深入琢磨这些作品，就成为关乎本课题成败的关键。这既需要体力与耐心，更需要足够的时间。现在看来，当初申报这个课题，多少有一点"明知山有虎，偏向虎山行"的蛮勇。在收集并阅读材料的过程中，我越来越感到原来拟定的三年时间不够用，于是在 2003 年底向国家社科基金办公室提出了将研究时间延长三年的申请。期间，我在日本任教两年，其中最后一年专门用来收集和消化本书所需资料。现在，三十五万字的书稿终于成型定稿，可以交卷了。

　　本书的出版，得到了中日文学关系史著名学者王晓平教授的关心和帮助。我在日本期间，常常与在大阪任教的晓平先生通电话。回想起俩人两次相约一起逛京都的旧书市，在淅淅沥沥的春雨下、风清气爽的秋日中，一起淘书，一起去"居酒屋"喝啤酒吃料理聊大天的情景，历历如在眼前。书快写完的时候，晓平先生帮助我向"中日文化研究文库"的主编王勇教授推荐。我与王勇先生虽今未能谋面，但我们早在七八年前就以书互赠，我熟悉他在中日文化关系研究中所做的贡献，读过他写的关于中日书籍文化交流等一系列大作。王勇先生热情爽快地决定将拙作列入《中日文化研究文库》中。从该"文库"已出版的几本书来看，选题较为精良，印刷装帧质量也属上乘，拙作忝列其中，十分荣幸。这些，都托"二王"兄长的福，我从内心表示感谢。

本书所研究的中国题材的日本文学史，时间绵延一千二三百年，涉及二百三十多位作家、五百多部（篇）作品，阅读量很大，可以参照的相关著作又极少，其中的错误、疏漏恐难避免，恳请读者不吝指教。

王向远

2006 年 6 月 20 日

卷末说明与志谢

2020 年 1 月初，有出版界朋友建议我，将以往三十多年间出版的单行本著作予以修订，出版一套学术著作集。时值"百年未遇之大变局"的特殊时期，居家读写，时间上有保证，我觉得此事可行。于是在二十多位弟子的帮助下，将已有的作品做了编选、增补、修订或校勘，编为二十卷。6 月份，当全部书稿完成排版后，被告知《"笔部队"和侵华战争》等侵华史研究的三部著作按规定须送审，且要等待许久。考虑到二十卷若缺少这三卷，就失去了"学术著作集"的完整性，于是决定放弃二十卷本的编纂出版方式，另按"文学史书系"（七种）、"比较文学三论"（三种）、"译学四书"（四种）、"东方学论集"（四种）几类不同题材，分别陆续编辑出版。其中文学史类著作先行编出，于是就有了这套"文学史书系"（七种）。

感谢我的弟子们帮忙分工负责，他们各用了两三个月的时间精心校勘。其中，"文学史书系"中，曲群校阅《东方文学史通论》和《东方文学译介与研究史》，姜毅然校阅《日本文学汉译史》，张焕香校阅《中国题材日本文学史》，郭尔雅校阅《中日现代文学关系史论》，寇淑婷校阅《中国比较文学百年史》，渠海霞校阅《中国日本文学研究史》。子曰："有事，弟子服其劳"，诚如是也！这七部书稿最后又经九州出版社责任编辑周弘博女士精心把关校改，发现并改正了不少差错，可以成为差错最少的"决定版"。

456

就在这套书编校的过程中，我已于去年初冬从凛寒的北地来到温暖的南国，面对着窗外美丽的白云山，安放了一张新的书桌。现在，这套"文学史书系"就要出版了。我愿意把它献给我国外语及涉外研究的重镇——广东外语外贸大学，献给信任我、帮助我的广外的朋友和同事们，献给新成立的广外"东方学研究院"，以此为研究院这座东方学研究的殿堂添几块砖瓦。

王向远

2020 年 7 月 16 日，于广外，白云山下